Goldmann Klassiker

VERGIL

Aeneis

Wilhelm Goldmann Verlag

Vollständige Ausgabe

Übertragung aus dem Lateinischen und Anmerkungen:
Thassilo von Scheffer

Nachwort, Zeittafel und bibliographische Hinweise:
Professor Dr. Michael von Albrecht, Universität Heidelberg

Umschlagbild: Aeneas flieht aus dem brennenden Troja; auf den Schultern trägt er seinen Vater Anchises, neben ihm geht sein Sohn Ascanius (Iulus). Kupferstich von N. Courbe, 1820, nach einer Vorlage von Moreau le Jeune (Ausschnitt)

1. Auflage Mai	1976 ·	1.–5. Tsd.
2. Auflage Januar	1979 ·	6.–13. Tsd.
3. Auflage November	1981 ·	14.–21. Tsd.

Made in Germany

Umschlagentwurf: Atelier Adolf & Angelika Bachmann, München
Umschlagfoto: Bildarchiv Preußischer Kulturbesitz, Berlin
Satz und Druck: Presse-Druck Augsburg
Verlagsnummer: 7582
Lektorat: Martin Vosseler · Herstellung: Gisela Ernst
ISBN 3-442-07582-3

INHALT

ERSTER GESANG

Kampf und den Helden besing' ich, den einst von den Ufern von Troja
Nach Italien flüchtig sein Los an Laviniums Küsten
Trieb, der durch Länder und Meere gar viel vom Willen der Götter
Und von dem dauernden Zorn der erbitterten Juno geschleudert,
Viel auch in Kriegen erlitt, bis die Stadt er gegründet und seine
Götter nach Latium führte; daher das Geschlecht der Latiner
Und die albanischen Väter und Roms hochragende Mauern.
Nenne mir, Muse, die Gründe, durch welcher Gebote Verletzung
Er die gekränkte Herrin der Götter reizte, so vieles
Unheil aufzuwälzen dem frommen Manne, so manche
Mühsal. Glüht denn Zorn so heiß in himmlischen Seelen?
Uralt war die Stadt, die Tyrier bauten, Karthago,
Gegen Italien hin und weit von der Mündung des Tiber,
Reich an Stärke und Macht und trotzend auf eifrige Kriegskunst,
Und von der man erzählt, es habe sie Juno vor allen
Ländern, vor Samos sogar, geliebt; hier war auch ihr Wagen,
Hier ihre Waffen, und daß Karthago die Völker beherrsche,
Wenn es vom Schicksal vergönnt, war längst schon ihr Sehnen und Sinnen.
Aber ein fernes Geschlecht, aus troischem Blute entsprossen,
Hörte sie, werde dereinst die tyrischen Burgen vernichten,
Dorther stammendes Volk, das herrschgewaltig und kriegsstolz,
Käme zu Libyens Sturz: So sei's von den Parzen gesponnen.
Solches fürchtend, gedachte Saturnia auch des verfloßnen
Krieges, den sie vor Troja zu Argos' Gunsten entschieden.
Noch nicht waren die Gründe des Zorns und der bitteren Schmerzen
Ihrem Herzen entfallen; noch haftete tief in der Seele
Ihr des Paris Spruch und die Schmach beleidigter Schönheit
Und das verhaßte Geschlecht und das Amt Ganymeds, des entführten:
Durch dies alles entflammt, warf über die Weite des Meeres

Sie die Troer, so viele den Danaern und des Achilles
Härte entflohen, und hielt sie fern von Latium. Viele
Jahre durchirrten, verfolgt vom Schicksal, sie alle Gewässer.
So vieler Mühsal bedurfte die Gründung des römischen Volkes.
Kaum aus Siziliens Sicht gelangt auf die Höhe des Meeres,
Fuhren sie froh und durchfurchten mit ehernem Buge den
Salzschaum,
Als mit unheilbarer Wunde im Herzen die göttliche Juno
So zu sich selber begann: »Ich sollt' meinem Vorsatz entsagen,
Und von Italien könnt' ich den teukrischen König nicht hemmen?
Ja, das Schicksal verbietet's. Doch hat nicht Pallas die Flotte
Der Argiver verbrannt, sie selbst versenkt in die Wogen,
Einzig weil Ajax gefrevelt, der rasende Sohn des Oïleus?
Selber schwang aus den Wolken sie Juppiters stürmenden
Blitzstrahl,
Schlug die Schiffe in Trümmer, zerwühlte mit Stürmen die Fluten;
Ihn, der zerschmettert Flammen aus seinem Busen verhauchte,
Riß sie im Wirbel empor und spießt' ihn an zackige Klippe.
Ich aber, die ich wandle als Juppiters Schwester und Gattin,
Ich, die die Herrin der Götter, mit einem Volke so lange
Jahre führe ich Krieg. Wird einer zur Gottheit der Juno
Künftig noch beten und flehend auf ihrem Altare noch opfern?«
Solches im flammenden Herzen erwägend, eilte die Göttin
In die Heimat der Stürme, die schwanger von wütenden Winden,
Nach Aeolien, wo in geräumiger Höhle der König
Aeolus kämpfende Winde und brausende Wetter mit starkem
Machtgebot bedrückt und mit Kerker und Fesseln sie bändigt.
Jene umtosen erbost die hemmenden Riegel, daß dröhnend
Laut der Berg ertönt. Doch Aeolus thront mit dem Szepter
Hoch auf der Burg und dämpft die Geister und sänftigt ihr Zürnen.
Tät' er es nicht, die Meere und Länder und Tiefe des Himmels
Rissen sie rasend fort und schleiften sie fort durch die Lüfte.
Solches befürchtend, verbarg sie drum der allmächtige Vater
Tief in finsteren Klüften, belastet mit riesigen Bergen,
Gab ihnen einen König, der nun nach festem Vertrage
Bald sie knebelte, bald ihre Zügel zu lockern erlaubte,
Und an ihn nun wandte sich Juno mit bittenden Worten:
»Aeolus, der Gebieter der Menschen und Vater der Götter

Gab dir ja Macht, die Fluten zu sänftigen und zu durchwühlen;
Ein mir feindlich Geschlecht durchkreuzt die tyrischen Wellen,
Trägt nach Italien Troja und seine besiegten Penaten.
Waffne die Winde mit Macht und verdirb und versenke die Schiffe
Oder zersprenge sie rings und zerstreue die Leichen im Meere.
Zweimal sieben Nymphen von auserlesensten Formen
Hab' ich und will von ihnen die schönste, Deïopea,
Dir zu eigen geben als dauernde Ehegenossin,
Daß sie dann alle Jahre mit dir für deine Verdienste
Lebe und so zum Vater von vielen Kindern dich mache.«
Aeolus sagte darauf: »An dir, o Königin ist es,
Deine Wünsche zu äußern, an mir, den Befehlen zu folgen.
Du ja hast dies Reich, dies Szepter und Juppiters Gnade
Mir verschafft und gewährtest, das Mahl der Götter zu teilen,
Und so ward ich durch dich der Herrscher und Walter der Winde.«
Sprach's, und wider den hohlen Berg sein Szepter gewendet,
Stieß er die Spitze hinein; da stürmten die Winde geschlossen
Durch das sich bietende Tor und durchrasten wirbelnd die Lande,
Warfen sich auf das Meer, und aus unterster Tiefe durchwühlten
Ganz es der West und der Ost zugleich und der wirbelgewöhnte
Afrikawind und wälzten gewaltige Fluten ans Ufer.
Männergeschrei ertönt darauf, und es ächzen die Taue.
Plötzlich entreißen Wolken den Augen der Teukrer den hellen
Himmel und Tag, und es lagert sich finstere Nacht auf dem Meere.
Donner erschüttert die Höhe, und Feuer durchleuchtet den Äther,
Alles kündet den Männern die jähe Nähe des Todes.
Eisiger Schreck läßt gleich Aeneas' Glieder erstarren,
Beide Hände reckt' er mit lautem Seufzer gen Himmel,
Und seine Stimme erscholl: »O selig dreimal und viermal,
Wem vor den Augen der Väter und unter den Mauern von Troja
War beschieden zu sterben! O tapferster Danaerkrieger,
Du Tydide, ach daß ich nicht auf den ilischen Feldern
Fallen gedurft und getroffen von dir die Seele verhauchte
Dort, wo der schreckliche Hektor dem Speer des Achilles erlegen,
Wo der tapfre Sarpedon und wo des Simois Wasser
Soviel Schilde und Helme und tapfere Leiber dahinriß!«
Während er solches schrie, da schlägt der pfeifende Nordwind
Grade gegen das Segel und türmt zum Himmel die Fluten;

Krachend zersplittern die Ruder, es dreht sich der Bug, und den Wellen
Beut er die Seite; nun stürzt ein Wasserberg schwellend darüber.
Einige schweben hoch oben, und klaffend öffnet die Welle
Andern den Grund im Gewoge, im Sandschlamm wühlen die Wirbel.
Drei der Wracke verschlägt der Süd auf verborgene Klippen
(Klippen, die Italer nennen sie mitten im Meere Altäre,
Oben nur sichtbar), drei verdrängt der Ostwind vom hohen
Meere in Seichten und Syrten (o mitleidswürdiger Anblick!),
Stößt sie hinein in die Watten und birgt sie in schlammigem Dämmer.
Eines, das Lykier trug und auch den treuen Orontes,
Trifft vor Aeneas' Augen von oben gewaltige Sturzsee
Gegen das Achterdeck und wirft den Lenker kopfüber
Schleudernd hinab. Dort wirbelt die Flut an selbiger Stelle
Dreimal das Schiff umher, und strudelnd verschlingt es der Abgrund.
Schwimmer tauchen zuweilen empor im unendlichen Strudel,
Männerwaffen und Planken und troische Schätze im Wasser.
Auch das wackere Schiff des Ilioneus, das des Achates,
Das von Abas gelenkte und das des greisen Aletes
Überwältigt der Sturm, und durch gelockerte Planken
Schlucken sie alle das feindliche Naß und bersten zerspalten.

Aber indessen bemerkte Neptunus des Meeres gewalt'gen
Aufruhr, sah einen Sturm entfesselt und gähnend die Wasser
Tiefstem Grunde entsteigen; und schwer erbittert erhob er
Sein gelassenes Haupt hochschauend über die Wogen.
Weit im Meere sieht er zerstreut Aeneas' Geschwader,
Und wie die Troer bedrängt durch Fluten und Einsturz des Himmels.
Klar erkannte der Bruder den Groll und die Ränke der Juno;
Zu sich rief er den Ost und den West und redete also:
»Setzt ihr solches Vertrauen auf eure göttliche Abkunft,
Daß ihr es wagt, ihr Winde, auch ohne meine Befehle
Erde und Himmel zu mischen und solche Massen zu türmen?
Ha, ich will – doch gilt's jetzt erst die Wogen zu glätten,
Aber ein andermal büßt ihr nicht so billig den Frevel.

Macht euch schleunig von dannen und sagt dies euerm Gebieter:
Ihm nicht gab des Meeres Gewalt und den schrecklichen Dreizack,
Sondern mir das Los. Sein sind die grausigen Klüfte,
Eure Behausungen, Winde, da spreiz' sich in seinem Palaste
Aeolus und regiere die kerkerverschlossenen Winde.«
Sprach's, und eh er vollendet, besänftigte er die Gewässer,
Scheuchte der Wolken Gewühl und ließ sich die Sonne erneuern,
Und Kymothoe auch und Triton stießen die Schiffe
Stemmend vom zackigen Fels, und selber Neptun mit dem Dreizack
Löst sie und öffnet die Öde der Syrten und glättet die Fläche,
Und mit fliegenden Rädern durcheilt er oben die Wellen.
Wie wenn sich zuweilen im Haufen des Volkes ein Aufruhr
Hebt und der niedere Pöbel in wildem Grimme sich auflehnt,
Fackeln und Steine fliegen, vom Zorn gelieferte Waffen,
Wenn sie sodann einen Mann, verdienstvoll gealtert und würdig,
Schauen, dann schweigen sie alle und stehen mit lauschenden Ohren,
Denn seine Rede beherrscht die Geister und sänftigt die Herzen:
So auch erlosch das Getöse des Meeres, als über die Wasser
Schaute der Gott und unter dem heiteren Himmel die Rosse
Lenkte und fliegend im Wagen mit lässigen Zügeln dahinfuhr.
Ganz ermattet suchten die Aeneaden das nächste
Ufer im Lauf zu erreichen und lenkten nach Libyens Küste.
Dort landeinwärts liegt ein Ort, zum Hafen gebildet
Durch eine Insel, sie streckt sich davor, und da brechen sich alle
Wogen des Meeres und dringen getrennt in die inneren Buchten,
Hüben wie drüben drohen zwei mächtig starrende Felsen,
Himmelan, und es dehnt tief unter dem Scheitel sich weiter
Ruhevoll die Flut, und oben schließen den Schauplatz
Schimmernde Wälder, ein Hain beschattet schaurig die Küste.
Grad gegenüber liegt eine Grotte mit hängenden Felsen.
Drinnen ein süßer Quell, natürliche steinerne Sitze,
Eine Wohnung der Nymphen. Hier hält die ermüdeten Schiffer
Keinerlei Tau, noch hemmt sie mit hakigem Bisse ein Anker.
Hier nun birgt sich Aeneas mit sieben geretteten Schiffen
Aus der gesamten Zahl, und voller Begierde zu landen
Steigen die Troer aus an das so ersehnte Gestade,
Und dann lagern sie dort die triefenden Glieder am Strande.

Nun entschlug zuerst Achates Funken dem Kiesel,
Fing in trockene Blätter die Glut und legte zur Nahrung
Dürres Reisig dazu, um das Glimmen zur Flamme zu fachen.
Dann das durchnäßte Getreide und die Geräte zum Backen
Holen die Schwererschöpften hervor; die geretteten Körner
Rösten sie an den Flammen und mahlen sie dann zwischen Steinen.
Unterdessen erklimmt Aeneas die Warte, zu suchen
Aussicht über das Meer fernhin, ob etwa er Antheus
Sturmverschlagen erspähe, die Phrygierbarken des Kapys
Oder das Waffengerät des Kaikus auf ragendem Schiffe.
Nirgends erscheint den Augen ein Schiff, doch drunten am Ufer
Sieht er drei Hirsche streifen, das ganze Rudel dahinter
Folgend; der lange Zug durchäst die Gründe des Tales.
Stehen bleibend, ergriff er die flüchtigen Pfeile, den Bogen,
Jene Geschosse, die der treue Achates ihm nachtrug.
Erst die Leittiere selbst streckt' er zu Boden, die ragend
Trugen ihr zackig Geweih, alsdann den Haufen und trieb dann
Durcheinander mit Schüssen die ganze Schar durch den Laubwald,
Und er ruhte nicht eher, bis glücklich er viele gewalt'ge
Leiber zu Boden gestreckt, der Zahl der Schiffe entsprechend.
Dann aber eilt er zum Hafen, verteilt sie an alle Genossen,
Wein auch teilt er aus, den freundlich Akestes in Krüge
Am trinakrischen Strande gefüllt und den Scheidenden mitgab;
Dann aber suchte sein Wort die bekümmerten Herzen zu trösten:
»O ihr Genossen, nicht fremd sind uns ja Leiden schon lange;
Schweres ertrugt ihr bereits, ein Gott wird auch dieses beenden.
Skyllas tobender Wut und den weithin hallenden Klippen
Seid ihr genaht und lerntet auch die kyklopischen Felsen
Kennen. Ermannt euch wieder und bannt den verzagenden Kummer.
Künftig macht euch vielleicht auch diese Erinnerung Freude.
Durch so mancherlei Schläge, so viele widrige Nöte
Streben wir Latium zu, wo ruhige Sitze das Schicksal
Uns verheißt: Dort soll ich Trojas Herrschaft erneuern.
Harrt drum aus und bewahrt euch selbst für bessere Zeiten.«
Also ertönte sein Wort; wie schwer ihn auch Sorge belastet,
Heuchelt doch Hoffnung sein Blick, tief hegt er Kummer im Herzen.
Einige gürten sich rasch, die Beute zum Mahle zu rüsten,

Ziehen die Haut von den Rippen, entblößen die inneren Teile,
Andre zerschneiden das Fleisch und heften es zuckend an Spieße;
Kessel richten andre am Strand und entfachen ein Feuer.
Neu die Kräfte stählend am Mahl und im Grase gelagert,
Schlürfen sie alle Wein und genießen das saftige Wildpret.
Als sie den Hunger gestillt und aufgehoben die Tafel,
Denken im langen Gespräch sie an die vermißten Genossen,
Schwankend in Hoffnung und Furcht, ob sie noch lebend zu wähnen
Oder das Schlimmste erlitten und keine Rufe mehr hörten.
Aber der fromme Aeneas beklagt des starken Orontes
Und des Amykus Los zumeist, und im stillen beseufzt er
Lykus' hartes Geschick und Kloanthus und Gyas, die Tapfern.
Das war alles vorbei, als Juppiter hoch aus dem Äther
Sah auf die Segel, das Meer, die unten sich breitenden Lande,
Auf die Gestade und Völker weithin; und am Scheitel des Himmels
Weilend, heftete er den Blick auf Libyens Reiche.
Während schwere Sorgen sein Herz bedrängten, da naht ihm
Trauererfüllt, in Tränen die glänzenden Augen gebadet,
Venus und spricht: »O, der du der Menschen und Götter Geschicke
Lenkst mit ewiger Macht und schreckst mit flammenden Blitzen,
Was hat mein Aeneas an dir so Schweres verschuldet,
Was die Troer, daß ihnen nach so viel erduldeten Leiden
Wegen Italien nun der ganze Erdkreis verschlossen?
Dorther würden Römer dereinst im Laufe der Jahre,
Dorther Führer erstehn aus erneuertem Blute des Teukrus,
Die allmächtig über die Länder und Meere gebieten,
So verhießest du fest. Was hat deinen Willen geändert,
Vater? Das tröstete mich allein beim traurigen Ende
Trojas, wenn ich Schicksal so gegen Schicksal gewogen.
Jetzt verfolgt die Männer, die so viel Elend ertrugen,
Weiter solch Los. Wann endest du, großer Herrscher, die Mühsal?
Durfte doch sicher Antenor dem Schwarm der Achiver entrinnen
In die illyrischen Buchten und tief in das Reich der Liburner
Ungefährdet ziehn und den Quell des Timavus umsegeln.
Wo er aus Mündungen neun mit wildem Getöse des Berges
Meergleich bricht hervor und rauschend die Fluren bewältigt,
Gründete jener dort Pataviums Stadt und der Teukrer
Sitze, benannte das Volk und ließ die troischen Waffen

Angeheftet ruhen und lebt in behaglichem Frieden.
Wir, deine Sippe, der du die Burg des Himmels verheißen,
Werden der Schiffe beraubt, o Schmach, und dem Grimme der Einen
Hingeopfert und weit getrennt von Italiens Küsten.
Das ist der Frömmigkeit Lohn? So schenkst du die Herrschaft uns wieder?«
Lächelnd wandte zu ihr der Vater der Götter und Menschen
Seine Blicke, womit er Himmel und Wetter erheitert,
Küßte die Lippen der Tochter und ließ sich also vernehmen:
»Banne die Furcht, Kytherea, dir bleibt der Deinigen Schicksal
Unverrückt, du wirst die Stadt und Laviniums Mauern,
Die verheißenen, schaun und den hochgemuten Aeneas
Hoch zu den Sternen erheben; nicht hat sich mein Wille geändert.
Er – ich will es dir sagen, da solche Sorge dich peinigt,
Und des weiteren will ich verborgenes Schicksal verkünden –,
Er wird gewaltigen Krieg in Italien führen und wilde
Völker bezwingen und Satzung und Mauern den Männern begründen,
Bis drei Sommer ihn sahn als König in Latium herrschen
Und drei Winter entflohn dem bezwungenen Rutulervolke.
Aber der junge Knabe Askanius, heut noch Iulus
Zubenannt, Ilus vordem, solang noch Ilium herrschte,
Wird dann dreißig Kreise der mondumrollenden Jahre
Herrschen und wird alsdann das Reich von Laviniums Sitze
Nach Alba longa verlegen und dieses gewaltig ummauern.
Drei Jahrhunderte wird dann dort die Herrschaft verbleiben
Unter Hektors Geschlecht, bis die fürstliche Priesterin endlich,
Ilia, schwanger von Mars, wird Zwillingsknaben gebären.
Dann im grauen Fell der säugenden Wölfin wird freudig
Romulus weiterführen den Stamm und mavortische Mauern
Gründen und ›Römer‹ das Volk nach eigenem Namen benennen.
Ihre Herrschaft begrenze ich weder räumlich noch zeitlich;
Endlos setz' ich ihr Reich. Ja, selbst die eifernde Juno,
Die aus Furcht nun Länder und Meer und den Himmel ermüdet,
Wird eines Besseren sich besinnen und mit mir den Römern
Gnädig gesinnt sein, den Herren der Welt und dem Volk in der Toga.
Also sei es! Es kommt die Zeit im Laufe der Jahre,
Wo des Assarakus Haus das berühmte Mykenae und Phthia

Knechtet unter sein Joch und siegreich schaltet in Argos.
Dann aus erlauchtem Geschlecht entspringt der trojanische Caesar,
Der bis zum Ozean führt sein Reich und den Ruhm zu den Sternen,
Julius, so mit Namen des großen Iulus geheißen.
Ihn mit östlicher Beute beladen wirst du im Himmel
Sorgenlos einst empfangen; und ihn auch preisen Gelübde.
Rauhe Zeiten mildern sich dann nach beendeten Kriegen.
Fides und Vesta, die greisen, Quirinus mit Remus, dem Bruder,
Werden walten des Rechts, und mit eisernen Riegeln verrammelt
Bleiben die grausigen Pforten des Krieges geschlossen. Die frevle
Wut hockt drin auf dem Schrecken der Waffen, mit ehernen Fesseln
Hundertfach rückwärts verschnürt, knirscht grausig mit blutigem
Maule.«
Also sprach er und sendet den Sohn der Maia vom Himmel.
Daß sich gastlich die Lande und Burgen des neuen Karthago
Öffnen den Teukrern und Dido nicht gar, unkundig des Schicksals,
Ihnen die Grenzen verwehre; und jener durchrudert des Luftraums
Weiten im Fluge, und schnell erreicht er Libyens Küsten.
Schon ist die Weisung erteilt, und der Punier trotzige Herzen
Sänftigt der Wille des Gottes, vor allem die Königin zeigt sich
Ruhigen Sinnes im Herzen und gütig gegen die Teukrer.
Aber nachdem des Nachts der fromme Aeneas so vieles
Lang überdacht, beschloß er, bei Tagesanbruch die neuen
Gegenden zu erforschen, wohin ihn die Winde verschlagen,
Wer sie bewohnte – sie schienen ja öde –, ob Menschen, ob Tiere,
Und das Erspähte wollte er dann den Gefährten verkünden.
Unter gehöhlten Felsen, wo sich mit schaurigen Schatten
Wälder rings im Kreis mit hohen Bäumen erhoben,
Barg er die Flotte; er selbst, allein von Achates begleitet,
Schreitet dahin und schwingt zwei eisenbeschlagene Lanzen.
Mitten im Walde trat ihm seine Mutter entgegen,
Jungfrau an Tracht und Gestalt und bewaffnet wie eine Jungfrau
Spartas, auch Harpalyke, der Thrazierin gleichend, die Rosse
Tummelt im Laufe und flüchtig dem schnellenden Hebrus
zuvorkommt.
Denn nach Weidmannssitte umhing ihre Schultern ein leichter
Bogen, und offen bot sie ihr Haar dem Spiele der Winde,
Knieentblößt und hoch den Bausch des Gewandes geknotet.

»Heda, ihr Jünglinge«, rief sie zuerst, »vermeldet, ob eine
Meiner Gefährtinnen ihr vielleicht hier schweifend gesehen,
Mit einem Köcher umgürtet und einem scheckigen Luchsfell,
Oder mit lautem Ruf den schäumenden Eber verfolgend.«
Also Venus; es gab der Sohn der Venus zur Antwort:
»Deiner Gefährtinnen keine vernahm ich oder erblickt' ich.
O wie nenn' ich dich, Jungfrau? Du trägst kein sterbliches Antlitz.
Deine Stimme ertönt nicht menschlich: Sicherlich Göttin,
Phoebus' Schwester vielleicht? Vielleicht auch eine der Nymphen?
Wer du auch seist, sei gnädig und lindere unsere Leiden,
Und welch Himmel dies ist, zu welchen Gebieten der Erde
Wir verschlagen, das sag uns. Unkundig der Menschen und Gegend
Irren wir hier, vom Sturm und vom Wirbel der Fluten getrieben.
Mancherlei Opfer werden wir fällen an deinem Altare.«
Venus darauf: »Nicht acht' ich so hoher Verehrung mich würdig.
Ist es bei tyrischen Mädchen doch Brauch, den Köcher zu tragen
Und den Purpurkothurn bis hoch an die Wade zu schnüren.
Punische Reiche siehst du und Tyrier und des Agenor
Stadt, doch in Libyens Grenzen, ein Volk unnahbar im Kriege.
Dido waltet des Reichs, die vor dem eigenen Bruder
Flüchtig aus Tyrus gekommen. Viel Unbill, viele Verwicklung
Gab's; doch will ich dir nur die wichtigsten Dinge berichten:
Ihr war Sychaeus vermählt, der ackerreichste Phöniker,
Dem die Unglücksel'ge in zärtlichster Liebe verbunden.
Unberührt noch ward sie ihm vom Vater in erster
Ehe vertraut. Doch ihr Bruder Pygmalion herrschte in Tyrus,
Der vor allen andern ein Ausbund aller Verruchtheit.
Zwischen beiden entstand erbitterte Wut; am Altare
Tötete der Verworfne den ahnungslosen Sychaeus
Heimlich mit dem Schwert, von Goldgier geblendet, der Schwester
Liebe nicht achtend; lang hehlt' er die Tat, und in mancherlei
Ausflucht
Sucht' er der Liebenden Schmerz mit eitler Hoffnung zu täuschen.
Aber im Traum erschien ihr des unbegrabenen Gatten
Eigenes Abbild, erhob das bleiche Antlitz gar seltsam,
Zeigt' den grausen Altar und die vom Eisen durchbohrte
Brust, und ganz enthüllt' er des Hauses geheimes Verbrechen,
Riet dann zu schleuniger Flucht und zum Verlassen der Heimat.

Und zur Hilfe der Fahrt erschloß er im Boden uralte
Schätze, ein ungeahntes Gewicht an Gold und an Silber.
Dadurch bewogen, rüstete Dido die Flucht, und Gefährten
Viele versammelten sich aus grimmigem Haß oder wilder
Furcht vor dem Tyrannen; was grade an Schiffen bereit war,
Rafft man und füllt sie mit Gold, und die Schätze des geizigen Fürsten
Trägt nun die Woge davon; ein Weib gebietet dem Wagnis.
Als sie den Ort erreicht, wo jetzt du gewaltige Mauern
Siehst und die wachsende Burg des neuen Karthago, erwarben
Sie den Boden, der Byrsa nach diesem Handel geheißen,
So viel mit einer Stierhaut sie einzuschließen vermochten.
Aber wer seid denn ihr? Aus welchen Gegenden kommt ihr?
Wohin lenkt ihr die Fahrt?« So fragte sie, aber Aeneas
Mühsam aus tiefer Brust gab ihr mit Seufzen die Antwort:
»Wollt' ich von Anbeginn, o Göttin, alles erzählen,
Und du vernähmst in Muße den Ablauf unserer Leiden,
Bärge der Abend zuvor den Tag im verschlossenen Himmel.
Wir aus dem alten Troja, sofern eure Ohren den Namen
Troja je vernommen, durchkreuzten entlegene Meere,
Und nun warf uns des Sturmes Gewalt an die libysche Küste.
Ich bin der fromme Aeneas. Dem Feind entrißne Penaten
Führ' ich mit mir im Schiff. Mein Ruhm drang über den Äther.
Nun Italien such' ich als Heimat und Juppiters Sippe.
Zweimal zehn Schiffe führt' ich auf Phrygiens Fluten und folgte
Schicksalsgewiesenem Weg, geführt von der göttlichen Mutter.
Kaum sind sieben noch übrig, von Wind und Wellen zerschlagen,
Fremd und darbend durchirre ich selber Libyens Wüsten,
Aus Europa verstoßen und Asien.« Länger ertrug nicht
Venus die Klage und hemmte ihn mitten im Kummer und sagte:
»Wer du auch seist, wohl nicht verhaßt den Himmlischen atmest
Du die belebende Luft, da du Tyriens Feste erreichtest.
Wandle so fort und eile von hier zu der Königin Schwelle.
Rückkehr deiner Gefährten und glückliche Rettung der Flotte
Künde ich dir; der Nord schlug um und barg sie gesichert,
Wenn meine Eltern mich nicht umsonst über Zeichen belehrten.
Schau, wie fröhlichen Flugs dort zweimal sechs Schwäne dahinziehn,
Die da Juppiters Vogel im Sturz aus ätherischen Höhen

Jagte am klaren Himmel; teils sind sie gelandet in langem
Zuge, teils blicken sie noch auf schon Gelandete nieder.
Wie bei der Heimkehr jene mit rauschenden Fittichen spielen,
Wenn sie im Schwarm den Himmel mit hellem Gesange umkreisten,
So und nicht anders birgt deine Schiffe und deine Gefährten
Teils der Hafen, teils nahen sie ihm mit schwellenden Segeln.
Wandre drum zu und richte den Schritt, wohin dich der Weg führt.«
  Sprach's und wandte sich um; da erglänzte ihr rosiger Nacken,
Und den ambrosischen Locken entströmte vom Scheitel ein süßer,
Göttlicher Duft; ihr Kleid floß tief herab auf die Füße.
Deutlich im Gange erschien sie als Göttin. Und als er die Mutter
Jetzt erkannte, da rief er hinter der Flüchtigen also:
»Warum täuschst du den Sohn mit Truggestalten so häufig,
Grausam auch du? Warum darf ich nicht Rechte in Rechte
Fügen und weder hören noch reden offene Worte?«
Also klagte er an und schritt den Mauern entgegen.
Venus aber umhegte die wandelnden Männer mit Dunkel,
Und die Göttin umhüllte sie rings mit deckendem Nebel,
Daß sie keiner zu schaun noch anzutasten vermöge
Und am Wege sie hindre und forsche nach Gründen des Kommens.
Hoch entschwebte sie selbst nach Paphus, um wiederzuschauen
Froh die Stätte, allwo ihr Tempel und hundert Altäre
Dampfen sabäischen Weihrauch und duften von frischen Gewinden.
  Weiter enteilen inzwischen die andern und folgen dem Fußpfad;
Schon ersteigen sie auch den Hügel, der über der Feste
Ragt zuhöchst und schaut herab auf die Burg gegenüber.
Staunend erblickt Aeneas den Bau, einst ärmliche Hütten,
Staunend über die Tore, den Lärm und gepflasterte Straßen.
Glühend vor Eifer werken die Tyrier, einige ziehen
Mauern und türmen die Burg und wälzen gewaltige Blöcke,
Andre erkiesen für Häuser den Platz und umziehn ihn mit Furchen
(Wählen den heil'gen Senat und die Obern des Volks und Gesetze).
Hüben graben Häfen die einen, und drüben die andern
Legen den tiefen Grund für das Theater und hauen
Riesige Säulen aus Felsen zum Schmuck für die künftige Bühne:
So wie unter der Sonne ihr emsiges Schaffen die Bienen
Treiben durch blühende Fluren im jungen Sommer, die einen
Führen die Brut des Stammes hinaus, und andere häufen

Flüssigen Honig und dehnen mit süßem Nektar die Zellen
Oder empfangen die Bürde der Kommenden, oder sie wehren
Ab vom Stocke geschlossen das Pack der müßigen Drohnen;
Heiß ist das Tagewerk, aber nach Thymian duftet der Honig.
»O ihr Glücklichen, denen sich schon die Mauern erheben«,
Ruft Aeneas und schaut hinauf zu den Zinnen der Feste.
Dann aber schreitet er hin, umhüllt vom Nebel (o Wunder!)
Mitten hinein in der Männer Gewühl, von niemand gesehen.
Lag da inmitten der Stadt ein Hain voll erquickender Schatten,
Wo die Punier gleich, von Wind und Wellen verschlagen,
Ausgegraben das Zeichen, das ihnen die Herrscherin Juno
Wies, das Haupt eines feurigen Rosses: So sollte das Volk einst
Streitbar Jahrhunderte blühen und reich mit Gütern gesegnet.
Herrlich errichtete hier die sidonische Dido der Juno
Einen Tempel, gar reich an Gaben und göttlichem Walten.
Ehern erhob sich die Schwelle auf Stufen, auf ehernen Stützen
Ruhten die Balken, es knarrten die Angeln des ehernen Tores.
Hier im Haine bannte zuerst eine neue Erscheinung
Alle Furcht, hier wagte zuerst Aeneas auf neues
Heil zu hoffen und neues Vertrauen im Elend zu schöpfen.
Denn wie er alles so, der Königin harrend, im schönen
Tempel einzeln betrachtet und über den Reichtum der Siedlung,
Über die eifernden Hände der Künstler, der Arbeiter Mühsal
Staunt, erblickt er gerührt die Kämpfe von Troja und jenen
Krieg, von dem der Ruf schon weit den Erdkreis erfüllte,
Priamus und die Atriden, Achilles im Zorne auf beide.
Tränenden Auges steht er und »Wo doch«, so ruft er, »Achates,
Ist auf Erden ein Ort nicht voll von unseren Leiden?
Priamus sieh! Auch hier wird dem Verdienste die Krone,
Hier auch Tränen dem Leid, es rührt das Menschliche Menschen.
Banne die Furcht! Solch Ruhm mag dir zum Heile gereichen.«
Also spricht er und weidet sein Herz am leblosen Abbild,
Seufzt tief auf und netzt sein Antlitz mit strömenden Tränen,
Denn er gewahrt, wie rings im Kampf um Pergamums Feste
Hier die Griechen entfliehn, bedrängt von der troischen Jugend,
Hier die Phryger, zu Wagen verfolgt vom behelmten Achilles.
Nicht gar fern davon erkennt er weinend des Rhesus
Schneeweiße Zelte, die, im ersten Schlummer verraten,

Tydeus' blutiger Sohn mit wildem Gemetzel verödet
Und ins Lager entführt die feurigen Rosse, bevor sie
Trojas Futter genossen und aus dem Xanthus getrunken.
Dort ist Troilus auch, der unglückselige Knabe,
Ledig der Waffen und nicht Achilles im Kampfe gewachsen.
Fort von den Pferden gerissen, die Zügel noch haltend, so hängt er
Rücklings am leeren Wagen; ihm schleifen Locken und Nacken
Über den Boden, den Sand durchfurcht die gewendete Lanze.
Unterdessen schreiten zum Tempel der zürnenden Pallas
Ilions Frauen; das Haar gelöst und in flehender Trauer
Bringen sie ihr ein Gewand und schlagen die Brust mit den Händen;
Aber verweigernd heftet die Göttin die Blicke am Boden.
Dreimal schleifte Achilles den Hektor um Ilions Mauern
Und verhandelte dann um Gold den Leib des Entseelten.
Da aus innerster Brust entringt sich Aeneas ein Stöhnen,
Wie er Waffen und Wagen und gar die Leiche des Freundes,
Wie er Priamus sah mit wehrlos erhobenen Händen.
Ja, er erkannte sich selbst im Kampf mit achäischen Fürsten,
Auch die östlichen Reihn und die Wehr des schwärzlichen Memnon.
Auch Amazonen führt mit halbmondförmigen Schilden
Penthesilea voll Wut und flammt in der Tausenden Mitte,
Unter entblößter Brust mit goldenen Spangen gegürtet,
Kriegsbegeistert und wagt mit Männern zu kämpfen, die Jungfrau.
Wie nun dieses Aeneas, der Dardaner, wundernd betrachtet,
Wie er steht und alles in einem versunken betrachtet,
Schritt die Königin selbst, die wunderherrliche Dido,
Mit einem großen Gefolge an junger Mannschaft zum Tempel.
Wie an Eurotas' Gestaden und auf den Höhen des Kynthus
Sich Diana im Reigen ergötzt, und hüben und drüben
Drängen sich Oreaden an tausend um sie; die Göttin
Trägt um die Schultern den Köcher und schreitet schöner als alle
Göttinnen hin; da freut sich Latona schweigend im Herzen:
So war Dido zu schaun, so schritt sie mit heiterem Antlitz
Mitten hindurch, die Werke der künftigen Herrschaft befeuernd.
Dann an den Pforten der Göttin inmitten der Halle des Tempels
Ließ sie waffenumstarrt sich nieder auf ragendem Throne.
Recht und Satzung gab sie den Männern und teilte der Arbeit

Mühen nach Billigkeit ein und ließ nach Losen entscheiden:
Als urplötzlich Aeneas in großem Getümmel den Antheus
Nahen sieht und den Sergestus und auch den tapfern Kloanthus
Und die anderen Teukrer, die durch die Gewässer der finstre
Sturm versprengt und fern an andre Gestade geschleudert.
Staunen ergriff Aeneas, und auch Achates durchzuckte
Freude und Furcht; sie brannten verlangend, die Hände zu drücken,
Doch es verwirrte sie noch die Ungewißheit der Lage.
An sich halten sie noch und spähen in wolkiger Hülle,
Welches der Männer Geschick und wo sie die Flotte verließen,
Was sie hierhergeführt, denn Erwählte aus sämtlichen Schiffen
Zogen gerade flehend mit lauten Rufen zum Tempel.
Als sie dort eingetreten und ihnen zu reden vergönnt war,
Da als der Älteste sprach Ilioneus mild und gelassen:
»Königin, der die Stadt hier neu zu gründen gewährte
Juppiter und durch Recht die trotzigen Völker zu zähmen,
Wir, unselige Troer, durch alle Meere verschlagen,
Flehen dich an: O wehre den ruchlosen Brand von den Schiffen!
Schone des frommen Geschlechts, schau näher auf unsere Lage:
Nicht um Libyens Häuser mit Waffengewalt zu verwüsten,
Kamen wir, noch um Beute geraubt zum Ufer zu schleppen.
Nicht will solche Gewalt, solch Trotz Besiegten geziemen.
Gibt es doch ein Land, Hesperien nennt es der Grieche,
Alt und waffenstark und reich an fruchtbarem Boden,
Einst von önotrischen Männern bewohnt, jetzt, heißt es, die Jüngern
Nennten Italien es, den Namen des Führers zu ehren.
Das war unser Ziel:
Als mit plötzlicher Flut der Regen-Orion emporstieg
Und in verborgene Watten uns trieb und mit überaus wildem
Süd durch die Übermacht des Meeres und weglose Klippen
Uns zerstreute. Nur wenige Schwimmer erreichten das Ufer.
Was für Menschen sind das und welcher barbarischen Sitte
Huldigt dies Land! Man wehrt uns ab vom gastlichen Strande,
Kampf beginnt man und weigert uns selbst die äußerste Küste.
Wenn ihr das Menschengeschlecht und der Sterblichen Waffen verachtet,
So seid sicher, es walten die Götter des Rechtes und Unrechts.
Herrscher über uns war Aeneas, gerechter war keiner,

Keiner war frömmer und keiner so groß im Krieg und in Waffen.
Wenn das Geschick uns den bewahrte und wenn er des Äthers
Lüfte noch atmet und nicht zu den grausigen Schatten hinabsank,
Fürchten wir nichts. Es soll dich nicht reuen, uns eifrig die erste
Gunst erwiesen zu haben. Ja, auch in Sizilien gibt es
Städte und Auen und auch den berühmten Trojaner Akestes.
Gönn uns an Land zu ziehn die sturmzerschlagene Flotte
Und in der Waldung Stämme zu schlagen und Ruder zu glätten,
Daß, wenn Italien uns mit Herrscher und Freunden beschieden,
Wir dann dieses Land und Latium freudig erreichen.
Schwand aber unser Heil und schlangen dich Libyens Fluten,
Bester Vater der Teukrer, und blieb keine Hoffnung auf Iulus,
Laß zumindest uns dann nach Sikaniens Buchten und Stätten
Kehren, woher wir gekommen, und zu Akestes zurückziehn.«
Also Ilioneus' Wort, und Beifall murmelten alle
Dardaner.
Kurz und das Antlitz freundlich gesenkt erwiderte Dido:
»Bannt im Herzen die Furcht, ihr Teukrer, entschlagt euch der Sorgen.
Harte Not und die Neuheit des Reiches zwangen mich, solches
Zu verfügen und rings die Grenzen mit Wachen zu schirmen.
Wer soll Troja nicht kennen und nicht den Stamm des Aeneas,
Nicht die Taten und Helden und Brand des schrecklichen Krieges?
Nein, so teilnahmslos sind nicht der Punier Herzen.
Nicht so fern der tyrischen Stadt schirrt Sol seine Rosse.
Ob ihr Hesperiens Weite und ob ihr saturnische Auen
Oder des Eryx Bezirk und den König Akestes erwählet,
Lass' ich mit sicherm Geleit und hilfreichen Gaben euch ziehen.
Wenn ihr aber mit mir euch hier zu siedeln gesonnen,
Die ich da baue, die Stadt, sei euer. Landet die Schiffe.
Ohne Unterschied soll mir Troer und Tyrier gelten.
Wäre vom gleichen Sturm verschlagen doch König Aeneas
Selber hier! Nun werd' ich sogleich verläßliche Leute
Senden zum Strande, um rings in Libyens Weiten zu spähen,
Ob er gelandet irrt in Wäldern oder in Städten.«
Mutgestärkt entbrannte bei solchen Worten schon lange
Vater Aeneas und auch der tapfre Achates, die Wolke
Rasch zu durchbrechen. Da sprach zuerst zu Aeneas Achates:

»Sohn der Göttin, sag an, was hast du im Herzen beschlossen?
Alles siehst du gesichert und Flotte und Freunde geborgen.
Einer nur fehlt, wir sahen ihn selbst in den Fluten versinken.
Sonst ist alles erfüllt, was deine Mutter verkündet.«
Kaum ist das Wort gefallen, als schnell die verhüllende Wolke
Sich zerteilt und klar im reinen Äther sich auflöst.
Siehe, da stand Aeneas und strahlte im Glanze des Lichtes,
Hehr an Haupt und Schultern gleich einem Gotte; es hatte
Selber die Mutter dem Sohn das schöne Haar und der Jugend
Purpurschimmer verliehn und heitere Würde den Augen,
So wie das Elfenbein von Künstlerhänden verschönert
Oder parischer Stein und Silber in goldener Fassung.
Gleich zu der Fürstin gewandt und wie ein plötzliches Wunder
Allen erscheinend, spricht er: »Da bin ich, den ihr so suchet,
Ich, der Troer Aeneas, den libyschen Fluten entronnen.
Du, die allein voll Mitleid mit Trojas unsäglichen Leiden,
Die du uns Resten des Danaerkampfes, uns völlig von allen
Qualen zu Wasser und Lande Erschöpften, von allem Entblößten
Wohngemeinschaft und Stadt uns bietest, das können dir, Dido,
Nie genügend wir danken und was von dem Dardanervolke
Sonst noch irgendwo auf weiter Erde verstreut ist.
Himmlische werden es dir, sofern sie des Frommen noch achten,
Wenn noch Gerechtigkeit gilt und ein Bewußtsein des Guten,
Würdig belohnen. Wie glücklich ist das Jahrhundert zu preisen,
Das dich geboren! Wie herrlich, die solche Tochter erzeugten!
Ja, solange noch Ströme zum Meere eilen, noch Schatten
Berge und Täler umziehn, noch Sterne weiden am Himmel,
Immer soll dein Name und Ehre und Nachruhm bestehen,
Welch ein Land mich auch ruft.« So spricht er und bietet die Rechte
Dem Ilioneus dar, dem Freunde, die Linke Serestus,
Dann auch den anderen Tapfern, Gyas und auch dem Kloanthus.
Staunen ergriff bei dem Anblick sogar die tyrische Dido,
Mehr noch bei solchem Geschick, und so begann sie zu sprechen:
»Göttersohn, welch Geschick verfolgt dich durch solche Gefahren?
Welche Gewalt verschlug dich an solche entsetzlichen Küsten?
Du bist also Aeneas, den einst dem Troer Anchises
Venus, die holde, gebar an des phrygischen Simois Fluten?
Denke ich doch dabei, wie Teukrus nach Sidon gekommen,

Aus seiner Heimat vertrieben, um neu mit Hilfe des Belus
Wieder ein Reich zu suchen; und da verheerte mein Vater
Belus das reiche Cypern und hat es als Sieger geknechtet.
Und seit jener Zeit schon kenne ich Ilions Schicksal,
Deinen Namen auch und die pelasgischen Herrscher.
Selbst als der Teukrer Feind war er doch voll ihres Lobes,
Rühmte auch seine Herkunft aus altem Teukrergeschlechte.
Drum frisch auf, ihr Männer, und tretet in unsre Behausung.
Trieb doch ein ähnlich Geschick auch mich durch vielerlei Drangsal,
Bis es dann endlich hier mir bleibenden Wohnsitz vergönnte.
Elend ist mir nicht fremd, und ich lernte Leidenden beistehn.«
Spricht's und führt auch sogleich zum Königspalaste Aeneas;
Gleich für die Tempel bestellt sie götterverehrende Feier.
Auch nicht minder entsendet sie für die Gefährten am Ufer
Zwanzig Stiere und Schweine mit borstenstarrendem Rücken,
Ferner mit ihren Müttern auch hundert gemästete Lämmer,
Gaben zur Freudenfeier des Tages.
Aber das Innre des Hauses in königlich glänzendem Schmucke
Wird neu hergerichtet zum Mahl in den mittleren Räumen;
Teppiche, kunstvoll gewirkt und herrlich prangend in Purpur,
Reiches Silbergeschirr auf allen Tafeln, der Väter
Heldentaten in Gold getrieben, in endloser Reihe
Weitergeführt durch die Männer vom ältesten Ursprung des Volkes.
Doch Aeneas (es ließ die Vaterliebe nicht länger
Ruhen sein Herz) entsandte geschwind zu den Schiffen Achates,
Alles dem Sohn zu melden und ihn in die Stadt zu geleiten;
Ganz dem Askanius gilt ja all sein väterlich Sorgen.
Ehrengeschenke auch, aus Iliums Trümmern gerettet,
Heißt er bringen, den Mantel, der starrend von goldnen Gebilden,
Und den Schleier, der rings mit gelbem Akanthus durchwoben,
Einst der argivischen Helena Schmuck, den sie aus Mykenae,
Als sie gen Pergamum zog zu unrechtmäßiger Ehe,
Mit sich brachte, ein herrlich Geschenk von Leda, der Mutter,
Ferner den Herrscherstab, den einst Ilione führte,
Priamus' älteste Tochter, und ferner ein Halsband aus Perlen
Und auch ein Diadem, gefügt aus Gold und Juwelen.
Dieses schnell zu beschaffen, enteilt zu den Schiffen Achates.
Doch Kytherea erwägt von neuem Listen und neue

Pläne im Herzen: Cupido, Gestalt und Antlitz verwandelnd,
Solle an Stelle des süßen Askanius kommen, mit Gaben
Heiß zu entflammen die Fürstin und Glut in die Adern zu gießen.
Denn das unsichere Haus und die doppelzüngigen Tyrer
Fürchtet sie; auch den Zorn der Juno in nächtiger Sorge.
Darum wendet sie so sich an den geflügelten Amor:
»Sohn, meine Hilfe und du allein meine mächtige Stütze,
Sohn, der des höchsten Vaters typhonische Blitze nicht achtet,
Zu dir flieh' ich und flehe dich an um dein göttliches Walten.
Wie dein Bruder Aeneas im Meere an alle Gestade
Irrend geworfen wird vom Haß der feindlichen Juno,
Weißt du, und du betrübtest dich oft ob meiner Betrübnis.
Ihn mit schmeichelnden Worten versucht die phönizische Dido
Festzuhalten; mir graut, wohin sich wohl wende der Juno
Gastlichkeit, sie läßt sich solchen entscheidenden Zeitpunkt
Nicht entgehen. Drum sinn' ich, zuvor die Fürstin mit Listen
Und mit Glut zu umgarnen, daß keine Gottheit sie umstimmt,
Daß sie in großer Liebe gleich mir dem Aeneas verbunden.
Wie du dies wirken kannst, vernimm nun meine Gedanken:
Nach der sidonischen Stadt, vom liebenden Vater gerufen,
Rüstet der fürstliche Knabe, um den ich so sorge, die Abfahrt
Mit Geschenken, entrissen dem Meer und dem Brande von Troja.
Diesen, schlummerumfangen, gedenk' ich auf steiler Kythera
Oder Idaliums Höhn an heiliger Stätte zu bergen,
Daß er die List nicht merkt und unsere Absicht durchkreuze.
Nur eine einzige Nacht verwandle in seine Gestalt dich
Täuschend und wähle als Knabe der Knaben bekannte Gebärden.
Dann, sobald auf den Schoß dich nimmt die beseligte Dido
Bei dem fürstlichen Mahl und dem Rebensaft des Lyaeus,
Wenn sie dich dann umarmt und zärtliche Küsse dir aufdrückt,
Hauche heimliche Glut ihr ein und berück sie im Zauber.«
Amor gehorchte dem Wort der lieben Mutter. Die Flügel
Legt er beiseite und geht als Iulus belustigt von dannen.
Aber Venus durchströmt Askanius' Glieder mit stillem
Schlummer; es bettet die Göttin ihn warm im Schoße und trägt ihn
Hoch in Idaliums Hain, wo linder Majoran duftend
Ihn umhaucht' und sanft in liebliche Schatten umhüllte.

Schon auf Venus' Geheiß mit den Königsgeschenken enteilte
Amor und brachte sie froh zur Stadt im Geleit des Achates.
Als er erschien, da hatte sich schon auf goldenem Pfühle
Unter des Baldachins Stolz die Fürstin inmitten gelagert.
Vater Aeneas auch und auch die trojanische Jugend
Kommen bereits; man streckt sich rings auf purpurnen Decken.
Diener reichen den Händen das Wasser und bieten in Körben
Gaben der Ceres und bringen das glattgeschorene Handtuch.
Fünfzig Mägde sind drinnen bemüht, die Speisen in langer
Reihe zu richten, und schüren am Herd die Glut der Penaten.
Hundert andre und ebenso viele gleichaltrige Diener
Füllten die Tische schwer mit Schüsseln und stellten die Becher.
Auch die Tyrier eilten nicht müde über die frohe
Schwelle geschart; man ließ sie auf bunten Polstern sich lagern,
Und sie bewundern Aeneas' Geschenke, bewundern Iulus
Und den feurigen Blick und die trüglichen Worte des Gottes,
Mantel sowohl wie Schleier, durchwoben von gelbem Akanthus.
Sonderlich aber die arme, dem nahen Verderben geweihte
Fürstin kann ihr Herz nicht sättigen, glühend beschaut sie
Alles und wird von dem Knaben und von den Gaben bezaubert.
Dieser aber, nachdem er Aeneas umhalst und umschlungen
Und des getäuschten Vaters so große Liebe beruhigt,
Eilt auf die Königin zu. Sie hängt mit den Augen und ganzer
Seele an ihm und herzt ihn auf dem Schoße, nicht ahnend,
Welch gewaltiger Gott die Ärmste umgarnte. Und Amor,
Eingedenk des Auftrags der akidalischen Mutter,
Löscht allmählich das Bild des Sychaeus und sucht mit belebter
Liebe ihr kühleres Herz und beschwichtigten Sinn zu entfachen.
Aber sobald man ruhte vom Mahl und die Tafeln entfernt sind,
Werden riesige Krüge gestellt, und man kränzte die Becher.
Laut erschallt der Palast, und durch die Weite der Halle
Tönen die Stimmen. Schon hängen von goldener Decke entflammte
Lampen, und weichen muß die Nacht vor dem Leuchten der Fackeln.
Da nun fordert die Fürstin den gold- und edelsteinschweren
Becher und füllt ihn mit Wein; ihn pflegten schon Belus und alle
Herrscher nach ihm zu brauchen. Da wurde es still in der Halle:
»Juppiter, den man nennt des Gastrechts heiligen Hüter,

Diesen Tag laß fröhlich den Tyriern und auch den Fremden
Trojas sein; es mögen noch seiner die Enkel gedenken.
Nahe sei Bacchus, der Spender der Lust, und die gütige Juno!
Und ihr, Tyrier, feiert das Mahl mit freudigem Herzen.«
Sprach's und goß auf die Tafel die Götterspende des Trankes,
Nippte dann nach der Spende am Trank mit dem Saume der Lippen,
Reichte ihn drauf ermunternd dem Bitias; ohne zu zögern
Schlürft er den schäumenden Wein und leert die Fülle des Goldes.
Andere Große nach ihm; dann läßt der gelockte Iopas
Tönen die goldene Leier; ihn lehrte der riesige Atlas.
Und den wechselnden Mond und die Mühen der Sonne besingt er,
Woher Mensch und Getier, woher auch Regen und Feuer,
Auch der Arktur und die feuchten Hyaden, die beiden Trionen,
Warum winters so rasch zum Okeanus wieder die Sonnen
Tauchen, und welcher Verzug die säumigen Nächte zurückhält.
Endlos klatschen die Tyrier Beifall, es folgen die Troer.
Auch durch manches Gespräch zieht Dido die Nacht in die Länge.
Ach, die Arme, sie schlürft in langem Zuge die Liebe.
Viel über Priamus fragt sie, und über Hektor auch vieles,
Dann, mit welchen Waffen der Sohn der Aurora gekommen,
Wie Diomedes' Gespann, wie groß Achilles gewesen.
»Aber erzähle doch lieber von Anbeginn, Fremdling«, so sprach sie,
»Uns der Danaer Listen, der Deinigen Leiden und deine
Irrenden Fahrten. Dich trägt ja schon der siebente Sommer
In der Irre dahin durch alle Länder und Meere.«

ZWEITER GESANG

Alle saßen verstummt, gespannt die Blicke gerichtet.
Dann vom erhabenen Pfühl begann der Vater Aeneas:
»Unaussprechliches Leid, o Königin, heißt du erneuern,
Wie die trojanische Macht, die unglückselige Herrschaft,
Stürzte durch Danaerhand, welch Elend ich selber gesehen,
Selber so viel erlitt. Wer würde bei solcher Erzählung
Sich der Tränen enthalten, ob Doloper, ob Myrmidone,
Selbst die Krieger des harten Ulixes? Die tauige Nacht schon
Beugt sich am Himmel, es mahnen die sinkenden Sterne zum
Schlummer.
Aber verlangt dich so sehr, all unser Elend zu wissen
Und in Kürze zu hören die letzten Leiden von Troja,
Wie die Erinnerung auch sich sträubt und vor Trauer zurückbebt,
Will ich beginnen: Erschöpft vom Kriege, vom Schicksal gehindert,
Bauten der Danaer Führer nach so viel verstrichenen Jahren
Hoch wie ein Berg ein Roß durch die göttliche Kunst der Athene,
Und seine Rippen verbanden sie rings mit fichtenen Planken,
Als ein täuschend Gelübde für ihre Heimkehr, so hieß es.
Hierin schließen sie heimlich vom Los erkorene Helden
In das dunkle Verließ und füllen des Bauches gewalt'ge
Höhlungen alle an mit schwerbewaffneter Mannschaft.
Tenedos liegt daselbst in Sicht, ein allen bekanntes
Eiland, reich und gesegnet, solange Priamus herrschte,
Jetzt nur eine Bucht, zum Ankern wenig geeignet.
Dorthin zogen sie fort, sich bergend am öden Gestade:
Wir auch wähnten sie fort und gen Mykenae gesegelt,
Und ganz Troja fühlte sich langer Trauer entlastet.
Auf tut man die Tore, man eilt, das troische Lager
Und die verlassenen Plätze, das leere Gestade zu schauen:
Hier war der Doloper Mannschaft, hier lag der wilde Achilles,
Hier war der Stand der Flotte, hier pflegten die Kämpfe zu toben.
Andre begaffen das Roß, der jungfräulichen Minerva
Schreckensgeschenk, und bewundern die Größe; vor allen
Thymoetes
Rät, es in die Stadt und hoch auf die Feste zu bringen,
War es Verrat oder war es, weil Trojas Stunde gekommen.

Kapys aber und wer noch sonst verständigen Sinnes
Heißt, der Danaer Trug und ihre verdächtige Spende
Stürzen ins Meer, vielleicht auch Feuer darunter zu zünden
Oder den Bauch zu durchstoßen, die hohlen Verstecke zu prüfen.
Schwankend eifert das Volk und ist verschiedener Meinung.
Da, allen andern voraus, von großen Scharen begleitet,
Eilt von der Höhe der Burg Laokoon, brennend vor Eifer,
Fernher rufend: ›Unsel'ge, welch Wahnsinn packt euch, ihr Bürger!
Wähnt ihr die Feinde entwichen? Und glaubt ihr, Danaergaben
Wären ohne Betrug? Kennt ihr so schlecht den Ulixes?
Denn entweder verschließt das Holz verborgne Achaeer,
Oder das ist ein Gerüst zu unserer Mauern Bedrohung,
In unsre Häuser zu spähen, zu überfallen die Feste,
Oder ein anderer Trug. Traut nicht dem Rosse der Teukrer!
Was es auch sei: Man fürchte die Danaer, auch wenn sie schenken.‹
Also sprach er und trieb voll Kraft die gewaltige Lanze
Gegen die Flanken und in des Untiers wölbig gefügten
Bauch; da stak sie nun bebend, und von des Leibes Erschütterung
Dröhnte der hohle Rumpf, und ein Ächzen scholl aus der Tiefe.
Wär' es nicht göttliche Fügung, nicht unsere Blindheit gewesen,
Hätte sein eifernder Speer die argolische Tücke vernichtet,
Troja stände noch heut, noch ragte des Priamus Feste.
Siehe, da ward zum König mit rückwärtsgefesselten Händen
Unter großem Geschrei von dardanischen Hirten ein Jüngling
Hingeschleppt, der sich selbst wie fremd den Kommenden preisgab;
Denn das plante sein Trug, daß den Achaeern er Troja
Öffne voll Selbstvertraun und fest zu beidem entschlossen:
Sei's zu vollenden die List oder sicheren Todes zu sterben.
Ihn zu beschauen strömt trojanische Jugend von allen
Seiten herbei, und eifrig verhöhnen sie alle den Fremden.
Hör nun der Danaer Tücke und lern aus dem *einen* Betruge
Alle zugleich.
Denn als inmitten der Gaffer bestürzt und waffenlos jener
Dasteht und sich rings in den Reihen der Phryger umschaut:
›Weh mir!‹ ruft er laut. ›Welch Land und welche Gewässer
Können mich schützen, und was bleibt nun mir Ärmsten
noch übrig?
Mir, den das Danaervolk nicht bei sich duldet und dessen

Blut zur Sühne nun auch die feindlichen Dardaner fordern?‹
Umgestimmt durch solches Gewinsel, ließen von allem
Angriff sie ab; wir wünschen zu wissen, woher er entstamme,
Was er brächte, worauf er gefangen noch Hoffnungen setze.
Er überwindet allmählich die Furcht und läßt sich vernehmen:
›Alles, was geschehen, will ich dir, König, getreulich
Melden, auch will ich nicht leugnen, daß ich argolischen Blutes.
Dieses zunächst, und wenn das Schicksal den Sinon auch elend
Machte, so macht ihn solch Übel doch nicht zum Schwätzer und Lügner.
Ist zu deinen Ohren vielleicht der Name gedrungen
Von dem Belusspróß Palamedes und seinem so großen
Ruhm, wie die Pelasger ihn schuldlos auf falsche Verleumdung
Des Verrats geziehn, nur weil vom Kriege er abriet,
Erst ihn getötet und nun den Abgeschiednen betrauern?
Ihm als Waffengefährten und nahem Verwandten gesellte
Mich, als ich noch jung, ins Feld mein bedürftiger Vater.
Als seine Herrscherwürde noch unerschüttert, sein Ansehn
Unter den Fürsten noch blühte, besaß ich selber auch etwas
Name und Ruhm. Doch als dann des verschlagnen Ulixes
Neid, wie ja bekannt, ihn aus der Oberwelt forttrieb,
Schleppte ich Kummervoller in Nacht und Trübsal mein Leben
Still entrüstet über den Sturz des schuldlosen Freundes.
Aber ich blieb nicht stumm, ich Tor, nein, sollt' es das Schicksal
Gönnen, siegreich wieder ins heimische Argos zu kehren,
Würd' ich ihn rächen, und Haß erweckt' ich mit solchem Gerede.
Dies meines Leides Beginn, nun weckt unablässig Ulixes
Neuer Beschuldigung Schreck, nun streut er dunkle Gerüchte
Unter der Menge aus, und schuldbewußt schmiedet er Waffen.
Und so ruhte er nicht, bis er mit Hilfe des Kalchas –
Aber was soll ich umsonst so Unerquickliches wecken?
Warum euch hemmen? Und gelten euch alle Achaeer das gleiche
Und genügt dies zu hören, so säumt nicht länger und straft mich.
Das ist des Ithakers Wunsch; die Atriden belohnen es reichlich.‹
Nun entbrannten wir alle erst recht, die Gründe zu hören,
Unbekannt mit den Tücken und soviel Trug der Pelasger.
Zagend fährt er fort und spricht mit verstellter Bewegung:
›Oft schon erwogen bereits die Danaer, Troja zu meiden

Und zu entfliehen, erschöpft vom lange dauernden Kriege.
Hätten sie's doch getan! Doch immer hielt sie des Sturmes
Wüten zurück, und es schreckte sie immer beim Aufbruch der Südwind;
Sonderlich als bereits, aus Ahornbalken gezimmert,
Stand das Roß, ertönte der ganze Himmel von Güssen.
Ratlos entsandten wir da Eurypylos, daß der erforsche
Phoebus' Orakel; er brachte vom Tempel die traurige Antwort:
,Blut hat die Winde versöhnt und der Tod der geopferten Jungfrau,
Als ihr Danaer erst die ilischen Küsten erstrebtet;
Blut verschaff' euch die Heimkehr, und eine argivische Seele
Opfert dafür.' Als dem Volk der Spruch zu Ohren gekommen,
Standen sie alle starr, und eisiger Schrecken durchzuckte
Ihnen das Herz. Wem gilt der Spruch, wen fordert Apollo?
Aber der Ithaker zerrt bei großem Getümmel den Seher
Kalchas mitten ins Volk: ,Was will der göttliche Ausspruch?'
Fordert er streng. Schon sangen mir viele des Ränkeschmieds grause,
Frevelnde List und sahen schon still die kommenden Dinge.
Zweimal fünf Tage hüllte sich zwar der Seher in Schweigen,
Einen zu bezeichnen und so dem Tode zu weihen.
Endlich aber getrieben vom Toben des Ithakers bricht er,
Wie beschlossen, sein Schweigen, und mich bestimmt er zum Opfer.
Beifall riefen ihm alle. Wovor sich jeder gefürchtet,
Wälzen sie nun mit Lust auf einen einzigen Armen.
Schon war er da, der entsetzliche Tag, mein Opfer gerüstet:
Salz und geröstetes Korn und um die Schläfen die Binden.
Da, ich gesteh' es, entriß ich dem Tode mich, sprengte die Fesseln
Und verbarg mich bei Nacht, versteckt in sumpfigem Röhricht,
Bis sie von dannen gesegelt, sofern dies wirklich geschähe.
Nicht mehr darf ich jetzt hoffen, die alte Heimat zu grüßen,
Nicht mehr die teuren Kinder, den lieben Vater zu sehen.
Ach, sie werden vielleicht für mein Entweichen nun büßen,
Und die Ärmsten erliegen für mein Verschulden dem Tode!
Drum bei den Göttern da droben, den wissenden Mächten der Wahrheit,
Bei der Treue, wenn sie noch irgendwo unter den Menschen
Unverletzlich herrscht, so fleh' ich, erbarme dich solchen
Leides, erbarme dich eines, der so viel Schande erduldet.‹

Solchen Tränen schenkten das Leben wir, ja auch noch Mitleid;
Priamus aber befiehlt, zunächst dem Manne der Fesseln
Enge Umschnürung zu lösen, und spricht mit freundlichen Worten:
›Wer du auch seist, fortan vergiß die verlorene Heimat.
Bleibe einer der Unsern, jetzt aber sag mir die Wahrheit:
Warum türmten sie dort das Roßgebäude? Wer schuf es?
Welchem Zwecke? Und wem geweiht? Ist's irgendein Rüstzeug?‹
Sprach's, und jener erfahren in Trug und pelasgischer Arglist,
Hob die entfesselten Hände empor zu des Himmels Gestirnen:
›Euch, ihr ewigen Feuer, ihr unverletzlichen Mächte,
Ruf' ich zu Zeugen, auch euch, Altäre, du schreckliches Messer,
Dem ich entfloh, ihr Binden, die mich schon schmückten zum Opfer:
Lösen darf ich mich nun von den heiligen Rechten der Griechen,
Darf ich sie hassen, die Männer, und alles öffentlich künden,
Was sie verhehlt, mich binden nicht länger Gesetze der Heimat.
Du nur halte dein Wort, wenn du erhalten, o Troja!
Wahre die Treu, wenn ich Wahres verkünde und groß es dir lohne.
Alle Hoffnung der Griechen und alles Vertrauen zu siegen
Ruhte stets auf der Hilfe der Pallas, doch seit der verruchte
Tydeussohn und Ulixes, der Stifter aller Verbrechen,
Das so schicksalsvolle Palladium aus dem geweihten
Tempel zu reißen gewagt und droben die Wächter getötet
Und das heilige Bild mit blutigen Händen entführten,
Ja, die geweihten Binden der Gottheit schändlich betastet,
Seit der Zeit zerfloß und schwand der Danaer Hoffnung,
Brach ihre Kraft, und es wandte sich ab die zürnende Gottheit.
Nicht zu bezweifelnde Zeichen gab uns Tritonia selber.
Kaum befand sich ihr Bild im Lager, da leuchteten Flammen
Ihr aus weitoffenen Augen, ihr brach aus den Gliedern ein bittrer
Schweiß, und dreimal schnellte sie hoch vom Boden (o Wunder!),
Daß ihr am Arme der Schild und schütternd die Lanze erbebten.
Schnell riet Kalchas, man solle sofort auf dem Meere entfliehen;
Pergamum würde ja nicht durch argolische Waffen vernichtet,
Holten sie nicht aus Argos Bescheid und brächten die Gottheit
Wieder dorthin. Und das schafften sie über das Meer auf den Schiffen.
So nun mit dem Winde zur Heimat Mykenae gewendet,
Holten sie Göttergeleit und Waffen und segelten wieder

Unvermutet zurück. So deutet Kalchas die Zeichen.
Für das Palladium und für die beleidigte Gottheit
Stellten die so Ermahnten dies Bild, den Frevel zu sühnen.
Aber so unermeßlich aus Balken die Masse zum Himmel
Hoch empor zu türmen, hat Kalchas darum geheißen,
Daß kein Tor sie ließe ins Innre der Mauern geleiten
Und sie die Troer nicht so in alter Verehrung beschirme.
Denn wenn eure Hände Minervas Gabe verletzen,
Würde Verderben (o wendet, ihr Götter, gegen ihn selber
Diese Verkündung!) dem Reich und dem Volke des Priamus drohen.
Zögt ihr jedoch das Pferd in die Stadt mit eigenen Händen,
Dann wird Asien selber den Mauern des Pelops mit großer
Kriegsmacht nahn, und ein gleiches Geschick träf' unsere Enkel.‹
Solchem Lügengewebe und falschen Schwüren des Sinon
Schenken wir Glauben, bezwungen durch List und geheuchelte Tränen,
Wir, die nicht der Tydide, der Larissaeer Achilles,
Nicht der Jahre zehn, noch tausend Schiffe bezwangen.
Aber ein anderes noch weit größeres, grauseres Wunder
Bot sich uns Armen dar und verwirrte die sorglosen Herzen:
Denn Laokoon, den das Los zum Priester Neptunus'
Wählte, weihte dem Gott am Altar einen mächtigen Farren;
Siehe, da gleiten durch glatte Flut von Tenedos' Insel,
Schaudernd berichte ich es, zwei Schlangen, riesig sich ringelnd.
Wälzen sich über das Meer und streben mitsammen zum Strande,
Steil aus der Flut die Häupter gestreckt, es ragten die Mähnen
Blutrot über die Wellen; lang schleifte die Länge der Körper
Hinten über das Meer, sich krümmend in mächtiger Windung.
Lautauf rauschten die Wellen; schon streben die Schlangen zum Ufer.
Blutunterlaufen funkeln die Augen ihnen wie Feuer,
Und mit Zischen schnellen die Zungen hervor aus den Mäulern.
Schreckensbleich entfliehen wir alle; doch zielen die Schlangen
Grad auf Laokoon nur, und beide Drachen umschlingen
Jeder fest zuerst die zarten Leiber der Söhne,
Packen sie und zermalmen mit Bissen die Glieder der Ärmsten.
Drauf den Vater, als er mit Waffen zum Schutze herbeirennt,
Greifen sie, ihn umschnürend in grausem Geringel, und haben

Doppelt ihn bereits am Leib und doppelt am Halse
Mit ihren schuppigen Rücken umstrickt, die Häupter erhoben.
Noch mit den Händen versucht er, die Knoten zu lösen, besudelt
Sind von Eiter und Gift die heiligen Binden, zum Himmel
Brüllt er mit grausigem Schreien empor; so schauerlich brüllend
Rennt ein Stier, der schlecht getroffen, blutend von dannen
Vom Altare und schüttelt die Axt aus dem Nacken zu Boden.
Gleitend aber entweichen die beiden Schlangen zum Tempel
Droben und streben dort zur Burg der grausen Tritonis
Und verbergen sich hinter dem Schild zu Füßen der Göttin.
Da beschleicht aufs neue ein Grauen die schreckenerfüllten
Herzen aller; sie sagen, Laokoon büße sein Unrecht
Nach Gebühr und Recht, dieweil er das heilige Holzpferd
Schändlich mit der Lanze verletzt' und am Rücken durchbohrte.
Alle verlangen, man solle zum Sitz der Göttin das Bildnis
Ziehen und zu ihr flehn.
Wir durchbrechen die Mauern der Stadt und öffnen die Wälle.
Alle gürten sich schnell zum Werk und schieben zum Gleiten
Räder unter die Füße und legen hanfene Stricke
Über den Nacken; so steigt zur Stadt das waffengefüllte
Unglücksgerüst, und Knaben und keusche Jungfrauen singen
Heilige Hymnen ringsum, voll Freude, das Seil zu berühren.
Näher rückt der Bau und gleitet nun drohend ins Innre.
Vaterstadt, Heim der Götter, o Ilion, waffenberühmte
Dardanerburg! Viermal blieb an der Schwelle des Tores
Stehen der Bau; im Bauch scholl viermal Waffengerassel.
Dennoch drängen wir fort ganz achtlos und eiferverblendet,
Bis wir das Unglücksuntier gestellt in den heiligen Burghof.
Nun auch öffnet Kassandra die zukunftverkündenden Lippen,
Denen, so wollte der Gott, ja niemals die Teukrer vertrauten.
Wir Verblendeten aber, dem letzten Tage verfallen,
Kränzen rings in der Stadt mit Laub die Tempel der Götter.

Und schon sinkt der Tag, es steigt die Nacht aus dem Meere,
Und mit dunklen Schatten umhüllt sie Himmel und Erde
Und myrmidonischen Trug; und schweigend rings in der Feste
Ruhen die Teukrer, und Schlaf umfängt die ermüdeten Glieder.
Schon auf gerüsteten Schiffen von Tenedos nahte der Griechen

Streitmacht und glitt dahin durch das freundliche Schweigen der Mondnacht
Nach dem bekannten Gestade. Da leuchtet vom Schiffe des Königs
Flammender Glanz, und behütet durch feindlichen Ratschluß der Götter,
Öffnet Sinon den Bauch des Pferdes und macht aus der finstern
Kammer die Danaer frei; das Roß aus erschlossener Höhlung
Gibt sie ans Licht, die froh sich aus dem Gefängnis entwinden.
Sthenelus und Thessandrus, die zwei, und der grause Ulixes
Gleiten am Seil herab, und Akamas folgte mit Thoas,
Neoptolemus auch, der Pelide, vor allem Machaon
Und Menelaus, dazu der Erbauer des Truges, Epëus.
Die ergießen sich nun in die wein- und schlummerbegrabne
Stadt, erschlagen die Wächter, und durch die entriegelten Tore
Lassen sie alle herein, und sie scharen sich, wie sie beschlossen.

Noch war die Stadt, in der die ermüdeten Menschen im ersten
Schlummer lagen, erfüllt von der süßesten Gnade der Götter.
Siehe, da schien mir im Schlaf vor den Augen trauerbeladen
Hektor zu stehen, das Antlitz von strömenden Tränen beflutet,
So wie vordem vom Wagen geschleift, von blutigem Staube
Ganz geschwärzt und mit Riemen durchbohrt die blutigen Füße.
(Wehe mir, welch ein Bild! Wie anders erschien er als jener
Hektor, wie er ja einst in der Wehr des Achilles zurückkam,
Als er phrygisches Feuer in Danaerschiffe geschleudert!)
Struppig starrte der Bart, verklebt die blutigen Haare,
Zahllos mit Wunden bedeckt, wie er um die heimische Mauer
Sie empfangen. Da wähnte ich selber tränend den Helden
Anzureden, und mir entfuhren die trauernden Worte:
›O du, Dardaniens Licht, du festeste Hoffnung der Teukrer,
Was verzogst du so lange? Von welchen Gestaden, o Hektor,
Kommst du Ersehnter her? Wie können, nachdem von den Deinen
So viele starben, so viel die Stadt und die Männer gelitten,
Wir Erschöpfte dich schaun? Was hat so schmählich dein heitres
Antlitz entstellt? Warum erblick' ich dich so voller Wunden?‹

Nicht hielt jener sich auf bei meinen müßigen Fragen,
Sondern aus tiefster Brust schwer seufzend kam ihm die Stimme:
›Fliehe, du Sohn der Göttin‹, so rief er, ›entreiß dich den Flammen!
Feinde besetzten die Stadt, vom hehren Gipfel stürzt Troja.

Opfer fielen genug für Heimat und Priamus. Konnten
Hände Troja erretten, so hätten es meine errettet.
Dir vertraut nun Troja sein Heiligstes und die Penaten,
Nimm sie als Schicksalsleiter und such ihnen ragende Mauern
Zu erbauen, wenn endlich du irrend die Meere durchfahren.‹
Spricht's und bringt in den Händen die mächtige Vesta, die Binden
Und das ewige Feuer heraus aus dem Innern des Tempels.
Hier und da durchirrten die Stadt schon Klagen und Jammer.
Lauter und immer lauter, wie weit auch des Vaters Anchises
Haus gesondert lag und hinter Bäumen verborgen,
Tönt das Getöse und drängt heran das Klirren der Waffen.
Auf aus dem Schlummer fuhr ich und und steige empor zu des Hauses
Höchster Zinne und stehe nun dort mit lauschendem Ohre:
Wie wenn bei rasendem Sturm die Flamme fällt in ein Saatfeld
Oder reißend vom Berg ein Sturzbach die Äcker verwüstet,
Auch die lachende Saat verschwemmt und die Mühe der Rinder
Wieder zum Abgrund reißt; vom höchsten Gipfel des Berges
Lauscht der Hirt verwundert dem unerklärlichen Toben.
Offenkundig war nun der Danaer Treue und Tücke.
Schon im Brande Vulkans stürzt des Deïphobus weites
Haus in Trümmer, daneben sieht man Ukalegons Wohnung
Brennen, schon spiegelt die Flamme die breite Bucht von Sigëum.
Männergetöse erschallt, es tönt der Klang der Drommete.
Waffen ergreif' ich betäubt, doch nun sind Waffen ja sinnlos.
Aber das Volk zum Kampfe zu sammeln und mit den Genossen
Fortzustürmen zur Burg, entbrenne ich. Zorniger Ingrimm
Treibt mich, und mich durchläuft's: Wie herrlich, im Kampfe zu sterben!
Siehe da, Panthus rennt, der Griechen Geschossen entronnen,
Panthus, des Othrys Sohn, ein Priester der Burg und des Phoebus;
Heilig Gerät in den Händen, besiegte Götter, den kleinen
Enkel gefaßt, so strebt er wie irr der Schwelle entgegen:
›Panthus, wo gibt es noch Rettung? Wo kann uns die Feste noch schützen?‹
Kaum entfuhr mir der Ruf, schon gab er stöhnend zur Antwort:
›Das ist der schreckliche Tag, das unabwendbare Ende
Trojas. Troer waren wir einst, war Ilium, strahlend

Leuchtete teukrischer Ruhm; voll Grimm hat Juppiter alles
Argos gegeben. Die Griechen sind Herren der brennenden Feste.
Mitten dort ragt das Roß und speit bewaffnete Männer
Aus in die Stadt, es schürt nun Sinon höhnisch als Sieger
Feuer und Brand, schon strömen durch doppelentriegelte Tore
Tausende andre, so viel aus dem großen Mykenae gekommen.
Andere halten besetzt die Enge der Straßen, in Waffen
Starrend, es ragen gezückt der Schwerter blitzende Spitzen,
Lüstern nach Mord, und kaum versuchen die Wächter der Tore
Dort noch zu kämpfen und zwecklos sich wider die Feinde zu wehren.‹

Durch des Panthus Bericht und von Dämonen getrieben,
Stürz' ich in Flammen und Kampf, wohin mich die grause Erinys
Und das Getöse ruft und der Jammer zum Himmel emporschallt.
Ripheus gesellt sich dazu und auch der gewaltige Kämpfer
Epytus, uns zur Seite im Lichte des Mondes tritt Dymas,
Hypanis auch, es eilt hinzu der junge Koroebus,
Mygdons Sohn, gerade erst nach Troja gekommen,
Wild zu Kassandra in Liebe entbrannt, als künftiger Eidam
Hilfe dem Priamus und dem phrygischen Volke zu bringen.
Unglückseliger, der nicht achten wollte der Warnung
Seiner verzückten Braut.
Wie ich nun diese geschart und wagemutig gewahrte,
Hebe ich an: ›Ihr Männer, umsonst zum Kampfe entschlossen
Seid ihr; treibt es euch aber, das Äußerste kühn zu versuchen,
Mir zu folgen (ihr seht ja klar, wie die Dinge hier stehen:
Fort sind von den Altären und Tempeln die Götter entflohen,
Alle, auf denen das Reich beruhte; der lodernden Feste
Eilt ihr zu Hilfe), so stürzen wir denn zum Kampf und zum Tode.
Einziges Heil der Besiegten: auf keinerlei Heil mehr zu hoffen.‹
So vermehrt sich die Wut der Jünglinge. Raubenden Wölfen
Gleich, die bei Nebel und Nacht wie blind von den Qualen des Hungers
Fortgetrieben, indes mit lechzendem Schlunde verlassen
Ihrer die Jungen harren, so eilen durch Waffen und Feinde
Wir in den sicheren Tod und halten mitten durch Troja
Immer die Bahn. Die Schatten der Nacht umflügeln uns dunkel.

Wer vermöchte mit Worten den Mord und die Schrecken zu
schildern
Dieser Nacht? Wer möchte mit Tränen die Qualen ermessen?
Troja, das alte, stürzt, das so viele Jahre geherrscht hat.
Zahllos bedecken die Straßen die wahllos niedergestreckten
Leiber, die Häuser sind voll und selbst der Götter geweihte
Schwellen. Doch nicht allein die Troer büßen hier blutig:
Neuer Mut erwacht zuweilen auch in den Besiegten,
Und es fallen dann auch die siegenden Danaer. Jammer
Rings und rings Entsetzen und tausend Bilder des Todes.
Unter den Danaern jetzt inmitten vieler Gefolgschaft
Treffen Androgeus wir; er hält uns für Waffengenossen
Ahnungslos und treibt uns an mit freundlichen Worten:
›Eilt euch, ihr Männer. Was seid ihr denn so säumig und träge?
Andere plündern und räumen hinweg das flammende Troja.
Seid ihr etwa erst jetzt aus euren Schiffen gekommen?‹
Rief's und merkte sofort, da keine genügende Antwort
Sicherheit bot, er sei in feindliche Scharen geraten.
Staunend prallt er zurück, sucht Schritt und Stimme zu hemmen.
Wie wenn unversehens ein Mann in dornigem Buschwerk
Fest eine Natter getreten und jäh erschrocken zurückflieht,
Da sie zornig sich hebt mit wütend geschwollenem Halse:
So bei dem Anblick erschrocken, entwich Androgeus rückwärts.
Wir aber stürzen heran, sie dicht mit Waffen umzingelnd,
Strecken die Furchterstarrten und Ortsunkundigen ringsum
Nieder; so lächelt das Glück uns schon bei beginnender Arbeit.
Von dem Erfolg und der Keckheit berauscht ruft jubelnd Koroebus:
›Freunde, wo uns nun gleich das Glück die Pfade zur Rettung
Weist, laßt uns ihm folgen, wohin es so günstig uns leitet.
Tauschen laßt uns die Schilde und auch der Danaer Rüstzeug
Nehmen. List oder Trug, dem Feind gegenüber, was gilt es!
Waffen geben sie selbst.‹ So ruft er und stülpt den bebuschten
Helm des Androgeus auf, ergreift den herrlich geschmückten
Schild und gürtet sich dann das argivische Schwert an die Seite.
Ebenso Ripheus und ebenso Dymas und alle Genossen
Wappnen sich froh, ein jeder mit frisch erworbener Beute.
Unter die Danaer mischen wir uns, doch unlieb den Göttern,
Und in finsterer Nacht bestehen wir mancherlei Kämpfe

Und entsenden so manchen der Danaer nieder zum Orkus.
Andere eilenden Laufs entfliehn zu den Schiffen, zum sichern
Strande, ein Teil sogar erklettert schmählich aufs neue
Das gewaltige Roß und birgt sich wieder im Bauche.
Ach, man sollte doch nimmer ungnädigen Göttern vertrauen!
Siehe, da wird die Jungfrau Kassandra, des Priamus Tochter,
An den Haaren geschleift aus dem innersten Tempel Minervas.
Ihre brennenden Augen erhebt sie vergebens zum Himmel,
Nur ihre Augen, sind doch die zarten Hände gefesselt.
Nicht ertrug Koroebus den Anblick in wilder Verzweiflung.
Mitten stürzt er hinein in den Haufen, dem Tode verfallen.
Alle folgen wir ihm und rennen ins dichte Getümmel.
Hier nun hageln auf uns von der obersten Zinne des Tempels
Die Geschosse der Unsern; ein grauses Gemetzel erhebt sich,
Denn es trügt sie die Form der griechischen Waffen und Helme.
Dann auch in streitender Wut um jene entrissene Jungfrau
Strömen von allen Seiten der Danaer Scharen, der wilde
Ajax, die beiden Atriden, der Doloper ganzes Geschwader,
Wie wenn gegeneinander die Winde aus berstenden Wirbeln
Toben, der West und der Süd und froh der Ost mit des Aufgangs
Rossen; es ächzen die Wälder, und Nereus tobt mit dem Dreizack
Wellenumschäumt und zerwühlt des Meeres unterste Tiefen.
Jene sogar, die wir in dunkler Nacht in den Schatten
Scheuchten durch unsere List und rings gehetzt in der Feste,
Tauchen nun auf und durchschauen die Täuschung der Waffen und Schilde
Gleich und weisen auf die befremdlich klingende Mundart.
Alles dahin! Wir erliegen der Zahl. Als erster Koroebus
Fällt durch Peneleus' Hand am Altare der waffengewalt'gen
Göttin; auch Ripheus sinkt, er war der Gerechtesten einer
In dem Volke der Teukrer, der Billigkeit treuester Hüter.
Anders gefiel es den Göttern, auch Dymas und Hypanis fallen
Von befreundeter Hand, auch dich, hinsinkender Panthus,
Schützte die Frömmigkeit nicht und nicht die Binden Apollos.
Ilions Asche und auch du, Grabesflamme der Meinen,
Seid mir Zeugen, wie ich bei euerm Sturze nicht Pfeile
Und nicht Fährnisse mied! Und hätt' es das Schicksal beschlossen,
Hätt' ich durch Griechenhand erliegen müssen. Getrennt nun

Blieben Iphitus nur und Pelias mit mir, der eine
Altersschwach, und Pelias schwer von Ulixes verwundet.
Vorwärts geht es, uns ruft der Lärm zu Priamus' Sitze.
  Dort welch schreckliche Schlacht, als tobten anderswo keine
Kämpfe, als ob in der Stadt sonst keiner dem Tode erläge,
So unbändige Wut und häuserbrennende Griechen
Schauen wir und die Schwelle bedrängt von sich türmenden Schilden.
Leitern stehen gelehnt an den Wänden, selbst unter den Pfosten
Strebt man die Sprossen empor, den Schild an der Linken zum Schutze
Gegen die Würfe; es klammert sich an die Zinnen die Rechte.
Aber die Dardaner reißen dagegen die Türme und Firste
Ihrer Behausungen ein, um sich mit solchen Geschossen
In der letzten Bedrängnis und nah dem Tode zu wehren.
Auch das goldne Gebälk, der Ahnen prächtiger Zierat,
Schleudern sie nieder, und andre besetzen mit blinkenden Schwertern
Unten die Türme und schützen sie in geschlossener Heerschar.
Neu belebt sich der Mut, des Königs Palast zu beschützen,
Helfend den Männern zu nahn und die Kraft der Besiegten zu stählen.
  Eine Schwelle war dort, ein heimlicher, häufig benutzter
Gang, der des Priamus Häuser verband, unbeachtete Pforten,
Hinten, allwo die arme Andromache, als noch die Herrschaft
Blühte, ohne Gefolge zum Schwiegervater zu gehen
Pflegte und dem Alten den Knaben Astyanax brachte.
Hier nun steig' ich hinauf zur äußersten Höhe des Daches,
Wo ihre eitlen Geschosse die armen Teukrer versandten;
Da am Abgrund stand ein Turm, der steil zu den Sternen
Sich erhob, man konnte dort Troja ganz überblicken,
Auch der Danaer Schiffe und das achäische Lager.
Den bestürmen wir alle ringsum mit eisernen Hebeln
Oben, wo das Gebälk nicht fest in den Fugen; wir brechen
Ihn aus dem hohen Stand, ein Stoß, und plötzlich gelockert
Kracht er in Stücke und stürzt hinab auf der Danaer Scharen.
Doch zum Ersatze nahen schon andre, und ohne zu ruhen
Prasseln weiter Geschosse und steinerne Blöcke.

Vorn am Eingang, auf der äußersten Schwelle sich brüstend,
Rast da Pyrrhus, umleuchtet vom Glanze eherner Waffen:
Wie wenn ans Licht eine Natter, genährt von giftigen Kräutern,
Sattgeschwollen gehegt vom Winter in frostiger Erde,
Nun nach erneuerter Haut und frisch in funkelnder Jugend
Bäumt zur Sonne steil die Brust und den schuppigen Rücken
Rollt und zückt aus dem Maul die dreigespaltene Zunge.
Periphas, der gewalt'ge, Automedon auch, des Achilles
Waffengenosse und Lenker, die ganze skyrische Jugend
Dringen unter das Dach und bewerfen die Zinnen mit Bränden.
Pyrrhus allen voran zerschmettert die kräftige Schwelle
Mit zweischneidiger Axt und spaltet die eherne Pforte
Los von den Angeln, zerhaut einen Balken und treibt in die festen
Bohlen ihn ein, da klafft eine riesige, gähnende Lücke.
Offen liegt nun das Innre des Hauses, die weiten Gemächer,
Offen des Priamus Sitz, der alten Könige Wohnung,
Und die bewaffneten Gegner gewahren sie vorn an der Schwelle.
Aber das Innre des Hauses war von Tumult und Gejammer
Wild durchtobt, es schallte in den gewölbten Gemächern
Gellendes Weibergeheul, das bis zu den Sternen empordrang.
Angstvoll irren Mütter umher in den mächtigen Hallen
Und umarmen die Säulen, die sie mit Küssen bedecken.
Pyrrhus, stark wie sein Vater, dringt ein; nicht Riegel noch Wachen
Halten ihn auf, es wankt von den häufigen Stößen des Widders
Endlich das Tor, und es stürzen, gesprengt aus den Angeln, die Pforten.
Waffen bahnen den Weg. Sie dringen ein, und die ersten
Fallen von Danaerhand, dicht füllen Krieger die Räume.
Nicht so schäumend stürzt, wenn er die Dämme durchbrochen
Und seine Strudel den Bau abwehrender Wälle besiegten,
Wild auf die Felder der Strom und reißt auf allen Gefilden
Ställe und Vieh dahin. Ich sah mit eigenen Augen
Neoptolemus' Wüten, sah beide Atriden am Tore,
Sah mit den hundert Töchtern auch Hekuba, Priamus sah ich
Schänden mit seinem Blut die selbstgeweihten Altäre.
Fünfzig Ehegemächer, der Enkel blühende Hoffnung,

Stolze Säulen, prangend vom Gold errungener Beute,
Sanken dahin, und der Danaer raubt, was das Feuer verschonte.
Doch du möchtest vielleicht auch Priamus' Schicksal erfahren:
Als er die Stadt erobert, zerborsten die Schwelle des innern
Hauses gewahrt und den Feind schon mitten in seinem Palaste,
Hüllt um die bebenden Schultern, die längst schon waffen-
entwöhnten –
Ach, so nutzlos! – der Greis die Wehr, umgürtet sich zwecklos
Mit dem Schwerte und rennt zum Tod in der Feinde Gewimmel.
Mitten im Hofraum erhob sich unter offenem Himmel
Ein gewalt'ger Altar, daneben ein uralter Lorbeer
Drübergebeugt und umfing die Penaten mit schützendem Schatten.
Hier wie ein Taubenschwarm, der dunklem Sturme entflohen,
Drängten nun Hekuba sich und ihre Töchter vergebens
Um die Stufen und hielten die heiligen Bilder umklammert;
Doch wie sie Priamus gar mit Jünglingswaffen umgürtet
Sah, da rief sie: „Welch ein Schreckensgedanke, mein Gatte,
Hieß dich sich wappnen? Wohin, Bejammernswerter, enteilst du?
Nein, nicht solche Hilfe und solche Verteidiger fordert
Diese Stunde, und wäre sogar mein Hektor zugegen.
Flüchte dich endlich her, uns alle beschützt der Altar hier,
Oder wir sterben zugleich!« So rief sie und zog den Bejahrten
Neben sich hin und setzte den Greis an die heilige Stätte.
Siehe, da rennt, entronnen dem mordenden Pyrrhus, Polites,
Einer von Priamus' Söhnen, daher durch Geschosse und Feinde,
Rennt durch die Säulengänge und durch die verödeten Hallen
Schwerverletzt. Doch rasend zu tödlichem Streiche verfolgt ihn
Pyrrhus, und gleich, gleich packt ihn sein Arm und trifft ihn die
Lanze.
Wie er dann doch vor Augen und Antlitz der Eltern entronnen,
Strauchelt er und verhaucht in Strömen Blutes sein Leben.
Priamus da, obwohl schon rings vom Tode umfangen,
Konnte sich nicht mehr zähmen, noch Zorn und Stimme beherrschen:
›Ha, für solche Schandtat‹, so ruft er, ›für solches Erkühnen
Mögen die Götter, wenn noch im Himmel Gerechtigkeit waltet,
Würdigen Dank dir wissen und dich gebührend belohnen,
Dich, der des Sohnes Tod mich läßt mit eigenen Augen
Schauen und schändet so durch Mord mein väterlich Antlitz.

Nicht einmal jener Achilles, den du als Vater dir anlügst,
Hat mit Priamus so, dem Feinde, verfahren. Mein Flehen
Ehrte er fromm und scheu und gab zur Bestattung des Hektor
Blutigen Leichnam zurück und hat in mein Reich mich entlassen.‹
Also zürnte der Greis, und ohne zu treffen, entsandte
Er sein wehrlos Geschoß, das gleich gehemmt von dem dumpfen
Erze vorn am Buckel des Schildes kraftlos herabhing.
Pyrrhus darauf: ›So berichte denn dies und eile als Bote
Zu meinem Vater Achilles, vergiß nicht, ihm alle die Frevel
Seines entarteten Sohns Neoptolemus treulich zu melden.
Nun aber stirb!‹ So rief er und riß zum Altare aufs neue
Fort den zitternden Greis, der schwankte im Blute des Sohnes,
Packte sein Haar mit der Linken und hob mit der Rechten das helle
Schwert und stieß es dem Greis bis an das Heft in die Seite.
So ging Priamus' Leben zu Ende, so raffte das Schicksal
Ihn hinweg im Anblick von Trojas Brand und dem Sturze
Pergamums, ihn, der einst so vieler Völker und Länder
Herr in Asien war; nun liegt am Ufer sein Leichnam
Riesig, das Haupt vom Rumpfe getrennt, ein Leib ohne Namen.
Mich aber faßte da sogleich ein wildes Entsetzen,
Und ich erschrak, mir trat das Bild meines Vaters vor Augen,
Wie ich an grausamer Wunde den ihm gleichaltrigen König
Sah das Leben verhauchen, das Bild der verlaßnen Krëusa
Sah ich, mein Haus verwüstet, das Los des kleinen Iulus.
Rückwärts blickt' ich, zu spähen, ob mir noch Helfer geblieben.
Alle waren ermattet entwichen und hatten verzweifelt
Sich in den Abgrund gestürzt oder müd in das lodernde Feuer.
Ich allein war übrig; da sah an der Schwelle der Vesta
Ich des Tyndareos Tochter, die heimlich und schweigend im Winkel
Sich dort barg, denn hell war alles vom Feuer erleuchtet,
Wie ich so irrte und alles mit meinen Augen umfaßte.
Sie, die um Pergamums Sturz den Haß der feindlichen Teukrer
Und auch der Danaer Rache, den Zorn des verlassenen Gatten
Fürchtete, sie, dieser Fluch für Troja und eigene Heimat,
Hatte sich heimlich entfernt und saß dort verhaßt am Altare.
Da entbrannte mein Herz, mich packte Ingrimm, der Heimat
Sturz zu rächen und freveln die Frevel des Weibes zu strafen.
Soll denn diese verschont die Heimat Mykenae und Sparta

Wiedersehen und dort im Triumphe als Königin einziehn,
Schauen Gemahl und Haus und ihre Eltern und Kinder,
Rings von troischen Frauen und phrygischen Dienern geleitet,
Während doch Priamus tot und Troja im Feuer verschwelte
Und der Dardaner Ufer in Strömen Blutes erstickten?
Nein, das soll nicht sein. Denn wenn auch Bestrafung von Frauen
Wenig Ruhm gewährt und solche Siege verächtlich,
Dennoch wird man mich loben, wenn ich die Frevlerin tilgte
Und nach Gebühr bestrafte. So kann ich kühlen der Rache
Flammen im Herzen und so die Asche der Meinigen sühnen.
Solches erwog ich und stürmte dahin in rasendem Ingrimm.
Da erschien mir so klar, wie nie zuvor sie mein Auge
Schaute, im Dunkel der Nacht, von lauterem Lichte beschienen,
Meine erhabene Mutter, als Göttin kenntlich, so herrlich,
Wie nur Himmlische strahlen an Wuchs und Ansehn. Sie faßte
Meine Rechte, mich hemmend, und sprach mit rosigem Munde:
›Sohn, welch schrecklicher Schmerz läßt dich so rasend ergrimmen?
Warum tobst du, und hast du die Not der Deinen vergessen?
Willst du nicht vorher schaun, wo dir dein altersgebeugter
Vater Anchises blieb, ob noch die Gattin Krëusa,
Ob noch Askanius lebt? Von allen Seiten umschwärmt sie
Danaerwut, und hätt' es nicht meine Sorge verhindert,
Wären sie schon dem Brand und dem feindlichen Schwerte erlegen.
Nicht die Tyndareostochter, die so verhaßte, aus Sparta,
Noch ist Paris schuldig, nein, Götter, ungnädige Götter
Haben das Reich zertrümmert und Troja vom Gipfel geschleudert.
Blicke umher – denn alles Gewölk, das dein sterbliches Auge
Jetzt noch umflort und dich mit feuchtem Dunkel umnachtet,
Treib' ich dir fort – und fürchte dich nicht, der Mutter Geboten
Zu gehorchen, noch weigre dich, meinen Worten zu folgen:
Dort wo zertrümmerte Massen du siehst und felsenentrißne
Felsen und Rauch und Staub wild durcheinandergewirbelt,
Schüttelt Neptun die Mauern und bricht mit gewaltigem Dreizack
Sie aus dem Grunde heraus und reißt aus dem Boden die ganze
Stadt, und in wildem Haß steht vor dem skäischen Tore
Juno und ruft von den Schiffen das Heer der Verbündeten rasend
Stahlumgürtet heran.
Schon auf den Zinnen der Burg sieh dort Tritonia Pallas

Stehen leuchtend umwölkt mit dem schrecklichen Haupte der Gorgo.
Allvater selbst entflammt der Danaer Männer und ihren
Mut, er selber ruft zum Dardanerkampfe die Götter.
Sohn, ergreife die Flucht und mach der Mühsal ein Ende.
Immer dir nah, geleit' ich dich sicher zum Hause des Vaters.‹
Sprach's und schwand dahin in der Nacht tiefschattendem Dunkel.
Grause Gesichte schau' ich und trojafeindlicher Götter
Ungeheure Gestalt.
Ja, jetzt schien mir ganz in lodernde Flammen zu sinken
Ilium und von der Tiefe zerwühlt das neptunische Troja:
Wie wenn Ackersleute auf hohem Berge die alte
Esche mit Eisen behaun und suchen, mit schmetternden Schlägen
Sie aus dem Grunde zu brechen, doch immer ragt sie noch drohend,
Bebt in der Äste Laub und schwankt mit taumelndem Gipfel,
Bis sie von ihren Wunden besiegt allmählich noch einmal
Stöhnt und niederstürzt vom Berge und alles zertrümmert.
Nieder steig' ich göttingeführt; durch Flammen und Feinde
Schreit' ich, es geben die Speere mir Raum, und die Flammen entweichen;
Aber als ich zur Schwelle des Vaterhauses gekommen
Und zu dem alten Palast und erst vor allem den Vater
Suchte und wünschte zunächst, ihn hoch auf die Berge zu retten,
Weigerte sich der Greis, noch ferner zu leben nach Trojas
Sturz und in der Verbannung: ›O ihr‹, so ruft er, ›in denen
Jugendfrisch stürmt das Blut und die noch kräftig und standhaft,
Rüstet ihr euch zur Flucht.
Hätten die Himmlischen mir ein längeres Leben beschlossen,
Hätten sie mir mein Haus erhalten. An *einer* Zerstörung
Sah ich schon übergenug, und den Fall der Stadt überlebt' ich.
So, so laßt den Leib mit letztem Gruße hier liegen:
Irgendeine Hand wird mich schon töten, ein Feind sich
Beutelüstern erbarmen, und leicht entbehr' ich des Grabes.
Bin ich doch lange schon verhaßt den Göttern und friste
Unnütz die Jahre, nachdem der Vater der Götter und Menschen
Mich mit dem Wehen des Blitzes berührt und mit Feuer getroffen.‹
Darauf blieb er bestehn und haftete fest und beharrlich.
Weinend flehen wir alle, mein Weib Krëusa, Iulus
Und das gesamte Gesinde, es solle der Vater nicht alle

Mit ins Verderben ziehn und das drängende Schicksal beflügeln.
Er aber weigert's und bleibt am Orte, wie er beschlossen.
Wieder reißt's mich zum Kampf, ich wünsche verzweifelt zu sterben,
Denn welch anderer Rat, welch Schicksal blieb mir noch übrig:
›Gehen soll ich von hier, mein Vater, und soll dich verlassen?
Meintest du das? Solch Frevel entfuhr dem Munde des Vaters?
Bleibt von der herrlichen Stadt nichts übrig nach göttlichem Ratschluß,
Und du beharrst, auch dich und die Deinen in Trojas Verderben
Mit zu verstricken, nun gut: Die Tür steht offen dem Tode.
Bald naht Pyrrhus heran, vom Blute des Priamus triefend,
Der vor dem Vater den Sohn, den Vater erschlägt am Altare.
Das war's, teure Mutter, daß du den Geschossen und Flammen
Mich entrissen, damit ich den Feind inmitten des Hauses
Und Askanius und den Vater neben Krëusa
Hingemetzelt sehe, den einen neben dem andern?!
Waffen her, Waffen! Es ruft der letzte Tag den Besiegten.
Laßt mich zurück in den Feind und laßt mich aufs neue das Morden
Schauen, wir werden ja heut nicht alle rachelos sterben.‹
Wieder hülle ich mich in Eisen und füge die Linke
Hinten in den Schild, um rasch aus dem Hause zu eilen.
Schau, da schlang auf der Schwelle mir um die Knie die Gattin
Fest die Arme und hob den kleinen Iulus zum Vater:
›Wenn du zu sterben gewillt, so reiße in alles uns mit dir;
Hofft aber deine Erfahrung noch Heil vom Gebrauche der Waffen,
Schütze dann erst dies Haus. Wem bleibt dein kleiner Iulus,
Wem dein Vater zurück und die du einst Gattin geheißen?‹
Also rief sie und füllte das Haus mit jammerndem Wehruf,
Als sich plötzlich begab ein seltsam zu nennendes Wunder:
Zwischen den Blicken und Händen von uns bekümmerten Eltern,
Siehe, da schien ganz leicht zuhöchst auf dem Haupt des Iulus
Spitz ein Flämmchen zu leuchten; doch schadlos bei der Berührung
Leckt um die weichen Locken das Licht und umzüngelt die Schläfen.
Bleich vor Furcht bemühen wir uns, aus den Locken das Feuer
Auszuschütteln, mit Wasser die heiligen Gluten zu löschen.
Aber Vater Anchises erhob zu den Sternen die Augen,
Freudebewegt, und streckte die Hände betend gen Himmel:
›Juppiter, wenn dich je, Allmächtiger, Bitten bewogen,

Blick uns nur diesmal an, und sind wir durch Frömmigkeit würdig,
Vater, dann sende uns Hilfe, die uns das Zeichen bekräftigt.‹
  Kaum hat also der Greis gebetet, da tönte zur Linken
Krachender Donner, es schoß durchs nächtige Dunkel vom Himmel
Leuchtend ein Stern und zog dahin mit feurigem Streifen,
Und wir gewahren, wie über den ragenden Zinnen des Hauses
Er in strahlendem Glanz, in den Wäldern des Ida versinkend,
Zeichnete seine Bahn. Die weithingleitende Furche
Glänzt in Licht, es dampft ringsum die Erde von Schwefel.
Da erhebt besiegt der Vater sein Antlitz zum Himmel,
Ruft die Ewigen an und fleht zu den heiligen Sternen:
›Auf, auf, kein Verzug! Ich folge, wohin ihr mich führet.
Götter der Heimat, erhaltet das Haus, erhaltet den Enkel.
Euer ist dieses Zeichen, und wo ihr waltet, ist Troja.
Sohn, ich gebe mich drein und weigre nicht länger zu folgen.‹
  Rief's, und deutlich schon vernahm man der Flammen Geprassel
Hin durch die Stadt, schon wälzt die Glut des Feuers sich näher.
›Auf denn, teuerster Vater, und setze dich mir auf den Nacken;
Selber biet' ich die Schultern, die Last beschwert mich nur wenig.
Wie unser Los auch falle, wir teilen alle Gefahren.
Eine Rettung erlöst uns beide. Der kleine Iulus
Bleibt mir zur Seite. Mein Weib folgt weiter hinten den Spuren.
Ihr aber, Knechte, bewahrt mir im Herzen, was ich euch sage:
Außer der Stadt liegt ein Hügel mit einem verödeten, alten
Tempel der Ceres, es ragt eine greise Zypresse daneben,
Die in heiliger Scheu die Väter schon lange verschonten.
Dort versammeln wir alle uns auf verschiedenen Wegen.
Du nimm, Vater, das heil'ge Gerät und die heimischen Götter.
Mir, der ich frischem Gemetzel und schwerem Kampfe enteilte,
Ist die Berührung verboten, bevor mich nicht rinnendes Wasser
Reinigte.‹
Sprach's und neigte Nacken und starke Schultern und legte
Noch ein Gewand darüber und eines gelblichen Löwen
Fell und beugte mich unter die Last und nahm an der Rechten
Iulus; der Kleine begleitet mit kürzeren Schritten den Vater;
Hinterher folgte mein Weib; wir schleichen durch finstere Gassen.
Seltsam! Mich, den früher doch keine fliegenden Speere
Kümmerten, noch das wilde Gedränge feindlicher Griechen,

Schreckt nun jedes Lüftchen. Ich bebe bei jedem Geräusche,
Zögernd und ängstlich zugleich für meine Begleiter und Bürde.
Schon war ich nahe dem Tor und wähnte, ich hätte des Weges
Ende schon fast erreicht, als plötzlich nahender Schritte
Lärm ans Ohr mir dringt; mein Vater, das Dunkel durchspähend,
Rief: ›Mein Sohn, mein Sohn, entflieh, ich sehe sie kommen;
Schon gewahr' ich das Funkeln von Schilden und ehernen Waffen.‹
Da, ich weiß nicht, welche unfreundliche Gottheit verwirrt mir
in der Angst den Sinn; denn wie ich abseits vom Wege
Renne dahin und meide den Lauf bekannterer Gassen,
Weh mir, da wird mir Armen mein Weib Krëusa entrissen.
War es ihr Schicksal? Verirrte sie sich? Oder saß sie ermüdet
Nieder? Ich weiß es nicht, nie sah mein Auge sie wieder.
Denn der Vermißten gedacht' ich nicht eher und schaute nicht rückwärts,
Ehe ich nicht bei dem Hügel und alten Tempel der Ceres
Angekommen, und hier, als alle versammelt, da fehlte
Sie nur, zur bittern Enttäuschung der Knechte, des Sohnes, des Gatten.

Ach, wen klagt' ich sinnlos nicht an von Göttern und Menschen,
Oder was konnte mir grauser im Sturze von Troja erscheinen?
Meinen Askanius und Anchises, die Teukrerpenaten
Gab ich den Freunden zur Hut, in der Mulde des Tales geborgen.
Selber eil' ich zur Stadt, mit blinkenden Waffen umgürtet,
Fest entschlossen, nun alle Gefahr zu erneuern, die ganze
Stadt zu durchspähn, mein Haupt dem Unheil aufs neue zu bieten.
Erst zu den Mauern und zu der dunklen Stelle des Tores
Eil' ich, woher ich gekommen; zurück verfolge ich jede
Spur und durchspähe das Dunkel der Nacht mit suchendem Auge.
Grauen befällt mich rings, und selbst die Stille erschreckt mich.
Dann zum Hause, vielleicht, vielleicht enteilte sie dorthin,
Wende ich mich; doch schon besetzten es Danaerhorden.
Alles dahin! Es wirbelt im Winde die fressende Lohe
Hoch zum First, die Flammen sind Herr und rasen gen Himmel.
Weiter eil' ich und sehe das Haus des Priamus wieder.
Schon in verödeten Hallen am Heiligtume der Juno
Halten, zu Hütern erwählt, der grause Ulixes und Phoenix
Wacht vor der Beute. Es werden hierher die Schätze von Troja

Rings aus den brennenden Tempeln entrafft, die Tische der Götter,
Krüge aus lauterem Gold, die erbeuteten Feiergewänder,
Alles zusammen. Und Kinder und bleiche Mütter in langem
Zuge stehen ringsum.
Tollkühn wag' ich sogar, im nächtigen Dunkel zu rufen,
Und meine Klagen erfüllen die Gassen, und traurig und seufzend
Rief ich wieder und wieder umsonst den Namen Krëusa.
Während ich so die Häuser der Stadt wie rasend durchsuchte
Überall hin, da wähnt' ich das Abbild der armen Krëusa
Schattenhaft vor mir zu sehn, doch schien sie größer als früher.
Staunend steh' ich, mir sträubt sich das Haar, es stockt mir die Stimme.
Da begann sie zu reden und meine Sorge zu mildern:
›Warum willst du so sehr in sinnlosem Kummer vergehen,
Mein geliebter Gemahl? Nicht ohne den Willen der Götter
Traf es sich so. Nicht durfte Krëusa als deine Gefährtin
Folgen dir. Es verbot's der höchste Herrscher im Himmel.
Lange wirst in der Fremde du endlose Meere durchkreuzen,
Bis du Hesperien findest, wo sanft der lydische Thybris
Seine Fluten ergießt durch lachende Völkergefilde.
Glück und ein Königtum und eine fürstliche Gattin
Findest du dort. Beweine nicht länger die teure Krëusa.
Nicht der Myrmidonen und Doloper stolze Paläste
Brauch' ich zu schauen, noch geh' ich, den griechischen Frauen zu dienen,
Ich aus Dardanus' Stamm und Schnur der göttlichen Venus.
Hier hält mich zurück die erhabene Mutter der Götter.
Lebe denn wohl und bewahre dein Herz dem gemeinsamen Sohne.‹
Als sie dies alles verkündet und ich in Tränen noch vieles
Sagen wollte, entschwand sie mir wie ein Hauch in die Lüfte.
Dreimal wollt' ich den Nacken mit meinen Armen umschlingen,
Dreimal hascht' ich vergebens, das Abbild entfloh meinen Händen
Wie ein flüchtiger Traum und leicht verwehende Winde.
Also verbracht' ich die Nacht und kehrte zurück zu den Meinen.

Da aber finde verwundert ich neue Gefährten in großer
Anzahl zusammengeströmt; es waren Männer und Frauen,
Auszuwandern bereit, ein mitleidswürdiger Haufe.
Überall strömen sie her mit Mut und Habe, zu welchen

Ländern auch immer ich über das Meer sie wolle geleiten.
Schon stieg Luzifer über dem ragenden Gipfel des Ida
Tagverkündigend auf, die Danaer hielten der Tore
Schwellen besetzt, so gab es keine Hoffnung auf Hilfe:
Also entwich ich und stieg in die Berge, geschultert den Vater.«

DRITTER GESANG

»Als nun Asiens Macht und schuldlos Priamus' Völker
Auszurotten gefiel den Göttern und als das erhabne
Ilium sank und im Schutt das neptunische Troja verrauchte,
Treibt uns Göttergeheiß durch manche Fremde und öde
Länder dahin. Da bauen am Fluß des phrygischen Ida
Unter der Stadt Antandros wir eine Flotte, nicht ahnend,
Wohin das Geschick uns führe und Ruhe vergönne,
Und wir versammeln das Volk. Kaum hatte der Sommer begonnen
Und Anchises geboten, dem Schicksal die Segel zu hissen,
Als ich tränenden Auges der Heimat Küste und Hafen
Und das Gefilde verlasse, wo Troja blühte. Vertrieben
Fahr' ich aufs Meer mit Sohn, Genossen, Penaten und Göttern.
Fernhin liegt ein Land, gar kriegerisch, Thrazier ackern
Dort das weite Gefilde, das einst Lykurgus beherrschte,
Troja durch Gastfreundschaft und gleiche Penaten verbunden,
Als unser Glück noch blühte. Hier land' ich und gründe die ersten
Mauern an einer Bucht, doch unter widrigem Schicksal,
Und ich benenne sie dann nach meinem Namen Aenea.
Opfer bracht' ich zuerst der dionischen Mutter und allen
Vorbedeutenden Göttern begonnener Werke. Am Strande
Schlachtete ich einen glänzenden Stier dem Himmelsgebieter.
Nahe dabei war ein Hügel, auf dem Kornellengesträuche
Wucherten und gedrängt die starren Schäfte der Myrte.
Dorthin eil' ich, doch wie ich das grüne Gebüsch aus dem Boden
Ziehen wollte, um so die Altäre mit Laub zu bedecken,
Da gewahr' ich ein grauses und wunderschreckliches Zeichen.
Denn sowie ich den Strauch mit den Wurzeln dem Boden entrissen,
Da entquillt ihm Blut und rinnt in schwärzlichen Tropfen
Und befleckt verpestend die Erde. Ein eisiger Schrecken
Fährt mir durchs Gebein, mein Blut gefriert in den Adern.
Wieder schick' ich mich an, ein anderes schwankes Gezweige
Auszuraufen, um ganz den verborgenen Grund zu erforschen;
Schwarz aber quillt das Blut auch aus der Rinde des andern.
Furchtgeschüttelt flehe ich zu den ländlichen Nymphen
Und zu dem Vater Gradivus, der getischen Lande Beschützer,

Mir die Erscheinung zum Heil und das Zeichen zum Guten zu mildern.
Aber als ich das dritte Gewächs mit stärkeren Kräften
Packe und gegen den Sand mit meinen Knien mich stemme
(Sag' ich's oder verstumm' ich?), da dringt aus der Tiefe des Hügels
Jammergeheul, und es läßt sich eine Stimme vernehmen:
›Was zerfleischst du mich Armen, Aeneas? O schone den Toten,
Schone auch deine Hand, daß sie nicht frevle, ich war dir
Weder in Ilios fremd, noch trieft das Blut aus dem Holze.
Flieh dies grausame Land, ja flieh dies gierige Ufer!
Bin ich doch Polydorus, den hier durchbohrte der Waffen
Eiserne Saat, die nun aus spitzen Lanzen emporschoß.‹
Doppelt im Herzen jetzt von Furcht und Schrecken bewältigt,
Stehe ich staunend, mir sträubt sich das Haar, es stockt mir die Stimme.
Hatte den Polydorus doch einst mit goldenen Schätzen
Priamus, der unsel'ge, dem thrazischen König zur Obhut
Heimlich zugesandt, da er den Dardanerwaffen
Nicht mehr traute und sah bereits die Mauern umzingelt.
Doch als das Glück entwich und die Macht der Teukrer gebrochen,
Huldigte jener sofort der siegreichen Macht Agamemnons;
Rechtverletzend erschlug er den Jüngling und raubte gewaltsam
All das Gold. Wozu doch treibst du die Herzen der Menschen,
Schändlicher Hunger nach Gold! – Sobald ich den Schrecken verwunden,
Meld' ich den Volkserwählten, vor allem dem Vater, dies grause
Götterzeichen und wünsche dann ihre Meinung zu hören.
Alle stimmen mir bei, das Frevelland gleich zu verlassen,
Wo man das Gastrecht entweihte, und fern von dannen zu segeln.
Also erneuern wir nun des Polydorus Bestattung,
Türmen die Erde zum Hügel, errichten den Manen Altäre,
Traurig mit düsteren Binden umhüllt und dunklen Zypressen,
Ilische Frauen ringsum, das Haar nach der Sitte geöffnet;
Näpfe bringen wir dar, gefüllt mit schäumender, lauer
Milch und heiliges Blut in Schalen und schaffen der Seele
Ruhe im Grabe und rufen die letzten Grüße zum Abschied.
Drauf, sobald wir der See vertraun und die Winde die Fluten
Glätteten, sanft der Süd uns ruft auf der Höhe des Meeres,

Ziehn die Genossen die Schiffe hinab und füllen die Ufer.
Fort aus dem Hafen geht's, und Stadt und Gestade entschwinden.
Mitten im Meere erhebt sich ein liebliches Eiland, geheiligt
Der Nereïden-Mutter und dem Neptunus Aegaeus,
Das der Gott mit dem Bogen, als es um Küste und Ufer
Irrte, sorglich an Gyarus band und an Mykonus' Höhn
Und es festigte, dort zu wohnen und Stürmen zu trotzen.
Dorthin kommen wir müd, ein sicherer Hafen empfängt uns
Freundlich. Wir steigen aus und verehren die Stadt des Apollo.
Anius, König der Männer, zugleich auch Priester des Phoebus,
Seine Schläfen umwunden mit Binden und heiligem Lorbeer,
Tritt auf uns zu und erkennt einen alten Freund in Anchises.
Gastlich reichen wir uns die Hand und betreten die Wohnung.
Gleich den Tempel des Gottes aus alten Quadern verehr' ich:
›Gib uns eigenes Heim, Thymbraeer, und Mauern dem müden
Volk und bleibende Stadt. Behüte für Troja ein andres
Pergamum und was der Unhold Achill und die Griechen
verschonten.
Wer soll uns führen? Wo weist du den Weg? Wo gründen wir Sitze?
Gib uns, Vater, ein Zeichen und senke dich uns in die Seelen!‹
Kaum war solches gesprochen, als sichtbar alles erzittert,
Schwelle und Lorbeer des Gottes, und rings erbebte der ganze
Berg, und dröhnend erscholl aus geöffnetem Tempel der Dreifuß.
Nieder sinken wir fromm und vernehmen die göttliche Stimme:
›Eisernes Dardanervolk, wo einst vom Stamme der Väter
Euch die Erde erzeugt, da nimmt sie in fruchtbarem Schoße
Wiedergekehrt euch auf; nun sucht eure frühere Mutter.
Dort wird den Weiten der Erde das Haus des Aeneas gebieten
Und auch die Söhne der Söhne und die von ihnen entsprießen.‹
Phoebus rief es, und laut erhebt sich in großem Getümmel
Jubel, und alle fragen, wo wohl die Mauern zu suchen,
Wohin Phoebus uns weist und uns Irrenden Rückkehr gebietet.
Schon begann mein Vater, uralter Sagen gedenkend:
›Hört, ihr Fürsten, mich an und lernt eure Aussichten kennen:
Mitten im Meere liegt Kreta, des großen Juppiter Eiland,
Wo der idäische Berg und die Wiege unsres Geschlechtes.
Hundert gewaltige Städte sind dort und fruchtbare Auen.
Unser erhabener Ahn, wenn recht ich Gehörtes behalten,

Teukrus, schiffte von dort zuerst an die Ufer Rhoetëums
Und erkor sich dies Land zum Reich, denn Ilions Feste
Pergamum stand noch nicht; man wohnte im Grunde der Täler.
Kybele stammt von dort, die pflegende Mutter, des Ida
Hain und das Erz der Kureten, von hier das Opfergeheimnis
Und das Löwengespann am Wagen der herrschenden Göttin.
Auf drum, laßt dem Ruf der Götterbefehle uns folgen,
Laßt uns die Winde versöhnen und ziehn nach den gnosischen
Reichen!
Ist es doch nah dahin, und wenn uns Juppiter beisteht,
Landet den dritten Tag die Flotte an Kretas Gestade.‹
Also sprach er und weihte die schuldige Pflicht den Altären:
Einen Stier dem Neptun, dir einen, schöner Apollo,
Lämmer, ein schwarzes dem Sturm, dem beglückenden Zephyr
ein weißes.
Läuft doch auch ein Gerücht, der König Idomeneus wäre
Aus dem Reiche der Väter vertrieben, und Kretas Gestade
Lägen geräumt und frei vom Feind und die Häuser verlassen.
Fort aus Ortygia geht's aufs Meer mit schwellenden Segeln
An dem bacchantischen Naxos, dem grünen Donysa vorüber,
An Olearos dann, dem weißen Paros, und vielen
Meerzerstreuten Kykladen und engen, umbrandeten Inseln.
Schiffergeschrei erschallt in vielfach wechselndem Wettstreit:
›Suchen wir Kreta, das Land der Ahnen‹, mahnen die Freunde.
Günstig erhebt sich im Rücken der Wind, die Reise beflügelnd,
Und so landen wir bald am alten Strand der Kureten.
Schleunig gründ' ich die Mauern der Stadt, die alle ersehnen,
Nenne Pergama sie und mahne das namenerfreute
Volk, zu lieben den Herd und die Burg für die Häuser zu türmen.
Eben schon waren die Kiele am trockenen Strande geborgen,
Ehen und Ackerverteilung betrieb geschäftig die Jugend,
Wohnungen gab ich und Recht, als plötzlich gliederverzehrend
Aus verpesteter Luft, verderblich für Saaten und Bäume,
Uns eine Seuche befiel, ein tödliches Jahr der Vernichtung.
Viele verhauchten bereits ihr süßes Leben, und andre
Schleppten sich siech dahin, und der Sirius sengte die Fluren,
Kräuter verdorrten, und Nahrung versagte das kränkelnde
Saatfeld.

Nach Ortygia wieder zurück zum Orakel des Phoebus
Heißt der Vater uns segeln und dort um Gnade zu flehen,
Welch ein Ziel er der Not bestimme und wo er der Drangsal
Ende zu suchen befehle, wohin die Seefahrt zu steuern.
Nacht war's, und der Schlaf umfing, was lebte auf Erden,
Als ich im Schlummer wähnte, die heiligen Bilder der Götter,
Und die Phrygerpenaten, die ich aus dem brennenden Troja
Mit mir trug in die Ferne, ganz deutlich vor Augen zu schauen.
Denn da standen sie hell beleuchtet, wo sich des vollen
Mondes klarer Schein ergoß durch die Luken der Mauer,
Und sie begannen zu mir und sprachen die tröstenden Worte:
›Was Apollo dir würde verkünden, wenn du nach Delos
Kämst, das meldet er hier und sendet selber uns zu dir.
Wir, die deinen Waffen gefolgt beim Brande von Troja,
Wir, die in deinem Geleit den Schwall der Wogen durchfuhren,
Werden die kommenden Enkel dir auch zu den Sternen erheben
Und ein Imperium geben der Stadt; der Mächtige baue
Mächtig die Mauern und scheue nicht banger Irrfahrt Beschwerden.
Ändre die Stätte, dir riet nicht dies Gestade Apollo,
Noch hat der Deliergott befohlen, in Kreta zu siedeln.
Gibt es doch ein Land, Hesperien nennt es der Grieche,
Uralt, waffenstark und reich an gesegneter Scholle,
Einst von oenotrischem Volke bewohnt, nun heißt es, die Jüngern
Nennten Italien es, den Namen des Führers zu ehren.
Dort ist uns eigener Sitz bestimmt, denn Dardanus stammte
Dorther, Iasius auch, der Ahnherr unsres Geschlechtes.
Auf, erhebe dich, künde dem greisen Vater voll Freude
Dies untrügliche Wort; er soll Ausoniens Lande
Suchen und Korythus' Stadt, da Juppiter Kreta verweigert.‹
Heftig von diesem Gesicht und den Worten der Götter betroffen
(Denn das war kein Traum, ganz deutlich wähnt' ich ihr Antlitz,
Ihr umschleiertes Haar und klar die Mienen zu sehen,
Und in eisigem Schweiß war ganz mein Körper gebadet),
Raff' ich vom Lager mich auf und strecke die Flächen der Hände
Bittend zum Himmel empor und sprenge des lauteren Weines
Spende auf den Herd, und froh nach vollendetem Opfer
Eile ich zu Anchises und melde ihm alles getreulich.
Gleich erkennt er, wie doppelt der Stamm der Ahnen entsprungen

Und wie jüngst er geirrt und alte Gebiete verwechselt.
Dann beginnt er: ›O Sohn, in Iliums Unglück Erprobter,
Einzig allein hat mir Kassandra solch Schicksal geweissagt.
Jetzt gedenk' ich, welch Los sie unserm Geschlechte verkündet:
Oft von Hesperien sprach sie und oft von italischer Herrschaft.
Wer aber dachte, daß je nach hesperischen Küsten die Teukrer
Wandern würden? Und wen bewogen Kassandras Gesichte?
Folgen wir Phoebus' Ermahnung und seinem besseren Rate.‹
Sprach's, und Beifall riefen wir alle, den Worten gehorsam.
Also scheiden wir auch von hier, nur wenige bleiben.
Segelhissend durchtreiben zu Schiff wir weiter die Wogen.
Als wir auf hoher See und rings in der Ferne kein Land mehr
Sichtbar und überall nur Himmel, überall Wasser,
Hing ein schwarzes Gewölk alsbald mir über dem Haupte,
Nacht und Sturm verkündend, es schauerten finster die Wellen.
Schon zerwühlen die Winde das Meer, es schwellen die Fluten
Fürchterlich auf, wir treiben zerstreut in endlosem Strudel;
Nebel verhüllen den Tag, es raubt uns den Anblick des Himmels
Finsterer Regen, und Blitze durchzucken zerrissene Wolken.
Aus der Bahn geschleudert durchirren wir blindlings die Fluten;
Selbst Palinurus erklärt, er könne am Himmel nicht länger
Tag und Nacht unterscheiden, den Weg nicht mitten im Meere
Finden; so irren wir denn in blindem Dunkel drei Tage
Über das Meer und ebenso viele sternlose Nächte.
Erst am vierten Tage erhebt sich endlich aufs neue
Land, entschleiern sich Berge und wirbelt Rauch in der Ferne.
Segel raffend, ergreifen wir rasch die Ruder, die Leute
Ringen ohne Verzug sich durch die schäumende Bläue.
So den Fluten entronnen, empfängt mich erst der Strophaden
Ufer. Strophaden benannte man diese Inseln auf griechisch
In dem Ionischen Meer. Dort hauste die grause Kelaeno
Und die andern Harpyien, nachdem sich ihnen des Phineus
Wohnung verschloß und sie furchtsam die früheren Tische verließen.
Grausiger ist kein Scheusal, und aus den stygischen Wellen
Ist keine schlimmere Pest noch Götterstrafe entstiegen,
Vögel sind sie mit Köpfen von Jungfraun; ekelerregend
Ist ihr Unrat, die Hände sind Krallen, und immer von Hunger
Ist ihr Antlitz gebleicht.

Als wir nun hierher in den Hafen gelangten, da siehe,
Muntere Rinderherden erblicken wir rings auf den Fluren
Und auch der Ziegen Geschlecht, doch hirtenlos weidend im Grase.
Gleich berennen wir sie mit dem Schwert und laden die Götter,
Juppiter erst, zum Anteil am Raube; am krummen Gestade
Breiten wir Polster und freuen uns an dem köstlichen Mahle.
Plötzlich stürmen jedoch von den Bergen in grausigem Sturze
Die Harpyien her und schlagen lautrauschend die Flügel,
Raffen die Speisen fort und besudeln alles mit schlimmem
Unrat. Gräßlich schrillt ihr Kreischen bei scheußlichem Aushauch.
Wieder in einsamer Schlucht bei überhängenden Felsen,
Rings von Bäumen umgeben und schaurigem Schatten umschlossen,
Stellen wir Tische auf und erneuern die Glut der Altäre.
Wieder aus andern Bezirken der Luft und dunklen Verstecken
Stürmt mit gierigen Krallen der kreischende Schwarm auf die Beute
Und befleckt mit dem Maule das Mahl. Ich heiße die Freunde
Waffen ergreifen und Kampf mit dem grimmen Gezücht zu beginnen.
Gern befolgen sie meine Befehle, verstecken im Grase
Ihre Schwerter und bergen dazu auch heimlich die Schilde.
Als sich lärmend darauf die Vögel wieder aufs Ufer
Senkten, da gab auf der Warte Misenus ein Zeichen auf hohlem
Erz; nun stürmen die Freunde zu solchem seltsamen Kampfe,
Mit dem Schwert zu zerhaun des Meeres scheußliche Vögel.
Aber keine Gewalt durchdringt das Gefieder und keine
Wunde den Rücken, sie heben sich flüchtig zum Himmel und lassen
Halbverschlungen das Mahl zurück und die garstigen Spuren.
Eine nur setzte sich dort auf schroffe Klippe, Kelaeno,
Eine Unglücksprophetin, und stieß aus dem Busen die Worte:
›Krieg für den Mord der Rinder und hingeschlachteten Stiere,
Krieg noch wollt ihr uns, ihr Enkel Laomedons, bringen
Und aus dem heimischen Reich schuldlose Harpyien jagen?
Nun, so vernehmt mein Wort und prägt es euch tief in die Seele.
Was der allmächtige Vater dem Phoebus und Phoebus mir selber
Offenbarte, das melde euch ich, der Furien größte.
Nach Italien lenkt ihr den Lauf; mit erbetenen Winden
Kommt nach Italien ihr und werdet den Hafen erreichen.
Doch die verheißene Stadt umbaut ihr nicht eher mit Mauern,

Als bis rasender Hunger, weil ihr so schnöde gemordet,
Zwingen euch wird, an den Tischen zu nagen und sie zu verschlingen.‹
Sprach's, und flügelschlagend entfloh sie wieder zum Walde.
Aber den Freunden erstarrte das Blut von plötzlichem Schrecken.
Allen entsank der Mut, sie wollten nicht länger mit Waffen,
Nein, nur mit Gebeten und Flehen den Frieden erbitten,
Ob es nun Göttinnen seien, ob grausige, widrige Vögel.
Aber der Vater Anchises erhebt am Ufer die Hände,
Ruft die erhabenen Mächte und kündet schuldige Opfer:
›Götter, wehret dem Drohen, o wendet, Götter, solch Unheil
Und erhaltet in Gnaden die Frommen.‹ Dann heißt er vom Ufer
Rasch die Seile zu reißen und abzuwickeln das Tauwerk.
Südwind bläst in die Segel, wir fliegen durch schäumende Wellen,
Wohin unseren Lauf der Wind und der Steuermann weisen.
Schon erscheint uns im Meere das wälderreiche Zakynthus,
Auch Dulichium, Same, des Neritos zackiger Gipfel.
Ithakas Felsen entfliehen wir dann, dem Reich des Laërtes,
Und verfluchen das Land, die Heimat des wilden Ulixes.
Bald enthüllt sich uns auch Leukates dunstiges Berghaupt
Und der Tempel Apollos, der so von den Schiffern gefürchtet.
Müde steuern wir hin und landen am Städtchen; die Anker
Fallen vom Vorderdeck, und die Kiele liegen am Ufer.
Als wir so unverhofft das Land betreten, da weihen
Wir dem Juppiter uns, entflammen mit Beten Altäre,
Und am aktischen Strande beleben wir ilische Spiele.
Nackt und ölgesalbt begehen heimische Kämpfe
Die Genossen, erfreut, so viel argolischen Städten
Glücklich entronnen zu sein und entflohen der Feinde Umzinglung.
Unterdessen durchrollt den Kreis des Jahres die Sonne,
Und mit Sturm durchwühlt der eisige Winter die Wellen.
Einen ehernen Schild, den der mächtige Abas getragen,
Heft' ich vorn an das Tor und bezeichne die Tat mit der Inschrift:
›Diese Wehr der Danaersieger weiht hier Aeneas.‹
Dann heiß' ich, gereiht auf den Bänken vom Hafen zu scheiden.
Eifrig rudern die Freunde im Meer und durchfurchen die Wogen.
Schnell versinken vor uns die luftigen Höhn der Phaeaken,

Und wir gleiten vorbei an Epirus' Gestaden und laufen
In den chaonischen Hafen und nahen dem hohen Buthrotum.
Hier vernehmen wir ein Gerücht unglaublicher Dinge:
Helenus, Priamus' Sohn, sei Herrscher in griechischen Städten,
Herr von Gemahlin und Szepter des aeakidischen Pyrrhus,
Und Andromache wieder vermählt einem heimischen Gatten.
Staunend vernehm' ich's; mir brannte im Herzen starkes Verlangen,
Mit dem Manne zu reden und all diese Wunder zu hören.
Also schreit' ich zum Hafen und lasse Küste und Schiffe,
Als Andromache grad voll Trauer Opfergeschenke
Und ein feierlich Mahl am neuen Simoïs-Ufer
Weiht der Asche des Hektor im Hain vor der Stadt und die Manen
Ruft zu dem Grabe; sie hatte es hier aus grünendem Rasen
Und zwei Altäre daneben für ihre Tränen errichtet.
Als sie mich kommen sah und fassungslos troische Waffen
Rings gewahrte, da wurde, bestürzt von der Wundererscheinung,
Plötzlich starr ihr Blick, und alle Wärme entwich ihr;
Nieder sank sie, und erst allmählich fand sie die Worte:
›Ist das dein wahres Gesicht und nahst du als wahrhafter Bote,
Sohn der Göttin? Und lebst du? Doch, wenn du vom Lichte geschieden,
Wo ist dann Hektor?‹ So sprach sie, zerfloß in Tränen und füllte
Rings mit Jammern den Ort, und kaum nur konnte der Irren
Ich erwidern und stammle verwirrt nur wenige Worte:
›Ja, ich lebe und schleppe mein Leben durch äußerstes Elend.
Zweifle nicht; was du siehst, ist wahr.
Wehe, welchem Geschick verfielst du nach eines so großen
Gatten Tode? Oder beglückt dich ein würdiges Schicksal?
Hektors Andromache, teilst du noch immer mit Pyrrhus das Lager?‹
Sie aber senkte den Blick und sprach mit stockender Stimme:
›O nur eine ist glücklich von allen Priamustöchtern,
Die an dem feindlichen Hügel und unter den Mauern von Troja
Sterben durfte, bevor sie irgendeiner erloste
Und sie als Sklavin sodann dem Bett des Siegers verfallen.
Nach dem Brande der Stadt und entlegener Meere Durchkreuzung
Mußt' ich die Hoffart des stolzen Achilles-Sprosses ertragen
Und ward Mutter im Dienst; dann aber, als er nach Sparta
Zog, um Hermione dort, die Enkelin Ledas, zu freien,

Gab er dem Helenus mich, die Sklavin dem Sklaven zu eigen.
Aber glühend vor Liebe nach seiner entrißnen Verlobten
Und von Furien verfolgt für sein Verbrechen beschlich den
Ahnungslosen Orest und erschlug ihn daheim am Altare.
Nach Neoptolemus' Tode erhielt einen Teil des Gebietes
Helenus, der die Gefilde alsdann die chaonischen nannte
Und Chaonia nach dem Troer Chaon das Ganze.
Pergamum baute er dann und Ilions Burg auf der Höhe.
Aber welcherlei Wind, welch Schicksal leitete dich denn?
Oder welch Gott trieb dich an diese dir fremden Gestade?
Was macht Iulus, dein Sohn, blieb er errettet am Leben?
(Den dir schon Troja . . .)
Und gedenkt der Knabe wohl noch der verlorenen Mutter?
Ob zu männlichem Mut und zu der Tugend der Ahnen
Ihn sein Vater Aeneas entflammt und Hektor, sein Oheim?‹
Also sprach sie weinend und mit vergeblichen Tränen
Lange noch klagend. Da naht sich aus den Mauern der Feste
Helenus, Priamus' Sohn, der Held mit großem Gefolge.
Gleich erkennt er die Seinen und führt sie froh zum Palaste,
Fragt auch mancherlei mit vielen Tränen dazwischen.
Weiter schritt ich und sah ein kleines Troja, dem großen
Pergamum ähnlich, und auch ein seichtes Bächlein, nach Xanthus'
Namen benannt, und die Schwelle des Skaeischen Tores umarm' ich;
Ebenso nahen nun auch der verbrüderten Feste die Teukrer.
Gastlich empfing sie sogleich in geräumiger Halle der König;
Mitten im Hofe spenden sie Wein aus Bacchuspokalen,
Vor sich Speisen auf Gold und Opferschalen in Händen.
Schon entschwand ein Tag und wieder einer. Die Winde
Rufen die Segel zur Fahrt, im Südwind bauscht sich das Leinen.
Und da wende ich mich an den Seher und frage ihn also:
›Trojasproß, Verkünder der Götter, der du des Phoebus
Winke und Dreifußsprüche, Gestirne und klarischen Lorbeer
Kennst und die Stimmen der Vögel verstehst und die Zeichen des Fluges,
Sprich, denn Götterverkündung versprach uns günstige Meerfahrt,
Und auch alle Winke der Himmlischen hießen uns ziehen
Nach Italien und entlegene Lande zu suchen.
Nur Kelaeno allein weissagte mir neues Verderben,

Neuen Graus verhieß sie und kündete klägliches Unheil
Und abscheulichen Hunger. Doch welche Gefahren vermeide
Ich nun zunächst? Was tun, so schlimme Not zu besiegen?‹
Helenus, der zuerst nach Sitte Stiere geschlachtet,
Flehte die Götter zuvor um Huld und löste die Binde
Vom geheiligten Haupt, und mich, vor der Fülle der Gottheit
Schauernd, führte er selbst zu deiner Schwelle, o Phoebus,
Und dann kündete so der Priester aus göttlichem Munde:
›Sohn der Göttin, du fährst ja deutlich in höherer Leitung
Über die See; so hat dein Los der König der Götter
Angeordnet, es rollt das Schicksal nach Ordnung der Dinge:
Weniges nur aus vielem, daß sicherer gastliche Meere
Du durchsegelst und kannst ausonischen Hafen erreichen,
Werd' ich enthüllen, denn mehr zu deuten verbieten die Parzen
Helenus' Mund, und zu reden versagt die saturnische Juno.
Erstlich das Italerland, das schon so nahe du wähntest,
Und vermeintest, du Tor, im benachbarten Hafen zu landen,
Das ist noch weit entfernt und jenseits wegloser Wege.
Erst noch müssen die Ruder trinakrische Wellen durchschneiden,
Und du mußt mit den Schiffen ausonische Salzflut durchirren,
Auch den Unterweltssee und Aea, das Eiland der Circe,
Eh dir vergönnt, die Städte in sicherem Lande zu gründen.
Zeichen will ich dir künden, und du bewahr es im Herzen:
Wenn dir Bekümmerten einst am einsam strömenden Flusse
Unter den Ufereichen erscheint ein gewaltiges Wildschwein,
Das mit dreißig soeben geworfenen Frischlingen daliegt,
Weiß, am Boden gestreckt und weiß um die Euter die Ferkel,
Dort ist der Ort für die Stadt, dort winkt dir das Ende der Mühsal.
Schaudre auch nicht so sehr vor der künft'gen Verzehrung der Tische;
Zeigt doch das Schicksal den Ausweg, gerufen erscheint dir Apollo.
Aber die Gegenden hier und der Saum der italischen Küste,
Die unser eigenes Meer mit seiner Brandung umdonnert,
Meide sie; tückische Griechen bewohnen dort sämtliche Städte;
Burgen haben sich dort die narykischen Lokrer gegründet,
Auch besetzte mit Kriegern Idomeneus, Herrscher von Lyktus,
Sallentiner Gebiet; das kleine Petelia liegt dort,
Das Philoktetes, der Fürst von Meliboea, umschanzte.

Ja, wenn du da jenseits mit deinem Schiffe geankert
Und die Altäre gebaut, um Opfer am Strande zu bringen,
Dann umhülle dir noch dein Haar mit purpurnem Schleier,
Daß bei den heiligen Feuern und frommer Götterverehrung
Dir kein feindliches Antlitz erscheint und die Zeichen dir störe.
Diesen Opfergebrauch beachte du selbst und die Deinen;
Und so sollen denn fromm ihn auch die Enkel bewahren.
Wenn dich dann nach der Abfahrt der Wind dem sikulischen Ufer
Nähert und sich die Sperre beim engen Pelorum erweitert,
Suche dann links das Land und weit im Bogen durchfahre
Links das Meer; doch rechts, da meide den Strand und die Wogen.
Einst, so erzählt man, wurden gewaltsam durch schrecklichen Einsturz
(So viel kann die Zeit in langer Dauer verändern)
Diese Gebiete getrennt, die früher zu einem verschmolzen.
Aber das Meer drang mitten hinein gewaltsam, die Wellen
Rissen das Sikulerland von Hesperien. Fluren und Städte
Wurden mit ihren Ufern getrennt von enger Durchbrandung.
Rechts ruht Skylla gelagert, und unersättlich zur Linken
Blieb Charybdis und schlürft in den untersten Strudel des Abgrunds
Dreimal jäh hinunter die weiten Fluten und speit sie
Wieder und wieder herauf und peitscht mit den Wogen den Himmel.
Aber die Skylla wohnt in finstrer verborgener Höhle,
Streckt ihre Köpfe heraus und lockt an die Klippen die Schiffe.
Menschlich mit schönem Busen ist oben die Jungfrau gebildet
Bis an den Schoß, doch unten ein Seetier mit greulichem Körper,
Dem Delphinenschwänze an Meerwolfbäuchen gewachsen;
Sicherer ist es, mit Muße, wenn auch mit längerem Umweg,
Sich den sizilischen Berg Pachynus zum Ziele zu nehmen,
Als nur ein einziges Mal in der gräßlichen Höhle die Skylla
Anzuschaun und die Felsen, die schwärzliche Hunde durchheulen.
Ferner, wenn Weisheit waltet bei Helenus, wenn er als Seher
Glaube verdient und Apollo sein Herz mit Wahrheit erfüllte,
Will ich dir, Sohn der Göttin, das eine, vor allem das eine
Kundtun und wieder und wieder dich unaufhörlich ermahnen:
Junos gewaltige Macht mußt du vor allem verehren,
Immer nahe dich betend und mach dir mit Gaben voll Demut
Diese gewaltige Herrin geneigt; und so nur als Sieger

Wirst von Sizilien du nach Italien endlich gelangen.
Wenn du nun auf der Fahrt zu Cumaes Mauern gelangtest
Und zu dem heiligen See und waldumrauschten Avernus,
Wirst du die Seherin schauen, die in Verzückung aus tiefer
Grotte weissagt und Blätter beschreibt mit Runen und Namen.
Alle Sprüche, die so die Jungfrau den Blättern vertraute,
Ordnet sie nach der Zahl und läßt sie im Berge verschlossen,
Und da bleiben sie immer am Platz in geregelter Folge.
Aber sobald sich die Angel gedreht, wenn leise der Wind nur
Blies und das Öffnen der Pforte die zarten Blätter verwirrte,
Sorgt sie nicht mehr in der Kluft, die flatternden wieder zu haschen
Und in die vorige Lage die Sprüche aufs neue zu ordnen;
Ratlos geht man von dannen und flucht dem Sitz der Sibylle.
Hier laß keinen Verzug und kein Versäumnis dich reuen,
Ob die Gefährten auch murren und ob die weitere Meerfahrt
Dringend dich ruft und die Segel von günstigem Winde sich bauschen,
Nahe der Seherin doch und erbitte flehend Orakel.
Selber soll sie dir singen und willig die Lippen dir öffnen.
Sie wird Italiens Völker dir künden, die kommenden Kriege,
Und wie du jede Mühe vermeidest oder erleidest,
Und für deine Verehrung gewährt sie dir günstigen Fahrwind.
Das ist's, was meinem Munde dir anzusagen erlaubt ist.
Geh nun und hebe zum Himmel durch Taten das mächtige Troja.‹

Als nun solches der Seher mit freundlicher Stimme verkündet,
Heißt er, goldne Geschenke und elfenbeinernes Schnitzwerk
Schwer zu den Schiffen zu tragen, und unten im Kielraum verstaut er
Mächtige Lasten von Silber und dodonäischen Schalen
Und auch den Ringelpanzer aus dreifach goldenen Maschen
Und auch den Kegel des stattlichen Helms und den wallenden Haarbusch,
Neoptolemus' Wehr; auch für den Vater Geschenke
Fügt er hinzu und Rosse und Wärter . . .
Und er ergänzt die Ruder und rüstet die Freunde mit Waffen.

Nun befiehlt Anchises der Flotte, die Segel zu hissen,
Daß man nicht länger verzöge, den günstigen Wind zu benutzen.
Ehrerbietig spricht zum Vater der Deuter des Phoebus:

›O Anchises, der stolzen Umarmung der Venus gewürdigt,
Schützling der Götter, der zweimal aus Pergamums Sturze gerettet,
Sieh da Ausoniens Land; da segle eilig hinüber.
Dennoch ist es Gebot, daran vorüberzugleiten;
Fern ist Ausoniens Teil, den dir Apollo eröffnet.
Geh nun‹, schloß er, ›beglückt durch die Liebe des Sohnes. Wozu noch
Weitere Worte, die nur die drängenden Winde verzögern?‹
Auch Andromache, voll der Trauer über den Abschied,
Bringt buntfarbig gestickte, mit Gold durchwirkte Gewänder
Und ein phrygisches Kleid für Askanius, um es dem Gatten
Gleichzutun, und häuft viel Webereien und sagt dann:
›Nimm auch dieses, mein Knabe, ein Werk meiner Hände, es soll dich
Immer daran erinnern, wie sehr dich Andromache liebte,
Hektors Gattin; so nimm die letzten Geschenke der Deinen
Du, mir übriggeblieben allein als Astyanax' Abbild;
So war ja sein Antlitz und seine Augen und Hände,
Und nun stünd' er mit dir im gleichen blühenden Alter.‹
Und so nahm ich denn tränend von ihnen Abschied und sagte:
›Lebet denn glücklich, ihr, die schon euer Schicksal gefunden,
Uns aber ruft das Los noch immer von einem ins andre.
Euch ward Ruhe vergönnt, ihr braucht nicht die Meere zu furchen,
Kein Ausonierland, das immer wieder zurückweicht,
Braucht ihr zu suchen. Ihr seht des Xanthus Abbild und Troja,
Das ihr mit eigner Hand euch bautet, zu besserer Zukunft
Hoff' ich, und möge euch minder die Wut der Griechen erreichen.
Wenn ich zum Thybris einst und den Nachbarauen des Thybris
Komme und schaue die Mauern, die meinem Volke verheißen,
Laßt die verbrüderte Stadt und längst befreundete Völker,
Laßt Hesperien und Epirus, die beide mit gleichem
Schicksal von Dardanus stammen, die laßt im Geiste uns schmieden
Zu einem einzigen Troja; das bleibe Sorge der Enkel.‹
Meerwärts geht es voran, ganz nah den keraunischen Bergen,
Wo man auf kürzester Seefahrt erreicht Italiens Küste.
Unter geht nun die Sonne, und Schatten umdunkeln die Berge.
Ruhe suchen wir dann, geborgen am Strand des ersehnten
Landes, verlosen die Wacht der Ruder und laben am trocknen

Ufer den Leib, und Schlummer betaut die ermüdeten Glieder.
Noch nicht erreichte die Nacht, von den Horen geleitet, des Himmels
Mitte, da hebt vom Lager sich Palinurus, nicht lässig,
Und erkundet die Winde und hascht mit den Ohren die Lüfte;
Alle Gestirne bemerkt er, die still den Himmel durchgleiten,
Sieht den Arktur, die feuchten Hyaden, die beiden Trionen,
Auch umschaut er genau den goldumstrahlten Orion.
Wie er am heiteren Himmel so alles in Ordnung befunden,
Gibt er vom Hinterverdeck ein lautes Zeichen; wir räumen
Rasch das Lager, beginnen die Fahrt und entfalten die Segel.
Schon errötet Aurora, nachdem die Sterne entwichen,
Als wir umdämmerte Hügel von fern und Italiens flache
Küste erblicken. ›Italien!‹ ruft vor allen Achates,
Und ›Italien!‹ grüßen die Freunde mit jauchzenden Rufen.
Da bekränzt der Vater Anchises den mächtigen Becher,
Füllt ihn mit funkelndem Wein und fleht zu den Himmlischen, stehend
Hoch auf dem Hinterverdeck:
›Götter des Meeres und auch des Landes, der Stürme Gebieter,
Schenket uns leichte Fahrt und haucht beglückende Winde.‹
Kräftiger wehen sofort die erbetenen Lüfte; ein Hafen
Öffnet sich weit, und hoch erglänzt der Tempel Minervas.
Segelreffend treiben die Freunde die Kiele zum Ufer.
Östliche Fluten haben die Bucht des Hafens gebildet.
Spritzende Salzflut umschäumt die vorgelagerten Klippen,
Die den Hafen verstecken. Wie Arme strecken auf hoher
Warte sich doppelte Mauern, es weicht vom Ufer der Tempel.
Hier als erstes Zeichen erblick' ich im Grase vier Rosse
Weidend die Flur, wie Sonne erglänzen weiß ihre Leiber.
Vater Anchises ruft: ›Krieg bringst du, gastlicher Boden.
Rosse zäumt man zum Krieg, und Krieg bedeutet das Rudel.
Aber selbiges Tier pflegt auch den Wagen zu ziehen
Und, ins Joch geschirrt, einträchtig die Zügel zu dulden.
Hoffnung gibt es auf Frieden.‹ Wir flehn zu der waffenumtönten
Gottheit der Pallas, der ersten, die uns, die Jubelnden, aufnimmt.
Wir umhüllen das Haupt vor Altären mit phrygischen Schleiern
Nach des Helenus Weisung, vor allem aber entzünden

Wir der argivischen Juno nach Brauch ein ehrendes Opfer.
Ohne Verzug, sobald die Feier richtig vollendet,
Wenden wir dann die Enden der segelbekleideten Rahen
Und entfliehen der Griechen verdächtigen Fluren und Häusern.
Drauf erscheint der Busen Tarents, das Herkules baute,
Darf man der Sage traun; die hehre Lacinia hebt sich
Drüben, und Kaulons Höhn und der Schiffe Gefahr Skylacëum.
Fern dann aus der Flut steigt auf der trinakrische Aetna,
Und ein lautes Geheul und meerumdonnerte Felsen
Hören wir schon von fern und den Hall der brodelnden Brandung;
Hoch auf siedet die Flut und zerwühlt den Sand in der Tiefe.
Da rief Vater Anchises: ›Wahrhaftig, das ist die Charybdis,
Dies die gefährlichen Klippen, die Riffe, die Helenus meinte.
Freunde, sucht zu entrinnen und rudert alle zusammen!‹
Ganz so, wie er geheißen, geschieht's, und den ächzenden Schiffskiel
Dreht Palinurus scharf sofort nach links in die Wogen,
Linkshin suchen alle mit Wind und Rudern zu wenden.
Himmelwärts hebt uns bäumend der Schwall, und wieder aufs neue,
Wenn die Woge verebbt, versinken wir wie zu den Toten.
Dreimal donnerten laut die Klippen im felsigen Schachte,
Dreimal sahen wir spritzend den Schaum die Sterne bestäuben.
Wind und Sonne haben indessen uns müde verlassen;
Wegunkundig treiben wir an den Strand der Kyklopen.
Ruhig lag da ein Hafen, geräumig und sicher vor Stürmen,
Aber daneben brüllten des Aetna schreckliche Stürze.
Bald stößt er hinauf zum Himmel finstere Wolken,
Rauchende Wirbel schwarz wie Pech und glühende Asche,
Schießt auch feurige Garben und leckt hinauf zu den Sternen.
Bald auch erbricht er Gestein und bergentrißne Geweide
Stöhnend heraus und schleudert geschmolzene Lava mit Krachen
Hoch in die Luft und brodelt dann tosend in unterster Tiefe.
Hier soll halbverbrannt vom Blitz des Enkeladus Körper
Ruhen unter der Last, und der mächtige Aetna, darüber
Liegend, speit sein Feuer heraus aus klaffendem Schlunde;
Aber wenn jener ermattet die Seite wechselt, so zittert
Ganz Trinakrien dumpf, und Rauch umschleiert den Himmel.
Jene Nacht ertrugen wir wälderbehütet die grausen
Wunder und sahen so nicht, woher der Aufruhr entstünde.

Funkelte doch kein Stern, und nirgends wurde der Äther
Hell und klar, und finster bedrohten Wolken den Himmel,
Und den Mond verbarg die Nacht in hüllenden Nebeln.
Als am folgenden Tage die Morgenfrühe erwachte,
Und Aurora vom Himmel das tauige Dämmern entfernte,
Trat eines fremden Mannes Gestalt, ganz mager entkräftet,
Plötzlich aus dem Walde; das jammervolle Gebilde
Näherte sich und streckte zum Ufer flehend die Hände.
Staunend schauen wir hin: voll Schmutz, verwildertes Barthaar,
Dornengeheftet die Hülle, doch deutlich als Grieche erkenntlich,
Wohl in heimischer Wehr dereinst gen Troja gesendet.
Als er nun Dardanertracht und troische Waffen von weitem
Sah, da stutzt er ein wenig, und von dem Anblick erschrocken,
Hemmte er seinen Schritt; dann stürzte er eilig zum Ufer
Weinend und flehend heran: ›Bei allen Sternen beschwör' ich
Euch, bei den Göttern und bei dem belebenden Lichte des Himmels:
Nehmt mich, ihr Teukrer, an Bord und bringt mich, wohin es auch sein mag.
Das genügt mir. Ich weiß, ich bin von der Danaerflotte
Einer und hab', ich bekenne, die Troerpenaten befehdet.
Dafür, wenn meine Schuld und mein Verbrechen so groß ist,
Werft mich zerstückelt ins Meer und stürzt mich tief in die Wogen.
Sterb' ich, so tröstet es mich, von Menschenhänden zu sterben.‹
Rief's, und die Knie umklammernd und selbst auf den Knien sich windend,
Hing er. Wer er sei, aus welcher Sippe entsprossen,
Fragen wir ihn, und auch, welch Schicksal ihn also verschlagen.
Unverzüglich reicht der Vater Anchises dem Jüngling
Selber die Hand zum Pfand, das schnell den Armen ermutigt;
Und von Angst befreit, begann der Jüngling zu reden:
›Ithaka bin ich entstammt, ein Gefährte des Dulders Ulixes,
Achaemenides heiß' ich, und weil Adamastus, mein Vater,
Arm war, zog ich gen Troja – o wär' ich doch lieber geblieben.
Hier, als sie zitternd in Hast der grausen Behausung entflohen,
Ließen mich in dem wüsten Geklüft des Kyklopen die Freunde
Achtlos zurück im Hause voll blutigem Fraß und Verwesung,
Düster und weit; er selbst ein himmelhoher, gewalt'ger
Riese (o Götter, vertilgt doch solche Pest von der Erde!),

Unerträglich der Anblick und allen Worten unnahbar.
Eingeweide frißt er und schlürft das Blut der Verlornen.
Hab' ich doch selbst gesehen, wie zwei er aus unserer Mitte
Packte mit mächtiger Faust und, rückgelehnt in die Höhle,
Sie an den Felsen zerschmettert', daß blutig der Boden besudelt,
Sah auch, wie er zermalmte die blutig triefenden Glieder
Und wie in seinem Gebiß die warmen Gelenke noch zuckten.
Aber nicht straflos geschah es; nicht duldete solches Ulixes,
Und der Ithaker blieb sich treu in so schrecklicher Lage.
Kaum daß jener vom Fraße gefüllt und im Rausche versunken,
Niedergebeugt den Nacken, und durch die Höhle sich riesig
Streckte und ekle Brühe und Brocken mit blutigem Weine
Ausspie mitten im Schlaf, da flehten wir zu den erhabnen
Göttern, warfen das Los und stürzten alle zusammen
Auf ihn und bohrten tief einen spitzen Pfahl in sein großes,
Einziges Auge, das tief sich barg unter buschigen Brauen
Gleich einem griechischen Schild und groß wie die Scheibe des Phoebus,
Und so waren wir froh, die Schatten der Freunde zu rächen.
Aber entflieht, ihr Armen, entflieht und von diesem Gestade
Kappt das Seil!
Denn so schrecklich und groß, wie Polyphem in der Höhle
Birgt sein wolliges Vieh und melkt die strotzenden Euter,
Wohnen hier hundert gleiche noch überall an den Ufern,
Fürchterliche Kyklopen, die rings die Berge durchschweifen.
Dreimal füllte sich schon mit Licht die Sichel des Mondes,
Seit ich mein Leben im Walde und zwischen verlassenen Höhlen
Wilder Tiere verbringe und späh' nach den grausen Kyklopen
Hoch vom Felsen, erbebend vor ihren Schritten und Stimmen.
Ungedeihliche Kost, Waldbeeren, harte Kornellen
Bieten die Büsche, auch nähre ich mich von entwurzelten Kräutern.
Überall Ausschau haltend, war eure Flotte das erste,
Das ich am Ufer gewahrte, und ihr, wess' immer sie wäre,
Gab ich mich hin: Genug, nur fort von dem schlimmen Geschlechte;
Lieber verlier' ich durch euch mein Leben, wie es auch komme.‹

Kaum hat er vollendet, gewahren wir hoch auf dem Berge,
Wie seinen massigen Leib inmitten der Herde er selber
Schleppt, der Hirt Polyphemus, sich zu dem gewohnten Gestade

Tastend, ein greuliches Untier, mißförmig, das Auge geblendet,
Einen Fichtenstamm in der Hand als Stütze und Lenker,
Um ihn wollige Schafe gedrängt, seine einzige Freude,
Einziger Trost im Gram.
Als er das Meer erreicht und an das Wasser gekommen,
Wusch er das rinnende Blut vom ausgestochenen Auge
Zähneknirschend und stöhnend; schon schritt er mitten im Meere,
Dennoch stieg ihm das Wasser noch nicht bis hoch an die Hüfte.
Bang entfliehen wir rasch und nehmen den Flehenden mit uns,
Wie er's verdient, und kappen dann still die Taue und fegen,
Eifrig über die Ruder gebeugt, die Fluten des Meeres.
Er vernahm es und lenkte den Schritt nach dem Schall des Geräusches.
Aber da er uns nicht mit der Hand zu packen und auch nicht
Gleich geschwind die ionische Flut zu durchschreiten vermochte,
Hob er ein wildes Gebrüll, daß weit die Wellen des ganzen
Meeres erbebten und fern ins Innre Italiens Lande
Und im tiefen Geklüft der Aetna schauerlich dröhnte.
Doch das Kyklopengeschlecht, aus Wäldern und hohen Gebirgen
Aufgestört, rennt nieder zum Hafen und füllt die Gestade.
Dastehn sehen wir so die Aetnabrüder mit zwecklos
Drohenden Blicken und hoch die Häupter zum Himmel erhoben,
Schaudererregender Schwarm, wie wenn mit ragenden Wipfeln
Wolkenhohe Eichen und zapfenbehängte Zypressen
Stehen, ein Juppiterwald und drüber ein Hain der Diana.
Hastig treibt uns die Angst, wohin es auch gehe, die Taue
Aufzurollen und rasch dem Winde die Segel zu spannen.
Doch es warnte uns auch des Helenus Weisung, zu fahren
Zwischen der Skylla und der Charybdis, weil beiderlei Wege
Tödlich wären; daher beschlossen wir, rückwärts zu segeln.
Aber da brauste, gesandt aus dem engen Sund des Pelorum,
Boreas her, und ich fahre vorbei an Pantagias' Mündung
Mit seinem lebenden Fels, an Megaras Bucht und am flachen
Thapsus, und so auf der Rückfahrt an diesen Gestaden erklärt sie
Achaemenides uns, der Gefährte des Dulders Ulixes.

Vorgelagert liegt der sikanischen Bucht eine Insel
Gegen Plemyriums Brandung. Ortygia ward sie geheißen
Schon von den Vätern. Dort brach der Strom Alphëus aus Elis

Heimliche Wege sich unter dem Meer, erzählt man, wo heute
Er mit dir, Arethusa, sich mengt in die Sikulerwogen.
Nach dem Gebote verehr' ich die waltenden Götter der Gegend,
Lenke sodann um das fette Gebiet des seichten Helorus;
Auch um die zackigen Höhn des Vorgebirges Pachynum
Biegen wir, auch Kamerina, wo keine Wandlung das Schicksal
Zuläßt, erscheint von fern, dann auch die geloischen Felder
Und das furchtbare Gela, benannt nach dem Namen des Stromes;
Akragas zeigt sodann, der steile, die mächtigen Mauern,
Hochgemuter Rosse Erzeuger war er vor Zeiten.
Dich auch im Winde verlass' ich, du palmenreiches Selinus,
Auch Lilybeios' Watten voll heimlicher Klippen umfahr' ich.
Dann empfängt mich der Hafen und meerumbrandetes Ufer
Drepanums. Hier, nachdem ich so viele Stürme erduldet,
Wehe, verlier' ich den Vater Anchises, der Sorgen und Leiden
Immer gelindert. Hier ließest du, teuerster Vater, mich Müden
Nun zurück, umsonst so vielen Gefahren entronnen!
Helenus weder, der Seher, so viel er auch Schrecken geweissagt,
Nannte mir dieses Leid, noch auch die grause Kelaeno.
Das war das Ende der Mühen, das Ziel unendlicher Wege.
Dorther scheidend trug mich ein Gott an euer Gestade.«

So sprach Vater Aeneas, und alle lauschten dem Einen,
Wie er götterverhängte Geschicke und Irrfahrt erzählte.
Endlich endete er und schwieg und gönnte sich Ruhe.

VIERTER GESANG

Aber die Königin, längst von den Qualen der Liebe verwundet,
Nährt in den Adern das Gift und siecht an heimlichem Feuer.
Immer erfüllt sie der Wert des Mannes und immer der Adel
Seines Geschlechtes; es prägen sich Worte und Mienen in ihre
Seele, und keine Ruhe vergönnt dies Sehnen den Gliedern.
Als der nächste Morgen mit Licht die Länder erhellte
Und Aurora vom Himmel die dunstigen Schatten vertrieben,
Wandte sie sinnbetört sich so zur liebenden Schwester:
»Anna, Schwester, was schrecken mich so beklemmende Träume?
Welch ein seltsamer Gast hat unsere Schwelle betreten!
Welch erhabener Wuchs! Wie kühn und tapfer im Kampfe!
Täuscht mich mein Glaube doch nicht, daß er von göttlicher Abkunft.
Niedre Geburt verrät sich durch Furcht. Durch wieviel Gefahren
Trieb ihn das Schicksal! Was konnt' er nicht alles von Kämpfen erzählen!
Wäre mein Herz nicht fest und unerschüttert mein Wille,
Keinem Manne mich mehr durch ehliche Bande zu einen,
Seit der Tod mich Arme um erste Liebe betrogen,
Wäre mein Abscheu nicht so groß vor Brautbett und Fackel,
Ja, diesen einen zu lieben vermöchte ich schuldig zu werden.
Anna, ich will dir gestehen, nachdem mein armer Sychaeus
Schmählich erlag und so die Penaten von Brudermord trieften,
Hat dieser eine allein mir Herz und Sinne wahrhaftig
Wankend gemacht. Ich fühle die Spuren der früheren Flamme.
Eher aber soll mich der Erde Abgrund verschlingen
Oder der ewige Vater mit seinem Blitze mich töten
Und mich tief in die Nacht zu den Schatten des Erebus senden,
Ehe ich dich, o Scham, und deine Gebote entweihe.
Er, mein erster Gemahl, nahm mit sich alle die Liebe,
Die ich empfand, sie soll ihm auch im Grabe noch bleiben.«
Also sprach sie und netzte den Busen mit quellenden Tränen.
Anna erwiderte: »Schwester, die mehr ich liebe als alles,
Willst du denn ganz die Jugend als einsame Witwe vertrauern,
Nicht an Kindern dich, dem Lohn der Liebe, erfreuen?
Wähnst du, daß das den Staub und die Manen des Toten bekümmre?

Ja, dich Trauernde hat bisher kein Freier bezwungen,
Weder in Libyen hier, noch früher in Tyrus; Iarbas
Hast du verschmäht und die Fürsten, die sonst noch reich an Triumphen
Afrika nährt; nun sträubst du dich gegen willkommene Liebe?
Kommt es dir nie in den Sinn, auf wessen Fluren du siedelst?
Gaetulerstädte und Stämme, die nie im Kriege bezwungen,
Wilde Numider und auch die fremdenfeindlichen Syrten
Schließen dich ein; dazu die dürstende Wüste und Barkas
Wütende Schwärme. Und nenn' ich dazu noch die Kämpfe, die Tyrus
Droht und dein Bruder dazu?
Durch die Gnade der Götter und Gunst der Juno, so wähn' ich,
Sind die ilischen Schiffe hierher im Winde gesegelt.
Schwester, wie wirst du die Stadt, wie wirst du durch solche Vermählung
Blühend die Herrschaft erblicken! Vereint mit den Waffen der Teukrer,
Wie wird punischer Ruhm sich dann durch Taten erheben!
Flehe die Götter um Huld, und sind die Opfer dir günstig,
Pflege gastlicher Sitte und suche nach Gründen zu längerm
Weilen: Noch peitsche der Sturm das Meer und der feuchte Orion,
Leck noch wären die Schiffe und wenig freundlich der Himmel.«
 Solche Worte entfachten die glühende Liebe zur Flamme,
Bannten die Scham und nährten die zweifelnde Seele mit Hoffnung.
Erstlich gehen sie hin zu den Tempeln und flehen um Frieden
An den Altären; sie schlachten nach Brauch erlesene Schafe
Der beratenden Ceres, dem Phoebus und Vater Lyaeus,
Aber der Juno vor allem, der Walterin eh'licher Bande.
Dido, die Herrliche, selbst, in ihrer Rechten die Schale,
Gießt der weißen Kuh sie mitten zwischen die Hörner,
Oder sie wandelt dahin vor fetten Altären der Götter,
Feiert mit Gaben den Tag und späht in die Brüste der Tiere,
Um in dem dampfenden Innern beratende Deutung zu suchen.
Ach, wie wenig wissen doch Hehersprüche! Was frommen
Tempel und auch Gelübde der Leidenschaft! Flammen verzehren
Schon ihr Inn'res, sie nährt im Herzen heimliche Wunde.
Dido, die Arme, brennt, durch alle Gassen Karthagos

Schweift sie wie rasend gleich der pfeilgetroffenen Hindin,
Die ein jagender Hirt von fern in den kretischen Wäldern
Unvermutet getroffen und ahnungslos in der Wunde
Ließ das Geschoß. Nun rennt sie durch Kretas Wälder und Schluchten
Flüchtig dahin; ihr haftet das tödliche Rohr in der Flanke.
Nun mit Aeneas durchschritt sie rings die Bauten und zeigte
Ihm die sidonische Pracht und wie sie die Feste gegründet.
Und sie begann zu reden und stockt dann mitten im Worte.
Drauf, als der Tag sich neigte, bereitet sie wieder ein Gastmahl,
Wieder von ilischer Drangsal verlangt sie in ihrer Betörung
Neues zu hören, es hängt ihr Ohr am Mund des Erzählers.
Wenn sie nachher sich getrennt und bleicher werdend des Mondes
Licht sich birgt und zum Schlaf die sinkenden Sterne ermahnen,
Grämt sie sich einsam dahin und wirft sich nieder aufs Lager,
Das er verließ, und fern vernimmt und sieht sie den Fernen.
Oder sie hält den Sohn, gebannt vom Bilde des Vaters,
Auf dem Schoße, um so der Liebe Qualen zu täuschen.
Nicht mehr weiter wachsen die Türme, nicht übt in den Waffen
Sich die Jugend, und weder den Hafen noch weitere Kriegswehr
Rüstet man mehr, und es stocken die unbeendigten Werke,
Mächtige Mauern dräu'n und himmelhohe Gerüste.
Als nun Juppiters Gattin die so vom Fieber Verzehrte
Sah und daß sie nicht mehr ihres Rufes im Wahnsinn gedachte,
Wandte Saturnia sich mit folgenden Worten an Venus:
»Herrlichen Ruhm fürwahr und riesige Beute gewinnt ihr,
Du und dein Knabe: Welch Sieg, welch unvergeßliche Großtat,
Wenn zwei Götter durch Trug ein einzelnes Weib überwinden!
Auch entgeht mir ja nicht, daß du voll Argwohn betrachtest
Unsere Mauern und auch den Bau des erhabnen Karthago.
Aber wo zielt das hin, wozu solch heftiger Hader?
Laß uns ewigen Frieden vielmehr und ein ehelich Bündnis
Schließen! Du hast ja nun, wonach dir die Seele verlangte;
Dido glüht vor Liebe, ihr tobt in den Adern der Wahnsinn.
Darum wollen wir hier dies Volk geeinigt mit gleichen
Rechten beherrschen, sie mag sich dem phrygischen Gatten ergeben,
Und als Brautschatz gewähre sie dir die Männer von Tyrus.«
Ihr (denn sie merkte gar wohl, wie heuchlerisch Juno gesprochen,

Um das italische Reich mit den libyschen Küsten zu tauschen)
Fiel nun Venus ins Wort: »Wer wäre so töricht, den Vorschlag
Abzulehnen, und möchte mit dir im Kampfe sich messen?
Wenn nur, wie du sagst, solch Tun in Zukunft gesegnet!
Aber mir ist das Schicksal nicht klar, ob Juppiter *eine*
Stadt für die Tyrier wünscht und die Ausgewanderten Trojas,
Ob er die Mischung der Völker und Bündniseinigung billigt.
Dir, der Göttin, gebührt's, sein Herz durch Bitten zu prüfen.
Eile dahin, ich folge.« Da sprach die Königin Juno:
»Mein sei diese Mühe, vernimm mit wenigen Worten,
Wie wir am leichtesten das, was nun vonnöten, vollziehen.
Rüsten Aeneas doch und die unglückselige Dido
Sich zum Jagen im Hain, wenn morgen ganz in der Frühe
Sich der Titan erhebt und strahlend den Erdkreis entnachtet.
Über sie will ich dann mit Hagel finstere Wolken,
Während die Treiber geschäftig mit Garn die Hügel umziehen,
Niederschütten und rings mit Donner den Himmel erschüttern.
Alle Begleiter entfliehn, sich im nächtigen Dunkel zu bergen.
Dann mit dem Fürsten der Troer wird Dido in ein und dieselbe
Grotte geraten; dann nah' ich, und ist dein Wille mir sicher,
Will ich in dauernder Ehe sie ganz zu eigen ihm geben.
Das sei ihr Hochzeitsfest.« Nicht abhold diesem Begehren,
Nickt Kytherea und lächelt, weil sie die Listen durchschaute.
Aus des Okeanus Flut erhob sich indessen Aurora;
Und in dem Glanze entströmt den Toren die Blüte der Jugend;
Maschige Netze und Schlingen und breite, blinkende Spieße
Sieht man, massylische Reiter im Zuge mit spürenden Hunden.
Noch im Gemache verweilt die Königin, draußen erwarten
Sie die punischen Fürsten, und prangend in Gold und in Purpur
Stampft ihr Renner und knirscht voll Mut in die schäumenden
Zügel.
Endlich tritt sie hervor, umdrängt von großem Gefolge,
In ein Sidonergewand, ein buntgesticktes, gekleidet.
Golden ist ihr Köcher, mit Gold die Locken durchflochten
Und ihr purpurnes Kleid geschürzt mit goldener Spange.
Auch nicht minder erscheinen die Phryger und auch Iulus
Froh. Er selber jedoch, der Schönste von allen, Aeneas,
Stößt als Waidgenosse mit seinem Gefolge zu ihrem.

Wie wenn den Xanthusfluß und Lykiens Wintergefilde
Phoebus verläßt und kehrt zum Mutterlande von Delos,
Wieder Chöre zu weihn, und gemischt um die heil'gen Altäre
Kreter und Dryoper schwärmen und angemalt Agathyrser,
Selber durcheilt er die Höhen des Kynthus, mit zartem Gezweige
Seine Locken umkränzt, von goldenem Stirnband umflochten,
Seine Schultern umklirren die Pfeile: Nicht weniger stattlich
Schreitet Aeneas einher, umstrahlt vom Schimmer der Schönheit.
Als sie hoch auf den Bergen in wegloses Dickicht gekommen,
Schau, da springen Gazellen vom felsigen Grat in die Täler
Jäh herab, es durchfliehn von der anderen Seite feldüber
Hirsche das offne Gelände und eilen, zu Rudeln gerottet,
Staubumwirbelt davon und verlassen die waldigen Höhen.
Jung-Askanius aber durchsprengt auf feurigem Renner
Fröhlich die Täler und eilt an diesem und jenem vorüber,
Flehentlich wünschend, es möge ein schäumender Eber dem schwächern
Wild sich gesellen oder vom Berge ein gelblicher Löwe.

Unterdessen beginnt mit dumpfem Grollen der Himmel
Sich zu umziehn; schon braust mit Hagel der Regen hernieder.
Rings das Gefolge der Tyrer mitsamt der trojanischen Jugend
Und auch der Dardanerenkel der Venus durchfliehen die Felder,
Bang um ein Obdach; es stürzen schon Ströme herab von den Bergen.
Dido gerät mit dem Fürsten der Troer in ein und dieselbe
Grotte; Tellus sofort und die ehefördernde Juno
Senden ein Zeichen; es leuchtet von Blitzen der Äther als Zeuge
Bräutlicher Feier, und oben vom Gipfel heulen die Nymphen.

Dies war der Anfangstag des Todes, der Anfang so vieler
Leiden, denn nicht ihr Ruf und nicht der Anstand bewogen
Dido; sinnt sie doch nicht auf heimliche Freuden der Liebe,
Ehe nennt sie es schon und beschönigt die Schuld mit dem Namen.

Schon durcheilt ja Fama die mächtigen libyschen Städte,
Fama, die schneller ist als jedes andere Übel.
Rührigkeit macht sie stark, und es wachsen ihr Kräfte im Eilen.
Anfangs nur klein und scheu, erhebt sie sich bald in die Lüfte
Hoch und schreitet am Boden und birgt das Haupt in den Wolken.
Terra, die Mutter, erzählt man, gebar in wütendem Zorne

Auf die Götter zuletzt dem Enkeladus noch und dem Koeus
Jene als Schwester, im Lauf beschwingt und mit hurtigen Flügeln,
Riesig und grauenvoll; so viele Federn sie decken,
So viele Augen stecken ihr spähend darunter (o Wunder!),
So viele Zungen und Mäuler, die raunen, und Ohren, die lauern.
Nachts im Schatten fliegt sie dahin zwischen Himmel und Erde,
Flüsternd, und niemals senkt sie die Lider zu lieblichem Schlummer;
Tags sitzt spähend sie da, bald oben am Giebel der Häuser,
Bald auch auf ragenden Türmen und schreckt gewaltige Städte,
Ebenso zäh in Lug und Trug wie als Botin der Wahrheit.
Die nun erfüllte rings die Völker mit wilden Gerüchten,
Schadenfroh Geschehnes und Ungeschehenes kündend:
Angelangt sei Aeneas, ein Sproß aus troischem Blute,
Dem sich nun zu verbinden die schöne Dido geruhe.
Schon durchschwelgten sie beide in Pracht die Länge des Winters,
Dächten der Herrschaft nicht mehr und frönten schändlichen Lüsten.
Solches streut in die Mäuler der Leute die garstige Göttin.
Weiterhin richtet sie dann den Weg zum König Iarbas
Und entflammt mit Gerüchten sein Herz und steigert den Ingrimm.
  Er war Hammons Sohn und der garamantidischen Nymphe,
Die der Gott geraubt, und hatte dem Juppiter hundert
Große Tempel im Reiche errichtet und hundert Altäre
Voller ewiger Feuer als Wache der Götter. Den Boden
Tränkte das Blut der Opfer, und Kränze zierten die Tore.
Sinnlos vor Wut und entflammt von der bitteren Kunde, entsandte
Vor den Altären im Kreis der Göttergebilde er flehend
Bitten zu Juppiter, hoch zum Himmel die Hände erhoben:
»Juppiter, Herr des Alls, dem jetzt maurusische Völker
Spenden vom bunten Pfühl beim Mahl den Trank des Lenaeus,
Siehst du das ruhig an? Und schaudern wir, Vater, bei deinen
Blitzen umsonst und schreckt die Glut in den Wolken nun blindlings
Unsere Herzen und rollt der Donner nur eitel und nichtig?
Ha, ein Weib, das irrend in unserem Reiche ein winzig
Städtlein für Geld erbaute und dem wir das Ufer zum Pflügen
Und die Beherrschung des Ortes verliehen, weist unsre Vermählung

Schnöde zurück und empfängt als Herrscher im Reich den Aeneas.
Dieser ›Paris‹ nun mit seinen weibischen Mannen,
Der mit maeonischer Mitra sich schmückt, die Haare von Salböl
Triefend, freut sich des Raubs; wir freilich bringen Geschenke
Deinen Tempeln dar und hegen vergeblichen Glauben.«
Wie er so betete, den Altar umklammernd, vernahm ihn
Juppiter, und er wandte den Blick auf der Königin Feste
Und die Liebenden, die des guten Rufes vergaßen,
Rief Merkurius dann und gab ihm folgenden Auftrag:
»Eile, mein Sohn, und rufe den Zephyr und gleite geflügelt
Zu dem dardanischen Fürsten, der in dem Tyrer-Karthago
Säumt und die Städte vergißt, die ihm vom Schicksal beschieden.
Rede mit ihm und trage mein Wort durch die flüchtigen Lüfte:
›So nicht habe ihn uns die schönste der Mütter verheißen
Und ihn nicht deshalb zweimal aus griechischen Waffen errettet.
Nein, damit er gebiete dem herrschaftschwangeren, tapfern
Italerland und den Stamm vom edlen Blute des Teukrus
Weiterführe und seinen Gesetzen den Erdkreis bezwinge.
Wenn ihn aber der Glanz so großer Taten nicht antreibt,
Wenn er zu eigenem Ruhm nicht will so Schweres vollenden,
Soll dem Askanius denn der Vater die römischen Burgen
Neiden? Was plant er? Was hofft er, wenn so er im feindlichen
Lande
Weilt und ausonischen Stamm und lavinische Fluren nicht achtet?
Segeln soll er!‹ Das gilt's. Und das sei unsere Botschaft.«
Sprach's; gleich rüstete sich Merkur, des mächtigen Vaters
Hohem Befehl zu folgen, und fügte zuerst an die Füße
Goldene Flügelschuhe, die hoch ihn über die Meerflut
Oder die Fluren tragen so schnell wie das Wehen des Windes.
Und dann faßt er den Stab, mit dem er die Seelen Verblichner
Ruft vom Orkus und andre zum traurigen Tartarus sendet,
Schlummer verleiht und entzieht und die Augen vom Tode
entsiegelt.
Diesen ergreifend zerteilt er die Winde und gleitet durch trübes
Nebelgewölk; schon sieht er im Flug des belasteten Atlas
Steile Gipfel, wie er mit dem Scheitel den Himmel emporhält,
Atlas' immer und ewig von dunklen Wolken umzognes
Fichtenbewachsenes Haupt, gepeitscht von Winden und Regen.

Schnee umhüllt ihm die Schultern; es stürzen vom Kinne des Greises
Ströme herab, ihm starrt von Eis das schreckliche Barthaar.
Hier nun gleitet zuerst der Kyllenier ebenen Fluges
Nieder und steht, dann schießt er jäh aufs Wasser mit allen
Kräften, gleich einem Vogel, der an fischwimmelnden Klippen
Rings das Ufer entlang dicht über den Wellen dahinstreicht.
Grade so zwischen Erde und Himmel gleitet auch jener
An dem sandigen Strande von Libyen, Lüfte durchschneidend,
Nieder vom Mutterahn, der kyllenische Sprößling der Maia.
Als mit beflügelten Sohlen er dort zu den Hütten gelangte,
Sah er Aeneas beim Bau von neuen Häusern und Mauern.
Ihm an der Seite hing das Schwert mit grünlichem Jaspis
Rings besetzt, und es gleißte um seine Schultern ein Mantel
Purpurgefärbt, ein Geschenk der reichen Dido, die selber
Es gewebt und durchwirkt mit feinen, goldenen Fäden.
Plötzlich fährt er ihn an: »Du Weiberknecht, gründest du etwa
Jetzt die hohe Karthago und baust eine prächtige Stadt hier
Auf? So hast du dein Reich und deine Bestimmung vergessen?
Selbst entsendet mich dir vom hellen Olympus der Götter
Oberster Herr, der lenkt allmächtig Himmel und Erde.
Selber befahl er, dies Wort durch die flüchtigen Lüfte zu tragen:
›Was denn planst du, was hoffst du, so säumend im libyschen Lande?
Wenn dich aber der Glanz gewaltiger Taten nicht antreibt,
Wenn du zu eigenem Ruhme nicht willst so Schweres vollenden,
Schau, wie Askanius blüht, und denk an des Erben Iulus
Hoffnungen, dem das Reich Italien und die Gebiete
Roms bestimmt.‹« Als kaum der Kyllenier also gesprochen,
Da entschwand er mitten im Wort den sterblichen Blicken
Und verblaßte fern den Augen in wehende Lüfte.
Aber Aeneas verstummt, entsetzt ob dieser Erscheinung,
Schauer sträubte sein Haar empor, ihm stockte die Stimme.
Gleich entbrennt er, zu fliehn und das liebliche Land zu verlassen,
Wie vom Donner gerührt durch die strengen Gebote der Götter.
Aber was tun? Wie soll er der lieberasenden Fürstin
Nahen und reden? Und wie soll er die Worte beginnen?
Seine Gedanken fliegen von einem Entschlusse zum andern,

Jagen hin und her, und tausend Dinge erwägt er.
Dieser Entschluß nun dünkt dem Schwankenden endlich der beste.
Mnestheus ruft er, Sergestus und auch den tapfern Serestus,
Heimlich die Flotte zu ordnen, die Freunde zum Strande zu rufen,
Waffen zu rüsten und, was der Grund solch neuen Beginnens,
Nicht zu verraten; er selbst, dieweil die gütige Dido
Ahnungslos, daß je so große Liebe zerbreche,
Wolle den Zugang erspähn und die mildeste Stunde zum Sprechen
Und die geeignetste Weise zur Tat. Und alle gehorchen
Schnell und froh dem Befehl und tun nach seinen Geboten.
Aber der Königin Herz (wer könnte Liebende täuschen?)
Ahnte den Trug und erriet sogleich die drohende Wendung,
Selbst in Sicherheit bang. Die nämliche ruchlose Fama
Meldet dem rasenden Weib, man rüste Flotte und Abzug.
Sinnlos tobt sie entbrannt, und überall hin durch die Gassen
Eilt sie wie eine Bacchantin beim Tönen der heil'gen Geräte,
Wenn im dritten Jahr mit Bacchusrufen die wilden
Orgien jubeln und nächtens Geschrei durchhallt den Kithaeron.
Endlich richtet sie an Aeneas von selber die Worte:
»Treuloser, hast du auch noch gehofft, du könntest so großen
Frevel mir hehlen und heimlich aus meinen Gebieten entweichen?
Hält dich nicht unsere Liebe, die einst beschworene Treue?
Nicht der Gedanke an Dido und daß du sie grausam ermordest?
Selbst den Wintergestirnen zum Trotz gedenkst du die Flotte
Herzustellen und planst, bei Stürmen das Meer zu befahren,
Grausamer? Wie? Wenn nicht du fremde Gefilde und Städte
Suchtest und unversehrt das alte Troja noch stünde,
Würde man jetzt nach Troja die Wellen des Meeres durchschiffen?
Fliehest du mich? Bei den Tränen und deiner Rechten Gelöbnis
– Denn nichts anderes ist mir Armen übriggeblieben –,
Bei unsrer Ehe und bei der halbvollzognen Vermählung,
Wenn ich nur etwas Gutes dir tat, wenn etwas von Dido
Lieb und teuer dir ist, erbarm dich des wankenden Hauses,
Flehe ich, wenn noch Raum für Bitten, so laß von dem Plane.
Deinethalber grollen die Libyer und der Nomaden
Fürsten und zürnen die Tyrer, um deinethalben vergaß ich
Zucht und Scham, um die ich bis zu den Sternen gepriesen.

Hin ist mein Ruf! Wem willst du mich Sterbende lassen, o Gastfreund?
Blieb doch dieser Name nur statt des Gatten mir übrig.
Säume ich, bis am Ende mein Bruder Pygmalion meine
Stadt zerstört, bis Iarbas, der Gaetulerkönig, mich wegschleppt?
Trüg' ich zumindest von dir ein Denkmal unserer Liebe,
Ehe du fliehst, im Schoß, und spielte ein kleiner Aeneas
Mir im Palaste umher, der deine Züge mir wachruft,
O dann würd' ich nicht so getäuscht und verlassen mich dünken.«
Rief's. Doch eingedenk der göttlichen Mahnung beharrte
Jener starren Blicks und bekämpfte den Kummer im Herzen.
Endlich erwidert er kurz: »Wieviel du Verdienstliches immer
Aufzuzählen vermöchtest, nie würd' ich, o Fürstin, es leugnen,
Niemals würde es mich gereun, an Elissa zu denken,
Solang ich meiner gedenke, solange ich lebe und atme.
Weniges red' ich für mich: Nie wollte ich, glaube mir, listig
Dir meine Flucht verhehlen, und niemals hab' ich der Hochzeit
Fackeln erstrebt, noch kam ich, um mich mit dir zu verbinden.
Wenn mir das Schicksal vergönnte, mein Leben nach meinem Bedünken
Anzuordnen und frei nach eigenem Wunsche zu schalten,
Würd' ich mich Troja zuerst und den teuren Resten der Meinen
Widmen, immer noch würde die Feste des Priamus stehen,
Und den Besiegten würde ich Pergamum wieder errichten.
Doch nach Italiens Weiten befiehlt der Gryneer Apollo,
Nach Italien heißt mich ein lykischer Götterspruch ziehen,
Dort ist mir Heimat und Herz; und wenn das hohe Karthago
Dich, die Phoenizierin, fesselt, der Anblick libyscher Bauten,
Warum willst du alsdann den Teukrern ausonischen Boden
Neiden? Auch uns geziemt's, in der Fremde Reiche zu suchen.
Immer, wenn Nacht die Lande verhüllt in tauende Schatten,
Wenn sich das Licht der Sterne erhebt, dann mahnt mich im Traume
Vater Anchises, und mich erschreckt sein düsteres Abbild.
Auch Askanius mahnt mich, das Unrecht gegen den Liebling,
Dem ich Hesperiens Reich, die Schicksalsfluren entziehe.
Nun hat der Bote der Götter, von Juppiter selber gesendet,
(Bei unserm Haupte beschwör' ich's) auf Flügeln des Windes Befehle

Mir überbracht. Ich sah den Gott ja selber in hellem
Lichte die Stadt betreten und hörte deutlich ihn reden.
Höre doch auf, dich selbst und mich mit Klagen zu quälen.
Nicht von mir aus such' ich Italien.«
Längst schon, während er sprach, betrachtete seitlich gewendet
Sie mit rollenden Augen Aeneas und musterte schweigend
Ihn vom Scheitel zur Sohle, und flammend entfuhr ihr die Antwort:
»Nein, keine Göttin gebar dich, und Dardanus ist nicht dein Ahnherr.
Treuloser du, dich zeugte aus harten Felsen der starre
Kaukasus, dich ernährte die Milch hyrkanischer Tiger.
Denn was halt' ich noch an mich? Was soll ich noch Ärgres erwarten?
Hat ihn mein Weinen gerührt? Sah er nur einmal beiseite,
Gab er sich tränend besiegt? Erwies er mir Liebenden Mitleid?
Kann es noch Schlimmeres geben? Das kann die erhabene Juno,
Kann der saturnische Vater doch nicht gelassen mit ansehn.
Nirgends gibt es mehr Treue; den hilflos gestrandeten Bettler
Nahm ich, ich Törin, hier auf und gab ihm Teil an der Herrschaft,
Rettete vom Verderben die Flotte, die Freunde vom Tode.
Ha, von Furien bin ich entflammt! Bald weissagt Apollo,
Bald ein lykischer Spruch, und bald von Juppiter selber
Bringt ihm ein Götterbote den grausen Befehl durch die Lüfte.
Damit mühen sich also die Himmlischen. Das ist der Götter
Sorge? Ich halte dich nicht, will deine Worte nicht prüfen.
Such dein Italien nur, dein Reich hinter Winden und Wellen!
Aber ich hoffe, du wirst, wenn gnädige Götter noch walten,
Zwischen Klippen noch büßen und immer wieder den Namen
Dido rufen. Von fern werd' ich dir folgen mit grausen
Flammen, und wenn der Tod mir kalt die Glieder entseelte,
Wird allerorten mein Schatten erscheinen. Dann büßt du, Verruchter.
Und ich hör' es, und tief bei den Manen vernehm' ich die Kunde.«
Mitten im Worte bricht sie ab und eilt in das Freie
Schwer erschöpft und entzieht sich seinen Blicken und läßt ihn
Stehen, der immer bewegt noch zögert und vieles noch sagen
Möchte. Es fangen die Mägde sie auf, und die Sinkende tragen
Sie in das Marmorgemach und betten sie sanft auf das Lager.

Aber der fromme Aeneas, wie gern er tröstend den Kummer
Lindern möchte und mild ihr Leid durch Zuspruch erleichtern,
Seufzt gar tief, bewältigt von solch unendlicher Liebe.
Dennoch vollzieht er der Götter Gebot und begibt sich zur Flotte.
Schon aber mühen sich dort die Teukrer und ziehen vom Ufer
Rings die Kiele herab, es schwimmt die geteerte Galeere,
Ruder, noch grün belaubt, und roh behauene Balken
Schleppen sie fluchtbegierig vom Walde.
Aus der ganzen Stadt sieht man die Eilenden kommen.
Wie wenn ein Ameisenschwarm einen großen Haufen von Körnern
Wegschafft, des Winters gedenkend, und birgt in sicheren Kammern;
Schwarz durchwandert der Zug das Feld; sie schleppen auf engem
Pfade die Beute durchs Gras; ein Teil bemüht sich, der Körner
Last mit dem Rumpfe zu stemmen, ein andrer am Ende des Zuges
Treibt die Säumigen an: So wimmeln geschäftig die Pfade.
Dido, was fühlte dein Herz, da du das alles gewahrtest?
Ach, wie stöhntest du auf, wenn das Getümmel am Ufer
Du von der Höhe der Burg erblicktest und weit die Gewässer
Sahst mit eigenen Augen erfüllt von Lärmen und Rufen!
Grausame Liebe, wozu doch treibst du die Herzen der Menschen!
Wiederum drängt es sie, mit Tränen, wieder mit Bitten
Ihn zu bestimmen und tief den Stolz vor der Liebe zu beugen,
Nichts unversucht zu lassen, auch wenn der Tod sie dahinrafft.
»Anna, du siehst, wie rings am Ufer alles dahineilt,
Wie sie zusammenströmen! Die Segel harren der Winde,
Fröhlich umkränzen bereits die Schiffer die Steuerverdecke.
So gewiß ich vermochte, den bitteren Jammer zu ahnen,
Weiß ich ihn auch zu dulden. Dies eine nur, Anna, versage
Mir Unseligen nicht: Er hielt, der Falsche, ja dich nur
Wert und vertraute nur dir auch seine geheimsten Gedanken.
Du nur wußtest die Stunde, wann ihm mein Nahen am liebsten.
Schwester, eile und flehe denn zu dem trotzigen Fremdling.
Schwor ich in Aulis doch: Nie würd' ich die Troer vertilgen
Mit den Griechen im Bund; nie sandt' ich gen Pergamum Schiffe,
Nie entweihte ich je Anchises' Manen und Asche.
Warum hält er das Ohr so hart meinen Worten verschlossen?
Eilt es ihm so? Dies Letzte vergönn' er der armen Geliebten:

Daß er leichtere Fahrt und günstige Winde erwarte.
Ach, ich begehre nicht mehr den Ehebund, den er verraten,
Nicht, daß er sein Reich und das herrliche Latium meide.
Kurze Frist nur erbitt' ich und Raum und Ruhe dem Rasen,
Bis mich das Schicksal gelehrt, gefaßt den Schmerz zu ertragen.
Nur diese letzte Gunst erfleh' ich (erbarme dich, Schwester!);
Wenn du mir diese verschaffst, vergelt' ich sie doppelt im Tode.«
Also bat sie, und so trug wieder und wieder die arme
Schwester die Klagen ihm zu. Doch keine Klage vermochte
Ihn zu bewegen; er hört auf keine Worte. Das Schicksal
Läßt es nicht zu; ein Gott verschließt seine Ohren dem Mitleid.
Wie wenn den mächtigen Stamm einer alten, knorrigen Eiche
Alpenstürme in wildem Gewirbel von hüben und drüben
Zu entwurzeln sich mühn; es ächzen stöhnend die Äste,
Unten türmt sich hoch das Laub des erschütterten Stammes,
Sie aber haftet im Fels, so hoch den Wipfel zum Himmel
Hebend, wie ihre Wurzeln sich tief zum Tartarus strecken:
Grade so wird der Held bald hier, bald dort von den Worten
Wild bestürmt und tief im Herzen von Kummer durchdrungen;
Aber sein Sinn bleibt fest; die Tränen strömen vergeblich.
Doch die unglücksel'ge, vom Schicksal erschütterte Dido
Wünscht sich den Tod; ihr graut, das Licht des Himmels zu schauen.
Aber damit sie noch rascher die Todesabsicht betreibe,
Kam ihr, als sie Opfer und Weihrauch auf dem Altare
Breitet', ein schrecklich Gesicht: Die heilige Spende ward dunkel,
Und es wurde der Wein zu garstigem Blute verwandelt.
Keiner erfuhr dies Gesicht, selbst nicht die leibliche Schwester.
Auch befand sich dort im Palaste ein marmorner Tempel
Für ihren ersten Gemahl und hoch in Ehren gehalten,
Rings mit schneeigen Binden und festlichem Laube umschlungen:
Dorther glaubte sie Stimmen zu hören und rufende Worte
Ihres Gemahls, sobald die Nacht die Erde umhüllte.
Auch eine einsame Eule ließ auf dem Giebel des Hauses
Öfters Totenklagen lang hingezogen ertönen.
Vielfach auch erschrecken die Sprüche heiliger Seher
Mit entsetzlicher Mahnung. Und selbst der wilde Aeneas
Ängstet die Irre im Traum, sie wähnt sich immer verlassen,

Immer ungeleitet auf endlosem Wege zu sehen
Und ihr Tyriervolk in ödem Gelände zu suchen,
So wie der rasende Pentheus den Schwarm der Furien schaute
Und die Sonne verdoppelt und zwiefach den Anblick von Theben,
Wie, auf der Bühne verfolgt, der Sohn Agamemnons Orestes
Seine mit schwarzen Schlangen und Bränden bewaffnete Mutter
Flieht und hart an der Schwelle die rächenden Diren sich lagern.
Als nun der Wahnsinn ganz die Schmerzbezwungne erfaßte
Und sie zu sterben entschlossen, erwägt sie die Art und die Stunde
Still bei sich und nähert sich ihrer trauernden Schwester,
Birgt ihre Absicht und hellt die Stimme mit heiterer Hoffnung:
»Schwester, ich habe den Weg gefunden (preise mich glücklich),
Der ihn mir wiedergibt und wie ich der Liebe entrinne.
Da, wo des Ozeans Grenze, und nahe der sinkenden Sonne
Liegt zu äußerst das Land der Aethiopier, wo riesig
Atlas dreht auf den Schultern die sternumschimmerte Achse.
Dorther nahte mir eine massylische Priesterin neulich.
Sie bewohnte den Tempel der Hesperiden und reichte
Speise dem Drachen und wahrte die heiligen Zweige des Baumes,
Schlummerbringenden Mohn und süßen Honig verheißend.
Die vermißt sich, die Herzen durch Zaubergesang zu befreien,
Wo sie nur will, und andre mit sorgender Sehnsucht zu füllen,
Stürme im Laufe zu hemmen und rückwärts die Sterne zu wenden;
Nächtige Manen beschwört sie, du siehst ihr unter den Füßen
Laut die Erde brüllen und Eichen die Berge verlassen.
Seien dein teures Haupt und die Götter mir Zeugen, Geliebte,
Daß ich nur ungern mich dieser magischen Künste bediene.
Türme ein Scheitergerüst mir heimlich im inneren Hofe
Hoch und die Waffen des Frevlers, die er im Gemache gelassen,
Alle seine Gewänder und unser ehelich Lager,
Mein Verderben, das lege hinauf; ich möchte ja alles
Von dem Verräter zerstören; so heischt es der Priesterin Wille.«
Also sprach sie und schwieg, und ihre Wangen erblaßten.
Anna ahnt aber nicht, daß diese seltsamen Opfer
Nur ein Vorwand der Schwester zum eigenen Tode; solch Wüten
Faßt sie nicht und vermutet nichts Schlimmeres als bei Sychaeus'
Tode, und darum vollführt sie den Wunsch.
Als sich aber im Hofe der Scheiterhaufen gewaltig

Himmelhoch türmte aus Fichten und Eichenbohlen, bekränzte
Königin Dido den Platz mit Grabgewinden und dunklem
Laub und bettete dann das Schwert und seine Gewänder,
Auch sein Bild auf den Pfühl, der kommenden Dinge gewärtig.
Ringsum stehen Altäre; laut ruft mit flatternden Haaren
Dreimal hundert Götter die Seherin, Erebus, Chaos,
Dreifache Hekate, dich, dreihäuptige Jungfrau Diana,
Sprengte auch Wasser umher, vorgeblich vom Quell des Avernus,
Forderte Kräuter, die nachts bei Mondlicht mit eherner Sichel
Abgemäht und strotzen von schwärzlich-milchigem Gifte,
Fordert das Liebesgewächs, dem eben geworfenen Füllen
Von der Stirn gerissen, entrafft der Mutter.
Dido selbst am Altare, voll Schrot die geheiligten Hände,
Einen Fuß entschnürt, im freigegürteten Kleide,
Ruft, zum Tode entschlossen, die Götter und schicksalbewußten
Sterne, und wer noch sonst von Mächten für ungleich verbundne
Liebende sorgt, des Rechtes gedenk; die bittet sie alle.
  Nacht war's, und es genossen des milden Schlafes die müden
Leiber, es ruhten die Lande, die Wälder, des Meeres bewegte
Flut, sobald die Sterne zur Mitte des Himmels gestiegen
Und die Fluren verstummt, das Vieh und die farbigen Vögel,
Die den spiegelnden See und rauhes Dickicht bewohnen,
In die schweigende Nacht und die Decke des Schlafes gebettet,
(Ledig von Sorge und Leid und aller Mühen vergessend);
Nur die Phoenizierin nicht, die Unglückliche; es naht ihr
Kein erlösender Schlaf. Sie gibt sich mit Herz und mit Augen
Nicht der Nacht anheim; es wachsen die Qualen, und wieder
Rast ihre Liebe aufs neu, von wütendem Hasse geschüttelt.
Nun aber ist sie entschlossen und wälzt des Herzens Erwägung:
»Wehe, was tun? Soll ich Verhöhnte aufs neue die frühern
Freier angehn und Ehe mit jenen Nomaden erflehen,
Deren Werbung ich doch so viele Male verschmähte?
Soll ich der ilischen Flotte, den Schmachbefehlen der Teukrer
Folgen? Weil sie vielleicht der früheren Hilfe sich freuen
Oder ihr Dank noch lebt für einst empfangene Wohltat?
Aber wer ließe es zu, auch wenn ich wollte, und nähme
Mich Verhaßte an Bord der stolzen Schiffe? Verlorne,
Fühlst du noch nicht den Meineid des laomedontischen Volkes?

Was dann? Soll ich allein den jubelnden Schiffern noch nachziehn?
Soll ich mit tyrischer Macht und allen Meinen mich auch noch
An sie klammern und jene, die kaum ich Sidon entrissen,
Wiederum treiben aufs Meer und heißen die Segel entfalten?
Stirb drum, wie du verdienst, und ende die Qual mit dem Dolche.
Du, durch mein Weinen gerührt, du Schwester, ludest zuerst mir
Rasenden auf das Leid und hast mich dem Feinde geopfert.
Nicht war mir vergönnt, ein ehelos Leben in Unschuld
Gleich dem Wilde zu führen und frei von solcherlei Sorgen.
Ach, ich brach ja die Treue, die ich Sychaeus geschworen.«
Solche entsetzliche Klagen entfuhren dem Herzen der Dido.
Hoch auf dem Steuerverdeck, bereits zur Abfahrt entschlossen,
Lag Aeneas im Schlummer, und schon war alles bereitet.
Da erscheint ihm des Gottes Gestalt, der mit früherem Ausdruck
Wiederum naht, im Traume und scheint ihn aufs neue zu mahnen,
Ganz dem Merkurius ähnlich an Stimme und blühendem Antlitz,
Blondgelockt und prangend in allem Glanze der Jugend:
»Sohn der Göttin, wie magst du jetzt so liegen im Schlummer?
Siehst du nicht, welche Gefahren von allen Seiten dir nahen?
Törichter, hörst du denn nicht, wie günstig die Winde dir wehen?
Dido erwägt Betrug und schlimmen Frevel im Herzen,
Fest zum Tode entschlossen, von wütendem Hasse geschüttelt.
Fliehst du nicht eilend von hinnen, solang dir zu fliehen noch möglich?
Bald erblickst du das Meer durchfurcht von Kielen, den Lichtschein
Schrecklicher Fackeln und bald die Gestade von Flammen erleuchtet,
Wenn dich noch zögernd hier das Frührot findet am Ufer.
Eile denn ohne Verzug. Denn immer schwankend und wechselnd
Ist ja das Weib.« So sprach er und schwand in nächtiges Dunkel.
Aber Aeneas, erschreckt von diesem flüchtigen Traumbild,
Rafft aus dem Schlummer sich schnell empor und treibt die Gefährten:
»Rasch, ihr Männer, erwacht und setzt euch geschwind an die Ruder,
Hißt die Segel sofort! Ein Gott, vom Himmel gesendet,
Spornt uns wiederum an, die Seile am Ufer zu kappen
Und von dannen zu fliehn. Dir folgen wir, heilige Gottheit,

Wer du auch seist, und deinem Befehl willfahren wir freudig.
Stehe uns gnädig bei und sende uns günstige Sterne!«
Also sprach er und riß das blitzende Schwert aus der Scheide
Und durchhieb mit dem Eisen sofort die haltenden Taue.
Alle beseelt *ein* Eifer und Ernst; sie raffen und rennen,
Räumen das Ufer, und bald auf dem Meere entschwindet die Flotte.
Hastig rudern sie fort und durchfegen die schäumende Bläue.
Schon übergoß die Lande mit erstem Lichte Aurora,
Neben Tithonus entstiegen dem safranfarbenen Lager.
Wie nun hoch von der Burg die Fürstin das steigende Frührot
Sah und die Flotte, die fern mit schwellenden Segeln dahinfuhr,
Und die Gestade leer und keine Ruder im Hafen,
Schlug sie wieder und wieder die Pracht des Busens und raufte
Sich ihr goldenes Haar: »Beim Juppiter, soll er entfliehen«,
Rief sie, »und soll solch Fremder hier unsere Herrschaft verhöhnen?
Will sich denn niemand wappnen und aus der Stadt ihn verfolgen?
Ziehen nicht andre die Schiffe vom Strand? So eilt doch und schaffet
Flammen herbei, doch schnell. Hißt Segel und schwinget die Ruder!
Ach, was red' ich, wo bin ich? Welch Wahnsinn hat mich zerrüttet?
Unglückselige Dido, empört dich jetzt erst der Frevel?
Da galt's, als du das Szepter vergabst. O Handschlag und Treue!
Der also, hieß es, führe mit sich die heimischen Götter!
Der also hat auf den Schultern den alten Vater getragen!
Konnt' ich ihn nicht ergreifen, den Leib in Stücke zerhauen
Und in die Wellen verstreun, nicht seine Gefährten erdolchen
Und den Askanius ihm, dem Vater, zum Schmause bereiten?
Aber zweifelhaft war der Sieg im Kampfe – und war er's –
Ich, dem Tode geweiht, wen sollt' ich fürchten? Ich hätte
Brand ins Lager geworfen und in die Schiffe, vernichtet
Vater und Sohn samt allen, dazu mich selber geopfert.
Gott der Sonne, der alles belichtet, was Werke auf Erden!
Du auch, wissende Juno, die all dies Unheil gestiftet!
Hekate, heulend des Nachts in der Stadt am Kreuzweg gerufen,
Rächende Diren ihr, ihr Götter der sterbenden Dido,
Hört es, ihr Mächte, und ahndet mein Leid mit gebührender Strafe

Und vernehmt meine Bitten: Wenn unabwendbar der Hafen
Diesem schändlichen Haupte bestimmt und Juppiters Wille
Glückliche Landung bestimmt, dies Ziel ihm winkt und beschieden:
Wahrlich, dann werde im Kriege, von tapferen Völkern geschlagen,
Er aus den Grenzen gedrängt; Iulus' Armen entrissen,
Müsse er Hilfe erflehn und der Seinen schreckliches Ende
Schaun; auch wenn er sich fügt in schwere Friedensbedingung,
Werde er niemals froh des Reiches und labenden Lichtes.
Fallen soll er schon früh und liegen ohne Begräbnis.
Dies ist mein Fluch, mein letztes Wort, mit dem ich verblute.
Dann aber, Tyrier, nähret dem Stamm und dem spätern Geschlechte
Unversöhnlichen Haß und bringet diesen zur Spende
Meiner Asche. Nicht Liebe noch Bund sei zwischen den Völkern.
Auferstehen soll einst aus unserm Staube ein Rächer,
Der mit Feuer und Schwert die dardanischen Siedler verfolge
Jetzt und dereinst, wenn immer dazu die Kräfte sich bieten.
Strand sei gegen Strand und Meer gegen Meere, so fluch' ich,
Heer wider Heer, und es kämpfen sie selbst und die spätesten Enkel.«
Also rief sie, und alles erwog sie im Geiste und suchte
Das verhaßte Licht so rasch wie möglich zu löschen.
Kurz dann wandte sie sich an Barke, die Amme des Gatten
(Denn die ihrige deckte die schwarze Asche der Heimat):
»Eile, geliebte Amme, und hole mir Anna, die Schwester;
Sag ihr, sie soll den Leib mit fließendem Wasser besprengen
Und die Tiere hierher mit den sonstigen Opfern geleiten.
Eile sei! Du umhülle dein Haupt mit der heiligen Binde;
Opfer dem stygischen Gott, die ich nach Satzung gerüstet,
Drängt es mich zu vollenden und meinen Kummer zu enden
Und das dardanische Haupt auf den Scheitern der Flamme zu weihen.«
Sprach's, und mit greisen Schritten entfernte sich eifrig die Amme.
Dido aber voll Haß, von dem grausen Vorsatz gepeinigt,
Blutunterlaufenen Blicks und die zitternden Wangen voll Flecken
Und schon totenblaß vor ihrem nahenden Ende,
Stürmt in das Innre des Hofes und steigt wie rasend im Wahne

Auf das Scheitergerüst und zückt das Schwert des Aeneas,
Ein Geschenk, das nicht zu solchem Gebrauche erbeten.
Als sie nun hier des Troers Gewand und das bräutliche Lager
Angeschaut und ein wenig verweilt in Träumen und Sinnen,
Sank sie auf den Pfühl und sprach das Letzte im Leben:
»Teure Gedenken, solang es ein Gott und das Schicksal vergönnten,
Nehmet dies Leben dahin und löst mein bitteres Leiden.
Habe gelebt und vollendet den Lauf, den mein Los mir beschieden,
Und erhaben steigt mein Bild hinab zu den Schatten.
Herrlich schuf ich die Stadt und schaute die eigenen Mauern,
Habe den Gatten gerächt und gezüchtigt den feindlichen Bruder,
Glücklich, aber vielleicht zu glücklich, wäre nicht jemals
Die dardanische Flotte an unserer Küste gelandet.«
Rief's und barg in den Kissen ihr Antlitz. »So werde ich sterben
Ungerächt, aber ich sterbe; auch so noch scheide ich gerne.
Trinke das grausame Auge des harten Troers dies Feuer
Hoch vom Meer, und ihm bleibe mein Tod als drohendes Zeichen.«
Ehe sie noch die Worte vollendet, sahen die Frauen
Unter dem Schwerte sie sinken, von Blut die Klinge umflossen,
Blutig die Hände bespritzt. Die hohen Hallen erschüttert
Jammergeschrei, und durch die Stadt lief rasend die Kunde.
Von dem Seufzen und Stöhnen und Heulen der Frauen erbebte
Jegliches Haus, es scholl der ganze Himmel von Klagen,
Anders nicht, als bräche von feindlichem Ansturm das alte
Tyrus oder Karthago in Schutt und wütende Flammen
Loderten hoch empor durch Göttertempel und Häuser.
Außer sich und erschrocken vernimmt es Anna, und rasend
Stürzt sie durch das Gedränge, die Wangen mit Nägeln zerfleischend
Und sich schlagend die Brust, und schreit der Sterbenden Namen:
»So war es, Schwester, gemeint? So wolltest du, Liebste, mich täuschen?
Das hat jenes Gerüst, Altäre und Feuer bedeutet?
Ich Verlaßne, was klag' ich zuerst? Der Schwester Begleitung
Hast du im Tode verschmäht. Ach, wenn du mich riefest zu gleichem
Lose, dann tilgte uns zwei der gleiche Schmerz und die gleiche
Stunde; dies habe ich selbst erbaut und die heimischen Götter
Angefleht, und ich fehlte, du Grausame, nun du so daliegst!

Mich und dich, o Schwester, das Volk und die Väter von Sidon
Mordetest du und die Stadt, dein Werk: O laßt mich mit Wasser
Waschen die Wunde, und schwebte darüber noch irgendein Atem,
Küßt' ich ihn fort.« So redend, erklomm sie die ragenden Stufen,
Zog die Halbentseelte an ihren Busen und suchte
Jammernd sie zu erwärmen, das Blut mit dem Kleide zu trocknen.
Dido versucht den sinkenden Blick noch einmal zu heben,
Aber er bricht, und es pfeift die Wunde ihr unter dem Herzen.
Dreimal bäumt sie sich auf und sucht sich stützend zu heben,
Dreimal sinkt sie zurück auf den Pfühl, und mit irrenden Augen
Sucht sie am Himmel das Licht und seufzt, sobald sie es findet.
Doch die allmächtige Juno, der langen Qual sich erbarmend
Und des schweren Verscheidens, entsandte Iris vom Himmel,
Daß sie die ringende Seele aus Leibesfesseln erlöse.
Denn da weder Schicksal noch Schuld ihr Ende verursacht,
Sondern die Arme zu früh in plötzlichem Wahnsinn verschieden,
Hatte Proserpina ihr noch nicht vom Scheitel das goldne
Haar getrennt und das Haupt zum stygischen Orkus verurteilt.
Also flog durch den Himmel auf Safranfittichen Iris
Bunt der Sonne entgegen in tausendfarbigem Schimmer,
Stellte sich ihr zu Häupten und sagte: »Ich bringe dem Pluto,
Wie befohlen, dies Opfer, und dich erlös' ich vom Leibe.«
Sprach's und schnitt ihr das Haar vom Haupte; da wich ihr die Wärme
Alle sogleich davon, und es schwand in die Lüfte ihr Leben.

FÜNFTER GESANG

Aber Aeneas durchkreuzte indessen mitten des Meeres
Wellen zielbewußt auf sturmumdunkelten Wegen;
Fern sah er die Mauern, die schon der armen Elissa
Flammen beschienen. Der Anlaß zu solchem gewaltigen Feuer
Blieb ihm verborgen. Jedoch die Qual so großer, verratner
Liebe und wissend, wozu ein Weib voll Wahnsinn imstande,
Läßt in trüber Ahnung die Herzen der Teukrer erschauern.
Als sie schon hoch auf See und rings im Kreise kein Land mehr
Sichtbar und überall rings nur Himmel, überall Wasser,
Hing ein Wettergewölk ihm schwärzlich über dem Haupte,
Nacht und Sturm verkündend; es schauerten finster die Wellen.
Selbst der Steuermann hoch vom Achterdeck, Palinurus,
»Wehe«, ruft er, »wie dicht umzieht sich der Himmel mit Wolken!
Was bereitest du, Vater Neptun?« Dann gibt er Befehle,
Die Geräte zu bergen und sich in die Ruder zu legen,
Quer zum Winde das Segel zu richten, und spricht zu Aeneas:
»Hochgemuter Held, nicht, wenn mir selbst Juppiter bürgte,
Glaub' ich bei solchem Wetter Italien je zu erreichen.
Springen die Winde doch um und blasen nun brausend aus finsterm
Westen daher, die Luft ist ganz von Wolken verdichtet.
Und dagegen zu kämpfen bei noch so großem Bemühen
Fehlt uns die Kraft; überlassen wir es dem Schicksal und treiben
Dorthin, wo es uns ruft. Nicht fern vermut' ich des Eryx
Sicheres Brudergestade und auch den sikanischen Hafen,
Wenn ich mich recht der Sterne bei neuer Betrachtung erinnre.«
Drauf der fromme Aeneas: »Daß das die Winde verlangen
Und du vergebens dagegen dich stemmst, erkannt' ich schon lange.
Laß die Segel dem Wind! Ist uns denn irgendein Ufer
Mehr willkommen und lieber, die müden Schiffe zu bergen,
Als das Gefilde, das mir den Troer Akestes beherbergt
Und im Schoße behütet des Vaters Anchises Gebeine?«
Also sprach er; sie lenken zum Hafen, und glückliche Winde
Schwellen die Segel, und schnell durcheilt die Flotte die Brandung,
Und sie landen erfreut am wohlbekannten Gestade.
Aber verwundert gewahrte vom Scheitel des Berges Akestes,
Wie befreundete Segel sich nahten, und eilte entgegen,

Rauh von Speeren umstarrt im Fell einer libyschen Bärin;
Ihn empfing vom Strome Krimisus die troische Mutter.
Immer noch eingedenk der alten Ahnen begrüßt er
Gern die Wiedergekehrten, und froh des ländlichen Vorrats
Nimmt er sie auf und erquickt die Müden mit freundlichen Gaben.
Als nun am folgenden Tage das östliche Frührot die Sterne
Scheuchte, berief Aeneas am weiten Gestade die Freunde
Zur Versammlung und sprach von einem Hügel zu ihnen:
»Edle Dardanussöhne, dem Blute der Götter entsprossen,
Voll ist der Kreis des Jahres im Laufe der Monde vollendet,
Seit wir die heiligen Reste, des seligen Vaters Gebeine,
Hier in die Erde gesenkt und Traueraltäre ihm weihten.
Täusch' ich mich nicht, ist heute der Tag, der immer mir bitter,
Immer gefeiert uns bleibt (so war es der Wille der Götter).
Ob ich ihn heimatlos in gaetulischen Syrten verlebe,
Ob im argolischen Meer verschlagen, ja selbst in Mykenae,
Würde ich doch alljährlich mit Opfern und festlichem Aufzug
Ihn begehn und Altäre voll schuldiger Gaben errichten.
Nun überdies sind wir von selbst zur Asche des Vaters,
Wohl nicht ohne Wunsch und Willen der Götter, so dünkt mir,
Hergekommen und in befreundetem Hafen gelandet.
Laßt uns den Ehrentag drum alle festlich begehen,
Günstige Winde erflehn, und später möge dies Opfer
Er, wenn die Stadt gegründet, alljährlich im Tempel empfangen.
Je zwei Stiere gewährt der Trojasprosse Akestes
Euch für jegliches Schiff; nun ladet mir auch die Penaten,
Die der Heimat, zum Mahl und die unsres Wirtes Akestes.
Ferner: Sobald Aurora zur Freude der Menschen den neunten
Tag uns bringt und die Erde mit ihren Strahlen erleuchtet,
Ordne ich eine Wettfahrt der schnellen Flotte den Teukrern;
Auch wer hurtig im Lauf und wer, den Kräften vertrauend,
Meister im Speerwurf ist und mit den geflügelten Pfeilen,
Oder wer sich getraut, im rauhen Faustkampf zu fechten,
Alle die mögen erscheinen und würdige Preise erwarten.
Hütet alle die Zunge und kränzt die Schläfen mit Zweigen.«
Also sprach er und schlang um die Schläfe die Myrte der Mutter;
Dies tut Helymus auch, desgleichen der ältre Akestes,
Auch Askanius tut's, es folgt die übrige Jugend.

Aber Aeneas schritt mit Tausenden aus der Versammlung
Zu dem Grabe des Vaters, umringt von großem Gefolge.
Dort dann gießt er nach Sitte zwei Becher lauteren Weines,
Zwei mit Milch und zwei mit heiligem Blute zu Boden,
Purpurne Blumen streut er umher und redet dann also:
»Gruß dir, hehrer Erzeuger, gegrüßt aufs neue, vergebens
Wiedergefundene Asche und Seele und Schatten des Vaters.
Nicht darf ich mit dir die italischen Schicksalsgefilde,
Nicht Ausonien suchen und, wo er auch sein mag, den Thybris.«
Also sprach er; da kroch aus unterster Tiefe gewunden
Eine gewaltige Schlange mit sieben rollenden Ringen,
Schmiegte sich sanft um das Grab und glitt entlang den Altären,
Bläulich den Rücken gestreift und rings von goldenen Schuppen
Flammenglänzend, ähnlich wie hoch in den Wolken der Bogen
Tausend verschiedene Farben entgegenspiegelt der Sonne.
Staunend sah es Aeneas. Doch sie, in langem Geringel
Zwischen den Schalen hindurch und den blinkenden Bechern sich windend,
Kostete von den Speisen und glitt dann, ohne zu schaden,
Tief in das Grab und verließ nach solchem Mahl die Altäre.
Eifriger noch vollzog der Held die begonnene Feier,
Ungewiß, ob es der Geist des Ortes oder des Vaters
Bote gewesen, er opfert' ein paar zweijährige Lämmer,
Ebenso viele Schweine und auch zwei schwärzliche Stiere,
Spendete Wein aus den Schalen und rief des erhabnen Anchises
Seele, dazu die Manen, die nun vom Acheron nahten.
Ebenso bringen die Freunde, ein jeder nach seinem Vermögen,
Froh ihre Gaben, beladen Altäre und schlachten auch Stiere;
Andere setzen Kessel in Reih'n, und im Grase gelagert,
Schüren sie unter den Spießen die Glut, die Geweide zu rösten.

Schon erschien der erwartete Tag, und Phaëthons Rosse
Führten den neunten Morgen herauf in strahlendem Lichte.
Schon hat das Gerücht und der Name des edlen Akestes
Nachbarn hergelockt, froh füllte die Menge das Ufer,
Teils die Troer zu sehn und teils gerüstet zum Wettkampf.
Erstlich werden die Preise inmitten des Kreises der Schaulust
Dargestellt, grüne Gewinde und Dreifüße, opfergeheiligt,
Palmen, den Siegern zum Lohn, und Waffen und purpurdurchtränkte

Festgewänder, dazu auch Gold- und Silbertalente.
Dann zum Beginne des Spiels tönt mitten vom Walle die Tuba.
Schon erscheinen zuerst mit gewaltigen Rudern vier Schiffe,
Alle gleich schnell, mit Fleiß aus der ganzen Flotte erlesen.
Mnestheus lenkt mit dem Schwunge der Ruder den flüchtigen Haifisch,
Mnestheus, Italer bald und Ahn des memmischen Stammes;
Gyas leitet mächtig den mächtigen Bau der Chimaera,
Eine ragende Stadt; die dreifach dardanische Mannschaft
Rudert, dreifach übereinander in Reihen geordnet.
Auch Sergestus, von dem das Haus der Sergier herstammt,
Fährt auf dem großen Kentaur, auf der bläulichen Skylla Kloanthus,
Woher deine Sippe, o Römer Cluentius, herkommt.
Fern im Meere liegt ein Fels, dem umbrandeten Ufer
Gegenüber, der oft überdeckt von schwellender Brandung,
Wenn der Nordwest im Winter mit Wolken verhüllt die Gestirne.
Aber bei ruhiger See und glatten Wellen erhebt er
Frei seine Fläche, willkommen sich sonnenden Tauchern als Ruhplatz.
Hier als Wendepunkt befestigt der Vater Aeneas
Grünes Eichenlaub den Schiffern zum Zeichen, von dorther
Wiederzukehren, sobald sie ihn lang im Laufe umfahren.
Dann nach dem Lose nehmen sie Stellung, es glänzen die Führer
Hoch auf dem Achterverdeck in Gold und prangendem Purpur.
Rings mit Pappellaub umkränzt sich die übrige Jugend,
Ölgesalbt erglänzen die nackten Schultern der Leute.
Sie besetzen die Bänke und greifen kräftig die Ruder
Und erwarten gespannt das Zeichen, im pochenden Herzen
Bang beklommen und ganz von Ruhmbegierde durchdrungen.
Dann beim hellen Tone der Tuba stürmen sie alle
Ohne Verzug aus den Schranken; laut schallt zum Himmel der helle
Ruf der Schiffer, es schäumt die Flut vom Schwunge der Ruder.
Nebeneinander furchen sie hin; es klaffen die Wellen
Aufgerührt von den Rudern und von dreizahnigen Schnäbeln.
Nicht so jählings stürzen im Lauf sich feldwärts zum Kampfe
Zweigespanne, sobald sie den offnen Schranken entronnen,
Nicht so hastig peitschen die Lenker die stürmenden Rosse
Mit ihren Zügeln, weit vornüber sich beugend zum Schlage.
Hell vom Beifall des Volkes und lauten befeuernden Rufen

Tönt weithin der Hain, und von den umschlossenen Ufern
Hallt es zurück, und es prallt der Schall von den bebenden Hügeln.
Schnell den andern voraus durchgleitet als erster die Wellen
Gyas unter dem Jubel der Menge; es folgt ihm Kloanthus
Besser berudert, jedoch gehemmt durch schwere Belastung;
Hinter ihnen sind in gleicher Entfernung der Haifisch
Und der Kentaur bemüht, den vordersten Platz zu erringen.
Bald ist der Haifisch voran, bald macht ihm die große Kentaurin
Streitig den Sieg, bald ringen sie beide Seite an Seite,
Und die gestreckten Kiele durchfurchen die salzigen Pfade.
Schon aber kamen sie nah dem Fels und erreichten den Kehrpunkt,
Als auf den Wellen voraus der siegessichere Gyas
So an den Lenker des Schiffes Menoetes mahnend sich wendet:
»Warum schweifst du so weit nach rechts? Dort mußt du doch fahren,
Dicht an dem Felsen, und mögen auch links die Ruder ihn streifen.
Laß den andern die See.« Er rief's, doch fürchtet Menoetes
Heimliche Klippen und wendet aufs Meer die Spitze des Schiffes.
»Warum biegst du so ab? Zum Felsen sag' ich, Menoetes«,
Schreit da Gyas aufs neue, und schon gewahrt er Kloanthus
Hinter sich dicht im Rücken und näher gedrängt an den Felsen.
Zwischen des Gyas Schiff und die wild umbrandeten Klippen
Zwängt er einwärts zur Linken den Lauf, und plötzlich dem Vormann
Läuft er vorbei und gewinnt das Meer, die Wende im Rücken.
Da aber loderte heiß ein Schmerz im Herzen des Jünglings,
Tränen rannen ihm über die Wangen; nicht achtend der eignen
Würde und nicht des Wohles der Mannschaft, stürzte kopfüber
Er den trägen Menoetes hinab vom Verdeck in die Wellen.
Selbst übernimmt er sodann das Steuer, selber als Lenker,
Treibt die Ruderer an und richtet den Griff auf den Felsen.
Aber wie sich der alte Menoetes mit triefenden Kleidern
Mühsam endlich und schwer aus der Tiefe der Wellen emporringt,
Klomm er den Felsen empor und saß auf der trockenen Klippe.
Lachend hatten die Teukrer ihn fallen und schwimmen gesehen,
Und sie lachten, wie nun die salzigen Fluten er ausspeit.
Frische Hoffnung erwachte darauf in Sergestus und Mnestheus,
Den zwei letzten, noch über den säumigen Gyas zu siegen.
Früher erreicht Sergestus den Ort, sich nähernd dem Felsen,
Aber er ist nicht ganz voraus mit der Länge des Schiffes,

Nur zum Teil, und teils erreicht ihn der Schnabel des Haifischs.
Aber mitten im Schiff die Reihen der Leute durchschreitend,
Feuert Mnestheus sie an: »Jetzt werft euch über die Ruder,
Hektors Genossen, die aus Trojas letztem Verhängnis
Mir zu Gefährten erwählt, nun zeigt die äußersten Kräfte,
Zeigt den Mut, den jüngst ihr in den gaetulischen Syrten,
Im Ionischen Meer und der Brandung Maleas bewiesen.
Mnestheus begehrt ja nicht als erster im Kampfe zu siegen,
(Ob wohl, o – doch siege, wem du es, Neptunus, beschieden):
›Nur nicht als Letzter zu kommen, o Schmach! Das, Bürger, verhütet
Und verhindert so Schlimmes!‹« Da ringen sie alle mit höchster
Kraft, von den mächtigen Schlägen erbebt der eherne Schnabel,
Und es schwindet die Flut; man hört den keuchenden Atem,
Trocken wird ihnen der Gaumen, der Schweiß rinnt nieder in Strömen.
Zufall selber verhalf zur ersehnten Ehre den Männern,
Denn als allzu verwegen Sergestus zu nah an den Felsen
Drängt nach innen sein Schiff und des mißlichen Raumes nicht achtet,
Bleibt er zum Unglück hängen auf einem felsigen Vorsprung,
Daß der Felsen erbebt; die starken Ruder zerkrachen
An dem felsigen Riff, und wrack bleibt hängen die Barke.
Alle fahren empor, sie schreien und können nicht weiter.
Eisenbeschlagene Hebel und lange spitzige Stangen
Holt man heran und fischt die zerborstenen Ruder im Strudel.
Mnestheus aber, erfreut und durch das Gelingen ermutigt,
Eilt mit der Schnelle der Ruder und mit erbetenen Winden
Vor in die wallende See und schießt durch die offenen Fluten.
Wie wenn aufgescheucht aus ihrer Höhlung die Taube,
Die im durchlöcherten Fels ihr Nest und die Jungen betreute,
Niederschießt in die Flut, geschreckt aus dem Sitze, nun heftig
Mit den Flügeln schlägt, bald aber in ruhigem Gleiten
Schwebt durch die heitere Luft und ohne die Schwingen zu regen:
So mit seinem Haifisch durchschneidet Mnestheus die fernen
Fluten, so wird das Schiff vom eigenen Schwunge getrieben.
Hinter sich läßt er erst Sergestus, der an der hohen
Klippe auf seichter Bank sich müht und vergebens um Hilfe
Ruft und schließlich noch lernt, mit zerbrochenen Rudern zu fahren.

Dann erreicht er auch Gyas und der Chimaera gewalt'gen
Bau; sie bleibt zurück, da sie den Lenker verloren.
Einzig und nah dem Ziel ist nur noch übrig Kloanthus,
Den er verfolgt und scharf bedrängt mit all seinen Kräften.
Wieder erhebt sich ein lautes Geschrei; den Verfolgenden stachelt
Doppelt der Zuruf der Menge, es hallt vom Beifall der Himmel.
Jene empört es, den Glanz und die schon gewonnene Ehre
Aufzugeben, bereit, ihr Leben dem Ruhme zu opfern;
Diese beseelt der Erfolg; man kann, was zu können man annimmt.
Schnabel an Schnabel hätten vielleicht die beiden gewonnen,
Hätte Kloanthus nicht gereckt zum Meere die Hände
Und mit Bitten und frommen Gelübden die Götter gerufen:
»Götter, ihr Herrscher des Meeres, das ich im Laufe durcheile,
Einen weißen Stier will ich euch gerne am Ufer
Weihen vor dem Altar, wie ich gelobe; das Innre
Will ich dem Salzmeer opfern und spenden funkelnde Weine.«
Rief's, und ihn hörten tief im Meere unten des Nereus
Töchter und Phorkus' Chor und Panopea, die Jungfrau.
Und mit der mächtigen Hand beflügelte Vater Portunus
Selber das eilende Schiff, und schnell wie ein Pfeil und der Südwind
Flog es an Land und barg sich in der Tiefe des Hafens.
Aber der Sohn des Anchises beruft nach Brauch die Versammlung,
Und durch den Ruf des Herolds erklärt er Kloanthus als Sieger
Und umwindet ihm dann die Schläfen mit grünendem Lorbeer
Und gewährt auch als Gabe für jedes der Schiffe drei Stiere,
Wein dazu und ein ganzes Talent gediegenen Silbers.
Aber den Führern selbst verleiht er besondere Ehren:
Für den Sieger ein Kleid, das golddurchwoben und ringsum
Breit meliboeischer Purpur verzierte im Doppelmäander.
Eingewirkt war dort der Königssohn, wie er in Idas
Wäldern flüchtige Hirsche im Lauf und mit Speeren verfolgte,
Feurig, er schien zu keuchen; ihn raubte vom Ida im Fluge
Juppiters Waffenträger in seinen Krallen zum Himmel;
Und die bejahrten Diener, sie strecken vergebens die Hände
Hoch zu den Sternen, es tobt der Hunde Gebell in die Lüfte.
Dem aber, der so wacker den zweiten Platz sich erstritten,
Gab einen goldenen Panzer aus glatten, dreifach gefügten
Ringeln Aeneas zu eigen, den einst dem Demoleüs siegreich

Selber vor Ilions Stadt am reißenden Simois-Strome
Er genommen; er gab ihn als Zier und Schutz im Gefechte.
Mühsam nur schleppten das reiche Geflecht geschultert die Diener
Phegeus und Sagaris her, wo doch Demolëus früher
Leicht ihn trug und im Laufe die fliehenden Troer verfolgte.
Und als drittes Geschenk verlieh er zwei eherne Becken,
Schalen aus Silber gefertigt, verziert mit erhabenen Bildern.
Also beschenkt und stolz auf ihre Schätze enteilten
Alle, die Schläfen bekränzt mit Laub und purpurnen Binden.
Da, von dem bösen Felsen gelöst mit äußerster Mühe,
Seiner Ruder beraubt, auf einer Seite zerschlagen,
Landet sein wrackes Schiff Sergestus, verspottet und ruhmlos.
Wie eine Schlange zuweilen, die auf dem Damme man antrifft
Und die ein ehernes Rad zerquetschte oder ein Wandrer
Schlug mit dem Stein und ließ halb tot verstümmelt sie liegen,
Und vergebens versucht sie in langem Geringel zu fliehen,
Teils noch trotzig, die Augen voll Wut, und mit zischendem Halse
Bäumt sie sich steil, doch teils gehemmt durch die lähmende Wunde,
Sucht sie, auf Schlingen gestützt, sich in den Gelenken zu winden:
Also schleppte das Schiff sich schwer mit den Trümmern der Ruder;
Dennoch hißt es die Segel und gleitet geschwellt in den Hafen.
Auch dem Sergestus beschert Aeneas versprochene Gabe,
Froh des geretteten Schiffs und seiner geborgenen Mannschaft,
Und so erhält er ein Mädchen, bewandert in Werken Minervas,
Pholoë, kretischen Stammes, mit Zwillingssöhnen am Busen.
Als so der Held Aeneas dies Spiel beendet, da schritt er
Auf ein grasiges Feld, das rings auf welligen Hügeln
Wälder begrenzten und wo sich inmitten des Tales der Zirkus
Dieses Theaters befand; umgeben von Tausenden ging er
In die Versammlung und ließ auf erhabenem Sitze sich nieder.
Alle, die etwa gewillt, in stürmischem Laufe zu ringen,
Fordert er auf durch Preise, die er den Siegenden aussetzt.
Ringsher eilen die Teukrer herbei, vermischt mit Sikanern,
Nisus vor allen zuerst und Euryalus.
Dieser Euryalus strahlt' in Schönheit und lieblicher Jugend,
Nisus in reiner Liebe zum Jüngling; es folgte den beiden
Dann, aus dem Königsgeschlecht des Priamus stammend, Diores,
Salius dann und Patron, ein Akarnanier der eine,

Aber arkadischen Bluts aus tegeïschem Volke der andre;
Helymus, Panopes dann, trinakrische Jünglinge beide,
Waldbewohner, Begleiter des hochbejahrten Akestes,
Viele andere noch, die im Dunkel der Sage verklungen.
In ihrer Mitte begann dann so Aeneas zu sprechen:
»Merkt nun, was ich euch sage, und hört es freudigen Herzens!
Niemand aus eurer Zahl soll ohne Geschenke mir weggehn.
Gnosischer Speere ein Paar aus glattem, glänzendem Eisen,
Doppeläxte dazu, verziert mit Silber, bestimm' ich
Jedem als Ehrengeschenk, doch die drei Ersten empfangen
Preise dazu und kränzen das Haupt mit der falben Olive.
Haben soll der erste der Sieger ein prächtig geschmücktes
Roß, der zweite gewinnt einen amazonischen Köcher,
Voll von thrazischen Pfeilen, von einem goldnen Gehänge
Breit umschlungen, die Schnalle befestigt mit prächtiger Gemme,
Und mit argolischem Helm mag sich der dritte begnügen.«
Sprach's; sie stellten sich auf, und auf ein gegebenes Zeichen
Stürzen sie in die Bahn und verlassen die Schranken, als stürmten
Regengüsse daher, das Endziel alle im Auge.
Vorn als erster eilt voraus den anderen Kämpfern
Nisus, schneller im Lauf als Wind und geflügelte Blitze.
Diesem zunächst, doch nur in weitem Abstand der nächste,
Folgt ihm Salius, dann ein Ende weiter als dritter
Rennt Euryalus;
Helymus hinter ihm drein, doch schon ihm dicht auf dem Fuße.
Schau, wie Diores fliegt und streift mit der Ferse die Ferse,
Fast die Schulter berührend, und wäre länger die Rennbahn,
Käme er ihm voraus oder machte den Vorsprung ihm streitig.
Fast schon am Ende der Bahn ganz nah dem Ziele ermüdet
Kamen sie näher, da gleitet auf schlüpfrigem Boden der arme
Nisus aus, es waren ja dort vom Schlachten der Stiere
Blutige Lachen und hatten den grünen Rasen befeuchtet.
Hier, schon jubelnder Sieger, vermochte der Jüngling nicht länger
Sich auf den Füßen zu halten trotz allen Bemühens, vornüber
Stürzte er grade hinein in das heilige Blut und den Unrat.
Doch den Euryalus nicht, nicht seinen Liebling vergaß er,
Denn gegen Salius stieß er, wie er vom Schmutze emporsprang.
Der kam rücklings zu Fall und lag in der klebrigen Masse.

Jetzt ist Euryalus vorn, und durch die Hilfe des Freundes
Fliegt er als erster zum Ziel, umrauscht von Jubel und Beifall,
Dann naht Helymus und als dritter Sieger Diores.
Jetzt aber weit im Rund der rings Versammelten wendet
Salius schreiend sich an die vordersten Reihen der Väter
Und verlangt die Erstattung des listig entrissenen Preises.
Doch den Euryalus schützten die Gunst und blinkende Tränen
Und der Erfolg, gesteigert durch seine blühende Schönheit.
Ihn unterstützt Diores mit laut erhobener Stimme,
Da er, dem Siege ganz nah, dann auch um die letzte Belohnung
Käme, wenn Salius schon die erste Ehre erhielte.
Vater Aeneas darauf: »Euch Jünglingen bleiben«, so rief er,
»Eure Preise erhalten und werden nicht anders geordnet,
Mir aber sei es vergönnt, des Schuldlosen Fall zu bedauern.«
Sprach's, und dem Salius reichte er eines gaetulischen Löwen
Riesiges Fell, schwerzottig und mit vergoldeten Klauen.
»Wenn«, rief Nisus, »Besiegte jetzt solche Preise erhalten
Und der Gefallne dich dauert, welch würdige Gabe bescherst du
Nisus alsdann, der sich redlich den ersten der Kränze verdiente,
Wenn nicht auch mir das Geschick, wie dem Salius, feindlich gewesen?«
Also rief er und zeigte, wie sehr ihm Antlitz und Glieder
Schlammbeschmutzt; da lachte der gütige Vater Aeneas
Und ließ bringen den Schild, den schön Didymaon gefertigt
Und den die Danaer raubten vom heiligen Haus des Neptunus.
Diese herrliche Gabe verlieh er dem trefflichen Jüngling.
Als so beendet der Lauf und er die Gaben verteilt hat:
»Nun, wer voller Kraft und mutbeflügelten Herzens,
Trete hervor und erhebe die riemenumwundenen Arme«,
Ruft er, und doppelten Preis bestellt Aeneas den Kämpfern,
Einen Stier dem Sieger, umwunden mit goldenen Bändern,
Einen prächtigen Helm und ein Schwert dem Besiegten als Trostpreis.
Unverzüglich erhebt sich der übergewaltige Dares
Stolzen Blicks, von lautem Gemurmel der Menge empfangen.
Er, der allein gewohnt, sich Paris entgegenzustellen
Und an dem nämlichen Hügel, wo ruht der erhabene Hektor,
Den so siegesgewissen und riesig gewachsenen Butes,

Der von Amykus einst, dem Bebrykerkönig, gekommen,
Niedergeschlagen und ihn halbtot zu Boden geworfen,
So erhobenen Hauptes stellt Dares sich wieder zum Kampfe,
Trägt die mächtigen Schultern zur Schau und schwingt seine Arme
Wechselweis vor und zerteilt die Luft mit wuchtigen Streichen:
Ihm wird ein Gegner gesucht, doch wagt aus dem riesigen Heere
Keiner, dem Manne zu stehen und die Hände mit Riemen zu schnüren.
Freudig und in dem Wahn, daß alle dem Preise entsagen,
Tritt er hin vor Aeneas, und ohne länger zu zögern,
Packt er den Stier mit der Linken am Horn und schleudert die Worte:
»Sohn der Göttin, wenn keiner sich wagt zum Kampfe zu stellen,
Was soll ich länger hier stehn? Wie lange darf man mich halten?
Heiß mich den Preis empfangen!« Da rufen die Dardaner alle
Lauten Beifall und heißen, den Preis dem Manne zu geben.
Aber Akestes trifft mit hartem Tadel Entellus,
Der zunächst ihm saß am grünen Rande des Rasens:
»O Entellus, du einst umsonst gepriesenster Heros,
Solch einen herrlichen Preis läßt ohne Wettkampf geduldig
Du entführen? Wo bleibt hinfort der göttliche Eryx?
Rühmst du dich seiner umsonst als deines Lehrers? Wo bleibt dein
Ruf in Trinakrien rings und all deine Beute zu Hause?«
Jener darauf: »Mir schwanden nicht Ruhmbegierde und Ehrgeiz
Bloß vor Furcht, doch fließt mein Blut mit steigendem Alter
Kühler; verbraucht und steif sind jetzt die Kräfte des Körpers.
Wenn sie wie früher noch stark gleich dem, der da drüben so schamlos
Kraftvertrauend sich bläht, und stünd' ich in blühender Jugend,
Wahrlich, dann wär' ich nicht erst des Preises und prächtigen Stieres
Wegen genaht, was schert mich die Gabe?« Und wie er gesprochen,
Warf er hin in den Kreis die ungeheuerlich schweren
Doppelriemen, womit gewöhnlich der streitbare Eryx
Schnürte Arme und Faust zum Kampf in gehärtete Stierhaut.
Staunen erfaßte da alle: Die Häute von sieben gewalt'gen
Stieren starrten dort hart, von Blei und Eisen durchflochten.
Dares sogar vor allen erstaunt und verweigert es völlig.

Aber der hochgemute Anchisiade betastet
Und wägt prüfend die Last der vielfach gewundenen Riemen.
Drauf erleichtert der Alte die Brust mit folgenden Worten:
»Ja, hätt' einer nur erst des Herkules Riemen und Waffen
Hier geschaut und den traurigen Kampf an diesem Gestade!
Diese Waffen trug einst Eryx, dein eigener Bruder
(Sehen kannst du noch jetzt, wie Blut und Hirn sie befleckten),
Diese schwang er gegen den großen Alkiden, und ich auch
Trug sie, als ich noch stark mit frischerem Blute und noch nicht
Neidisch mir das Alter das Haar an den Schläfen gesprenkelt.
Aber wenn Dares, der Troer, mir diese Waffen zurückweist
Und Aeneas es wünscht und mein Rater Akestes es billigt,
Gleichen den Kampf wir aus: Ich entsage den Riemen des Eryx,
Nur keine Furcht, doch entblöße auch dich von den troischen
Gurten.«
Also rief er und warf von den Schultern den doppelten Mantel
Und entblößte die Wucht der Glieder, Knochen und Muskeln.
Und wie ein Riese stand er da inmitten des Sandes.
Aber Aeneas brachte ein Paar gleichartiger Riemen
Und umwickelte beiden mit nämlichen Gurten die Hände.
Unverzüglich stehen sie beide gereckt auf den Zehen
Und erheben hoch in die Lüfte furchtlos die Arme,
Suchen weg von den Schlägen die ragenden Häupter zu wenden,
Mengen kreuzend die Fäuste und reizen einander zum Kampfe,
Dares, beweglicher noch auf den Füßen, der Jugend vertrauend,
Massig Entellus an Wuchs und Gliedern, doch wanken ihm zitternd
Schon die Knie, es bebt ihm knickend der riesige Körper.
Viele vergebliche Hiebe versetzen sie gegeneinander,
Viele mit doppelter Kraft in die Flanke, es dröhnen die Brüste,
Und es streichen häufig um Ohren und Schläfen die Fäuste;
Krachen vernimmt man laut von harten Schlägen die Backen.
Wuchtig steht Entellus und ohne vom Platze zu weichen,
Meidet nur mit dem Rumpfe und wachsamen Auges die Schläge.
Dares aber, wie einer, der eine ragende Feste
Wild berennt oder eng ein Kastell in den Bergen belagert,
Sucht bald hier, bald dort einen Zugang und achtet auf jede
Blöße und wechselt verschieden den Angriff, doch immer
vergeblich.

Da aber zeigt Entellus die Rechte und schwingt sie von oben
Nieder. Doch wachsam gewahrt der Gegner den gegen den Scheitel
Drohenden Schlag und entschlüpft mit schneller Wendung des Körpers.
So geht der Schlag in die Luft, und schwer wie er selber, so taumelt
Schwer Entellus und stürzt mit dem vollen Gewichte zu Boden
Wie eine Fichte zuweilen, die hohl und entwurzelt auf Idas
Höhen oder auf denen des Erymanthus dahinstürzt.
Schnell von den Sitzen springt die Schar der Sikaner und Troer
Himmelschreiend herbei und gleich als erster Akestes,
Und voll Mitleid erhebt er den Freund und Altersgenossen.
Aber ohne zu zögern und nicht bei dem Unfall erschrocken,
Kehrt noch frischer der Held zum Kampf und im Zorne noch stärker,
Auch entflammt ihn die Scham und seines Wertes Bewußtsein.
Hart im ganzen Bezirk bedrängt er den flüchtigen Dares
Mit verdoppelten Schlägen, zugleich mit der Rechten und Linken
Ohne Rast und Verzug; wie mit massigem Hagel ein Wetter
Prasselt über den First, so treibt der Heros mit dichten
Schlägen ununterbrochen mit beiden Fäusten den Dares.
Aber der Vater Aeneas gestattet Entellus nicht länger,
Seinem Grimme zu folgen und so erbittert zu wüten,
Sondern er machte dem Kampf ein Ende und half dem erschöpften
Dares mit freundlichem Zuruf heraus und sagte dann tröstend:
»Unglückseliger du, welch Wahnsinn hat dich verblendet?
Spürst du nicht höhere Kräfte und eine verwandelte Gottheit?
Weiche dem Gott!« So rief er und trennte durch Zuruf den Zweikampf.
Aber den Dares, der nur mit schlotternden Knien sich hinschleppt
Und mit taumelndem Haupt und kraftlos blutige Brocken
Ausspeit, dazwischen auch Zähne, den führen zum Schiff die getreuen
Freunde und nehmen Schwert und Helm, von den andern gerufen,
Während sie dem Entellus den Stier und die Palme belassen.
Siegberauscht und stolz auf den eroberten Farren
Rief Entellus: »Erkennet, du Göttinnensohn und ihr Teukrer,
Welche Kräfte mich einst in meiner Jugend beseelten,
Und wie nur euer Ruf den Dares vom Tode errettet!«

Rief's und trat dem Haupt des Stieres vorn gegenüber,
Der da als Kampfpreis stand, und mit geschwungener Rechten
Schlägt er die Riemenfaust ihm mitten zwischen die Hörner
Hochgereckt und zerschmettert bis auf das Gehirn ihm den Schädel;
Zuckend stürzt der Stier, beraubt des Lebens, zu Boden.
Über dem Tiere bricht Entellus aus in die Worte:
»Hier an Stelle des Dares sei dir, o Eryx, das beßre
Leben geweiht, und hier als Sieger entsag' ich dem Faustkampf.«
Schnell nun ladet Aeneas zum Wettkampf flüchtiger Pfeile
Alle, die etwa gewillt, und gleich bestimmt er die Preise,
Richtet mit starker Hand den Mast vom Schiff des Serestus
Auf, und als Ziel der Geschosse befestigt er oben am Maste
Eine flatternde Taube in einer laufenden Schlinge.
Schützen sammeln sich rings, und alle werfen die Lose
In einen ehernen Helm; mit lautem Beifall als ersten
Trifft es den Hyrtakus-Sohn Hippokoon vor allen andern.
Mnestheus folgt sodann, der eben erst Sieger im Seekampf,
Mnestheus, noch bekränzt mit dem grünen Zweige des Ölbaums.
Dritter Eurytion ist, er war dein Bruder, du großer
Pandarus, der du einst auf Wunsch Athenes durchbrachest
Den Vertrag und zuerst in die Reihen der Griechen geschossen.
Aber zuletzt verblieb auf dem Grunde des Helmes Akestes,
Der noch wagte, die Hand im Kampf der Jugend zu proben.
Alle krümmen sie dann mit starken Kräften die Bogen,
Jeder so gut er kann, und entnehmen den Köchern die Pfeile.
Erst zum Himmel entschwirrte von straffer Sehne des jungen
Hyrtakiden Geschoß und teilte im Fluge die Lüfte,
Kam ans Ziel und bohrte sich vorn hinein in den Mastbaum,
Daß der Stamm erbebt, und es flattert der Vogel mit scheuen
Schwingen, und alles rings ertönte von brausendem Beifall.
Nun trat Mnestheus kühn heran mit gerichtetem Bogen,
Zielte aufwärts, den Pfeil und die Augen nach oben gerichtet.
Aber den Vogel selber vermochte leider der Arme
Nicht zu treffen; sein Schuß durchschnitt nur Knoten und Bande,
Die den Fuß der Taube hoch oben am Maste umschnürten.
Diese aber entfloh in die Luft und das Dunkel der Wolken.
Rasch und den Pfeil schon lang bereit am gerichteten Bogen,
Rief Eurytion mit Gelübden flehend den Bruder.

Als er an lichterer Stelle die flügelschlagende, frohe
Taube erblickte, durchbohrte er sie unter düsterer Wolke;
Leblos fiel sie herab und läßt ihr Leben im weiten
Äther und bringt den Pfeil, der sie durchbohrte, herunter.
Jetzt nach des Sieges Verlust war nur Akestes noch übrig;
Dennoch schnellt er den Pfeil hinauf in die wehenden Lüfte,
Daß er im Alter noch Kunst und klingenden Bogen beweise.
Da aber bot sich plötzlich ein zukunftdeutendes, großes
Wunder den Augen dar; das lehrte bedeutsam der Ausgang,
Den die Unglücksseher zu später Erfüllung erkannten.
Denn als das Rohr die Wolken durchkreuzte, begann es zu brennen,
Zeichnete flammend die Bahn und schwand verlodernd in leichten
Winden dahin, so wie zuweilen irrende Sterne
Über den Himmel eilen mit feurigem Schweife dahinter.
Wie vom Donner gerührt erstaunen Trinakrer und Teukrer,
Flehen die Himmlischen an, doch wies der große Aeneas
Nicht das Zeichen zurück, er umarmte den frohen Akestes,
Überhäufte ihn reich mit Gaben und ließ sich vernehmen:
»Nimm, o Vater! Es wollte der hohe Herrscher im Himmel
Ehre auch ohne Kampf durch solche Wunder dir antun.
Nimm dies Ehrengeschenk des hochbetagten Anchises,
Diesen Krug mit Bildern, den einst der Thrazier Kisseus
Meinem Vater Anchises als herrliche Gabe verliehen,
Ihn als Pfand und Zeichen der Freundschaft mit sich zu nehmen.«
Sprach's und umwand die Schläfe des Alten mit grünendem Lorbeer
Und erklärte Akestes als ersten Sieger vor allen.
Und auch Eurytion neidet ihm nicht die entzogene Ehre,
Edelgesinnt, obgleich ja er den Vogel herabschoß.
Nächst ihm geht mit Preisen daher, der die Bande durchschossen,
Letzter, der den Mast mit dem flüchtigen Pfeile durchbohrte.
Aber der Vater Aeneas, bevor dies Kampfspiel geendet,
Ruft den Begleiter und Hüter des jungen Knaben Iulus,
Epytus' Sohn, und vertraut ins Ohr dem Treuen die Worte:
»Geh zu Askanius hin, und wenn er den Festzug der Knaben
Schon bereitet und auch den Reigen der Rosse geordnet,
Führ' er dem Ahn zu Ehren ihn vor und erscheine gewaffnet.
Sag's ihm«, spricht er. Er selbst entfernt aus der Länge der
Rennbahn

Eingedrungenes Volk und befiehlt, das Gefilde zu räumen.
Ein ziehen nun die Knaben, und gleich vor den Augen der Eltern
Glänzen sie auf ihren Rossen und werden bewundert, umjubelt
Von der trinakrischen Schar und rings von der troischen Jugend.
Alle, das Haar nach Brauch mit beschnittenen Kränzen umwunden,
Tragen jeder aus Holz zwei erzbeschlagene Lanzen,
Einige um die Schultern mit glänzenden Köchern, und oben
Schlingt sich um den Hals ein Reif aus geflochtenem Golde.
Drei Geschwader sind es an Zahl, und es sprengen der Führer
Drei einher, ein jeder gefolgt von zweimal sechs Knaben,
Die in gesondertem Zug zugleich mit den Meistern erstrahlen.
Eine jauchzende Schar der Knaben leitet der kleine
Priamus, so nach dem Ahn benannt: Dir, edler Polites,
Ist er entstammt, dereinst ein Mehrer Italiens, heute
Trägt ihn ein thrazischer Scheck, der an den vorderen Hufen
Weiß und das stolze Haupt mit weißer Blesse gezeichnet;
Atys sodann, dereinst der latinischen Atier Ahnherr,
Atys, der kleine Knabe, geliebt von dem Knaben Iulus;
Ganz am Schlusse, doch schön vor allen, tummelt Iulus
Sein sidonisches Roß, das einst die blendende Dido
Ihm als Angedenken und Pfand der Liebe gegeben.
Aber trinakrische Rosse des hochbejahrten Akestes
Zügelt der übrige Trupp.
Beifallsklatschen empfängt die Schüchternen, freudig erkennen
In den jungen Gesichtern die Troer die Züge der Ahnen.
Als sie nun vor den Ihren und vor der ganzen Versammlung
Froh vorüber getrabt, da gab den Bereitern durch Zuruf
Epytus' Sohn von fern ein Zeichen und knallt mit der Geißel.
Gleichgeordnet sprengen sie auseinander und stellen
In drei Rotten sich auf, und auf ein weiteres Zeichen
Schwenken sie um und bedrohen einander mit feindlichen Waffen.
Anderen Lauf beginnen sie nun und anderen Rücklauf,
Zugewendet den Lücken, und immer wechselnde Kreise
Schlagen sie und entwerfen das Bild einer Feldschlacht in Waffen;
Wenden den Rücken bald zur Flucht, bald kehren sie Speere
Feindlich sich zu, bald reiten sie wieder friedlich zusammen.
Wie ein Labyrinth auf bergigem Kreta vor Zeiten
Manch verschwiegenen Weg in dunklen Wänden und tausend

Trugverwirrende Gänge enthielt und unfaßbares Irrsal
Ohne Rückweg verhindert, den leitenden Spuren zu folgen:
So in kreuzendem Lauf verflechten die Söhne der Teukrer
Jegliche Spur und verschlingen im Spiele Angriff und Rückzug,
Ähnlich den Delphinen, die schwimmend im flutenden Meere
Bald karpathische Wellen, bald libysche spielend durchkreuzen.
Diese Reigenart nun und dieses Wettspiel hat später
Neu Iulus belebt, als er mit Mauern umgürtet
Alba longa; er lehrte die Feier die alten Latiner,
Wie er als Knabe sie selbst mit der troischen Jugend begangen.
Alba lehrte sie dann die Söhne, von diesen dann weiter
Nahm sie das große Rom und wahrte die Ehre der Väter.
Troja heißt heute noch das Spiel und die Knaben Trojaner.
So weit wurden die Kämpfe dem heiligen Ahnen gefeiert.
Jetzt nun zeigt Fortuna zuerst den Wechsel der Treue:
Während mit mancherlei Spielen sie so am Grabe noch feiern,
Sandte vom Himmel herab die saturnische Juno die Iris
Zu der ilischen Flotte und hilft dem Fluge durch Winde,
Voll von Plänen noch immer der alten Kränkung gedenkend.
Schnell durcheilte Iris auf tausendfarbigem Bogen
Und von niemand erblickt den Weg in beschleunigtem Fluge,
Und da sah sie der Menge Gewühl, betrachtet die Küste,
Schaut den Hafen verödet und rings die Flotte verlassen.
Abseits aber gesondert am einsamen Ufer beweinen
Troische Frauen den Tod des Anchises und schauen mit Tränen
Weit auf das tiefe Meer. »Ach wehe, daß unser noch wartet
So viel endlose Flut!« So rufen sie alle zusammen,
Wünschen zu siedeln und sind ganz satt der Mühen des Meeres.
Darum mitten hinein, im Schadenstiften bewandert,
Schwingt sich Iris, tut ab Gewand und Aussehn der Göttin.
Beroë wird sie, die greise Gemahlin des Tmarers Doryklus,
Der einst mit Namen und Sippe und vielen Söhnen gesegnet,
Und so mischt sie sich nun in die Reih'n der dardanischen Mütter.
»Unglückselige«, ruft sie, »daß nicht die Gewalt der Achaeer
Euch zum Tode geschleppt bei den heimischen Mauern! Ihr armen
Frauen, zu welchem Verderben bewahrt euch noch ferner das Schicksal?
Schon ist der siebente Sommer nach Trojas Zerstörung vergangen,

Seit wir nun alle Meere und Länder und drohende Felsen
Unter den Sternen durchmessen, dieweil wir, gewirbelt im Meere,
Dieses Italien suchen, das immer flüchtig zurückweicht.
Hier ist doch brüderlich Land des Eryx, Akestes der Gastfreund:
Was hält ab, hier Mauern und Stadt für die Bürger zu gründen?
Vaterland, ach, und umsonst dem Feind entrißne Penaten!
Nennt man denn nirgends mehr ein neues Troja, und niemals
Soll ich die Ströme des Hektor, den Xanthus und Simois, schauen?
Auf, und laßt uns mit mir die Unglücksschiffe verbrennen!
Denn mir erschien im Traume das Bild der Prophetin Kassandra,
Wie sie lodernde Brände mir bot: ›Hier suchet euch Troja,
Hier ist eure Heimat‹, so sprach sie. Jetzt gilt es zu handeln.
Keinen Verzug gestattet das Traumbild. Hier stehn dem Neptunus
Vier Altäre; er selber entflammt uns den Mut und die Fackeln.«
Ruft's und rafft gewaltsam zuerst das verderbliche Feuer,
Hebt es hoch empor, und es schwingend in loderndem Wirbel,
Schleudert sie es zum Entsetzen und stummen Staunen der Frauen.
Aber eine von ihnen, die älteste unter dem Schwarme,
Pyrgo, die Fürstenamme so vieler Priamussöhne:
»Das ist Beroë nicht, nicht die Rhoeteerin, Mütter,
Nicht das Weib des Doryklus; so seht doch ihr göttlich Gebaren,
Seht ihre flammenden Augen und ihre stolze Beseelung,
Ihre Miene und Stimme, und wie erhaben sie schreitet.
Hab' ich doch Beroë eben, als ich hierherging, verlassen
Krank und verdrießlich, weil nun sie bei so heiligen Opfern
Fehle und nicht dem Anchises die schuldigen Ehren bezeuge.«
Also rief sie.
Aber die Frauen, die anfangs noch unentschieden und schwankend
Scheel nach der Flotte geblickt in unglückseliger Sehnsucht,
Hier nach verlockendem Land und fern nach verheißenen Reichen,
Sahen, wie sich die Göttin in schwebendem Fluge gen Himmel
Schwang und unter den Wolken entwich auf dem mächtigen Bogen.
Da von der Wundererscheinung bestürzt, vom Wahnsinn getrieben,
Schreien sie laut und reißen das Feuer vom Herde der Hütten,
Manche auch das der Altäre, und schleudern Gewinde und Fackeln
Nieder; da rast Vulkanus, die zügelentflohene Flamme,
Quer durch die Ruder und Bänke und schön bemalten Verdecke.

Schnell zum Grab des Anchises und hochgestuftem Theater
Bringt Eumelus die Kunde vom Brande der Schiffe; sie selber
Sehen, wie schwarz und glühend der Qualm zum Himmel emporsteigt.
Aber Askanius, der gerade freudig die Reiter
Anführt, sprengt sofort so rasch in das brausende Lager,
Daß die keuchenden Meister ihn nicht zu halten vermögen.
»Was ist das für ein Wahnsinn? Was soll das alles?«, so ruft er,
»Weh, ihr verblendeten Weiber! Nicht Feinde und griechische Lager,
Nein, eure eigene Hoffnung setzt ihr in Flammen. Da bin ich,
Euer Askanius.« Rief's, und vor die Füße der Weiber
Wirft er den Helm, den er als Schmuck beim Kriegsspiel getragen.
Auch Aeneas sprengt heran mit den anderen Teukrern.
Aber die Frauen entfliehen nach allen Seiten des Ufers
Angstvoll und suchen im Wald und irgendwo sonst in den Klüften
Schutz; sie verwünschen die Tat und den Tag, und reuig erkennen
Wieder sie ihr Volk, befreit von Junos Verstrickung.
Darum aber mindern noch nicht die lodernden Flammen
Ihre unzähmbare Wut, und unter dem feuchten Gebälke
Glimmt noch langsam qualmend das Werg, und schwelende Lohe
Nagt an den Kielen, und rings im Rumpfe wühlt die Verwüstung.
Keine Heldenkraft, kein strömendes Wasser will nützen,
Und da reißt sich der fromme Aeneas das Kleid von den Schultern,
Ruft die Götter um Hilfe und reckt zum Himmel die Hände:
»Juppiter, großer Gott, wenn dir nicht alle Trojaner
Ganz verhaßt und wenn du auch sonst auf menschliches Elend
Gnadenvoll schaust, so laß die Flotte den Flammen entfliehen
Rasch und entreiße dem Feuer die karge Habe der Teukrer!
Wenn ich es aber verdiene, so sende auf alles, was übrig,
Nieder den Blitz und schmettre ihn aus der zermalmenden Rechten.«
Kaum verklangen die Worte, da stürzte in strömenden Güssen
Schwarz ein wildes Gewitter herab, und vom Donner erzittern
Alle Felder und Höhen, und rings entströmen dem Äther
Wirbelnde Wassermassen, der Wind treibt pechschwarze Wolken.

Überschwemmt sind die Wracks, das halb versengte Gebälke
Trieft, bis endlich ganz der Brand erloschen und alle
Schiffe bis auf vier dem schlimmen Verderben entronnen.
Aber der Vater Aeneas, bedrückt von dem widrigen Schlage,
Wägt im Herzen bald diese, bald jene drückenden Sorgen
Hin und her, ob er sikulische Auen bebaue
Wider das Schicksal oder sich doch nach Italien wende.
Aber der greise Nautes, den die tritonische Pallas
Selber gelehrt und ihn mit höherer Weisheit begnadet
(Ließ sie doch immer ihn wissen, ob schwerer Ingrimm der Götter
Drohe, oder was sonst der Gang des Schicksals erheische),
Dieser tröstete nun Aeneas: »Du Götterentsproßner,
Wie uns das Schicksal auch treibt und hemmt, wir müssen ihm folgen,
Was auch geschehe; Geduld bezwingt ein jedes Verhängnis.
Hast du doch noch den Akestes, den Troer von göttlicher Abkunft;
Zieh ihn verbunden zu Rat, er wird ihn gerne gewähren.
Ihm vertraue das Volk der verlorenen Schiffe und wer noch
Müde deiner Entschlüsse und deines großen Beginnens.
Hochbetagte Greise und Frauen, von Seefahrt ermattet,
Alles, was um dich schwach oder bang vor neuen Gefahren:
Sondre die Müden aus und laß sie hier Mauern besitzen
Und mit deiner Erlaubnis die Stadt Akesta benennen.«
Brennend von den Worten des älteren Freundes getroffen,
Wird das Herz des Aeneas erst recht von Sorgen zerrissen.
Dunkel fuhr die Nacht auf ihrem Wagen am Himmel,
Als es ihm schien, als schwebe das Abbild des Vaters Anchises
Plötzlich von oben herab und lass' sich also vernehmen:
»Sohn, den ich mehr als das Leben geliebt, solange ich selber
Lebte, o Sohn, der so geprüft durch das Schicksal von Troja,
Juppiter sendet mich her, der von der Flotte das Feuer
Abgewandt und sich endlich hoch oben im Himmel erbarmte.
Folge dem trefflichen Rat, den eben der alternde Nautes
Gab; nur erlesene Jugend und nur die tapfersten Herzen
Nimm nach Italien mit. Du mußt ja ein hartes und rauhes
Volk in Latium einst bekriegen, aber zuvor noch

Mußt du zu Plutos Hause und durch den Schlund des Avernus
Steigen und mich dort suchen, mein Sohn, denn des Tartarus grause
Schatten umfangen mich nicht. Auf Elysiums lieblichen Auen
Weil' ich im Kreise der Frommen. Die keusche Sibylle geleitet
Sicher dich hin, wenn du viele schwarzwollige Tiere geopfert,
Wirst auch dein ganzes Geschlecht und die Stadt der Verheißung erfahren.
Lebe nun wohl, schon kreist die Nacht dem Ende entgegen,
Grausam hauchen mich an die schnaubenden Rosse des Morgens.«
Sprach's und löste sich flüchtig wie Rauch in die wehenden Lüfte.
Aber Aeneas rief: »Was eilst du? Wohin denn entweichst du,
Wem entfliehst du? Wer hindert, daß wir einander umarmen?«
Schon belebt er die Asche, das fast verlöschende Feuer,
Ehrt den pergamischen Lar und die heilige Stätte der greisen
Vesta mit heiligem Spelt und weihrauchumwehten Gebeten.

Rasch dann ruft er die Freunde herbei und vor allem Akestes.
Juppiters Göttergebot und des teuren Vaters Befehle
Kündet er ihnen und was er selbst im Herzen beschlossen.
Man berät auch nicht lange, noch weigert Akestes den Antrag.
Für die Stadt bestimmt er die Frauen und sondert vom Volke,
Wer dazu willig und wer nicht höherer Ehre bedürftig.
Selber erneuern sie dann die Bänke, ergänzen die Schiffe,
Flammenversengte Balken und rüsten Ruder und Tauwerk,
Zwar gering an Zahl, doch tapfer zum Kriege entschlossen.
Unterdessen begrenzt Aeneas die Stadt mit dem Pfluge,
Lost die Wohnungen aus und gebietet, dies wäre ein neues
Troja und Ilium; froh des Reiches verordnet Akestes
Sitzung und Stätte und gibt berufenen Vätern Gesetze.
Himmelhoch wird dann auf dem Gipfel des Eryx ein Tempel
Der idalischen Venus gegründet, und um des Anchises
Grab soll ein heiliger Hain mit einem Priester entstehen.

Als das gesamte Volk bereits neun Tage getafelt
Und die Altäre verehrt, da ebneten freundliche Winde
Rings die Flut, und es lockte der Süd auf die Höhe des Meeres.
Nun an der Uferbucht erhob sich ein schrecklich Gejammer,
Tag und Nacht verweilten sie alle in langer Umarmung.
Jene Mütter sogar und die, denen eben noch trostlos

Deuchte der Anblick des Meeres und unerträglich sein Name,
Möchten nun ziehen und alle Beschwerden der Reise ertragen.
Aber sie tröstet der gute Aeneas mit freundlichen Worten
Und empfiehlt sie mit Tränen dem blutsverwandten Akestes.
Dann befiehlt er, dem Eryx drei Kälber zum Opfer zu schlachten
Und den Stürmen ein Lamm und reihweis die Taue vom Ufer
Abzulösen. Sein Haupt bekränzt mit Lorbeergezweige,
Steht er vorn auf dem Schiff, eine Schale in Händen, und schüttet
In die Flut die Geweide und spendet vom lauteren Weine.
Günstig erhebt sich im Rücken der Wind und beflügelt die Reise;
Eifrig peitschen die Freunde das Meer und durchfahren die Wogen.
Sorgengepeinigt wendet sich an Neptunus indessen
Venus und läßt ihr Herz in bitterer Klage verströmen:
»Junos grimmiger Zorn und unersättliche Rachsucht
Zwingen mich, o Neptunus, mich tief mit Bitten zu beugen.
Keine Länge der Zeit und keine Frömmigkeit sänftigt
Sie, nicht Juppiters Wille, kein Schicksal bringt sie zur Ruhe.
Nicht genügt es ihr, mitten aus phrygischem Volke mit frevlem
Haß die Stadt zu vertilgen, durch alle nur denkbaren Qualen
Schleppt sie den Rest und verfolgt noch Asche und Totengebeine
Trojas. Sie selber nur weiß die Gründe so schrecklichen Zornes.
Warst doch auch du mir jüngst ein Zeuge, welch fürchterlich Tosen
Sie in den libyschen Wassern so plötzlich erregte. Sie mengte
Himmel und Meer in falschem Vertraun auf äolische Stürme.
Und das wagt sie in deinem Gebiet.
Schau, zu Freveln sogar die troischen Frauen empörend,
Hat sie schnöde die Schiffe verbrannt, und durch Mangel der Flotte
Zwang sie nun, die Gefährten in fremdem Lande zu lassen.
Du, so bitt' ich, gewähre dem Rest, mit sicheren Segeln
Hinzufahren und in den laurentischen Thybris zu gleiten,
Wenn mir die Bitte erlaubt und die Parzen die Mauern gewähren.«
Drauf antwortete so der saturnische Herrscher der Tiefen:
»Billig fürwahr, Kytherea, vertraust du dich meinem Gebiete,
Dem du selber entstammst. Ich verdien' es auch; oft ja gebändigt
Hab' ich das Rasen des Sturms und die Wut des Himmels und Meeres.
Auch nicht minder zu Land, wie Xanthus und Simois zeugen,
Lag mir Aeneas am Herzen: Als wildverfolgend Achilles

Drängte gegen die Stadt die entkräfteten Männer von Troja,
Tausende niederschlug und die leichenverstopften Gewässer
Stöhnten und Xanthus nicht den Weg und den Ausfluß zum Meere
Finden konnte, da hab' ich Aeneas, der ungleich an Kräften
Und an göttlichem Schutz trotzdem den Peliden bekämpfte,
In einer hüllenden Wolke entführt, obwohl ich doch selber
Wünschte, das selbsterbaute, meineidige Troja zu stürzen.
Banne die Furcht; ich hege noch heute dieselbe Gesinnung.
Wie du es wünschest, gelangt er sicher zur Bucht des Avernus.
Einen nur wird er verloren im Strudel des Meeres vermissen:
Ein Haupt wird für viele dahingegeben.«

Wie er nun so das Herz der Göttin mit Freude beruhigt,
Schirrte ins goldene Joch Neptun die feurigen Rosse
Schäumend in ihr Gebiß, und schießen ließ er die Zügel.
Leicht in den bläulichen Wogen durchfliegt er die Fläche des Meeres,
Nieder sinken die Wogen, und unter der donnernden Achse
Glättet sich schwellende Flut, und die Wolken enteilen dem Äther.
Hinter ihm buntes Geleit, gewaltige Tiere der Tiefe,
Glaukus' bejahrter Reigen, der Sohn der Ino, Palaemon,
Schnelle Tritonen dazu und alle Scharen des Phorkus,
Thetis und Melite links und Panopea, die Jungfrau,
Und daneben Nisaea, Kymodoke, Spio, Thalia.

Neue Freude durchbebt jetzt endlich dem Vater Aeneas
Das beklommene Herz, und alle Masten befiehlt er
Schnell zu richten und hoch an die Rahen die Segel zu spannen.
Alle wenden zugleich und gleicherweise die Schoten
Bald nach rechts und nach links und drehen die ragenden Nocken
Vor und wieder zurück; so läuft vor dem Winde die Flotte.
Steuernd allen voran lenkt Palinurus den dichten
Zug, und hinter ihm richten den Lauf die andern nach Vorschrift.

Fast schon hatte die Mitte der Bahn am Himmel die feuchte
Nacht erreicht, und es streckten zu süßer Ruhe die Schiffer
Unter den Rudern sich hin auf die harten, hölzernen Bänke,
Als sich vom Sternenzelt der Schlaf in schwebendem Fluge
Niedersenkte; und leicht die dunklen Schatten zerteilend,
Nahte er dir, Palinurus, und brachte dem schuldlosen Manne
Wehe Träume; es saß der Gott auf dem hohen Verdecke,
Ähnlich dem Phorbas gebildet, und raunte die flüsternden Worte:

»Iasus' Sohn Palinurus, das Meer treibt selber die Flotte
Mit beständigem Wind; da gönnt die Stunde dir Ruhe;
Bette dein Haupt und wende die müden Augen vom Steuer.
Selber will ich für dich ein wenig walten des Amtes.«
Kaum die Augen erhebend, erwiderte ihm Palinurus:
»Was verlangst du? Ich solle das friedliche Antlitz des Meeres
Nicht durchschauen? Ich soll dem Ungeheuer vertrauen?
Soll ich denn gar den Aeneas dem täuschenden Süd überlassen,
Wo mich doch schon so oft des Himmels Klarheit betrogen?«
Also sprach er, und noch viel fester das Steuer umklammernd,
Ließ er nicht ab, den Blick hoch an die Gestirne geheftet.
Siehe, da schüttelt der Gott den Zweig, getränkt mit der Lethe
Tau und der schläfernden Kraft der Styx, ihm über die beiden
Schläfen und läßt ihm den Blick trotz allem Sträuben
verschwimmen.
Kaum hat erster Schlummer ihn unvermutet bewältigt,
Legt sich der Gott auf ihn und schleudert ihn mit dem zerbrochnen
Heck und dem Steuer zugleich kopfüber hinab in die klaren
Wellen. Umsonst verhallt der Ruf nach seinen Genossen.
Aber der Gott entschwebt im Fluge hinauf in die Lüfte.
Dennoch sicheren Laufes durchquerte die Flotte die Wellen
Ungestört dahin, wie Vater Neptunus verheißen.
Und schon nahte sie auch dem felsigen Sitz der Sirenen,
Einst so gefährlich und weiß von den bleichen Gebeinen so vieler.
Laut umrauschte die Felsen das Tönen der ständigen Brandung,
Als am Irrgang der Barke Aeneas des Steuermanns Fehlen
Merkte; nun lenkte er selbst das Schiff durch die nächtigen Wellen,
Klagend und tief im Herzen bedrückt von des Freundes Verhängnis:
»Du, der zu sehr dem Himmel und heiterem Meere vertraute,
Grablos wirst, Palinurus, du liegen an fremdem Gestade.«

SECHSTER GESANG

Also spricht er mit Tränen und läßt die Flotte enteilen,
Bis er zuletzt gelangt zur euböischen Küste von Cumae.
Seewärts kehrt man die Schnäbel, des Ankers packende Zähne
Fesseln das Schiff, es säumen die bauchigen Rümpfe der Barken
Rings das Gestade. Nun springt in feurigem Eifer die Jugend
An Hesperiens Ufer. Ein Teil sucht Funken zu fachen
Aus den Adern der Kiesel, ein andrer durchstöbert des Wildes
Dichte Verstecke im Wald und weist auf verborgene Quellen.
Aber der fromme Aeneas erstrebt die Höhen, wo Phoebus
Thront und abgeschieden der schaurig-geheimen Sibylle
Riesige Grotte. Ihr hatte der Seher von Delos erhabnen
Sinn und Verstand verliehen und ihr die Zukunft erschlossen.
Trivias Hain erreichen sie schon und den goldenen Tempel.
Daedalus, geht die Sage, entfloh aus den Reichen des Minos.
Auf gebreiteten Schwingen sich kühn dem Himmel vertrauend,
Flog er auf seltsamer Fahrt hinauf zu den frostigen Bären,
Bis auf chalkidischer Burg er endlich sich schwebend herabließ.
Hier erst wieder der Erde geschenkt, hat die rudernden Flügel
Er dir, Phoebus, geweiht und den riesigen Tempel errichtet.
Dort war Androgeos' Tod an den Toren gebildet und ferner
Wie die Bürger des Kekrops alljährlich sieben (o Elend!)
Söhne zur Buße zahlten; da steht noch die Urne zum Losen.
Grad gegenüber entsteigt das gnosische Eiland dem Meere;
Hier die greuliche Liebe zum Stier und Pasiphaë, heimlich
Ihm erlegen, da ist auch Minotaurus, als Zwitter
Doppelgestaltet geboren, ein Denkmal verworfener Buhlschaft.
Hier auch das Haus der Mühsal, der unentrinnbare Irrweg.
Aber die heiße Liebe der Königstochter erbarmte
Daedalus, der drum selber im Trug der verschlungenen Gänge
Lenkte den blinden Schritt am Faden, und Ikarus, dich auch
Hätte der Vater gebildet, sofern es sein Kummer gestattet.
Zweimal wagte er es, in Gold den Unfall zu bilden,
Zweimal entsank ihm die Hand. Das hätten sie alles noch weiter
Forschend betrachtet, doch kam der vorentsandte Achates
Mit Deïphobe schon, der Trivia und des Apollo
Priesterin, Tochter des Glaukus, und sie begann zu dem König:

»Das ist jetzt nicht die Stunde, um solche Gebilde zu mustern.
Besser wäre es, jetzt aus einer Herde von Jungvieh
Sieben Stiere zu schlachten und sieben Schafe, wie üblich.«
Also sprach die Sibylle (man bringt die befohlenen Opfer
Ohne Verzug); dann ruft sie die Teukrer zum ragenden Tempel.
In dem euböischen Fels ist tief eine riesige Grotte
Eingehauen, sie hat an hundert Gänge und Münder,
Ebenso oft erschallt daraus der Spruch der Sibylle.
An die Schwelle gelangt, schon rief sie: »Fordert die Sprüche
Schnell. Der Gott, o schauet, der Gott!« Und wie sie am Eingang
Solches rief, da wechselt sie plötzlich Miene und Farbe,
Und es löst sich ihr Haar, schwer keucht ihr Busen, und wilder
Wahnsinn schwellt ihr Herz, sie scheint zu wachsen, die Stimme
Hat nichts Menschliches mehr, der Hauch der begeisternden Gottheit
Dringt schon näher heran: »Du säumst mit Gebet und Gelübden,
Troer Aeneas«, so ruft sie, »du säumst? Doch öffnen nicht eher
Sich die weiten Schlünde des schaurigen Hauses.« So rief sie
Und verstummt. Dem Troer durchrinnt ein eisiger Schrecken
Mark und Gebein, und es fleht der König aus innerstem Herzen:
»Phoebus, der stets sich erbarmte der schweren Leiden von Troja,
Der du den Dardanerpfeil in Paris' Händen geleitet
Gegen das Aeakus Enkel, wie hab' ich durchfahren so viele
Länderumschlingende Meere in deinem Geleite, die Völker
Fern im Massylierland und die Fluren neben den Syrten.
Endlich gewinnen wir jetzt Italiens weichende Küsten.
Möge uns nur bis hier das Schicksal Trojas verfolgen!
Jetzt aber solltet ihr doch das Volk von Pergamum schonen,
Götter und Göttinnen ihr, die Anstoß nahmen an Trojas
Macht und dardanischem Ruhm. Und du auch, hehre Prophetin,
Die du die Zukunft ahnst, o laß (ich fordre ja keine
Schicksalsversagten Reiche) die Teukrer in Latium siedeln
Samt ihren irrenden Göttern und Trojas vertriebenen Laren!
Dann sei Phoebus, dir und der Trivia herrlich aus schönstem
Marmor ein Tempel errichtet und Spiele dem Phoebus gestiftet.
Deiner auch harre ein prächtig Gemach in unseren Reichen;
Dort ja will ich bewahren die Lose und deine geheimen
Weisungen für mein Volk und weihe dir, Hehre, erlesne
Priester. Doch nicht auf Blättern erteile deine Orakel,

Daß sie nicht wirr durcheinander als Spiel der Winde verfliegen;
Singe sie selber, so fleh' ich.« Hier hielt er inne zu reden.
Aber noch nicht von Phoebus bewältigt, durchraste die Grotte
Wild die Seherin, ob sie den mächtigen Gott aus dem Busen
Schütteln könne; doch plagt er nur um so stärker des Mundes
Schäumen, bezwingt ihr Herz und preßt sie und macht sie gefügig.
Und nun öffnen sich weit des Hauses riesige hundert
Spalten von selbst und entsenden den Lüften der Seherin Antwort:
»O der du endlich die schweren Gefahren des Meeres bestanden,
Schwereres wartet noch deiner zu Land. Nach Laviniums Reichen
Kommen die Dardaner einst, des brauchst du nicht länger zu sorgen,
Aber sie werden ihr Kommen verwünschen, denn Kriege, ja grause
Kriege, schau' ich und rot von schäumendem Blute den Tiber.
Simois nicht, noch Xanthus und nicht ein dorisches Lager
Fehlen dir da, schon lebt in Latium auch ein Achilles,
Auch einer Göttin Sohn, und Juno heftet sich weiter
An die Teukrer voll Haß, wenn du in deiner Bedrängnis
Alle möglichen Städte und Völker Italiens anflehst.
Quelle der Not ist wieder den Teukrern ein Weib aus der Fremde,
Wieder ein fremdes Brautbett.
Weiche der Drangsal nicht, nein, geh ihr noch kühner entgegen,
Wo es dein Schicksal erlaubt. Den Weg zu endlicher Rettung,
Was du am wenigsten wähnst, wird eine Griechenstadt weisen.«
Also aus heiliger Tiefe ertönt der Sibylle von Cumae
Rätselvoll-schauriger Spruch und brüllt aus dem Innern der Grotte
Wahres, dunkel verschleiert; so stachelt Phoebus Apollo
Der Verzückten das Herz und treibt sie mit peitschenden Zügeln.
Als die Wut aber wich und das Rasen zur Ruhe gekommen,
Da begann Aeneas, der Held: »Nicht eines der Leiden
Zeigt mir ein neues Gesicht und kommt mir wider Erwarten.
Alles bedachte ich schon und erwog es schon früher im Herzen.
Eines nur fleh' ich: Weil hier das Tor des Fürsten der Tiefe,
Wie man erzählt, und finster ein Sumpf, des Acheron Rückstand,
O so sei mir vergönnt, dem Blick und der Stimme des teuren
Vaters zu nahen, so weise den Weg zu dem heiligen Eingang.
Habe ich doch den Flammen und tausend verfolgenden Speeren
Ihn aus der Mitte der Feinde auf eigenen Schultern entrissen,
Er, mein Weggenosse, der mit mir alle Gewässer

Kreuzte und alle Gefahren des Meeres und Himmels ertragen,
Trotz seiner Schwäche und über die Kräfte des drückenden Alters.
Daß ich nun deiner Schwelle mit flehenden Bitten mich nahe,
War ja sein Auftrag und Wunsch. O nimm des Sohnes und Vaters
Huldvoll, du Hehre, dich an (denn alles vermagst du, es gab dir
Hekate nicht umsonst zur Hut die avernischen Haine).
Hat doch auch Orpheus vermocht, den Geist der Gattin zu holen,
Seinem thrazischen Spiel und dem Klang seiner Leier vertrauend;
Konnte durch wechselnden Tod doch Pollux den Bruder erlösen
Und immer wieder den Weg vollenden. Was soll ich des Theseus,
Was des Alkiden gedenken? Auch ich bin Juppiters Enkel.«
Also flehte er laut und klammerte sich am Altare,
Als die Seherin so begann: »Du Same der Götter,
Troer, Anchises' Sohn, leicht geht es hinab zum Avernus,
Nachts wie tags steht offen die Pforte des finsteren Gottes;
Aber den Schritt zu wenden und wieder zum Lichte zu steigen,
Das macht Mühe und Not. Nur wenige, die sich der Gnade
Juppiters freuten, die feurig ihr Adel zum Äther erhoben,
Haben es götterentsprossen vermocht. Von Wäldern ist alles
Voll und ringsumflossen vom dunklen Strom des Kokytus.
Doch ist dein Sehnen so heiß, so glühend deine Begierde,
Zweimal die stygischen Wasser zu kreuzen, des Tartarus Dunkel
Zweimal zu schauen, und reizt dich wirklich solch törichter Wahnsinn,
Höre, was erst zu tun: Es sproßt an beschattetem Baume
Golden ein Zweig, und golden sind Blätter und biegsame Gerte,
Und der Unterweltsjuno ist er geheiligt. Es deckt ihn
Rings ein Hain, und ihn bergen die Schatten finsterer Täler.
Eher nicht ist es gewährt, in das Dunkel der Erde zu dringen,
Als sich einer vom Baum gepflückt den goldenen Schößling.
Ihn verlangt die schöne Proserpina als ihr erkornes
Ehrengeschenk. Nie fehlt nach seiner Entfernung ein andrer
Goldener Zweig, und ein Ast belaubt sich metallen wie jener.
Also schau in die Höh, und wenn du den Schößling gefunden,
Brich ihn dann richtig, so wird er leicht und willig dir folgen,
Wenn du vom Schicksal berufen; wenn nicht, so kannst du mit keiner
Kraft ihn brechen, auch nicht mit schärfstem Schwerte ihn abhaun.

Ferner noch liegt entseelt dir da der Leib eines Freundes
(Wehe, du weißt es noch nicht), die Leiche entweiht deine Flotte,
Während du Rat erbittest und hier auf der Schwelle verweilest.
Bette ihn erst zur Ruh und birg ihn in würdigem Grabe,
Opfre dann schwarze Schafe, das diene vor allem zur Sühne.
Dann erst hoffe die Haine der Styx und die Reiche zu schauen,
Wo kein Lebender wandelt.« Und dann verschloß sie die Lippen.
Aber Aeneas, den Blick voll Trauer zu Boden geheftet,
Schritt von der Grotte zurück und erwog den ungewiß-dunklen
Ausgang still bei sich. Ihm blieb der treue Achates
Stets zur Seite und schritt dahin voll ähnlicher Sorge.
Dann im Wechselgespräch beredeten beide gar vieles,
Wer von den Freunden wohl verstorben und wessen Bestattung
Die Sibylle gefordert. Doch als sie zum Ufer gekommen,
Sahen sie dort den Misenus in kläglichem Tode verblichen,
Aeolus' Sohn Misenus, der besser als alle verstanden,
Männer mit ehernem Schall der Tuba zum Kampfe zu rufen.
Einst war er der Gefährte des großen Hektor, mit Hektor
Zog er zum Kampf, gewaltig mit Kriegsdrommete und Lanze.
Doch als Achilles dem Hektor als Sieger das Leben entrissen,
Hatte der mutige Held sich gleich dem Troer Aeneas
Als Gefährten gesellt und folgte so keinem Geringern.
Nun jedoch, als der Tor die Muscheltrompete am Meere
Blies und mit solchem Getön zum Wettstreit Götter gefordert,
Packte ihn, soll man es glauben, der eifersüchtige Triton
In dem Geklipp und ertränkte den Helden in schäumenden Wogen.
Alle nun ringsumher erhoben jammernde Klage,
Aber Aeneas zumeist, und unverzüglich befolgen
Tränend sie der Sibylle Gebot und schleppen nun Bäume
Her zum Grabaltar und türmen ihn weit in den Himmel.
Hoch in den Urwald geht's, des Wildes geheime Behausung;
Kiefern stürzen zu Boden, vom Axtschlag krachen die Eichen.
Eschene Stämme zerspaltet der Keil zu Balken, und Kloben
Werden gehauen, man wälzt gewaltige Ulmen vom Berge.
Allen voran nimmt teil an solcher Arbeit Aeneas,
Treibt die Freunde und rüstet sich selbst mit den gleichen Geräten.
Als er jetzt aber gewahrte, wie weit die Wälder sich dehnten,
Überlegte er dies voll Trauer und betete also:

»Zeigte sich mir doch jetzt der goldene Zweig an dem Baume
Hier in dem weiten Gehölz, dieweil ja alles nach Wahrheit
– O nur zu sehr – von dir, Misenus, die Seherin kundtat!«
Kaum war dieses gesagt, als gleich zwei flüchtige Tauben
Dicht vor den Augen des Helden sich niederließen vom Himmel
Auf das grüne Gefilde. Der große Aeneas erkannte
Gleich die Vögel der Mutter und betete freudigen Herzens:
»O wenn irgendein Weg, so seid meine Führer und zeigt mir
Jetzt im Fluge die Spur, wo im Walde der üppige Goldzweig
Nährenden Boden beschattet. Und, göttliche Mutter, verlaß mich
Nicht in so schwieriger Not.« So rief er und hemmte die Schritte,
Achtsam die Zeichen des Fluges und seine Richtung zu deuten.
Nahrung suchend, flogen die beiden Tauben nicht weiter,
Als mit scharfen Augen Aeneas zu folgen vermochte.
Wie sie jedoch zum Schlund und dem Dunst des Avernus gekommen,
Flogen sie rasch empor und glitten durch leichtere Lüfte
Dann zu erwünschter Ruhe auf den Wipfel des doppelt belaubten
Baumes, wo goldenschimmernd ein Hauch von den Zweigen sich abhob.
Wie im frostigen Winter zuweilen im Walde die Mistel
Grünt mit frischem Laub, doch nicht aus dem Samen des Baumes,
Und mit gelbem Gezweig die runden Äste umklammert,
So war des goldenen Zweiges Gebilde auf schattiger Eiche,
Und so klirrten im Winde die dünnen, goldenen Blätter.
Rasch ergreift Aeneas den Zweig und, ob er auch haftet,
Bricht er begierig ihn ab und trägt ihn zum Haus der Sibylle.
Unterdessen beweinen die Teukrer am Strande Misenus,
Während sie letzte Ehren der stummen Asche erweisen.
Und aus harzigem Kienholz und aus den gespaltenen Eichen
Türmen sie erst ein gewaltig Gerüst und kränzen mit dunklem
Laub die Seiten und pflanzen davor noch Trauerzypressen,
Und dann schmücken sie oben den Stoß mit glänzenden Waffen.
Andere bringen Wasser in Kesseln durch Flammen zum Sieden,
Waschen und salben darauf den Leib des erkalteten Toten.
Klage beginnt. Dann bettet man weinend den Toten auf Polster.
Breitet auch über ihn noch die üblichen Purpurgewänder.
Ein Teil hebt sodann empor die mächtige Bahre –
Trauriger Dienst – und hält darunter nach Sitte der Väter

Abgewendet die Fackel, und aufgeschichtet verbrennen
Weihrauchgaben und Speisen und volles Öl in den Krügen.
Als die Flamme gestillt und die Asche zusammengesunken,
Löschen sie noch mit Wein den Rest und die glimmenden Scheite,
Und Korynaeus sammelt in ehernem Krug die Gebeine.
Dreimal umschritt er sodann mit lauterem Wasser die Freunde,
Sprengte flüchtigen Tau mit Zweigen der edlen Olive
Und entsühnte die Männer und sprach die Worte des Abschieds.
Aber der fromme Aeneas errichtet ein riesiges Grabmal,
Tat dann darauf des Mannes Drommete, Waffen und Ruder,
Dicht an dem luftigen Berg, der jetzt Misenus nach jenem
Heißt und so seinen Namen bewahrt für ewige Zeiten.
Hiernach folgt Aeneas sofort dem Geheiß der Sibylle.
War da eine Höhle mit weitem, gähnendem Schlunde,
Zackig, von finsterem See umschäumt und von düsteren Hainen.
Nie noch ungestraft vermochte ein Vogel darüber
Hinzufliegen, so stark entquoll dem finsteren Rachen
Dicker Dunst und dampft hinauf zum Himmelsgewölbe.
(Darum gaben die Griechen dem Ort den Namen Aornos.)
Hierher brachte zuerst die Priesterin jene vier schwarzen
Stiere, und sie besprengte mit Wein die Stirnen der Tiere,
Schor alsdann die Spitzen der Haare zwischen den Hörnern,
Warf sie zur Eröffnung der Sühne ins heilige Feuer,
Rief dann Hekate laut, die im Himmel und Erebus waltet.
Alle zücken von unten die Messer und fangen das laue
Blut in Schalen auf. Aeneas schlachtet ein schwarzes
Lamm der Furienmutter und ihrer mächtigen Schwester
Und Proserpina, dir, eine gelte Kuh mit dem Schwerte.
Nachtaltäre errichtet er nun dem stygischen König,
Legt dann ungeteilt das Fleisch der Stiere ins Feuer,
Und dann träufelt er Öl auf die Glut der innern Geweide.
Aber siehe, als hell die frühe Sonne emporstieg,
Brüllte unter dem Fuße der Boden, die waldigen Höhen
Bebten, und Hundegeheul schien durch die Schatten zu tönen
Bei dem Nahen der Göttin. »Fort, Ungeweihte, von dannen«,
Ruft die Seherin laut, »entweicht aus dem heiligen Haine!
Du nur wandle den Weg und zieh das Schwert aus der Scheide.
Jetzt, Aeneas, bedarfst du des Mutes und eisernen Herzens.«

Dies nur rief sie verzückt und stürzt in die klaffende Grotte;
Aber Aeneas bleibt der Führerin furchtlos zur Seite.
Götter, die ihr die Seelen beherrscht, ihr schweigenden Schatten,
Chaos und Phlegethon ihr, ihr Räume voll nächtigem Schweigen,
Sei mir zu sagen erlaubt, was ich vernommen, vergönnet,
Daß ich enthülle, was tief in Erde und Dunkel verschlossen!
Beide, von einsamer Nacht verborgen, wandern im Dunkel
Durch die verödeten Sitze des Dis, die leblosen Reiche:
Wie beim spärlichen Schein des matten Mondes die Straße
Durch die Wälder zieht, wenn Juppiter wolkig den Himmel
Trübt und dunkel die Nacht den Dingen die Farbe genommen.
Schon am Eingang selbst, an den vordersten Schlünden des Orkus,
Haben ihr Lager der Gram und das schlechte Gewissen gerichtet,
Bleiche Krankheiten wohnen daselbst und das grämliche Alter,
Übelratender Hunger und Angst und garstiger Mangel,
Grause Schreckensgebilde, die Not und Todesvernichtung;
Dann auch der Bruder des Todes, der Schlaf, und die bösen Gelüste
Und der mordende Krieg auf der anderen Seite des Eingangs;
Der Erinyen eisern Gemach und die rasende Zwietracht,
Die ihr Natternhaar mit blutigen Binden durchflochten.
Mitten im Raume reckt eine riesige schattende Ulme
Ihre alten Äste und Arme; die nichtigen Träume
Sollen dort haufenweis hocken und unter sämtlichen Blättern
Hängen; auch Schreckgestalten von Ungetümen in Menge
Hausen am Tor: Kentauren und doppelformige Skyllen,
Briareus, hundertarmig, und Lernas gräßliches Untier
Schrecklich zischend, dazu die flammenbewehrte Chimaera,
Auch Gorgonen, Harpyien und du, dreileibiger Schatten.
Fester faßt da Aeneas in plötzlichem Schrecken des Schwertes
Griff und hält gezückt den Stahl den Scharen entgegen.
Wenn die Führerin nicht ihn kundig belehrte, es wären
Alles nur körperberaubte und wesenlos flatternde Bilder,
Wäre er zwecklos gerannt, mit dem Schwerte die Schatten zu treffen.
Jetzt beginnt der Weg zu Acherons Flut in den Orkus.
Trüb von Moder und Schmutz und gurgelnd in schrecklichem Strudel
Brandet er auf und speit den ganzen Schaum zum Kokytus.
Diese Gewässer und Flüsse betreut der entsetzliche Fährmann

Charon, bedeckt mit Schmutz, sein Kinn umflattert ein grauer,
Ganz verwilderter Bart, er starrt mit glühenden Augen,
Und um die Schultern geknotet umhängt ihn ein garstiger Umwurf.
Mit einer Stange treibt er die Fähre, er richtet die Segel
Und setzt über die Toten auf eisenfarbigem Nachen,
Greis bereits, doch ist er als Gott auch rüstig im Alter.
Hier nun stürzt in Schwärmen der ganze Haufe zum Ufer,
Weiber und Männer zugleich und ihres Lebens beraubte,
Hochgemute Heroen und Knaben und züchtige Mägdlein,
Jünglinge, vor den Augen der Eltern gelegt auf den Holzstoß:
Wie in den Wäldern in Menge bei Eintritt herbstlicher Kälte
Blätter sinken und fallen, wie landwärts vom offenen Meere
Zahllos Vögel ziehen in Schwärmen, wenn winterlich Wetter
Über den Pontus sie scheucht in wärmere Sonnengefilde.
Alle standen sie flehend, zuerst hinüberzufahren,
Und sie streckten die Hände zum anderen Ufer in Sehnsucht.
Aber der mürrische Ferge erwählt bald diese, bald jene,
Andere drängt er zurück und weigert ihnen das Ufer.
  Aber Aeneas, erstaunt ob all dem Tummeln und Treiben,
Rief: »O sage mir, Jungfrau, was will das Gedränge zum Strome?
Was ist der Seelen Begehr? Und warum müssen die einen
Das Gestade verlassen und andre das Wasser durchrudern?«
Aber nur kurze Antwort gab ihm die alte Sibylle:
»O du Sohn des Anchises, du echter Sprößling der Götter,
Des Kokytus Pfuhl und das stygische Wasser erblickst du,
Dessen heilige Macht die Götter fürchten bei Meineid.
Alle, die du hier siehst, sind unbestattet und hilflos,
Jener Fährmann ist Charon, und die im Nachen Begrabne.
Über die Schreckensgestade und brausenden Fluten ist keinem
Überzusetzen vergönnt, bevor die Gebeine bestattet.
Sonst aber hundert Jahre umirren sie flatternd dies Ufer,
Dann erst ist ihnen erlaubt, den ersehnten Gewässern zu nahen.«
Stehen blieb da der Sohn des Anchises und hemmte die Schritte,
Tief in Gedanken und voll Mitleid mit solchem elenden Schicksal.
Unter den Traurigen, die der Totenehren entbehrten,
Sieht er Leukasp und Orontes, den Führer der lykischen Flotte,
Die von Troja mit ihm die wogenden Meere befahren
Und die der Sturm in der Flut mit Schiff und Männern begraben.

Siehe, da nahte sich auch der Steuermann Palinurus,
Der auf der libyschen Fahrt erst jüngst bei Betrachtung der Sterne
Stürzend vom Steuerverdeck in die Tiefe der Wogen hinabsank.
Kaum gewahrte Aeneas den Trauergebeugten im Schwarme
All der Schatten, begann er: »Welch Gott, Palinurus, entriß dich
Uns so mitten im Meer und ließ dich im Wasser versinken?
Künde mir's, denn Apollo, der mich doch früher noch niemals
Täuschte, hat doch mein Herz betört durch die eine Verkündung,
Die mir verhieß, du würdest Ausoniens Grenzen erreichen
Heil, vom Meere verschont. Ist das des Versprechens Erfüllung?«
Jener darauf: »Nicht hat dich der Spruch des Phoebus betrogen,
Anchisiade, kein Gott ließ mich in den Fluten versinken,
Nein, ich selber habe das Steuer gewaltsam zerbrochen,
Dem ich zum Hüter bestellt; ich hielt es, die Seefahrt zu lenken,
Und da riß ich im Sturze es mit mir. Beim tosenden Meere
Schwöre ich, nie für mich trug ich so ängstliche Sorge,
Als daß steuerberaubt und ohne Lenker dein Fahrzeug
Nicht imstande bliebe, dem Schwall der Wogen zu trotzen.
Drei durchstürmte Nächte durch die unendlichen Wasser
Trug mich der schnaubende Süd; am vierten Morgen erblickt' ich
Hoch am Kamm der Wogen von fern Italiens Küste.
Langsam schwamm ich an Land, schon fühlt' ich mich sicher geborgen,
Wäre nicht grausames Volk auf mich, der vom nassen Gewande
Schwer, an zackigen Klippen sich mit den Händen geklammert,
Mit dem Schwerte gestürzt, sie hielten mich irrig für Beute.
Jetzt aber treiben die Flut und die Winde mich dauernd am Ufer.
Drum bei dem lieblichen Licht und den linden Lüften des Himmels,
Bei deinem Vater und bei dem hoffnungserblühten Iulus
Fleh' ich, beende mein Leiden, du Unbesiegter, bestreue
Mich, denn du kannst es, mit Erde und eile zu Velias Hafen;
Oder ist irgendein Weg, den die göttliche Mutter dir zeigte?
Denn ich wähne, du strebst nicht ohne göttlichen Beistand,
Ströme von solcher Gewalt und den stygischen Sumpf zu durchfahren.
Reiche mir Armen die Hand und nimm mich mit durch die Fluten,
Daß ich, und sei es im Tode, kann ruhn in des Friedens Gefilden.«
Kaum war solches gesagt, begann die Seherin also:
»O Palinurus, woher ergreift dich so schlimme Begierde?

Unbeerdigt willst du die stygische Flut und den strengen
Strom der Furien schaun und ungeheißen dem Ufer
Nahn? Nicht hoffe, der Götter Geheiße durch Bitten zu beugen.
Aber hege mein Wort als Trost in deiner Bedrängnis:
Weit und breit durch Städte von himmlischen Zeichen geängstet,
Werden die Nachbarn selber zur Sühnung deiner Gebeine
Dir einen Hügel erhöhn und Opfer am Hügel verrichten,
Und der Ort wird ewig nach dir Palinurum geheißen.«
Solche Worte bannen ihm etwas die Sorge und mildern
Ihm ein wenig die Tränen; ihn freute des Platzes Benennung.
Sie aber lenken weiter den Schritt und nahen dem Flusse.
Als von der stygischen Flut der Ferge die beiden bemerkte,
Wie sie den schweigenden Hain durchziehn und dem Ufer sich nähern,
Fährt er sie heftig an, und zugleich beginnt er zu schelten:
»Wer du auch bist, der bewaffnet zu unserem Wasser herankommt,
Rede, warum du kommst; bleib stehen und hemme die Schritte!
Hier ist das Reich der Schatten, der müden Nacht und des Schlafes;
Lebende ist mir verwehrt auf stygischem Nachen zu fahren.
Freude brachte mir's nicht, daß einst, als Herkules nahte,
Ich ihn übergesetzt, den Pirithous auch und den Theseus,
Wenn sie auch götterentstammt und von unbezwinglicher Stärke.
Jener schlug mit der Faust des Tartarus Wächter in Fesseln,
Und den Zitternden zog er fort vom Throne des Königs.
Die zwei andern entführten dem Dis aus der Kammer die Herrin.«
Drauf erwiderte kurz die amphrysische Seherin also:
»Nun, solch Anschlag droht hier nicht, drum banne die Sorge,
Fürchte nicht Waffengewalt. Mag weiter ewig der grause
Wächter die Grotte durchkläffen und blutlose Schatten erschrecken,
Mag Proserpina züchtig des Oheims Schwelle bewahren.
Aber der Troer Aeneas, der groß an Tugend und Taten,
Steigt zum Vater hinab in des Erebus unterste Schatten.
Rührt dich auch nur schwerlich der Anblick so frommer Gesinnung,
Nun, so schaue den Zweig.« Und den im Gewande verborgnen
Zweig enthüllt sie. Da wich des Fergen kochender Ingrimm.
Weiter kein Wort, und jener erstaunt ob des hehren Geschenkes,
Des so lange nicht mehr erblickten bedeutsamen Zweiges,
Wendet den bläulichen Kahn und kehrt zurück an das Ufer.

Alle die Seelen, die dort auf Bänken saßen in Menge,
Scheucht er von dannen, macht frei die Gänge und nimmt in die Fähre
Den gewalt'gen Aeneas; es ächzt des Nachens Gefüge
Unter der Last und saugt viel Schlamm hinein in die Ritzen.
Endlich setzt er den Mann und die Seherin jenseits des Stromes
Wohlbehalten ans Ufer in Schlamm und schillerndem Röhricht.
Diese Bezirke durchkläfft aus dreifachem Rachen das Untier
Kerberus, grausig gelagert ganz vorn in der Kluft gegenüber.
Als die Seherin sah, wie Nattern am Halse sich bäumten,
Warf zur Betäubung sie ihm einen Brocken aus zaubergetränktem
Mehl und Honig vor. Den schnappt er mit dreifach gestrecktem
Rachen, rasend vor Hunger, dann dehnt er den gräulichen Rücken
Weitgestreckt durch die Höhle und ruht da riesig gelagert.
Rasch gewinnt Aeneas den Weg, da der Wächter entschlummert,
Und erklimmt das Ufer der Flut, die keinen zurückträgt.
Und schon ließen Stimmen sich hören und lautes Gewimmer,
Weinende Schatten von Kindern, die, früh an der Schwelle des Lebens
Ihres Daseins beraubt und vom Busen der Mutter gerissen,
Rasch der finstere Tag in grausamem Grabe versenkte.
Nebenan weilen jene, die falschem Verdachte erlegen,
Hier aber wird ihnen Wohnung nicht ohne Richter und Lose:
Minos verhört sie und schüttelt die Urne. Den Beirat der Stummen
Ruft er zusammen und prüft nun forschend Verschuldung und Leben.
Ihnen hausen zunächst die Traurigen, die sich dem Tode
Schuldlos mit eigener Hand geweiht und müde des Lichtes
Sich des Lebens entäußert. Wie gerne droben im hellen
Tage würden sie jetzt Beschwerden und Armut ertragen!
Gegen das Schicksal ist's; sie fesselt des widrigen Sumpfes
Traurige Flut, und die Styx umbannt sie mit neunfachem Strome.
Unfern dehnen von hier sich weite Trauergefilde;
Denn so nennt man sie wohl mit ihrem passenden Namen.
Alle, die hingesiecht in schwerem Kummer der Liebe,
Wandeln hier einsame Pfade, umschattet von Myrtengebüschen.
Aber der Gram verläßt sie hier nicht einmal im Tode.
Phaedra gewahrt man da und Prokris und auch Eriphyle.
Traurig zeigt sie, wie grausam der eigene Sohn sie verwundet;
Auch Euadne ist hier, Pasiphaë; Laodamia

Wandelt mit Kaeneus gesellt, der einst ein Jüngling, nun Mädchen,
Da in die frühre Gestalt das Schicksal ihn wieder verwandelt.
Aber mit frischer Wunde irrt auch die Phoenikerin Dido
Hier durch den großen Wald; und wie der troische Heros
Fast schon neben ihr stand und sie im schattigen Dunkel
Kaum erkannte, wie wenn man im beginnenden Monat
Wolkenumnebelt den Mond gewahrt oder glaubt zu gewahren,
Brach er in Tränen aus und rief voll inniger Liebe:
»Unglückselige Dido, so war die Kunde doch richtig,
Daß du verschieden und dich mit eigenem Schwerte getötet?
War es um meinetwillen? Doch bei den Göttern da droben,
Bei den Gestirnen schwör' ich und auch wenn Treue hier unten:
Ungern, Königin, habe ich deine Gestade verlassen.
Aber der Götter Befehl, der jetzt mich nötigt, durch diese
Schatten und Wüsteneien und nächtiges Grauen zu wandern,
Trieb mich ja unerbittlich. Wie konnte ich wähnen, daß jemals
Dir so schrecklicher Schmerz durch meinen Abschied entstünde?
Hemme den Schritt und meide nicht meinen Anblick! Vor wem denn
Fliehst du? Ein letztes Wort an dich gewährt mir das Schicksal.«
So versuchte Aeneas der finster blickenden Dido
Glühenden Zorn mit Worten zu mildern, und Tränen vergoß er;
Sie aber wandte sich ab, die Augen zu Boden geheftet,
Und der Worte Versuch bewegte ihr Antlitz nicht stärker,
Als ob harter Granit oder parischer Marmor da stünde.
Endlich rafft sie sich auf, und unversöhnlich entflieht sie
In den schattigen Hain, wo ihr früherer Gatte Sychaeus
Ihr in zärtlichem Gruß die Liebe mit Liebe erwidert.
Darum aber nicht minder, gerührt von dem traurigen Schicksal,
Folgt ihr Aeneas noch weit mit Tränen und schmerzlicher Klage.

Dann aber zog Aeneas gewiesene Bahnen, und beide
Kamen zur äußersten Flur, die für rühmliche Krieger gesondert.
Hier begegnet ihm Tydeus und auch der waffenberühmte
Parthenopaeus und auch das bleiche Bild des Adrastus,
Hier, die so viel auf Erden beweinten, im Kriege gefallne
Dardaner, seufzend erblickt Aeneas sie alle in langer
Reihe: Thersilochus und daneben Glaukus und Medon,
Drei von Antenors Geschlecht, Polyphoetes, den Priester der Ceres,
Auch Idaeus, noch immer versehen mit Waffen und Wagen,

Und die Seelen umstehen Aeneas zur Rechten und Linken;
Nicht zufrieden, ihn einmal zu schauen, begehren sie länger
Ihm zur Seite zu weilen, zu wissen, warum er gekommen.
Aber die Danaerfürsten und Agamemnons Geschwader
Beben erschrocken und bang, wie sie bei den Schatten den Helden
Sahen im Schimmer der Waffen; die einen wandten den Rücken,
Wie sie einst zu den Schiffen geflohen, die andern erheben
Heiser die Stimme, umsonst, kein Laut entringt sich dem Munde.
Auch den Priamussohn Deïphobus sieht er, am ganzen
Leibe schrecklich zerfleischt, sein grausam verstümmeltes Antlitz,
Antlitz und Hände zumal, und an den Schläfen die Ohren
Abgeschnitten, die Nase zerfetzt von gräßlichen Wunden.
Kaum erkennt ihn Aeneas, da jener die Greuel der Martern
Zitternd zu decken versucht, und gleich beginnt er vertraulich:
»O Deïphobus, Held, du edler Sprosse des Teukrus,
Wen gelüstete es, so grausam Rache zu nehmen?
Wer vermaß sich so Schweres an dir? Mir kam in der letzten
Nacht das Gerücht, du wärest erschöpft vom Mord der Pelasger
Endlich auf den Haufen vermischter Leichen gesunken.
Drum erbaut' ich dir selbst am rhoetëischen Ufer ein leeres
Grab, und dreimal rief ich laut die Manen zum Abschied.
Name und Wehr bezeichnen den Ort; dich aber, mein Teurer,
Konnt' ich nicht finden und scheidend in heimischer Erde bestatten.«
Drauf des Priamus Sohn: »Nichts hast du, Lieber, verabsäumt;
Hast Deïphobus und den Verblichenen alles geleistet.
Nein, mich hat das Geschick und hat der Lakonerin Schandtat
In dies Leiden verstrickt, mir dies als Denkmal gelassen.
Denn wie wir alle, berauscht von trügender Freude, die letzte
Nacht verschwärmten, das weißt du: Zu bitter mahnt die Erinnrung.
Als das verderbliche Roß auf Pergamums Höhe gesprungen
Und im trächtigen Bauch bewaffnete Krieger hinauftrug,
Führte jene zum Schein den Chor von jubelnden Frauen
Mit sich herum, und selbst hielt sie inmitten die Fackel
Hoch empor und lockte vom Gipfel der Burg die Achäer.
Ich aber sorgenerschöpft und schlummerbewältigt verweilte
In dem Unglücksgemach, mich hielt ein tiefer und süßer
Schlaf umfangen, so ganz dem Frieden des Todes vergleichbar.

Doch meine treffliche Gattin entfernt aus dem Hause inzwischen
Sämtliche Waffen, entwendet mir unter dem Haupte das treue
Schwert: Sie ruft Menelaus ins Haus und öffnet die Pforten.
Hofft sie doch großen Dienst damit dem Buhlen zu leisten
Und den schlimmen Ruf der früheren Untat zu tilgen.
Kurz, sie stürmen die Kammer herein, zu ihnen gesellt sich
Aeolus' Sohn und hetzt zu Freveln. O Götter, vergeltet
Solches den Griechen, wenn fromm ich solche Rache erbitte!
Jetzt aber melde von dir, welch Schicksal brachte lebendig
Dich hierher? Erscheinst du von stürmischen Meeren verschlagen
Oder auf Göttergeheiß? Treibt dich ein widriges Schicksal,
Diese sonnenlos trüben, so wüsten Gefilde zu suchen?«
Bei diesem Wechselgespräch hat schon Aurora des Himmels
Mitte auf rosigem Wagen im Ätherkreise durchlaufen,
Und die verstattete Frist wär' ihnen beinahe verstrichen,
Aber die Führerin warnte, und kurz begann die Sibylle:
»Naht doch die Nacht, Aeneas, und wir durchjammern die Stunde.
Hier ist der Platz, wo der Weg nach beiden Seiten sich spaltet!
Rechts steigt er hinauf zur Burg des erhabenen Pluto,
Hier führt unser Weg nach Elysium, aber zur Linken
Straft er die Bösen mit Qual und führt zu des Tartarus Schrecken.«
Drauf Deïphobus: »Zürne mir nicht, erhabne Prophetin;
Weichen will ich zurück ins Dunkel, die Zahl zu ergänzen.
Geh denn, du unser Stolz, und erfreue dich besseren Schicksals.«
Also sprach er und eilte noch mitten im Worte von dannen.
Umschau hielt Aeneas, und plötzlich links auf dem Felsen
Sah er die breite Burg, umgeben von dreifacher Mauer,
Wo des Tartarus Strom, wo Phlegethon, rauschend in wilden
Flammenwirbeln sich windet und donnernd Felsen dahinwälzt.
Vorn ein gewaltiges Tor mit harten, stählernen Säulen,
Das keine Menschenkraft, auch nicht der Unsterblichen Anlauf,
Sprengen könnte. Dort ragt ein eiserner Turm in die Lüfte,
Wo Tisiphone sitzt, gegürtet mit blutigem Mantel,
Und dort Tag und Nacht die Schwelle schlaflos behütet.
Klage ertönte von dort und das Sausen zerfleischender Geißeln,
Eisengeklirr dazu und das Rasseln schleppender Ketten.
Stehen bleibt da Aeneas und lauscht dem Schall mit Entsetzen.
»Welche Verbrecher sind dort? Mit welchen Strafen, o Jungfrau,

Werden sie dort gequält? Welch Jammer durchtönt da die Lüfte?«
Da begann die Sibylle: »Erlauchter Führer der Teukrer,
Niemals darf ein Reiner die Schwelle der Frevler betreten.
Als aber Hekate mir den Hain des Avernus vertraute,
Tat sie die Strafen der Götter mir kund und zeigte mir alles.
Rhadamanthus von Gnosus ist hier der strenge Gebieter,
Prüft und züchtigt die Tücken und zwingt zu offnem Bekenntnis,
Wenn auf Erden ein Mensch, des eitlen Truges sich freuend,
Bis zum Tode sich noch der schuldigen Buße entzogen.
Dann aber hetzt voll Hohns Tisiphone geißelgerüstet
Rächend die Frevler und streckt mit der Linken gewundene Nattern
Gegen sie aus und ruft der Schwestern grausige Scharen.
Nun erst öffnet sich klirrend in gräßlich rasselnder Angel
Ihm die verwunschene Pforte. Du siehst, wer dort in dem Vorhof
Wachehaltend sitzt, welch Weib die Schwelle dort hütet!
Aber noch grausiger thront mit fünfzig gähnenden Rachen
Innen die schreckliche Hydra. Dort stürzt der Tartarus selber
Zweimal so tief und steil hinab in den Abgrund der Schatten,
Als du gen Himmel den Blick erhebst zu den Höhn des Olympos.
Hier sind die Söhne der Erde, die uralte Schar der Titanen,
Niedergeschleudert vom Blitz und wälzen sich unten im Grunde.
Auch des Aloeus Söhne, die riesigen Zwillinge, sah ich,
Die mit den Händen einst den Bau des Himmels zu brechen
Strebten, um Juppiter dann vom Herrscherthrone zu stürzen.
Sah den Salmoneus auch, den grausam Juppiter strafte,
Da er nachgeahmt den Blitz und den Donner des Himmels.
Mit vier Rennern am Wagen und fackelschwingend durcheilte
Mitten er Elis' Stadt und die Völkerschaften der Griechen
Triumphierend und nahm in Anspruch göttliche Ehren.
Narr, der Weltengebraus und den unnachahmbaren Blitzstrahl
Ähneln wollte mit Erz und dem harten Hufschlag der Rosse.
Aber es schwang sein Geschoß der allmächtige Vater aus düstern
Wolken herab, nicht Fackeln und nicht eines rauchenden Kienspans
Flackern, und schleuderte ihn kopfüber im Wirbel zu Boden.
Auch den Tityos sah man, der allgebärenden Erde
Pflegling, dessen Leib sich weithin über neun Hufen
Streckte; ein riesiger Geier zerhackt mit gebogenem Schnabel

Seine unsterbliche Leber, das immer wieder zur Strafe
Wachsende Fleisch, drin wühlt er nach Fraß und haust in der hohlen
Brust und gönnt keine Ruhe dem neu sich bildenden Nachwuchs.
Nenn' ich Pirithous noch und Ixion, die beiden Lapithen?
Über ihnen hängt droben ein Fels, als wollte er jetzt schon,
Jetzt schon fallen; es glänzen daneben an üppigen Pfühlen
Goldene Lehnen, ein Mahl steht vor den Blicken bereitet
Königlich reich; doch hockt daneben der Furien höchste
Und verwehrt, die Hand nach den Speisen zu strecken, sonst springt sie
Jäh mit geschwungener Fackel empor und mit donnerndem Munde.
Weiter, wer seine Brüder verfolgt' in den Tagen des Lebens,
Wer seinen Vater verstieß und den Schützling trugvoll umgarnte,
Oder wer gierig, allein auf erworbenen Schätzen gelagert,
Nichts den Seinigen gab – wie sind doch ihrer so viele! –,
Dann, wer im Ehebruch starb und wer sich feindlichen Waffen
Anschloß und ungescheut dem Herrn die Treue gebrochen:
Alle die harren hier im Kerker der Strafe. O forsche
Nicht, welche Strafe sie trifft und wie sie dem Schicksal verfielen.
Einer wälzt mächtige Felsen, ein andrer ward über des Rades
Speichen geflochten, hier sitzt und wird in Ewigkeit sitzen
Theseus, der Unglücksel'ge, und Phlegyas, kläglich im Elend,
Mahnt sie alle; sein Ruf durchdröhnt beschwörend die Schatten:
›Laßt euch warnen und handelt gerecht und ehret die Götter.‹
Dieser verriet um Gold sein Land, und einen Tyrannen
Drang er ihm auf, und für Geld erließ er und tilgte Gesetze;
Der da drang in der Tochter Gemach zu verbotner Verbindung:
Alle die wagten Frevel, und sie genossen ihr Wagnis.
Hätte ich hundert Zungen und hundert Kehlen und wäre
Meine Stimme von Erz, ich könnte die Frevel nicht alle
Melden und nicht die Namen von all den Strafen berichten.«
  Sprach's, und wieder begann die greise Prophetin des Phoebus:
»Nun aber auf, und schreite dahin und vollführe den Auftrag;
Eilen wir«, rief sie, »schon seh' ich die Mauern, die die Kyklopen
In ihrer Esse geschmiedet, und auch des Tores Gewölbe,
Wo uns ein hohes Gebot befiehlt, die Gabe zu reichen.«
Sprach's, und beide zugleich durchschreiten die düsteren Pfade,
Eilen den Weg voran und sind schon nahe den Pforten.

Und zum Eingang gelangt, besprengt Aeneas mit frischem
Wasser den Leib und heftet den Zweig gleich vorn an die Schwelle.
Erst als dieses vollbracht und der Göttin die Gabe gespendet,
Kamen sie zu den Gefilden der Wonne und lieblichen Auen,
Wo die Sitze der Frommen und glückbeseligte Haine.
Reicher nun kleidet der Äther mit purpurnem Licht die Gefilde
Rings, wo sie eigene Sonne und eigene Sterne erblicken.
Einige üben daselbst die Glieder auf grasigem Grunde,
Messen sich dort im Spiel und ringen auf gelblichem Sande;
Andere schwingen die Füße im Reigen bei schönen Gesängen.
Thraziens Priester in langem Gewande begleitet die Weisen
Mit dem Klange der Leier auf sieben verschiedenen Saiten,
Bald mit den Fingern und bald mit elfenbeinernem Stäbchen.
Hier ist das alte Geschlecht des Teukrus, die herrlichen Enkel,
Hochgesinnte Heroen, geboren in besseren Zeiten,
Ilus, Assarakus auch und Dardanus, Trojas Begründer.
Waffen bewundert er fern und leere Heldengespanne,
Lanzen stehn, in den Boden geheftet, und ledige Rosse
Weiden zerstreut auf der Flur. Die Lust an Waffen und Wagen,
Die sie im Leben beseelt, die Sorge, womit sie die prächt'gen
Rosse gepflegt, sie bleiben auch unter der Erde den Toten.
Andre noch sieht er rechts und links auf dem Rasen gelagert,
Wie sie schmausen und froh den Paean singen im Chore
Durch den duftenden Hain der Lorbeerbäume, wo droben
Niederfließt durch den Wald des Eridanus mächtige Strömung.
Weiter weilen hier jene, die für ihr Vaterland kämpfend
Bluteten, Priester auch, die rein im Leben gewandelt,
Alle Sänger, die fromm den Phoebus im Liede gepriesen.
Alle, die durch Erfindung und Kunst das Leben veredelt
Und die sich Nachruhm sonst im Herzen der Menschen gesichert:
Alle sie tragen die Schläfen mit schneeweißen Binden umwunden.
Und zu den Scharen ringsum begann die Sibylle zu reden,
Doch zu Musaeus zunächst (er stand in dem dichtesten Haufen,
Und seine ragende Größe ließ ihn vor allen erblicken):
»Nennt mir, ihr seligen Geister, und du, hochherrlicher Sänger,
Gegend und Ort, wo sich Anchises befindet; für ihn nur
Kamen wir und durchschifften des Erebus mächtige Ströme.«
Ihm entgegnete drauf mit wenigen Worten der Heros:

»Keiner hat hier sein Haus; wir wohnen in schattigen Hainen,
Und auf der Böschung der Flüsse, auf quellendurchrieselten Auen
Lagern wir uns. Doch hegt ihr solche Absicht im Herzen,
Steigt dann über die Höh; ich führ' euch auf sicherem Pfade.«
Sprach's und schritt voran und zeigte die lachenden Auen
Ihnen von oben, dann schritten die zwei vom Gipfel hinunter.
Aber der Vater Anchises im Grunde des grünenden Tales
Musterte eifrig die hier umschlossenen Seelen, die wieder
Schreiten sollten hinauf ans Licht, und sonderlich prüft' er
Grade die Zahl der Seinen, die teuren Enkel, ihr Schicksal,
Ihre Bestimmung, ihr Glück und Wollen und Wirken der Männer.
Als er nun sah Aeneas sich nähern über den Anger,
Streckte er freudig bewegt ihm beide Hände entgegen,
Tränen flossen ihm nieder, dem Munde enteilten die Worte:
»Kommst du endlich, und half dir die ständige Liebe zum Vater
Über die Mühen des Weges? Und darf ich dein Antlitz erblicken
Und vertraute Worte vernehmen, o Sohn, und erwidern?
Immer zwar glaubt' ich daran und war im Herzen voll Hoffnung,
Zählte die Stunden, und nicht betrog mich mein festes Vertrauen.
Nach so vielen Leiden und weiter Meere Durchmessung
Bist du mir wiedergegeben, erprobt in vielen Gefahren!
Oh, wie war ich besorgt, es könne dir Libyen schaden!«
Drauf Aeneas: »Dein Bild, dein trauerndes Abbild, mein Vater,
Stand mir so oft vor Augen und zog mich in diese Gefilde.
Am tyrrhenischen Strand liegt schon die Flotte, so reiche,
Reiche mir, Vater, die Hand, entzieh dich nicht meiner Umarmung.«
Strömende Tränen rannen bei diesen Worten ihm nieder.
Dreimal versuchte er um den Hals die Arme zu schlingen,
Dreimal umsonst: Das Bild entfloh den tastenden Händen
Schnell wie der wehende Wind und gleich einem flüchtigen Traumbild.
Doch Aeneas erblickte inzwischen im Grunde des Tales
Einen gesonderten Hain mit flüsternden Büschen im Walde
Und den Lethestrom, der an friedlichen Sitzen vorbeifließt.
Ringsher schwärmten um ihn zahllose Geschlechter und Völker,
Wie auf Triften und Auen im heiteren Sommer die Bienen
Vielerlei Blumen umfliegen und sich um der Lilien Schimmer

Tummeln; von ihrem Summen ertönt das ganze Gefilde.
Von dem Gesicht erschreckt, erforscht Aeneas die Gründe;
Ist ihm doch nicht bekannt, was hier für Flüsse vorbeiziehn
Und welch Männergewühl so weit die Ufer umtummelt.
Drauf der Vater Anchises: »Die Seelen, denen vom Schicksal
Neue Körper bestimmt, die schlürfen am Ufer der Lethe
Kummerverscheuchendes Naß und trinken langes Vergessen.
Diese dir kund zu tun und deinen Blicken zu zeigen,
Wünschte ich längst, und dir den Stamm der Meinen zu deuten,
Daß dich mit mir noch mehr das entdeckte Italien freue.«
»Vater, ist es zu glauben, daß einige Seelen aufs neue
Aufwärts schweben von hier zurück in sterbliche Leiber?
Warum tragen die Armen nach Licht so grause Begierde?«
»Sohn, das will ich dir sagen und nicht im Zweifel dich lassen«,
Sprach Anchises und machte ihm alles der Reihe nach deutlich.
»Erstlich ernährt den Himmel, das Land und die Wassergefilde
Und den titanischen Stern und die leuchtende Kugel des Mondes
Alle von innen ein Geist, und alle Glieder durchströmend,
Wirkt er als Seele des Alls, mit dem riesigen Leibe vereinigt.
Daher stammt das Geschlecht der Menschen, der Tiere und Vögel
Und was an Ungeheuern sich birgt im schimmernden Meere.
Feurige Lebenskraft und himmlischer Ursprung sind allen
Keimen eigen, soweit nicht schädliche Körper sie lähmen
Und kein irdisch Gelenk oder sterbliche Glieder sie schwächen.
Daher Furcht und Begierde und Schmerz und Freude; sie schauen
Nicht mehr aufwärts zum Licht, von finsterem Kerker umschlossen,
Ja, selbst wenn ihr Leben am letzten Tage dahingeht.
Dennoch verläßt die Armen nicht alles Übel, nicht willig
Jede Vergiftung des Leibes; unfehlbar mußte ja vieles
Wunderlich tief im Laufe der Zeit mit ihnen verwachsen.
Darum werden sie so durch Strafen geläutert und müssen
Alle Vergehungen büßen. Die einen schweben den Winden
Ausgespannt entgegen, und andre läutern in tiefem
Strudel oder im Feuer sich von den haftenden Sünden.
Jeder von uns muß büßen nach seinem Innern, und dann erst
Winkt Elysium ihm, doch wird seine Wonne nicht vielen,
Bis sie nach langer Frist im Kreise der Zeiten sich endlich
Von ihrem Makel befreit und wieder völlig geläutert

Nur ihr himmlischer Geist und feuriger Äther zurückbleibt.
Diese alle, sobald an tausend Jahre verronnen,
Ruft in Scharen ein Gott herbei zu den Fluten der Lethe,
Daß sie erinnerungslos dann wieder die Wölbung des Himmels
Schauen und neu zurück in andre Leiber sich sehnen.«
So Anchises und zog den Sohn mitsamt der Sibylle
Mitten durch das Getümmel der schwirrenden Schatten, und selber
Stieg er auf einen Hügel, von wo er der Reihe nach alle
Nah erkennen konnte und fern der Kommenden Antlitz:
»Zeigen will ich dir jetzt, welch Ruhm die Troer erwartet,
Welche Enkel dir noch vom Italerstamme entsprießen.
Seelen gar reich an Ruhm und Erben unseres Namens,
Die offenbare ich dir, dazu auch dein eigenes Schicksal.
Jener Jüngling, der dort sich stützt auf die ehrende Lanze
Und seinen Platz zunächst dem Licht erloste, der wird auch
Steigen zum Äther zuerst, vermischt mit italischem Blute,
Silvius, spät dir geboren, er trägt albanischen Namen;
Dir im Alter wird Lavinia, deine Gemahlin,
Spät ihn in Wäldern als König und Ahn von Königen aufziehn.
Daher wird unser Geschlecht einst Alba longa gebieten.
Neben ihm siehst du Prokas, den Stolz des troischen Volkes,
Capys und Numitor auch und Aeneas Silvius, deines
Namens Erneuerer, gleich in Waffen und Frömmigkeit ruhmvoll,
Wenn er dereinst die Herrschaft von Alba longa erlangte.
Was für Jünglinge! Schau, wie sie so kräftig da prangen
Und mit der Bürgerzier des Eichenkranzes umschattet!
Gabii werden sie dir, Nomentum, die Feste Fidena
Und Collatinas Mauern dereinst auf den Bergen erbauen,
Inuus' Burg, Pometii auch, nebst Bola und Cora:
Namhafte Städte dereinst, heut namenlose Gebiete.
Dann wird zu dem Ahn der Mars-Sohn Romulus treten,
Den aus Assarakus' Blut die Mutter Ilia aufzieht.
Siehst du den Doppelbusch sich ihm zu Häupten erheben,
Wie ihn Gottvater selbst mit göttlichen Ehren verherrlicht?
Siehe, in seinem Zeichen wird einst die erhabene Roma
Über den Erdkreis herrschen, in himmelhoher Gesinnung;
Sieben Festen wird sie mit bindender Mauer umgürten,
Heldensippengesegnet, gleichwie die Mutter der Götter

Turmbekrönt auf dem Wagen durchfährt die phrygischen Städte,
Stolz auf die göttlichen Kinder und hundert Enkel umarmend,
Himmelsbewohner sie alle, behaust in den Höhen da droben.
Wende nunmehr den Blick und schau da drüben die Sippe
Deiner Römer; da siehst du Caesar und deines Iulus
Ganzes Geschlecht, bestimmt, dereinst in den Himmel zu steigen.
Der, ja der ist der Mann, der dir so häufig verheißen,
Caesar Augustus, des Göttlichen Sohn, die goldenen Zeiten
Bringt er nach Latium wieder, wo einst Saturnus regierte.
Fern über Garamanten und Inder wird er des Reiches
Grenzen dehnen; das Land liegt außerhalb der Gestirne,
Außer der Jahresbahn der Sonne, wo Atlas den Himmel
Trägt und auf den Schultern läßt kreisen das Sternengewölbe.
Seiner Ankunft gewiß, erschreckt durch Götterbescheide,
Beben schon kaspische Reiche und auch die mäotische Steppe;
Unruhig bangen die Ufer des siebenmündigen Nilus.
Wahrlich, nicht soviel Lande hat der Alkide durchmessen,
Ob er die Hindin erlegte mit ihren ehernen Hufen,
Ob Erymanthus' Wälder er sicherte oder der Lerna
Drachen erschoß, nicht Bacchus, der nach dem Gipfel von Nysa
Lenkte sein Tigergespann mit Rebenranken als Sieger.
Und da säumen wir noch, durch Taten den Ruhm zu erhöhen?
Oder hindert uns Furcht, Ausoniens Land zu betreten?
Wer aber trägt da fern, bekränzt mit dem Zweig der Olive,
Heilig Gerät? Wohl kenn' ich im grauen Haare und Barte
Dort den römischen König, der auf Gesetzen die junge
Stadt begründet, entsandt zu großer Herrschaft vom kleinen
Cures, dem dürftigen Land. Nach ihm aber sehe ich Tullus,
Der die Muße verscheucht, das Land aus der Ruhe emporreißt
Und die triumphentwöhnten und lässigen Männer aufs neue
Ruft zu den Waffen. Es folgt ihnen Ancus voll Hoffart, der jetzt schon
Allzu begierig hascht nach ungleich wechselnder Volksgunst.
Willst du noch sehen dazu die Tarquinierherrscher, des Rächers
Brutus erhabene Seele, die neu übernommenen Faszes?
Der wird das Konsulamt zuerst und die strafenden Beile
Übernehmen, als Vater die kriegerneuernden Söhne
Selbst der Strafe weihen, der heiligen Freiheit zu Liebe,

Unglückselig, wie auch die Tat von der Nachwelt beurteilt:
Mächtige Ruhmbegierde und Vaterlandsliebe bleibt Sieger.
Druser und Decier schau, Torquatus auch drüben mit grimmem
Beil und Camillus dazu, der neu die Standarten erobert.
Jene jedoch, die dort im Glanz der Waffen erschienen,
Noch einträchtige Seelen, solang das Dunkel sie fesselt,
Wehe, wie werden sie sich so wild bekriegen, sobald sie
Droben im Licht, wie werden sie Kampf und Verderben entfesseln
Beide: der Schwäher, der dort vom Alpenwall und von Monoecus'
Burg sich naht, und drüben der Eidam mit östlichem Kriegsvolk.
Kinder, gewöhnt doch nicht den Sinn an so schreckliche Kämpfe,
Wendet nicht gegen das Herz der Heimat die mächtigen Kräfte.
Übe Gnade zuerst du, Caesar, Götterentstammter,
Senke die Waffen, mein Blut!
Der da, Erobrer Korinths, er lenkt im Triumphe den Wagen
Aufwärts zum Kapitol, der große Achaeerbesieger.
Jener wird Argos stürzen und Agamemnons Mykenae
Und auch den Aeakus-Enkel vom Stamme des Helden Achilles,
Trojas Ahnen zu rächen und Pallas' geschändete Tempel.
Großer Cato, wer könnte denn dich und Cossus vergessen?
Wer des Gracchus Geschlecht und wer des Scipio Sprossen,
Libyens Blitzbesieger, wer kann von Fabricius schweigen,
Stark durch Armut, und wer vom Saatensäer Serranus?
Wohin reißt ihr mich Müden, ihr Fabier? Maximus, du bist
Jener allein, der uns den Staat durch Zögern gerettet!
Andre mögen Gebilde aus Erz wohl weicher gestalten,
Dünkt mich, und lebensvoller dem Marmor die Züge entringen,
Besser das Recht verfechten und mit dem Zirkel des Himmels
Bahnen berechnen und richtig den Aufgang der Sterne verkünden:
Du aber, Römer, gedenke die Völker der Welt zu beherrschen
(Darin liegt deine Kunst) und schaffe Gesittung und Frieden,
Schone die Unterworfnen und ringe die Trotzigen nieder.«

Also der Vater Anchises und sprach zu den Staunenden ferner:
»Schau, wie Marcellus dort im Schmuck der herrlichsten Beute
Schreitet und unter der Menge der Männer als Sieger hervorragt!
Der wird den römischen Staat im wirren Lärme der Waffen
Ritterlich schirmen, der Punier und Gallier Aufruhr besiegen,
Weihen dem Vater Quirinus die dritten erbeuteten Waffen!«

Da aber rief Aeneas – er sah ja jenem zur Seite
Einen herrlichen Jüngling, geschmückt mit funkelnden Waffen,
Aber die Stirn umwölkt, den Blick zu Boden geheftet –:
»Wer denn, Vater, schreitet dort so dem Helden zur Seite?
Ist es sein Sohn oder einer vom hohen Stamme der Enkel?
Wie umjauchzt ihn sein Troß! Wie ist er so edel gebildet!
Aber sein Haupt umschwebt die Nacht mit finsteren Schatten.«
Doch mit stürzenden Tränen begann der Vater Anchises:
»Forsche doch nicht, mein Sohn, nach der bitteren Trauer der Deinen:
Zeigen nur wird ihn der Welt das Schicksal, aber nicht lange
Leben lassen; zu mächtig erschien wohl, ihr himmlischen Götter,
Euch das Römergeschlecht, blieb solch eine Gabe ihm eigen.
Welche Männerklage wird sich vom Marsfeld erheben
Zu der mächtigen Stadt! Welch Trauergepräng, Tiberinus,
Wirst du schauen, wenn du am frischen Grabe vorbeifließt!
Nein, kein anderer Sproß wird je aus ilischem Stamme
Latiums Väter so sehr mit Hoffnung erfüllen, und niemals
Wird sich Romulus' Land eines ähnlichen Sohnes erfreuen.
Ach, welch frommer Sinn, welch alte Treue, welch starke
Unbesiegbare Faust! Nie hätte jemand sich straflos
Seinen Waffen gestellt, ob er zu Fuß auf die Feinde
Stürmte oder die Sporen dem schäumenden Rosse gegeben.
Ärmster Knabe, ach daß du das rauhe Schicksal nicht zwangest!
Du wirst Marcellus dereinst! Mit Lilien füllt mir die Hände,
Purpurne Blüten will ich ihm streun und die Seele des Enkels
Doch zumindest noch so mit Gaben behäufen, so eitel
Diese Spende auch ist.« So schweiften sie rings in der Weite
Hin durch die luftige Flur und betrachteten alle Gebilde.
Wie nun Anchises den Sohn durch jegliches also geleitet
Und ihm die Seele entflammt mit Lust zu künftigem Ruhme,
Spricht er ihm von den Kriegen, die ihn in Bälde erwarten,
Nennt die laurentischen Völker und auch die Stadt des Latinus,
Und wie er jegliche Not vermeide oder bestünde.
Zwiefach sind die Pforten der Träume: Die eine sei hörnern,
Sagt man, aus ihr entschwingen sich leicht die wahren Gebilde;
Schimmernd aus Elfenbein ist die andere Pforte gefertigt,
Ihr entsenden die Manen die falschen Träume nach oben.
Unter solchen Gesprächen geleitet Anchises Aeneas

Und die Sibylle und sendet sie fort durch die Elfenbeinpforte.
Rasch zur Flotte enteilte der Held und fand die Gefährten,
Dann dem Gestade entlang erreicht er den Hafen Cajeta.
(Vorn sinkt der Anker herab, und es liegen die Kiele am Ufer.)

SIEBENTER GESANG

Du auch hast im Tode, Aeneas' Amme Cajeta,
Unvergänglichen Ruhm mit unserm Gestade verbunden.
Heut an dem Platze noch haftet dein Preis, und deine Gebeine
Rühmen so deinen Namen noch weit in Hesperiens Gauen.
Als nun der fromme Aeneas nach Brauch die Bestattung vollendet
Und den Hügel getürmt, da jetzt des Meeres Gewässer
Ruhten, spannt er die Segel zur Fahrt, und den Hafen verläßt er.
Gnädig wehen die Lüfte bei Nacht, auch silbernes Mondlicht
Sichert den Lauf, es leuchten des Meeres glitzernde Fackeln.
Näher rücken bereits des circaeischen Landes Gestade,
Wo die unnahbaren Haine des Helios mächtige Tochter
Ständig mit ihrem Gesange erfüllt und in stolzen Gemächern
Zur Erleuchtung der Nacht die duftende Zeder entzündet,
Wenn sie mit tönendem Kamm durchquert das weiche Gewebe.
Dorther war das Brüllen von zornigen Löwen vernehmbar,
Die, der Gefangenschaft satt, die nächtige Stille durchdröhnten,
Auch die borstigen Schweine und in den Zwingern die Bären
Wüteten, laut erscholl das Heulen riesiger Wölfe,
Die aus Menschengestalt durch Zauberkräuter die grimme
Göttin Circe in Leiber von wilden Tieren verwandelt.
Daß nun solch Graus nicht auch die frommen Troer befalle,
Falls sie dem bösen Gestade und seinem Hafen sich nahten,
Schwellte alsbald Neptun die Segel mit günstigem Winde,
Ließ sie entfliehen und führte sie an der Brandung vorüber.
  Schon aber röteten Strahlen das Meer, und oben im Äther
Glänzte in rosigem Wagen die safrangoldne Aurora,
Als die Winde sich legten und all ihr Wehen auf einmal
Wich und schwer die Ruder in marmorner Glätte sich mühten.
Da gewahrte Aeneas vom Meer aus einen gar großen
Hain. Aus seiner Mitte entsandte der Strom Tiberinus
Seine prächtige Flut in reißenden Wirbeln zum Meere,
Gelb gefärbt von Sand. Vielfältig umher und darüber
Schwebten, wohl vertraut mit dem Strand und dem heimischen Strombett,
Vögel und füllten den Äther und Hain mit süßem Gesange.
Seitwärts zu biegen den Lauf und die Kiele zum Ufer zu richten

Heißt er die Freunde und gleitet erfreut in die Schatten des Stromes.
Auf nun, o Muse, und laß mich verkünden, welche Gebieter,
Welcherlei Zeit und Zustand im alten Latium herrschte,
Als an ausonischer Küste zuerst der Fremdlinge Schiffsmacht
Landete, und erinnre mich an der Kämpfe Beginnen!
Göttin, belehre du selber den Seher, denn schreckliche Kriege
Sing' ich, ich singe von Heeren und Königen, blutig entschlossen,
Und von tyrrhenischer Macht und vom ganzen waffengeeinten
Italerland. Da wächst mir höher die Folge der Taten,
Höher entrollt sich mein Werk. Der König Latinus beherrschte
Alt schon in dauernder Ruhe die friedlichen Lande und Städte.
Sohn des Faunus hieß er; Marica, die Nymphe Laurentums,
Habe ihn ihm geboren. Des Faunus Vater sei Picus,
Der nennt dich, Saturn, den Urahn seines Geschlechtes.
Keinen Sohn mehr gönnte noch männlichen Erben dem König
Göttlicher Wille, er ward ihm in blühender Jugend entrissen.
Haus und Herrschaft bewahrte ihm seine einzige Tochter,
Reif schon für den Gemahl und schon in bräutlichem Alter.
Viele aus Latiums Gaun und dem ganzen Ausonierlande
Warben um sie, es warb vor allem der schönste von ihnen,
Turnus, durch Väter und Ahnen erlaucht. Des Königs Gemahlin
Wünschte zum Eidam ihn schon längst mit erstaunlichem Eifer,
Aber gar schlimme Zeichen der Götter standen dagegen.
Mitten stand im Palast im Säulenhofe ein Lorbeer
Heilig belaubt, voll Scheu schon viele Jahre erhalten;
Selber fand ihn, so geht die Sage, der König Latinus,
Als er die Burg errichtet', und weihte den Lorbeer dem Phoebus,
Und er nannte nach ihm die Siedler mit Namen Laurenter.
Bienen umflogen einst, o Wunder, den Gipfel in dichtem
Schwarme mit lautem Gesumm durch die heiteren Lüfte und ließen
Sich dort nieder, und dann, aneinander die Füße geklammert,
Hingen sie traubenförmig urplötzlich vom Aste hernieder.
Gleich aber rief ein Seher: »Von fernen Landen erblick' ich
Einen sich nahenden Mann; sein Heer aus nämlicher Richtung
Dringt auch in nämlicher vor und herrscht dann hoch auf der Feste.«
Dann, als Lavinia einst, die Jungfrau, zur Seite des Vaters
Stand, wie er die Altäre mit heiligem Kienspan entzündet',
Schien – entsetzlich – ein Feuer ihr wallendes Haar zu ergreifen

Und ihr gesamter Schmuck in prasselndem Feuer zu lohen;
Und ihr königlich Haar entflammt, die juwelenverzierte
Krone brennt, und sie selbst, in Rauch und gelbliche Flamme
Eingehüllt, versprüht die Lohe im ganzen Palaste.
Dieses Wunderzeichen erschien von schlimmer Bedeutung.
Sie zwar selber würde durch Ruhm und Schicksal verherrlicht,
Sangen die Seher, doch drohten dem Volke entsetzliche Kriege.
Doch von den Zeichen erschreckt, begibt sich der König zu seines
Deutenden Vaters Orakel, des Faunus, und forscht in dem Haine
Unter Albuneas Quell, der höchsten Nymphe der Wälder,
Die mit heiliger Flut und Schwefeldünsten im Schatten
Rauscht; die italischen Völker und rings die oenotrischen Lande
Holen in Nöten hier Rat. Wenn hier der Priester geopfert
Und in der Stille sich dann auf hingeschlachteter Schafe
Ausgebreitete Felle gebettet und Schlummer erbeten,
Schaut er, wie wunderbar seltsam ihn viele Gebilde umschweben,
Hört auch vielerlei Stimmen, und Zwiesprach darf er mit Göttern
Pflegen und tief im Avernus auch mit dem Acheron reden.
Als der Vater Latinus nun hier um Orakel gebeten,
Hundert wollige Schafe nach Brauch geschlachtet, so streckte
Er sich oben auf die hingebreiteten Felle;
Gleich erscholl eine Stimme ihm aus der Tiefe des Haines:
»Nicht mit latinischen Freiern sollst du die Tochter vermählen,
O du mein Sohn, und traue auch nicht dem bereiteten Brautbett.
Fremde Eidame nahen, ihr Blut wird bis zu den Sternen
Unseren Namen erhöhn; die ihnen entstammenden Enkel
Werden alles, soweit die Sonne steigend und sinkend
Den Okeanus schaut, sich untertan sehen zu Füßen.«
Diesen Bescheid, den so der Vater Faunus in stiller
Nacht ihm warnend erteilt, verbarg Latinus nicht schweigend,
Nein, schon trug ringsum ihn durch Ausoniens Städte
Die geschäftige Fama, als eben die troische Jugend
An dem grasigen Rande des Ufers die Flotte befestigt.
    Hier nun strecken Aeneas, die Fürsten, der schöne Iulus
Unter dem hohen Gezweig von Bäumen zur Ruhe sich nieder,
Rüsten ein Mahl und legen dann unter die Speisen im Grase
Weizenfladen (so war es Juppiters weisender Wille)
Und behäufen die Platten der Ceres mit ländlichen Früchten.

Als nun diese vertilgt und Mangel an Speise sie antrieb,
Auch mit den kärglichen Fladen der Ceres den Hunger zu stillen
Und mit verwegenem Mund und Hand der bedeutsamen Scheiben
Kruste zu brechen und nicht die flachen Platten zu schonen,
»Hei, wir verzehren sogar die Tische!« rief scherzend Iulus,
Sonst nichts weiter, und kaum daß diese Worte vernommen,
Schwand ihre Sorge dahin. Sein Vater nahm es dem Sprecher
Rasch von den Lippen und fühlte mit Staunen ein göttliches Walten.
»Heil«, so rief er sofort, »du mir vom Schicksal verheißnes
Land! Und Heil auch euch, ihr treuen Penaten von Troja!
Hier ist Heimat und Haus. So hat mir mein Vater Anchises,
Wohl erinnre ich mich, als dunkles Schicksal verheißen:
›Wenn dich Hunger dereinst, mein Sohn, an fremden Gestaden
Zwingt, nach genossenem Mahl auch noch die Tische zu essen,
Danach magst du erschöpft dir Wohnung erhoffen, und dort auch
Baue zuerst und umschanze mit festen Wällen die Siedlung.‹
Das also war der Hunger, der uns am Ende erwartet,
Um uns den Abschluß der Nöte zu zeigen.
Auf denn! Laßt uns fröhlich beim ersten Strahle der Sonne
Ausziehn, zu erkunden das Land, die Bewohner und Städte,
Und wir wollen vom Hafen uns rings in der Gegend verstreuen.
Spendet dem Juppiter nun aus euren Schalen, und betend
Ruft zum Vater Anchises, und Wein bringt wieder zur Mahlzeit.«
Also rief er und kränzte die Stirn mit laubigen Zweigen,
Flehte zum Schutzgeist des Ortes und dann zu der ältesten Göttin,
Tellus, der Erde, sodann zu den Nymphen und auch zu den Flüssen,
Die ihm noch fremd, zur Nacht und ihren steigenden Sternen.
Juppiter auch vom Ida, danach die phrygische Mutter
Ruft er und seine Eltern im Himmel und Erebus beide.
Dreimal donnerte da der allmächtige Vater aus heiterm
Himmel, und eine Wolke mit golden strahlendem Lichte
Reckte mit schüttelnder Hand er leuchtend hervor aus dem Äther.
Plötzlich durchläuft ein Gerücht die Schar der Troer: Gekommen
Wäre der Tag, um nun die verheißenen Mauern zu gründen.
Eifrig rüsten sie neu das Mahl, des mächtigen Zeichens
Froh; sie bringen die Krüge herbei und umkränzen die Becher.
Als nun der junge Tag mit ersten Strahlen den Landen
Leuchtete, werden die Stadt, die Gebiete und Ufer des Volkes

Rings durchspäht, man erfuhr, dies sei der Sumpf des Numicus,
Hier der Thybrisstrom, dort wohnen tapfre Latiner.
Aber der Sohn des Anchises erwählt aus sämtlichen Scharen
Hundert Gesandte und heißt sie zur prächtigen Feste des Königs
Schreiten, alle mit Zweigen der Pallas, von Binden umwunden,
Gaben dem Manne zu bringen und Frieden den Teukrern zu sichern.
Unverzüglich folgen sie diesen Befehlen und eilen
Fort; er selbst umzieht mit niedrigem Graben die Mauern
Und befestigt den Ort, umschanzt am Strande die ersten
Häuser nach Lagerart mit Zinnen und ragenden Wällen.
Schon ist der Weg durcheilt, da sahen sie schon der Latiner
Türme und ragende Bauten und kamen den Mauern schon näher.
Vor der Stadt sind Knaben und blühende Jugend beschäftigt,
Rosse zu tummeln und Wagen im Staube sicher zu lenken.
Andere spannen die Bogen zu straffem Schusse und schwingen
Schlanke Lanzen und fordern einander zu Wettlauf und Faustkampf.
Und schon bringt ein Bote auf raschem Rosse dem alten
König zu Ohren, es seien gar seltsam gekleidete, starke
Männer erschienen. Da ließ sie der Herrscher zu seinem Palaste
Laden und setzte sich mitten im Saal auf den Thron seiner Väter.
Herrlich hob sich ein Haus, von hundert Säulen getragen,
Ragend über der Stadt, der Palast des laurentischen Picus,
Schauervoll durch Wälder und fromme Verehrung der Ahnen.
Hier zu empfangen das Szepter, die ersten Faszen zu heben
War der Könige Brauch; hier war der Ratsaal und Tempel,
Hier der Ort für das heilige Mahl, hier pflegten die Väter
Nach dem Opfer des Widders an langen Tafeln zu sitzen,
Hier der Reihe nach standen auch Bilder früherer Ahnen,
Alt, aus Zedern geschnitzt, hier Italus, Vater Sabinus,
Der die Rebe gepflanzt, sein Bild noch zeigte die Sichel,
Auch Saturnus, der Greis, des Janus doppeltes Antlitz
Standen vorn in der Halle, auch andere Fürsten der Urzeit
Und auch Helden, die Wunden im Kampf für die Heimat empfangen.
Auch viel Kriegsgerät, an heilige Pfosten geheftet,
Hing mit erbeuteten Wagen, daneben gebogene Äxte,
Helme mit wallenden Büschen, gewaltige Schlösser von Toren,

Lanzen und Schilde und Schnäbel, den feindlichen Schiffen entrissen.
Mit dem Quirinus-Stab, das kleine, kürzere Staatskleid
Aufgeschürzt, saß da, den leichten Schild an der Linken,
Picus, der Rossebezähmer; ihn hatte begierig umbuhlend
Circe mit goldener Rute berührt und mit giftigem Zauber
Ihn zum Vogel gewandelt mit buntbesprenkelten Flügeln.
Hier in diesem Tempel der Göttin thronte Latinus
Auf dem Sitze der Ahnen und lud in die Halle die Teukrer.
Als sie gekommen, begann er selbst mit freundlicher Miene:
»Sprecht, ihr Dardanussöhne – denn fremd ist weder die Stadt uns
Noch euer Volk, und wir hörten von eurer Meerfahrt und Ankunft –,
Was ist euer Begehr? Welch Grund und welches Bedürfnis
Hat eure Schiffe durchs Meer an Ausoniens Ufer getrieben?
Habt ihr den Weg verfehlt und haben euch Stürme verschlagen,
Wie es ja häufig den Schiffen auf hohem Meere begegnet,
Daß in den Fluß ihr fuhrt und euch im Hafen verankert?
Fliehet das Gastrecht nicht, verkennt auch nicht die Latiner,
Die des Saturnus Geschlecht, das ohne Zwang und Gesetze
Billig verfährt, nein, gern an altem Gottesbrauch festhält.
Auch entsinn' ich mich wohl (doch Jahre verdunkeln die Sage),
Daß aurunkische Greise erzählt, wie Dardanus, dieser
Gegend entstammt, gelangt zu den phrygischen Städten am Ida
Und zu dem thrazischen Samos, das jetzt Samothrake geheißen.
Hier vom tyrrhenischen Sitz zog er aus Corythus von dannen.
Nun aber thront er verklärt im himmlischen Reiche der Sterne
Und hat unter der Zahl der Götter eigne Altäre.«
Sprach's, und als er vollendet, erwidert Ilioneus also:
»König, du glorreicher Sproß des Faunus, weder ein dunkler
Sturm zwang uns, durchs Meer an eure Küste zu flüchten,
Auch hat kein Gestirn, kein Ufer uns irregeleitet,
Nein, wir alle nahen mit Absicht und willigen Herzens
Dieser Stadt, vertrieben aus eigenem Lande, das einstens
Aufwärts steigend die Sonne als das gewaltigste schaute.
Juppiter ist der Ahn des Volkes, die troische Jugend
Rühmt sich von Juppiters Stamm, und selber von Juppiter stammend,

Sendet zu deinem Palast uns unser König Aeneas.
Welch ein entsetzlicher Sturm vom wilden Mykenae zu Idas
Fluren getobt, durch welch Verhängnis getrieben die beiden
Teile der Welt, Europa und Asien, kämpfend sich maßen,
Das vernahm selbst der, den des Okeanus Kreisung
Trennt auf entlegenstem Land, auch wen der glühenden Sonne
Raum inmitten der vier umgürteten Zonen geschieden.
Solcher Verheerung entflohen durch so viel Wüsten des Meeres,
Flehn wir um mäßigen Raum für die heimischen Götter an sichrem
Uferland und um Wasser und Luft, die allen gemeinsam.
Nicht gereichen wir je dem Reich zur Schande, nicht wenig
Steigt euer Ruhm, nie schwinde der Dank für edle Gewährung,
Nie soll Ausoner es reuen, die Troer im Schoße zu hegen.
Wahrlich, bei dem Geschick und der mächtigen Hand des Aeneas,
Ob sie nun einer im Bunde, im Krieg oder Waffen erprobte:
Viele Völker und Stämme (nicht achte uns darum geringer,
Weil wir flehend mit Binden und bittenden Worten uns nahen)
Haben begehrt und gewünscht, sich eng mit uns zu verbinden,
Aber Bestimmung der Götter und ihre Gebote befahlen,
Eure Lande zu suchen. Von hier stammt Dardanus, hierher
Ruft er uns heim, uns drängt mit hehrer Weisung Apollo
Zum tyrrhenischen Thybris und heiligen Quell des Numicus.
Beut dir doch auch Aeneas aus früherem Reichtum geringe
Gaben: Angedenken, aus Trojas Flammen gerettet.
Hier das Gold, aus dem am Altare Anchises gespendet,
Hier des Priamus Tracht, in der er versammelten Völkern
Recht nach Sitte gesprochen, sein Szepter, den heiligen
Kopfschmuck,
Auch Gewänder, gewebt von ilischen Frauen.«
Bei des Ilioneus Worten hält König Latinus die Blicke
Fest zu Boden gesenkt, und unverrückbar verharrte
Dort sein starrendes Auge, und keine Purpurgewänder
Rühren den König und nicht so sehr des Priamus Szepter,
Als er sinnend verweilt bei seiner Tochter Vermählung;
Und im Herzen erwägt er des alten Faunus Orakel:
Das sei also der Fremde aus fernem Lande, vom Schicksal
Ihm zum Eidam bestimmt und zur Herrschaft berufen mit
gleichem

Rechte, von ihm erblühe dereinst ein tapferes, hehres
Zukunftsgeschlecht, das stark die ganze Erde beherrsche.
Endlich ruft er erfreut: »Blickt gnädig auf unser Beginnen,
Götter, und eure Verkündung. Dir, Troer, gewähr' ich die Bitte,
Nehme auch eure Geschenke. Und unter dem König Latinus
Soll euch reiches Gefilde und Trojas Fülle nicht fehlen.
Trägt nun Aeneas selber nach uns so großes Verlangen,
Gastfreundschaft zu schließen und Bundesgenosse zu heißen,
Komme er nur und scheue sich nicht vor dem Antlitz des Freundes;
Friede beginnt schon teils, berühr' ich die Hand des Gebieters.
Eilt nun zurück und meldet auch meine Wünsche dem König.
Eine Tochter ist mein, doch sie einem heimischen Manne
Zu vermählen, verbietet sowohl das Vaterorakel
Als auch himmlisches Zeichen: Vom Ausland käme ein Eidam,
Dies sei Latiums Los; sein Blut soll unseren Namen
Bis zu den Sternen erhöhn. Ihn scheint das Schicksal zu fordern,
Glaub' ich, und wünsche ich auch, soweit ich die Wahrheit erahne.«
Sprach's, und nach der Zahl erwählte er Rosse für alle,
Glänzten ihm doch von ihnen dreihundert an ragenden Krippen.
Gleich der Ordnung nach befiehlt er, für jeden der Teukrer
Flüchtige Renner zu bringen, belegt mit Purpurschabracken;
Goldener Brustschmuck fließt den Tieren vom Halse herunter,
Goldbehangen knirschen sie alle in goldne Gebisse;
Für den fernen Aeneas bestimmt er ein ätherentstammtes
Rossepaar vor dem Wagen mit feuerschnaubenden Nüstern,
Jener Rasse, die einst die listige Circe aus ihres
Vaters Gespann erschlich durch Paarung mit irdischer Stute.
Und mit diesen Geschenken und mit der Botschaft des Königs
Eilen die Troer zu Pferde zurück und bringen den Frieden.
Siehe, da kehrte heim aus des Inachus Feste, aus Argos,
Juppiters grimme Gattin und fuhr dahin durch die Lüfte,
Und den frohen Aeneas und seine Dardanerflotte
Sah sie hoch aus dem Äther vom Sikulerfelsen Pachynum,
Sah schon Häuser errichten und wie man dem Lande schon traute,
Wie die Schiffe geräumt. Da blieb sie kummervoll stehen,
Schüttelte zornig das Haupt, und ihr entströmten die Worte:
»Ha, verhaßtes Geschlecht, stets meinem Schicksal entgegen
Stand der Phryger Geschick. Erlag es am Kap von Sigeum?

Konnt' es, bereits gefangen, gefangen werden? Verzehrte
Trojas Flamme auch sie? Doch mitten durch Flammen und
Kämpfe
Fanden sie ihren Weg. Ach, meine Göttermacht, fürcht' ich,
Ist schon ermattet, und hat mein Haß sich wirklich gesättigt?
Nein, ich habe sie selbst der Heimat entrissen und trieb sie
Feindlich durchs Meer, und dort bedrängt' ich die Flüchtlinge immer.
Aber vergeudet sind gegen die Troer des Meeres und Himmels
Kräfte. Was frommten mir nun die Syrten, die Skylla, der grause
Schlund der Charybdis? Sie ruhen nach Wunsch im Bette des
Thybris,
Sicher vor mir und dem Meer. Mars konnte der wilden Lapithen
Sippe vernichten, es hat ja der Vater der Götter das alte
Kalydon selber einst dem Zorne Dianas geopfert;
Und was haben Lapithen und Kalydon Arges verschuldet?
Ich aber, Juppiters hohe Gemahlin, die alles versuchte,
Was ich Ärmste vermocht, die jedes Mittel ergriffen,
Bin von Aeneas besiegt. Doch wenn meine eigenen Kräfte
Nicht genügen, was säum' ich, wo immer mir Hilfe zu holen?
Beug' ich die Himmlischen nicht, so werd' ich den Acheron stürmen.
Sei's drum! Darf ich ihm nicht die latinische Herrschaft verwehren,
Bleibt Lavinia ihm vom Schicksal als Gattin gesichert:
Nun, so darf ich doch noch so prächtige Dinge verzögern,
Darf auch noch die Völker der beiden Herrscher vertilgen.
So um den Preis der Ihren mag Schwäher und Eidam sich einen.
Troer- und Rutulerblut sei deine Mitgift, o Jungfrau,
Deine Hochzeit besorge Bellona. Und Hekuba nicht nur
Fackelschwanger gebar danach ein hochzeitlich Feuer,
Nein, es wird auch der Sproß der Venus ein anderer Paris
Und eine tödliche Fackel dem neuentstandenen Troja.«
Also rief die Grause und schwebte nieder zur Erde,
Rief aus der Furien Haus die Trauergöttin Allecto
Her aus der höllischen Nacht, die Zorn und traurige Fehde,
Hinterhalt liebt und Trug und alle schlimme Verleumdung.
Selbst der Vater Pluton und selbst des Tartarus Schwestern
Hassen dies Scheusal: So sehr kann es sein Antlitz verzerren,
So seine grause Gestalt, so schwarz umwimmelt von Nattern.
Die nun stachelte Juno noch stärker mit folgenden Worten:

»Diesen einen Dienst gewähre mir, nächtige Jungfrau,
Diese Mühe, daß mir nicht Ruhm und Ehre so schmachvoll
Schwinde und nicht die Troer mit Eheanträgen den alten
König Latinus beschwatzen und Italergrenzen besetzen.
Du vermagst zum Streit einträchtige Brüder zu hetzen,
Häuser durch Haß zu zerrütten und Totenklagen und Jammer
In die Kammern zu bringen, du hast ja zahllose Namen,
Zahllose Mittel zu schaden; so schüttle den fruchtbaren Busen,
Sprenge den feindlichen Bund und säe des Krieges Verderben;
Waffen begehre, ja fordre und greife die Jugend des Landes.«
Gleich enteilte Allecto, erfüllt von gorgonischen Giften,
Erst nach Latium hin zu des laurentischen Herrschers
Hohem Palast und umschlich das stille Gemach der Amata,
Die ob der Ankunft der Teukrer und wegen des Turnus Vermählung
Schon in Sorge und Zorn nach Art der Weiber entbrannte.
Eine der Schlangen schleudert ihr gleich die Göttin vom dunklen
Haar in den Busen und birgt sie der Fürstin im innersten Herzen,
Daß, von dem Scheusal rasend, sie alles im Hause verwirre.
Aber zwischen Gewand und glattem Busen ihr gleitend,
Ringelt die Schlange sich ohne Berührung und von der Betörten
Unbemerkt und durchhaucht sie mit giftigem Atem. Zum Goldschmuck
Wird die scheußliche Natter am Hals, zum Bande am langen
Schleier, durchflicht das Haar und irrt um die Glieder geschmeidig.
Während am Anfang die Pest versucht, mit giftigem Geifer
Ihr die Sinne zu trüben und ihr Gebein zu durchglühen,
Und sie Herz und Gefühl ihr noch nicht völlig erfüllte,
Redet die Fürstin noch sanfter und nach der Weise der Mütter;
Heftig beweint sie der Tochter Geschick und die phrygische Ehe:
»Gibt man Lavinia wirklich zur Hochzeit flüchtigen Teukrern,
Fühlst du denn, Vater, kein Mitleid mit dir und der eigenen Tochter?
Noch mit der Mutter, die jener sofort bei günstigem Nordwind
Treulos verläßt und hoch aufs Meer die Jungfrau hinwegraubt?
Hat der phrygische Hirt nicht so Lakedaemon betreten,
Schleppte er Helena nicht, die Ledatochter, nach Troja?
Wo ist dein heiliges Wort, die frühere Sorg' um die Deinen?
Wo der so oft dem Verwandten, dem Turnus, gegebene Handschlag?

Soll den Latinern ein Eidam aus fremdem Lande erstehen,
Steht dies fest und drängt dich des Vaters Faunus Verheißung,
Nun, so eracht' ich als fremd ein jedes nicht unserem Szepter
Untertäniges Land, und das ist die Meinung der Götter.
Und auch Turnus – bedenkst du den ersten Ursprung des Hauses –
Stammt von Akrisius ab und von Inachus, grad aus Mykenae.«
Als sie nun aber sah, daß all ihre Worte vergeblich
Und Latinus nicht wankte, und bis ins innerste Leben
Schon das Furiengift der Schlange sie gänzlich durchströmte,
Da nun durchtobte die Arme, verfolgt von dem mächtigen Zauber,
Rings die Weite der Stadt unbändig in taumelndem Wahnsinn.
Wie wenn unter dem Schwunge der Peitsche der wirbelnde Kreisel
Fliegt in dem leeren Hof, wo sich die Knaben voll Eifer
Solchem Spiele ergeben; der Kreisel, von Schlägen getrieben,
Wirbelt im Bogen dahin, und gaffend staunen von oben
Jüngere Knaben und wundern sich über das fliegende Buchsholz,
Das von den Schlägen belebt: Nicht weniger eilenden Laufes
Stürmt auch Amata mitten durch Städte und trotzige Völker,
Ja, in die Wälder sogar, als wäre sie bacchusbegeistert,
Noch in wilderer Wut und zu noch größerem Greuel
Rast sie dahin und verbirgt die Tochter auf Bergen im Buschwald,
Zu entreißen den Teukrern die Braut und die Ehe zu trennen.
»Euhoë«, ruft sie, »o Bacchus, nur du bist würdig der Jungfrau,
Und so schwinge sie dir zum Preis den laubigen Thyrsos,
Tanze um dich im Chor und weih' dir die heiligen Locken.«
Kunde fliegt auf; und die Mütter, das Herz voll Furiengluten,
Treibt die nämliche Brunst in die neue Behausung der Wälder;
Jede verläßt ihr Haus, gibt Haar und Nacken den Winden,
Andre erfüllen die Luft mit wildem, jauchzendem Heulen,
Fellumgürtet heben sie rebenumwundene Speere.
Mitten darunter schwingt Amata die flammende Fackel
Selber führend und singt für die Tochter und Turnus ein Brautlied;
Blutrot funkelt ihr Blick, und plötzlich mit gellender Stimme
Ruft sie: »Wehe, vernehmt mich all, ihr latinischen Mütter:
Wenn in frommem Gemüt ihr noch für die arme Amata
Liebe hegt, wenn Kummer euch quält um die Rechte der Mütter,
Löst dann die Binden vom Haupt und feiert die Orgien mit mir.«
So durch die Wälder und durch die verlassenen Lager des Wildes

Jagt Allecto die Fürstin umher in bacchantischem Taumel.
Als sie glaubte, es wäre ihr Plan und der keimende Wahnsinn
Sattsam gereift und das Haus des Latinus genügend zerrüttet,
Hebt sich mit schwarzen Flügeln die greuliche Göttin von dannen
Fort zu der ragenden Stadt des kühnen Rutulerfürsten,
Die, vom Sturm verschlagen, einst Danaë, heißt es, gegründet
Mit akrisischen Siedlern. Die Ahnen nannten die Feste
Ardea früher, noch heut wird Ardeas Name gefeiert,
Aber ihr Glanz ist dahin. Und hier im erhabnen Palaste
Pflegte Turnus der Ruh in mitternächtigem Dunkel.
Aber Allecto entledigt sich ihrer Furienglieder
Und des grimmen Gesichts und wird verwandelt zur Greisin,
Furcht mit häßlichen Falten die Stirn, umwindet die weißen
Haare mit einer Binde, umkränzt mit dem Laub der Olive:
Kalybe wird sie, die Greisin, die Tempelpriesterin Junos,
Und so erscheint sie dem Jüngling und läßt sich also vernehmen:
»Turnus, siehst du gelassen, daß so viel Mühe vergebens,
Daß man deine Herrschaft an Dardanersiedler veräußert?
Dir will der König die Ehe und blutig errungenen Brautschatz
Weigern und sucht für das Reich sich einen Erben von auswärts.
Geh, du Verhöhnter, und biete dich danklos neuen Gefahren,
Geh doch, vernichte Tyrrhener und schütze Latiums Frieden.
Dies dir offen zu künden, wenn sanft im Schlummer du daliegst,
Hat mir Saturnia selbst, die gewaltige Göttin, befohlen.
Auf denn! Bewaffne die Mannen und ziehe hinaus aus den Toren
Fröhlich zum Kampf und vernichte die schon am prächtigen Strome
Lagernden phrygischen Fürsten, verbrenne ihr buntes Geschwader.
So befiehlt es der Wille der Götter. Auch König Latinus,
Weigert er dir die Ehe und seines Wortes Erfüllung,
Spüre es selbst und erfahre, was Turnus in Waffen bedeutet.«
Aber der Seherin spottend, begann der Jüngling und sagte:
»Daß eine Flotte am Ufer des Thybris gelandet, die Kunde
Ist meinen Ohren nicht entgangen, wie du vermutest.
Mal mir nicht solche Schrecken! Es wird die Königin Juno
Immer unser gedenken.
Aber vom Alter geschwächt und stumpf schon gegen die Wahrheit,
Quälst du, Mütterchen, dich mit eitlen Sorgen und läßt dich
Bei der Könige Kampf von nichtiger Bangnis betören.

Dir liegt ob, die Tempel und Bilder der Götter zu hüten,
Krieg und Friede betreibe der Mann, zum Kriege berufen.«
Flammender Zorn ergriff bei solcher Rede Allecto.
Plötzlich mitten im Wort befällt den Jüngling ein Schauer,
Und es erstarrt sein Blick; es zischen der Furie Schlangen,
Riesig wächst sie empor; sie rollt die flammenden Augen,
Stößt den Zögernden fort, der noch nach allerlei Worten
Hascht, und reckt empor aus ihren Haaren zwei Schlangen,
Klatscht mit der Geißel und kreischt dazu mit wütender Stimme:
»Schau, wie vom Alter geschwächt und stumpf schon gegen die Wahrheit
Ich bei der Könige Kampf betört von mächtiger Bangnis!
Blicke mich an. Ich komme vom Ort der grausigen Schwestern,
Krieg und Tod in der Hand.«
Rief's und warf auf den Jüngling den Brand, und unter dem Herzen
Heftete sie ihm dann die düster lohende Fackel.
Bebender Schreck entreißt ihn dem Schlaf, ein strömender Angstschweiß
Bricht ihm hervor und rinnt ihm über Körper und Glieder.
Sinnlos brüllt er nach Waffen, sucht Waffen im Lager und Hause;
Gierig verlangt er sein Schwert, und Zorn und wütende Kriegsgier
Rasen in ihm: wie wenn man Reisig mit heftigem Prasseln
Schiebt in die Flamme unter den Bauch eines wallenden Kessels.
Brodelnd siedet das Wasser hoch auf, mit kochender Woge
Quillt im Innern der Schwall und steigt in schäumendem Strudel;
Nicht zu bändigen, fliegt das Wasser als Dampf in die Lüfte.
Nun, da der Friede gestört, beruft er die Häupter der Mannen
Gegen den König Latinus zur Heerfahrt und heißt sie sich rüsten
Und Italien schützen, den Feind aus den Grenzen verdrängen;
Sei er doch beiden gewachsen, den Teukrern mitsamt den Latinern.
Als er solches gesagt und heiß zu den Göttern gebetet,
Rufen die Rutuler sich voll Eifer schon selbst zu den Waffen;
Der wird von seiner Jugend und seiner Schönheit bewogen,
Der von den fürstlichen Ahnen und der von den rühmlichen Taten.
Während die Rutuler so von Turnus zum Kampfe befeuert,
Schwingt sich auf stygischen Flügeln Allecto fort zu den Teukrern,
Späht mit neuem Betrug den Ort, wo der schöne Iulus
Längs dem Ufer dem Wild im Lauf und im Hinterhalt nachstellt.

Plötzlich erregt zur Wut die kokytische Jungfrau die Hunde,
Denn mit bekanntem Geruch erfüllt sie ihnen die Nasen,
Wild einen Hirsch zu hetzen; dies war der Anfang des Ringens,
Dies des Krieges Grund, der die Bauern zum Kampfe entflammte.
War mit hohem Geweih der Hirsch doch herrlich gestaltet,
War vom Euter der Mutter geraubt, und die Knaben des Tyrrhus
Fütterten ihn mit Tyrrhus, dem Vater; den hatte der König
Über die Herden gesetzt und als Wächter der weiten Gefilde.
Ganz war das Tier gewöhnt an Schwester Silvias Stimme,
Sorglich sein Geweih umwand sie mit schmückenden Kränzen,
Kämmte sein Fell und wusch den Hirsch in der lauteren Quelle.
Streicheln ließ er sich ruhig, war Tischgenosse der Herrschaft,
Lief im Walde umher und kehrte zur heimischen Schwelle
Immer von selbst zurück, wenn auch bei dunkelndem Abend.
Diesen nun spürten auf Askanius' wütende Hunde,
Als er auf ferner Streife gerade im strömendem Flusse
Abwärts glitt, um Kühlung am grünen Gestade zu suchen.
Da, entflammt vor Lust nach hohem Ruhme, entschnellte
Rasch den spitzen Pfeil Iulus vom hörnernen Bogen,
Und eine Gottheit ließ die Hand nicht irren, im Fluge
Schwirrte zischend der Pfeil in Bauch und Gedärme des Tieres.
Waidwund aber enteilte der Hirsch zum heimischen Hofe,
Schleppte blutüberströmt sich stöhnend zum Stalle, sein Klagen
Drang durch das ganze Haus, als ob er Mitleid erflehe.
Silvia war die erste, die, ihre Arme zerschlagend,
Laut um Hilfe schrie und die derben Bauern herbeirief.
Diese (denn heimlich wirkte Allecto im Schweigen der Wälder)
Nahen geschwind, der eine mit feuergehärtetem Knüttel,
Andre mit knotigen Stöcken, und was einem jeden zur Hand war,
Wird seinem Zorne zur Waffe, auch Tyrrhus ruft sie zusammen,
Grade dabei, mit dem Keil das Holz einer Eiche zu spalten;
Und schon packt er die Axt, entflammt von schnaubendem Zorne.
Kaum, daß die grause Göttin erspähte, jetzt sei es die rechte
Zeit zu schaden, da fliegt sie zum Dach des Gehöftes, und oben
Läßt sie den Hirtenruf aus krummem Horne vom Giebel
Tönen mit höllischem Schall, daß weit im Haine der Nachhall
Zittert und dröhnend rings durchbebt die Tiefe der Wälder.
Fern vernimmt ihn der Trivia-See, vernimmt ihn die helle

Schwefelflut des Nar und auch der Quell des Velinus;
Mütter auch drücken zitternd an ihren Busen die Kleinen.
Eilig auf diesen Ton, soweit des entsetzlichen Hornes
Zeichen erscholl, ergreift das rauhe Landvolk die Waffen
Und rennt überall her, doch auch die troische Mannschaft
Strömt aus den Toren des Lagers hervor, um Iulus zu helfen.
Schon sind die Reihen gerichtet; doch nicht in ländlicher Fehde
Wird mit knotigen Knütteln und harten Keulen gestritten,
Nein, zweischneidiges Eisen entscheidet, und finster erhebt sich
Starrend fernhin die Saat gezückter Schwerter, es leuchtet
Funkelnd im Sonnenglanz das Erz bis hoch zu den Wolken:
So wie bei Sturmbeginn sich weißlich färben des Meeres
Fluten, allmählich die See sich hebt und höhere Wogen
Türmt und dann aus der Tiefe bis hoch zum Himmel emporsteigt.
Jetzt wird vorn in der Schlacht ein Jüngling von schwirrendem
Pfeile
– Almo, der älteste war's von allen Söhnen des Tyrrhus –
Niedergestreckt; es traf der Schuß die Kehle und sperrte
Durch das Blut den Weg der Stimme und stockenden Atem.
Viele sinken noch hin, darunter der greise Galaesus,
Als er zum Friedensvermittler sich bot, der gerechtesten einer
Und der begütertste Mann im ganzen Ausonierlande,
Denn fünf Rinderherden, fünf Herden blökender Schafe
Kehrten ihm heim, und er pflügte mit hundert Pflügen die Scholle.
Während noch unentschieden der Kampf die Gefilde durchwogte
Und die Göttin erfüllt, was sie versprochen, das Schlachtfeld
Blutig geweiht und schon die ersten Toten geopfert,
Steigt von Hesperiens Flur sie durch die Lüfte gen Himmel,
Und als Siegerin spricht sie stolz zu Juno die Worte:
»Schau, da wütet dir nun der Zwietracht traurige Fehde;
Heiße sie nun doch freundlich sich einen zu Friede und Bündnis,
Jetzt, wo sich die Teukrer befleckt mit ausonischem Blute!
Weiteres will ich noch tun, sofern dein Wille mir sicher:
Nachbarstädte noch will ich dir durch Gerüchte zum Kampfe
Treiben und ihre Herzen zu rasender Kriegslust entflammen,
Rings zu Hilfe zu eilen: Mit Waffen besä' ich die Fluren.«
Juno darauf: »Genug hat List und Schrecken gewütet!
Gründe zum Krieg sind da; man kämpft ja gegeneinander,

Was sich als Zufall bot, das färbt nun blutig die Waffen.
Solches Verlöbnis mag und solche Hochzeit der Venus
Edle Sippe feiern und auch der König Latinus.
Daß du so dreist und keck durchirrst die Lüfte des Äthers,
Sieht der Vater nicht gern, des hohen Himmels Beherrscher.
Hebe dich weg! Was sonst das Schicksal etwa noch fordert,
Leiste ich selbst.« So ließ sich Saturnias Stimme vernehmen.
Aber natternumzischt entfaltet Allecto die Flügel,
Fort aus den himmlischen Höhen enteilt sie hinab zum Kokytus.
Mitten im Italerland, am Fuße ragender Berge
Liegt ein gefeierter Platz, bekannt in mancherlei Landen,
Des Amsanctus Tal, auf beiden Seiten von dichten,
Düstern Bäumen umdrängt, und zwischen bewaldeten Wänden
Rauscht in der Mitte ein Bach durch Felsen in tosendem Strudel.
Schaudernd zeigte man dort eine Höhle, des grausigen Pluto
Dunstloch, wo riesig ein Schlund aus des Acheron berstenden Tiefen
Klaffte mit giftigem Hauch, und dort verbarg sich die ekle
Gottheit Erinys, und frei erholten sich Himmel und Erde.
Aber nicht minder legte noch letzte Hand an des Krieges
Schürung die Königin Juno. Der ganze Haufe der Hirten
Stürzte vom Kampf in die Stadt und trug die Erschlagenen mit sich,
Almo, den Jüngling, und auch den ganz entstellten Galaesus;
Und sie beschwören die Götter und rufen Latinus zu Zeugen.
Turnus erscheint und droht mit Mord und Feuer und steigert
Angst und Schrecken: Man habe die Teukrer zur Herrschaft berufen,
Mische mit Phrygern sich und treibe ihn selber von dannen.
Auch die Söhne der Mütter, die wild im Taumel des Bacchus
Durch die Wälder schwärmen, bewogen vom Namen Amatas,
Strömen von allen Seiten herbei, und im Namen des Kriegsgotts
Gegen der Himmlischen Willen und gegen Zeichen und Schicksal
Drängen alle zusammen zum unglückseligen Kriege,
Um die Wette umtummeln sie alle das Haus des Latinus.
Der aber widersteht gleich einem Felsen im Meere,
Gleich einem Felsen im Meere beim Andrang rasender Brandung,
Unerschüttert, er ruht, so sehr ihn die Wogen umheulen,
Fest in eigener Last, ob sonst auch Klippen und Riffe
Ringsum tosen und Tang ihn peitscht und wieder zurückströmt.

Aber da keine Gewalt sich gegen solch blinde Beschlüsse
Bietet und alles der Wink der verbitterten Juno entscheidet,
Ruft der König die Götter und wehenden Lüfte zu Zeugen:
»Weh, uns zerschmettert das Schicksal, ein Sturmwind reißt uns von dannen.
Sicher werdet mit Blut ihr büßen des Bundes Entweihung,
Ärmste! Und Turnus, du wirst schlimmer Strafe verfallen;
Dann wirst du zu spät mit Bitten den Göttern dich nahen.
Mir ist Ruhe beschieden, doch schon im Hafen gelandet,
Wird mir ein glückliches Ende versagt.« Sonst sprach er nichts weiter,
Barg sich in seinem Palast und entsagte den Zügeln der Herrschaft.
Brauch in Latium war's – ihn haben albanische Städte
Immer heilig gehalten, ihm huldigt auch heute das große,
Weltbeherrschende Rom, wenn man zum Kriege sich rüstet,
Ob man die Geten nun mit blutigem Kampfe bedrohe,
Oder auch Araber und Hyrkaner, ob gegen die Inder,
Gegen Aurora und fordre zurück von den Parthern die Adler –:
Zwiefach sind die Pforten des Krieges (so lautet ihr Name),
Heilig durch göttliche Handlung und Scheu vor dem grimmigen Kriegsgott;
Hundert eherne Riegel und ewige, eiserne Bande
Schließen sie, niemals verläßt der Wächter Janus die Schwelle:
Wenn nun fest der Wille der Väter zum Kampfe entschlossen,
Öffnet der Konsul selbst in kurzem, quirinischem Mantel
Und in gabinischer Gürtung die Riegel der knarrenden Pforten;
Selber ruft er zum Kampf, ihm folgen die übrigen Mannen,
Dumpf ertönt dazu der Klang der ehernen Hörner.
So dem Brauche gemäß wird auch Latinus geheißen,
Krieg den Troern zu künden, die schrecklichen Pforten zu öffnen;
Aber der Fürst enthielt sich jeder Berührung; voll Abscheu
Floh er solch schnöden Dienst und barg sich in einsamem Dunkel.
Da aber schwang sich die Herrin der Götter vom Himmel, und selber
Stieß sie die zögernden Türen, die in der Angel sich drehten,
Und so sprengte die Göttin die eisernen Pforten des Krieges.
Ganz Ausonien flammt, das erst so friedlich und ruhig;
Einige ziehen zu Fuß zu Felde, und andere rasen
Hoch zu Roß im Staube dahin, nach Waffen verlangen

Alle. Einige reiben die Schilde und funkelnden Lanzen
Ein mit Fett, es schärfen sich andre die Beile am Schleifstein;
Freudig erhebt man die Zeichen und lauscht dem Schalle der Tuba.
Ja, fünf mächtige Städte errichten den Amboß und schmieden
Neu ihre Wehr, das starke Atina, Ardea, Tibur,
Crustumerium und das turmumkränzte Antemna.
Helme höhlt man, das Haupt zu schützen, Geflechte aus Weide
Werden zu Schilden gewölbt; man formt auch eherne Panzer,
Blinkende Schienen auch fürs Bein aus geschmeidigem Silber.
Alle Verehrung für Pflug und Sichel, die Liebe zum Landbau
Weicht nun den Waffen; man schmiedet der Väter Schwerter aufs neue;
Schon ertönen Signale, es läuft die Losung zum Kriege.
Einer rafft hastig daheim den Helm, und andere zwingen
Schnaubende Rosse ins Joch, zum Panzer aus dreifachem Golddraht
Greift man auch noch den Schild, das treue Schwert an der Seite.
Öffnet den Helikon jetzt, beginnt zu singen, ihr Musen,
Welche Herrscher zum Kampfe entboten und welche Gefolgschaft
Jedem rückte ins Feld, wie herrlich schon damals an Männern
Prangte der nährende Boden Italiens, leuchtend in Waffen;
Ihr ja, Göttinnen, wißt es, ihr könnt es der Nachwelt verkünden;
Uns aber trifft nur leise der Hauch verklingender Sage.
Vorn zieht in den Kampf aus tyrrhenischen Landen mit seinen
Scharen Mezentius her, der wilde Verächter der Götter,
Mit ihm Lausus, sein Sohn, weitaus der Jünglinge schönster,
Ausgenommen allein den hohen laurentischen Turnus.
Lausus, der Rossebezwinger, der rüstige Jäger der Wildnis,
Führt aus Agyllas Stadt umsonst an tausend getreue
Männer; er war es wert, mit froherem Herzen des Vaters
Herrschaft zu üben und nicht Mezentius Vater zu nennen.
Nach ihm erscheint im Gefilde auf palmenumwundenem Wagen
Und mit siegenden Rossen des schönen Herkules schöner
Sohn Aventinus, es zeigt sein Schild als Zeichen des Vaters
Die von hundert Schlangen und Nattern umringelte Hydra.
Rhea, die Priesterin, hatte im aventinischen Bergwald
Heimlich ihn dereinst zum Lichte des Tages geboren,
Von dem Gotte erkannt, dem tirynthischen Sieger, als dieser
Den Geryon erschlagen und zu den laurentischen Fluren

Kam, im tyrrhenischen Fluß die iberischen Rinder zu baden.
Spieße trägt seine Schar und mordende Stacheln zum Kriege,
Kämpft auch mit flachen Schwertern und mit sabellischen Lanzen.
Selber kam er zu Fuß, gehüllt in des mächtigen Löwen
Haut, von grausiger Mähne umstarrt und die leuchtenden Zähne
Über das Haupt gezogen, so tritt er, schrecklich zu schauen,
In den Königspalast, des Herkules Tracht um die Schultern.
Zwillingsbrüder nahen sodann aus tiburtischen Mauern,
Jener Stadt, die den Namen vom Bruder Tiburtus empfangen,
Coras, der Held, und Catillus, sie beide argivische Kämpfer,
Die an der Spitze des Heeres sich tummeln im Regen der Pfeile:
Wie zwei wolkengeborne Kentauren vom Scheitel des Berges
Niedersteigen und stürmisch den schneeigen Othrys verlassen,
Oder den Homoleberg; da gibt ihren Schritten die wilde
Waldung freie Bahn, und krachend weichen die Wipfel.
Und es fehlte auch nicht Praenestes Gründer; ihn zeugte
Nach dem Glauben der Zeit Vulkanus bei ländlichen Herden,
Und man hatte ihn dann am Herde gefunden, den König
Caeculus, und ihm folgte in langem Zuge das Landvolk,
Die das hohe Praeneste und auch der gabinischen Juno
Fluren, des Anios Kühle und auch die bächedurchströmten
Hernikerfelsen bewohnen und die Anagnias Reichtum
Nährte und Amasenus, der Strom, nicht alle bewaffnet,
Ohne rasselnde Schilde und Wagen; es schleudern die meisten
Kugeln von bläulichem Blei, und andere tragen der Speere
Zwei in der Hand, das Haupt mit falben Kappen aus Wolfsfell
Schützend überdacht, und nackend bleibt ihnen der linke
Fuß, der rechte steckt in Stiefeln von haarigem Leder.
Doch ein Sohn des Neptun, Messapus, der Rossebezähmer,
Den mit Feuer und Schwert zu fällen noch keinem beschieden,
Ruft schon lange erschlaffte und kriegsentwöhnte Geschwader
Ungesäumt zum Kampf und übt sie wieder in Waffen;
Die Fescennias Höhn und Faleriis Eb'ne bewohnen,
Auch den Berg Soracte und die flavinischen Felder
Und Ciminius' Berg und See und den Hain von Capena,
Alle schreiten im Takte dahin und besingen den König,
Gleichwie schneeige Schwäne zuweilen durch leuchtende Wolken
Heim vom Weideplatz ziehen und tönende Weisen aus schlankem

Halse entsenden; es hallt der Strom und der asischen Aue
Sumpfige Trift.
Keiner hätte vermutet, daß je sich eherne Reihen
Bilden aus solchem Gewimmel, nein, daß eine luftige Wolke
Brausender Vögel drängend von oben sich sänke zum Strande.
Siehe, aus altem Geblüt der Sabiner mit mächtigem Heere
Naht sich Clausus, er selbst gleicht einem mächtigen Heere,
Und von ihm verzweigt sich der Claudier Tribus und Sippe
Durch ganz Latium, seit Sabiner und Römer sich einten.
Mit ihnen ziehen geschart Amiterner und alte Quiriten,
Alles Volk von Eretum und ölbaumreichem Mutusca;
Die von der Stadt Nomentum, der Rosenflur des Velinus,
Auch vom Severusberg und Tetricas starrenden Felsen,
Die in Casperia hausen, in Foruli und an Himellas
Strom und den Tiberis trinken und Fabaris und die vom kalten
Nursia kommen und Horta, dazu latinische Scharen,
Auch, was die Allia trennt, der Fluß unseligen Namens,
Zahllos wie die Wellen sich wälzen im libyschen Meere,
Wenn der wilde Orion sich netzt in herbstlichen Fluten,
Oder wie dicht die Ähren sich strecken bei wachsender Sonne,
Sei es auf Hermus' Flur oder Lykiens gelben Gefilden.
Schilde rasseln, es bebt der Boden vom Tritte der Füße.
Auch Agamemnons Genosse, der Feind der Troer, Halaesus,
Schirrt an den Wagen die Rosse und führt dem Turnus an tausend
Trotzige Mannen zu, die Massicas glückliches Weinland
Mit der Hacke bebauen, auch die die aurunkischen Väter
Hoch von den Bergen entsandt und bei sidicinischen Fluren,
Jene dazu, die Cales verließen und die an dem seichten
Strome Volturnus hausen, die rauhen Saticuler ferner,
Oskische Mannschaft dazu. Sie schießen mit länglichen Spießen,
Die nach eigenem Brauch von schwanken Riemen umgeben,
Leicht an der Linken beschildet, mit Sichelschwertern zum
Nahkampf.
Du auch, Oebalus, darfst nicht fehlen in meinem Gesange,
Du, der nach der Sage dereinst mit der Nymphe Sebethis
Telon erzeugte, als er, schon alt, in Caprea herrschte
Im Teleboërland. Doch die Fluren des Vaters genügten
Nicht dem Sohne; weithin schon damals hielt er bezwungen

Rings die sarrastischen Völker und feuchten Ufer des Sarnus,
Auch die in Rufra wohnen, in Batulum und in Celemna,
Und die niederschauen vom apfelreichen Abella.
Nach germanischer Art gebrauchen sie Keulen zum Schleudern,
Auf dem Haupte Helme, aus Korkbaumrinde gefertigt,
Erzbeschlagen die Schilde, und ehern glänzten die Schwerter.
Dich auch, Ufens, entsandte zum Kampf das bergige Nersae,
Der du so hoch gepriesen an Ruhm und glücklichen Waffen;
Rauh vor allen ist dein Volk und immer in Wäldern
Jagdgewohnt, und hart ist der Aequiculer Scholle,
Stets bewaffnet bestellen sie ihre Felder, und ständig
Freut es sie, Beute zu machen und von dem Raube zu leben.
Ja, aus marruvischem Stamme kam auch ein Priester gezogen,
Über dem Helme geschmückt mit dem edlen Laube des Ölbaums,
Von Archippus, dem König, gesendet, der tapfere Umbro,
Der das Viperngezücht und die grauenvoll fauchenden Schlangen
Einzuschläfern verstand durch Streicheln und Zaubergesänge
Und ihre Wut zu stillen und Bisse heilend zu lindern.
Aber den Todesstoß dardanischer Lanzen zu heilen,
Hatte er nicht die Macht; was frommen bei solcher Verwundung
Zaubergesänge und Kräuter, auf marsischen Bergen gesammelt!
Dich aber haben beweint Angitias Hain und die klaren
Silberfluten des Fucinussees.
Auch der herrliche Sohn des Hippolytus nahte zum Kriege,
Virbius, den so stattlich die Heimat Aricia sandte,
Auferzogen im Hain Egerias an den betauten
Ufern, wo gnadenvoll und reich der Altar der Diana.
Denn Hippolytus sei, nachdem ihn Stiefmutterränke
Umgebracht und er blutig des Vaters Flüchen erlegen,
Von seinen rasenden Rossen geschleift, doch wieder zur lichten
Oberwelt und dem Geleucht der Sterne aufwärts gestiegen,
Durch die Kräuter des Paeon belebt und die Neigung Dianas.
Doch der allmächtige Vater, erzürnt, daß den Schatten des Orkus
Einer der Sterblichen wieder zum Leben im Lichte entstiegen,
Stürzte des Phoebus Sohn, den Erfinder so wirksamer Heilkunst,
Selber durch seinen Blitz hinab zu den stygischen Fluten.
Doch den Hippolytus barg Diana an heimlicher Stätte
Gütig in ihrem Hain und bei der Egeria-Nymphe,

Daß in italischen Wäldern er einsam und ruhmlos sein Leben
Führe und Virbius heiße mit abgeändertem Namen.
Drum noch heute verwehrt man stampfenden Rossen Dianas
Tempel und heiligen Hain, weil einst, geschreckt durch ein Meertier,
Sie am Gestade den Wagen gestürzt und den Jüngling zerschellten.
Aber es jagte der Sohn nicht weniger feurige Rosse
Über das Blachfeld dahin und flog mit dem Wagen zum Kampfe.
Vorn vor allen tummelt sich schön und riesig gewachsen
Turnus selber im Schmuck der Waffen und größer als alle.
Dreifach umwallt der Busch den Helm, und grauenvoll auf ihm
Ragt das Bild der Chimära und speit die Flammen des Ätna;
Um so brausender faucht sie und speit die grausigen Flammen,
Als sich wilder steigert die Schlacht in strömendem Blute.
Auf dem glänzenden Schild ist Io mit mächtigen Hörnern
Abgebildet in Gold, schon Rind in haarigem Felle
– Welch ein mächtiges Bild! –, auch Argus, der Hüter der Jungfrau,
Vater Inachus auch mit dem Strom aus getriebener Urne.
Hinter ihm folgt die Wolke des Fußvolks; mit Schilden bewaffnet
Füllt sie das ganze Feld, dazu argivische Jugend,
Auch aurunkische Mannschaft, auch Rutuler, alle Sikaner,
Dann sakranische Reihen, mit bunten Schilden Labiker;
Die, Tiberinus, um dich die Höhen bebauen, den heil'gen
Strand des Numicus und die die Rutulerhöhen bepflügen,
Die vom circaeischen Kap und wo der Juppiter Anxur
Thront und Feronia gern verweilt im laubigen Haine;
Die auch vom Saturasumpf, wo schwarz und eisig der Ufens
Seinen Weg durch Täler sich bahnt und mündet im Meere.
Diesen schloß sich noch an aus volskischem Stamme Camilla
Mit einem Reiterzug und erzumschimmerten Scharen;
Kriegerin war sie, die nicht an Kunkel und Korb der Minerva
Frauliche Hände gewöhnt, nein, harte Gefechte ertrug sie,
Und im Laufe besiegte die Jungfrau die stürmenden Winde,
Ja, sie wäre sogar, selbst ohne ein Hälmchen zu knicken,
Laufend über die Spitzen von jungen Saaten geflogen,
Wäre auch mitten durchs Meer und über schwellende Wogen
Flüchtig dahingeschwebt und ohne die Füße zu netzen.
Und die Jugend, die Feldern und Häusern entströmte, bestaunte
Sie, desgleichen die Frauen und schauten verwundert mit offnem

Mund der Enteilenden nach, wie königlich über den hellen
Schultern ihr Purpurgewand erstrahlte, wie golden die Schnalle
Ihre Haare durchwand, wie selbst sie den lykischen Köcher
Trägt und den Myrtenstab mit vorn befestigtem Stachel.

ACHTER GESANG

Als auf laurentischer Burg nun Turnus das Zeichen des Krieges
Aufgepflanzt und schmetternd der Ruf der Hörner ertönte,
Als er mit klirrenden Waffen die feurigen Renner getummelt,
Packt sie alle Empörung, und es verschwört sich das ganze
Latium taumelergriffen, und schrankenlos wütet die Jugend.
Unter den Führern sammeln zuerst Messapus und Ufens
Und der Götterverächter Mezentius Truppen von allen
Seiten zur Hilfe und plündern die weiten Äcker der Bauern.
Venulus wird gesandt zur Stadt Diomedes', des Großen,
Hilfe zu heischen, und daß die Teukrer in Latium ständen,
Daß Aeneas gelandet und seine besiegten Penaten
Mit sich brächte und rühme, daß ihn das Schicksal als König
Fordre, das solle er melden, und daß dem dardanischen Manne
Viele schon folgten und daß sein Name in Latium wüchse.
Was dies Beginnen bezwecke und was er bei günstigem Ausgang
Als sein Kriegsziel wünsche, das säh' Diomedes wohl selber
Klarer als König Turnus und auch der König Latinus.

Das geht in Latium vor. Und wie der trojanische Heros
Alles das sieht, umwogt ihn ein mächtiger Strudel von Sorgen.
Auch erwägt sein Geist bald dieses, bald jenes, und schwankend
Schweift er nach allen Seiten, und alles bedenkt er und prüft er:
Wie der zitternde Schimmer des Wassers aus ehernen Kesseln,
Wenn es des Mondes Licht oder das der Sonne zurückstrahlt,
Alle Räume durchfliegt und rings die Lüfte durchflimmert
Und am Getäfel der Decke hoch oben schwankend dahineilt.

Nacht war's, und auf Erden umfing die müden Geschöpfe,
Alles Getier, die Herden und Vögel, erquickender Schlummer,
Als der Vater Aeneas am Ufer und unter des kühlen
Äthers Gewölbe, im Herzen bedrängt von dem drohenden Kriege,
Nieder sich streckt, um spät den Gliedern Ruhe zu gönnen.
Siehe, da schien ihm der Gott des Orts, Tiberinus, der Greise,
Aus dem lieblichen Strom, umbordet von laubigen Pappeln,
Selber sich zu erheben, von zartem, bläulichem Linnen
Rings umhüllt, das Haar mit schattigem Schilfe umschlungen.
Der aber sprach, und sein Wort verscheuchte Aeneas die Sorgen:
»Götterentsprossener Held, der du aus den Reihen der Feinde

Troja uns wiederbringst und das ewige Pergamum rettest,
Du, im laurentischen Land und in Latiums Fluren Ersehnter,
Hier ist deine Heimat, hier sind die Penaten gesichert.
Wanke nicht, laß kein Dräuen des Krieges dich schrecken. Der Götter
Eifer und Zorn ist erloschen.
Bald – und wähne nicht, daß ein nichtiges Traumbild dich täusche –
Unter den Ufereichen erscheint dir ein riesiges Wildschwein,
Das mit dreißig soeben geworfenen Frischlingen daliegt,
Weiß, am Boden gestreckt, und weiß um die Euter die Ferkel:
Das ist der Ort für die Stadt, dort winkt dir das Ende der Mühsal.
Hier wird Askanius sich nach dreißig kreisenden Jahren
Gründen die Stadt und sie Alba mit leuchtendem Namen benennen.
Nimm das als sichere Kunde. Jetzt laß dich in Kürze belehren,
Wie du, was jetzt sich naht, als Sieger glücklich bewältigst.
Arkader haben sich hier, entstammt dem Geschlechte des Pallas,
Die dem König Euandrus gefolgt und den Fahnen des Königs,
Diese Gegend erwählt, die Stadt auf den Bergen gegründet
Und nach dem Namen des Ahns sie Pallanteum geheißen.
Diese liegen beständig in Fehde mit den Latinern;
Mache dir die zu Freunden und schließe mit ihnen ein Bündnis.
Selber zwischen den Ufern geleit' ich dich richtig im Strome,
Daß du entgegen der Flut dich mit den Rudern behauptest.
Auf denn, du Sohn der Göttin, und früh beim Sinken der Sterne
Sende nach Brauch Gebete zu Juno und mildre ihr Dräuen
Demutsvoll mit Gelübden, und mir, wenn du Sieger geblieben,
Zahle den Dank. Ich bin's, den du die Ufer mit vollen
Wassern bespülen siehst und üppige Fluren durchwallen,
Thybris, der bläuliche Gott, dem Himmel der liebste der Flüsse.
Hier ist mein großer Palast, mein Quell bei den Städten der Höhe.«
Sprach's, und wieder tauchte der Gott in die Tiefe und barg sich
Unter der Flut. Aeneas, von Nacht und Schlummer verlassen,
Richtet sich auf und sieht, wie hell die Sonne im Osten
Steigt, da schöpft er nach Brauch mit hohlen Händen des Flusses
Flut, und seinem Munde entströmen die Worte zum Himmel:
»Nymphen, laurentische Nymphen, von denen die Ströme entstammen,
Du auch, Vater Thybris, in deinem heiligen Flusse,

Nehmt den Aeneas auf und schirmt ihn endlich vor Fährnis;
Wo auch immer dein Quell dich, unseres Leidens Erbarmer,
Birgt und aus welchem Grunde empor du Herrlicher mündest,
Immer werd' ich mit Ehren und immer mit Opfern dich feiern,
Du gehörnter Strom und Herrscher der westlichen Wasser.
Steh, o steh mir bei und bekräftige deine Verheißung.«
Also fleht er und wählt zwei doppeltberuderte Schiffe,
Rüstet das Rudergerät und versieht die Gefährten mit Waffen.
Siehe, plötzlich erscheint den Augen ein seltsames Wunder:
Weiß sieht man im Walde mit einem ebenso weißen
Wurf eine Bache, still am grünen Gestade gelagert.
Dir, o mächtige Juno, erlegt sie der fromme Aeneas,
Und zum Altare bringt er sie mit den Jungen zum Opfer.
Noch in der selbigen Nacht bezähmte Thybris des Stromes
Schwellung und staute den Lauf der leise verrauschenden Wellen,
Daß sich das Wasser still, als wär' es ein friedlicher Weiher,
Eben erstreckte, um so den Rudern die Mühe zu nehmen.
Also beeilen sie nun die Fahrt mit freudigem Zuruf,
Und das gepichte Schiff durchschneidet die Wasser; die Wellen
Staunen, es staunt der Hain, wie weit erglänzend der Männer
Schilde im Strome sich nahen und bunte schwimmende Kiele.
Tag und Nacht durch rudern die Leute ohne Ermüden
Längs den Buchten des Stromes, umwölbt von mancherlei Bäumen,
Und auf spiegelnder Flut durchschneiden sie grünende Wälder.
Schon war strahlend die Sonne zur Mitte des Himmels gestiegen,
Als sie Mauern und Burg und ferner, vereinzelter Häuser
Dächer gewahrten, wo jetzt sie bis zum Himmel das große
Rom getürmt; doch war Euandrus' Herrschaft noch ärmlich.
Eilig drehn sie an Land und suchen die Stadt zu erreichen.
Dies war gerade der Tag, an dem der Arkaderkönig
Dem Amphitryon-Sohn und den Göttern ein festliches Opfer
Brachte im Hain vor der Stadt. Sein Sohn auch, Pallas, daneben,
Auch der arme Senat und die edelsten Jünglinge alle
Reichten Weihrauch, es dampfte noch warm das Blut an Altären.
Als sie die Schiffe gewahrten, die ragend im Schatten der Waldung
Näher zum Ufer glitten mit leise geschwungenen Rudern,
Da erheben sich alle, vom plötzlichen Anblick erschrocken,
Und verlassen die Tische. Doch ihnen verbietet der kühne

Pallas, das Opfer zu hemmen, und rennt mit der Wehr an das Ufer;
Hoch vom Hügel aus ruft er: »Was trieb euch, Männer, so fremde
Wege zu suchen? Wohin geht euer Verlangen? Und was ist
Euer Geschlecht, eure Heimat? Und bringt ihr Krieg oder Frieden?«
Da rief Vater Aeneas vom Heck des Schiffes und streckte
Einen Ölbaumzweig als Zeichen des Friedens entgegen:
»Trojas Söhne und Waffen erblickst du, feind den Latinern,
Da sie trotzig und stolz uns Flüchtlinge wollen verjagen,
Und wir suchen Euandrus. So meldet ihm, daß sich erlesne
Dardanerfürsten genaht und Waffengemeinschaft erbitten.«
Pallas staunte tief, von dem rühmlichen Namen betroffen:
»Lande nur, wer du auch seist«, so sprach er, »und rede zum Vater
Selbst und sei als Freund an unserem Herde willkommen.«
Pallas reicht ihm die Hand und hält seine Rechte umschlossen,
Und sie verlassen den Strom und schreiten vorwärts im Walde.
Dann begrüßt Aeneas den König mit freundlichen Worten:
»Bester vom Stamme der Griechen, an den ich nach Willen des Schicksals
Bittend mich wende und biete den bindenumflochtenen Ölzweig,
Hemmt mich doch keine Furcht, obgleich du ein Danaerführer
Und ein Arkader bist und verwandt mit den beiden Atriden;
Doch meine eigene Kraft und die heiligen Sprüche der Götter
Und die Verwandtschaft der Väter, dein rings gepriesener Name
Haben mich dir vereint, und willig gehorch' ich dem Schicksal.
Dardanus, ältester Ahn und Gründer der ilischen Feste,
Der, nach der Griechen Bericht, von Elektra, der Tochter des Atlas,
Stammte, kam zu den Teukrern. Es zeugte Elektra der Riese
Atlas, der auf den Schultern das Himmelsgewölbe emporhält.
Ist doch Merkur euer Ahn, den die schimmernde Maja
Einst empfing und gebar auf dem eisigen Gipfel Kyllenaes;
Aber der nämliche Atlas, der Träger des Sternengewölbes,
Hat die Maja erzeugt, sofern wir der Kunde vertrauen,
So sind beide Sippen nur Zweige gleichen Geblütes.
Darauf bauend, beschloß ich, dich nicht durch Boten und schlaue
Mittel zuerst zu erforschen: Nein, mich, mich selber, mein eignes
Haupt bring' ich dar und nahe nun deiner Schwelle in Demut.
Eben das daunische Volk, das dich mit bitteren Kämpfen
Stets verfolgt, wähnt alles erreicht, wenn wir nur verdrängt sind,

Ganz dann unter sein Joch die hesperischen Lande zu zwingen,
Wie auch an beiden Gestaden das brausende Meer zu beherrschen.
Nimm und gewähre Vertrauen! Wir haben im Kriege erprobte
Herzen, und unsere Jugend ist mutig und waffenerfahren.«
Also Aeneas. Doch hatte der König schon lange des Sprechers
Ganze Gestalt und Antlitz und Augen prüfend betrachtet;
Dann erwidert er kurz: »Wie gern, du tapferster Teukrer,
Nehm' ich dich auf und erkenne dich jetzt, und der Rede des Vaters
Und der Stimme und Miene des großen Anchises gedenk' ich;
Denn ich entsinne mich wohl des Laomedon-Sohnes, des großen
Priamus, der der Schwester Hesione Reich zu besuchen,
Einst nach Salamis zog und auch nach Arkadiens Bergen.
Damals umsproßte mir noch der Flaum der Jugend die Wangen.
Staunend sah ich die Fürsten der Teukrer und staunend ihn selber,
Den Laomedon-Sohn, doch hocherhaben vor allen
Schritt Anchises. Mein Herz entbrannte im Feuer der Jugend,
Anzureden den Mann und ihm die Rechte zu drücken.
Näher trat ich und führte ihn froh zu Pheneos' Mauern.
Scheidend gab er mir dann mit lykischen Pfeilen den schönsten
Köcher, dazu einen Mantel aus golddurchwirktem Gewebe,
Auch zwei goldene Zäume, die jetzt im Besitze des Pallas.
Also ist schon das Bündnis, worum ihr bittet, geschlossen.
Und wenn morgen früh das Licht die Fluren vergoldet,
Sollt ihr zufrieden scheiden mit Hilfe und mächtigem Beistand.
Doch nun feiert mit uns, da ihr als Freunde gekommen,
Freundlich dies jährliche Fest, das aufzuschieben verboten,
Und gewöhnt euch so schon jetzt an den Tisch der Genossen.«
Sprach's und hieß das Mahl und die verlassenen Becher
Wieder erneuern und bot den Männern grasige Sitze;
Aber den Ehrenplatz auf Löwenfellen und Polstern
Bot er Aeneas und lud ihn auf den Sessel aus Ahorn.
Jünglinge, auserlesne, beeilen sich mit des Altares
Priestern, geröstetes Fleisch der Stiere zu bringen, und häufen
Brot der Ceres in Körben und bieten die Gabe des Bacchus.
Und da labt sich Aeneas mitsamt der troischen Jugend
An dem Rücken des Stiers und edlen Opfergeweiden.
Als nun der Hunger gestillt und die Lust am Essen befriedigt,
Nimmt Euandrus das Wort: »Nicht hat diese jährliche Feier,

Diesen festlichen Schmaus am Altare der mächtigen Gottheit
Uns ein eitler Wahn und alter Götter Verkennung
Auferlegt; o nein – aus schweren Gefahren gerettet,
Bringen wir, troischer Freund, alljährlich dies schuldige Opfer.
Sieh zuerst da droben den überhängenden Felsen,
Wie weithin die Blöcke zersprengt und verlassen des Berges
Höhle steht und die Klippen sich häufen in wilder Zerstörung.
Das war einst die Höhle, die unermeßlich sich hinzog,
Wo der Cacus hauste, ein scheußlich gebildeter Halbmensch,
Fern vom Licht der Sonne, und immer dampfte von frischem
Morde der Boden, und gräßlich erblickte man vorn an dem Tore
Menschenschädel geheftet, gebleicht nach grauser Verwesung.
Vater des Untiers war Vulkan, dessen rußiges Feuer
Er dem Rachen entspie, wenn er sich massig bewegte.
Da aber brachte endlich auch uns nach sehnlichem Harren
Hilfe ein nahender Gott. Es kam der gewaltige Rächer,
Der die drei Leiber Geryons erschlagen und stolz auf die Beute;
Herkules war's. Er trieb als Sieger die riesigen Rinder
Vor sich hin, und die Herde bedeckte das Tal und das Flußbett.
Cacus aber, voll Wut, und um nicht irgendein Wagnis
Unversucht zu lassen und Lust und Frevel zu üben,
Raffte sich von der Weide gleich vier der stattlichsten Stiere
Und auch ebenso viele besonders prächtige Kühe;
Und damit die Spuren nicht zu ihm schreitend erschienen,
Zog er alle am Schwanz in seine Höhle und täuschte
So die Richtung des Weges und barg die Tiere im Dunkel.
Suchte man sie, so führte kein einziges Zeichen zur Höhle.
Als nun Amphitryons Sohn inzwischen die Herde gesättigt
Aus ihren Hürden trieb und sich zum Abzug gerüstet,
Brüllten beim Scheiden die Rinder, ihr Klagelaut füllte den ganzen
Hain ringsum, und lärmend verlassen die Tiere die Hügel.
Eine der Kühe erwidert den Ruf, und im Innern der Höhle
Muhte sie laut und verriet in der Haft die Hoffnung des Cacus.
Da in Wut und Schmerz entflammt, floß Herkules' Galle
Über, und er ergriff die Wehr und der knotigen Keule
Last und strebte hinan zur luftigen Höhe des Berges.
Damals sahen die Unsern zum ersten Male den Cacus
Beben und irren Blicks. Und schneller noch als der Ostwind

Flieht er der Höhle zu; die Angst beflügelt die Füße.
Als er sich drin verschlossen und nach Zersprengung der Ketten
Niedergeworfen den Felsen, der kunstvoll im Eisen des Vaters
Schwebte, und so das Tor mit solchem Riegel verrammelt,
Siehe, da nahte sich schon voll Wut der Tirynthier, spähte
Überall nach dem Zugang und sah bald hierhin, bald dorthin
Zähneknirschend; und glühend vor Zorn durchmustert er dreimal
Rings den Aventinus, versucht sich dreimal vergebens
An dem steinernen Tor, ruht dreimal ermüdet im Tale.
Stand da ein spitzer Fels inmitten von starrenden Klippen
Riesig auf dem Rücken der Höhle in schwindelnder Höhe,
Ein willkommener Hort für Nester schauriger Vögel,
Links vornübergeneigt vom Berge nieder zum Flusse.
Diesem stemmte der Held sich rechts entgegen und riß ihn
Rüttelnd tief aus dem Grund und stürzte mit plötzlichem Stoße
Tief ihn hinab; weithin erschallte vom Stoße der Äther,
Und das Ufer zerbirst, erschrocken staut sich die Strömung;
Aber die Höhle des Cacus, die königlich weite Behausung,
Ist nun entdacht, und es gähnten die tiefen schattigen Klüfte,
Gleich als wäre da tief die Erde gewaltsam geborsten
Und enthüllte die Stätte der Toten und zeigte das fahle
Götterverhaßte Reich und man sähe von oben den grausen
Abgrund und schaudernd erschräken die Manen vom Einfall des Lichtes.
Als nun der Cacus so von plötzlicher Helle befallen
Und von der Höhle umschlossen gar wunderlich brüllte, bedrängte
Ihn der Alkide von oben mit seinen Geschossen und holte
Allerlei Waffen und warf gewaltige Steine und Stämme.
Cacus aber, dem nun ein jedes Entrinnen unmöglich,
Spie entsetzlichen Qualm aus seinem Schlunde, o Wunder,
Hüllte in dichtes Dunkel die ganze Behausung, daß aller
Ausblick den Augen entzogen, und ballte im Grunde der Höhle
Qualmende Schwaden, in denen sich Feuer mit Finsternis mischte.
Das aber duldete nicht die Wut des Alkiden, er selber
Schwang sich im Sprung durch das Feuer hinab, wo grade am dicksten
Qualmte der Rauch und schwarz die gewaltige Höhle durchdampfte.

Hier aber würgte er nun den Cacus, der immer noch zwecklos
Glut in die Finsternis spie, so stark, daß dem Unhold die Augen
Aus dem Kopfe quollen und blutlos keuchte die Kehle.
Aufgebrochen wird rasch das Tor der finstern Behausung;
Die gestohlenen Rinder, die abgeleugnete Beute,
Werden ans Licht gebracht, man schleppt den scheußlichen Leichnam
An den Füßen heraus. Nicht sattsehn können die Leute
Sich an den schrecklichen Augen, dem Antlitz, der zottig behaarten
Brust und dem Rachen des Halbtiers, in dem das Feuer erloschen.
Seither wird nun der Tag in Ehren gehalten, es feiern
Fröhlich die Enkel das Fest, Potitius hat es gestiftet,
Und das pinarische Haus ist Hüter des Herkules-Dienstes.
Er hat diesen Altar im Haine errichtet, den größten
Nennen wir immer ihn, und immer bleibt er der größte.
Auf, ihr Jünglinge, drum, zur Feier so hoher Verdienste
Kränzet das Haar mit Laub und erhebt mit der Rechten die Becher,
Ruft den gemeinsamen Gott und sprengt ihm willig die Spende.«
Sprach's und umschattet sein Haar mit des Herkules doppeltgefärbter
Pappel, es wallt das Laub ihm aus der Umflechtung hernieder,
Und die Rechte ergreift den heiligen Becher, sie alle
Sprengen froh auf den Tisch die Spende und rufen die Götter.
Näher schon zieht der Abend heran am sinkenden Himmel;
Und es schreiten die Priester, voran Potitius selber,
Nach dem Brauche in Felle gehüllt, und tragen die Flamme,
Und sie erneuern das Mahl und bringen die Gaben des zweiten
Tisches und häufen auf allen Altären belastete Schüsseln.
Salier mit Gesang umtanzen die Feueraltäre,
Ihre Schläfen rings umkränzt mit dem Laube der Pappel,
Jünglinge hier im Chor, dort Greise, und alle besingen
Herkules' Taten: wie er als erstes Scheusal die beiden
Schlangen der Stiefmutter Juno als Kind mit den Händen erdrosselt,
Wie er im Kampfe zerstört die beiden herrlichen Städte
Troja, Oechalia auch, und tausend Gefahren bestanden
Unter Eurystheus' Zwang und der zürnenden Juno Bestimmung.
Du hast, nimmer besiegt, zweileibige Wolkengeborne,
Hast den Hylaeus und Pholus erlegt und das kretische Untier

Und am nemeischen Felsen den schrecklichen Löwen bezwungen;
Vor dir bebte der stygische See, der Pförtner des Orkus,
Der sich streckt in der Höhle auf halbzernagten Gebeinen,
Dich hat keine Erscheinung, auch nicht der Riese Typhoeus,
Mit seinen Waffen erschreckt; du bliebest bei klarer Besinnung,
Als dich die Schlange von Lerna mit wimmelnden Köpfen umdräute.
Heil dir, du edelster Sohn des Juppiter, Zierde der Götter,
Huldreich nahe dein Schritt und segne uns und dein Opfer.«
Also pries ihn ihr Sang, doch über alles verkünden
Sie des Cacus Geklüft und den Feuerspeienden selber;
Rings von den Klängen ertönt der Hain, und es hallen die Hügel.
Als sie den heiligen Pflichten genügt, begeben sich alle
Wieder zur Stadt zurück; da schritt der altersgebeugte
König und ihm zur Seite gesellt sein Sohn und Aeneas;
Und er verkürzt die Länge des Weges mit manchen Gesprächen.
Voller Verwunderung läßt Aeneas die regsamen Augen
Überall schweifen, ihn fesselt die Gegend, und freudig erfragt er
Alles genau und erfährt von den Heldenmalen der Väter.
Drauf der König Euandrus, der Gründer der römischen Stadtburg:
»Diese Haine bewohnten einheimische Faune und Nymphen
Und ein Männergeschlecht, aus harten Stämmen geboren,
Roh und ohne Gesetz; sie wußten nicht Stiere zu jochen,
Nicht sich Vorrat zu sammeln und das Erworbne zu wahren.
Nein, sie ernährte der Zweig und der Jagd mühselig Gewerbe,
Bis aus den Höhen des Himmels zuerst Saturnus sich nahte,
Seiner Herrschaft beraubt und fliehend vor Juppiters Waffen.
Dieses rohe Geschlecht, zerstreut auf den Höhen der Berge,
Einigte er und gab ihm Gesetze und nannte die Landschaft
›Latium‹, bergendes Land, weil es ihn sicher verborgen.
Unter seiner Regierung erblühte das goldne, gepriesne
Alter, so herrschte er über die Völker in Frieden und Ruhe.
Dann aber kam eine Zeit geringer an Wert und an Farbe,
Rasende Freude am Krieg und am Streit und wilde Gewinnsucht.
Nun erschien der Ausonen Geschlecht und sikanische Stämme,
Und das saturnische Land hat öfter den Namen gewechselt.
Könige folgten, darunter der rauhe, riesige Thybris,
Und wir Italer gaben nach ihm dem Strome den Namen

Thybris, der Albula hieß; nun schwand der ursprüngliche Name.
Mich, der heimatverjagt zum äußersten Meere gekommen,
Trieb das allmächtige Glück und das unabwendbare Schicksal
Hier in dies Land, mich zwang meiner Mutter, der Nymphe Carmentis,
Strenger Befehl und der Spruch Apollos, ihres Beraters.«
Kaum hat er dieses erzählt, da wandert er weiter und zeigt ihm
Den Altar und das Tor; das carmentalische nannten
Es die Römer aus alter Verehrung der Nymphe Carmentis,
Jener Seherin, die zuerst des aeneischen Stammes
Künftige Macht und den Ruhm des Pallanteums geweissagt.
Zeigt auch den großen Hain, den später zur Freistatt der tapfre
Romulus umgeschaffen, und das Lupercal am kalten
Fels, nach parrhasischem Brauch genannt nach dem Pan Lycaeus,
Weist auch nicht minder den Wald des heiligen Argiletum,
Wo, wie er erzählt, sein Gastfreund Argus getötet.
Auch zum tarpejischen Sitz und Capitolium führt er;
Heute prangt es im Gold, doch früher umstarrten es Dornen.
Damals schon erregte der Ort dem erbleichenden Landvolk
Heilige Schauer, es bangte vor diesem Wald und dem Felsen.
»Hier in dem Hain«, erzählt er, »und auf dem schattigen Hügel
Wohnt ein Gott, doch welcher, ist ungewiß; Juppiter selber
Meinten die Arkader hier gesehen zu haben, wenn manchmal
Er die düstere Aegis geschüttelt und Stürme erregte.
Weiter siehst du zwei Städte mit niedergerissenen Mauern,
Reste nur, Heldenmale aus längst vergangenen Zeiten:
Eine der Burgen hat Janus erbaut, die andre Saturnus,
Drum Janiculum und Saturnia heißen die beiden.«
Unter solchen Gesprächen gelangten sie zu des Euandrus
Ärmlichem Haus und sahen verstreut viel brüllende Herden,
Wo das römische Forum zur Zeit und die stolzen Carinen.
Als sie die Wohnung erreicht: »Die Schwelle da«, sprach er, »betrat einst
Herkules nach dem Sieg, dies Herrscherhaus hat ihn empfangen.
Wag es, auf Prunk zu verzichten, mein Freund, und zeige auch du dich
Würdig des Gottes und nimm vorlieb mit bescheidenem Obdach.«
Sprach's, und unter das Dach der niedrigen, engen Behausung

Führte der Fürst den großen Aeneas und wies ihm ein Lager
Auf einer Blätterstreu und dem Fell einer libyschen Bärin.
Nacht brach ein und umhegte die Erde mit dunkelem Fittich.
Aber da sie als Mutter nicht grundlos von der Laurenter
Drohen und wildem Taumel erschrocken, wandte sich Venus
An Vulkanus und sprach im goldenen Ehegemache,
Und umhauchte dabei ihre Worte mit göttlichem Liebreiz:
»Während mit Krieg die Gebieter von Argos Troja verheerten
Und nach dem Schicksal die Burg ein Raub der Flammen geworden,
Flehte ich nie für die Armen um Hilfe, noch bat ich um Waffen
Deiner Kunst und Kraft, nie wollte, teuerster Gatte,
Zwecklos und vergeblich ich dich mit Mühen belasten,
Wenn ich ja auch gar viel den Priamus-Söhnen verdankte
Und ich die drückende Not des Aeneas häufig beweinte.
Jetzt nach Juppiters Willen verweilt er im Rutulerlande.
Diesmal fleh' ich als Mutter zu deiner heiligen Gottheit,
Waffen dem Sohne zu schmieden. Dich konnte die Tochter des Nereus,
Konnte mit Tränen sogar Tithonus' Gemahlin bewegen;
Sieh, wie die Völker sich rotten und wie bei verrammelten Toren
Städte ihr Eisen schärfen für mein und der Meinen Verderben.«
Sprach's, und mit schneeigen Armen umfing sie in weicher Umschlingung
Schmeichelnd den zaudernden Gott; er spürt des früheren Feuers
Plötzliche Glut, seine Glieder durchrinnt in heißer Begierde
Trauliche Liebe, es packt ein Schauer seine Gebeine,
Nicht geringer, als wenn aus zuckendem Wetter mit Krachen
Bricht der glänzende Strahl und teilt mit Feuer die Wolken.
Froh ihrer List und Reize bewußt, gewahrt es die Gattin.
Drauf erwidert der Gott, von unendlicher Liebe gefesselt:
»Warum holst du Gründe so fern? Wo blieb dein Vertrauen,
Göttin, zu mir? Wenn früher dich ähnliche Sorgen befallen,
Hätten auch damals wir mit Recht die Teukrer bewaffnet:
Nicht der allmächtige Vater, kein Schicksal hätte verhindert,
Daß zehn Jahre noch Troja und Priamus' Herrschaft bestünde.
Heute auch, steht dir der Sinn nach Krieg und ist es dein Wille:
Was mir mit meiner Kunst nur irgend zu leisten verstattet,

Was sich verfertigen läßt aus Eisen und flüssigem Golde,
Was mir Blasbalg und Feuer vermag; doch ende dein Bitten,
Als bezweifeltest du die eigenen Kräfte.« So sprach er,
Und voll heißem Verlangen umschlang er die Gattin und schmiegte
Sanft sich ihr in den Schoß, von wonnigem Schlummer bewältigt.
Als die Hälfte der Nacht verflossen und Ruhe genügend
Ihm den Schlummer vertrieben zur Zeit, wenn morgens die Hausfrau,
Die am Rocken und Webstuhl dem kärglichen Lohne Minervas
Werken muß, neu in der Asche erweckt den schlummernden Funken
Und auch die Nacht noch nutzt und bei Licht die Mägde zu längrer
Arbeit treibt, damit sie keusch ihr ehelich Lager
Wahren und ihre Kleinen dann treu zu erziehen vermögen:
Lässiger nicht, noch später erhebt sich der Feuerbeherrscher
Von seinem schwellenden Lager und eilt zur Arbeit der Schmiede.
Neben Sikanias Küste und seitlich von Aeolus' Insel
Lipare hebt sich ein Eiland mit steilen, rauchenden Felsen.
Unter ihm dröhnt der Kyklopen ätnäische Grotte, von Essen
Rings durchbrochen, es hallen die wuchtigen Schläge vom Amboß
Dröhnend vernehmbar herauf, und zischende Chalybererze
Hauchen in den Gewölben, es haucht die Glut in den Öfen.
Das ist das Haus des Vulkan, und Vulkania nennt sich das Eiland.
Hierhin eilte vom Himmel herab der Feuergebieter.
Eisen schmiedeten dort im weiten Geklüft die Kyklopen,
Brontes, Steropes auch und Pyrakmon, nackte Gestalten.
Von ihren Fäusten geformt und auch schon teilweis geglättet,
Lag da ein Blitz, wie der Vater so viele vom Himmel zur Erde
Niederschleudert, doch war er erst zur Hälfte vollendet:
Noch drei Strahlen aus Hagel und drei aus wäßrigen Wolken
Fügten sie zu und drei aus roter Glut und aus Sturmwind.
Schrecklichen Glanz sodann und Donnergekrach und Entsetzen
Mischten dem Werke sie bei und die ganze Glut der Vergeltung.
Andere fertigten Wagen dem Mars mit fliegenden Rädern
Emsig, auf denen er Männer, auf denen er Städte befeuert.
Auch die entsetzliche Aegis, die Wehr der zürnenden Pallas,
Eiferten sie, aus Gold und Schlangenschuppen zu glätten,
Auch das Natterngeflecht und am Busen der Göttin die Gorgo
Selber mit rollenden Augen und abgeschnittenem Halse.

»Fort jetzt«, rief er, »beiseite mit all den begonnenen Werken,
Ihr Kyklopen vom Ätna, und achtet nun, was ich euch sage:
Waffen bedarf ein Held. Jetzt gilt es, die Kräfte zu brauchen,
Jetzt die Hände zu rühren, jetzt alle Künste zu meistern!
Ohne Verzug ans Werk!« Er sprach nichts weiter, und jene
Machten sich nun sofort an die Arbeit und teilten sie alle
Untereinander, es strömt das Erz und die goldene Masse,
Und der verwundende Stahl zerrinnt im geräumigen Ofen.
Einen gewaltigen Schild sie beginnen, der allen Geschossen
Der Latiner gewachsen, und siebenfach Scheibe auf Scheibe
Nieten sie fest. Es blasen die einen mit mächtigen Bälgen
Luft herein und heraus und andere härten im Bade
Zischendes Erz; es dröhnt von Amboßschlägen die Höhle.
Wechselnd schwingen im Takte sie alle gewaltig die Arme,
Und dann packen sie drehend mit Zangen die glühende Masse.
Während der lemnische Gott in Aeolien solches bereitet,
Weckt im bescheidenen Heim den Euandrus das freundliche Frühlicht
Und der Morgengesang der Vögel unter dem Giebel.
Schon erhebt sich der Alte, umhüllt sich mit wollenem Leibrock
Und umgürtet die Sohlen am Fuß mit tyrrhenischen Riemen,
Hängt das tegeische Schwert sich seitlich über die Schulter,
Und das Pantherfell schiebt er zurück, das links ihm herabhängt.
Aber ein Hundepaar, das wachsam die Schwelle gehütet,
Springt dem Fürsten voran und begleitet den Schritt des Gebieters.
In des Aeneas Gemach, zur stillen Kammer des Gastfreunds,
Schreitet der Held, der Gespräche und seines Versprechens gedenkend,
Und nicht weniger früh war auch Aeneas schon rührig.
Jenen begleitet Pallas, sein Sohn, und diesen Achates.
Nahe begrüßen sie sich mit Handschlag und lassen sich nieder
Mitten im Hof und froh des endlich vergönnten Gespräches.
Erst begann da der König:
»Mächtigster Teukrerfürst, solange du selber am Leben,
Gilt mir noch nicht besiegt die Macht und das Reich der Trojaner.
Unsere Kräfte sind gering, im Kriege so hehrem
Namen zu helfen; denn hier engt uns der strömende Tiber,
Drüben drängt Rutulervolk und klirrt um die Mauern mit Waffen.
Aber gewaltige Völker und Lager von glänzender Herrschaft
Denk' ich mit dir zu verbinden: Ein unerwarteter Zufall

Bietet dies Heil. Du kommst hierher, wie vom Schicksal gerufen.
Unweit liegt von hier, auf alte Felsen gegründet,
Ragend die Stadt Agylla, wo einst ein lydischer Volksstamm,
Hoch im Kriege berühmt, etruskische Hügel besetzte.
Nach viel glücklichen Jahren hat König Mezentius eben
Sie in drückender Herrschaft mit grausamen Waffen geknechtet.
Soll ich der schrecklichen Morde, des Wüterichs Taten gedenken?
Mögen die Götter es ihm und seinem Geschlechte vergelten!
Hat er mit Lebenden doch auch Leichen zusammengebunden,
Hand in Hand ineinandergefügt und Antlitz an Antlitz.
Welche Folter! Und wie sie in Gift und Eiter zerflossen,
Ließ er langsamen Todes sie sterben in grauser Umarmung.
Endlich ergreifen die Bürger, des tollen Wüterichs müde,
Waffen und umzingeln sein Haus und drinnen ihn selber,
Schlagen die Diener nieder und schleudern Glut in die Sparren.
Aus dem Gemetzel entweicht er selbst in der Rutuler Gaue,
Sucht dort Schutz, und die Waffen des Turnus schirmen den Gastfreund.
Ganz Etrurien drob erhebt sich in bittrer Entrüstung,
Droht mit Krieg und heischt den König zu seiner Bestrafung.
All diesen Tausenden gebe ich dich, Aeneas, zum Führer,
Denn schon brauste ringsum am Strand das Gewimmel der Barken,
Zeichen fordernd zum Kampf; doch hielt sie ein würdiger Seher
Schicksalsdeutend zurück: ›Erkorne Mäonierjugend,
Kraft und Blüte der Ahnen, euch treibt gerechte Entrüstung
Flammend gegen den Feind, sich an dem Tyrannen zu rächen.
Aber es darf solch Volk sich keinem Italer beugen.
Wählt auswärtigen Führer!‹ Nun lagert das Heer der Etrusker
Drüben im Feld, geschreckt durch die warnende Stimme der Götter.
Abgesandte schickte mir Tarchon selber und bot mir
Mit des Reiches Krone und Szepter die Zeichen der Herrschaft,
Daß ich im Lager erschiene, im Reich der Tyrrhener zu herrschen.
Aber die Bürde des Alters und meine ermatteten Jahre
Gönnen mir nicht dies Amt, es ruft nach stärkeren Kräften.
Gern berief' ich den Sohn, doch durch die sabinische Mutter
Ist er zur Hälfte hier heimisch. Doch du, der an Sippe und Jahren
So vom Schicksal begünstigt und der ein Erwählter der Götter,
Ziehe dahin, der Teukrer und Italer tapferster Führer!

Weiter gesell' ich dir noch den Trost und die Hoffnung des Vaters,
Pallas, den Sohn, daß er bei dir, dem Meister, erlerne
Dienst und Beschwerden des Mars, und deine Taten zu schauen
Sei ihm vergönnt, auf daß er jung dich lerne bewundern.
Arkaderreiter noch, zweihundert, erlesene Mannschaft,
Geb' ich dir mit, er selbst wird ebenso viele dir stellen.«
Als er geendet, saßen, den Blick zu Boden gerichtet,
Still der Anchisiade Aeneas, der treue Achates
Und erwogen im Herzen so manche schwere Gedanken.
Aber da gab Kytherea aus heiterem Himmel ein Zeichen,
Denn urplötzlich zuckte vom Äther ein zackiger Blitzstrahl
Krachend herab, und es schien, als stürze alles zusammen
Und als dröhne der Äther vom Klang tyrrhenischer Tuben.
Aufwärts schauten sie: Wieder und wieder rollte der Donner.
Waffen aus einer Wolke gewahren sie droben am heitern
Himmel wie roten Schimmer und hören sie krachend sich kreuzen.
Alle stehen erstaunt, doch nur Aeneas erkannte,
Daß der Schall die Verheißung der göttlichen Mutter bedeute.
Dann erklärt er: »Mein Freund, nein, forsche wahrlich nicht lange,
Was dies Ereignis bedeute: Der Himmel fordert mich selber.
Dieses Zeichen zu senden, verhieß mir die göttliche Mutter:
Bei dem Ausbruch des Krieges vom Himmel vulkanische Waffen
Mir zur Hilfe zu bringen.
Ha, welch blutig Gemetzel euch arme Laurenter erwartet!
Welche Buße sollst du mir zahlen, Turnus! Wie viele
Tapfere Leiber und Schilde und Helme wälzst du im Wasser,
Thybris! Laß sie den Kampf verlangen und Bündnisse brechen!«
Also rief der Held und hob sich vom ragenden Sitze,
Fachte dem Herkules gleich am Altare das schlummernde Feuer,
Und dem gestrigen Lar und auch den kleinen Penaten
Naht er erfreut; dann schlachten nach Brauch erlesene Lämmer
König Euandrus zugleich, zugleich die trojanische Jugend.
Dann, die Gefährten zu sehen, begibt sich Aeneas zur Flotte,
Und er wählt aus der Zahl, um ihm im Kriege zu folgen,
Sich die tapfersten Leute; die übrigen gleiten flußabwärts,
Ohne sich viel zu mühen, dahin mit der Strömung des Wassers,
Um dem Iulus vom Vater und allem Kunde zu bringen.
Rosse holt man den Teukrern zum Ritt in das Land der Tyrrhener,

Doch das erlesenste gibt man Aeneas, ganz mit dem falben
Fell eines Löwen bedeckt, mit schimmernd vergoldeten Klauen.
Schnell im Fluge durcheilt die Kunde das winzige Städtchen:
Reisige zögen in Eile zum Sitz des tyrrhenischen Königs.
Mütter verdoppeln voll Angst Gelübde, es wächst die Besorgnis
Mit der Gefahr, das Bild des Mars scheint höher zu wachsen.
Vater Euandrus umfaßt die Rechte des scheidenden Sohnes,
Hält sie lange umklammert und spricht mit strömenden Tränen;
»Gäbe mir Juppiter doch zurück die entschwundenen Jahre!
So wie ich war, da einst ich vor Praeneste der Feinde
Andrang warf und Haufen von Schilden als Sieger verbrannte
Und zum Orkus mein Arm den König Erulus sandte,
Dem drei Leben zugleich die Mutter Feronia schenkte
Bei der Geburt (welch Graus!), sich dreimal bewaffnet zu wehren.
Dreimal mußte er tödlich erliegen; doch alle drei Leben
Raubte ihm diese Rechte und nahm ihm dreimal die Waffen.
O dann risse, mein Sohn, mich nichts aus deiner Umarmung,
Niemals hätte mein Nachbar Mezentius diesem ergrauten
Haupte zum Trotz mit dem Schwerte so viele abscheuliche Morde
Ausgeführt und die Stadt um so viel Bürger gemindert.
Aber ihr Götter da droben und du, ihr oberster Herrscher,
Juppiter, habt Erbarmen mit einem arkadischen König
Und erhört eines Vaters Gebet! Wenn der Wille des Schicksals,
Wenn ihr Himmlischen mir den Sohn am Leben erhaltet,
Wenn ich erlebe, ihn wieder zu sehen und wieder zu haben,
Bitte um Leben auch ich und füge mich jeder Beschwerde.
Drohst aber, Schicksal, du mit unaussprechlichem Jammer,
Gleich dann gönne mir, gleich, das elende Leben zu enden,
Jetzt, wo die Sorge noch schwankt, noch schwebt die Hoffnung der Zukunft,
Während ich, teures Kind, du letzte und einzige Freude,
Dich noch umarme, o daß mein Ohr keine traurige Botschaft
Treffe!« So sprach der Vater beim letzten Scheiden und stürzte
Ohnmächtig nieder, es trugen ins Haus die Diener den König.
Schon aus geöffnetem Tor enteilten die Reiter von dannen,
Vorn an der Spitze Aeneas, zur Seite der treue Achates,
Andre erlauchte Troer sodann, in der Mitte des Zuges
Pallas im Kriegsgewand und prangend mit farbigen Waffen

Gleich wie Luzifer, wenn er feucht vom Okeanusbade
– Er, der Liebling der Venus vor allen übrigen Sternen –
Hebt sein heiliges Haupt gen Himmel, das Dunkel verscheuchend.
Auf den Mauern stehen voll Furcht die Mütter, ihr Auge
Folgt der stäubenden Wolke, den erzumschimmerten Scharen.
Fort durch die Büsche enteilen auf kürzestem Wege die Krieger.
Laut erklingt ihr Jauchzen, und bei geschlossenem Zuge
Wird von der Hufe Getrappel der trockene Boden erschüttert.
Langhin dehnt sich ein Hain am kühlen Flusse vor Caere,
Durch den Glauben der Väter weithin geheiligt; im Kreise
Schließen ihn Hügel ein, von dunklen Wäldern umgürtet.
Dem Silvanus, so heißt's, dem Gott der Felder und Herden,
Weihten die alten Pelasger den Hain und jährlichen Festtag,
Die vor Zeiten zuerst die latinischen Gaue bewohnten.
Unfern stand von hier in sicher gelegenem Lager
Tarcho mit seinen Tyrrhenern, man konnte vom Gipfel des Berges
Schauen das ganze Heer, das weit im Gefilde sich dehnte.
Hierhin reitet Aeneas mit seinen erlesenen Kriegern,
Und sie erquicken ermüdet die Rosse und eigenen Leiber.
Aber die Göttin Venus, aus Ätherwolken erglänzend,
Kam und brachte die Gaben, und als im entlegenen Tale
Einsam und fern sie den Sohn am kühlen Flusse erblickte,
Redete sie ihn an und trat ihm offen entgegen:
»Schau, da sind die verheißnen Geschenke, die kunstvoll mein Gatte
Fertigte, daß du nun bald nicht zögerst, die stolzen Laurenter
Und den feurigen Turnus in Kampf und Streit zu bestehen.«
Also sprach Kytherea, den Sohn umarmend, und legte
An den Fuß einer Eiche vor ihn die glänzenden Waffen.
Der, entzückt von der Göttin Geschenk und so herrlicher Ehre,
Wird des Schauens nicht satt und richtet auf alles die Blicke.
Staunend wendet er prüfend die Waffen mit Händen und Armen,
Erst den Helm mit dem drohenden Busch und sein flammendes Leuchten,
Dann das tödliche Schwert, den festen, ehernen Panzer
Rötlich wie Blut und gewaltig, als wenn eine finstere Wolke
Durch die Strahlen der Sonne erglüht und überall leuchtet;

Ferner die glänzenden Schienen aus Gold und geschmolznem Elektrum,
Auch den Speer und den Schild, ein unbeschreibliches Wunder.
Auf ihm hatte der Gott des Feuers, des Kommenden kundig,
Wohl vertraut mit den Sprüchen der Seher, der Italer Taten
Und die Triumphe der Römer geformt und auch die Geschlechter
Aus Askanius' Stamm und die Reihe durchfochtener Kriege.
Auch in der grünen Grotte des Mars die säugende Wölfin
Formte er, wie sie da lag und ihr am Euter die beiden
Zwillingsknaben hängen und spielen oder ganz furchtlos
An der Pflegerin saugen und diese, rückwärts den drallen
Nacken gebeugt, sie wechselnd beleckt und formt mit der Zunge.
Nahe dabei war Rom und der Raub der sabinischen Frauen,
Die man wider das Recht bei circensischen Spielen von ihren
Sitzen gerissen; auch sah man, wie neu den Romulusmännern
Krieg von Tatius drohte, dem Greis, und den strengen Bewohnern
Cures' und weiterhin dann nach beendeter Fehde die gleichen
Fürsten in Waffen standen an Jovis Altare und hielten
Opferschalen, den Bund mit geschlachteten Schweinen zu weihen.
Nahebei wird ein Mann in der Mitte in Stücke gerissen
Von einem Viergespann (wärst du doch treu geblieben, Albaner!).
Schleifen ließ Tullus da den Leib des schlimmen Verräters
Durch das Gehölz, und es tauten, bespritzt von dem Blute, die Dornen.
Auch Porsenna befahl, den verstoßnen Tarquinius wieder
Aufzunehmen, und drohte der Stadt mit schwerer Belagrung;
Aber Aeneas' Geschlecht stürmt wild in den Kampf für die Freiheit.
Da war auch jener zu sehen, der wie im Unmut so drohend
Blickte, weil Cocles früher den Abbruch der Brücke ermöglicht'
Und nach durchbrochener Haft im Strome Cloelia fortschwamm.
Auf der tarpejischen Burg hoch oben ragte als Hüter
Manlius vor dem Tempel, das Capitol zu behaupten.
Romulus' Königshaus stand dort mit erneuertem Strohdach.
Dort auch flattert aus Silber die Gans durch goldene Hallen,
Schreiend zu künden, es stünden die Gallier schon auf der Schwelle.
Gallier waren durch Büsche genaht, sie hatten die Burg schon
Inne, vom Dunkel gedeckt, von nächtigen Schatten begünstigt.
Golden strahlte ihr Haar und golden ihre Gewänder,

Hell die Mäntel gestreift, und um die Weiße des Halses
Schlang sich goldener Schmuck. Zwei Alpenspeere in Händen
Schwenkten sie alle, den Leib gedeckt mit länglichen Schilden.
Tanzende Salier auch, daneben nackte Luperker,
Spitze wollene Kappen, vom Himmel gefallene Schilde
Hatte der Gott geprägt: Es leiteten keusche Matronen
Heiliges durch die Stadt in sanften Wagen. Auch formte
Er des Tartarus Reich, die hohe Pforte des Pluton
Und der Verbrecher Gericht und dich, Catilina, der schwebend
Hängt am drohenden Fels in Angst vor der Furien Antlitz,
Auch die gesonderten Frommen und den sie richtenden Cato.
Zwischen dem allen hindurch lief breit des schwellenden Meeres
Goldenes Bild, doch schäumte die Bläue der schimmernden Fluten;
Hell in Silber peitschten mit ihren Schweifen Delphine
Rings im Kreise die Wellen der See und durchschnitten die Brandung,
Flotten mitten darin aus Erz und Actiums Kämpfe
Waren zu schauen, auch sahst du den ganzen Strand von Leucates
Wimmeln von Kriegerscharen, und golden blitzten die Wellen.
Caesar Augustus hier, die Italer führend zum Streite,
Und mit Vätern und Volk und Penaten und waltenden Göttern
Steht er auf hohem Verdeck. Ihm sprüht um die lachenden Schläfen
Doppelte Glut, und ihm leuchtet der Stern des Vaters vom Scheitel.
Drüben ragte Agrippa, von Wind und Göttern begünstigt,
Hoch als Führer des Zuges; als stolzes Zeichen des Krieges
Glänzt um die Schläfen ihm rings des Seesiegs geschnäbelte Krone.
Siegreich führt alsdann Antonius Völker des Auslands
Buntbewaffnet heran vom roten Strande Auroras,
Ganz Ägypten, die Macht des Ostens und das entlegne
Bactra dazu; ihm folgt (o Schmach!) die ägyptische Gattin.
Alle stürmten zugleich; vom Stoß dreizahniger Schnäbel
Und zerwühlt vom Schlage der Ruder schäumen die Fluten.
Wie sie auf offenem Meer, da meinst du, es schwämmen entwurzelt
Ragende Inseln, als würfen sich Berge Bergen entgegen:
Also drängen die Männer auf Deck der bestürmten Kolosse.
Flammendes Werg entfliegt den Händen, und Eisengeschosse
Hageln; es röten sich frisch vom Blut die neptunischen Fluten.
Mitten befeuert die Fürstin das Heer mit dem heimischen Sistrum,

Und noch immer nicht sieht sie die beiden Schlangen im Rücken.
Allerlei greuliche Götzen, darunter der Beller Anubis,
Richten ihre Geschosse auf Venus, Neptun und Minerva.
Mitten im Treffen wütet, aus Stahl gemeißelt, der wilde
Mars, und hoch in den Lüften erblickt man verderbliche Diren.
Jauchzend schreitet dahin in zerschlissenem Mantel die Zwietracht,
Ihr auf dem Fuße folgt mit blutiger Geißel Bellona.
Das gewahrt aus der Höhe der actische Phoebus, und spannend
Hebt er den Bogen; da wenden erschrocken Ägypter und Inder,
Ganz Arabien auch und alle Sabäer den Rücken,
Selbst die Königin schien die Segel dem innig erflehten
Winde preiszugeben und hastig die Taue zu lösen;
Mitten im Morden und blaß vor dem nahenden Tode, so hatte
Sie Vulkanus gebildet, wie Winde und Wellen sie trugen,
Gegenüber voll Trauer den riesigen Körper des Nilus,
Wie er, den Busen erschließend, mit weit gebreitetem Kleide
Ruft in den bläulichen Schoß und die bergende Bucht die Besiegten.
Dreifach im Triumphe durchfuhr Augustus die Mauern
Roms, und als ewige Weihe für die italischen Götter
Baute er rings in der Stadt dreihundert gewaltige Tempel.
Laut ertönten die Gassen von Beifall, Jubel und Spielen;
Frauenchöre in jedem der Tempel, in jedem Altäre
Und vor jedem Altar geschlachtete Stiere am Boden.
Selber läßt er sich nieder an Phoebus' schimmernder Schwelle,
Überschaut die Geschenke der Völker und hängt sie an stolzen
Säulen auf; es schreiten in langem Zuge besiegte
Völker einher, verschieden an Sprachen, Trachten und Waffen;
Hier Nomadengeschlechter und drüben entgürtete Afrer,
Leleger hier und Karer und pfeilbewehrte Gelonen
Hatte der Gott geformt; den sanftumflutenden Euphrat,
Doppeltgehörnt den Rhein, die Moriner ganz in der Ferne,
Ungebändigte Daher, den nie überbrückten Araxes.
Solcherlei auf dem Schilde Vulkans, dem Geschenke der Mutter,
Staunt er voll Freude an, unkundig des Sinnes der Bilder;
Dann auf die Schultern erhebt er den Ruhm und das Schicksal der Enkel.

NEUNTER GESANG

Während sich drüben dies in entlegener Gegend ereignet,
Sendet vom Himmel herab die saturnische Juno die Iris
Hin zu dem kühnen Turnus. Im Hain seines Ahnen Pilumnus
In dem heiligen Tal befand sich Turnus soeben.
Hier begrüßt ihn die Tochter des Thaumas mit rosigem Munde:
»Turnus, was keiner der Götter gewagt deinem Wunsch zu gewähren,
Will der kreisende Tag dir nun von selber erfüllen.
Zog doch Aeneas, das Lager, die Freunde und Schiffe verlassend,
In das Reich des Euandrus, des palatinischen Königs.
Mehr noch: Eilte er doch zu Corythus' äußersten Städten,
Um dort die Lydiermacht und gesammelte Bauern zu waffnen.
Zögerst du noch? Jetzt ruft die Zeit nach Rossen und Wagen.
Säume nicht lang und stürme das Lager in seiner Verwirrung.«
Sprach's, und in schwebendem Flug erhob sie sich wieder zum Himmel,
Und in gewaltigem Bogen enteilte sie unter den Wolken.
Jetzt erkennt sie der Jüngling und streckt zum Himmel die beiden
Hände empor und rief ihr nach die eilenden Worte:
»Iris, du Zierde des Himmels, wer sandte dich mir aus den Wolken
Nieder zur Erde? Woher die plötzliche Helle des Himmels?
Seh' ich den Äther doch mitten sich teilen und droben die Sterne
Kreisen am Firmament. Ich folge solch glücklichem Zeichen,
Wer auch zum Kampfe mich ruft.« So rief er und schreitet zur Quelle,
Schöpft aus dem obersten Sprudel das lautere Wasser und wendet
Betend sich zu den Göttern und füllt die Luft mit Gelübden.
Schon war das ganze Heer ins freie Gefilde gezogen,
Reich an Rossen und reich an golddurchwirkten Gewändern.
Vorn befehligt Messapus die Reihen und hinten des Tyrrhus
Junge Söhne, und Turnus gebietet im mittleren Treffen
(Waffenschwingend und höher an Haupt als alle die andern):
So wie schwellend der Ganges aus sieben ruhigen Flüssen
Schweigend gleitet oder der Nil mit befruchtenden Fluten,
Wenn er die Fluren verläßt und neu sich sammelt im Flußbett.
Plötzlich gewahren die Teukrer von fern eine wirbelnde Wolke

Schwarzen Staubes, und wie sich rings die Fluren verdunkeln.
Und Kaïkus sieht sie zuerst von der vordersten Zinne:
»Bürger, was wälzt sich denn dort heran in finsterer Masse?
Greift zu den Schwertern, schnell, bringt Waffen, steigt auf die Mauer.
Heia, der Feind ist da!« Laut lärmend drängen durch alle
Tore die Teukrer hinein ins Lager und füllen das Bollwerk;
Denn so hatte beim Scheiden der kampferfahrne Aeneas
Angeordnet: Wenn sich inzwischen ein Zufall ereigne,
Solle man nicht zur Schlacht in offenem Felde sich stellen,
Nein, das Lager allein und die sichern Verschanzungen schützen.
Drum, wie mächtig auch Zorn und Scham zum Kampfe sie antreibt,
Schließen sie doch die Tore und handeln, wie ihnen geboten,
Und erwarten gewaffnet den Feind in den bergenden Türmen.
Turnus sprengte im Flug voran dem langsamen Zuge,
Zwanzig erlesene Reiter an seiner Seite, und nahte
Unversehens dem Lager; ihn trägt ein thrazischer Schecke,
Und es flattert ihm rot der Busch auf dem goldenen Helme.
»Wer, ihr Jünglinge, folgt zuerst mir gegen die Feinde?
Seht!« So ruft er und schleudert den Speer in die Lüfte, zum Zeichen
Des beginnenden Kampfes, dann sprengt er stolz in das Blachfeld.
Jauchzend folgen die Freunde dem Ruf mit wildem Getöse.
Aber sie sehen erstaunt, wie zag die Teukrer erscheinen,
Nicht in das offene Feld sich vorzuwagen, nicht männlich
Waffen kreuzen und sich im Lager bergen. Und Turnus
Rast zu Roß und erforscht die Wälle nach heimlichem Zugang.
Wie wenn lauernd ein Wolf die Hürde der Schafe umstrichen
Und nun draußen heult, von Wind und Wetter gepeinigt,
Laut um Mitternacht, doch sorglos blöken die Lämmer
Unter den Müttern; es tobt der Wolf in grimmiger Wildheit
Gegen die gut Geschützten, ihn quält die lange verhaltne
Gier nach Fraß, und ihm lechzt nach Blut die dorrende Kehle:
Ganz so lodert der Zorn in dem Rutuler, als er des Lagers
Wälle umschaut, und die Qual durchglüht ihm Mark und Gebeine.
Wie bewirkt man den Zugang? Auf welche Weise vertreibt man
Aus der Verschanzung die Teukrer und jagt sie ins ebne Gefilde?
Da, wo die Flotte verdeckt sich lehnt an die Seite des Lagers,
Rings von Dämmen umgürtet und auch von den Wellen des Flusses,

Sprengt er drauflos und treibt zum Brand die jauchzenden Freunde,
Und er selber voll Glut ergreift eine lodernde Fackel.
Da bleibt keiner zurück, es spornt sie die Nähe des Turnus;
Gleich ist die ganze Jugend mit qualmenden Fackeln bewaffnet,
Die man dem Herde entreißt, es glüht aus rauchenden Schwaden
Düsteres Licht, und es sprüht die Glut in Funken gen Himmel.
Welche Gottheit, ihr Musen, bewahrte die Teukrer vor solchem
Drohenden Brand? Wer trieb von den Schiffen so schreckliche Flammen?
Kündet es! Zwar die Tat ist alt, doch ewig ihr Nachruhm.
Zu der Zeit, wo Aeneas zuerst auf dem phrygischen Ida
Schiffe baute und hoch aufs Meer zu segeln beschlossen,
Wandte sich, wie man erzählt, Berekyntia selber, der Götter
Mutter, an Juppiters Macht: »Mein Sohn, gewähre, was deine
Liebende Mutter von dir, dem Herrn des Olympus, erbittet.
Mein ist ein Pinienwald, seit vielen Jahren mir teuer,
Hoch auf dem Gipfel des Berges, wo man mir Opfer erstattet,
Dunkel von Ahornholz und schwarzen Kiefern umschattet.
Die nun schenkte ich gern, weil er einer Flotte bedurfte,
Dem dardanischen Jüngling; nun aber peinigt mich Sorge.
Banne die Furcht und laß es die Bitten der Mutter vermögen,
Daß meine Bäume kein Sturm und keine Irrfahrt verletze;
Sei es ihr Schutz, daß sie auf unseren Bergen gewachsen.«
Antwort gab ihr der Sohn, der schwingt die Gestirne des Weltalls:
»Mutter, was flehst du für jene? Was willst du vom Schicksal erzwingen?
Können denn Schiffe, erbaut von sterblichen Händen, unsterblich
Bleiben? Soll ungefährdet Aeneas durch alle Gefahren
Schreiten? Und welchem Gott ist solche Befugnis verliehen?
Nein, sobald sie am Ziel und in ausonischen Häfen
Landeten, will ich sie alle, die heil den Fluten entronnen
Und zum Laurentergefild den dardanischen Helden geleitet,
Ihrer sterblichen Form entkleiden und heiße sie werden
Göttinnen weit im Meer, gleichwie Galatea und Doto,
Nereus' Töchter, die Brust dem Schaum der Meeresflut bieten.«
Sprach's und bekräftigt sein Wort beim Strome des stygischen Bruders
Und bei den pechumbrausten Gestaden des kochenden Strudels

Nickenden Hauptes, daß rings die Höh'n des Olympus erbeben.
Nun war er da, der verheißene Tag und die Stunde der Parzen
Reif zur Erfüllung, wo Turnus durch seine Frevel die Mutter
Antrieb, vor Fackelbrand die heiligen Schiffe zu hüten.
Erst erstrahlte den Blicken ein seltsam Leuchten, und riesig
Sah man ein lichtes Gewölk von Osten den Himmel durcheilen
Mit den Chören des Ida, und dröhnend erscholl eine Stimme
Hoch vom Himmel und drang in der Troer und Rutuler Scharen:
»Eilt euch, ihr Dardaner, nicht, um meine Schiffe zu schützen:
Niemand ergreife die Waffen! Kann Turnus doch eher die Meere
Als das heilige Holz entflammen, und ledig der Bande,
Eilt vergöttlicht zum Meere. Denn solches heißt euch die Mutter.«
Gleich zersprengen die Barken die Haltetaue am Ufer,
Und nach Art der Delphine mit untertauchenden Schnäbeln
Gleiten sie tief in die Flut, dann heben sich (seltsames Wunder)
Ebenso viele Nymphen, als vorher eherne Kiele
Längs dem Ufer gereiht, empor und entgleiten im Meere.
Tiefes Staunen ergriff die Rutuler, selbst des Messapus
Rosse scheuen, er bebt, es staut sich mit rauhem Gebrause
Tiberinus und zieht zurück vom Meere die Fluten.
Nur der feurige Turnus läßt nicht sein Vertrauen erschüttern,
Stärker entflammt er die Seinen und schilt sie donnernd noch stärker:
»Nur die Troer bedroht dies Wunder, und Juppiter selber
Raubt ihre Mittel zur Flucht. Kein Feuer und keine Geschosse
Brauchen die Rutuler mehr. Das Meer ist den Teukrern verschlossen,
Hin ihre Hoffnung auf Flucht. Ihr Heil ist zur Hälfte verloren,
Aber in unseren Händen das Land: Zu Tausenden greifen
Italerstämme zur Wehr. Mich schreckt kein Götterorakel,
Wie sich die Phryger damit auch brüsten: Dem Schicksal und Venus
Ist Genüge geschehen, nachdem Ausoniens reiche
Flur von den Troern betreten, auch ist mir dagegen mein eignes
Schicksal bestimmt, mit dem Schwert dies Frevelgezücht zu vernichten,
Das mir die Gattin entreißt. Nicht rührt allein die Atriden
Solch ein Schmerz, nicht darf sich allein Mykenae bewaffnen.
Einmal unterzugehen genügt. Es wäre genügend,
Einmal so zu freveln! Von Herzen hass' ich dies ganze

Weibische Volk, das nur den hemmenden Gräben vertrauend
Und dem trennenden Wall, solch schwacher Abwehr des Todes,
Seinen Mut behält. Doch sahen sie etwa nicht Trojas
Mauern von Flammen verzehrt, die doch Neptunus errichtet?
Ihr Erlesenen aber, wer wagt mit dem Eisen das Pfahlwerk
Einzuhauen und mit mir ins bebende Lager zu dringen?
Ich bedarf keiner Waffen Vulkans, nicht tausend Galeeren
Brauch' ich gegen die Teukrer, und ob sich auch alle Etrusker
Ihnen gesellten; kein Dunkel und keine diebische Feigheit,
Die ein Palladium und die Wächter erschlägt auf der Warte,
Haben die Teukrer zu fürchten, noch birgt uns ein finsterer Roßbauch:
Offen am Tage, gewiß, umkränz' ich die Mauern mit Feuer.
Nein, sie sollen nicht wähnen, mit Danaern oder Pelasgern
Kämpfe zu führen, die nur durch Hektor zehn Jahre gedauert.
Jetzt, da der bessere Teil des Tages inzwischen vergangen,
Pflegt die übrige Zeit nach wohlverrichteten Taten
Froh den Leib, ihr Männer, und harrt gerüstet des Kampfes.«
Draußen indessen mit Wachen die Tore fest zu verschließen,
Wird dem Messapus vertraut, auch Wachtfeuer rings zu entfachen.
Vierzehn Rutuler werden erwählt zu der Mauer Bewachung,
Und ein jeder von ihnen hat hundert Mannen Gefolgschaft.
Purpurne Büsche wehen, und golden strahlen sie alle,
Rennen rundum und verteilen die Posten. Im Grase gelagert
Laben sie sich an Wein und leeren die ehernen Krüge.
Ringsum leuchten die Feuer. Die Nacht verkürzen die Wachen
Schlaflos sich mit Spiel.
Auf sie nieder schauen vom Wall die Troer, die Zinnen
Halten sie oben besetzt und prüfen furchtlos die Tore
Und verbinden mit Brücken die vorgelagerten Werke,
Holen Geschosse. Und Mnestheus betreibt's und der rasche Serestus,
Die der Vater Aeneas, wenn je die Not es erheische,
Als Gebieter der Mannen und Herr des Lagers bestellte.
Rings auf den Wällen wacht das Heer und teilt die Gefahren,
Alle versehen den Dienst, so wie es jeglichem obliegt.

Nisus, Hyrtakus' Sohn, war Wächter des Tores, ein kühner
Streiter, gewandt mit dem Speer und mit den beflügelten Pfeilen,
Den zum Geleit dem Aeneas die Jägerin Ida gesendet.

Neben ihm sein Gefährte Euryalus; keiner war schöner
Unter den Aeneaden und keiner in troischer Rüstung,
Fast noch Knabe, ihm sproßte der erste Flaum um die Wangen,
Beide in Liebe vereint und kämpften immer gemeinsam;
Darum hielten sie auch zusammen am Tore die Wache.
Nisus begann: »Ob Götter solch heißes Verlangen entzünden?
Oder, Euryalus, wird einem jeden zum Gott die Begierde?
Treibt mich doch zum Kampf oder sonst einem großen Beginnen
Längst meine Lust, und nicht genügt ihr so friedliche Ruhe.
Schau die Rutuler dort, so sicher und voller Vertrauen:
Spärlich leuchten die Feuer; von Wein und Schlummer bewältigt
Liegen sie da, ringsum ist alles ruhig. Nun höre,
Was ich erwäge und welch Entschluß meine Seele beflügelt:
Alle, das Volk und die Väter, verlangen, daß man Aeneas
Rufe und Männer entsende, um sichere Kunde zu bringen.
Wenn man dir, was ich fordre, verspricht (mir liegt nur am Ruhme),
Dann erscheint es mir leicht, den Weg am Fuße des Hügels
Zu den Mauern und Wällen von Pallanteum zu finden.«
Aber Euryalus staunt, von Ruhmbegierde durchdrungen,
Und sogleich beginnt er zu seinem begeisterten Freunde:
»Mich also, Nisus, verschmähst du bei solchem kühnen Beginnen?
Und ich soll dich allein so großer Gefahr überlassen?
Nein, so hat mich mein Vater, der kriegserfahrne Opheltes,
Nicht im Danaerkrieg und der steten Bedrängnis von Troja
Auferzogen, nicht hab' ich mich je dir also bewiesen,
Als ich in äußerster Not gefolgt dem erhabnen Aeneas.
Hier auch, hier ist ein Herz, das des Lichtes nicht achtet und wohlfeil
Glaubt mit dem Leben den Ruhm, den du erstrebst, zu bezahlen.«
Nisus darauf: »Nie habe von dir ich solches befürchtet,
Durft' es auch nicht, so wahr mich siegreich Juppiter wieder
Zu dir bringe, oder wer sonst mich gnädig betrachtet.
Reißt jedoch (wie du es oft gewahrst bei solch einem Wagnis),
Reißt jedoch mich in den Tod ein Gott oder irgendein Zufall,
Wünscht' ich, du bliebest bewahrt, dein Alter ist werter des Lebens.
Einer wäre dann da, der mich durch Kampf oder käuflich
Zur Bestattung entreißt und, wehrt das Schicksal auch dieses,
Mich in der Ferne noch ehrt mit Totenopfer und Grabmal.
Auch deiner armen Mutter möcht' ich den Kummer ersparen,

Die aus der Menge der Mütter allein es wagte, o Knabe,
Dich zu begleiten, und so die Stadt des Akestes verschmähte.«
Drauf der andre: »Was häufst du doch lauter nichtige Gründe?
Kann meinen festen Beschluß doch nichts erschüttern und ändern.
Eilen wir drum!« Er ruft's; sie wecken die Wachen, und diese
Kommen und übernehmen den Dienst. Nach dem Wechsel der Posten
Eilen die beiden Freunde zusammen und suchen den Prinzen.
Allen Wesen ringsum auf Erden entschwanden im Schlummer
Kummer und Sorge, und sie vergaßen der Mühe und Arbeit,
Nur die Fürsten der Teukrer, des Volkes erlesenste Mannen,
Pflegten versammelt des Rats in solcher bedrohlichen Lage,
Was zu tun und wer wohl Kunde brächte Aeneas.
Auf ihre langen Lanzen gelehnt, gestützt auf die Schilde,
Stehen sie mitten im Lager, da nahen eilig sich Nisus
Und Euryalus, und voll Eifer erbitten sie Zutritt,
Sei es doch wichtig und lohne der Mühe; Iulus als erster
Nimmt die Drängenden an und gebietet dem Nisus zu reden.
Drauf des Hyrtakus Sohn: »Ihr Aeneaden, vernehmt uns
Freundlichen Sinnes und nicht nach unseren Jahren ermesset,
Was wir euch bringen. Verstummt, von Wein und Schlummer bewältigt,
Ruhen die Rutuler; wir erspähten heimlichen Ausgang,
Wo sich gabelt der Weg am Tor, ganz nahe am Meere.
Unterbrochen sind dort die Feuer; es steigt nur ein schwarzer
Qualm gen Himmel; und wenn ihr gestattet, dies Glück zu benutzen,
Um in der Stadt Pallanteum den Helden Aeneas zu suchen,
Werdet ihr bald ihn hier nach blutigen Taten voll Beute
Wiederkehren sehen; wir können den Weg nicht verfehlen,
Sahen wir doch die Stadt schon vor uns, als wir im dunklen
Tale gejagt, wir kennen die ganze Länge des Stromes.«
Laut rief drauf Aletes, der reif an Einsicht und Jahren:
»Götter der Heimat, ihr, die immer Trojas Behüter,
Wollt ihr also doch nicht die Teukrer völlig vernichten,
Da ihr solch herrlichen Mut und solch entschlossene Herzen
Unserer Jugend gewährt!« Er rief's, und an Schultern und Händen
Faßte er beide, und Tränen benetzten ihm Antlitz und Wangen:
»Welcher Lohn, ihr Männer, vermöchte für solche Verdienste

Würdig genug mir scheinen! Den köstlichsten werden die Götter
Und euer eignes Bewußtsein euch spenden, den weitern erstattet
Dankbaren Sinnes euch bald Aeneas, und nimmer vergessen
Wird solch rühmliche Tat sein blühender Sprößling Iulus.«
»Ja, auch ich, den nur des Vaters Rückkehr errettet«,
Fiel Askanius ein, »bei den großen Penaten, o Nisus,
Bei des Assarakus Lar und dem Heiligtume der Vesta
Fleh' ich euch an (denn all mein Schicksal, mein ganzes Vertrauen
Leg' ich in eure Hand): Zurück nur ruft mir den Vater!
Laßt ihn mich wiedersehn; ist er da, fürchte ich gar nichts.
Zwei Pokale aus Silber, geschmückt mit getriebenen Bildern,
Werd' ich euch geben – mein Vater gewann sie als Sieger Arisbas –,
Dreifüße auch ein Paar, an Gold zwei schwere Talente,
Auch einen Krug, sehr alt, ein Geschenk der sidonischen Dido.
Wenn mir als Sieger dazu das Italerland und das Szepter
Einst zu gewinnen vergönnt und das Los um die Beute zu werfen:
Sahst du nicht, Nisus, das Roß und die goldene Rüstung des Turnus?
Dieses Roß und den Schild und den roten schimmernden Helmbusch
Nehm' ich dem Lose voraus schon jetzt als deine Belohnung.
Außerdem wird mein Vater dir zwölf erlesene Frauen
Und gefangene Männer mit voller Bewaffnung verleihen,
Felder noch überdies, die dem König Latinus gehören.
Dich aber, herrlicher Knabe, der mir an Alter und Jahren
Näher noch steht, dich will ich vollen Herzens zum Freunde
Und zum Genossen nehmen in allen Fällen des Schicksals.
Ohne dich will ich nie nach rühmlichen Taten verlangen,
Sei es in Krieg oder Frieden, dir schenk' ich in Worten und Taten
Stets mein höchstes Vertrauen.« Der junge Euryalus aber
Sagte dagegen: »Mich soll kein Tag bei kühnem Beginnen
Anders finden als heut, ob günstig mein Schicksal sich wende
Oder feindlich. Jedoch von allen Geschenken um eines
Flehe ich dich. Meine Mutter, aus Priamus' altem Geschlechte,
Zog ja hochbetagt mit mir; nicht Ilions Boden
Konnte die Arme halten, auch nicht die Stadt des Akestes.
Sie, die gar nicht ahnt, welch nahe Gefahren mir drohen,
Lasse ich ohne Abschied. Die Nacht sei Zeuge und deine
Rechte, niemals könnt' ich die Tränen der Mutter ertragen.
O sei du in der Not ihr Tröster und hilf der Verlaßnen.

Laß mir diese Hoffnung auf dich, dann werde ich kühner
Allen Gefahren begegnen.« Erschütterten Herzens vergossen
Alle die Dardaner Tränen, vor allem der schöne Iulus,
Denn es ergriff sein Herz das Bild des liebenden Vaters,
Und er versetzte darauf:
»Alles verspreche ich dir, was wert deines kühnen Beginnens.
Sie soll als Mutter mir gelten, und nur der Name Krëusa
Fehle allein: Es erntet, wer solchen Helden geboren,
Keinen geringen Dank. Und wie sich auch alles entscheide,
Schwör' ich bei diesem Haupt, wie oft mein Vater geschworen:
Was ich dir selber gelobt, sofern du glücklich zurückkehrst,
Das auch bleibt deiner Mutter und deinem Geschlechte gesichert.«
Also sprach er mit Tränen und nahm das Schwert von der Schulter,
Das Lykaon aus Gnosus voll Kunst mit goldenem Zierat
Schmückte und gut gefügt in elfenbeinerne Scheide.
Mnestheus reicht dem Nisus das mähnige Fell eines Löwen,
Und es tauschte mit ihm den Helm der treue Aletes.
So bewaffnet, enteilen sie rasch, und die edelsten alle,
Alle Jungen und Alten geleiten die beiden mit Wünschen
Bis an das Tor. Es fehlte auch nicht der schöne Iulus.
Weit über seine Jahre gereift in mutiger Sorge,
Gab er noch mancherlei Auftrag an seinen Vater. Doch alles
Ward in den Lüften verweht zum eitlen Spiele der Wolken.
Vor dem Lager durchqueren sie beide den Graben und nähern
Sich dem feindlichen Lager im Dunkel, doch brachten sie vorher
Manchem den Tod. Sie sahen verstreut im Grase die Leiber
Ruhen voll Schlaf und Wein, am Strand die Wagen gerichtet.
Zwischen Riemen und Rädern und Waffen lagen die Männer,
Becher daneben. Da sprach der Sohn des Hyrtakus leise:
»Jetzt, Euryalus, ruft die Tat, jetzt gilt es zu wagen.
Hier ist der Weg; nun wache und späh in die Ferne, daß niemand
Hinter uns gar im Rücken die Hände wider uns hebe.
Ich aber schaffe hier Raum und bahne dir breit eine Gasse.«
Also sprach er gedämpft und griff mit dem Schwerte den stolzen
Rhamnes an, der langgestreckt auf geschichteten Polstern
Dort aus innerster Brust tief atmend ruhte im Schlummer,
König er selbst und als Seher geschätzt von Turnus, dem König;
Doch seine Seherkunst konnte nicht sein Verderben verhüten.

Auch drei Diener erschlägt er, die sorglos neben den Waffen
Lagen, dazu auch Remus, den Waffenträger und Lenker
Unter den Rossen, und traf sie in den hangenden Nacken.
Auch dem Gebieter schlug er das Haupt herunter und ließ dann
Liegen den röchelnden Rumpf im Blute, das dunkel den Boden
Und die Teppiche feuchtet; er tötet auch Lamyrus, Lamus
Und den jungen, so schönen Serranus; er hatte am stärksten
Jene Nacht durchschwärmt, nun lag er vom Weine des Gottes
Überwältigt da; wie glücklich, hätt' er die ganze
Nacht so weiter gewüstet bis in den kommenden Morgen.
Also durchtobt voll Gier ein Löwe die schafegefüllten
Hürden in rasendem Hunger; nun reißt er und rafft er die schwachen
Angstverstummten Tiere und schnaubt mit blutendem Rachen.
Auch nicht weniger würgt Euryalus; flammend vor Mordlust
Rast er umher und erschlägt in dem unbekannteren Haufen
Fadus und Herbesus und Abaris neben dem Rhoetus,
Alle im Schlaf, nur Rhoetus war wach und gewahrte auch alles,
Aber er barg voll Angst sich hinter dem mächtigen Mischkrug:
Als er sich aber erhob, da fuhr ihm Euryalus' Eisen
Tief in die Brust, dann zog er heraus die blutende Waffe.
Purpurn entquoll dem Krieger sein Leben, und sterbend erbrach er
Blut mit Wein vermischt; so tobte der heimliche Würger.
Und schon wandte er sich zu Messapus' Genossen (er sah dort,
Wie die Feuer verglühten und, richtig gekoppelt, die Rosse
Ruhig grasten), als Nisus ihn kurz und flüsternd ermahnte,
Sah er ihn doch zu weit von Mordbegierde getrieben:
»Hören wir auf«, so sprach er, »es naht das gefährliche Frühlicht.
Rache genug ist geübt und frei der Weg durch die Feinde.«
Vieles Männergerät, aus Silber gefertigt, und Waffen
Lassen sie dort, auch Krüge daneben und köstliche Decken,
Nur des Rhamnes Schmuck, den Gurt mit den goldenen Buckeln
(Caedicus hatte ihn einst, der reiche, als gastliche Gabe
Zur Verknüpfung der Freundschaft auch in der Ferne nach Tibur
Remulus zugesandt, der ließ ihn im Tode dem Enkel;
Der aber fiel im Kampf, und die Rutuler raubten die Beute),
Raffte Euryalus auf und hing ihn – vergeblich – um seine
Tapferen Schultern und stülpte sich auf des Messapus bebuschten

Helm, und das Lager verlassend, gewannen sie freies Gefilde.
Doch aus der Stadt der Latiner vorausgesendete Reiter,
Während das übrige Heer geordnet im Felde verweilte,
Sprengten heran, um Turnus, dem König, Antwort zu bringen,
Dreimal hundert, sie alle beschildet und Volscens ihr Führer.
Nahe bereits dem Lager und dicht vor der Rutuler Wällen
Sehen sie fern das Paar den Pfad zur Linken verfolgen,
Und des Euryalus Helm verrät im nächtlichen Zwielicht
Seinen achtlosen Träger durch allzu leuchtenden Schimmer.
Ungewöhnlich erschien's, und Volscens rief aus dem Zuge:
»Halt, ihr Männer! Was wollt ihr so gerüstet, wer seid ihr?
Wohin eilt ihr des Wegs?« Doch nichts erwiderten jene,
Sondern flüchteten sich in den Wald und vertrauten dem Dunkel.
Schnell besetzen die Reiter die Wege, die hüben und drüben
Allen bekannt, und sperren durch Wachen jeglichen Ausgang.
Weithin zog der Wald und starrte von Büschen und dunklen
Eichen, und überallhin durchwuchs ihn dorniges Dickicht;
Selten schimmerte nur ein Fußpfad neben dem Wege.
Den Euryalus hemmten der Beute Last und der Büsche
Dunkelheit, und er verfehlte aus Furcht die Richtung des Weges.
Nisus entkommt; schon ist er den Feinden sorglos entronnen,
Auch dem Gefilde, das später nach Alba Albanergefilde
Hieß (doch damals besaß Latinus dort hohe Gehöfte).
Stehen blieb er und spähte umsonst nach dem fehlenden Freunde:
»O Euryalus«, rief er, »wo hab' ich dich elend verlassen,
Und wo find' ich dich jetzt?« Und rückgewendet verfolgt er
Die verworrenen Wege im tückischen Walde und tastet
Alle Spuren zurück und irrt durch die schweigenden Büsche.
Roßgetrappel vernimmt er und Lärm und Ruf der Verfolger,
Und es währt auch nicht lange, da dringt in die Ohren ihm wildes
Schreien, und er gewahrt Euryalus, wie er, durch Gegend
Und durch das Dunkel verwirrt, umdrängt von dem tobenden Schwarme,
Fortgerissen wird trotz all seines heftigen Sträubens.
Was zu tun? Wie soll gewaltsam oder mit Waffen
Er den Jüngling befrein? Soll er in die Mitte der Feinde
Stürzen zu sicherem Tod und rühmlich an Wunden verbluten?
Schnell zum Schwunge erhebt er mit dem Arme die Lanze,

Blickt zu Luna hinauf und fleht in heißem Gebete:
»Hilf uns, Göttin, du in unserer schweren Bedrängnis,
Tochter Latonas, du Schutz der Wälder und Zierde des Himmels!
Wenn je Gaben für mich zu deinen Altären mein Vater
Hyrtakus brachte und ich dazu die jagdliche Beute
Fügte und sie in die Kuppel und heiligen Giebel gehangen:
Laß mich die Rotte verwirren und lenke den Speer durch die Lüfte.«
Rief's, und mit voller Kraft entsandte er schleudernd das Eisen,
Und die fliegende Lanze durchzischte das nächtliche Dunkel,
Fuhr gerad gegenüber in Sulmos Rücken, durchschlug ihn,
Und der zersplitternde Schaft blieb vorn im Herzen ihm haften.
Sulmo stürzte, der Brust entquoll ein dampfender Blutstrom;
Schon erkaltend schlägt er den Leib mit röchelndem Stöhnen.
Alle spähen umher. Noch feuriger schleudert nun Nisus,
Ha, noch ein andres Geschoß vom oberen Rande des Ohres.
Noch stand jeder bestürzt, da sauste dem Tagus durch beide
Schläfen der Speer und hing ihm warm im durchbohrten Gehirne.
Volscens rast vor Zorn, doch nirgends erspäht er des Speeres
Schleuderer oder auf wen er wütend zu stürzen vermöchte.
»Ha, da sollst mir du mit deinem Blute indessen
Zahlen für beide«, so ruft er, und auf Euryalus stürzt er
Mit gezücktem Schwert; da schreit in sinnlosem Schrecken
Nisus ihm zu (nicht länger mehr fähig, im finstern Verstecke
Sich zu verbergen, noch gar so großen Schmerz zu ertragen):
»Mich, mich töte! Da bin ich, der Täter, mich treffe das Eisen.
Rutuler, ich allein bin schuld, nicht wagte, noch konnte
Jener es tun. Da rufe ich Himmel und Sterne zu Zeugen.
Trieb ihn doch nur die Liebe zu seinem unseligen Freunde.«
Also rief er, doch schon durchbohrte das heftig gestoßne
Schwert des Euryalus Brust und zerfleischte den schneeigen Körper.
Sterbend stürzte der Jüngling zu Boden; und über die schönen
Glieder rann ihm das Blut. Schlaff sank ihm das Haupt auf die
Schulter:
So wie die purpurne Blüte vom Pfluge getroffen zur Seite
Welkt und stirbt und wie der Mohn mit ermattetem Stengel,
Abwärts sinkt sein Haupt, von zuviel Regen belastet.
Nisus stürzt mitten hinein in den Haufen, und einzig nur sucht er
Volscens, und nur auf Volscens ist all sein Trachten gerichtet.

Den umschwärmen die Seinen und drängen ihn hierhin und dorthin
Stürmisch hinweg. Doch Nisus schwingt nur noch wilder sein blitzend
Schwert, bis dem brüllenden Feinde er grad in die Kehle sein Eisen
Stößt, und sterbend raubt er so dem Volscens das Leben;
Dann aber stürzt durchbohrt er selber auf des entseelten
Freundes Leiche, und hier umfing ihn der Frieden des Todes.
Glückliches Paar! Und wenn es meine Gesänge vermöchten,
Wird die Nachwelt euer an jedem Tage gedenken,
Solang das Haus des Aeneas des Capitoles granitner
Felsen trägt und das Reich der römische Vater behauptet.
Triumphierend ergriffen die Feinde die Rüstung als Beute.
Weinend trugen sie dann den toten Volscens ins Lager.
Groß war hier das Leid, als sie den verbluteten Rhamnes
Fanden und soviel Fürsten, die *einem* Gemetzel erlegen,
Selbst Serranus und Numa. Gewaltig drängt sich der Haufe
Hin zu den Leichen und halb noch Lebenden, wo von dem frischen
Blute der Boden dampft, es rieselt in strömenden Bächen.
Miteinander erkennt man die Rüstungen, auch des Messapus
Glänzenden Helm und den Gurt, der mit heißem Bemühen gerettet.
Schon erhebt sich Aurora vom safranfarbenen Lager
Des Tithonus und streut ihr Frühlicht über die Erde.
Als die Sonne nun schien und das Tageslicht alles erhellte,
Weckt zu den Waffen die Männer der selbst gewappnete Turnus
Und treibt rüstig zum Kampf die erzumpanzerten Reiter,
Jeder sein Volk, man reizt den Zorn durch mancherlei Zuruf;
Auf zwei erhobene Lanzen gesteckt (o kläglicher Anblick!)
Tragen sie die zwei Häupter der Freunde und laufen dem Zuge
Nach mit viel Geschrei.
Links von dem Walle stellt sich das harte Geschlecht des Aeneas
Auf zum Kampf – denn rechts sind sie vom Strome umgürtet –,
Halten die mächtigen Gräben bewacht, und auf ragenden Türmen
Stehn sie entsetzt, denn sie schauen der Jünglinge Häupter auf Spießen,
Ach, nur allzu bekannt und entstellt durch grause Verwesung.
Unterdessen durcheilt die geflügelte Fama die bange
Stadt mit der schrecklichen Kunde; sie dringt zu Euryalus' Mutter.
Eisiger Schauer durchrinnt da rasch der Ärmsten Gebeine,

Ihren Händen entsinkt die Spindel, die Wolle verwirrt sich;
Heulend springt sie empor, die Unglückselige, rauft sich
Wild ihr Haar und stürzt wie irr in die vordersten Reihen,
Achtet weder der Männer, der Pfeile, noch der Gefahren,
Und den Himmel erfüllt sie mit ihren jammernden Klagen:
»So, Euryalus, seh' ich dich wieder? O du meines Alters
Späte Stütze? Du konntest allein mich, Grausamer, lassen?
Und als in solche Gefahr du eiltest, da wolltest du keine
Abschiedsworte tauschen mit deiner unseligen Mutter?
Wehe, du liegst in der Fremde zur Beute latinischer Hunde,
Liegst den Geiern zum Fraß, nicht durft' ich zu Grabe dich leiten,
Nicht die Augen dir schließen und deine Wunden dir waschen,
Nicht in das Kleid dich hüllen, das Tag und Nacht ich dir emsig
Wob, um bei dem Gewebe die Sorgen des Alters zu bannen.
Wo dich suchen? Wo ruhen denn deine zermetzelten Glieder,
Wo dein verstümmelter Leib? Nur das noch bringst du mir wieder,
Sohn, dem ich so treu gefolgt durch Länder und Meere?
Gibt es noch Mitleid, so schleudert, ihr Rutuler, alle Geschosse
Auf mich selber! Zuerst soll euer Eisen mich treffen.
Oder erbarme dich du, allmächtiger Vater, und stürze
Dies verhaßte Haupt mit deinem Blitz in den Orkus,
Sonst befreit mich Ärmste ja nichts von der Marter des Lebens.«
Ganz erschüttert vernahmen sie alle das Seufzen und Klagen
Weinend, und es erlahmen zum Kampf die gebrochenen Kräfte.
Aber die Leidgebeugte umfassen Idaeus und Aktor
Auf des Ilioneus Rat und den des schluchzenden Iulus
Unter die Arme und führen sie fort in das schützende Obdach.
Aber von fern erschallt der eherne Ton der Trompete
Fürchterlich, und es dröhnt der Himmel von brüllenden Rufen.
Und schon stürmen die Volsker heran unter schützendem Schilddach,
Trachten die Gräben zu füllen und an den Pfählen zu rütteln.
Zugang suchen sie teils und mit Leitern den Wall zu erklimmen,
Wo die Besatzung nur dünn und der Kreis der Krieger gelichtet
Und kein Männergedränge. Die Teukrer schleudern dagegen
Allerlei Art von Geschossen und stoßen mit kräftigen Stangen,
Schon durch so lange Kriege gewöhnt an Mauerbeschirmung.
Auch die verderbliche Last von Felsen stürzen sie nieder,

Ob sie vielleicht das Schilddach zertrümmern könnten; die Feinde
Suchen unter der Deckung der Unbill tapfer zu trotzen,
Aber sie reichen nicht aus, denn da, wo die Masse am stärksten
Droht, da wälzen die Teukrer herab den gewaltigen Steinblock,
Der das schützende Dach durchbrach und die Rutuler weithin
Niederschlug. Nicht wollen die trotzigen Rutuler blindem
Kriegsglück trauen und suchen nur mit Geschossen die Teukrer
Von den Wällen zu treiben.
Anderswo aber schwingt der Etrusker Mezentius grausig
Leuchtende Fackeln und schleudert hinein hochqualmende Brände;
Aber der Rossebezähmer Messapus, der Sohn des Neptunus,
Bricht das Gepfähl und ruft nach Leitern zum Sturm auf die Mauer.
Euch, o Kalliope, fleh' ich, belebt mich zu hohem Gesange,
Wen mit dem Schwerte dort Turnus zu Boden streckte, wieviel er
Leichen gehäuft, wen jeder der Helden zum Orkus gesendet,
Und entrollt mit mir die gewaltigen Bilder des Kampfes.
Ihr, ja, Göttinnen wißt es; ihr könnt es der Nachwelt verkünden.
Stand doch dort ein Turm mit hohen Brücken und riesig
An geeigneter Stelle; ihn suchten die Italer eifrig
Alle mit äußerster Kraft zu erobern oder zu stürzen.
Aber die Troer verteidigten ihn mit geschleuderten Steinen,
Und aus der Höhlung der Scharten entsandten sie dichte Geschosse.
Turnus aber schleudert zuerst eine brennende Fackel,
Daß an der Seite die Flamme ihn faßt, die lodernd im Winde
Rings das Gebälk ergreift und gierig leckt an den Pfosten.
Wilde Verwirrung entsteht im Innern, man möchte dem Unheil
Flüchtig entrinnen. Vergebens. Und während die Masse zurückweicht,
Wo sie außer Gefahr, da bricht, überlastet, das Bauwerk
Plötzlich zusammen, daß laut ein Krachen den Himmel durchdonnert.
Halbtot stürzen sie nieder und auf sie die riesige Masse,
Sinken zu Boden, durchbohrt die Brust von den eigenen Lanzen
Und von dem harten Gebälk. Fast einzig Helenor und Lykus
Retteten sich. Helenor stand noch in der Blüte der Jugend,
Den dem maeonischen König die Magd Likymnia heimlich
Aufzog und ihn gen Troja entsandt' mit verbotenen Waffen,
Mit einem leichten Schwerte und weißem, noch ruhmlosem Schilde.

Als sich dieser umringt von tausenden Feinden gewahrte
Und ihn zur Rechten und Linken latinische Scharen bedrängten,
Ähnlich dem Wilde, das, dicht vom Kreise der Jäger umschlossen,
Wütend gegen die Waffen sich wendet, des Todes gewärtig
Anrennt und im Sprunge hinwegsetzt über die Spieße:
Ganz so stürzte der Jüngling zum Tod in die Mitte der Feinde,
Dahin, wo die Geschosse am dichtesten wider ihn starrten.
Lykus, der schneller zu Fuß, bemüht sich, durch Feinde und Waffen
Fliehend den Wall zu erreichen und dort die ragenden Zinnen
Anzupacken und oben die Hand den Genossen zu reichen.
Turnus, der ebenso rasch im Lauf mit dem Speere ihm folgte,
Schmäht ihn im Siegesrausch: »Wahnsinniger, hoffst du denn wirklich
Unserer Hand zu entrinnen?« und packt den Hängenden, reißt ihn
Nieder und mit ihm zusammen auch große Stücke der Mauer:
So wie Juppiters Vogel in seinen Krallen zum Himmel
Einen silbernen Schwan oder auch einen Hasen emporträgt;
So wie der martische Wolf sich aus den Hürden ein Lämmchen
Raubt, von der Mutter gesucht mit ängstlichem Blöken. Es hebt sich
Rings Geschrei; man stürmt und füllt die Gräben mit Erde,
Oder man schleudert auch zur Höhe lodernde Fackeln.
Aber Ilioneus trifft mit bergentbrochenem Felsblock
Den Lucetius, wie er nun Feuer zum Tore heranträgt,
Dann den Emathion Liger, den Korynaeus Asilas,
Einer ein Held mit dem Speer, der andre ein trefflicher Schütze.
Den Ortygius trifft nun Kaeneus, doch Turnus den Sieger
Kaeneus, den Klonius, Itys, den Promolus und Dioxippus,
Sagaris auch und den auf dem Turme kämpfenden Idas.
Kapys erlegt den Privernus, den eben nur leicht des Themillas
Lanze gestreift, da streckt im Schutz des Schildes er vorschnell
Nach der Wunde die Hand; schon flog ein Pfeil von des Kapys
Bogen und heftet die Hand ihm links an die Seite und dringt dann
Tief in den Leib und vernichtet ihm tödlich sein atmendes Leben.
Stand da auch noch der Sohn des Arcens prächtig gewappnet,
Bunt den Mantel bestickt im Glanz iberischen Purpurs,
Hoch und schön von Gestalt, vom Vater Arcens gesendet,
Auferzogen im Hause der Mutter am Strome Symaethus,
Wo jetzt gnadenvoll und reich der Altar des Palicus.

Drüben legt seine Speere Mezentius nieder, und dreimal
Wirbelt er um sein Haupt die sausende Schleuder am straffen
Riemen und spaltet dem Feind das Stirnbein zwischen den Schläfen
Mit dem geschmolzenen Blei und streckt ihn der Länge nach nieder.
Damals entsandte Iulus zum ersten Male den schnellen
Pfeil im Kriege – so heißt's –, nachdem er flüchtiges Wild nur
Vorher gejagt, nun traf er den tapferen Helden Numanus,
Der auch Remulus hieß und die jüngere Schwester des Turnus
Erst vor kurzem als Gattin zur bräutlichen Kammer geleitet.
Der nun blähte sich vorn im Kampf mit hohen und niedern
Worten, eitel geschwollen in neuer fürstlicher Würde;
So stolzierte er dort einher mit gewaltigem Prahlen:
»Schämt ihr euch nicht, aufs neue belagerte Wälle zu hüten,
Zweimal gefangene Phryger, und bang hinter Mauern zu kriechen?
Seht doch, wie sie im Kampf sich hier um Weiber bewerben!
Was für ein Gott trieb euch nach Italien oder welch Wahnsinn?
Hier sind keine Atriden, kein zungengewandter Ulixes.
Wir sind ein hartes Geschlecht, das frisch die eben gebornen
Kinder zum Strome trägt und sie härtet im Schauer der Wellen.
Knaben sind heiß bedacht auf Jagd und durchhetzen die Wälder,
Rosse zu tummeln ihr Spiel und Geschosse vom Bogen zu schnellen.
Arbeitsharte Jugend, mit kargem Lose zufrieden,
Zwingt mit dem Karst den Boden, doch stürzt sie auch Städte im Kriege.
Jegliches Alter ist eisengestählt, die Rücken der Stiere
Spornt der gewendete Speer, und selbst das lähmende Alter
Mindert nicht geistige Kraft, noch dämpft es das feurige Streben;
Graues Haar noch trägt den Helm, und immer mit frischer
Lust wird Beute gehäuft und das Leben vom Raube gefristet.
Eure Gewänder glänzen von Safranfäden und Purpur,
Ihr liebt Müßiggang und freut euch an ständigen Tänzen,
Ärmel tragt ihr am Rock und schließt mit Bändern die Kappen:
Phrygische Weiber ihr, nicht Phryger, zieht zu dem hohen
Dindymos, wo ihr gewohnt, der doppelten Flöte zu lauschen,
Wo berekyntischer Buchs und die Pauken der Mutter vom Ida
Rufen. Drum laßt den Männern die Waffen und meidet das Eisen.«
Doch bei solch prahlenden Worten und unheilkündendem Drohen
Hielt sich Iulus nicht länger. Die Roßhaarsehne am Bogen

Spannte er, richtet' den Pfeil dem Feinde entgegen, die Arme
Streckend stand er und flehte gelobend zu Juppiter also:
»Juppiter! Mächtiger Vater, sei gnädig dem kühnen Beginnen.
Selber bring' ich dir dann zum Tempel alljährliche Gaben,
Stelle dir vor den Altar den Stier mit vergoldeter Stirne,
Blendend weiß, so hoch, wie seine Mutter gewachsen,
Der mit dem Horne schon stößt und wühlt den Sand mit den
Hufen.«
Und Allvater vernahm ihn und sandte aus heiterem Himmel
Links seinen Donner, zugleich erklang der entscheidende Bogen.
Schon von dannen entfliegt der Pfeil mit gräßlichem Zischen,
Dringt in Remulus' Haupt, und das Eisen durchbohrt ihm die
Schläfen.
»Lauf und verhöhne noch weiter so frevelhaft Mannheit und Ehre!
Rutuler, dies ist die Antwort der zweimal gefangenen Phryger.«
Dies Askanius nur. Die Teukrer jubeln mit lautem
Freudengeschrei; und neu erhebt sich ihr Mut zu den Sternen.
Eben aus Ätherhöhen auf seinem wolkigen Sitze
Sah der gelockte Apollo herab auf das Heer der Ausonen
Und ihre Stadt und wendet sich so an den Sieger Iulus:
»Heil zur ersten Tat, mein Knabe, so geht's zu den Sternen,
Du, von Göttern entstammt und Göttererzeuger. Es werden
Unter Assarakus' Stamm einst alle künftigen Kriege
Schweigen. Für dich ist Troja zu klein.« Dann schwingt sich Apollo
Nieder aus Ätherhöhen, zerteilt die wehenden Lüfte,
Tritt auf Askanius zu, doch hat er sich erst in des greisen
Butes Gestalt verwandelt, der einst des Troers Anchises
Waffenträger gewesen und redlicher Hüter des Hauses.
Dann aber gab ihn Aeneas dem Sohn zum Begleiter. Apollo
Nahte sich, ganz dem Greis an Stimme ähnlich und Farbe,
An dem gebleichten Haar und dem wilden Klirren der Waffen,
Und dann wendet er sich an den feurigen Knaben Iulus:
»Laß es genug sein jetzt, Aeneade, daß du Numanus
Straflos niedergestreckt, dir gönnt der erhabne Apollo
Diesen ersten Ruhm und neidet dir nicht deine Waffe.
Sonst aber, Knabe, laß ab vom Kampfe.« So redete Phoebus;
Mitten im Worte streifte er ab sein menschliches Aussehn,
Und dann entschwand er fern den Augen in schimmernde Lüfte.

Aber die Dardanerfürsten erkannten den Gott und des Gottes
Waffe und hörten den Klang des Köchers bei seinem Enteilen.
Drum nach dem Willen des Phoebus verhindern am Kampf sie Iulus
Trotz seines Eifers; sie selbst begeben sich wieder ins Treffen,
Um in offner Gefahr ihr Leben zum Preise zu setzen.
Überall auf den Schanzen ertönt der Kämpfenden Schlachtruf,
Bögen werden gespannt, man schwingt am Riemen die Speere,
Rings ist mit Pfeilen der Boden besät, laut hallen vom Anprall
Schilde und hohle Helme, die Schlacht wird heißer und wilder:
Wie vom Westen zur Zeit der feuchten, triefenden Böckchen
Regen das Land zergeißelt, wenn dicht ein Hagelgeprassel
Stürzt in die Flut und wenn mit den schaurigen Stößen des Südwinds
Juppiter wirbelnden Guß aus zerspaltenen Wolken herabschießt.
Pandarus, Bitias, beide Alkanors Söhne vom Ida,
Die in Juppiters Hain die Nymphe Iaera erzogen,
Jünglinge, schlank wie die Tannen und stark wie die Berge der Heimat,
Öffnen waffenbeherzt das Tor, das ihnen der Feldherr
Anvertraut, und locken den Feind nun keck in die Mauern.
Selber stehen sie innen zur Rechten und Linken wie Türme,
Eisenbewehrt, und es flattern von ihren Häuptern die Büsche:
Wie an den lachenden Ufern des Athesis oder des Padus
Luftige Zwillingseichen bei klar hingleitender Strömung
Nebeneinander ragen und hoch zum Himmel die vollen,
Laubigen Wipfel strecken mit leise wiegendem Scheitel.
Wie die Rutuler nun den Eingang offen erblicken,
Brechen sie ein, Quercens und Aquiculus, prächtig gerüstet,
Marus, der jähentflammte, der kampfbeseligte Haemon
Mit ihrem ganzen Gefolge; doch wandten sie alle den Rücken
Oder verhauchen ihr Leben sofort auf der Schwelle des Tores.
Noch erbitterter wächst die Wut in den Herzen der Kämpfer,
Und schon rotten sich dort die Troer enger zusammen,
Stellen sich Mann gegen Mann und wagen sich weiter im Angriff.
Während der Feldherr Turnus am anderen Ende der Festung
Tobt und die Männer verwirrt, erreicht ihn die Botschaft, ein neues
Blutbad bereite der Feind und biete die Tore geöffnet.

Gleich steht Turnus ab von seinem Beginnen, und wütend
Stürmt er zum Dardanertor und den trotzigen Brüdern entgegen.
Und den Antiphates gleich, den ersten, der ihm begegnet,
Einer Thebanerin Sohn und Bastard des großen Sarpedon,
Streckt zu Boden sein Speer; die kornellene Italerlanze
Fliegt durch die Luft, durchbohrt den Schlund und haftet dem Feinde
Tief in der Brust, da quillt aus dem klaffenden Spalte der Wunde
Schäumendes Blut, und das Eisen wird warm im Blute der Lunge;
Merops und Erymas dann mit der Faust und Aphidnus erschlägt er,
Bitias dann mit dem flammenden Blick und dem glühenden Herzen,
Nicht mit der Lanze (wie hätte die Lanze sein Leben genommen!),
Nein, der Phalarica-Spieß, in sausendem Fluge geschwungen,
Traf ihn mit Blitzesgewalt, und nicht die doppelte Stierhaut,
Nicht der goldene Panzer mit seinen doppelten Schuppen
Hielten ihm stand. Da sanken die riesigen Glieder zu Boden,
Daß die Erde erdröhnte, der Schild brach krachend darüber.
So bei Bajae stürzt am euboeischen Strande zuweilen
Nieder ein steinerner Pfeiler, den man aus gewaltigen Blöcken
Vorgebaut ins Meer und ihn versenkte; vornüber
Neigt er sich fallend und schießt mit Gekrach in die Tiefe der Fluten,
Daß sich der schwarze Schlamm erhebt und vermischt mit den Wellen.
Prochytas Höhe erbebt von dem Tosen, Inarime zittert,
Das als drückende Last einst Juppiter warf auf Typhoeus.
Da verlieh den Latinern der waffengewaltige Kriegsgott
Mut und Kräfte aufs neue und spornte zum Kampfe die Herzen;
Doch zu den Teukrern entsandte er Flucht und finstere Bangnis.
Handgemein wurden sie rings, da überall Kämpfe in Fülle,
Alle Herzen entflammte der Gott des Krieges.
Als nun Pandarus sah, daß sein Bruder im Tode gesunken,
Und wie die Lage jetzt sei und das Schicksal die Dinge gewendet,
Dreht mit gewaltiger Kraft und breit ausstemmenden Schultern
Er in den Angeln das Tor und schließt so viele der Seinen
Aus von der Stadt und läßt sie draußen in hartem Gefechte.
Andere schließt er ein mit sich in dem wilden Gedränge,
Tor er, der nicht mitten im Schwarm den Rutulerkönig

Eingedrungen sieht und ihn selbst nun birgt in der Feste
Wie einen wilden Tiger inmitten von wehrlosen Schafen.
Seltsam leuchten da plötzlich die Augen des Turnus, entsetzlich
Klirrt seine Wehr, es weht der Helmbusch über dem Haupte
Blutig rot, und dem Schild entstrahlen funkelnde Blitze.
Jetzt erkennen bestürzt die Aeneaden sein grauses
Antlitz und riesige Glieder. Da bricht der übergewalt'ge
Pandarus vor, und lodernd vor Zorn ob des Todes des Bruders
Ruft er ihm zu: »Nicht hier ist die bräutliche Burg der Amata,
Und nicht Ardea birgt den Turnus in heimischen Mauern.
Hier ist das feindliche Lager, und nimmer kannst du entrinnen.«
Lächelnd und gelassen erwidert der Rutulerkönig:
»Auf denn, beginne den Kampf, wenn du so mutig entschlossen,
Und dem Priamus melde: Es fand sich auch hier ein Achilles.«
Sprach's. Und Pandarus hob die rauhe, rindenumstarrte,
Knotige Lanze und schwang sie aus Leibeskräften von dannen.
Doch sie durchschnitt nur die Luft, ihr nahm die saturnische Juno
Drohend jede Verwundung, die Lanze blieb stecken im Tore.
»Aber diesem Geschoß aus meiner Rechten entfliehst du
Nicht, denn anders trifft, wer dieser Waffe gebietet.«
Turnus rief's und reckt sich hoch mit erhobenem Schwerte
Und zerspaltet dem Gegner den Schädel zwischen den Schläfen
Mitten hindurch und durchschneidet ihm gräßlich die flaumigen Wangen.
Laut ein Krach, und es dröhnt von dem furchtbaren Sturze der Boden.
Weithin streckt die Glieder und hirnbesudelten Waffen
Pandarus sterbend zu Boden; in gleiche Teile gespalten
Hängt ihm rechts und links das Haupt von den Schultern herunter.
Schreckengepackt entfliehen nach allen Seiten die Troer.
Wäre dem Sieger jetzt sogleich der Gedanke gekommen,
Aufzubrechen das Tor und die Freunde ins Lager zu lassen,
Wär' es der letzte Tag dem Krieg und dem Volke gewesen.
Aber den Hitzigen trieb nur Wut und rasende Mordlust
Immer gegen den Feind.
Phalaris traf er zuerst und schlug dem Gyges das Knie ab,
Beiden entriß er die Lanzen und warf sie fliehenden Kriegern
Tief in den Rücken, denn Juno verlieh ihm mutige Stärke.

Halys gesellt er dazu, durchbohrt den beschildeten Phegeus,
Halius dann und Alkandrus, den Prytanis und den Noëmon,
Die, noch ahnungslos, den Kampf auf den Mauern befeuern.
Lynkeus drang auf ihn ein und rief die Genossen, doch Turnus,
Rechts an die Mauer gelehnt, erlegt ihn mit sausendem Schwerte.
Gleich aus der Nähe trennte er mit einem Streiche sein Haupt ihm
Ab, und es rollte davon mitsamt dem Helme. Noch traf er
Amykus, den Vertilger des Wildes, der besser als alle
Waffen zu salben verstand und eiserne Wehr zu vergiften,
Klytius, Aeolus' Sohn, und Kretheus, den Liebling der Musen,
Kretheus, den Musenfreund, der Lieder und Laute so liebte,
Der melodisch ließ die Saiten erklingen und immer
Nur von Rossen sang, von Waffen und Männern und Kämpfen.
Endlich vernahmen den Mord der Ihren die Fürsten der Teukrer,
Und sie eilten herbei, der kühne Serestus und Mnestheus,
Und gewahrten die Freunde und auch den Feind in den Mauern.
Mnestheus ruft: »Wohin entflieht ihr? Wo wollt ihr euch bergen?
Habt ihr denn andere Mauern und auch noch andere Wälle?
Soll denn ein einziger Mann in euren Schanzen, ihr Bürger,
Straflos solch gräßliches Morden im ganzen Lager verüben
Und die edelsten Krieger hinab zum Orkus entsenden?
Denkt ihr Feiglinge nicht der gefährdeten Heimat, der alten
Götter, des großen Aeneas und fühlt nicht Scham und Erbarmen?«
So befeuert, erstarken sie wieder und scharen sich dichter.
Turnus aber entzieht sich allmählich dem Kampfe und wendet
Sich dem Flusse zu dort, wo die Fluten das Lager umschließen.
Hitziger drängt der Teukrer geschlossene Masse mit wildem
Schreien hinter ihm drein: Wie Jäger den grimmigen Löwen
Wild mit tödlichen Waffen bedrängen, und dieser erschrocken,
Aber mit funkelndem Blick und zornig zurückweicht, doch läßt ihn
Weder sein Mut und Grimm entfliehen, noch kann er sich wehren,
Wie es ihn auch gelüstet, bedrängt durch Waffen und Männer,
Grade so zögernd lenkt und unbeschleunigt die Schritte
Turnus allmählich zurück, doch kochend in siedendem Zorne.
Zweimal warf er sich noch den umzingelnden Feinden entgegen,
Zweimal treibt er sie noch in hastiger Flucht durch die Feste.
Doch nun rotten sich alle zusammen gegen den einen,
Und dagegen wagt auch nicht die saturnische Juno

Turnus zu stärken, denn Juppiter sandte die luftige Iris
Hoch vom Himmel der Schwester mit unnachsichtiger Drohung,
Falls nicht Turnus sogleich den teukrischen Wällen entwiche.
Darum kann sich der Held auch nicht mit dem Schilde mehr halten,
Noch mit der Faust, so sehr wird er von stürmischen Würfen
Ganz überschüttet. Ihm dröhnt von unaufhörlichem Anprall
Rings an den Schläfen der Helm, und sein Erz zerbirst von den Steinen.
Nieder vom Haupte hängt ihm der Busch in Fetzen, den Stößen
Wehrt nicht länger der Schild, es fliegen Speere auf Speere.
Mnestheus, der Blitzende, naht. Schon trieft dem Turnus der ganze
Körper vor Schweiß und strömt wie Pech, kaum kann er mehr atmen,
Und ein heftiges Keuchen durchtobt die ermatteten Glieder.
Nun erst warf er sich jäh in kühnem Sprunge mit allen
Waffen in den Strom. Der nimmt in dem gelblichen Strudel
Gern den Flüchtigen auf und trägt ihn, vom Blute gereinigt,
Fort zu den Seinen zurück im sanften Gefälle der Wellen.

ZEHNTER GESANG

Aufgetan wird indessen das Haus des hohen Olympos,
Und zur Versammlung beruft der Vater der Götter und Menschen
In seinen Sternenpalast, wo hoch er die Länder der Erde
Weit überschaut und das Lager der Troer und Volk der Latiner.
Als in der weiten Halle die Götter sich niedergelassen:
»Mächtige Himmelsbewohner«, beginnt er, »was hat eure Meinung
So verwandelt, daß ihr nun streitet erbitterten Herzens?
Ich gestattete nicht, daß Italien die Teukrer bekriege.
Warum wird mein Verbot mißachtet? Welche Befürchtung
Treibt bald diese, bald jene zum Krieg und zum Zücken des Schwertes?
Kommen wird einst zum Kampf die richtige Stunde – o ruft sie
Nicht zu früh –, dann wird das wilde Karthago die Burgen
Roms mit Verderben bedecken und wird die Alpen durchbrechen:
Dann sei Haß und Streit, dann raffende Fehde gestattet.
Jetzt aber ruht und schließt mit Freuden ein friedliches Bündnis.«
Nur dies wenige sprach der Gott, doch die goldene Venus
Gab nicht wenig zur Antwort:
»O mein Vater, der Menschen und Dinge ewiger Lenker
(Denn wem könnten wir sonst mit unserm Flehen uns nahen?),
Siehst du doch selbst, wie frech die Rutuler höhnen, wie Turnus
Prahlend mit seinen Rossen und glückgeschwollen die Scharen
Stürmisch durcheilt. Schon deckt die Mauer nicht länger die Teukrer;
Ja, in den Toren sogar und im Innern der schützenden Schanzen
Tobt das Schlachtengewühl und schwellen vom Blute die Gräben.
Ahnungslos weilt in der Ferne Aeneas; befreist du denn niemals
Sie von solcher Bedrängnis? Dem neuentstandenen Troja
Droht schon wieder ein Feind und naht ein weiteres Kriegsheer:
Wider die Teukrer drängt aufs neu vom ätolischen Arpi
Tydeus' Sohn. Es fehlt nur noch meine eigne Verwundung.
Ich, dein eigen Geschlecht, muß sterbliche Waffen befürchten.
Strebten die Troer dir und göttlichem Willen zuwider
Nach Italiens Flur, so laß den Frevel sie büßen
Und versage dann Hilfe; doch folgten sie mancherlei Weisung,
Die von den Göttern und Toten erteilt, wie könnte dann einer

Deine Gebote verdrehen und neu das Schicksal bestimmen?
Soll ich auch noch den Brand der Flotte am Eryx erwähnen?
Oder den König der Stürme und die aus äolischem Kerker
Rasend entlassenen Winde, die wolkendurchwandelnde Iris?
Jetzt erregt sie auch noch die Manen (denn dieses Gebiet nur
War noch unversucht), und plötzlich zur Oberwelt sendet
Sie die Allecto, damit sie Italiens Städte durchtobe.
Nicht bekümmert mich mehr das Reich; ich konnte drauf hoffen,
Als das Glück noch blühte; so siege denn, wem du zu siegen
Gönnst. Gibt's kein Gebiet, das deine harte Gemahlin
Noch den Teukrern beläßt, beim rauchenden Schutte von Troja,
Vater, beschwör' ich dich dann, laß den Iulus gerettet
Dem Gemetzel entgehen, laß mir den Enkel noch übrig.
Mag denn Aeneas weiter wildfremde Gewässer durchschweifen,
Mag er den Weg verfolgen, den ihm das Schicksal beschieden:
Nur laß heil mich Iulus dem wilden Ringen entreißen.
Mein ist das ragende Paphos, ist Amathus und auch Kythera,
Mein das idalische Haus; da leb' er in Frieden und lege
Ruhmlos nieder die Waffen. So laß denn machtvoll Karthago
Über Ausonia herrschen. Von da wird Tyrierstädten
Keine Gefahr mehr drohn. Was frommte es, Krieg und Verderben
Heil zu entgehen und sich aus argolischen Flammen zu retten,
Auszukosten zu Land und zu Wasser so viele Gefahren,
Während man Latium sucht und ein neu zu gründendes Troja?
Hätten sie da nicht besser die Asche der Heimat besiedelt
Und den Boden, der Troja getragen? So gib doch den Armen
Wieder den Simois und den Xanthus und laß sie aufs neue
Trojas Elend erleben.« Da rief in wilder Empörung
Königin Juno: »Was zwingst du mich, mein Schweigen zu brechen
Und mit Worten den kaum verwundenen Schmerz zu erneuern?
Hat denn irgendein Gott oder Mensch den Aeneas gezwungen,
Krieg zu beginnen und feindlich dem König Latinus zu nahen?
Wenn er auf Weisung des Schicksals Italien suchte, nun gut denn,
Wohl von dem Rasen Kassandras getrieben, doch rieten denn wir ihm,
Fort vom Lager zu ziehn und den Winden sein Leben zu bieten,
Anzuvertrauen dem Knaben die Burg und die Leitung des Krieges
Und den tyrrhenischen Bund und friedliche Völker zu reizen?

Hat ihn ein Gott verblendet? Hab' ich ihn etwa mit hartem
Zwange getrieben? Wo war da Juno oder wo Iris?
Ist es denn so empörend, wenn Italer Flammen um dieses
Neue Troja türmen und Turnus die Heimat verteidigt,
Er, der Pilumnus' Enkel, der Göttin Venilia Sohn ist?
Ist es denn besser, wenn Troer mit Brand Latiner bedrohen,
Fremde Gefilde knechten und dort die Beute verschleppen,
Schwäher sich suchen und Bräute dem Schoß der Mutter entführen,
Friede erflehn mit der Hand, doch Schiffe mit Waffen behängen?
Du zwar konntest Aeneas den Händen der Griechen entreißen,
Konntest an Stelle des Mannes ein luftiges Nebelgebilde
Spannen und seine Schiffe in gleichviel Nymphen verwandeln.
Ist es nun unrecht, wenn ich ein wenig den Rutulern helfe?
Ahnungslos fern ist Aeneas, so bleibe er ahnungslos weiter
Fern. Ist Idalion dein und Paphos, das hohe Kythera,
Warum denn lockt dich die Stadt voll Krieg und wilder Gemüter?
Strebte denn ich zu zerstören der Phryger wankende Herrschaft?
Ich? Oder wer denn gab die armen Troer den Griechen
Preis? Wer bracht' es denn dahin, daß Europa in Waffen
Gegen Asien zog und Diebstahl Bündnisse sprengte?
Hat der dardanische Buhle durch mich sich Spartas bemächtigt?
Gab die Waffen denn ich und nährte den Krieg durch Cupido?
Damals kam es dir zu, um die Deinen zu bangen, doch heute
Klagst du zu spät und zu Unrecht und streust vergeblichen Hader.«
Also redete Juno, und alle Himmelsbewohner
Murmelten zwiegeteilt, wie wenn sich hebende Winde
Erst, im Walde verfangen, nur leise flüstern und dumpf nur
Rauschen und so den Schiffern das Nahen des Sturmes verkünden.
Doch der allmächtige Vater, des Weltalls höchster Beherrscher,
Hebt nun an; da schweigt der Götter hohe Behausung.
Drunten erbebt die Erde, es schweigt in der Höhe der Äther,
Auch der Zephyr ruht, und es glättet das Meer seine Fluten:
»Höret also und prägt meine Worte euch tief in die Seele!
Da die Ausonier und die Teukrer durch Bündnis zu einen
Mir nicht gelang, noch euch ein Ende des Haders zu finden:
Was für ein Glück heut jedem und welche Hoffnung sich bietet,
Rutulern oder Troern, ich will keinen Unterschied machen,
Ob die Italer durch ihr Glück das Lager umzingeln

Oder durch täuschenden Wahn der Troer und falsche Verkündung.
Aber das bindet dann auch die Rutuler: Heil wie Verderben
Schaffe ein jeder sich selbst. Gleich bin ich als König für alle.
Walte das Schicksal denn frei.« Bei den Wassern des stygischen Bruders,
Bei den pechumzischten und schwarzumstrudelten Ufern
Nickt er, und von dem Nicken erzittert der ganze Olympos.
Das war das letzte Wort. Vom goldenen Throne erhebt sich
Juppiter, und ihn geleiten die Götter im Kreise zur Schwelle.

Aber die Rutuler drohen an allen Toren indessen
Männer niederzustrecken und Glut um die Mauern zu schüren.
Eingeschlossen ist von den Wällen die Schar des Aeneas
Ohne Hoffnung auf Flucht. Umsonst auf den ragenden Türmen
Harren die Ärmsten aus und umgürten nur spärlich die Mauer.
Asius, Imbrasus' Sohn, und Thymoetes, der Sohn Hiketaons,
Beide Assarakus auch und mit Kastor der ältere Thymbris
Stehen im vordersten Glied, daneben die Brüder Sarpedons,
Klarus und Thaemon, die beide von Lykiens Höhen gekommen.
Einen gewaltigen Fels, kein kleines Stück des Gebirges,
Schleppt mit aller Kraft herbei der Lyrnesier Akmon,
Klytius gleich, dem Vater, an Wuchs und dem Bruder Menestheus.
Hier mit Geschossen und dort mit Felsen bekämpft man einander,
Schleudert feurige Brände und legt den Pfeil an die Sehne.
Immer mitten dazwischen der Venus innigste Sorge
Sieht man, den Dardanerknaben, das Haupt ohne jede Bedeckung.
Schön wie ein Juwel in goldener Fassung erglänzt er,
Zierde für Hals und Haupt, oder so wie Elfenbein leuchtet,
Das man kunstvoll gefügt in Orikums Terpentinholz
Oder in Buchs; ihm flutet vom hellen Nacken das lange
Haar, das weit umkränzt von einem goldenen Reifen.
Dich auch, Ismarus, sehen die stolzen, tapferen Völker
Wundgeschosse richten und giftige Pfeile bereiten,
Dich, solch edlen Sproß aus mäonischem Stamme, wo Männer
Fette Gefilde bebauen, mit Gold vom Paktolos bewässert.
Mnestheus war auch dabei, von jungem Ruhme umleuchtet,
Weil er den Turnus fort von Wall und Mauer vertrieben;
Kapys dazu: Nach ihm benennt sich die Stadt der Campaner.

Während sie dort nun so in harte Kämpfe verwickelt,

Schiffte über das Meer Aeneas im nächtigen Dunkel;
Denn nach der Fahrt von Euandrus gelangt ins etruskische Lager,
Nahte er dort dem König und nannte ihm Namen und Sippe,
Was er begehre und was er selber brächte und welches
Hilfsheer Mezentius sich gewonnen, er sprach von des Turnus
Heftigem Sinn, wie wenig Verlaß auf menschliche Dinge,
Und fügt Bitten dazu, und unverzüglich vereinigt
Tarcho mit ihm sein Heer und schließt ein Bündnis; die Lyder
Schicksalsledig besteigen auf Götterweisung die Schiffe
Unter fremdem Befehl. Es gleitet das Schiff des Aeneas
Allen voran, am Schnabel verziert mit phrygischen Löwen,
Drüber türmt sich der Ida, so wert den flüchtigen Teukrern.
Dort nun sitzt der große Aeneas, im Herzen erwägend
Mancherlei Wechselfälle im Kriege; es schmiegt sich ihm Pallas
Links an die Seite und forscht bald nach den Sternen, den Weisern
Nächtiger Wege, und bald nach den Leiden zu Land und zu Wasser.
Öffnet den Helikon jetzt, ihr Musen, beginnet zu singen,
Welches Heer inzwischen von Tusciens Küsten Aeneas
Folgte und Schiffe bemannte und mit ihm die Wogen durchkreuzte.
Massicus furchte zuerst die Flut mit dem ehernen Tiger,
Tausend Mannen ziehen mit ihm, die Clusiums Mauern
Und die Cosa verließen; als Waffen führen sie Pfeile,
Leichte Köcher dazu auf den Schultern und tödliche Bogen.
Mit ihm der grimmige Abas, sein Zug trägt schimmernde Rüstung,
Und auf dem Hinterverdeck erglänzt ein goldner Apollo.
Sechshundert Leute stellte ihm Populonia, seine
Heimat, tüchtige Krieger, und dreihundert hatte das Eiland
Ilva gestellt, so reich an Eisen wie Chalybergruben.
Drittens folgte Asilas, der Menschen- und Göttervermittler,
Der die Geweide der Tiere, die Sterne des Himmels erkannte
Und auch die Stimme der Vögel, das Zucken prophetischer Blitze;
Tausend folgten ihm nach, gedrängt mit starrenden Lanzen,
Die ihm Pisa gestellt, die Stadt alpheïschen Ursprungs,
Doch auf etruskischem Boden; dann folgt der prächtige Astyr,
Astyr, der seinem Roß und der bunten Rüstung vertraute;
Dreihundert schlossen sich an, einmütigen Willens zu folgen,
Die in Caere daheim und an des Minio Ufern,
Auch in dem alten Pyrgus, dem sumpfverseuchten Graviscae.

Nicht übergehen möchte ich dich, der Ligurer tapfern
Führer, Cinyras, auch den Cupavo mit kleinem Gefolge,
Dem aus Schwanenfedern der Helmbusch wallte vom Haupte,
Amor, ein Vorwurf für euch und ein Mal von des Vaters
Verwandlung.
Wird doch erzählt, daß Kyknus, in Liebe um Phaëthon trauernd,
Unter den Zweigen der Pappeln im Schatten der einstigen
Schwestern,
Während er seine Trauer durch Lieder zu trösten versuchte,
Seines Alters Grau zu weichem Gefieder verwandelt'
Und, der Erde entschwebend, sein Lied zu den Sternen emportrug.
Aber sein Sohn in der Flotte mit gleichen Altersgenossen
Lenkte mit seinen Rudern den Riesenkentaurus; der ragte
Drohend über die Flut mit einem mächtigen Felsblock
Hoch von oben und furchte mit langem Kiele die Meerflut.
Oknus auch führt ein Heer herbei von den heimischen Fluren,
Sohn des tuscischen Stroms und der schicksalverkündenden Manto,
Der, o Mantua, dich ummauert und hieß nach der Mutter
Mantua, reich an Ahnen, doch nicht aus *einem* Geschlechte:
Waren der Stämme doch drei, vier Völkerschaften in jedem;
Mantua stand an der Spitze; sein Kern war tuscischen Blutes,
Dort hat Mezentius selbst sich fünfhundert Gegner bewaffnet,
Die vom Vater Benacus der grün vom Schilfe umwallte
Mincius abwärts führte ins Meer auf feindlichem Kiele.
Wuchtend naht Aulestes; mit hundert Ruderern strebt er
Vorwärts, und sie zerwühlen zu Schaum das glatte Gewässer;
Riesig leitet Triton das Schiff und schreckt mit der Muschel
Rings die Bläue der Flut; von der struppigen Stirn zu den Flanken
Zeigt er Menschengestalt, doch unten wird er zum Fischschwanz;
Schäumend unter der Brust des Halbtiers rauschen die Wogen.
Soviel erlesene Führer auf dreißig Schiffen enteilten,
Troja zu retten; ihr Erz durchfurchte die salzige Fläche.
Schon war das Tageslicht verglommen, und Phoebe, die Milde,
Lenkte auf mittlerer Bahn schon droben den nächtlichen Wagen.
Doch den Aeneas ließ die Sorge nicht ruhen, und selber
Saß er am Steuer des Schiffs und achtete sorgsam der Segel.
Siehe, da nahte ihm mitten ein Chor der Nymphen, es waren
Seine frühern Begleiter, die Kybele gütig aus Schiffen

Nun in Nymphen verwandelt und ihnen göttliche Kräfte
Auf den Meeren verliehen, die glitten nun über die Wellen
Ebenso sicher, wie einst sie eherne Schiffe gewesen.
Fern erkennt schon den König der Chor und umschwebt ihn im Tanze,
Unter ihnen erfaßte die sprachgewandteste Nymphe
Kymodokea das Heck mit der Rechten, es hob sich ihr Rücken
Hoch aus der Flut, mit der Linken durchquerte sie unten die Fläche,
Und dann wandte sie sich an den Ahnungslosen: »Aeneas,
Wachst du, Göttersohn? Wache und lockre die Taue der Segel!
Schau, wir sind ja die Fichten vom heiligen Gipfel des Ida,
Deine frühere Flotte, jetzt Nymphen des Meeres. Denn als uns
Treulos mit Eisen und Feuer der Rutulerkönig bedrohte,
Haben wir deine Taue nur ungern durchbrochen und suchen
Dich auf dem Meere. Uns gab die große Mutter barmherzig
Diese Gestalt, im Meere als Göttinnen künftig zu wohnen.
Aber Askanius weilt, von Wall und Graben umgeben,
Waffenumstürmt inmitten der kriegsentflammten Latiner.
Schon den befohlenen Platz besetzten die Arkaderreiter
Mit den tapfern Etruskern, doch hat sich Turnus entschlossen,
Reiter entgegenzuwerfen, sie nicht in das Lager zu lassen.
Auf denn, und da der Morgen sich rötet, so ruf die Gefährten
Rasch zum Kampf und ergreife den unbesiegbaren, starken
Schild, den der Feuerbeherrscher dir goldumhämmert gegeben.
Morgen – wenn meine Worte nicht eitel dich dünken – wird sicher
Schauen der Tag, wie tot unzählige Rutuler sinken.«
Also sprach sie und stieß im Scheiden, kundig der Seefahrt,
Fort das Schiff mit der Rechten, nun fliegt es über die Wellen
Schneller dahin als ein Speer oder windüberholende Pfeile.
Eiliger gleiten nun auch die andern. Der Sohn des Anchises
Staunt befremdet, doch hat ihn stark das Zeichen ermutigt;
Aufwärts blickend zum Himmel begann er in kurzem Gebete:
»Gnädige Göttermutter vom Ida, die Dindymos' Höhen
Liebt und betürmte Städte, die Löwen zügelt am Wagen,
Du, die zum Kampfe jetzt mich führt, laß deine Verkündung
Wahrheit werden und komme den Phrygern gnädig zu Hilfe.«
Also flehte er kurz, und neu mit reifendem Lichte
Nahte der kreisende Tag und verscheuchte das nächtige Dunkel.

Gleich beruft Aeneas die Freunde, den Fahnen zu folgen,
Nur an die Waffen zu denken und sich zum Kampfe zu rüsten.
Und schon hat er die Teukrer erblickt und der Seinigen Lager
Hoch vom Hinterverdeck und hält mit der Linken des Schildes
Leuchten empor. Da bricht zum Himmel der Dardaner lautes
Jubelgeschrei vom Wall, und neu entflammt sie die Hoffnung.
Lanzen entfliegen den Fäusten. So geben sich helle Signale
Unter dunklem Gewölk strymonische Kraniche; rauschend
Ziehn sie am Äther, dem Süden mit freudigen Schreien entfliehend.
Aber dem Rutulerkönig, den Fürsten Ausoniens schien es
Wundersam, bis sie sodann die zum Ufer gewendeten Schiffe
Schauen und weit das Meer bedeckt mit Segeln und Masten.
Leuchtend schimmert vom Haupt der Helm, es flutet des Busches
Flamme, und helle Feuer entbrechen dem goldenen Schilde,
Ganz wie in heiterer Nacht zuweilen in blutiger Röte
Helle Kometen drohn und die Glut des Sirius lodert;
Durst und Krankheit bringt er über die leidenden Menschen,
Wenn er sich hebt und sein Licht verderblich flackert am Himmel.
Dennoch wankt noch nicht das Vertrauen des mutigen Turnus,
Vorher den Strand zu besetzen und so die Landung zu hindern.
Stärker entflammt er die Seinen und schilt sie donnernd noch stärker:
»Was ihr so heiß erfleht, ist da, den Feind zu zermalmen.
Männer, nun ist der Kampf in eure Hände gegeben.
Jeder gedenke der Gattin und seines Herdes! Erneuert
Taten nun, würdig der Väter. Am Strande schon wollen wir kämpfen,
Wo sie noch wankend und scheu die ersten Schritte erproben.
Mutigen lächelt das Glück.«
Rief's und erwog bei sich selbst, wen er wohl gegen die Feinde
Führen könnte und wem die belagerten Mauern vertrauen.

Unterdessen setzten von hohen Verdecken die Freunde
Mittels Brücken an Land, und viele passen der Wellen
Matteren Rücklauf ab und springen beherzt in die Watten
Oder auf Ruder gestützt; und Tarchon betrachtet die Ufer,
Wo keine Bänke zu fürchten, noch Rückprall brausender Wasser,
Sondern wo ungehemmt die schwellenden Fluten verlaufen.
Rasch da dreht er die Schnäbel gen Land und mahnt die Genossen:

»Jetzt, erlesene Schar, jetzt werft euch mit Macht auf die Ruder,
Hebet und treibet die Barken und bohrt die Schnäbel in dieses
Feindliche Land, der Kiel mag selber die Furche sich graben,
Selbst wenn die Schiffe sogar an solchem Platze zerschellen,
Wenn wir nur sicher das Land gewinnen.« Bei Tarchons Ermahnung
Warfen sich die Gefährten mit Macht auf die Ruder und trieben
Ihre umschäumten Kiele hinein in das Land der Latiner,
Bis die Schnäbel das Trockne erreicht und die Schiffe sich lagern,
Alle unversehrt, nur nicht das deinige, Tarchon.
Denn in die Watten gedrängt, hängt's schief auf dem Rücken der Sandbank,
Hält sich lange noch schwebend und wehrt sich gegen die Wellen.
Endlich zerschellt es und schleudert die Männer mitten ins Wasser,
Die, von zerbrochenen Rudern und schwimmenden Balken gehindert,
Fuß zu fassen hemmt die rückwärts reißende Strömung.
Da bleibt Turnus nicht müßig, er treibt voll Feuer das ganze
Schlachtheer gegen die Teukrer und stellt es auf am Gestade.
Hörner schmettern, da wirft sich Aeneas zuerst auf das Landvolk,
Streckt die Latiner nieder (Vorzeichen des Sieges) und tötet
Theron, den größten von ihnen, der selber zuerst den Aeneas
Angegriffen. Er bohrt ihm durch die eherne Rüstung
Und das goldne Gewand das Schwert in die offene Seite.
Lichas erschlägt er sodann, Apollos Geweihten; man schnitt ihn
Einst aus der sterbenden Mutter. Doch daß er dem Eisen entginge,
War nur dem Kinde vergönnt. Den harten Kisseus daneben
Und den gewaltigen Gyas, die beide mit Keulen gewütet,
Streckte er tot zu Boden; nichts frommten des Herkules Waffen
Beiden, noch ihre Kraft, auch nichts ihr Vater Melampus,
Herkules' steter Gefährte, solange sich dieser auf Erden
Mühte. Da, schau, dem Pharus, dem leeren Schwätzer, entgegen
Schwang er den Speer und stieß ihn tief in des Schreienden Kehle.
Du auch, Kydon, der du, verschmäht, deinem neuesten Liebling
Klytius folgtest, dem jung der Flaum die Wange umbrämte,
Wärest dardanischen Fäusten erlegen, befreit von der Liebe,
Die du Unseliger stets für solche Knaben empfunden,
Hätte nicht dicht die Schar der Brüder, die Söhne des Phorcus,
Sich dazwischengeworfen. Die Sieben schleuderten sicher

Lanzen zugleich, doch prallten sie ab vom Helm und dem Schilde
Teils, und andere wehrte, den Leib zu streifen, die hehre
Venus. Da rief Aeneas dem treuen Achates entgegen:
»Schaff mir Geschosse herbei! Nicht eines werd' ich erfolglos
Unter die Rutuler schleudern, so wie sie in griechischen Leibern
Einst vor Ilium staken.« Drauf faßt er die mächtige Lanze,
Schleudert sie, und im Flug durchbohrt sie dem Maeon des Schildes
Erz und zerschmettert ihm auch zugleich die Brust und den Panzer.
Eilig rennt ihm sein Bruder Alkanor zu Hilfe, den Bruder
Sucht er zu stützen, da kommt eine Lanze geflogen, durchbohrt ihm
Plötzlich den Arm und fliegt bluttriefend immer noch weiter;
Schlaff an den Sehnen nur hängt der Arm an der Schulter herunter.
Numitor reißt darauf aus dem Leibe des Bruders die Lanze,
Schnellt sie gegen Aeneas, doch nicht ihn wieder zu treffen
War ihm vergönnt, sie streift nur dem edlen Achates die Hüfte.
Nun kam Clausus von Cures heran, seiner kräftigen Jugend
Trauend, und trifft den Dryops mit mächtigem Schwunge des starren
Speeres unten am Kinn, durchbohrt ihm die Kehle und raubt ihm
Sprache und Leben zugleich, und Dryops schlägt mit der Stirne
Hart zu Boden, und dick entfährt seinem Munde ein Blutstrom.
Auch drei thrazische Männer von Boreas' edelster Sippe
Und drei Söhne, die Idas und Ismaros' Heimat entsendet,
Streckt er in wechselnden Kämpfen zu Boden. Da naht sich Halaesus
Schnell mit aurunkischer Mannschaft; Messapus, der Sohn des Neptunus,
Rast mit prächtigen Rossen herbei, und sie suchen einander
Hier und dort zu verdrängen, so tobt auf Ausoniens Schwelle
Wütender Kampf. Wie weit im Äther feindliche Winde
Hart aufeinanderprallen, doch gleich an Mut und an Kräften,
Keiner von ihnen weicht, auch nicht das Meer und die Wolken;
Lange so schwankt der Kampf, und einer steht gegen den andern:
Grade so stößt das Heer der Latiner und Troer zusammen,
Fuß an Fuß gedrängt und Mann gegen Mann im Gedränge.
Doch als an anderer Stelle, wo weit im Flußbett ein Gießbach
Rollende Felsen gewälzt und entwurzelte Bäume getrieben,
Pallas die Arkader dort, die wenig im Fußkampf erfahren,

Sah in wilder Flucht, verfolgt von latinischen Kriegern
– Hatte das rauhe Gelände sie doch gezwungen, von ihren
Pferden zu steigen –, da tat er, was einzig noch möglich in solcher
Lage, und mahnte die Leute mit Bitten und bitteren Worten:
»Freunde, wo flieht ihr hin? Bei euren rühmlichen Taten,
Bei dem Ruhm und den Siegen des Königs Euandrus, bei meiner
Hoffnung, mich jetzt dem Preise des Vaters wert zu erweisen,
Sucht nicht das Heil in der Flucht. Durchbrecht mit dem Schwerte die Feinde.
Da, wo am dichtesten sich die Feinde wider uns drängen,
Ruft die heilige Heimat euch selbst und Pallas, den Führer.
Sind es doch keine Götter, die gegen uns Sterbliche kämpfen;
Sterbliche sind's; wir haben gleich viele Seelen und Hände.
Seht doch, das Meer versperrt uns mit mächtigem Riegel den Ausgang.
Da ist kein Land zur Flucht. Was wählen wir, Meer oder Troja?«
Rief's und wirft sich mitten hinein in der Feinde Getümmel.
Ihm begegnet zuerst, von schlimmer Schickung geleitet,
Lagus, der grade dabei, einen mächtigen Felsblock zu wälzen,
Und da durchbohrt ihn sein Speer gerade, wo zwischen den Rippen
Sich das Rückgrat erstreckt; dann zog er die haftende Lanze
Aus dem Gebein. Es konnte ihn Hisbo nicht überraschen,
Wie er im stillen gehofft. Denn als er wegen des grausen
Todes seines Genossen bedachtlos und wütend heranstürzt,
Kommt ihm Pallas zuvor und stößt ihm das Schwert in die Lunge.
Sthenelus greift er dann an und Anchemolus, der aus der alten
Sippe des Rhoetus gewagt, der Stiefmutter Lager zu schänden.
Ihr auch, ihr Zwillinge, mußtet im Rutulerlande erliegen,
Du, Larides und Thymber, des Daucus so ähnliche Söhne,
Ununterscheidbar selbst den Eltern, ein fröhlich Verwechseln;
Aber nun gab euch Pallas ein schrecklich scheidendes Merkmal,
Trennte dir, Thymber, ab das Haupt mit euandrischem Schwerte;
Dich aber suchte, Larides, die abgeschlagene Rechte;
Sterbend noch zuckten die Finger und tasteten wie nach der Waffe.
Da, durch die Mahnung entflammt und im Anblick so herrlicher Taten,
Stürzen voll Scham und Schmerz die Arkader neu auf die Feinde.

Nun trifft Pallas den Rhoeteus, der grad auf dem Wagen vorbeiflieht.
Soviel Zeit und Verzug kam noch dem Ilus zugute;
Eigentlich war ja der Speer auf den fernen Ilus gerichtet,
Aber da traf er dazwischen den Rhoeteus, wie er dem Teuthras
Und seinem Bruder Tyres entfloh; vom Wagen zu Boden
Fiel er und schlug halbtot mit den Füßen die Rutulererde.
Wie wenn im Sommer der Hirt beim Wehen erbetener Winde
Auf den Triften im Wald verstreute Feuer entzündet,
Die in der Mitte dann rasch zusammen in mächtiger Lohe
Als entsetzlicher Brand sich auf die Gefilde verbreiten;
Freudig sitzt da der Hirt und schaut in die siegenden Flammen:
So vereinigt sich jetzt die Tapferkeit deiner Genossen,
Pallas, und labt dein Herz. Doch der hitzige Krieger Halaesus
Dringt jetzt in sie hinein und deckt sich hinter dem Schilde.
Gleich erlegt er den Ladon, Demodokus auch und den Pheres,
Und dem Strymonius raubt er mit blitzendem Schwerte die Rechte,
Die ihm die Kehle bedroht; mit dem Feldstein trifft er des Thoas
Haupt und zersplittert den Schädel, daß Blut und Hirn sich vermischen.
Unglück fürchtend verbarg den Halaesus im Walde sein Vater,
Aber sobald dem Greise die Augen im Tode gebrochen,
Streckten die Parzen nach ihm die Hand, und Euandrus' Geschossen
Weihten sie ihn. Nach ihm warf Pallas und betete vorher:
»Gib nun, Vater Thybris, dem Speere, den ich entsende,
Glücklich sein Ziel und Bahn ins Herz des harten Halaesus.
Deiner Eiche dann werde ich weihen die Rüstung des Mannes.«
Ihn erhörte der Gott, und als den Imaon Halaesus
Schützte, da bot der Arme die Brust dem arkadischen Speere
Unbedeckt. Doch ließ der Kriegshort Lausus die Männer
Nicht ob solchen Verlustes verzagen, und ihm gegenüber
Tötet er erst den Abas, den Halt und die Hemmung im Kampfe;
Arkaderkrieger sinken zu Boden, es sinken Etrusker,
Und, o Teukrer, auch ihr, soweit euch die Griechen verschonten.
Schar rennt gegen Schar, und gleich sind Führer und Kräfte,
Nachschub drängt von hinten und läßt nicht Waffen noch Hände
Regen in dem Gewühl. Hier Pallas mahnend und stürmend,
Drüben Lausus, sie beide nur wenig altersverschieden,

Beide von schöner Gestalt, doch beiden versagte das Schicksal,
Wieder die Heimat zu schauen; zwar selbst aufeinander zu treffen,
Das gestattete nicht der mächtige Himmelsgebieter,
Bald erwartete beide ihr Los vom stärkeren Gegner.
Aber dem Lausus zu helfen ermahnt die göttliche Schwester
Turnus, der mitten das Heer durchtrennt auf geflügeltem Wagen.
Als er die Freunde erblickte: »Jetzt räumt mir alle den Kampfplatz,
Ich allein bekämpfe den Pallas, und Pallas gehört nur
Mir; ich wünschte, sein Vater wär' selbst bei dem Schauspiel zugegen.«
Rief's, da räumten die Freunde das Blachfeld, wie er befohlen.
Bei dem stolzen Befehl und der Rutuler Weichen verwundert,
Staunt über Turnus der Jüngling und mißt mit rollenden Augen
Seinen gewaltigen Wuchs und mustert ihn trotzig von ferne,
Dann aber rief dem Tyrannen er diese Worte entgegen:
»Rauben werde ich mir zum Ruhme solch köstliche Rüstung,
Oder ich sterbe in Ehren. Denn beides billigt mein Vater.
Spare dein Drohen!« Dann trat er hinaus in die Mitte des Feldes;
Da gerann zu Eis das Blut in der Arkader Herzen.
Turnus entsprang dem Wagen, zu Fuß zum Kampfe zu schreiten,
Mann gegen Mann. Wie ein Löwe, der hoch von der Warte im Felde
Fern einen Stier erspäht, der selbst zum Kampfe entschlossen
Gegen ihn fliegt, so schritt heran des Turnus Erscheinung.
Als nun Pallas wähnte, daß jener dem Speere erreichbar,
Rannte er vor, ob wohl das Glück dem Mutigen hülfe,
Wenn die Kräfte auch ungleich, und rief zum Himmel gewendet:
»Bei dem gastlichen Tisch, den mein Vater dir, Fremdling, geboten,
Fleh' ich, Alkide, zu dir, hilf meinem kühnen Beginnen!
Sterbend schaue er, wie ich die blutigen Waffen ihm raube,
Und mit brechendem Auge erkenne mich Turnus als Sieger.«
Wohl vernahm der Alkide den Jüngling und drängte den schweren
Seufzer tief in die Brust, ihm rannen vergebliche Tränen,
Und sein Vater wandte sich zu ihm mit freundlichen Worten:
»Jedem steht fest sein Tag, und kurz und unwiederbringlich
Ist das Leben für alle, doch Ruhm durch Taten zu ernten
Steht dem Tapferen frei. Vor Trojas ragenden Mauern
Sanken der Göttersöhne so viele, es sank ja mit ihnen
Auch mein eigener Sohn Sarpedon; und bald auch den Turnus

Ruft sein Schicksal. Er ist zum Ziel seiner Jahre gekommen.«
Also sprach er und wandte den Blick von der Rutuler Feldern.
Aber mit aller Kraft entsandte Pallas die Lanze,
Und das funkelnde Schwert entriß er der bergenden Scheide;
Sie entfliegt, und wo die Schulter oben beschützt wird,
Schlägt sie ein, durchbohrt den Rand des Schildes, und schließlich
Streift sie dann noch ein wenig den riesigen Körper des Turnus.
Dieser nun hebt die Wucht des eisenbeschlagenen Speeres,
Wiegt ihn lange und wirft ihn auf Pallas und läuft ihm entgegen:
»Merke wohl auf, ob mein Geschoß jetzt kräftiger durchdringt!«
Rief's, und den Schild, den doch so viele eherne Schichten,
Ja, so viele Häute von Stieren schützend umwölbten,
Schmetterte mitten hindurch die Spitze mit schütterndem Stoße,
Schlug durch den Panzer und fuhr in die breite Brust des Getroffnen.
Doch vergeblich reißt er das heiße Geschoß aus der Wunde,
Mit dem Blute zugleich entflieht dem Leibe das Leben.
Auf die Wunde sank er, und drüber klirrte die Rüstung;
Blutend preßte sein Mund sich tief in die feindliche Erde.
Turnus trat über den Toten und rief:
»Arkader, merket getreu auf meine Worte und bringt sie
Dem Euandrus; wie er es verdient, so send' ich ihm Pallas;
Jede Ehre des Grabes und jeden Trost der Bestattung
Will ich gewähren. Er zahlt nicht wenig für des Aeneas
Gastfreundschaft.« So rief er und stemmte auf den Entseelten
Links den Fuß und entriß ihm dann den herrlichen Gürtel
Mit dem grausen Gebild: wie in einer schrecklichen Brautnacht
Jünglinge, schnöde gemordet, die Kammern blutig beflecken,
Wie es von Eurytus' Sohn, dem Klonus, im Golde getrieben.
Freudevoll rühmte Turnus sich dieser errungenen Beute.
Weiß doch der Menschen Sinn so wenig vom künftigen Schicksal
Und nicht Maß zu halten im Überschwange des Glückes.
Nahen wird Turnus der Tag, wo heil er das Leben des Pallas
Teuer erkaufen möchte und wo er den Tag und die Beute
Hassen wird. Aber die Freunde mit bitteren Klagen und Tränen
Tragen zahlreich den Pallas im Schilde gebettet von dannen.
O zu Kummer und Ruhm, wie kehrst du zurück zu dem Vater!
Dieser Tag gab dich erst dem Kriege und nahm dich ihm wieder,
Aber du ließest gehäuft erschlagene Rutuler liegen.

Nicht nur ein dunkles Gerücht so schweren Unheils, nein sichre
Kunde fliegt zu Aeneas, es schwebe das Schicksal der Seinen
Dicht am Abgrund: Es gelte die weichenden Teukrer zu retten.
Was sich ihm naht, das mäht sein Schwert, und heiß durch die Reihen
Haut er sich Bahn und sucht nur dich, o Turnus, den Stolzen,
Unter stetem Gemetzel. Es schweben ihm Pallas, Euandrus,
Alles vor seinen Augen, der Tisch, dem erst er als Fremdling
Einst dort nahte, der Handschlag der Treue. Vier Söhne des Sulmo,
Ebenso viele auch, die Ufens erzogen, ergreift er
Lebend und schleppt sie fort, sie den Schatten zum Opfer zu bringen
Und mit dem Blut der Gefangnen die flammenden Scheite zu netzen.
Fern dann hat er auf Magus die tödliche Lanze gerichtet,
Aber der duckt sich schlau, der zitternde Speer überfliegt ihn,
Und dann umfaßt er die Knie des Aeneas mit flehender Bitte:
»Bei den Manen des Vaters, der Hoffnung auf deines Iulus
Blühen fleh' ich, erhalte dem Sohn und dem Vater mein Leben!
Mein ist ein hoher Palast, drin liegen vergraben mir viele
Silbergeräte, auch Lasten an rohem oder geformtem
Golde. Nicht hier auf mir beruht der Sieg der Trojaner,
Und ein einziges Leben gilt wenig bei solcher Entscheidung.«
Also rief er. Da gab Aeneas ihm dieses zur Antwort:
»Was du mir da erzählst von goldnen und silbernen Schätzen,
Spar es den Kindern daheim. Solch Handelsverträge im Kriege
Hat schon Turnus zerstört, als er den Pallas getötet.
So ist Iulus' Meinung und die des toten Anchises.«
Rief's und packt mit der Linken den Helm des Flehenden, biegt ihm
Seitlich den Hals und durchbohrt ihn bis zum Griffe des Schwertes.
Nah ist Haemonides auch, des Apoll und der Trivia Priester,
Mit der heiligen Binde und Bändern die Schläfen umwunden,
Strahlend in weißem Gewand, gerüstet mit herrlichen Waffen,
Den verfolgt er im Felde und stürzt ihn, und über ihm stehend
Tötet er ihn und bedeckt seine Augen mit Schatten. Serestus
Trägt seine Waffen davon, dir, Mars Gradivus, zur Weihe.
Caeculus, der dem Geschlechte Vulkans entsprossen, und Umbro
Aus den marsischen Bergen erneuern den Kampf der Geschwader.
Gegen sie wirft sich Aeneas und haut dem Anxur die linke

Hand herunter mitsamt dem runden, sinkenden Schilde
– Hatte doch Anxur geprahlt mit großen Worten und wähnte
Ihnen Kraft zu verleihen in himmelstürmendem Mute
Und mit grauen Haaren noch viele Jahre zu leben –;
Da springt Tarquitus vor im hellen Schimmer der Waffen
(Dryope hatte ihn einst dem Waldgott Faunus geboren),
Wirft sich der Wut des Aeneas entgegen, der weit mit der Lanze
Ausholt, den lastenden Schild durchbohrt und dann auch den Panzer.
Tarquitus fleht umsonst und trachtet noch vieles zu reden,
Aber Aeneas schlägt sein Haupt zu Boden, zur Seite
Stößt er den warmen Rumpf und ruft die erbitterten Worte:
»Bleibe da liegen, du Schreck! Nicht wird dich die liebende Mutter
Bergen im Boden, noch laste auf dir ein heimisches Grabmal.
Bleibe den Geiern zum Fraß hier liegen, oder der Strudel
Reißt dich hinweg, und die Fische benagen dir hungrig die Wunden.«
Rasch auf Antaeus und Lucas, des Turnus vorderste Kämpfer,
Stürzt er, auf Numa, den Starken, und auch auf Camers, den blonden
Sohn des erhabenen Volscens, der vor den andern Ausonen
Reich mit Äckern gesegnet und herrschte im stillen Amyclae.
So wie jener Aegaeon, der hundert Arme und Hände
Nach der Sage besaß und aus fünfzig Rachen und Brüsten
Loderndes Feuer schnob, als er Juppiters Blitzen entgegen
Ebenso viele Schwerter gezückt und Schilde gerasselt:
So das ganze Gefilde durchtobte der Sieger Aeneas,
Nun sich sein Schwert erwärmt; und schau, selbst gegen Niphaeus'
Viergespann rennt er vor, das grade wider ihn anbraust.
Doch als die Rosse sahen, wie brüllend mit riesigen Schritten
Ihnen Aeneas nahte, da machten sie kehrt, und erschrocken
Warfen den Lenker sie ab und schleiften den Wagen zum Strande.
Lucagus treibt indessen sein Schimmelgespann in des Feldes
Mitte mit Liger, dem Bruder; der lenkt die Zügel der Rosse,
Lucagus aber zieht sein Schwert und wirbelt es feurig.
Nicht aber duldet Aeneas das wilde Rasen der Brüder,
Gegen sie rennt er an gewaltig mit drohender Lanze.
Liger zu ihm:

»Nicht Diomedes' Gespann erblickst du und nicht des Achilles
Wagen, noch Phrygiens Flur. Das Ende des Krieges und Lebens
Winkt auf diesem Gefilde.« So strömten die Worte dem tollen
Liger vom Munde dahin; doch keine Worte dagegen
Brauchte der troische Held, er schwingt nach dem Feinde die Lanze.
Doch wie vornübergebeugt nun Lucagus rasch mit der Waffe
Spornt sein Doppelgespann und links voran mit dem Fuße
Sich zum Kampfe bereitet, da fährt ihm unten die Lanze
Durch den Rand des Schildes und bohrt sich ihm tief in die Weiche;
Jählings stürzt er vom Wagen und wälzt sich sterbend im Staube,
Aber Aeneas ruft ihm zu die bitteren Worte:
»Lucagus, deinen Wagen verrieten nicht flüchtige Rosse,
Noch hat ein mächtiger Schreck sie fort von den Feinden getrieben,
Selber verläßt du ihn ja und springst herunter.« So rief er
Und ergriff das Gespann, da glitt der unselige Bruder
Gleichfalls vom Wagen herab und streckte die wehrlosen Hände:
»Bei dir selber und bei den Eltern, die solch einen Helden
Zeugten, o Troer, erbarme dich meiner und laß mir mein Leben.«
Als er noch weiter flehte, versetzte Aeneas: »Noch eben
Riefst du ganz anders, so stirb und brüderlich folge dem Bruder.«
Dann mit dem Schwerte zerschlug er die Brust ihm, die Wohnung der Seele.
So überhäuft mit Leichen das Feld der Dardanerführer.
Wie ein brausender Strom und wie eine finstere Windsbraut
Tobte er wild, und nun brechen hervor und verlassen das Lager
Mit Askanius gleich die vergeblich belagerten Mannen.
Juppiter richtet indessen von selber an Juno die Worte:
»O meine Schwester, zugleich auch meine geliebte Gemahlin,
Wie du bemerkst und dich auch deine Meinung nicht täuschte,
Halten die Troer stand durch Venus und nicht durch der Männer
Streitbare Faust und den Mut, der feurig Gefahren erduldet.«
Kleinlaut erwiderte Juno: »Warum, mein herrlicher Gatte,
Kränkst du mich Kummerbeladne, die deine Verweise so fürchtet?
Liehe mir deine Liebe wie einst, und wie es sich ziemte,
Macht über dich, so würdest du mir es sicher nicht weigern,
Allgebieter, daß ich den Turnus dem Kampfe entzöge
Und ihn unversehrt für Daunus, den Vater, errette.
Mög' er nun fallen und büße mit reinem Blute den Teukrern.

Dennoch führt er den Namen von unserm Geschlechte, Pilumnus
Ist im vierten Grade sein Ahn, und selber belud er
Deines Tempels Schwelle so oft mit reichlichen Gaben.«
Ihr erwiderte kurz des hohen Olympos Gebieter:
»Wenn du nur Frist erbittest für den dem Tode verfallnen
Jüngling und du vermeinst, ich könnte den Aufschub bewirken,
Nun, so hilf ihm zur Flucht und hemme sein drohendes Schicksal.
Soviel kann ich gewähren; doch ist ein höherer Anspruch
Hinter der Bitte versteckt und du wähnst, du könntest das Kriegsglück
Völlig ändern, dann nährest du ganz vergebliche Hoffnung.«
Weinend Juno darauf: »Wie, wenn du im Herzen gewährtest,
Was deine Worte versagen, und Turnus bliebe am Leben?
Jetzt trifft unverdient ihn bitteres Schicksal, sofern ich
Mich nicht völlig irre. O täuschte mich falsche Befürchtung
Und du kämest zu bessern Beschlüssen, da du es könntest.«
Also sprach sie, und gleich am hohen Himmel erhob sie
Heftigen Sturm, und von Wolken umgürtet flog sie hernieder.
Zu dem ilischen Heer und laurentischen Lager gelangt sie;
Dann aus hohlem Gewölk erschafft sie ein nichtiges, schwaches
Schattengebilde; es gleicht der Gestalt des Aeneas, o Wunder,
Schmückt es mit Dardanerwaffen und macht es mit Schild und mit Haarbusch
Ähnlich dem göttlichen Mann und leiht ihm nichtige Worte,
Gibt ihm sinnlosen Ton und täuschend eilende Schritte,
So, wie man sagt, daß umher die Bilder Verstorbener schweben
Oder wie gaukelnde Träume im Schlaf die Sinne umspielen.
Munter tummelt dies Bild sich vor den vordersten Reihen,
Reizt den Mann mit Geschossen und fordert ihn rufend zum Kampfe.
Turnus dringt darauf ein und schleudert die sausende Lanze
Schon aus der Ferne, das Bild entzieht sich und kehrt ihm den Rücken,
Und wie Turnus vermutet, daß ihm Aeneas entweiche,
Und sein stürmisches Herz nun schwoll in nichtiger Hoffnung:
»Wohin entfliehst du, Aeneas? Verlaß nicht das bräutliche Lager.
Diese Rechte da leiht dir das Land, das segelnd du suchtest.«
Also ruft er, verfolgt das Bild und wirbelt die helle

Klinge, doch sieht er nicht, wie die Winde die Hoffnung verwehen.
Dort lag gerade ein Schiff, mit dem felsigen Ufergestade
Durch eine fertige Brücke und lange Leitern verbunden,
Das aus Clusiums Gauen den König Osinius brachte.
Dort hinein entfloh das Bild des Aeneas und barg sich
Hastig im Dunkel, doch folgt ihm Turnus noch schneller, und jeden
Widerstand kämpft er nieder und springt auf die ragende Brücke.
Kaum aber war er an Bord, da kappt die Göttin die Taue,
Und das entfesselte Schiff entführen die rollenden Wogen.
Nunmehr birgt sich nicht länger das Bild in dunklen Verstecken,
Nein, es hebt sich empor und schwindet in finsteren Wolken.
Doch den Entwichenen ruft Aeneas im Felde zum Kampfe,
Und in Menge erschlägt er die Krieger, die sich ihm nahen,
Während den Turnus indessen die wirbelnden Fluten entführen.
Der schaut rückwärts, befremdet und wenig erfreut ob der Rettung,
Und zum Himmel erhebt er mit lautem Gebete die Hände:
»O allmächtiger Vater, was hab' ich so Schlimmes verbrochen,
Daß du nun über mich verhängst so schwere Bestrafung?
Wohin treib' ich, woher? Wie kehre ich heim als ein Flüchtling?
Werd' ich Laurentum oder das Lager wieder erblicken?
Was wird nun aus den Männern, die mir zum Kampfe gefolgt sind,
Die ich alle (o Schmach!) zu gräßlichem Tode zurückließ?
Und nun seh' ich sie fliehen und höre der Sterbenden Röcheln.
Was soll ich tun? Wo spaltet sich mir ein Abgrund der Erde
Tief genug? So erbarmt doch ihr euch meiner, ihr Winde.
Wider Klippen und Felsen, so bittet euch Turnus inständig,
Treibt das Schiff und drängt in die schrecklichen Watten der Syrte,
Wo kein Rutuler und kein wissend Gerücht mich erreiche.«
All das erwägend, durchfuhr ihn bald dieser, bald jener Gedanke,
Ob er in solcher Schande verzweifelt sich selber durchbohre
Und das starrende Schwert sich stieße unter die Rippen,
Oder ob er in die Flut sich stürze und schwimmend zum Ufer
Strebe, um sich aufs neu mit den teukrischen Waffen zu messen.
Dreimal versuchte er beides, doch dreimal hielt ihn die hehre
Juno zurück und hemmte den Jüngling voller Erbarmen.
Über die Fluten glitt er dahin mit günstiger Strömung,
Bis er die alte Stadt und Daunus, den Vater, erreichte.
Aber nach Juppiters Rat tritt jetzt Mezentius feurig

Ein in den Kampf und wirft sich auf die jubelnden Teukrer.
Alle Tyrrhener stürzen zusammen gegen den einen,
Gegen den einen Mann voll Haß mit unzähligen Lanzen;
Er aber steht wie ein Fels, der weit hinaus in die Fluten
Ragt und gegen das Rasen der Winde und gegen die ganze
Wütende Brandung und gegen das Drohen des Meeres und Himmels
Unerschüttert sich hält. Den Hebrus, den Sohn Dolichaons,
Streckt er zu Boden und wirft den Latagus nieder, den flücht'gen
Palmus, den Latagus trifft er mit einem gewaltigen Felsblock
Malmend wider das Haupt und läßt mit zerschlagenen Knien
Palmus sich windend liegen und schenkt die Waffen dem Lausus,
Einzuhüllen den Leib und den Busch auf dem Haupte zu tragen.
Auch den Phryger Euanthes erlegt er und Mimas, des Paris
Altersgenossen und Freund; denn in selbiger Nacht, als Theano
Ihn dem Amykus schenkte, gebar die Tochter des Kisseus
Fackelschwanger den Paris; es sank an der Stadt seiner Väter
Paris, doch Mimas, den Fremdling, empfing der Laurenter Gefilde.
Wie von Hunden gehetzt aus ragenden Bergen der Eber
Stürmt, den viele Jahre des Vesulus Fichten geborgen,
Manche Jahre der Sumpf der Laurenter nährte im Röhricht
– Wenn er nun aber doch in die Netze geraten, so stutzt er,
Grunzt vor Wut und sträubt empor den borstigen Rücken,
Dann hat keiner den Mut, ihm zornig näher zu treten,
Nein, sie bedrohen ihn nur von fern mit Speeren und Schreien;
Er aber unverzagt hält stand zur Rechten und Linken,
Wetzt seine Hauer und schüttelt von seinem Rücken die Speere:
Grade so, ob mit Recht auch alle Mezentius zürnen,
Hat nicht einer den Mut, mit dem Schwert ihm entgegenzutreten.
Nur aus der Ferne bedräuen sie ihn mit Speeren und Schreien.
War da aus altem Gebiet von Corythus' Akron gekommen,
Griechischen Stamms, der entflohen, bevor er die Hochzeit vollzogen.
Wie Mezentius diesen von fern im Gewimmel erblickte
Strahlend im Purpurgewande der Braut und mit flammendem Helmbusch,
Da wie ein Löwe, der gierig durchstreicht sein hohes Gehege,
Rasend vom Hunger getrieben, wenn er dann flüchtig die Hindin
Wahrnimmt oder den Hirsch im Schmuck des hohen Geweihes,
Froh mit gesträubter Mähne und aufgerissenem Rachen

Rasend auf das Gedärm sich streckt, und es triefen die Zähne
Grausig ihm von dem Blut:
Grade so stürzt in der Feinde Gewimmel Mezentius freudig.
Nieder sinkt Akron, der Arme; verröchelnd schlägt er den dunklen
Grund mit den Füßen und färbt mit Blut die zersplitterte Lanze.
Nicht aber dünkt es ihm wert, den flüchtigen Krieger Orodes
Niederzustrecken und ihm den Speer in den Rücken zu jagen.
Nein, er tritt ihm entgegen, um nicht mit meuchelnder Tücke,
Sondern Mann gegen Mann sich hart mit den Waffen zu messen;
Dann auf den Niedergeworfnen mit Fuß und Lanze sich stemmend:
»Männer, kein schwächlicher Krieger liegt da, der erhabne Orodes.«
Helles Triumphgeschrei erheben die Freunde im Kreise,
Sterbend Orodes: »Nicht lange wirst du dich rachelos deines
Sieges über mich freuen, wer du auch seist, es erwartet
Dich ein gleiches Geschick, bald deckst du den nämlichen Boden.«
Halb mit Lachen, halb zornig erwidert Mezentius also:
»Stirb nur, um mich wird sich der Vater der Götter und Menschen
Kümmern.« So rief er und zog den Speer aus dem Leibe des Toten.
Dem aber liegt auf den Lidern ein eiserner Schlummer und harte
Ruhe, und ewige Nacht hat seine Augen beschattet.

Caedicus fällt den Alkathous nun, den Hydaspes Sacrator,
Den Parthenius Rapo, und auch den kräftigen Orses,
Klonius fällt von Messapus und auch Erichaetes, Lykaons
Sohn, den einen vom Roß gestürzt nach entglittenen Zügeln,
Aber den andern zu Fuß. Schon nahte der Lykier Agis,
Ihn aber tötet, beseelt vom alten Ruhme der Väter,
Valerus; Thronius fällt von Salius, der von Nealkes,
Der ein Meister des Speers und listiger Schütz aus der Ferne.

Gleich auf beiden Seiten verteilte der blutige Kriegsgott
Trauer und Tote; es hieben gleichviele, gleichviele auch sanken,
Sieger sowohl wie Besiegte, sie fliehen nicht hüben noch drüben.
Droben in Juppiters Haus voll Mitleid schauen die Götter
Beider vergebliches Wüten und so viel Mühsal der Menschen;
Dort sieht Venus heraus und dort die saturnische Juno.
Unter den Tausenden rast die bleiche Tisiphone schrecklich.

Aber Mezentius schwingt die mächtige Lanze und schreitet
Stürmisch im Felde einher. Gleichwie der Riese Orion,
Wenn er schreitet zu Fuß durch Nereus' tiefste Gewässer,

Mitten den Weg sich bahnt und mit den Schultern die Wogen
Weit überragt oder hoch von den Bergen die ältesten Eschen
Trägt, die Füße am Boden, das Haupt aber hoch in den Wolken:
So auch Mezentius wuchtet hinein in die Fülle der Speere.
Aber sobald ihn Aeneas gewahrt in dem fernen Getümmel,
Schreitet er ihm entgegen. Doch unerschrocken erwartet
Jener den hehren Feind, verharrt, und standhaft und mächtig,
Mißt er mit Augen den Raum für genügende Weite zum Wurfe:
»Du, meine Rechte, so sei mein Gott und der Speer, den ich schwinge!
Steht mir jetzt bei! Ich gelobe: Entreiß' ich die Rüstung dem Räuber,
Hülle du, Lausus, dich selbst in diese Beute als Zeichen,
Daß ich Aeneas besiegt.« Schon warf er die sausende Lanze
Ganz aus der Ferne; sie prallt im Fluge vom Schilde, und weiter
Trifft sie unter der Brust in die Weiche den hehren Antores,
Herkules' Waffengenossen, der, einst aus Argos entsendet,
Treu an Euandrus hing und die Italerfeste bewohnte.
Nieder wirft den Armen die ihm nicht geltende Wunde,
Aufwärts blickt er und denkt noch sterbend des lieblichen Argos.
Nun aber schleudert Aeneas den Speer; der fuhr durch des Schildes
Dreifaches Erz und die linnene Schicht und durchschlug die Umhüllung,
Die aus dreifacher Stierhaut, und blieb dann unten im Bauche
Haften, doch hier erlosch die Kraft; wie aber Aeneas
Freudig das Blut des Tyrrheners gewahrte, da zückte er eilig
Von der Hüfte das Schwert und bedrängte den Wankenden hitzig.
Schon gewahrte es Lausus, und klagend in kindlicher Liebe
Seufzte er auf, und es rollten ihm Tränen über die Wangen.
  Rühmlicher Jüngling, von dir und deinen herrlichen Taten
Und deinem bitteren Tode will ich nicht schweigen, wenn solchem
Würdigen Tun auch noch der Nachwelt Tage gedenken.
Schritt für Schritt wich jener zurück geschwächt und behindert
Durch die feindliche Lanze und schleppte sie mit sich im Schilde,
Vorwärts rannte der Jüngling, um selber die Waffen zu kreuzen,
Und dem Aeneas, der schon den Arm zum Streiche erhoben,
Warf er sich unter den Hieb und suchte den Nahenden selber
Aufzuhalten; ihm folgten mit lautem Geschrei die Gefährten,
Bis, gedeckt von dem Schilde des Sohnes, der Vater entkäme.

Alle schleudern Geschosse, den Feind aus der Ferne mit Würfen
Irre zu machen; Aeneas ergrimmt und deckt sich und wartet:
Wie, wenn Hagelschloßen zuweilen aus finsteren Wolken
Niederprasseln, es fliehen die Pflüger alle vom Felde,
Alle Bauern, es sucht der Wanderer sichere Deckung
Teils am Ufer des Stromes und teils unter Felsengehänge,
Während es gießt, damit er beim Wiederkehren der Sonne
Wieder nutze den Tag: So rings von Geschossen umrasselt,
Sucht, bis der Donner verhallt, Aeneas die Wolke des Krieges
Auszuhalten und droht dem Lausus und schilt auf den Lausus:
»Warum rennst du so kühn in den Tod weit über Vermögen,
Toll von Kindesliebe verblendet?« Doch toller bedrängt noch
Lausus den Feind. Schon schwillt der Zorn des dardanischen Führers
Wieder empor, und es spinnen die Parzen dem Jüngling des Fadens
Letztes Ende; denn schon durchbohrt Aeneas den Jüngling
Mit dem gewaltigen Schwert, und ganz versenkt er es in ihn.
Schneidend durchdrang es den Schild und des Trotzigen leichte Bewaffnung,
Auch das Gewand, das die Mutter mit goldenen Fäden durchwoben,
Das nun so blutdurchtränkt. Die Seele entwich durch die Lüfte
Trauervoll fort zu den Schatten hinab, den Körper verlassend.
Doch als der Sohn des Anchises ins Antlitz des Sterbenden blickte,
Dieses Antlitz, das schon von der Blässe des Todes gezeichnet,
Seufzte er mitleidsvoll tief auf und bot ihm die Rechte,
Denn es durchbebte sein Herz dies Bild der kindlichen Liebe!
»Unglückseliger Knabe, was kann für so löbliche Taten
Dir Aeneas gewähren, was würdig deiner Gesinnung?
Deine Waffen behalte, die dich so freuten, ich sende,
Wenn dich das sorgt, dich heim, zu Schatten und Asche der Väter.
Das auch, du Armer, mag im bitteren Tode dich trösten,
Daß du der Hand des Helden Aeneas erlegen.« Ermahnend
Ruft er die zögernden Freunde und hebt ihn selber vom Boden,
Dem so blutig entstellt die schöngeflochtenen Locken.
Aber inzwischen stillte sein Vater am Fluß Tiberinus
Mit der Kühle der Flut die Wunden und labte den Körper,
An den Stamm eines Baumes gelehnt; daneben am Aste
Hing der eherne Helm und ruhten im Grase die Waffen.

Edle Jünglinge standen umher; er atmete mühsam,
Stützte das Haupt, und der Bart hing lang auf die Brust ihm hernieder.
Oftmals fragt er nach Lausus und sendet Boten auf Boten,
Ihn zurückzurufen auf Wunsch des sorgenden Vaters.
Schon aber trugen entseelt auf den Waffen die weinenden Freunde
Ihn herbei, so gewaltig erlegt von gewaltiger Wunde.
Schon aus der Ferne verstand seine ahnende Seele die Klagen;
Ganz sein greises Haar mit Staub entstellend, zum Himmel
Reckte er beide Hände, dann warf er sich über den Leichnam:
»Hab' ich mit solcher Lust, o Sohn, am Leben gehangen,
Daß ich statt meiner dich der feindlichen Lanze geopfert,
Dich, den ich zeugte? Bin ich, der Vater, gerettet durch deine
Wunde? Bewahrte dein Tod mein Leben? Jetzt fühle ich Armer
Erst mein Elend, und jetzt erst wird die Wunde mir tödlich.
Ich auch habe, mein Sohn, durch Schuld deinen Namen geschändet,
Ausgetrieben aus Haß vom Thron und Szepter der Väter.
Sollt' ich dem Vaterland und dem Groll der Meinigen büßen,
Mußte zu jeglichem Tode ich bieten die schuldige Seele!
Doch nun leb' ich, noch nicht vom Licht und den Menschen geschieden,
Nun aber scheid' ich.« So rief er und reckte sich auf dem getroffnen
Schenkel empor, und ob auch die schreckliche Wunde ihn lähmte,
Gibt er nicht nach und fordert sein Roß. Es war ihm ja immer
Stolz und Trost und hat ihn aus allen Schlachten als Sieger
Heimgetragen; so spricht er jetzt zu dem trauernden Tiere:
»Lange genug, mein Rhaebus, wenn etwas für Sterbliche lang ist,
Lebten wir zwei, so bringe mir siegreich heut des Aeneas
Haupt und blutige Rüstung zurück und den Kummer um Lausus
Räche mit mir; doch bahnt uns keine Gewalt eine Gasse,
Dann erliege mit mir; denn nie, du Wackerer, wähn' ich,
Würdest du fremdes Gebot und teukrische Herren ertragen.«
Sprach's, und willig empfing ihn der Rücken des Rosses auf seinem
Altgewohnten Sitz, und die Hände belud er mit spitzen
Lanzen, das Haupt umleuchtet von Erz mit wehendem Helmbusch.
Also sprengte er mitten hinein; ihm wogte im Herzen
Trauer und brennende Scham zugleich und wütender Wahnsinn
(Furiengetriebene Liebe und eigenen Wertes Bewußtsein).

Dreimal rief er nun laut Aeneas mit mächtiger Stimme.
Und als Aeneas ihn sieht und erkennt, da betet er freudig:
»Mög' es der Vater der Götter und Herrscher Apollo gewähren,
Daß du den Kampf beginnst.«
Dies nur rief er und trat ihm mit drohender Lanze entgegen.
Der darauf: »Meinen Sohn erschlugst du, wie willst du mich schrecken,
Wüterich? Dies nur war der Weg, um mich zu verderben.
Fürcht' ich doch keinen Tod, noch frag' ich nach einem der Götter.
Mach ein Ende, ich komme zu sterben, doch bring' ich dir diese
Gabe zuvor.« So rief er und schnellte den Speer nach dem Feinde,
Wieder noch einen und wieder und trifft und tummelt in weitem
Kreise sein Roß; doch der goldene Schild vereitelt die Würfe.
Dreimal umreitet er links in der Runde den stehenden Helden,
Speere den Händen entsendend, und dreimal dreht sich Aeneas
Mit dem gewaltigen Wald von Speeren im ehernen Schilde.
Da es ihn aber verdrießt, so lange zu säumen, so viele
Lanzen herauszuziehen und ungleichen Kampf zu bestehen,
Bricht er endlich hervor nach langer Erwägung und schleudert
Seine Lanze dem Streitroß gerade zwischen die Schläfen.
Hochauf bäumt sich der Renner und schlägt mit den Hufen die Lüfte,
Wirft seinen Reiter zu Boden, stürzt selber darüber und reißt ihn
Mit in den Sturz und bleibt mit dem Bug quer über ihm liegen.
Hoch zum Himmel erschallt das Geschrei der Latiner und Troer.
Rasch ist Aeneas zur Stelle und reißt das Schwert aus der Scheide,
Ruft von oben: »Wo ist nun der wilde Mezentius, wo denn
Sein unbändiger Mut?« Darauf der Tyrrhener, zum Himmel
Aufwärtsblickend, sobald er zur Besinnung gekommen:
»Unerbittlicher Feind, was höhnst du und drohst mit dem Tode?
Töten ist kein Verbrechen; nicht also kam ich zum Kampfe,
Noch hat solchen Vertrag mit dir mein Lausus geschlossen.
Eines nur bitt' ich, sofern man besiegten Feinden es zusteht:
Laß meinen Leib in der Erde bestatten. Ich weiß ja, der Meinen
Haß umdräut mich, o wehre, ich bitte dich, solchen Gelüsten.
Gönne mir an der Seite des Sohnes im Grabe zu ruhen.«
Sprach's, und vollbewußt empfing er den Stoß in die Kehle
Und verhauchte sein Leben; sein Blut überströmte die Rüstung.

ELFTER GESANG

Aus dem Ozean hob sich indessen die Göttin der Frühe.
Aber wie sehr auch Aeneas besorgt, die Frist zur Bestattung
Seinen Gefährten zu gönnen, so schwer von Trauer belastet,
Dankt er beim ersten Licht mit Gelübden als Sieger den Göttern.
Eine gewaltige Eiche mit abgehauenen Ästen
Pflanzt auf dem Hügel er auf, umhängt mit blinkenden Waffen,
Einst des Mezentius Wehr, dir, großer Lenker der Schlachten,
Als Trophäe; er hängt darauf den blutenden Helmbusch,
Lehnt die zerbrochenen Speere daran, den zwölfmal durchschoßnen
Panzer des Helden, zur Linken den ehernen Schild, und darüber
Hängt um den Hals er das Schwert in elfenbeinerner Scheide;
Dann erst wendet er mahnend sich an die jubelnden Freunde,
Denn in gedrängter Schar umgaben ihn sämtliche Führer:
»Jetzt ist das Größte getan, ihr Männer; verbannet nun alle
Weitere Furcht; hier sind als erste Beute des stolzen
Königs Waffen, durch mich steht hier Mezentius' Abbild.
Jetzt geht der Weg zu dem König und zu der Stadt der Latiner.
Seid im Geiste gerüstet und baldiger Kämpfe gewärtig,
Daß ihr, sobald der Wink der Götter die Zeichen zum Kampfe
Zu erheben befiehlt und das Heer aus dem Lager zu führen,
Nicht unvorbereitet und Furcht und Trägheit euch hindre.
Erst aber laßt uns der Erde die unbestatteten Leiber
Unsrer Gefährten vertraun, der Toten einzige Ehre.
Geht«, so schloß er, »und weiht die letzten Spenden den Edlen,
Die uns mit ihrem Blute die neue Heimat erkämpften.
Erst aber werde vor allem zur trauernden Stadt des Euandrus
Pallas gebracht, den uns so ruhmüberschüttet der finstre
Tag geraubt und so früh in bitterem Grabe versenkte.«
  Also spricht er mit Tränen und lenkt die Schritte zur Schwelle,
Wo den Leib des entseelten, gebetteten Pallas der greise
Held Akoetes behütet, der einst des parrhasischen Herrschers
Waffenträger gewesen und jetzt als Begleiter dem teuren
Zögling zugesellt unter weniger glücklichen Zeichen.
Ringsum stand der Troß der Diener, auch Scharen von Troern,
Ilische Frauen auch, trauernd das Haar gelöst nach der Sitte.
Aber sobald Aeneas zur ragenden Pforte hereintrat,

Hob sich gewaltige Klage zum Himmel, sie schlugen die Brüste,
Und die ganze Burg durchhallten Jammer und Trauer.
Als Aeneas das Haupt und das blasse Antlitz des Pallas
Sah auf dem Pfühl, dazu in der Brust die klaffende Wunde
Von dem ausonischen Speer, entfuhren ihm weinend die Worte:
»Wollte das Glück, so heiter es nahte, unseliger Knabe,
Dich mir nicht gönnen, auf daß du unsere Herrschaft nicht schautest
Und nicht als Sieger zurück zum Heimatlande gelangtest?
Nein, das habe ich nicht von dir dem Vater Euandrus,
Als ich schied, versprochen, wie er mich umarmte und sandte
In das gewaltige Reich und sorglich warnte, da wäre
Ein gar streitbar Volk und ein hartes Geschlecht zu bekämpfen.
Ach, vielleicht noch jetzt, von nichtiger Hoffnung betrogen,
Bringt er Gelübde dar und hängt auf Altäre die Gaben.
Wir, du entseelter Jüngling, der nichts mehr den Himmlischen schuldet,
Können dich nur voll Gram mit eitlen Ehren geleiten.
Bald, du Ärmster, erblickst du des Sohnes bittre Bestattung!
So also ziehen wir heim? Das sind die erhofften Triumphe?
Das ist mein stolzes Versprechen? Doch nicht von schmählichen Wunden
Siehst du den Sohn entstellt, noch brauchst du als Vater dir herben
Tod zu wünschen, weil er sich rettete. Wehe, welch starken
Hort hat Ausonien und auch du, mein Iulus, verloren!«
Als er nun so geklagt, befiehlt er, die Leiche des Armen
Aufzuheben, und tausend erlesene Männer des Heeres
Sendet er zum Geleit als letzte Ehre des Toten,
Um mit dem Vater zu weinen, ein schwacher Trost in dem tiefen
Jammer und Gram und schuldig der schweren Trauer des Vaters.
Andere winden rasch das Geflecht einer biegsamen Bahre
Weich aus Erdbeerranken und aus den Zweigen von Eichen
Und überschatten mit Laub das aufgeschichtete Lager.
Hier nun betten sie hoch auf ländlichem Laube den Jüngling,
Einer Blüte gleich, gepflückt vom Finger der Jungfrau,
Eine zarte Viole und müde sich neigende Iris,
Die noch nicht den Glanz, noch nicht ihre Frische verloren,
Aber von Mutter Erde nicht mehr genährt und gekräftigt.

Drauf zwei gleiche Gewänder, geschmückt mit Gold und mit Purpur,
Brachte Aeneas herbei, die einst die sidonische Dido
Ihm mit liebendem Fleiß und mit eigenen Händen gefertigt
Und das Linnen sodann mit goldenen Fäden durchwoben.
Mit dem einen umhüllt er zur letzten Ehre den Jüngling
Trauernd und deckt mit dem andern die flammenverfallenen Locken,
Häuft auch Ehrenpreise gar viel aus laurentischer Feldschlacht
Und gebietet, die Beute in langem Zuge zu bringen;
Rosse fügt er dazu und Waffen, den Feinden entrissen,
Fesselt auch rückwärts die Hände von denen, die er zur Sühne
Sendet den Schatten, das Feuer mit ihrem Blut zu besprengen,
Heißt auch den Führern, sie sollten mit feindlichen Waffen umhängte
Stämme bringen, an denen die Namen der Feinde befestigt.
Her auch führt man den armen, vom Alter gebeugten Akoetes;
Mit den Fäusten entstellt er die Brust, mit den Nägeln die Wangen,
Und dann stürzt der Greis vornüber der Länge nach nieder.
Wagen auch führt man herbei, vom Rutulerblute gerötet,
Hinten das Streitroß dann, den schmuckentkleideten Aethon;
Trauernd folgt es und netzt mit großen Tropfen die Backen.
Andere tragen den Speer und den Helm, denn das übrige raubte
Turnus, der Sieger, dann naht der Teukrer Trauergefolge
Und mit gesenkten Waffen die Arkader und die Tyrrhener.
Als schon die ganze Schar des Geleites von dannen gezogen,
Blieb Aeneas noch stehen und sprach dann klagend die Worte:
»Fort ruft mich von hier zu anderer Trauer des Krieges
Grimmes Geschick, sei ewig gegrüßt mir, herrlicher Pallas,
Lebe auf ewig wohl.« Nichts weiteres sprach er und kehrte
Wieder zum hohen Wall und wandte die Schritte zum Lager.

Und schon kamen Gesandte herbei aus der Stadt der Latiner,
Ölbaumzweige in Händen und baten um die Gewährung,
Daß er die Leichen, die rings das Schwert im Felde zerstreute,
Wiedergebe und sie in der Erde zu bergen gestatte,
Denn man kämpfe doch nicht um abgeschiedne Besiegte:
Schonen mög' er, die einst er Gastfreund und Schwäher geheißen.
Gütig gewährte Aeneas den flehenden Männern die Bitte,

Die er nicht weigern wollte, und fügte dazu noch die Worte:
»Welch unwürdiges Schicksal hat euch Latiner in solche
Schlimmen Kämpfe verstrickt, daß ihr als Freunde uns meidet?
Frieden für die Entseelten, die Mars im Kampfe getötet,
Fleht ihr von mir? Wie gern würd' ich ihn den Lebenden gönnen.
Wär' ich doch nie gekommen, wenn nicht das Schicksal mir diese
Stätte gewiesen; ich führe nicht Krieg mit dem Volke: Der König
Brach unsern Bund und vertraute sich lieber den Waffen des
Turnus!
Billiger hätte Turnus sich selbst dem Tode geboten.
Wollt' er bewaffnet den Krieg beenden, die Teukrer vertreiben,
Ziemte es sich, mit mir die Waffen zu kreuzen; dann bliebe
Leben, wem es ein Gott oder eigene Stärke vergönnte.
Geht nun und bettet im Feuer die unglückseligen Bürger.«
Also sprach Aeneas, und jene in stummem Erstaunen
Blickten einander an und steckten die Köpfe zusammen.
Endlich erwiderte Drances, der Greis, der immer den jüngern
Turnus gehässig bekämpfte und ihn beschuldigt'; er sagte:
»O du troischer Held, durch Ruhm erhaben, erhabner
Noch durch Taten, wie mag mein Lob dich zum Himmel erheben?
Was bewundre ich mehr, die Gerechtigkeit oder das Kriegswerk?
Dankbar wollen wir das der Stadt der Väter verkünden
Und dich wieder dem König Latinus vereinen, sofern nur
Irgendein Weg sich bietet; mag Turnus sich Bündnisse suchen.
Ja, wir werden dir gern die Schicksalsmauern errichten
Und die Quadern für Troja auf unseren Schultern dir bringen.«
Also sprach er, und alle im Kreise murmelten Beifall.
Volle zwölf Tage werden bestimmt, und im Schutze des Friedens
Schweifen unbehelligt die Teukrer mit den Latinern
Durch bewaldete Höhn. Von der Doppelaxt krachen die hohen
Eschen, man stürzt aus dem Grunde zum Himmel ragende Fichten,
Eichen werden mit Keilen gespalten, auch duftende Zedern,
Unermüdlich gleiten auf knarrenden Wagen die Ulmen.
Schon fliegt Fama voraus, erschütternden Kummer zu künden,
Dringt in Euandrus' Ohr und in Stadt und Haus des Euandrus,
Sie, die noch eben den Pallas als Sieger in Latium nannte.
Hin zu den Toren rennen die Arkader, raffen nach alter
Sitte die Leichenfackeln, und weithin leuchtet die Straße

Von der Reihe der Flammen und trennt sie klar von den Feldern.
Ihnen entgegen kommt die Schar der Phryger und schließt sich
Klagend dem Zuge an. Als die Mütter ihn nahe den Häusern
Sahen, erregten sie rings die Stadt mit heulendem Jammer.
Keine Gewalt vermag Euandrus länger zu halten,
Mitten dringt er hinein. Als niedergelassen die Bahre,
Wirft er sich über Pallas, umschlingt ihn mit Tränen und Seufzern,
Und nur mühsam entringen sich seinem Jammer die Worte:
»Hattest du nicht, o Pallas, dein Wort dem Vater gegeben,
Dich dem schrecklichen Mars mit größerer Vorsicht zu nahen?
Ach, ich wußte ja wohl, wie lockend die Waffen zu jungem
Ruhme rufen, wie heiß uns erste Kämpfe bezaubern.
Bittere Erstlingstat des Jünglings, bittere Schule
Nachbarlicher Kämpfe, und keiner der Götter erhörte
Meine Gelübde und Bitten! Mein Weib, ich preise dich selig,
Daß dich ein glücklicher Tod vor solchem Jammer bewahrte!
Ich aber lebte zu lang und über Gebühr, und vereinsamt
Bleib' ich als Vater zurück. Oh, wär' in der Troer Gefolge
Ich den Rutulerwaffen erlegen! Dann wäre ich selber
Tot, und an Stelle von Pallas würd' ich zu Grabe geleitet.
Euch nicht geb' ich die Schuld und nicht dem Bündnis, ihr Teukrer,
Nicht der Gastfreundschaft, die wir geschlossen; dies Schicksal
War meinem Alter bestimmt. Doch bei des Sohnes so frühem
Tode, so bleibt mir der Trost, daß tausend Volsker er vorher
Niederstreckte und so die Teukrer nach Latium führte.
Würdiger konnte ich selbst dich nicht, mein Pallas, geleiten
Als der fromme Aeneas und als die phrygischen Helden
Und die tyrrhenischen Fürsten, das ganze tyrrhenische Kriegsheer;
Stolze Trophäen sind alle, die deinen Händen erlegen.
Turnus, wenn Alter und Kraft bei euch die gleichen gewesen,
Ragtest du selber jetzt als riesiger, waffenbehängter
Stumpf. Doch was hemme ich Armer die Teukrer noch länger am Kampfe?
Geht und behaltet dies Wort und bringt es eurem Gebieter:
Daß ich nach Pallas' Tod das verhaßte Leben noch friste,
Das macht einzig dein Arm, der dem Sohn und dem Vater den Turnus
Schuldet, wie selber du siehst. Nur dies bleibt deinem Verdienste,

Deinem Glücke noch frei. Ich darf keine Freude mehr suchen,
Aber dies möcht' ich dem Sohn noch drunten im Totenreich
melden.«
Schon erhob Aurora den armen Menschen ihr mildes
Licht zu neuen Taten und neuer Mühe und Arbeit.
Da erbaute Aeneas mit Tarchon am Ufergestade
Scheiterhaufen, worauf ein jeder die Leiber der Seinen
Trug nach heimischem Brauch, und von dem qualmenden Brande
Wurde weit hinauf der ganze Himmel verfinstert.
Dreimal zogen sie dann zu Fuß in blitzenden Waffen
Rings um die Scheite, und dreimal umkreisten die Reiter des Feuers
Traurige Stätte und ließen lautheulende Klage ertönen.
Tränen benetzten den Sand und Tränen die Waffen der Männer,
Himmelwärts dringt die Klage der Krieger zum Klang der
Drommeten.
Einige werfen die Wehr, die man den erschlagnen Latinern
Raubte, ins Feuer, Helme und prächtige Schwerter und Zäume,
Eilige Wagenräder, zum Teil auch eigene Sachen,
Selbstgetragene Schilde und unheilbringende Waffen,
Schlachteten auch dem Tode gar viele Leiber von Stieren;
Borstige Schweine dazu und vom Acker getriebene Schafe
Würgten sie für die Glut. Sie alle am weiten Gestade
Sah'n der Gefährten Verbrennen; die halbverloderte Asche
Hüten sie und vermögen sich nicht zu trennen, bis endlich
Naht die tauige Nacht mit den leuchtenden Sternen am Himmel.
Auch auf der anderen Seite errichten die armen Latiner
Scheiterhaufen unzählig, und viele Leichen Erschlagner
Bergen sie teils in der Erde, teils schaffen sie solche mit Wagen
Auf benachbarte Felder und senden zurück sie zur Heimat.
Was noch sonst von Toten in wirren Haufen sich türmte,
Zählen sie nicht und verbrennen sie ohne Ehren. Da leuchtet
Weit um die Wette rings die Flur von der Reihe der Feuer.
Als nun das Licht die dritte der tauigen Nächte vertrieben,
Wühlen sie noch voll Gram in dem Knochengewirr und der hohen
Asche und bergen alles im warmen Grunde der Erde.
Auch schon in der Stadt und den Häusern des reichen Latinus
Herrscht beträchtlicher Lärm, besonders endlose Trauer.
Jammernde Witwen hier und Mütter und zärtlichen Herzens

Trauernde Schwestern und Kinder, beraubt der Väter, sie alle
Fluchen dem schrecklichen Krieg und den Ehegelüsten des Turnus.
Alle heischen, er solle doch selbst mit den Waffen entscheiden,
Er, der Italiens Reich und die oberste Würde begehre.
Drances vermehrt noch den Grimm, bezeugt, daß einzig nur Turnus
Werde begehrt und einzig nur Turnus zum Kampfe gefordert.
Viele dagegen sind auch anderer Meinung, auf Turnus'
Seite, denn ihn umschirmt der Königin mächtiger Name;
Vielfach umschimmert ihn auch der Ruhm errungener Siege.
Mitten in dieser Bewegung und solchem heißen Tumulte,
Siehe, da bringen auch noch betrübt aus der Stadt des Tydiden
Die Gesandten Bescheid: Nichts sei mit allem Bemühen,
Allem Aufwand erreicht, nicht Gold, noch Geschenke, noch Bitten
Hätten gefruchtet; man müsse in Latium anderer Waffen
Hilfe erspähn oder Frieden vom troischen König erbitten.
Kummerbetäubt verzagt sogar der König Latinus;
Daß das Geschick des Aeneas von höheren Mächten geleitet,
Lehrt der Himmlischen Zorn und die frischen Gräber vor Augen.
Darum entbietet der König zu großer Versammlung die ersten
Führer seines Volkes ins Innre des hohen Palastes.
Alle folgten dem Ruf und strömten zum Hause des Königs
Durch die gefüllten Gassen. Da thront inmitten des Saales,
Erster an Alter und Macht, der stirnbewölkte Latinus.
Dann befiehlt er den Boten, die heim aus Arpi gekommen,
Ihren Bericht zu erstatten, und fordert von allen genaue
Nachricht der Reihe nach. Nun wurde Ruhe geboten,
Und dem Befehl gehorsam, begann dann Venulus also:
»Bürger, wir sahn Diomedes und auch das argivische Lager.
Wir durchmaßen den Weg, besiegten jeglichen Zufall
Und berührten die Hand, der Ilions Feste gesunken.
Er hat Argyripa dort, benamt nach heimischem Stamme,
Siegreich am Berge Garganus erbaut in japygischen Fluren.
Als wir das Innre betreten und uns zu reden gestattet,
Boten wir unsere Gaben und meldeten Namen und Heimat,
Wer uns mit Krieg überzog und warum wir nach Arpi gekommen.
Jener hörte uns an und sprach mit ruhiger Miene:
›Glückbegnadete Völker, du goldenes Reich des Saturnus,
Alter Ausonierstamm, welch Schicksal hat euch aus eurer

Ruhe gerissen und rät euch, unsichere Kämpfe zu suchen?
Alle wir, die mit dem Schwert die troischen Fluren verwüstet
– Laßt uns schweigen, wie sehr uns der Kampf an den Mauern erschöpfte,
Wieviel Helden versanken im Simoïsstrome –, wir büßen
Alle für unsere Frevel auf Erden unsagbare Leiden.
Priamus würde uns selber beklagen. Das weiß der Minerva
Unglücksstern und die Klippen Euboeas, der Rächer Kaphereus.
Weit vom Kriegsfeld irrte des Atreus Sohn Menelaus
An den entlegensten Ufern, ja bis zu den Säulen des Proteus
Fernverschlagen; Ulixes erblickte des Ätna Kyklopen,
Selbst der Fürst von Mykenae, der Führer der großen Achaeer,
Fand auf der Schwelle den Tod von der Hand seiner grausigen Gattin,
Asiens Sieger, belauert vom eheschändenden Buhlen.
Soll ich von Pyrrhus' Reich und von den vertriebnen Penaten
Des Idomeneus reden, daß Lokrer in Libyen hausen,
Daß die Götter auch mir, kaum daß ich die Heimat erreichte,
Wehrten, freudig die Gattin und Kalydons Schönheit zu schauen?
Selbst noch jetzt verfolgt mich der Anblick gräßlicher Wunder:
Meine verlornen Genossen, sie schwebten geflügelt zum Äther
Und umschweifen als Vögel die Flüsse (o greuliche Marter
Meiner Freunde!) und füllen die Klippen mit Tränen und Klagen.
Solches mußte ich wohl seit jenem Tage erwarten,
Als ich rasender Tor mit dem Eisen auf himmlische Leiber
Losfuhr und so die Hand der Göttin Venus verwundet'.
Nein, wahrhaftig, treibt mich nicht in solcherlei Kämpfe.
Führ' ich doch weder Krieg mit den Teukrern seit Pergamums Sturze,
Noch gedenke ich gern an jene früheren Leiden.
Was ihr dort an Geschenken aus eurer Heimat mir darbringt,
Bietet es lieber Aeneas. Wir haben von nah und von ferne
Scharf uns mit Waffen bekämpft: O glaubt mir, ich weiß es, wie mächtig
Er mit dem Schilde sich reckt, wie stürmisch die Lanze er wirbelt.
Hätte das troische Land noch zwei solche Männer geboren,
Wären die Dardaner längst vor Inachus' Burgen gezogen,
Und die Griechen beweinten dann selber den Wechsel des Schicksals.

Daß wir so lange Zeit vor den Mauern von Troja verloren,
Immer hat Hektors Arm und der des Aeneas der Griechen
Sieg verzögert und bis zum zehnten Jahre verhindert.
Beide glänzten durch Mut und beide durch tapfere Waffen.
Frömmer war aber Aeneas. So bietet die Hände zum Bunde,
Eh es zu spät, doch meidet, daß Waffen mit Waffen sich messen!‹
So nun, erlauchter König, vernahmst du zugleich mit des Königs
Antwort, wie weit er selbst des Krieges Bedeutung beurteilt.«
Kaum, daß so die Gesandten gesprochen, durcheilte ein vielfach
Stimmengewirr den Mund der bestürzten Ausonen, wie wilde
Bäche von Felsen gehemmt und dann der umschlossene Strudel
Aufbraust und rings der Strand erdröhnt von den brandenden Wellen.
Als sich der Eifer gelegt und die bebenden Lippen verstummten,
Ruft zu den Göttern der König und spricht vom erhabenen Throne:
»Vorher hätten wir gern des Reiches Wohlfahrt erwogen;
Besser wär' es gewesen, als erst in so schwieriger Stunde
Rat zu pflegen, wo schon der Feind die Mauern belagert.
Mißlich ist unser Krieg, ihr Bürger, mit götterentstammten,
Unbesieglichen Männern, die keine Schlachten ermüden
Und die sogar besiegt von ihren Waffen nicht lassen.
Gilt eure Hoffnung jedoch aetolischen Waffen, so laßt sie
Fahren; hoff' jeder auf sich, doch seht ihr, wie schmal solche Hoffnung.
Was schon alles noch sonst zerschmettert zu Boden gebrochen,
Bietet den Blicken sich klar und ist mit Händen zu greifen.
Niemand klage ich an. Was Tapferkeit irgend nur leisten
Konnte, geschah, man kämpfte mit allen Kräften des Reiches.
Welche Gedanken ich nun in zweifelnder Seele erwäge,
Will ich – beherzigt es wohl! – mit wenigen Worten verkünden:
Mein ist ein altes Gefild ganz nach dem tuskischen Strome
Lang nach Westen gedehnt und über Sikaniens Grenzen;
Rutuler und Aurunker beackern es, furchen die harten
Hügel mit schneidendem Pflug und beweiden die rauhsten von ihnen.
Diesen ganzen Bereich und die fichtenbestandenen Höhen
Seien als Gabe der Freundschaft den Teukrern bewilligt, man schließe

Einen gerechten Bund und nehme sie auf als Genossen.
Wünscht es ihr Herz, so laßt sie da siedeln und Mauern begründen,
Steht ihnen aber der Sinn, nach andern Gebieten und Völkern
Fortzuziehen und sich von unserem Boden zu trennen,
Wollen aus Italereichen wir zwanzig Schiffe erbauen
Oder auch mehr nach Wunsch; es liegt ja alles, was nötig,
Unten am Strand; sie mögen dann Zahl und Größe der Schiffe
Selber bestimmen, wir liefern die Arbeit, das Erz und Geräte.
Ferner, dies Wort zu vermelden und festeres Bündnis zu schließen,
Mögen hundert Gesandte aus ersten latinischen Sippen
Hingehn mit Zweigen in Händen als Friedenszeichen und sollen
Gaben aus Elfenbein und goldne Talente ihm bringen,
Thron und Mantel dazu als Zeichen fürstlicher Würde.
Dies beratet nun wohl und helft dem wankenden Staate.«
Drances erhebt sich zuerst, der immer dem Ruhme des Turnus
Neidisch grollte und ihn mit bitterer Scheelsucht verfolgte.
Reich war er an Gütern und allgewaltig, doch nicht so
Feurig im Kampf, doch stand er hoch an Ansehn im Rate,
Mächtig bei Meuterei (die edle Herkunft der Mutter
Gab ihm den Stolz, doch stammte sein schwankendes Wesen vom Vater),
Der nun steigerte noch den Groll mit schärferem Vorwurf:
»Keinem von uns ist dunkel und braucht auch keiner Beratung,
Was du, gütiger Fürst, erfrägst, sie wissen es alle,
Was das Heil des Volkes erheischt, doch man scheut sich zu reden.
Freiheit geb' er zu sprechen und lasse fahren den Dünkel,
Er, dessen Unglückssaat und dessen verkehrtes Beginnen
(Ja, das sag' ich, und ob er mit Tod und Waffen mir drohe)
Uns gezwungen, den Tod so vieler Führer zu sehen,
Und die ganze Stadt in Trauer versenkte, indem er
Selber fluchtentschlossen das Lager der Troer bedräute.
Eine Gabe noch zu den andern, die du so reichlich
Heißest den Dardanern bieten, nur eine noch, gütigster König,
Füge hinzu, und es wage es keiner, dich heftig zu hindern:
Daß du dem würdigen Eidam die Tochter zu ehrender Ehe
Väterlich gibst und den Frieden mit ewigem Bunde besiegelst.
Hat aber unser Herz so heftiger Schrecken befallen,
Laßt uns ihn selber beschwören und seine Nachsicht erbitten:

Er soll entsagen und lasse sein Recht dem Staat und dem König.
Warum stürzt du so oft in offne Gefahren die armen
Bürger, du Quell und Grund von Latiums Leiden und Elend?
Heil liegt nicht im Kriege, wir bitten dich alle um Frieden,
Turnus, zugleich um das Pfand, das ihn als einziges sichert.
Ich zuerst, den du als Feind vermutest (ich habe
Nichts dagegen), ich flehe dich an: Erbarm dich der Deinen,
Zähme den Trotz und entweiche besiegt. Wir, selber geschlagen,
Sahen Tote genug und weit die Felder verwüstet.
Oder gierst du nach Ruhm und fühlst im Herzen so stolze
Stärke und hältst du nur ein Königshaus würdig als Mitgift,
Wag's und biete du selber die Brust dann mutig dem Feinde.
Freilich, damit sich Turnus die Königstochter erringe,
Sollen wir niedrigen Seelen in Scharen das Schlachtfeld bedecken
Grablos und unbeweint. Nun also, wenn du noch Kraft hast,
Wenn du noch tapfer bist wie deine Väter, so blicke
Ihm, der dich fordert, ins Auge.«

Solche Worte entflammten die Seele des heftigen Turnus,
Und aus innerster Brust entquellen ihm stöhnend die Worte:
»Drances, um Worte bist du nie verlegen, wenn tapfre
Taten im Kriege vonnöten, und zu der Väter Versammlung
Eilst du zuerst. Doch gilt es nicht Worte im Rat zu verschwenden,
Die dir an sicherem Platz so reichlich entflattern, wenn Schanzen
Wehren dem Feind und noch von Blut die Gräben nicht strömen.
Donnre nur weiter mit Worten, wie stets, und zeihe, o Drances,
Mich der Furcht, dieweil dein Arm ja selber so viele
Teukrer zu Haufen getürmt und Siegeszeichen in Menge
Rings auf den Feldern errichtet. Was männliche Tatkraft vermöge,
Läßt sich ja leicht erproben. Wir brauchen nicht erst in der Ferne
Unsere Feinde zu suchen, sie stehen schon rings um die Mauern.
Schreiten wir ihnen entgegen? Was zauderst du? Sitzt deine Kampflust
Stets nur auf windiger Zunge und deinen so hurtigen Füßen
Allezeit?
Ich besiegt und vertrieben? Wie darf mich füglich vertrieben
Schelten, du Schuft, wer sieht, wie von ilischem Blute der Thybris
Wogt und schwillt und ganz das Haus und der Stamm des Euandrus
Niedergebrochen und rings entwaffnet der Arkader Reihen?

Anders denken doch wohl der Bitias und der gewalt'ge
Pandarus und die Tausend, die ich zum Orkus an *einem*
Tage gesandt, als ich von der feindlichen Mauer umschlossen.
Heil liegt nicht im Kriege? Das singe dem Dardanerhaupte,
Tor du, und deinem Haus. Voran denn! Verwirre doch weiter
Alles durch Angst und stärke die Kraft des zweimal besiegten
Volkes, dieweil du dagegen die Macht des Latinus verkleinerst.
Jetzt schreckt phrygische Macht sogar myrmidonische Fürsten,
Jetzt auch des Tydeus Sohn und den Larissäer Achilles,
Und der Aufidus flieht zurück von der Adria Fluten.
Und nun stellt er sich gar, als wär' er erschrocken vor meinem
Schelten, der Ränkeschmied, und steigert durch Furcht seine Arglist.
Niemals wird dir mein Arm eine solche erbärmliche Seele
Rauben. Beruhige dich. Du magst sie im Herzen behalten.
Jetzt aber, Vater, zu dir und deinem gewichtigen Ratschlag:
Wenn du kein Vertrauen mehr setzt in unsere Waffen,
Wenn wir so ganz verlassen und schon ein einziger Rückzug
Uns vernichtet und nicht auf glückliche Wendung zu hoffen,
Laß uns dann Frieden erflehn und wehrlos strecken die Hände.
Wäre nur etwas noch von früherem Mute geblieben!
Glücklich gilt allein, wer heldenmütig ein Ende
Aller Mühen gefunden und, um nicht solches zu schauen,
Lieber ins Gras gebissen und sich im Tode geopfert.
Wenn uns aber noch Mittel und frische Jugend vorhanden
Und italische Städte und Völker zur Hilfe noch bleiben,
Wenn nur mit Strömen von Blut den Sieg die Troer erkauften
Und auch bei ihnen die Toten sich häuften und gleiche Verheerung
Stürmisch getobt: Warum dann gleich so schmählich verzichten?
Warum bebt uns das Herz, bevor die Drommeten erschallen?
Oft schon haben ein Tag und die wechselnden Mühen des Lebens
Manches zum Bessern gewandt, und oft hat launisch Fortuna
Bald den einen getäuscht, den andern von neuem gekräftigt:
Kein Ätoler wird nun und auch kein Arpi uns helfen,
Aber Messapus wird's tun und der reiche Tolumnius und auch
Viele von Völkern uns gesandte Fürsten und Großen.
Kriegsruhm folgt den Erlesnen aus Latium und aus Laurentum,
Auch Camilla ist da vom edlen Stamme der Volsker
Mit einem Reiterzug und erzumleuchteten Scharen.

Wenn aber mich allein die Teukrer zum Zweikampf verlangen,
Und ihr wünscht es, weil ich allein dem Volkswohl im Wege:
Nun, so hat doch noch nie der Sieg meine Hände gemieden,
Daß um so glänzenden Preis ich mich der Probe entzöge.
Mutvoll tret' ich entgegen, und wär' er auch groß wie Achilles,
Trüg' er auch Waffen wie der, von der Hand des Vulkanus gefertigt.
Mag er nur! Hab' ich doch euch und dem Schwäher Latinus mein Leben,
Ich, der Turnus, geweiht, der an Tapferkeit keinem der Alten
Nachsteht. Mich nur fordert Aeneas. So soll er mich fordern,
Nicht soll Drances, wenn Tod der Zorn der Götter beschlossen,
Fallen für mich oder anders den Ruhm der Tapferkeit ernten.«
Also verhandelten streitend sie über die schwankende Lage.
Aber Aeneas zog aus dem Lager heran mit dem Heere;
Plötzlich durcheilte die Nachricht mit lautem Tumulte des Königs
Hohen Palast und erfüllt die Stadt mit bangem Entsetzen,
Daß in geordneten Reihn vom Tiberstrome die Teukrer
Mit der tyrrhenischen Macht das weite Gefilde durchzögen.
Wilde Verwirrung ergreift die Gemüter; es beben des Volkes
Herzen, und viele sind von Zorn und Empörung gestachelt.
Hastig fordert man Waffen, es tobt nach Waffen die Jugend,
Trauernd weinen und klagen die Greise, es steigt in die Lüfte
Überall lautes Geschrei von widerstreitender Meinung:
Wie wenn Schwärme von Vögeln sich in den Wipfeln des Haines
Niedergelassen oder im fischreichen Strome Padusa
Schwäne mit heiserem Laut die lärmenden Sümpfe durchtönen.
»Ha, ihr Bürger«, so ruft, den Augenblick nutzend, nun Turnus,
»Haltet jetzt Ratsversammlung und sitzt und lobet den Frieden,
Während die Feinde sich ein Reich erstürmen.« Nichts weiter
Ruft er und rafft sich auf und stürmt durch die hohen Gemächer.
»Volusus, heiße du die Scharen der Volsker sich waffnen.
Führ auch die Rutuler an.« So ruft er. »Messapus und Coras
Mit seinem Bruder, ihr drei durchschwärmt mit den Reitern die Ebne.
Ein Teil sichre die Tore der Stadt und besetze die Türme,
Und ihr anderen folgt mir, wohin ich befehle, zum Angriff.«
Schnell aus der ganzen Stadt rennt alles hinauf auf die Mauern,

Ja, auch der König Latinus verschiebt sein großes Beginnen
Und verläßt den Rat, verwirrt von dem schlimmen Ereignis.
Bitter klagt er sich an, weil er den Troer Aeneas
Nicht in der Stadt schon eher empfing und als Eidam gebilligt.
Einige sichern die Tore durch Gräben, und andere schleppen
Steine und Pfähle, und rauh ertönt zum Kampfe der Hörner
Blutverkündender Ruf. In buntem Gewimmel umsäumen
Mütter und Knaben die Mauern, die Not ruft alle zur Arbeit.
Auch zum Tempel empor und hoch zur Burg der Minerva
Fährt die Königin selbst mit großem Gefolge der Mütter,
Gaben zu spenden, die Tochter Lavinia sitzt ihr zur Seite,
All dieses Wehsals Grund, und senkt die Blicke zu Boden.
Hinter ihr wandeln die Fraun und durchduften den Tempel mit Weihrauch,
Und von der ragenden Schwelle ertönt ihre klagende Stimme:
»Waffengewaltige Göttin des Krieges, tritonische Jungfrau,
Brich des phrygischen Räubers Geschoß und stürze ihn selber
Vorwärts zu Boden und strecke ihn nieder am ragenden Tore!«
Hastig gürtet sich selbst zur Schlacht der wütende Turnus,
Schon vom Rutulerharnisch umhüllt und von ehernen Schuppen
Starrend, die Schenkel rings umfügt mit goldenen Schienen,
Helmlos noch das Haupt, das Schwert an die Seite gegürtet;
Also golden umstrahlt enteilt er der ragenden Feste
Hochgemut und schon voll Hoffnung, den Feind zu besiegen:
So stürmt aus dem Stall der Hengst, der die Halfter zerrissen,
Endlich befreit, und strebt hinweg in offnes Gelände,
Sei's auf die Weide oder auch fort zu der Herde der Stuten
Oder zu baden gewöhnt in des Stromes vertrautem Gewässer,
Also jagt er und wiehert mit hocherhobenem Haupte,
Mutig entflammt, ihm flattert um Hals und Schulter die Mähne.
Ihm entgegen sprengt vom Geschwader der Volsker Camilla.
Hart am Tore springt vom Roß die Fürstin, desgleichen
Ihre gesamte Schar glitt nieder vom Rücken der Pferde
Auf den Boden, und dann begann die Königin also:
»Turnus, sofern der Starke zu Selbstvertrauen berechtigt,
Wage auch ich und gelobe, der Reiterschar des Aeneas
Und den tyrrhenischen Rittern allein entgegenzutreten.
Meinen Armen gewähre zuerst die Gefahren des Kampfes,

Und mit dem Fußvolk bleibe am Wall und hüte die Mauern.«
Turnus heftete fest den Blick auf die schreckliche Jungfrau:
»O Italiens Zier, wie könnte ich, Jungfrau, dir danken
Und dir mit Gleichem vergelten? Doch nun, wo deine Beherztheit
Alle überstrahlt, so teile du mit mir die Mühe.
Wie ein glaublich Gerücht und entsendete Späher vermelden,
Hat der schlaue Aeneas die leichten Reitergeschwader
Vorentsandt, durch die Felder zu traben; er selber dagegen
Sucht über öde Höhen der Berge die Stadt zu erreichen.
Einen Hinterhalt lege ich dort in bewaldetem Hohlweg;
Eingang und Ausgang der Schlucht besetz' ich mit Reiter- und Fußvolk.
Du im offenen Kampf empfang die tyrrhenischen Reiter;
Dir sei der kühne Messapus gesellt und latinische Scharen
Und die tiburtische Macht, doch dein ist die Sorge der Führung.«
Sprach's, und mit ähnlichen Worten ermahnt er zum Kampf den Messapus
Und die verbündeten Führer und rückt dem Feinde entgegen.
Zieht da krummgewunden ein Tal, geeignet zum Lauern
Und zu Waffenbetrug, von dichten Bäumen beschattet,
Finster von beiden Seiten beengt; ein einziger Fußpfad
Führt in den Eingang der Schlucht zu ihrer gefährlichen Enge.
Über ihr auf den Warten und hoch auf dem Scheitel der Höhen
Dehnt sich ein heimlich Gefild, geeignet zu sicherem Rückzug,
Ob du rechts oder links zum Kampf zu eilen gedächtest
Oder das Joch zu behaupten, um mächtige Felsen zu wälzen.
Hierhin begibt sich der Jüngling, vertraut mit der Richtung der Wege,
Und er besetzt den Ort und bleibt in der drohenden Waldung.
Aber zur schnellen Opis, der Nymphen einer aus heil'ger
Schar, mit dem jungfräulichen Geleite wandte indessen
Sich die Tochter der Leto und sprach mit trauriger Stimme:
»Dort, o Jungfrau, schreitet zum grausamen Kampfe Camilla
Und umgürtet sich nun umsonst mit unseren Waffen,
Sie, die mir teuer vor allen. Nicht eben erst fühlte Diana
Diese Liebe, nicht jetzt erst erlieg' ich dem plötzlichen Reize.
Denn als Metabus einst, gehaßt wegen drückender Hoffart
Seines Thrones beraubt, aus dem alten Privernum enteilte,

Nahm er auf seiner Flucht, umringt von Gefahren und Fehde,
Mit sich in die Verbannung das Kind und nannte mit kleiner
Änderung es Camilla, nach seiner Mutter Casmilla,
Trug an der Brust das Kind und schweifte durch weite, entlegne
Waldige Höhen, rings umdroht von grimmen Geschossen,
Und rings schwärmten um ihn der Volsker bewaffnete Scharen.
Siehe, da schäumt ihm mitten im Fliehen der Fluß Amasenus
Über die Ufer entgegen, so stark von plötzlichen Güssen
Hochgeschwollen. Schon schickt er sich an zu schwimmen, doch hemmt ihn
Noch die Liebe zum Kind und die Furcht für die kostbare Bürde.
Alles erwägt er im Herzen und kommt zu raschem Entschluß:
Riesig ragte sein Speer, von ihm im Kriege mit starker
Faust geführt, gehärtet im Feuer voll knorriger Knoten.
Daran band er die Tochter, mit Bast in die Rinde des Korkbaums
Eingehüllt, fest in der Mitte des handlichen Speeres befestigt,
Wiegt ihn in mächtiger Faust und wendet sich betend zum Himmel:
»Dir, du gnädige Göttin der Wälder, latonische Jungfrau,
Weih' ich Vater zum Dienste das Kind. An deinem Geschosse
Flehend angeklammert, entflieht es dem Feinde. Empfange,
Göttin, die Deine, die jetzt ich der Gnade der Lüfte vertraue.«
Rief's und holt weit aus und sendet schwingend die Lanze
Fort; es rauscht die Flut, und über die rasenden Wellen
Fliegt an dem sausenden Schaft dahin die arme Camilla.
Metabus aber, bereits bedrängt vom Schwarm der Verfolger,
Gibt sich dem Fluß und entreißt, entronnen, den Speer mit der Tochter,
Die er der Trivia weihte, dem weichen Rasen am Ufer.
Nie hat ihn irgendein Dach noch je eine Feste beherbergt;
Hätte sein wilder Sinn doch nie die Hände geboten.
Nur bei Hirten verbracht' er auf öden Bergen die Tage.
Hier im wilden Gestrüpp bei grausen Lagern des Wildes
Nährte er dann das Kind am Euter weidender Stuten,
Und die Tiermilch melkte er in die lieblichen Lippen.
Als die Kleine imstande, auf eigenen Füßen zu stehen,
Gab er schon scharfe Speere ihr in die Hände und hängte
Über die Schultern ihr den Bogen und Köcher und Pfeile.
Statt des Goldes im Haar und statt eines langen Gewandes

Hing ihr ein Tigerfell vom Scheitel über den Rücken.
Schon mit zarter Hand entsandte sie Kindergeschosse,
Schwang die Schleuder bereits ums Haupt an gewundenem Riemen
Und erlegte den silbernen Schwan und strymonischen Kranich.
Viele Mütter rings in tyrrhenischen Städten begehrten
Sie vergebens zur Schnur; doch nur Diana ergeben,
Hat sie ihr Leben lang nur Lust an Waffen und keuscher
Jungfrauenschaft. Ich wollte, sie hätte sich niemals in diese
Fehde gemischt und hätte die Teukrer in Ruhe gelassen.
Mir so willkommen wäre sie jetzt in meiner Gefolgschaft;
Nun aber, da sie bedroht von herbem Schicksal, so schwebe
Nieder, o Nymphe, vom Himmel und eile ins Land der Latiner,
Wo der traurige Kampf mit schlimmen Zeichen begonnen.
Nimm denn dies und ziehe den rächenden Pfeil aus dem Köcher,
Daß durch ihn, wer immer den heiligen Leib ihr verletzte,
Italer oder Troer, mit seinem Blute mir büße.
Ich aber trage dann selber den Leib der Armen und ihre
Ungeraubten Waffen in Wolken zum Grab und zur Heimat.«
Also sprach Diana, und Opis durcheilt die linden
Lüfte in finsteren Wirbel gehüllt mit den klirrenden Waffen.

Nun aber nahen sich schon die trojanischen Krieger den Mauern,
Auch die etruskischen Führer und alle Reiter, der Zahl nach
In Geschwader geteilt, es wiehern die Rosse und brausen
Über das weite Gefild und sträuben sich gegen die festen
Zügel hierhin und dorthin. Es starrt der eiserne Acker
Rings von Speeren, das Feld erglüht von funkelnden Waffen.
Doch auch Messapus rückt mit den schnellen Latinern und Coras
Und seinem Bruder und mit dem Flügel der Jungfrau Camilla
Vorwärts ins Feld, sie holen weit aus mit den Lanzen und strecken
Drohend sie vor und schwenken zum Wurfe die wirbelnden Speere.
Laut erschallt das Nahen der Männer und Wiehern der Rosse.
Als die Heere nunmehr in Speerwurfnähe gekommen,
Machten sie beide halt, dann brechen schreiend sie plötzlich
Los aufeinander, entflammen die Rosse und schleudern Geschosse
Dicht wie flockender Schnee, daß ganz sich der Himmel umschattet.
Bald aber sprengen Tyrrhenus und drüben der rasche Akonteus
Gegeneinander vor mit drohenden Lanzen zum ersten
Tosenden Anprall der Rosse, und beide stürzen zu Boden.

Mit zerschmetterter Brust stürzt von dem Stoße Akonteus
Nieder rasch wie der Blitz oder wie aus Geschützen ein schwerer
Steinblock weit hinaus und verhaucht in die Lüfte sein Leben.
Gleich sind die Reihen verwirrt; die Latiner werfen die Schilde
Rücklings und wenden um und lenken die Rosse der Stadt zu;
Hinter ihnen die Troer, es führt die Geschwader Asilas.
Nahe schon sind sie den Toren, doch neu ertönt der Latiner
Kampfruf, sie wenden wieder die lenksamen Hälse der Rosse;
Rückwärts weichen die Troer und lassen den Rossen die Zügel;
So mit wechselndem Schwall verlaufen die Wellen des Meeres,
Prallen an das Gestade und überstürzen die Klippen
Schäumend und dringen tief hinein in die sandige Meerbucht,
Dann aber rollen rasch sie wieder rückwärts und schlürfen
Fliehend die Flut von den Felsen und meiden verebbend das Ufer.
Zweimal trieben die Tusker die Rutuler bis an die Mauer,
Zweimal wichen sie, schauten zurück und deckten den Rücken;
Doch als zum drittenmal die ganzen Reihen im Kampfe
Aneinander geraten und Gegner und Gegner sich messen,
Da ertönte das Stöhnen der Sterbenden, Waffen und Leiber
Schwimmen in blutigem Strom, und zwischen ermordeten Männern
Wälzen sich Rosse halbtot; die Schlacht ist zum Gipfel gestiegen.
Aber Orsilochus, scheu, dem Remulus selber zu nahen,
Schleudert den Speer auf das Roß, der steckt ihm hinter dem Ohre;
Rasend bäumt sich das Roß, gequält von der Wunde, es richtet
Steil die Brust empor und schlägt mit den Hufen die Lüfte.
Nieder stürzte der Reiter, Catillus trifft den Iolas
Und den Herminius auch, der gewaltig an Körper und Waffen
Und gewaltig an Mut; den bloßen Scheitel umwallte
Blond sein Haar, die Schultern sind bloß, er scheut keine Wunde,
Offen für jeden Wurf, schon bebt ihm der Speer in der breiten
Schulter, und schmerzgekrümmt sinkt der Durchbohrte zu Boden.
Überall strömt so dunkel das Blut; um die Wette erschlagen
Sinken die Toten, man sucht durch Wunden rühmlich zu sterben.
Mitten durch das Gemetzel, entblößt die eine der Brüste,
Sprengt mit dem Köcher umgürtet die Amazone Camilla.
Bald streut ihre Hand die Fülle schwanker Geschosse,
Bald unermüdlich schwingt ihre Rechte die doppelte Streitaxt;
Golden umklirrt ihre Schulter die Wehr und der Bogen Dianas,

Ja, selbst wenn sie einmal gezwungen flüchtig sich wendet,
Schießt sie noch im Enteilen mit rückwärts gerichtetem Bogen.
Auserlesnes Gefolge umgibt sie, Larina, die Jungfrau,
Tulla, mit ihr Tarpeja, bewehrt mit eherner Streitaxt,
Italermädchen, die selbst zur Zier die hehre Camilla
Auserkoren und als Gefährten im Krieg und im Frieden:
So wie am Flusse Thermodon die Scharen thrazischer Weiber
Traben und buntgerüstet die Amazonen sich tummeln,
Bald um Hippolyte, bald um die Streiterin Penthesilea,
Wenn sie auf ihrem Gespann zurückkehrt, und jauchzend in lautem
Haufen sie grüßen und schwingen die halbmondförmigen Schilde.
Wen mit der Waffe zuerst und wen, du schreckliche Jungfrau,
Trafst du zuletzt? Wie viele hast tot du niedergeworfen?
Erst des Klytius Sohn Eunaeus, der panzerlos nahte,
Traf in die offene Brust durchbohrend die Länge der Lanze.
Nieder taumelt er, speit das Blut in Strömen, die Zähne
Beißen ins rote Gras, und zuckend erliegt er der Wunde;
Liris und Pagasus auch; der war vom durchstochenen Pferde
Niedergefallen, er suchte die Zügel zu fassen, und Liris
Eilte herbei, die Hand dem Gleitenden wehrlos zu reichen.
Beide stürzen zugleich kopfüber, und auch den Amastrus
Trifft sie, Hippotes' Sohn, verfolgt dann von fern mit der Lanze
Tereus, Harpalykus auch und Demophoon, endlich den Chromis;
Soviel Speere die Jungfrau aus ihren Händen entsendet,
Soviel Phryger sinken. Der Jäger Ornytus tummelt
Fern sein japygisches Roß in eigenartiger Rüstung;
Eine Stierhaut umhüllt des Kriegers stämmige Schultern,
Und sein Haupt bedecken mit aufgerissenem Rachen
Kiefer und Kopf eines Wolfes, und schimmernd glänzen die Zähne.
Einen leichten Spieß trägt er in Händen, so reitet
Mitten er und überragt an Haupteslänge sie alle.
Leicht trennt sie ihn ab von seinen fliehenden Scharen,
Bohrt ihn durch und durch und ruft aus erbittertem Herzen:
»Wähntest du etwa, Tyrrhener, ein Wild in den Wäldern zu jagen?
Nun ist der Tag gekommen, der euch mit weiblichen Waffen
Euer Gerede vergilt. Vermelde den Manen der Väter
Keinen geringen Namen: Du fielst vom Geschosse Camillas.«
Nun den Orsilochus und den Butes, den riesigsten Teukrer,

Trifft sie; den Butes durchdrang des Speeres Spitze im Rücken
Zwischen Panzer und Helm, da wo der Nacken des Reiters
Schimmert und ihm zur Linken der Schild am Arme herabhängt;
Doch den Orsilochus täuscht sie durch Flucht im Kreise. Sie zieht ja
Immer enger den Kreis und verfolgt nun selbst den Verfolger.
Plötzlich bäumt sie sich auf und haut die gewaltige Streitaxt
Wieder und wieder ihm durch den Helm und den Schädel, so sehr er
Bittend fleht; aus der Wunde tropft warm sein Hirn auf das Antlitz.
Ihr begegnet und stutzt, bei dem plötzlichen Anblick erschrocken,
Des Apenninenbewohners, des Aunus, tapferer Erbe,
Listenreicher als alle Ligurer, solang es ihm möglich.
Als der sah, er könne sich nicht dem Kampfe entziehen,
Noch die bedrängende Fürstin von sich auf andere lenken,
Sinnt er auf guten Rat und ruft verschlagen und listig:
»Was ist so Großes dabei, wenn sich ein Weib einem wackern
Rosse vertraut? So flieh nicht länger und wage im Nahkampf
Dich mit mir zu Fuße auf ebener Erde zu messen.
Sehen wirst du dann bald, wem windiges Prahlen verderblich.«
Rief's, und Camilla voll Wut, entflammt und bitter getroffen,
Läßt der Gefährtin das Roß und stellt sich in gleicher Bewaffnung
Furchtlos mit nacktem Schwert und einfachem Schilde zum
Fußkampf.
Aber der Jüngling im Wahn, die List sei glücklich gelungen,
Fliegt mit verhängten Zügeln sofort von dannen, und flüchtig
Treibt er sein feurig Roß und spornt es bis zur Ermattung.
»Eitler Ligurer du, vergeblich blähst du dich mutig;
Ganz umsonst versuchst du der Heimat schlüpfrige Künste.
Nicht errettet der Trug dich lebend zum listigen Aunus.«
Also ruft die Jungfrau, und feuerflüchtig enteilt sie,
Kommt dem Rosse zuvor und packt die Zügel und wirft sich
Ihm entgegen und kühlt ihre Rache im Blute des Feindes:
Leicht wie von felsiger Höh der heilige Vogel, der Habicht,
Unter den Wolken im Fluge erreicht die schwebende Taube,
Hurtig sie packt und sie zerfleischt mit den kralligen Fängen;
Nieder sickert das Blut und gleiten entrissene Federn.
Nicht entging es den Augen des Vaters der Götter und Menschen,
Wie er mit achtsamem Blick hoch oben auf dem Olympos
Thronte. Und er entflammt' den Tyrrhener Tarchon zu wildem

Kampfe und senkte in ihn den Stachel wütenden Zornes.
Also stürmte Tarchon durch Mord und weichende Reihen
Hoch zu Roß und spornt die Reiter mit wechselndem Zuruf,
Jeden bei Namen rufend, und hemmt die fliehenden Scharen.
»Welche Furcht befällt euch, Tyrrhener? Seid ihr denn immer
Unbekümmert und träge? Woher diese schreckliche Feigheit?
Ist es denn nicht ein Weib, vor dem eure Scharen entfliehen?
Warum habt ihr ein Schwert, was führt ihr die Lanze so zwecklos?
Aber ihr seid nicht faul, wenn Venus zu nächtigem Kampfe
Ruft oder Bacchus zum Reigen euch lockt auf gebogener Flöte,
Um danach auf den Schmaus und gefüllte Pokale zu warten;
Ja, da seid ihr dabei, wenn günstig der Priester die Opfer
Deutet und in den Hain euch fette Gelage verlocken.«
Rief's und treibt sein Roß voll Todesverachtung zum Kampfe
Mitten hinein und wirft sich wild auf Venulus, reißt ihn
Nieder vom Roß und packt ihn mit der Rechten und wirft ihn
Vor sich auf den Sitz und führt ihn stürmisch von dannen.
Hoch zum Himmel erhebt sich Geschrei, und alle Latiner
Schauen ihm nach, entflammt fliegt Tarchon über das Schlachtfeld
Mit dem Mann und den Waffen; dann bricht er dem Feinde des Speeres
Spitze ab und tastet nach einer offenen Blöße,
Tödlich ihn zu verwunden, doch Venulus wehrt des Tyrrheners
Hand von der Kehle und sucht mit Kraft der Kraft zu entgehen.
Gleich wie ein falber Adler im Flug durch die Lüfte die Schlange
Forträgt und sie fest mit den kralligen Fängen umklammert;
Windend krümmt und dreht sich die verwundete Schlange,
Sträubt ihre Schuppen starr empor und zischt mit dem Maule
Steil emporgebäumt, und doch mit gebogenem Schnabel
Hackt er auf sie los und schlägt die Luft mit den Schwingen:
So trägt aus der Schar der Tiburter Tarchon die Beute
Jauchzend davon. Von der Tat und dem Beispiel des Führers befeuert,
Stürmt der Maeonier Schar zum Kampf. Dem Tode verfallen,
Schleicht nun listüberlegen mit seinem Speere sich Arruns
Um die schnelle Camilla und späht, wo Gelegenheit günstig;
Wo die Jungfrau immer die dichtesten Haufen durchwütet,
Bleibt auch Arruns ihr nahe, und leise folgt er den Spuren.

Wenn nach glücklichem Siegen die Jungfrau vom Feinde sich wendet,
Lenkt auch heimlich der Jüngling ihr nach die hurtigen Zügel.
Zugang sucht er bald hier, bald dort, und überall kreist er
Um die Jungfrau und schwenkt voll Tücke die treffende Lanze.
Chloreus, ein Geweihter der Kybele, früher ihr Priester,
Leuchtend schon von fern in phrygischem Waffengeschmeide,
Spornte sein schäumendes Roß; ein Fell mit ehernen Schuppen
Deckte es wie mit Federn, auch trug es goldene Schnallen;
Selber leuchtend in fremdem und dunkelfarbigem Purpur,
Schnellte er lykische Pfeile von seinem gortynischen Bogen;
Golden hing dem Seher der Köcher am Rücken, und golden
War auch sein Helm, und die feinen, leis rauschenden Falten des gelben
Mantels hatte er fest geschürzt in goldenem Knoten;
Bunt ist sein Rock bestickt und die fremde Bedeckung der Schenkel.
Um dem Tempel vielleicht die troische Rüstung zu weihen
Oder mit goldener Beute sich selbst zu schmücken, verfolgt ihn,
Einzig ihn allein vor allen anderen Kämpfern,
Blind und unbedacht die jagdergebene Jungfrau,
Ganz in weiblicher Gier entbrannt nach der Wehr und der Beute.
Da, den Augenblick nutzend, entsendet heimlich geborgen
Arruns den Speer und hebt zu dem Himmlischen flehend die Stimme:
»Höchster der Götter, du Schützer des heil'gen Soracte, Apollo,
Dem vor allem wir ja geweiht und fichtenes Feuer
Nähren auf dem Altar und voll Vertrauen verehrend
Mitten durchs Feuer fest auf den glühenden Kohlen dahingehn,
Gib, allmächtiger Vater, daß unsere Waffe so schlimme
Schande lösche. Mich reizt ja nicht der geschlagenen Jungfrau
Wehr und Trophäe als Beute. Mir mögen andere Taten
Ruhm verschaffen. Wenn nur durch meine Wunde dies schlimme
Unheil erliegt, will gern ich ruhmlos kehren zur Heimat.«
Phoebus hörte sein Flehn und gewährte die Hälfte des Wunsches,
Aber die andere Hälfte zerstreute er weit in die Lüfte;
Daß in plötzlichem Tode die wilde Camilla erläge,
Sagt' er dem Flehenden zu, doch Wiederkehr in die Heimat
Gab er ihm nicht, und im Wirbel der Winde verhallte die Bitte.

Als nun, entflogen der Hand, die Lanze die Lüfte durchsauste,
Richteten alle Volsker den Geist und die spähenden Augen
Auf die Königin hin, doch selber achtet die Jungfrau
Weder des sausenden Hauchs noch der hochher fliegenden Waffe,
Bis auf seinem Fluge der Speer in die offene Brust ihr
Fährt und gierig dort sich labt am Blute der Jungfrau.
Angstvoll rennen herbei die Gefährtinnen, fangen im Sinken
Ihre Gebieterin auf, doch noch erschrockener flüchtet
Arruns, bebend vor Freude und Furcht; nicht länger vertraut er,
Weder dem eigenen Speer noch den Würfen der Mädchen zu trotzen.
Und wie der Wolf, noch ehe ihn feindliche Speere umfliegen,
Rasch vom Wege weicht und ins hohe Gebirge sich flüchtet,
Wenn er den stattlichen Stier mitsamt dem Hirten erwürgte,
Nun seiner Untat bewußt, mit rückwärts unter dem Bauche
Eingezogener Rute versucht in die Wälder zu fliehen:
So entzieht voll Hast auch Arruns sich furchtsam den Blicken,
Einzig auf Flucht bedacht, und mischt sich unter die Streiter.
Sterbend zieht Camilla am Speer, doch haftet des Eisens
Spitze gar zu fest in den Rippen; mit tiefer Verwundung
Blutend sinkt sie hin, fast sterbend brechen die starren
Augen, und es erbleicht das einst so rosige Antlitz.
Im Verscheiden noch wendet sie sich an Acca, die immer
Treuer noch als die andern an ihr gehangen und alle
Sorgen mit ihr geteilt, und leise flüstert Camilla:
»Soweit, Schwester Acca, gelang's, jetzt nimmt mir die bittre
Wunde die Kraft; es wird mir alles schwarz vor den Augen.
Eile davon und melde zuletzt dem Turnus noch dieses:
Weiter kämpfe er und beschirme die Stadt vor den Troern.
Nun leb wohl.« Ihr entgleiten bei diesen Worten die Zügel,
Willenlos sinkt sie zu Boden, und sie erkaltet, allmählich
Schwindet aus ihrem Leib das Leben, dann neigt sie verscheidend
Nacken und Haupt, und jetzt im Tode erst läßt sie die Waffen.
Unmutsvoll entfloh die Seele hinab zu den Schatten.
Nun aber hebt sich noch wilder Geschrei zu den goldenen Sternen,
Und noch gräßlicher tobt der Kampf nach dem Tode Camillas.
Dichter stürmen sie alle, das ganze Heer der Trojaner
Und die tyrrhenische Macht und die Arkaderschar des Euandrus.

Aber schon lange sitzt der Trivia Späherin Opis
Unerschrocken hoch auf den Bergen und schaut auf die Kämpfe.
Als sie nun sah, wie drüben inmitten der tobenden Krieger
Fern Camilla sank im traurigen Tode, da seufzte
Tief sie auf und rief aus innerstem Herzen die Worte:
»Allzu bitter büßest du, allzu bitter, o Jungfrau,
Daß du es kühn gewagt, die Troer zum Kampfe zu reizen.
Ach, es frommte dir wenig, dich in den Wäldern Dianas
Dienste zu weihen und dich mit unseren Pfeilen zu gürten.
Aber nicht ohne Ruhm ließ deine Herrin am Ende
Tödlich dich sinken, und nie wird bei den Völkern dein Name
Schwinden, dir bleibt der Ruhm, daß du nicht rachelos starbest;
Denn wer immer dir auch den Leib so tödlich verwundet,
Büßt es mit schuldigem Tod.« An steilem Berge erhebt sich
Hoch aus Erde geschüttet das Grabmal des Königs Dercennus,
Eines alten Laurenters, von dichten Eichen umschattet.
Dort ließ sich zuerst nach stürmischem Fluge die schöne
Göttin herab und spähte vom hohen Hügel nach Arruns.
Als sie ihn waffenumglänzt und dünkelgeschwollen erblickte:
»Warum gehst du vorüber?«, so rief sie. »Komme doch hierher,
Hierher eile zum Tode. Den würdigen Tod für Camilla
Hole dir. Willst du gar dem Pfeil der Diana erliegen?«
Sprach's, und dem goldenen Köcher entnahm die thrazische Nymphe
Einen beschwingten Pfeil und spannte zürnend den Bogen,
Zog dann die Sehne zurück, daß die Enden des Bügels einander
Nahe kamen, so daß nun gleichgerichtet die linke
Hand die Spitze des Pfeiles, die rechte den Busen erreichte.
Plötzlich vernahm das Zischen des Pfeils und das Sausen der Lüfte
Arruns zugleich, und es haftet ihm schon das Eisen im Leibe.
Röchelnd verhaucht er die Seele; die andern Genossen vergaßen
Seiner und ließen ihn liegen im Staube des fremden Gefildes.
Opis aber entflog zur lichten Höhe des Himmels.

Erst entflieht nach der Fürstin Verlust das Geschwader Camillas,
Rutuler fliehen verwirrt, es entflieht der beherzte Atinas
Und die zerstreuten Führer und die verlassenen Scharen;
Alle wenden die Rosse und suchen ihr Heil in den Mauern.
Niemand vermag die Verfolgung der unheilbringenden Teukrer
Aufzuhalten, noch sich mit Waffen entgegenzustellen.

Schlaff hängt ihnen der Bogen entspannt von ermüdeter Schulter,
Und das Getrappel der Hufe zerstampft den lockeren Boden.
Aufwärts wälzt sich der Staub in schwarzen Wirbeln zur Mauer,
Und auf den Zinnen zerschlagen die Mütter jammernd die Brüste,
Und das Weibergeheul steigt auf zum Himmelsgewölbe.
Unter jene, die sich zurück in die offenen Tore
Flüchtig stürzen, mischen sich feindlich bedrängende Scharen.
Keiner entflieht dem bitteren Tode, ja selbst auf der Schwelle,
Selbst in den heimischen Mauern und unter dem Schutze der Häuser
Sinken sie niedergebohrt; schon werden die Tore geschlossen,
Keiner wagt mehr den Weg zu öffnen, so sehr sie auch flehen,
Und sie ins Innre zu lassen, ein wildes Gemetzel erhebt sich
Der Verteidiger drüben und hier der Bedränger der Tore.
Ausgesperrt vor Augen und Antlitz der weinenden Eltern
Taumelt kopfüber ein Teil in die Gräben in wildem Gedränge;
Andere jagen wild und toll mit entfallenen Zügeln
Prallend gegen die Tore und stark verriegelten Pfosten.
Ja, die Frauen sogar von den Mauern in wütendem Wettstreit
Voller Vaterlandsliebe, wie sie bei Camilla sie sahen,
Schleudern hastig Geschosse und packen Keulen aus hartem,
Vorn an der Spitze im Feuer gehärtetem Holze als Schwerter,
Beugen sich vor und entbrennen, zuerst für die Feste zu sterben.
Aber den Turnus erschüttert indessen im Walde die schlimme
Kunde, und Acca meldet dem Jüngling die arge Verwirrung:
Daß das volskische Heer vernichtet, gefallen Camilla,
Daß die Feinde voll Wut und glückbegünstigt im Ansturm
Alles an sich gerissen und Angst die Hauptstadt erfülle.
Zornig eilt er (auch fordert das Juppiters grausame Fügung)
Von dem besetzten Gebirge, die wilden Wälder verläßt er.
Kaum sind sie seinen Blicken entschwunden, die Ebne gewonnen,
Als Aeneas nun in das frei gewordene Waldtal
Einzog, das Joch überschritt und aus dem Dickicht heraustritt.
Also stürmen sie beide zur Stadt mit ihrem gesamten
Heere, und es trennt sie nur ein mäßiger Abstand.
Aber sobald in der Ferne Aeneas den Staub von den Feldern
Steigen sah und den Zug der laurentischen Streitmacht erblickte
Und auch Turnus gerüstet den grimmen Aeneas gewahrte

Und auch der Nahenden Marsch und das Schnauben der Rosse vernommen,
Hätten sie ungesäumt sich mit den Waffen gemessen,
Wenn im iberischen Meer nicht rosig Phoebus die müden
Rosse geborgen und sinkend der Nacht den Himmel belassen.
So verweilten sie denn vor der Stadt und verschanzten ihr Lager.

ZWÖLFTER GESANG

Als nun Turnus bemerkte, wie sehr die Latiner durch ihre
Niederlage entkräftet und man auf seine Verheißung
Poche und aller Augen auf ihn gerichtet, entflammt er
Unversöhnlicher noch und neu ermutigt. So stellt sich
Auf den punischen Fluren ein schwer von Jägern verletzter
Löwe erst recht zum Kampfe und schüttelt grimmig im Nacken
Seine Mähne, zerbricht die in ihm haftende Lanze
Unerschrocken und trotzig und brüllt mit blutigem Rachen.
Also lodert die Wut empor in dem flammenden Turnus,
Und zum König gewandt, beginnt er in wilder Erregung:
»Turnus entzieht sich nie; nicht dürfen die feigen Trojaner
Widerrufen ihr Wort noch weigern, was sie versprochen.
Kämpfen werde ich, Vater, bring Opfer und laß uns bedingen:
Entweder schickt mein Arm den Troer zum Tartarus nieder,
Der aus Asien floh (die Latiner können ja zuschaun),
Und ich tilge allein mit dem Schwert die gemeinsame Schande,
Oder der Sieg sei sein, dann mag er Lavinia freien.«
Antwort gibt ihm darauf gelassenen Sinnes Latinus:
»O vortrefflicher Jüngling, je stärker du selber in wilder
Tatkraft glühst, um so mehr muß billigerweise ich selber
Dich beraten und sorglich jedweden Ausgang erwägen.
Du hast vom Vater Daunus ein Reich, auch mancherlei Städte,
Die du erobert; Latinus hat Gold und günstigen Willen.
Bräute sind doch genug in Latium und in Laurentum
Und aus edlem Geschlecht. So laß mich, wenn es auch schmerzlich,
Dies dir offen sagen, du aber nimm es zu Herzen:
Keinem der früheren Freier als Braut die Tochter zu binden
War mir vergönnt, es warnten mich alle, Götter und Menschen.
Nur aus Liebe zu dir und durch Bande des Blutes gefesselt
Und durch die Tränen der Gattin, zerriß ich alle Verträge,
Raubte dem Eidam die Braut und hob die Waffen zu Unrecht.
Was mir Schlimmes daraus und welche Kämpfe entstanden,
Siehst du gar wohl, auch was du selbst so vieles erduldet.
Zweimal in Schlachten besiegt, behaupten wir kaum in der Hauptstadt
Noch Italiens Hoffnung; noch warm von unserem Blute

Strömt der Tiber, die Felder sind weiß von unsern Gebeinen.
Warum schwank' ich so viel? Welch Wahn verwirrt mir die Sinne?
Wär' ich, falls Turnus erliegt, bereit, den Bund zu erneuern,
Warum end' ich den Kampf nicht lieber, solang er am Leben?
Was wird das Brudervolk der Rutuler, was das gesamte
Land Italien sagen, wenn ich, was das Schicksal verhüte,
Dich in den Tod gehn ließe, der du meine Tochter erbittest?
Denke, wie launisch das Glück im Kriege, erbarme dich deines
Alten Vaters, der fern im heimischen Ardea trauert.«
Nicht vermochten die Worte den stürmischen Turnus zu beugen.
Stärker noch tobt er, je mehr man sich um Milderung mühte.
Endlich fähig zu sprechen, besteht er auf seinem Entschlusse:
»Was du für Sorge um mich empfindest, Teuerster, laß das
Bitte ruhen und gönn mir, für Ruhm mein Leben zu opfern.
Wir auch, Vater, wissen Geschosse gewaltig zu schleudern,
Und nach unserm Wurf pflegt Blut aus Wunden zu fließen.
Fern wird die göttliche Mutter ihm bleiben und schwerlich ihn flüchtig
Decken in Weibergewölk und sich bergen in nichtigem Schatten.«
Aber die Fürstin, bestürzt von der neuen Gestaltung des Kampfes,
Weint, und zum Tode bereit umschlingt sie den hitzigen Eidam:
»Turnus, bei diesen Tränen, wenn du noch irgend Verehrung
Für Amata fühlst – du, jetzt die einzige Hoffnung,
Meines Alters Trost –, der Glanz und das Reich des Latinus
Ruhen auf dir, nur du die Stütze des sinkenden Hauses.
Eines nur fleh' ich: Entsage dem Kampf mit dem Volke der Teukrer!
Welche Entscheidung dich auch in diesem Kampfe erwartet,
Wartet auch meiner, ich scheide mit dir aus dem lästigen Leben,
Niemals werd' ich, gefangen, Aeneas als Eidam begrüßen.«
Auch Lavinia hörte die Stimme der Mutter; mit Tränen
Sind ihre brennenden Wangen beströmt; ein heftig Erröten
Überflog sie heiß und ließ ihr Antlitz erglühen.
So wie man Elfenbein aus Indien färbend mit rotem
Purpur ätzt oder rötlich in einer Fülle von Rosen
Lilien schimmern, so malten sich auch die Wangen der Jungfrau.
Liebe durchschauerte Turnus, er hing an den Blicken des Mädchens,
Lechzte noch heißer nach Kampf und sagte kurz zu Amata:

»Nicht doch, bitte ich, nicht mit Tränen und schrecklicher Ahnung
Sollst du mich ziehen lassen, o Mutter, zu harter Entscheidung.
Steht es doch nicht bei Turnus, den eigenen Tod zu verzögern.
Idmon, bringe sofort die unwillkommene Botschaft
Diesem phrygischen König: Sobald Aurora den Himmel
Morgen wieder rötet mit ihren purpurnen Rädern,
Lasse er nicht die Teukrer und Rutuler kämpfen, es sollen
Beide ruhn, und den Krieg entscheiden blutig wir beide.
Dort im Felde dann laßt uns um Lavinia ringen.«
Kaum hat er dieses gesagt, enteilt er zu seinem Palaste,
Fordert Rosse und schaut sie voll Freude an ihrem Gewieher.
Orithyia gab sie als Ehrengeschenk dem Pilumnus,
Waren weißer als Schnee und liefen so schnell wie die Winde.
Hurtige Knechte umstehen sie rings und klopfen mit hohler
Hand ihnen schmeichelnd den Hals und striegeln die wallenden Mähnen.
Turnus hüllt sich indes in den von Gold und von hellem
Messing prangenden Panzer und prüft zu handlichem Griffe
Schwert und Schild und den Helm mit seinen buschigen Knäufen,
Eben das Schwert, das dem Daunus der Feuergewaltige selber
Schmiedete und dann glühend gehärtet in stygischer Welle;
Dann ergreift er voll Kraft den Speer, der inmitten der Halle
Riesig ragte, gelehnt an eine mächtige Säule,
Einst vom aurunkischen Aktor erbeutet, er bebt bei dem Griffe.
Turnus schwingt ihn und ruft: »Du Speer, den ich nimmer vergeblich
Rief, jetzt kommt dein Tag. Dich schwang der gewaltige Aktor,
Turnus schwingt dich jetzt. O hilf mir, daß ich mit starker
Hand diesen phrygischen Weichling zu Boden strecke, den Panzer
Sprenge und ihm entreiße und schände die Locken im Staube,
Die er mit Myrrhen getränkt und heißem Eisen gekräuselt.«
Also rast er wild, hell sprühen Funken von seinem
Brennenden Antlitz, ein Feuer entloht seinen blitzenden Augen:
Wie bei Beginn des Kampfes ein Stier mit dröhnendem Brüllen
Drohend sich hebt und in Wut in den Stamm eines Baumes die Hörner
Rennend bohrt und wider den Wind mit wütenden Stößen
Ficht und wirbelt den Sand empor, als gelt' es zu kämpfen.

Auch nicht minder schürt Aeneas inzwischen die Kampflust
In den Waffen der Mutter und bebt in gierigem Zorne,
Froh, durch den ausbedungnen Vertrag den Krieg zu beenden,
Tröstet sodann die Genossen, den schmerzlich besorgten Iulus,
Weist auf die Schicksalssprüche und sendet zu König Latinus
Boten, den festen Bescheid und die Friedensbedingung zu künden.
Kaum erschien der Tag und bestrahlte die Gipfel der Berge
Hell mit Licht, und es tauchten die Sonnenrosse aus tiefem
Meere empor und schnoben den Glanz aus erhobenen Nüstern,
Da vermaßen auch schon die Rutuler und die Trojaner
Vor den Wällen der Stadt den Platz zum Zweikampf; inmitten
Stellten sie Feuerbecken und häuften Rasenaltäre
Für die gemeinsamen Götter, und lauteres Wasser und Feuer
Brachten sie, lendenumschürzt und den heiligen Kranz um die Schläfen.
Vorn marschieren Ausonen, dann drängen lanzenbewehrte
Scharen dicht aus den Toren. Von drüben zieht die gesamte
Macht der Tyrrhener und Troer herbei, verschieden gerüstet,
Alle mit Eisen bewehrt, als ging' es zu hitzigem Treffen.
Ganz in Gold gehüllt, mit prunkendem Purpur bekleidet,
Sieht man die Führer die Rosse inmitten der Tausende tummeln:
Aus Assarakus' Stamm den Mnestheus, den tapfern Asilas
Und den Rossebezwinger Messapus, neptunischen Blutes.
Auf das Zeichen eilen zu ihren Plätzen sie alle,
Heften im Boden die Spieße und lehnen die Schilde daneben.
Schaubegierig strömt ein unbewaffneter Haufe,
Mütter und schwache Greise, herbei und besetzen die Türme
Und die Dächer und andre die ragenden Zinnen der Tore.
Aber vom Gipfel des Berges, der jetzt Albaner genannt wird
(Damals hatte der Berg nicht Name, noch Ehre, noch Ansehn),
Schaute Juno herab auf das weite Gefilde und beide
Reih'n der Laurenter und Troer und auf die Stadt des Latinus.
Ohne Verzug begann sie zu Turnus' Schwester zu reden,
Himmelsgöttin zur Göttin, die Seen und rauschende Flüsse
Schützte; denn diese Ehre gewährte des Äthers erhabner
Herrscher Juppiter ihr, weil er ihr Magdtum entrissen:
»Nymphe, du Zier der Flüsse, die mir von allen die liebste,
Weißt du ja doch, daß einzig von allen latinischen Jungfraun,

Die das danklose Lager des hehren Juppiter teilten,
Dich ich erkor und gern dir Anteil am Himmel gewährte.
Höre, Juturna, welch Schmerz dir droht, auf daß du nicht später
Mich beschuldigst: Solang es schien, daß das Glück und die Parzen
Latium liebten, beschirmte ich deine Stadt und den Turnus.
Nun aber seh' ich den Jüngling sich wider ein stärkeres Schicksal
Wenden: Ihm naht die Macht und die feindliche Stunde der Parzen.
Nicht vermag ich den Kampf und dieses Bündnis zu schauen;
Wagst aber du, dem Bruder noch irgendwie stärker zu helfen,
Eile! Dir ziemt's. Vielleicht folgt milderes Schicksal dem Elend.«
Kaum hat Juno gesprochen, zerfloß Juturna in Tränen.
Dreimal und viermal schlug sie ihren lieblichen Busen.
»Jetzt ist keine Zeit für Tränen«, ermunterte Juno,
»Eil und entreiße den Bruder dem Tode, wenn es noch möglich,
Oder entfache Krieg und spreng das geschlossene Bündnis.
Wag es auf meinen Rat.« Mit solcher Mahnung verließ sie
Die von so schmerzlicher Kunde verwirrte und schwankende Nymphe.

Sieh, die Könige nahn. Die Riesengestalt des Latinus
Ragt auf dem Viergespann, und seine Schläfen umkränzen
Zweimal sechs leuchtende Strahlen aus Gold, zum Zeichen der Abkunft
Von dem Sonnengott Sol. Auf schimmelgezogenem Zweispann
Naht dann Turnus, zwei Lanzen mit breiter Schneide in Händen.
Vater Aeneas auch, der Gründer des römischen Volkes,
Schimmernd im Sternenglanz des Schildes und himmlischer Waffen,
Schreitet hervor aus dem Lager, zur Seite Askanius, Romas
Weitere Hoffnung, ihm folgt ein hellgekleideter Priester,
Der ein borstiges Ferkel und ungeschorenes Lämmchen
Mitführt und zur Glut der Opferaltäre geleitet.
Alle wenden den Blick zur aufwärts steigenden Sonne,
Streuen gesalzenes Schrot und scheren mit Schwertern die Tiere
Über den Schläfen und spenden auch Schalen auf die Altäre.
Dann aber zückt sein Schwert der fromme Aeneas und betet:
»Sol, dich rufe ich an, und dich, du Erde, zu Zeugen,
Deretwegen ich doch so viele Mühsal erduldet,
Dich auch, allmächtiger Vater, und Juno, deine Gemahlin.
Gnädiger sei mir endlich, o Göttin, ich flehe dich, du auch,

Herrlicher Mars, der allmächtig ja alle Kriege entscheidet.
Euch auch ruf' ich, ihr Quellen und Flüsse und droben des Äthers
Heilige Mächte, ihr Götter des dunkelwogenden Meeres.
Wendet sich etwa der Sieg zu dem Ausonier Turnus,
Sei den Besiegten bestimmt, nach der Stadt des Euandrus zu ziehen,
Räume Iulus das Land, und nie erheben die Troer
Neuen Aufruhr und Krieg und bedrohen dies Reich mit dem Schwerte.
Wenn aber uns die Göttin des Sieges gnädig gesonnen,
Was ich eher vermute und eher die Götter so fügen,
Dann auch wünsche ich nicht, daß den Teukrern die Italer dienen,
Trachte auch nicht nach dem Reich; unter gleichen Gesetzen vereine
Dann ein ewiger Bund zwei unbezwungene Völker.
Mein sei der Götter Verehrung; dem Heere gebiete Latinus,
Ihm, meinem Schwäher, verbleibe die oberste Herrschaft; die Teukrer
Bauen mir Mauern und sollen die Stadt Lavinia heißen.«
So zuerst Aeneas; dann folgte Latinus und blickte
Auf zum Himmel und streckte empor die Rechte und sagte:
»Gleiches beschwör' ich, Aeneas, bei Meer und Erde und Sternen,
Bei dem Zwillingspaar der Latona, beim doppeltgestirnten
Janus, bei den Gewalten der Tiefe und Plutos Behausung.
Höre es Juppiter auch, dess' Blitz die Bündnisse heiligt.
Hier die Altäre berühr' ich, sei Zeuge das göttliche Feuer:
Nie wird je ein Tag den Italern brechen dies Bündnis,
Wie das Los auch falle, und niemals werde ich willig
Weichen andrer Gewalt, selbst wenn sie mit Wassern die Erde
Rings verschlänge und tief in den Tartarus stürzte den Himmel,
Wie dies Szepter – und wirklich, er hielt in der Rechten ein Szepter –
Niemals wieder sich grün belaubt und Schatten verbreitet,
Seit es früher im Walde vom untersten Stamme gehauen,
Muttergetrennt mit Laub und Zweigen dem Eisen verfallen,
Einst ein Baum, nun hat es mit ehernem Zierat des Künstlers
Hand geschmückt und zu tragen verliehn den latinischen Vätern.«
So bekräftigten beide das Bündnis untereinander
Mitten vor den Augen der Fürsten. Dann wurden die Tiere
Brauchgemäß geweiht und in die Flammen geschlachtet,

Lebend entweidet, und dann die Altäre mit Schüsseln beladen.
Ungleich aber dünkte dem Rutulervolke der Zweikampf
Längst schon, und es pochten die Herzen in wechselnder Regung
Jetzt noch mehr, da sie näher den Abstand der Kräfte gewahrten.
Stärker noch fühlten sie dies, als Turnus zu dem Altare
Schweigend und voll Demut gesenkten Blickes herantritt,
Blaß den Jugendleib und bleich die kräftigen Wangen.
Als die Schwester Juturna das dumpfe Murren des Volkes
Wachsen sah und wie wechselnd die wankende Stimmung der Menge,
Eilte sie mitten ins Heer und glich an Aussehn dem Camers,
Der aus ahnenreichem Geschlechte und Sohn eines großen,
Tapferen Vaters und selbst ein scharfer, tüchtiger Krieger.
Also eilte sie mitten im Heer, die Stimmung durchschauend,
Raunte gar mancherlei Gerüchte und sprach zu den Leuten:
»Rutuler, schämt ihr euch nicht, ein einziges Leben für soviel
Tapfere Krieger zu bieten? Seid ihr an Zahl und an Kräften
Etwa nicht gleich? Ihr seht die Troer und Arkader alle;
Ganz Etrurien hetzt das Schicksal feindlich auf Turnus.
Kämpften wir Mann gegen Mann, so bliebe kaum jedem ein Gegner.
Er zwar wird zu den Göttern, an deren Altar er sich opfert,
Ruhmvoll steigen und bleibt im Mund der Sage lebendig.
Wir aber müssen, verlustig der Heimat, trotzigen Zwingherrn
Dienen, die wir hier träg und tatenlos sitzen im Felde.«
Solche Reden entflammten die Herzen der Mannen, es hob sich
Stärker und stärker bereits ein Gemurmel rings in den Reihen,
Selbst die Laurenter ändern den Sinn und selbst die Latiner.
Sie, die sich Ruhe bereits vom Streit und das Heil ihrer Heimat
Wünschten, verlangen aufs neu nach Kampf und möchten das Bündnis
Brechen und bedauern des Turnus widriges Schicksal.
Größeres noch vollzieht Juturna, und droben am Himmel
Gibt sie ein Zeichen, wie noch nie so deutlich ein andres
Italerherzen verwirrte und durch ein Wunder sie täuschte:
Juppiters bräunlicher Adler durchschwebte die Röte des Äthers,
Scheuchte den rauschenden Schwarm der Vögel am Strande, und plötzlich
Stieß er herab auf die Wellen und packte gierig der Schwäne

Schönsten und trug ihn dann in seinen Fängen von dannen.
Staunend schauen es alle, jedoch die entflohenen Vögel
Kehren kreischend alle zurück (ein seltsamer Anblick),
Wolkendicht wird die Luft von ihren Schwingen verdunkelt,
Und sie vertreiben den Feind; besiegt von ihrem Gedränge
Und von der Last erschöpft, läßt aus den Fängen der Adler
Flußwärts fallen die Beute und flieht in den Wolken von dannen.
Freudig jubelnd begrüßen die Rutuler diese Erscheinung,
Rüsten die Hände zum Kampf, und der Seher Tolumnius kündet:
»Das, ja das hab' ich so oft mit Gelübden erbeten.
Ja, ich nehm' und erkenn' es als Winke der Götter. So folgt mir,
Mir mit dem Schwerte, ihr Armen, die dieser gierige Fremdling
Gleich wie schüchterne Vögel bekriegt und eure Gestade
Wild verwüstet. Er wird die Flucht ergreifen und segeln
Fern von dannen. So schließt einmütigen Sinnes die Reihen
Und verteidigt im Kampf den euch entrissenen König.«
Rief's, sprang auf und entsandte den Speer in die feindlichen Reihen.
Sausend fährt dahin die hölzerne Waffe, und sicher
Fliegt sie durch die Luft: Ein Wurf, ein Schrei, und die ganzen
Reihen werden verwirrt und toben in loderndem Aufruhr.
Standen drüben da neun Brüder, stattliche schöne
Männer; die hatte alle die treue tyrrhenische Gattin
Dem arkadischen Helden Gylippus geboren, den einen
Traf nun der Speer in der Mitte, wo sich der goldendurchwirkte
Gürtel reibt und die Spangen sich ineinander verzahnen.
Diesem einen, so herrlich in seinen schimmernden Waffen,
Dringt der Speer durch die Rippen, und nieder stürzt er zu Boden.
Da in brennender Trauer entreißt die Reihe der Brüder
Teils die Schwerter den Scheiden, teils packen sie Lanzen und stürzen
Blind drauflos. Schon werfen sich die laurentischen Scharen
Ihnen entgegen, und wieder in dichtem Gewimmel durchfluten
Sich Agylliner und Troer und bunte Arkaderscharen,
Alle von einer Begier erfüllt, mit dem Schwerte zu kämpfen.
Schon sind die Altäre zerstört, ein Hagel von Pfeilen
Prasselt vom Himmel, es prallt herab ein eiserner Regen.
Becken schleppen sie fort und Herde. Auch König Latinus

Flieht mit den Bildern der Götter, nachdem das Bündnis vereitelt.
Einige schirren die Wagen, und andere schwingen im Sprunge
Sich auf die Rosse und jagen heran mit gezogenen Schwertern.
Und nun stürzt sich Messapus, begierig, den Bund zu zerstören,
Auf den tyrrhenischen König Aulestes im Schmuck seiner Würde.
Vorwärts treibt er sein Roß, und vor ihm weicht der Bedrängte,
Doch da prallt er rückwärts auf die Altäre; zu Boden
Stürzt er kopfüber. Da fliegt mit seiner Lanze Messapus
Glühend herbei und stößt, trotz seines Flehens, von oben
Ihn mit dem stämmigen Speer durchbohrend vom Rosse und wettert:
»Ha, den hat's! Dies Opfer gefällt den Göttern wohl besser!«
Italer rennen und rauben die Waffen, noch eh er erkaltet.
Ihnen entgegen stürzt Korynaeus und rafft vom Altare
Einen lodernden Brand, und dem Ebysos, eh er ihn angreift,
Schlägt er die Glut ins Gesicht und verbrennt dem Seher den langen
Bart in versengendem Qualm. Dann stürzt Korynaeus sich selber
Auf den bebenden Feind, und ihn mit der Linken am Haupthaar
Niederreißend, preßt er ihn mit den Knien zu Boden
Und durchbohrt seine Brust mit dem Schwert. Podalirius hinter
Alsus, dem Hirten, der vorn durch alle Geschosse hindurchrennt,
Folgt ihm mit drohendem Schwert. Doch Alsus spaltet dem Gegner
Mit geschwungener Axt die Stirn und das Kinn auseinander,
Daß von dem spritzenden Blut ihm rings die Rüstung gerötet;
Dem aber liegt auf den Lidern ein eiserner Schlummer und harte
Ruhe, und ewige Nacht hat seine Augen beschattet.

Waffenlos aber erhob der fromme Aeneas die Rechte
Mit entblößtem Haupt und rief den Seinen entgegen:
»Wohin rennt ihr? Was packt euch solche plötzliche Zwietracht?
Zähmt euern Zorn! Der Bund ist ja beschworen, es stehen
Alle Bedingungen fest. Nur mir ist zu kämpfen verstattet;
Mich laßt walten und bannet die Furcht. Ich wahre das Bündnis
Mit meiner Faust; mir schuldet ja dieses Opfer der Turnus.«
Während er solches rief und mitten in seiner Ermahnung,
Siehe, da schwirrt herbei ein gefiederter Pfeil auf den Helden,
Ungewiß, wessen Hand ihn schnellte und stürmisch entsandte,
Wer – ob ein Zufall oder ein Gott – den Rutulern solche
Ehre verschaffte; der Ruhm der Tat blieb dunkel verborgen,
Keiner brüstete sich, daß er den Aeneas verwundet.

Wie aber Turnus gewahrte, daß sich Aeneas zurückzog
Und die Führer verwirrt, durchblitzt ihn plötzliche Hoffnung.
Rosse heischt er und rafft noch Waffen und springt auf den Wagen
Blitzgeschwind voll Trotz und packt mit den Händen die Zügel.
Viele tapfere Männer verletzt er tödlich im Fluge,
Viele nur halbentseelt zermalmt in den Reihen sein Wagen,
Oder Fliehende trifft er mit hastig ergriffenen Speeren.
So wie der blutige Mars an den eisigen Fluten des Hebrus
Donnernd schlägt an den Schild und stürmt mit den feurigen Rossen
Vor, um den Krieg zu entfesseln, und sie durchjagen die Ebne
Schneller als Süd und West, das ganze Thrazien donnert
Von der Hufe Gestampf, rings schweben des finstern Entsetzens
Grause Gestalten, der Grimm und die List, des Gottes Geleiter:
So durch das Schlachtengewühl jagt Turnus die triefenden Rosse
Unermüdlich und tummelt sie über schmählich erschlagne
Feinde höhnend dahin; die rasenden Hufe verspritzen
Blutigen Tau und stampfen im morddurchfeuchteten Sande.
Sthenelus schon und Pholus und Thamyrus streckt' er zu Boden,
Teils aus der Nähe und teils von fern; von fern auch die beiden
Imbrasus-Söhne, den Glaukus und Lades, in Lykien hatte
Imbrasus sie erzogen und gleichermaßen gerüstet,
Sei es zum Kampfe zu Fuß, sei's hoch von stürmischen Rossen.
Anderswo wirft Eumedes sich mitten hinein in das Treffen;
War ein würdiger Sproß des alten Dolon, dem Ahnen
Gleich an Namen, an Mut und kräftigen Armen dem Vater,
Der einst, um als Späher ins griechische Lager zu schleichen,
Kühn genug als Preis das Gespann des Peliden gefordert.
Aber ganz anderen Lohn gab ihm Diomedes für solche
Kühnheit, und nie mehr gierte er nach den pelidischen Rossen.
Als nun Turnus diesen von fern im Felde erblickte,
Schleudert er durch die Lüfte die leichte Lanze, verfolgt ihn,
Hemmt dann sein Doppelgespann und springt vom Wagen und stellt sich
Über den Halbentseelten und stemmt ihm den Fuß auf den Nacken,
Windet ihm aus der Rechten sein Schwert, und die blitzende Waffe
Taucht er ihm tief in die Kehle und ruft die höhnenden Worte:
»Schau, Trojaner, was du dir hier im Kampfe erstrebtest,
Miß dies Hesperien nun im Liegen. Dies sei die Belohnung

Aller, die mich zu bekämpfen versuchen; so gründen sie Mauern.«
Dann gesellte sein Speer auch noch den Asbytes dem Toten,
Chloreus und Sybaris auch, den Thersilochus auch und den Dares,
Den Thymoetes dazu, der vom bäumenden Rosse gesunken.
So wie die Wolken, wenn wild auf weitem Ägäischem Meere
Braust der edonische Nord und die Wellen schleudert ans Ufer,
Dann, vom Sturme gepeitscht, am Himmel flüchtig zerstieben:
So, wo Turnus den Weg sich bahnt, entweichen die Reihen.
Flüchtig zerrinnt das Heer; er selbst wird vorwärts gerissen.
Rückwärts flattert im Wind auf dem rasenden Wagen sein Helmbusch.
Nicht aber duldete Phegeus des Wüterichs brüllendes Rasen,
Nein, er warf sich dem Wagen entgegen und packte der Renner
Schaumbespritztes Gebiß und riß die Zügel beiseite.
Fortgeschleift und hängend am Joche, gibt er sich plötzlich
Eine Blöße, da trifft ihn breit die Lanze, zerschmettert
Seines Panzers Geflecht, doch streift sie den Körper nur leise.
Schnell mit dem Schilde sich deckend, will Phegeus sich wider den Gegner
Wenden und zieht sein Schwert, um sich zu wehren, da trifft ihn
Vorn das Rad, er stürzt vom rollenden Schwunge der Achse
Nieder, und Turnus schlägt, da wo der Helm an den Panzer
Oben sich anschließt, ihm das Haupt mit dem Schwerte herunter,
Und dann ließ er den Rumpf des Getöteten liegen im Sande.
Während so siegreich Turnus das Feld mit Leichen bedeckte,
Führen indes den Aeneas der treue Achates und Mnestheus
Blutend zurück ins Lager, Askanius ihnen zur Seite.
Schritt vor Schritt nur schleppt sich der Held, gestützt auf die Lanze;
Grimmig versucht er das Rohr des abgebrochenen Pfeiles
Auszuziehen und fordert die nächste, mögliche Hilfe:
Mit dem Schwerte die Wunde zu öffnen, den Pfeil aus der dunklen
Tiefe zu graben und ihn zurück zum Kampfe zu senden.
Schon war Iasus' Sohn, Iapyx, zur Stelle, den Phoebus
Vor allen andern erkoren, von heftiger Liebe ergriffen,
Und ihm die eigenen Künste und Gaben freudig geboten:
Weissagekraft und das Spiel der Leier und fliegende Pfeile.
Um aber zu verlängern das Leben des sterbenden Vaters,

Wollte jener lieber die Kräfte der Kräuter und Heilung
Lernen und ohne Ruhm nur stille Künste betreiben.
Bitterlich stöhnend stand Aeneas, umdrängt von den Kriegern
Und dem betrübten Iulus, gelehnt auf die mächtige Lanze,
Ungerührt von den Tränen. Nach Art der Jünger Paieons
Hatte sein langes Gewand der Alte rückwärts gegürtet,
Und mit heilender Hand und den wirksamen Kräutern des Phoebus
Mühte er sich umsonst, umsonst versucht' er des Pfeiles
Rohr zu rütteln, ja auch mit eiserner Zange zu packen.
Keinerlei Ausweg zeigt das Glück, kein Helfer Apollo
Naht, und immer stärker wächst im Gefilde des Kampfes
Graus, und näher droht die Not; es hüllt sich der Himmel
Rings in Staub, man sieht die Reiter nahen, ins Lager
Hageln die Pfeile dicht. Zum Himmel erhebt sich der laute
Schrei von kämpfenden Männern und tödlich getroffenen Kriegern.
Da von dem schrecklichen Schmerz des lieben Sohnes erschüttert,
Pflückt die Mutter Venus auf kretischem Ida des Diktams
Stengel voll schwellender Blätter und purpurfarbiger Blüten.
Kennen doch diese Pflanze sogar die schweifenden Ziegen,
Wenn ein fliegender Pfeil sie haftend im Rücken getroffen.
Dies nun brachte Venus herbei, von dunkelen Wolken
Eingehüllt, und träufelt das Naß in das glänzende Becken
Heimlich hinein und mischt zur Heilung noch labende Säfte
Ihrer Ambrosia zu und köstlich duftenden Balsam.
Sorgsam wusch mit dem Wasser die Wunde der greise Iapyx
Ahnungslos; so wich denn aller Schmerz aus dem Körper
Plötzlich, und das Blut im Innern der Wunde versiegte.
Zwanglos folgte nun auch der Pfeil den Händen des Arztes,
Trat heraus, und es kehrten zurück die früheren Kräfte.
»Schnell schafft Waffen dem Helden herbei! Was steht ihr?« Iapyx
Rief's und entflammt zuerst die Herzen gegen die Feinde.
»Nicht durch menschliche Kraft ist dies geschehen, Aeneas,
Nicht durch ärztliche Kunst, noch meiner Hände Bemühung;
Größer hier wirkte ein Gott und treibt dich zu größeren Werken.«
Kampfbegierig umschloß Aeneas die Schenkel mit goldnen
Schienen, und jeden Verzug verwünschend, ergreift er die Lanze.
Als er nun seitlich den Schild und rückwärts den Panzer gefestigt,
Schlingt um Askanius er im Schmuck der Waffen die Arme,

Reicht ihm durch den Helm zum Kuß die Lippen und mahnt ihn:
»Lerne von mir, mein Sohn, den Mut und echtes Beharren,
Aber von andern das Glück. Jetzt wird meine Rechte im Kampfe
Dich noch schützen und dich zu hohen Zielen geleiten.
Dessen gedenke treulich, sobald du zu reiferem Alter
Auferblüht, und bewahre im Herzen das Vorbild der Deinen:
Eifre dem Vater nach und deinem Oheim, dem Hektor.«
Als er solches gesagt, durchschritt er die Tore gewaltig,
Schwang den mächtigen Speer in seiner Rechten, und mit ihm
Stürmten auch Antheus und Mnestheus und alle Krieger von dannen
Und verließen das Lager. Das Feld verhüllt sich in dunklen
Wolken von Staub, und es dröhnt die Erde von wuchtigen Schritten.
Gegenüber vom Wall erblickte Turnus ihr Nahen,
Auch die Ausonier sahen's, ein eisiger Schauer durchrieselt'
Aller Mark und Gebein. Juturna vor allen Latinern
Hörte und spürte zuerst den Lärm und floh mit Entsetzen.
Turnus stürmt in das Feld und reißt den düsteren Heerzug
Mit sich. Wie aufs Land sich Sturm und Regen vom Meere
Wirft unter schlimmem Gestirn; der arme Bauer erblickt es
Schaudernd schon von fern, denn bald vernichtet das Wetter
Bäume und Saaten rings und schmettert alles zu Boden;
Schon vor den Wolken wirft der Wind sich brausend ans Ufer:
Also trieb sein Heer der rhoeteïsche Führer dem Feinde
Grade entgegen, eng zu dichten Keilen geschlossen.
Mit dem Schwerte trifft Thymbraeus den starken Osiris,
Mnestheus, Archetius dann, und den Epulo mordet Achates,
Gyas den Ufens; und auch der Seher Tolumnius endet,
Der ja zuerst sein Geschoß auf die troischen Feinde gesendet.
Hoch zum Himmel erhebt sich Geheul, und von neuem geschlagen,
Wenden im staubigen Felde die Rutuler wieder den Rücken.
Nichts liegt Aeneas daran, die Fliehenden niederzustoßen,
Noch bedroht er die Kämpfer zu Fuß und die ihm mit Speeren
Nahen. Ihn allein, den Turnus, sucht er im dunklen
Staub zu erspähen, ihn allein zum Kampfe zu fordern:
Diese Befürchtung erschreckt die mannhafte Jungfrau Juturna.
Nieder wirft sie vom Wagen den Lenker des Turnus Metiscus,
Reißt ihm die Zügel weg und läßt den Gefallenen liegen.
Selber besteigt sie den Sitz, ergreift die schleifenden Zügel,

Selber gleich an Rüstung und Stimme und Leib dem Metiscus.
Wie die schwarze Schwalbe das Haus des reichen Besitzers
Rings mit den Schwingen durchstreift und spärliche Kost in den hohen
Räumen ergreift zur Atzung für ihre zwitschernden Jungen,
Bald in den räumigen Hallen und bald um sumpfige Teiche
Schwirrt sie zwitschernd: So jagt durch die Feinde Juturna die Rosse
Mitten hindurch und fliegt ringsum in rasendem Wagen,
Zeigt dem Volke bald hier, bald dort den jauchzenden Bruder,
Aber vermeidet den Kampf und fliegt in weiter Entfernung.
Doch auch Aeneas verfolgt ihn auf den gewundenen Wegen,
Schneidet die Spuren und ruft ihn laut durch die weichenden Reihen.
Aber so oft seine Blicke den Feind erfaßten, so oft er
Einzuholen versuchte die Flucht der beflügelten Rosse,
Riß Juturna den Wagen herum und entwich ihm aufs neue.
Ach, was tun? Umsonst durchfluten ihn viele Bedenken;
Hin und her wird er von wechselnden Sorgen gerissen.
Aber da naht Messapus im Lauf, zwei schwankende Speere
Hoch in der Linken, vorn mit Eisen beschlagen; den einen
Schleudert er auf Aeneas in sicher entsendetem Schwunge.
Gleich bleibt dieser stehen und duckt sich hinter dem Schilde
Niederkniend; doch trifft der Speer im Fluge ihm oben
Seinen Helm und reißt die Spitze des Busches herunter.
Da übermannt ihn der Zorn, empört ob des tückischen Angriffs,
Wie er gewahrt, daß jener mit Roß und Wagen davonflieht.
Juppiter ruft er zum Zeugen der eidentweihten Altäre,
Und schon stürzt er hinein in den Feind; vom Kriegsgott begünstigt,
Wütet er schrecklich umher und ohne Schonung, ein Blutbad
Richtet er an und läßt dem Zorne schießen die Zügel.

Welche Gottheit hülfe mir, im Gesange so vieles
Leid zu schildern und Mord und der Führer Vertilgung, die Turnus
Und der troische Held auf beiden Seiten im Felde
Wechselnd erschlugen? Wie ließest du, Juppiter, Völker so schrecklich
Sich befehden, die bald in ewigem Frieden geeinigt?
Erstlich packte Aeneas den Rutuler Sucro, der wenig

Widerstand leistete, rasch in der Seite und brachte durch diesen
Kampf die fliehenden Teukrer zuerst zum Stehen; er stößt ihm
An entscheidender Stelle das Schwert in die Brust durch die Rippen.
Turnus stürzt vom Roß den Amykus und den Diores
Selber im Angriff zu Fuß, den einen erlegt seine Lanze
Und den andern sein Schwert; er hängt an den Wagen die beiden
Abgeschnittenen Häupter und führt sie blutend von dannen.
Aber Aeneas erschlägt zugleich den Tanaïs, Talus
Und den starken Cethegus, dazu den bestürzten Onites,
Den Peridia einst aus Echions Sippe geboren;
Turnus zwei lykische Brüder, gesandt aus Apollos Gefilden,
Und den arkadischen Jüngling Menoetes, der, ach, so vergebens
Kämpfe gehaßt und sonst an den Fluten der fischreichen Lerna
In bescheidenem Heim sein Gewerbe getrieben und niemals
Sich den Großen genaht; sein Vater besäte ein Pachtgut.
Wie auf verschiedenen Seiten ein Feuer, im Walde entzündet,
Dürre Sträucher ergreift und die knisternden Zweige des Lorbeers,
Oder wie vom Gipfel der Berge in reißendem Sturze
Schäumende Bäche schießen und abwärts zur Ebene eilen,
Jeder alles verheerend auf seinem Wege: So stürzen
Ebenso wild Aeneas und Turnus ins Treffen, und nunmehr
Tobt im Innern ihr Zorn, fast bersten die niemals bezwungnen
Herzen, sie rennen drauflos und achten keiner Verwundung.
Den Murranus darauf, der stolz auf Väter und Ahnen
Prahlte und seinen Namen von allen latinischen Herrschern
Leitete, schmettert Aeneas mit einem mächtigen Felsblock
Jählings kopfüber zu Boden, und unter dem Joch und den Sielen
Schleifen die Räder ihn fort, und oben zerstampfen der Rosse
Hufe unaufhörlich und achtlos ihren Gebieter.
Turnus trifft auf den Hyllus, der kochend in tobender Kampfgier
Gegen ihn rennt, und bohrt ihm den Speer in die golden bedeckte
Schläfe, er fuhr durch den Helm und blieb im Gehirne ihm haften.
Weder entriß dein Arm, o Kretheus, tapferster Grieche,
Dich dem Turnus, noch schirmten dich deine Götter, Cupencus,
Als Aeneas dir nahte; er bot dem Schwerte die offne
Brust, kein eherner Schild beschützte dem Armen das Leben.
Dich auch, Aeolus, sahen die Laurentiner Gefilde
Fallen und weit den Boden mit deinem Leibe bedecken,

Dich, den keine Reihen der Griechen zu fällen vermochten
Und auch nicht der Vernichter des Priamusreiches, Achilles.
Hier war dein Lebensziel, dein Haus stand ragend am Ida,
Hoch in Lyrnessus ein Haus, dein Grab auf laurentischer Erde.
Alle wandten sich jetzt zum Kampfe, alle Latiner,
Alle Dardaner auch, der kühne Serestus und Mnestheus,
Auch der Rossebezwinger Messapus, der tapfre Asilas,
Auch das etruskische Heer und Euandrus' Arkaderscharen.
Jeder für sich setzt ein, was ihm an Kräften gegeben,
Keiner zaudert, noch ruht, sie ringen in tobendem Kampfe.
Nun in Aeneas erweckte die herrliche Mutter die Absicht,
An die Mauern zu ziehn und schnell sich gegen die Feste
Selbst zu wenden und plötzlich den Feind in Verwirrung zu setzen.
Als Aeneas den Turnus noch rings durch die Reihen verfolgte
Und bald hierhin schaute, bald dorthin, da sah er die Hauptstadt
Unberührt vom Kriege und ganz in Ruhe versunken.
Da entflammt seine Seele das Bild weit stärkerer Kämpfe:
Mnestheus ruft er herbei, Sergestus, den tapfern Serestus,
Klimmt mit diesen Führern auf eine Kuppe, auch andre
Teukrer strömen herbei, behalten in dichter Versammlung
Speere und Schilde, und hoch vom Hügel begann er zu reden:
»Keiner säume mir jetzt bei meinen Worten, denn hier steht
Juppiter. Keiner sei träge, weil meine Entschließung so plötzlich:
Wenn sie sich nicht beugen und als Besiegte bekennen,
Tilg' ich noch heute die Stadt, den Sitz des Königs Latinus,
Der diesen Krieg verursacht, und brenne von Grund aus sie nieder.
Soll ich hier etwa warten, bis es dem Turnus gefällig,
Unseren Kampf zu bestehen, aufs neue, wenn er besiegt ist?
Hier ist, ihr Bürger, das Ziel, und hier des Frevels Entscheidung.
Schafft mir Fackeln herbei und fordert mit Feuer das Bündnis.«
Rief's, und mutbeseelt voll Eifer schließen in Keilform
Alle sich dicht zusammen und stürmen wider die Mauer.
Schnell sind Leitern gerichtet, und plötzlich lodert schon Feuer;
Einige werfen sich gegen die Tore und töten die Wache,
Andre schwingen das Schwert und verdunkeln die Luft mit
Geschossen.
Selber unter den ersten erhebt Aeneas die Rechte
Gegen die Stadt und beschuldigt mit lauter Stimme Latinus,

Ruft die Götter zu Zeugen: Man zwinge ihn wieder zum Kampfe,
Zweimal schon hätten das Bündnis die Italer feindlich gebrochen.
Furcht und Zwiespalt verwirrt der Bürger bange Gemüter;
Einige heißen die Stadt entriegeln, den Troern die Tore
Rasch zu öffnen, sie zerren den König sogar auf die Mauern.
Andere greifen nach Waffen und wollen die Wälle beschützen:
Wie wenn verborgene Bienen ein Hirt in durchlöchertem Tuffstein
Aufgespürt und die Höhlung mit beißendem Qualme durchräuchert;
Um ihr Leben besorgt durchrennen innen die Bienen
Angstvoll ihr Lager, es wächst ihr Zorn mit heftigem Summen;
Schwarzer Brodem durchwogt ihr Haus, das Innre des Felsens
Tönt in dumpfem Gebrumm, hoch steigt der Rauch in die Lüfte.
  Auch noch dies Geschick befiel die erschöpften Latiner
Und erschütterte schmerzlich die Stadt im innersten Grunde:
Als von ihrem Dache die Fürstin das Nahen der Feinde
Und die Erstürmung der Mauern, die züngelnden Flammen gewahrte,
Nirgends das Rutulerheer, noch die Scharen des Turnus zur Abwehr,
Wähnte die Unglücksel'ge, es wäre der Jüngling im Zweikampf
Gegen Aeneas gefallen, und wirr von Kummer und Wahnsinn
Zeiht sie sich selber der Schuld an all dem schrecklichen Unglück.
Und nachdem sie noch viel in irrer Trauer gestammelt,
Reißt sie ihr Purpurgewand, zum Sterben entschlossen, in Stücke
Und erhängt sich oben am Balken in schrecklicher Schlinge.
Als die latinischen Frauen dies furchtbare Ende erfahren,
Rauft Lavinia sich zuerst ihre schimmernden Locken
Und zerfleischt das Rot der blühenden Wangen, im Kreise
Rast das Heulen der Weiber und tönt durch die ragenden Hallen.
Schon durchflog die Gassen der Stadt die grausige Kunde,
Alle verzweifeln; es naht mit zerrißnem Gewande Latinus,
Von dem Fall der Stadt und dem Schicksal der Gattin erschüttert;
Und sein weißes Haar bestreut er mit schmutzigem Staube;
Bitter klagt er sich an, daß er den Troer Aeneas
Nicht schon längst empfangen als seinen erkorenen Eidam.
  Unterdessen verfolgt der Krieger Turnus am Rande
Längs des Gefildes nur noch wenig Versprengte; geringer
Wird sein Eifer und minder die Lust am Rennen der Rosse.
Horch, da erklingt von fern verworrenes Schreien und dumpfer

Schrecken durch die Luft; mit lauschendem Ohre vernimmt er
Aus der zerrütteten Stadt ein unerwartetes Brausen.
»Weh mir, welche Trauer scheint dort die Stadt zu verwirren?
Welch ein wüstes Geschrei tönt fern von der Feste herüber?«
Also rief er betäubt und hielt und straffte die Zügel.
Da erwiderte ihm, gestaltet gleich dem Metiscus,
Seine Schwester, die ihm noch immer Rosse und Wagen
Und die Zügel lenkte: »Wir wollen, Turnus, die Troer
Weiter hier verfolgen, wo wir von Anfang so siegreich.
Andere sind ja da, um Stadt und Mauern zu schirmen.
Wenn Aeneas auch dort der Italer Scharen befehdet,
Gut, so werden wir hier den Teukrern Verderben bereiten.
Weder an Zahl noch Ehre wirst du hier weniger ernten.«
Turnus darauf:
»Schwester, ich habe dich längst erkannt und wie du so listig
Schon zuerst das Bündnis gestört und selber hier kämpftest.
Jetzt auch, Göttin, verhehlst du dich vergebens. Wer sandte
Dich vom Himmel und hieß dich so viel Mühsal erdulden?
Etwa den grausamen Tod des armen Bruders zu schauen?
Denn was soll ich noch tun? Welch Heil verbürgt mir noch Rettung?
Sah ich mit eigenen Augen doch selbst, wie der große Murranus,
Der mein liebster Genosse, von schwerer Wunde bezwungen,
Niedersank, und hörte, wie seine Stimme mich anrief.
Fiel doch Ufens auch, der Arme, um unsere Schande
Nicht zu schauen, es raubten die Teukrer Leichnam und Waffen.
Soll ich die Tilgung der Stadt – dies Elend bliebe noch übrig –
Dulden und nicht mit der Faust des Drances Wort widerlegen?
Fliehen soll ich? Dies Land die Flucht des Turnus erleben?
Ist denn das Sterben so schlimm? So seid, ihr Manen, denn ihr mir
Gütig, da droben die Götter sich feindlich gegen mich wenden.
Ein unsträflicher Geist, nicht teilhaft solcher Verschuldung,
Steig' ich zu euch hinab, nie unwert herrlicher Ahnen.«

Kaum war solches gesagt, da sprengt durch die Scharen der Feinde
Saces auf schäumendem Roß, vom Pfeil im Antlitz verwundet,
Und beschwörend stürzt er dem Turnus entgegen und ruft ihn:
»Turnus, erbarm dich der Deinen! Nur du noch kannst uns erretten.
Waffenumblitzt bedroht Aeneas Italiens höchste
Burgen, um sie zu stürzen und alles rings zu verderben.

Fackeln umfliegen bereits die Dächer, und aller Latiner
Augen schauen auf dich, schon schwankt der König Latinus,
Wen er zum Eidam berufe und welches Bündnis er wähle.
Ja, die Königin selbst, die dir am treusten gesonnen,
Starb durch eigene Hand und floh entsetzt aus dem Leben.
Nur Messapus allein und der feurige, tapfre Atinas
Halten noch stand an den Toren. Es stehen um beide die dichten
Reihen geschart, und es starrt die eiserne Saat der gezückten
Schwerter umher, du tummelst auf ödem Gefilde den Wagen.«
Staunend und ganz verwirrt von solcher Fülle der Bilder
Stand nun Turnus da in starrem Schweigen; ihm stürmten
Scham und tobende Wut und Trauer zusammen im Herzen,
Rasende Liebe dazu und des eigenen Wertes Bewußtsein.
Doch wie die Schatten entwichen und wieder sein Geist sich erhellte,
Wandte er nach der Mauer die flammenden Kreise der Augen
Heftig bewegt und betrachtet vom Wagen die mächtige Feste.
Schau, da flammt die Lohe bereits von einem zum andern
Stockwerk und wirbelt gen Himmel empor an dem Turme, dem Turme,
Den er selber gebaut und aus festen Balken errichtet
Und ihn auf Räder gestellt und mit hohen Brücken versehen.
»Jetzt, o Schwester, siegt das Schicksal, halt mich nicht länger.
Folgen wir, wo ein Gott oder hartes Verhängnis uns hinruft.
Fest steht mein Kampf mit Aeneas und fest zu dulden, was alles
Herbes der Tod mir bringt, doch niemals sollst du mich weiter
Ruhmlos schauen. Nur laß zuvor mich toben und wüten.«
Sprach's und sprang vom Wagen herab und stürzte dann plötzlich
Mitten durch Feinde und Waffen dahin, und die trauernde Schwester
Läßt er zurück und durchbricht in rasendem Laufe die Scharen.
Wie vom Gipfel des Berges ein Fels sich jählings im Sturze
Löst, ob fortgerissen vom Sturm oder tobendem Regen
Oder vom Nagen der Jahre allmählich langsam gelockert;
Fürchterlich saust in die Tiefe der schreckliche Block, und vom Boden
Prallt er empor, und Wälder und Herden und Menschen zermalmt er
Unter sich: Also zersprengt auch Turnus die Reihen und stürzt sich
Rasend den Mauern der Stadt entgegen, wo triefend die Erde
Dampft von Blut und die Luft durchschwirrt von fliegenden Lanzen,

Gibt mit der Hand ein Zeichen und ruft mit schallender Stimme:
»Rutuler, haltet ein und hemmt eure Würfe, Latiner!
Wie auch das Schicksal fällt, mein ist es, mir ziemt es alleine,
Daß ich des Bundes Bruch für euch mit dem Schwerte entscheide.«
Alle treten zur Seite und machen Platz in der Mitte.
Als der Vater Aeneas des Turnus Namen vernommen,
Eilt er hinweg von den Wällen, hinweg von der Höhe der Feste,
Drängt jedes Hindernis fort, und alles wirft er beiseite,
Jubelnd in freudiger Lust mit fürchterlich klirrenden Waffen,
Hochgereckt wie der Athos und wie der Eryx, wie selber
Vater Appenninus voll Freude den eichenumrauschten,
Schneeigen Gipfel ragend erhebt in luftige Höhe.
Um die Wette nun richten die Rutuler, Troer und alle
Italer ihre Blicke hierher, auch die auf den Wällen
Droben und die mit dem Widder die Mauern unten berannten;
Nieder legen sie alle die Waffen. Selbst König Latinus
Staunt ob der riesigen Männer, die, aus so verschiedenen Ländern
Stammend, einander nahen, den Kampf mit dem Schwert zu entscheiden.
Als das Gefilde nun frei, da stürzten sie beide in wildem
Lauf aufeinander los und schleudern die Speere und rennen
Mann gegen Mann zum Kampf, und es klirrt das Erz ihrer Schilde.
Bebend erdröhnt die Erde, es wechseln die Schläge der Schwerter
Hieb auf Hieb, wie grade der Mut und der Zufall sie lenkten.
Wie in den riesigen Wäldern des Sila und hohen Taburnus
Stirn gegen Stirn gekehrt zwei Stiere feindlich im Kampfe
Gegeneinander rennen, vor Schreck sind die Hirten entflohen,
Stumm steht rings das Vieh, und furchtsam harren die Kühe,
Wer nun im Forst gebiete und wem die Herde dann folge;
Wunden auf Wunden versetzen sich gegenseitig die Stiere,
Gegeneinandergestemmt mit bohrenden Hörnern, es schwimmen
Hälse und Bug im Blut, rings hallt von dem Brüllen die Waldung:
Also berennen sich auch mit ihren Schwertern Aeneas
Und der daunische Held. Das Krachen erschüttert die Lüfte.
Juppiter hob darauf zwei Waageschalen in gleicher
Schwebe und tat ein Los der beiden in jede von ihnen,
Wen wohl die Mühe bezwänge und wer dem Tode verfallen.
Turnus schnellt empor, er wähnt sich sicher und reckt sich

Hoch mit ganzem Leibe, und mit geschwungenem Schwerte
Schlägt er drauflos; auf schreien entsetzt die Latiner und Troer,
Beide in banger Spannung, da splittert die tückische Klinge
Mitten im Schlage entzwei, und rettungslos läßt sie den Kämpfer,
Wenn er nicht schnell entweicht, und schnell wie der Ostwind entflieht er,
Als er sich waffenlos sieht, den befremdlichen Stumpf in der Rechten.
Geht doch die Sage, er habe, als er zum Kampfe den Wagen
Hastig bestieg, in der Eile das Schwert des Vaters verwechselt
Und dafür die Klinge des Lenkers Metiscus ergriffen;
All die Zeit, solange die Teukrer den Rücken ihm boten,
Reichte sie aus, doch jetzt an des Gottes vulkanischer Rüstung
Sprang wie splitterndes Eis von dem Schlage die irdische Klinge,
Und ihre Trümmer nur sah man schimmernd liegen im Sande.
Ratlos durchflieht nun Turnus das Feld in verschiedener Richtung;
Ungewisse Kreise beschreibt er bald hierhin, bald dorthin,
Überall umschlossen vom engen Gedränge der Teukrer,
Hüben von weitem Gesümpf und drüben von ragenden Mauern.
Auch nicht minder Aeneas, obgleich von der Wunde entkräftet
Öfters die Knie ihm wankten und er im Laufe behindert,
Folgt doch dicht auf den Fersen voll Glut dem bangenden Feinde:
So wie ein Jäger im Lauf den Hirsch, den drüben das Flußbett
Abgeschnitten und hüben die Schnur mit purpurnen Federn,
Eilig verfolgt und hart bedrängt mit dem Bellen der Hunde.
Aber der Hirsch, geschreckt von dem Trug und der Steile des Ufers,
Hin und zurück entflieht er auf tausend Wegen, doch hitzig
Folgt ihm der Umbrerhund, schon schnappt er, er glaubt ihn zu schnappen,
Packt mit den Zähnen zu und beißt vergeblich ins Leere.
Lautes Geschrei ertönt, es hallen Gewässer und Ufer
Ringsum wider, der Himmel erdröhnt von wildem Getöse.
Turnus flieht weiter, und weiter beschwört er die Rutuler alle
Jeden beim Namen und ruft nach seinem eigenen Schwerte;
Aber Aeneas bedroht mit augenblicklichem Tode
Jeden, der nahen möchte, und schreckt trotz seiner Verwundung
All die Zagenden ab und droht mit der Feste Verwüstung.
Fünfmal durchkreisen beide die Bahn und legen sie fünfmal
Wieder zurück, nicht gilt es ein Spiel um fröhliche Preise,

Nein, hier geht es gewiß um Blut und Leben des Turnus.
Stand dort, heilig dem Faunus, mit bittern Blättern ein wilder
Ölbaum, ein Gewächs, das einst die Schiffer verehrten,
Wo sie, entronnen der Flut, dem Gott Laurentums Geschenke
Anzuheften pflegten, besonders gelobte Gewänder.
Schonungslos aber hatten die Teukrer den heiligen Ölbaum
Weggeräumt, um freier im offenen Felde zu kämpfen.
Hier nun stak der Speer des Aeneas, wie er im Schwunge
Hergeschnellt und fest sich in den Wurzeln verhaftet.
Angestemmt bemühte sich nun Aeneas das Eisen
Auszuziehen zum Wurf, da er im Laufe den Turnus
Nicht zu erreichen vermochte. Da flehte dieser in Ängsten:
»Faunus, erbarme dich mein, und du, o gütige Erde,
Halte den Speer, wenn je ich euch Verehrung bewiesen,
Während dagegen die Troer euch jetzt im Kriege geschändet.«
Rief's, und nicht umsonst erbat er die Hilfe des Gottes;
Denn wie lange Aeneas auch ringt und sich an dem zähen
Stamme quälte, er konnte mit keinen Kräften des Holzes
Widerstand brechen, und während er wütend und hitzig sich abmüht,
Rennt in Gestalt des Metiscus aufs neue die daunische Göttin
Eilends herbei, um rasch das Schwert dem Bruder zu reichen.
Venus ergrimmt, daß dies der kecken Nymphe gelungen,
Naht sofort und reißt den Speer aus der Tiefe der Wurzel.
Beide nun hochgereckt, gestärkt an Mut und an Waffen,
Turnus vertrauend dem Schwert, der kühne Aeneas der Lanze,
Gehn aufeinander los und lechzen, den Kampf zu entscheiden.
Aber zu Juno indes, die auf die Kämpfe aus goldner
Wolke herniedersah, begann der Gebieter des Himmels:
»Geht es nun endlich zu Ende? Was bleibt noch übrig, Gemahlin?
Weißt du doch selbst und gestehst es zu wissen, daß einmal Aeneas
Heimisch im Himmel wird, als Gott vom Schicksal erhoben.
Was betreibst du? Was hoffst du, gehüllt in eisige Wolken?
Ziemt es sich, daß ein Gott eine tödliche Wunde empfange?
Daß Juturna dem Turnus (was konnte sie ohne dich?) wieder
Gab das entrissene Schwert und die Kraft des Bezwungenen stärkte?
Laß nun endlich ab und beuge dich unseren Bitten,
Daß dich nicht im stillen dein Kummer verzehre und immer

Ich so quälende Sorgen aus deinem Munde vernehme.
Die Entscheidung ist da: Durch Länder und Meere zu treiben
Hast du die Troer vermocht, unsägliche Kämpfe zu schüren,
Konntest ein Haus entehren und Hochzeit in Trauer verwandeln;
Mehr aber dulde ich nicht.« So lauteten Juppiters Worte.
Nieder senkte ihr Haupt die saturnische Göttin und sagte:
»Weil mir dein Wille bekannt, du großer Juppiter, hab' ich,
Wenn auch wider Willen, die Erde und Turnus verlassen.
Wahrlich, du sähest mich nicht hier einsam auf luftigem Sitze
Würde und Schmach ertragen: Ich stände flammenumgürtet
Selber inmitten der Schlacht und kämpfte gegen die Teukrer.
Daß – ich gesteh' es – Juturna dem armen Bruder geholfen,
Riet ich und billigte, daß sie noch mehr gewagt für sein Leben,
Nicht aber, daß sie den Pfeil entsandt' und den Bogen gerichtet:
Das beschwör' ich bei Styx, der unversöhnlichen Quelle,
Welcher Eid doch allein die himmlischen Götter verpflichtet.
Nunmehr weich' ich zurück und verlasse die Kämpfe mit Abscheu.
Nur um das eine, das nicht an Satzung des Schicksals gebunden,
Bitt' ich für Latium dich und für die Hoheit der Deinen:
Wenn sie – sei es darum – durch glückliche Hochzeit nun Frieden
Schließen und wenn sie sodann Gesetz und Bündnis vereinigt,
Heiße dann, daß die Latiner nicht ihren heimischen, alten
Namen ändern, nicht Troer und auch nicht Teukrer sich nennen,
Auch nicht die Sprache vertauschen und ihre Kleidung verändern.
Latium heiß' es, sie heißen für immer albanische Herrscher,
Und der römische Stamm sei mächtig durch Italerstärke.
Troja versank; so bleibe auch Trojas Name versunken.«
Lächelnd erwiderte ihr der Schöpfer der Welt und der Menschen:
»Juppiters Schwester du, auch du ein Kind des Saturnus:
Welch gewaltiger Zorn durchwogt deine innerste Seele!
Aber wohlan, laß fahren den jetzt so zwecklosen Unmut.
Was du begehrst, gewähr' ich besiegt und füge mich gerne:
Den Ausoniern bleibe die heimische Sprache und Sitte
Und auch ihr Name, wie jetzt. Die Teukrer gliedern dem alten
Volke im Lande sich ein; doch Art und Gebräuche der Opfer
Füge ich bei und mache sie zu Latinern von gleicher
Sprache. So wird das Volk, gemischt mit ausonischem Blute,
Alle Menschen und Götter an Frömmigkeit weit überragen,

Und es wird kein Volk dich höher ehren als dieses.«
Beifall nickte Juno und änderte ihre Gesinnung
Hocherfreut, und weichend verließ sie Wolke und Himmel.
  Als nun dieses vollbracht, erwägt der Vater ein andres
Und beschloß, Juturna vom Kampfe des Bruders zu trennen.
Diren werden genannt zwei gräßlich verderbliche Schwestern,
Die in derselben Geburt mit der Tartarusgöttin Megaera
Einst die grausige Nacht entband und sie alle mit gleichem
Schlangengeringel umkränzte und stürmischen Flügeln begabte.
Nahe bei Juppiters Thron und der Schwelle des dräuenden Herrschers
Stehn sie bereit und schärfen die Furcht der bekümmerten Menschen,
Wenn der König der Götter entsetzliches Sterben und Seuchen
Lastend verhängt und mit Krieg schwerschuldige Städte beängstigt.
Eine davon entsandte der Gott von der Höhe des Himmels,
Daß sie schnell Juturna als Unheilszeichen begegne;
Und sie schwang sich sogleich in eiligem Wirbel zur Erde.
Wie von der Sehne geschnellt ein Pfeil durch die Wolken dahinfährt,
Den ein Parther vergiftet mit tödlicher Galle und abschießt
Oder ein Kreter vielleicht zu nie verheilender Wunde;
Schwirrend, von keinem bemerkt, durcheilt er die flüchtigen Schatten:
Ebenso schwang sich die Tochter der Nacht und erreichte die Erde.
Als sie die ilischen Scharen gewahrt und die Reihen des Turnus,
Zieht sie sich schnell in Gestalt eines kleinen Vogels zusammen,
Der zuweilen auf Gräbern und in verlassenen Giebeln
Sitzt und unheilvoll durchklagt das nächtliche Dunkel:
So gestaltet umflattert der Unhold das Antlitz des Turnus
Krächzend hin und her und schlägt den Schild mit den Schwingen.
Turnus erschrickt, ihm lähmt ein neues Erstarren die Glieder,
Schaudernd sträubt sich sein Haar, ihm stockt der Laut in der Kehle.
Doch wie von fern Juturna die schwirrenden Flügel der Dira
Hörte, da rauft sie verzweifelt die fliegenden Locken, und heftig
Schlägt sie die Brust mit der Faust und zerfleischt mit den Nägeln die Wangen:
»Was kann, Turnus, jetzt dir deine Schwester noch helfen?
Oder was hab' ich noch Hartes zu dulden? Wie doch verlängre
Ich dein Leben durch List? Wie kann ich dem Scheusal begegnen?

Jetzt verlass' ich den Kampf. Erschreckt mich Bange nicht länger,
Grausige Vögel. Ich kenne ja dieser Fittiche Schlagen,
Diesen Totenton. Ich spüre die harten Befehle
Dieses erhabenen Gottes. So lohnt er das Opfer der Keuschheit?
Warum machte er mich unsterblich und nahm mir des Todes
Zwang? Sonst könnte ich ja den schrecklichen Jammer beenden
Und mit dem armen Bruder vereint zu den Schatten enteilen.
Ich unsterblich? Was kann mich noch von den Meinen beglücken,
Wenn du, Bruder, mir fehlst? Wo gähnt mir genügend der Erde
Tiefe und ließe die Göttin hinab zu den Manen versinken?«
Also rief sie, umhüllte das Haupt mit dem bläulichen Schleier,
Seufzte tief und barg sich im dunklen Grunde des Flusses.

Aber Aeneas stürmt heran wie ein Riese, in Händen
Schwingend den baumlangen Speer, und brüllt aus wütendem Herzen:
»Warum zögerst du noch? Was sträubst du, Turnus, dich jetzt noch?
Mann gegen Mann und nicht mit Laufen mehr gilt es zu streiten.
Jede Gestalt nimm an, doch raffe zusammen, so viel du
Mut und Kunst besitzt, und schwinge dich hoch zu den Sternen
Oder verbirg dich auch im tiefsten Schoße der Erde.«
Turnus schüttelt das Haupt: »Solch hitzige Worte, du Wilder,
Schrecken mich nicht, mich schrecken nur Götter und Juppiters Feindschaft.«
Dies nur ruft er und blickt nach jenem gewaltigen Felsblock,
Altem, gewaltigem Fels, der grad in der Ebene dalag
Zur Begrenzung der Flur, den Zwist um die Felder zu schlichten;
Zwölf erlesene Männer erhüben ihn kaum auf dem Nacken,
So wie jetzt an Wuchs die Erde Menschen hervorbringt.
Turnus ergriff ihn voll Hast und schwang ihn wider den Gegner
Hoch emporgereckt, der Held, in stürmischem Anlauf.
Doch er erkennt sich selber nicht mehr im Schreiten und Laufen,
Noch beim Heben und Schwung des ungeheueren Felsen,
Wankten ihm doch die Knie, kalt starrte das Blut in den Adern.
Zwar der Stein des Helden durchwirbelt die luftige Leere,
Doch er durchmaß den Raum zu kurz und ohne zu treffen.
Und wie öfter im Traum, wenn nachts ermüdender Schlummer
Unsere Augen deckt und wir wähnen in Eile vergebens
Fortzulaufen, und doch bei aller Mühe ermattet

Sinken wir hin, die Zunge versagt, des Leibes gewohnte
Kräfte reichen nicht mehr, es stocken Stimme und Worte:
So verweigert dem Turnus, wohin er auch tapfer sich wendet,
Jeden Erfolg die Dämonin. Da wirbeln so manche Gedanken
Wechselnd durch seine Brust, die Stadt der Rutuler sieht er,
Säumt in zagender Furcht und bebt vor der drohenden Lanze,
Sieht nicht, wohin zu fliehen, noch wie dem Feinde zu wehren,
Noch wo irgendein Wagen und seine lenkende Schwester.
Wie er noch zaudert, schwenkt Aeneas die tödliche Lanze,
Späht nach der günstigsten Stelle und schleudert den Speer aus der Ferne
Fort mit aller Kraft. Noch schmetterte niemals an Mauern
So von der Schleuder ein Fels, noch krachte nieder vom Himmel
Je solch mahnender Blitz. Da fliegt wie die finstere Windsbraut,
Grause Vernichtung bringend, der Speer, zerschmettert des Schildes
Siebenfach äußeren Rand, und dann durchschlägt er den Panzer;
Klirrend durchbohrt er Turnus die Hüfte. Vom Stoße getroffen,
Stürzt der gewaltige Held mit brechenden Knien zu Boden.
Schreiend sprangen empor die Rutuler, hallend ertönte
Rings das Gebirge, es schallte zurück aus den ragenden Wäldern.
Turnus am Boden erhob die flehenden Augen und streckte
Bittend die Hand: »Ich hab' es verdient und verzichte auf Gnade.
Nütze dein Glück. Doch wenn dich des mitleidwürdigen Vaters
Gram zu rühren vermag (es war ja dein Vater Anchises
Ebenso alt), so bitt' ich, erbarm dich des Daunus, des Greises:
Gib mich, oder den Leib, willst du das Leben ihm nehmen,
Meinem Volke zurück; es sah, wie ich, der Besiegte,
Streckte zum Sieger die Hand. Lavinia werde die Deine.
Geh nicht weiter im Haß!« Voll Kampfmut, waffengerüstet
Stand mit finsterem Blick Aeneas, er senkte die Rechte,
Und er zauderte noch, schon fast von der Bitte bezwungen.
Aber wehe, da sah er hoch an der Schulter des Turnus
Jenes Waffengehenk des jungen Pallas mit seinen
Deutlich glänzenden Buckeln, den Turnus mit tödlicher Wunde
Niedergestreckt und dann den Raub an der Schulter getragen.
Kaum gewahrte Aeneas die Beute, des wütenden Schmerzes
Mahnend erinnerndes Mal, da fuhr er in rasendem Ingrimm

Glühend empor: »Du willst mit dem Raube der Meinen bekleidet
Mir entrinnen? Nein! Dich tötet Pallas, und Pallas
Opfert dich der Rache in deinem sündigen Blute.«
Rief's, und zornig durchstieß er mit dem Schwerte des Feindes
Dargebotene Brust; da sanken erkaltet des Turnus
Glieder, und seufzend entfloh sein zürnender Geist zu den
Schatten.

NACHWORT

Vergils Leben fällt in die Übergangszeit zwischen römischer Republik und Kaiserzeit. In seinem Geburtsjahr (70 v. Chr.) ist Pompeius Konsul, und Cicero führt den Prozeß gegen Verres. Vergil ist sieben Jahre alt, als die Catilinarische Verschwörung niedergeschlagen wird; in seine Jünglingsjahre fällt die Eroberung Galliens durch Caesar; dessen Sieg über Pompeius, Alleinherrschaft und Tod erlebt Vergil als Erwachsener. Bei der Niederlage der Caesarmörder ist Vergil fast dreißig, bei der Überwindung des Antonius in der Seeschlacht von Actium fast vierzig Jahre alt. So hat er die Bürgerkriege bewußt miterlebt und muß den Weltfrieden, den Augustus den erschöpften Völkern beschert, als eine Gabe des Himmels empfinden. Seiner Herkunft nach ist der Dichter, der in der *Aeneis* ein bleibendes Bild römischen Wesens schuf, kein Stadtrömer, ja vielleicht überhaupt kein Römer. Seine Heimat ist Oberitalien, das Rom auch den großen Lyriker Catull geschenkt hat. P. Vergilius Maro ist in Andes bei Mantua geboren. Man hat versucht, aus dem Namen Maro Schlüsse auf seine Nationalität zu ziehen. Es sind griechische, keltische und etruskische Anknüpfungen möglich; die größte Wahrscheinlichkeit räumt man heute der etruskischen Herleitung ein, zu der auch der Gentilname Vergilius paßt. Maro ist ein alter Beamten- und Priestertitel, woraus man freilich nicht allzu viel Wesens machen sollte; denn für Musenpriestertum ist priesterliche Herkunft keine notwendige Voraussetzung, und die Berufung auf eine heute verlorene Inschrift eines Vergilius pontifex maximus in Vergils Geburtsort ist überflüssig, ja fragwürdig. Ebenso willkürlich ist der Versuch, Vergils Religiosität und seinen Sinn für Stimmungsmomente aus keltischer Erbmasse zu erklären. Richtig ist aber, daß Oberitalien ein Schmelztiegel römischer, keltischer, griechischer, etruskischer und italischer Elemente war. Die Antike glaubte zu wissen, daß Vergil aus einfachen Verhältnissen kam. Wozu der moderne Versuch, ihm trotzdem vornehme Eltern zu verschaffen? Sein Vater, ein freier Mann, soll sich durch zähen Fleiß emporgearbeitet und die Tochter seines Arbeitgebers geheiratet haben. Der ritterliche Zensus braucht nicht angestammt gewesen zu sein, sondern ist Resultat dieser Heirat. Der Dichter hat gewiß keine entbehrungsreiche Jugend: Das elterliche Besitztum muß beträchtlich gewesen sein, falls die Nachricht stimmt, daß es an sechzig Veteranen verteilt wurde. Vergil erhält eine ausgezeichnete rhetorische Ausbildung, verbrachten doch angesehene Grammatiker und Rhetoren mit Vorliebe im schönen Oberitalien ihren Lebensabend und unterrichteten Söhne aus reichen Häusern. Nach römischem Brauch beginnt Vergil als junger Mann Plädoyers vor Gericht zu halten. Freilich scheint er eine gewisse Schüchternheit im Sprechen und ein tiefeingewurzeltes Mißtrauen gegen die Rhetorik nie ganz überwunden zu haben. Ein Spaßvogel, der jemandem alle schriftstellerischen Fähigkeiten absprechen wollte, sagte: »Er schreibt Verse wie Cicero und Prosa wie Vergil.« Durch Octavians Landverteilungen an Veteranen in Mitleidenschaft gezogen, aber von mächtigen Gönnern gefördert, gelangt der Dichter nach Rom zu Maecenas. Zur Wahlheimat wird ihm der Golf von Neapel, wo er schon in jungen Jahren dem Epikureer Siron lauschte. Die erträumte Reise nach Griechenland und in den Orient muß er wegen Krankheit abbrechen und stirbt auf der Rückreise in Brundisium (Brindisi) 19 v. Chr. Vielleicht ist es ein Glück für die Weltliteratur, daß er das erstarrte Spätstadium der Herrschaft des Augustus nicht erlebt hat. So blieb sein Werk eine Frucht der Jahre der Erwartung und ersten Erfüllung.

Die Entwicklung von Vergils Dichtung ist in gewissem Sinne für die damalige Zeit (und auch für die römische Literatur überhaupt) charakteristisch. Er beginnt mit kleinen Gedichten im Stil Catulls (*Catalepton*), subjektiven Werkchen im Geiste der damals modernen Literatur, deren Archeget Kallimachos im Prolog seiner *Aitia* die homerische Großform bekämpft und das kleine, sorgfältig gearbeitete Gedicht auf den Schild hebt. Wer hätte damals geahnt, daß Vergil ein Großepos schreiben würde? In jener Zeit steht er unter dem Einfluß des Philosophen Siron. Gelegentlich finden sich auch in seinen späteren Dichtungen noch Anklänge an die epikureische Weltanschauung, wenn auch in der *Aeneis* platonische und stoische Züge bestimmender hervortreten.

Man hält heute nur wenige Gedichte aus dem *Catalepton* für echt und verwirft auch die sonstige *Appendix Vergiliana*. Gleichgültig, ob diese kleineren Dichtungen authentisch sind – man trifft damit den Willen des Verfassers, der vor dem Tode seine Freunde gebeten haben soll, nichts an die Öffentlichkeit zu geben, was er nicht selbst dafür bestimmt habe. Die einzige Ausnahme ist die *Aeneis*, deren postume Veröffentlichung Augustus anordnet.

Vergils erstes Meisterwerk, die *Eklogen*, stehen immer noch im Zeichen der hellenistischen Poesie. Vorbild sind die *Idyllen* Theokrits. Einerseits gestaltet Vergil in diesen Dichtungen über singende Hirten eine eigene poetische Welt und formuliert seine Auffassung der Poesie, andererseits stellt er sich der harten Wirklichkeit der Landvertreibung und gestaltet in der vierten Ekloge die messianischen Hoffnungen einer gequälten Zeit. Schon in diesem Werk verbinden sich die inneren Erfahrungen des Dichters mit den zeitgeschichtlichen Eindrücken des Römers. Vergil transzendiert die private Literaturgattung. Die Probleme, die ihn in der *Aeneis* beschäftigen werden, liegen ihm schon jetzt am Herzen.

Die *Eklogen* spiegeln auch Vergils Verbundenheit mit bedeutenden Freunden: dem Politiker und Historiker Asinius Pollio, dem Dichter Cornelius Gallus. Der letztere gilt als Begründer der römischen Liebeselegie; darüber hinaus zeigt ihn Vergils sechste Ekloge als hellenistischen Dichter. Das Kataloggedicht, das Vergil hier dem Silen in den Mund legt, ist ein kosmologisch-mythisch-erotisches Weltgedicht, wie Ovid es in seinen *Metamorphosen* verwirklichen wird – auch er ein glühender Verehrer des Cornelius Gallus.

Mit den *Georgica*, einem Lehrgedicht über Landbau, sehen wir Vergil im Maecenas-Kreis. Maecenas, einflußreicher Ratgeber des Augustus, schart mit Vorliebe Talente um sich, die schon eine Bewährungsprobe abgelegt haben. Nicht zufällig erwähnt ihn Properz erst vom zweiten Buche seiner *Elegien* an. Maecenas ist Etrusker; wenn Vergil in der *Aeneis* die Etrusker mit Sympathie darstellt, so braucht dies also kein persönlicher Ahnenstolz zu sein. Auch die relativ späte Aufnahme in den Maecenas-Kreis spricht nicht gerade für landsmannschaftliche Beziehungen.

Die *Georgica* stehen in der Tradition des Lehrgedichts, die hellenistische und frühgriechische Wurzeln hat. Wie Hesiod und die Vorsokratiker fühlt sich der Dichter als Lehrer seines Volkes, ein Anspruch, den in Rom schon Lukrez erneuert hatte. Darüber hinaus tritt Vergil als Priester der Musen auf; die religiöse Note ist gegenüber dem römischen Vorgänger spürbar verstärkt. Der augusteische Friede ist als Chance begriffen, die Kultur wiederherzustellen, nicht im luftleeren Raum philosophischer Spekulation oder des l'art pour l'art, sondern ganz konkret als Pflege von Äckern, Obstbäumen, Vieh und Bienen. Das Verhältnis Vergils zur Natur ist auch kein bloßes Sentiment, es realisiert sich in der tätigen Sorge des Römers für Italien. Wenn unsere Tradition dem Dichter ein »bäuerliches Gesicht« zuschreibt, so ist dies wohl als Ehrentitel gemeint.

Der natürlichen Welt stellt die *Aeneis,* Vergils letztes Werk, die geschichtliche an die Seite. Die Römer haben den Kosmos stets als politischen und sozialen begriffen. So sind Vergils Vorgänger im Epos, Naevius und Ennius, poetische Darsteller der römischen Geschichte. Als Literaturgattung ist die heroische Poesie besonders altertümlich. Vergils Weg führt also von der Moderne zu den Ursprüngen. Die letzte Aufgabe, die er sich stellt, ist die schwerste: Einmal ist es problematisch, ein archaisches Genos in einer späten Epoche zu erneuern, zum anderen gibt es in Rom keinen so fest geprägten und verbindlichen Mythos wie in Griechenland, zum dritten ist der Wettstreit mit einem Dichter vom Range Homers eine undankbare Aufgabe, viertens steht das schon damals längst veraltete mythische Weltbild in schreiendem Widerspruch zu Ereignissen der Zeitgeschichte: Wie soll man einen lebenden Feldherrn im Zwiegespräch mit homerischen Göttern darstellen?

Wenn Vergil sich trotzdem nicht abschrecken läßt, so gewiß nicht aus Mangel an Problembewußtsein. Man versteht, daß er einmal brieflich geäußert haben soll, das Unterfangen, auf das er sich eingelassen habe, sei wahnwitzig, und an anderer Stelle, es sei leichter, dem Herkules die Keule zu entwinden als dem Homer einen einzigen Vers.

Die Erneuerung des Epos in Rom hatte sich schrittweise vollzogen, und sie war insofern noch nicht abgeschlossen, als noch kein Werk entstanden war, das dem Vergleich mit Homer standhalten konnte. Ennius hatte dem römischen Epos die hexametrische Form gegeben. Auch hatte er zahlreiche Wort-Komposita geschaffen, die eine Wiedergabe homerischen Sprechens im Lateinischen ermöglichten. Doch fehlte den *Annalen* die künstlerische Einheit; die Bewältigung der Großform blieb Vergil vorbehalten.

Auf der Suche nach einer gültigen Gesamtarchitektur lehnt sich Vergil an Homer, aber auch an Naevius an. Seine zwölf Bücher sind eine Reduktion der jeweils vierundzwanzig Bücher der *Ilias* und der *Odyssee.* Er verbindet beide Epen in umgekehrter Reihenfolge: Auf die römische Odyssee (Buch I–VI) folgt die römische Ilias (Buch VII–XII); doch enthält auch die erste Hälfte »iliadische« und die zweite »odysseeische« Elemente: Die Zerstörung Trojas steht im zweiten, die Reise des Aeneas zu Euander im achten Buch. Man hat daneben auch Argumente für eine Dreiteilung vorgebracht; so sind das erste und das vierte Buch durch den gemeinsamen Schauplatz verbunden. Mit Naevius vergleichbar ist das zeitliche Nebeneinander von Mythischem und Historischem. Doch kehrt Vergil, und dies ist wohl sein entscheidender Einfall, das Verhältnis beider Komponenten zueinander um: War bei Naevius die Haupthandlung geschichtlich und die Sage nur Einlage oder Vorspann, so läßt Vergil das Hauptgeschehen in mythischer Zeit spielen und die spätere historische Entwicklung in eingelegten Partien gegenwärtig sein. Diese gewinnen dadurch prophetischen Charakter, eine Technik, die wir besonders aus dem in hellenistischer Zeit entstandenen *Buch Daniel* und aus Lykophrons *Alexandra* kennen. Schon die *Ilias* verheißt übrigens dem Geschlecht des Aeneas eine große Zukunft, aber dieser Hinweis bleibt innerhalb des Werkes lokal begrenzt, er bestimmt nicht die Struktur des ganzen Epos, wie dies in der *Aeneis* der Fall ist.

Vergils Entscheidung, die eigentliche Handlung in mythischer Zeit spielen zu lassen, konfrontiert ihn mit der Problematik des römischen Mythos. Wir wissen heute, daß die Römer sich nicht alle Mythen von griechischen Schmeichlern erfinden ließen. Die Aeneassage hat in Italien, wie Ausgrabungen beweisen, eine alte Tradition, die mindestens bis ins 6. Jahrhundert v. Chr. zurückgeht. Die Sage spielte bei den Etruskern eine wichtige Rolle, wenn man auch zögern wird, die ebenfalls vermutlich aus Kleinasien stammenden Etrusker schlechthin mit den Trojanern zu identifizieren. Für die Römer jedenfalls ist die kultische Tradition in Lavinium, der alten Hauptstadt Latiums, maßgebend. Wie wir aus Livius und anderen Autoren schließen können, lag die Aeneassage zwar in den Grundzügen, nicht aber in den Einzelheiten fest, die Vergil durchaus selbständig geformt haben kann. Erwähnt sei nur seine Deutung von Personen wie Latinus und Mezentius. Die Stiftung der ältesten trojanisch-italischen Gesellschaft scheint eine Rückprojektion des

Synoikismos von Romulus und den Sabinern zu sein. Der Religionshistoriker G. Dumézil* konnte in Vergils Mythopoiie Prinzipien einer soziologischen Interpretation nachweisen, die im indogermanischen Bereich immer wieder auftreten: die Zusammenfügung einer priesterlichen (trojanischen), einer kriegerischen (etruskischen) und einer wirtschaftlichen (italischen) Komponente. Hinzufügen muß man das griechische Element, das in Euanders Rom »bodenständig« ist – ein tiefsinniges Bild für Roms kulturelle Berufung. Das ist kein Beweis für sehr hohes Alter der vergilischen Mythen (an das auch Dumézil nicht glaubt), aber für die innere Logik von Vergils dichterischer Erfindung; es ist auch ein Grund für die spontane Rezeption der *Aeneis* durch die Römer. Schafft Vergil doch keinen willkürlich erdachten Mythos; vielmehr reduziert er die entfaltete Blüte der römischen Geschichte auf die »Knospe«, oder, anders ausgedrückt, er stellt uns nicht wie Ennius die vielfältigen historischen Einzelausprägungen, sondern ein Urbild vor Augen.

In bezug auf den Mythos ist damit in Rom etwas erreicht, was vorher und nachher nicht möglich war. Die urbildhafte Darstellung fegt alle auch damals naheliegenden Fragen nach der Berechtigung des Mythos in aufgeklärter Zeit vom Tisch. Einmal erlaubt der Mythos dem Dichter, das Wesentliche zu sagen. Nennt doch Aristoteles (*Poetik* 1451 b) Poesie ernsthafter und philosophischer als Geschichtsschreibung; denn diese schildere das Besondere, jene das Allgemeine, diese, was einmal geschehen sei, jene, was geschehen könne. Zum anderen erlaubt der mythische Stoff dem Dichter, ganz in seinem eigenen Bereich zu bleiben, also Stilbrüche zu vermeiden. Hätte Vergil ein Augustus-Epos geschrieben, so wäre eine Darstellung des Typischen nicht in gleichem Maße möglich gewesen; andernfalls hätten die Leser unwillkürlich den realen Augustus am idealen des Epos gemessen, ein Vergleich, der nicht zugunsten des Herrschers ausfallen konnte.

Die Auseinandersetzung mit Homer ist allein schon wegen der überragenden Größe des griechischen Vorgängers eine undankbare Aufgabe, sie ist es noch mehr wegen des zeitlichen Abstandes, der beide Dichter trennt. Die homerischen Texte werden von den Griechen als verbindlicher Ausdruck ihres Lebensgefühls und ihrer Welt-

* Mythe et épopée 1. Paris [2]1968. Seite 337–422.

anschauung verstanden. Daran hält man fest, auch nachdem sich beides grundlegend geändert hat; ist doch das aristokratische Einzelheldentum durch die Polis abgelöst und diese durch die großräumigen hellenistischen Königreiche. Der heitere olympische Götterhimmel wird schon früh moralisierender Kritik unterzogen, und am Ende dieser Entwicklung steht Platon, der Homer aus seinem Idealstaat verbannt. Demgegenüber versuchen findige Vermittler und Schulmeister die altehrwürdigen Texte durch modernisierende Deutungen in ihre aufgeklärte Zeit herüberzuretten. Nachdem Homers dreigeschossiges mythisches Weltbild durch die Erkenntnisse der Physik widerlegt ist, behaupten geschickte Allegoristen, die *Ilias* sei eine verschlüsselte Darstellung physikalischer Vorgänge. Dem damaligen modernen Denken scheint es ein interpretatorischer Gewinn zu sein, z. B. Agamemnon mit dem Äther gleichzusetzen. Weniger zeitgebunden und ansprechender ist moralische Allegorese, die bei der Vorliebe der hellenistischen Philosophie für Ethik weitergepflegt wird: Stoiker machen Odysseus zum Bild des Weisen, und die Neuplatoniker werden in den Irrfahrten eine Andeutung des Schicksals der menschlichen Seele suchen. Hinzu kommt die wissenschaftliche Homer-Erklärung mit ihrer inhaltlichen und formalen Kritik an einzelnen Stellen und dem Spiel der »Problemata« und »Lösungen«. Schon die frührömischen Epiker kennen und benutzen Homer-Kommentare. Dasselbe gilt natürlich von Vergil; er sucht Fehler, die man an Homer beanstandet hat, zu vermeiden und die Wirkung der übernommenen Passagen zu steigern. Vor allem aber bezieht er seine Gestalten auf diejenigen der Vorlagen, sei es im Sinne einer Nachfolge oder des »Antitypos«. So stülpt er die Auslegungsmethoden gewissermaßen um und läßt sie in der Schöpfung neuer Gestalten produktiv werden. Die permanente Gegenwärtigkeit des homerischen Hintergrundes erlaubt dem Leser, Vergils Absichten in ihrer Besonderheit genauer zu erfassen, als dies ohne den literarischen Bezug möglich wäre.

Von dem künstlerischen Vorteil einer Verlegung des Hauptgeschehens ins Mythische war bereits die Rede. An dieser Stelle wäre des Zeitbezugs zu gedenken, der trotz des urtümlichen Milieus in der *Aeneis* durchweg spürbar ist. Gab es bei den altlateinischen Epikern eine Vielzahl von Helden, so steht hier der eine Aeneas im

Mittelpunkt. Der Unterschied der künstlerischen Struktur spiegelt den sozialen Wandel von der Republik zum Prinzipat. Das Anknüpfen an alte Kulte und Rituale entspricht ebenfalls dem Zeitgeist: der Restauration archaischer religiöser Bräuche durch Augustus, der Erforschung altrömischer Traditionen durch Varro. Manches mutet geradezu wie eine Vorbereitung der Säkularspiele an (die ursprünglich wohl schon für das Jahr 23 geplant waren). Anderes, wie die versteckten Anspielungen auf alte Königsrituale, ist dank der weisen Zurückhaltung des Augustus politisch nicht wirksam geworden.

Die gedankliche Beziehung zwischen Aeneas und Augustus hat G. Binder (*Aeneas und Augustus*, Meisenheim 1978) mit Recht als typologisch bezeichnet. Es handelt sich also nicht um eine durchgehende Allegorie, sondern um Präfiguration, nicht um Vorwegnahme, sondern um Andeutung der Zukunft. Der Zeitbezug großer Dichtung ist freilich nicht nur rezeptiv, sondern auch kreativ: Vergil schafft Bilder und Formen, die für die Römer seiner Zeit wegweisende Bedeutung gewinnen.

Seine Stoffe schöpft er aus der Geschichtsschreibung und aus Varros gelehrten Forschungen. Mit der Geographie Italiens und den einheimischen Kulten nimmt er es genau; viele der erwähnten Stätten hat er selbst besucht; die geographischen Angaben im griechischen und kleinasiatischen Bereich sind notgedrungen verschwommener, ein Mangel, dem der gewissenhafte Dichter durch seine Reise in den Osten abhelfen wollte. Dennoch liegt in jedem Vers der *Aeneis* eine Fülle sachlicher Erfahrung und genauer Einzelbeobachtung, auf die uns unsere Sekundärliteratur nicht immer vorbereitet.

Neben den homerischen Dichtungen sind es vor allem die *Argonautika*, das hellenistische Epos des Apollonios Rhodios, das Vergil sich zum Vorbild nimmt. Der hilflose und verzweifelte Aeneas des Anfangs gleicht äußerlich Odysseus, innerlich aber Iason, für den diese Eigenschaften bezeichnender sind. Als liebende Frau im Epos gemahnt Dido an die Medea bei Apollonios, als verlassene Königin außerdem an die Amazone Hypsipyle im ersten Buch desselben Epos. Freilich ist Dido majestätischer als Medea, und das Pathos ihrer Leidenschaft stellt Hypsipyles resignierte Vernünftigkeit in den Schatten. Ein Vergleichspunkt, der dem Rang der Dido-Tragödie entspräche, wäre eher im euripideischen Drama zu suchen –

man denkt vor allem an *Phaidra* –, und in der Tat scheint sich die Handlung des vierten Buches zwanglos in fünf Akte zu gliedern. Hinzu kommen Einflüsse der Elegie (was bei der erotischen Thematik nicht überrascht) und Catulls, dessen Klage der verlassenen Ariadne bei Vergil nachschwingt.

Schwierig ist die Quellenfrage im zweiten Buch, da die erhaltenen homerischen Epen Trojas Zerstörung zwar erwähnen, aber nicht im Detail darstellen. Für den Verlust der kyklischen Epen ist der Epigone Quintus Smyrnaeus kein vollgültiger Ersatz, da Berührungen zwischen ihm und Vergil nicht unbedingt auf eine gemeinsame Quelle zurückgehen müssen – angesehene Forscher trauen ihm Vergillektüre zu. Von den Quellen, zu denen auch hellenistische Geschichtsschreiber zählen, verlangen wohl diejenigen besondere Aufmerksamkeit, die dem römischen Publikum ohne den Umweg über das Buch bekannt waren: die bildende Kunst und vor allem die altlateinische Tragödie, deren beliebteste Stoffe schon aus Gründen des Nationalstolzes dem trojanischen Sagenkreis entstammten. Zentrale Parallelstellen, die wir noch fassen können (so der Ausruf *o patria . . .*, *Aeneis* II 241 f., vgl. Ennius, *Andromacha* 87 Jocelyn) lassen uns ahnen, was das römische Drama für Vergil bedeutet haben muß. Überhaupt ist das Pathos der *Aeneis* ohne jene der Oper nahestehende Bühnenkunst schwer vorstellbar.

Vergils literarische Technik steht seit Richard Heinzes berühmtem Buch (*Virgils epische Technik*, Berlin 1902) im Vordergrund des modernen Forschungsinteresses. Heinze hat die punktuelle Kritik früherer Zeiten, die u. a. von den sogenannten Widersprüchen in der *Aeneis* ausgegangen war, durch die Frage nach Zusammenhang und Anlage des Ganzen und nach den Intentionen des Dichters überwunden. So rechnen wir nicht mehr kleinlich nach, wann ein und derselbe Held innerhalb derselben Schlacht zu Pferde bzw. zu Fuß auftritt, und haben gelernt, derartige Details nach den Gesetzen poetischer Notwendigkeit zu beurteilen. Andererseits sind eine ganze Reihe Anstöße geblieben, und man wird nicht umhin können, darauf hinzuweisen, daß dem Werk die letzte Feile fehlt.

Nun zur Charakterzeichnung! Aeneas ist als Held (*vir*) Träger der *virtus*. Seine Mannhaftigkeit ist nicht schrankenlos, sie ist durch *pietas* gebändigt: *pietate insignis et armis* (VI 403). Mehr als nur Pietät gegenüber dem Vater, obwohl dieses Motiv wegen seiner ikonographischen Auffälligkeit stark im Vordergrund der Betrachtung steht, ist *pietas* auch die sorgende Liebe zu den Nachkommen. Wie am Schluß des zweiten Buches Aeneas seinen Vater auf den Schultern trägt, so am Ende des achten den Schild mit der Darstellung der künftigen Schicksale seiner Enkel: *attollens umero famamque et fata nepotum* (VIII 731). Beide Aspekte bedingen einander; denn nur wer verehren gelernt hat, wird segnen können. In die *pietas* sind, was der letzte Satz schon andeutet, auch die Götter eingeschlossen. Da Venus zugleich Aeneas' Mutter ist, fließen hier *pietas* und *religio* ineinander. *Pietas* äußert sich auch im Verhalten gegenüber Gefährten, Gastfreunden und Vaterland. Die Loyalität wird sehr ernst genommen – bis hin zum Vollzug der Rache für den gefallenen Freund. Das Verhalten des Aeneas, das in vielen Fällen dem modernen Betrachter Rätsel aufgibt, kann nur begriffen werden, wenn man sich seine *pietas* dauernd vor Augen hält, wie dies die Wiederholung des Attributs *pius Aeneas* sogar im männermordenden Kampfe unterstreicht. Vergil selbst macht uns den inneren Zugang zum Wesen seines Helden nicht immer leicht; fühlt er sich doch so intensiv in die Gegenfiguren ein – vor allem in Dido –, daß der Leser den nüchternen Gehorsam des Aeneas gegenüber dem göttlichen Gebot fast zwangsläufig als Kälte und Verständnislosigkeit empfinden muß. Vergil ist ein Meister tragischer Seelendarstellung; der höhere Bereich überpersönlicher Ordnungen und politisch-menschheitlicher Ziele ist poetisch ein weit weniger dankbarer Stoff, und man muß den Mut bewundern, mit dem Vergil seinen Haupthelden dennoch konsequent nach diesen Normen geformt hat, die vielfach vom traditionellen heroischen Schema abweichen. Als Diener eines göttlichen Planes oder einer politischen Institution gleicht Aeneas weniger einem Helden als einem Heiligen oder, römisch ausgedrückt, einem Beamten. Mit dem Verlust der äußeren Heimat Troja hat seine private Existenz einen Abschluß gefunden; als Überlebender wider Willen sollte Aeneas eigentlich nur noch für seinen Auftrag da sein – die Liebe zu Dido ist ein letztes Aufflackern eines Strebens nach privater Selbstverwirklichung. Sein späteres Handeln bleibt letztlich unverstanden, wenn man es mit privaten Maßstäben mißt. Man hat eine Reihe von Szenen genannt, in denen Aeneas seine gewohnte Güte und Menschlichkeit vermissen läßt, Feinde, die um ihr Leben bitten, tötet und andere zu Menschenopfern bestimmt. Man hat jedoch verschwiegen, in welchem Zusammenhang diese Szenen ausnahmslos stehen. Nachdem Turnus den Gastfreund des Aeneas, den Pallas, unter hämischen Reden getötet und schmählich seines Wehrgehenks beraubt hat, gedenkt Aeneas seiner Verpflichtung, als Gastfreund des Pallas und seines Vaters an dem Räuber Turnus die Rache zu vollziehen, und bahnt sich zu diesem Zweck durch die Reihen der Feinde eine Gasse. Es ist also ein heiliger Zorn über das ehrlose Verhalten des Gegners, der ihn nun seinerseits dazu zwingt, sich wie der wütende Achill zu verhalten, der den Tod seines Freundes Patroklos rächte. Die Szenen lehnen sich sämtlich eng an entsprechende Kämpfe des homerischen Helden an, dessen Blutrünstigkeit Vergil jedoch bei weitem nicht erreicht. Die Situation bedingt den Rachezorn, die heroische »Berserker-Wut«. Auch die Furien sind nicht nur Geister des Wahnsinns, sondern Rachegeister, die die Menschen dazu antreiben, das z. B. durch einen Mord gestörte Gleichgewicht in der Welt wiederherzustellen. Die Raserei, die Aeneas auf die Nachricht vom Tode des Pallas hin und dann aufs neue beim Anblick des Wehrgehenks ergreift, ist für antikes Gefühl kein privater Zorn, sondern eine überpersönliche Macht, die dem *fatum* entspringt. Aeneas vollzieht nur, was Juppiter schon im zehnten Buch als unabänderliches *fatum* des Turnus angekündigt hat (vgl. X 622–627). Doch nicht nur im Vergleich mit Achill, sondern auch mit römischen Bräuchen handelt Aeneas verhältnismäßig milde: Es hätte ihm doch freigestanden, Turnus wie ein gefangenes Tier im Triumphzug mitzuführen und dann erst zu töten.

Da wir heute gegenüber jeder Gewaltanwendung skeptisch geworden sind, übersehen wir leicht die für den Römer maßgebenden Unterscheidungen. Wenn der Gegner zuvor *pietas* und *fides* verletzt hat, liegt kein Anlaß zur Milde vor. Der Schluß der *Aeneis* zeigt, daß römische *pietas* eher mit jüdischen als mit christlichen Tugenden verglichen werden darf. Für die Juden wie für die Römer gehört das Zürnen und Strafen zum Amte des himmlischen wie des irdischen Vaters. Ein differenzierender Vergleich mit modernen Anschauungen ist hier dringend notwendig; mit voreiligen Modernisierungen ist für das Verständnis der *Aeneis* nichts gewonnen.

Andererseits ist Aeneas ein Held, dem die Ausübung seines Amtes und vor allem das Kämpfen kein naives Vergnügen bereitet. Er ist mitfühlend und muß sich oft geradezu zur Härte zwingen. Die

Götter lassen ihn lange Zeit über seine Zukunft im ungewissen und offenbaren sie ihm stückweise – zum Teil in recht rätselhafter oder gar irreführender Form. Die göttliche Mutter verkleidet sich vor ihm als Jägerin und verflüchtigt sich, bevor er sie umarmen kann. Gattin, Vater und Amme muß er auf verschiedenen Stationen seiner Reise zurücklassen oder bestatten. Die Frau, die ihn liebt und ihm in vieler Hinsicht ebenbürtig ist, treibt er, ohne es zu wollen, in den Selbstmord. Aeneas wird hier schuldig, aber seine Größe liegt darin, daß er die Gefahr, schuldig zu werden, auf sich nimmt, nicht aber diejenige, seiner Berufung untreu zu werden. So ist dieser nur scheinbar tatenscheue Held in Wahrheit ein großer Handelnder, ein Täter, der den göttlichen Willen erfüllt.

Seine bedeutendsten Gegenspieler sind Dido und Turnus. Sie ist eine tragische Heldin großen Stils, Liebende und Königin zugleich, glutvolle Phönizierin und keusche Diana, liebreiche Gastgeberin und hassende Prophetin eines welthistorischen Fluches, vielleicht die am besten gelungene Gestalt der *Aeneis*. Daneben mit wenigen Strichen gezeichnet, aber unvergeßlich, der sanfte Schatten der liebenden Gattin Creusa und das Erröten und Erbleichen der Braut Lavinia, um derentwillen der Krieg geführt wird. Verschieden charakterisiert sind auch die beiden alten Könige: der körperlich gelähmte, aber willensstarke Vater Anchises und andererseits die ohnmächtige Majestät des Latinus (vgl. E. Zinn, *Nachwort* zu Vergils *Aeneis*, übersetzt von R. A. Schröder, Hamburg 1963, 318). Repräsentanten Italiens sind der düster-männliche Turnus, großer Einzelheld epischen Stils, liebevoll umsorgt von Juno und seiner künftigen Schwiegermutter Amata, aber dem *furor impius* verfallen, so daß auch seine göttliche Schwester Juturna ihm letztlich nicht helfen kann. Ihm zur Seite steht eine der reizvollsten Schöpfungen Vergils, die mädchenhafte Camilla, eine Amazone, der der Wunsch nach einer goldenen Rüstung zum Verhängnis wird. Eine Stufe tiefer als der verblendete Turnus steht der bewußte Gottesverächter Mezentius, der den Gegenpol zum *pius Aeneas* bildet. Ähnlich differenziert ist auch die Charakteristik des Freundespaares Nisus und Euryalus. Man erkennt: Der angeblich blasse und schemenhafte Vergil hat eine Fülle lebendiger Charaktere geschaffen, in die viel Beobachtung eingeflossen ist. Das gilt auch von der Schilderung der sportlichen

Wettkämpfe im fünften Buch, die heutige junge Leser ebenso wie Kenner vom Range Montaignes entzückt.

Die epischen Gleichnisse in der *Aeneis* sind ein Bestandteil der Bildersprache; am besten studiert man sie im Zusammenhang mit der Metaphorik. So ist Didos Liebe zu Aeneas schon im Eingang des vierten Buches (IV 2) metaphorisch als »Wunde« bezeichnet; das Gleichnis konkretisiert das Bild zur Vorstellung einer verwundeten Hindin (IV 69). Ein verwandtes Bild schlägt die Brücke zu einem zweiten »Opfer« des Aeneas, Turnus im zwölften Buch (XII 4 ff.). So verdeutlichen Gleichnisse und Bilder auch größere Zusammenhänge innerhalb des Werkes. Das altehrwürdige epische Kunstmittel wird von Vergil über den Zweck der Verdeutlichung hinaus zum Träger der Interpretation, die der Dichter dem Geschehen gibt. Parallelen und Kontraste im Gleichnisbereich können die Struktur des Epos erhellen. Dem Vergleich, der dank der Entwicklung der Philosophie und des abstrakten Denkens seine ursprüngliche logische und kognitive Funktion weitgehend eingebüßt hat, gibt der Dichter neue Aufgaben; ursprünglich »sekundäre« Züge wie Parallele und Kontrast, psychologische und strukturale Deutung treten in den Vordergrund.

Die Stoffe der Gleichnisse sind zum großen Teil der epischen Tradition entnommen, meist aus Homer, aber auch – vor allem im vierten Buch – aus Apollonios Rhodios. Doch gibt es auch rein Römisches; so dient der *vir gravis*, der eine aufgebrachte Volksmenge beruhigt, als Bild für die Beschwichtigung des Seesturms durch Neptun (I 148 ff.). Hier stehen Gleichnis- und Erzählsphäre im umgekehrten Verhältnis zueinander wie im siebten Buch: Wird dort ein Naturvorgang durch einen sprachlichen verdeutlicht, so hier umgekehrt ein seelischer Sturm durch Naturbilder (VII 586 ff.). Also unterstreichen die Kunstmittel die Entsprechungen zwischen Buch I und VII – und damit die Großstruktur des Werkes.

Exkurse weiten den Blick; so sind die großen Kataloge kein trokkenes Prunken mit Ortskenntnis, sondern sie beschwören im »Weltgedicht« die italische Oikumene herbei, die bei der Zelebration des Aeneas-Geschehens gegenwärtig ist.

Ein weiteres wichtiges Mittel sind die Reden. Neue Untersuchungen haben gezeigt, wie sehr sich Vergil sogar bei der Wahl der Anführungsverben von künstlerischen Absichten leiten läßt. Im ganzen hat man aus der subjektiven Färbung der Fakten in den Reden ein tiefes Mißtrauen des Dichters gegen die Rhetorik und ihren zweifelhaften Wahrheitsanspruch herausgelesen. Ergänzend sollte man freilich das zweite und dritte Buch als große Rede des Aeneas betrachten, in der er seinen Abzug aus Troja – auf den ersten Blick wahrlich kein Heldenstück – eingehend begründet und rechtfertigt. Wichtig ist auch, daß er diese Rede vor Dido hält, daß er die liebende Zuhörerin an seinem Schicksal teilnehmen läßt. – Außer dem Wahrheitsgehalt bedarf auch der kommunikative Charakter der Reden einer Untersuchung. Nicht selten bleibt die Verständigung aus – Worte verfliegen im Wind oder werden durch Taten überholt.

Was die Behandlung der Zeit betrifft, so ist das Nachrechnen von Tagen und Jahren weniger fesselnd als das Problem der Kontinuität der Zeit in der Erzählung. Hier erlaubt sich Vergil größere Freiheiten als Apollonios Rhodios, der auf ein gleichmäßig durchlaufendes Tempo achtet. Bei Vergil wird die Zeit weniger gemessen als gewogen*. Gegenüber dem griechischen Epos fallen insbesondere zeitliche Rückgriffe auf, die an die Technik der Historiographie mit ihren »Archäologien« erinnern**. Ein sprachliches Mittel hierfür ist das Plusquamperfekt – in dieser Funktion ohne griechisches Vorbild. Für Vergil noch bezeichnender ist die Umkehrung des zeitlichen Verlaufes, eine Technik, die er im sechsten Buch der *Aeneis* im großen wie im kleinen anwendet: Im Jenseits wird der Held zuerst mit den jüngst vergangenen Ereignissen konfrontiert (Palinurus: Buch V), dann mit den etwas weiter zurückliegenden (Dido: Buch IV) und schließlich mit Troja (Deïphobus: Buch II). Innerhalb der Dido-Szene selbst werden die Ereignisse auch im einzelnen in rückläufiger Reihenfolge rekapituliert. Diese raffinierte Technik (heute würde man von »Anti-Erzählung« sprechen) hat ihre natürliche Grundlage im menschlichen Gedächtnis, das sich an das unmittelbar Zurückliegende am leichtesten erinnert. In der Schau des sechsten Buches treten somit den objektiven Gesetzmäßigkeiten der äußeren Welt die subjektiven des Bewußtseins spiegelbildlich gegenüber. Ein inhaltliches Korrelat zur Wechselbeziehung zeitlichen Fortschreitens und Rückwärtsgehens ist die Tatsache, daß

* F. Mehmel: Virgil und Apollonius Rhodius. Hamburger Arbeiten 1. 1940.
** G. Krókowski: Quaestiones epicae. Wroclaw 1951.

Aeneas' Suche nach seiner Zukunft identisch ist mit der Suche nach der Vergangenheit; ist doch Latium zugleich Ziel und Urheimat der Trojaner.

Vergils Sprache und Stil sind vielleicht deswegen so wenig erforscht und so schwer zu beschreiben, weil sie die Eleganz des Unauffälligen besitzen. Der Schwiegersohn des Augustus, Agrippa, soll Vergil einmal als Erfinder einer neuen Art der Kakozelia (etwa: Stilblüte) bezeichnet haben, die aus alltäglichen Wörtern bestehe. In polemischer Verzerrung ist hier ein wesentlicher Zug vergilischer Ausdrucksweise erfaßt: mit scheinbar ganz einfachen sprachlichen Mitteln ungewöhnliche Wirkungen zu erzielen, dem Neuen den Schein des Bekannten zu geben. In der *Aeneis* erhebt sich die Sprache freilich zu größerer epischer Feierlichkeit. Anklänge an die *Annalen* des Ennius sollen den Leser nicht befremden, sondern ihm das Gefühl geben, er bewege sich im vertrauten Bereich des römischen Epos. Aber solche Archaismen sind verhältnismäßig sparsam gesetzt. Während es Ennius behagte, Alliterationen und onomatopoetische Elemente eindringlich, ja aufdringlich zu häufen und den Leser überhaupt durch starken sprachlichen Oberflächenreiz, ja durch groteske Sprachexperimente zu verblüffen, strebt Vergil nach harmonischer Ausgewogenheit. So stehen bei ihm die klanglichen Mittel im Dienste der musikalischen Gliederung des Verses. Syntaktische und gedankliche Spannungsbögen greifen über den Hexameterschluß hinaus und geben der Rede die ruhige römische Würde zurück, die sie bei Naevius besaß, verbunden freilich mit einer poetischen Harmonie, die Vergils eigene Errungenschaft ist. Die Versbehandlung mit ihrer musikalischen Wortarchitektur ist übrigens besonders durch Cicero vorbereitet, dessen über Gebühr geschmähte Dichtungen zu ihrer Zeit stilbildend waren und der augusteischen Klassik den Weg bereiteten.

Was den gedanklichen Gehalt der *Aeneis* betrifft, so finden sich stellenweise Reminiszenzen an die epikureische Frühzeit des Dichters, so wenn er Dido sagen läßt, die Götter kümmerten sich nicht um das Schicksal der Menschen. Bezeichnender scheint jedoch anderes: So mancher Zug des Aeneas stünde einem Stoiker gut zu Gesichte, freilich auch – und vielleicht noch mehr – einem Römer. Da er nicht frei von Leidenschaften ist, also nicht als stoischer Weiser bezeichnet werden kann, hat man ihn als den Typus des stoischen

»Fortschreitenden« (*prokópton*) verstehen wollen. Doch in dieses Entwicklungsschema paßt nur die Liebe zu Dido, nicht aber der Zorn auf Turnus. Kein Phantom, sondern ein Mensch, gehört Aeneas in eine große Dichtung, nicht in ein Lehrbuch der Moral. – Platonisches und Neupythagoreisches findet sich vor allem im sechsten Buche der *Aeneis*. Die Seelenwanderungslehre dient hier freilich als poetischer Kunstgriff, um Aeneas die künftigen Römer vor Augen stellen zu können. Das Motiv ist also der historisch-prophetischen Grundkonzeption untergeordnet. In diesem Ansatz, der die Idee der künftigen römischen Entwicklung *in statu nascendi* darstellt, müssen wir wohl auch den wichtigsten philosophischen Gedanken der *Aeneis* sehen. In diesem Sinne ist sie das bedeutendste geschichtsphilosophische Werk der Römer, und es ist kein Zufall, daß der erste große Geschichtsphilosoph überhaupt, Augustinus, sich intensiv mit der *Aeneis* auseinandergesetzt hat. Vergils römisches Sendungsbewußtsein (zu dessen Wegbereitern Polybios, Poseidonios, Cicero gehören) hat auch starke religiöse Komponenten. Einiges davon haben wir im Zusammenhang mit der *pietas* des Aeneas erwähnt. Das Wort *religio* leitet Cicero nicht von *religare* (»binden«), sondern von *religere* (»sorgfältig lesen«) ab. Der Römer sucht aufmerksam die Zeichen zu lesen, die ihm die Götter schicken. Diese Haltung ist ein Grundzug des vergilischen Aeneas. So gestaltet Vergil einen Grundtypus römischer Religiosität. Römisches Empfinden zeigt sich auch in der sorgfältigen Erwähnung lokaler Kulte und in der Behandlung des epischen Götterapparates. Juppiter ist majestätischer, unnahbarer als der homerische Zeus. Er ist der Inbegriff des *pater*, dessen zwei Hauptfunktionen, Gericht und Gnade, Zorn und Güte, man in Juno und Venus verkörpert sehen mag. Auch von diesen weiblichen Gottheiten hält Vergil burleske Züge, wie wir sie bei Homer finden, eher fern. Trotzdem gelingt es ihm, sie zu lebendigen Frauengestalten zu machen, so etwa bei der gemeinsamen Intrige der Göttinnen gegen Dido oder wenn Venus als treusorgende Großmutter wenigstens für ihren Enkel Ascanius ein wenig Glück und Sicherheit garantiert sehen möchte. Zwar deutet Vergil immer wieder an, daß er die philosophische und theologische Problematik kennt, aber er ist zu sehr Dichter, um sich dadurch die Flügel beschneiden zu lassen.

Von den römischen Werten der *Aeneis* gibt uns das Vermächtnis des Aeneas an Ascanius eine Vorstellung: *disce, puer, virtutem ex me verumque laborem, fortunam ex aliis* (XII 435). Ein anderer, zukunftweisender Aspekt ist derjenige der *clementia*. Die Schonung der Besiegten (*parcere subiectis*, VI 853) hat Caesar im Bürgerkrieg in großem Maßstab geübt. Bei Vergil kann sich diese Haltung gelegentlich bis zur Solidarität mit dem Gegner steigern. Schulbeispiel ist das Verhalten des Aeneas gegenüber seinem jugendlichen Feind Lausus. Zug um Zug wird hier ein Gegengewicht zur Tötung des Pallas durch Turnus geschaffen. Brannte Turnus darauf, den Jüngling zu töten, so warnt umgekehrt Aeneas seinen unerfahrenen Gegner und empfiehlt ihm, mit anderen zu kämpfen. Wünscht Turnus grausam, der greise Vater möge das Sterben des Sohnes mitansehen, und beschimpft er den Toten durch Siegergestik und Waffenraub und seine Gefährten durch einen hämischen Bescheid, so läßt Aeneas den Leichnam des Lausus unangetastet und hilft seinen Gefährten, ihn hinwegzutragen.

Auch sonst werden Beutewaffen entweder dem Toten belassen oder durch Weihung an Götter außer Kurs gesetzt, während eine egoistische Aneignung den Sieger unweigerlich ins Verderben zieht (Euryalus IX 373 f.; Turnus XII 941 ff.; vgl. Camilla XI 781 f.). So sehen wir, wie Vergil altrömische Tabuvorstellungen nicht als Antiquar aufgreift, sondern mit menschlichem Gehalt füllt und zu gültigen poetischen Bildern erhebt. Diese Durchdringung tradierter Stoffe und Motive mit Menschlichkeit bringt uns Vergils Sakralgedicht – denn um ein solches handelt es sich – nahe. Die Fülle der Erfahrung und Beobachtung, verbunden mit starker Einfühlung, läßt das Werk nicht ins Doktrinäre und Bläßlich-Schemenhafte abgleiten, wenn auch das Zentrum der poetischen Gestaltung im Vergleich mit Homer nach innen verlagert ist. Der »Sonne Homers« (Schiller), seinem »großen Auge« (Schadewaldt) muß man das Herz Vergils (E. Zinn) gegenüberstellen, der plastischen Begabung des Griechen die musikalisch-psychologische des Römers. Doch hält gerade Vergil sich auch in dieser Beziehung von Einseitigkeit frei. Immer wieder weist er das Akustische und Psychologisch-Rhetorische (das vor und nach ihm im römischen Epos hervortritt) in die Schranken und bemüht sich insoweit um Plastizität, als das Äußere bei ihm zum physiognomischen Ausdruck des Innern wird. Daher bezieht er die Einzelheiten stets auf das Ganze; die Einlagen hängen thematisch mit ihrer Umgebung oder untereinander zusammen. Hier hat Vergil praktisch und theoretisch viel vom Hellenismus gelernt. Mit poetischer Überlegung gibt er der *Aeneis* ein Maximum an innerer Geschlossenheit. So durchdenkt und erfüllt Vergil Forderungen, wie sie die antike Poetik seit Aristoteles zunächst aus den homerischen Gedichten entwickelt und dann auch kritisch auf sie angewandt hatte.

Die *Aeneis* wird schon während ihrer Entstehung von den Zeitgenossen mit starker innerer Anteilnahme begleitet; Properz kündigt an: »Es entsteht etwas Größeres als die Ilias« (II 34, 66). Augustus selbst brennt darauf, »eine erste Skizze oder irgendein Stück« daraus zu sehen zu bekommen. Teile des Werkes macht der Dichter durch Lesungen bekannt. Die Reihenfolge der Entstehung der einzelnen Bücher ist umstritten und wohl auch nicht mehr genau auszumachen. Im allgemeinen hält man die iliadischen Teile für älter als die odysseischen; das sechste Buch gehört wohl zur spätesten Schicht, da es, wie oben angedeutet, das vierte voraussetzt. Andererseits sind Widersprüche zwischen dem fünften und sechsten Buch in der Behandlung der Palinurus-Episode nicht ausgeglichen. Eine grobe *Aeneis*-Analyse ist zum Scheitern verurteilt; man muß für das Ganze einen Plan und eine stückweise Ausführung mit wiederholten Überarbeitungen und Anpassungen voraussetzen. Der Dichter ist gestorben, bevor er an das Werk die letzte Hand anlegen konnte; die Herausgeber Varius und Tucca scheinen nur Überflüssiges gestrichen, aber nichts Eigenes hinzugefügt zu haben. Ein Beweis dafür sind die stehengebliebenen unfertigen Verse. Die Veröffentlichung der *Aeneis*, von Vergil abgelehnt, ist allein dem Machtwort des Augustus zu verdanken. In die Dankbarkeit für dieses Verdienst um die römische Literatur mischt sich das Bedauern darüber, daß derselbe Herrscher sich sonst am Schrifttum seines Volkes schwer versündigt hat: Die Ermordung Ciceros, die Verbannung Ovids und der Untergang des Elegikers Cornelius Gallus sind nur die bekanntesten Beispiele einer Literaturpolitik, zu der die Verbannung von Rednern auf einsame Inseln, die Entfernung von Büchern aus öffentlichen Bibliotheken und dergleichen mehr gehören.

Die düstere Stimmung, die über weite Strecken in der *Aeneis* herrscht, darf man gewiß nicht nur auf die Kränklichkeit und das

Temperament des Dichters zurückführen. Trotzdem wäre es falsch, unsere Vorbehalte gegen Augustus und das römische Reich in die *Aeneis* hineinzuinterpretieren. Sie wurde von den Römern als Ausdruck ihres Wesens empfunden und akzeptiert, nicht nur wegen ihrer Geschichtstheologie und der in ihren Gestalten verkörperten Werte, sondern auch wegen ihrer echt römischen Nüchternheit, des Verzichts auf Schönfärberei, der Einfühlung in menschliches Leiden und der Bereitschaft, trotz Einsicht in die eigene Fehlbarkeit zu handeln und für die Folgen des eigenen Handelns einzustehen.

Der *Aeneis* als einem »Mysterium der Geburt Roms« stellt Lucan seine *Pharsalia* als Mysterium des Todes gegenüber; das historische Epos traditionellen Stils belebt Silius Italicus wieder, indem er die Urbilder der *Aeneis* sich im geschichtlichen Bereich farbig brechen läßt. Das mythologische Epos erneuern Valerius Flaccus und Statius, der am Ende der *Thebais* seiner Vergilnachfolge innigen Ausdruck verleiht – in manchem Dantes Haltung vorwegnehmend. In der Spätantike führt Claudian die alte Gattung des lobenden und schmähenden zeitgeschichtlichen Epos auf eine neue Höhe. Die Christen schaffen eine Bibelepik; mit Petrarca erwacht das hexametrische lateinische Heldengedicht aufs neue, eine Entwicklung, die in der *Christias* des Marcus Hieronymus Vida gipfelt, den man als den christlichen Vergil bezeichnet hat. Wichtiger ist die normative Rolle Vergils für die Poetik der Neuzeit und die starke Ausstrahlung der *Aeneis* auf die größten nationalen Dichtungen Europas: Dantes *Divina Commedia*, Miltons *Paradise Lost*, Camõens' *Lusiaden*. In den Niederlanden ist die *Aeneis* seit Heinrichs von Veldeke *Eneit* eingebürgert. Das klassische nationale Drama, das bis vor kurzem alljährlich in Amsterdam aufgeführt wurde, Vondels *Gijsbrecht van Aemstel*, beruht gänzlich auf dem zweiten Buch der *Aeneis*. In Deutschland hat Schiller die pathetischsten Bücher der *Aeneis*, das zweite und das vierte, in Ottave Rime nachgedichtet; von hexametrischen Übersetzungen seien diejenigen von Johann Heinrich Voß, W. A. B. Hertzberg und R. A. Schröder genannt. Voß und Schröder zeichnen sich durch poetische Kraft aus, befremden aber manchmal durch Archaismen; Hertzberg besticht durch Genauigkeit, die sich mit Eleganz verbindet. Von der schlichten Würde vergilischen Sprechens läßt Thassilo von Scheffer etwas ahnen, der sich an der Nüchternheit griechischer Vorbilder geübt hat. Seine zuerst 1943 erschienene Übersetzung und seine Erläuterungen werden hier unverändert wiedergegeben. Zur Nachwirkung in der deutschen Literatur unseres Jahrhunderts sei an H. Brochs Roman *Der Tod des Vergil* (New York 1945) erinnert.

Michael von Albrecht

ZEITTAFEL

70 v. Chr.	Konsulat des Pompeius und Crassus.
	15. Oktober: P. Vergilius Maro in Andes bei Mantua geboren.
65	Horaz geboren.
63	Konsulat Ciceros.
	Catilinarische Verschwörung.
58–51	Caesar erobert Gallien.
54–51	Ciceros Schrift *Über den Staat.*
48	Caesar besiegt Pompeius bei Pharsalos.
44	Tod Caesars.
43	Ovid geboren.
	Cicero von Antonius und Octavian geächtet und ermordet.
etwa 42–37	Vergils *Eklogen.*
42	Überwindung der Caesarmörder bei Philippi.
etwa 39–29	Vergils *Georgica,* dem Maecenas gewidmet.
31	Octavian besiegt Antonius bei Actium.
29	Triumph und Schließung des Janustempels (Weltfriede).
etwa 29–19	Vergils *Aeneis.*
27	Verleihung des Ehrennamens Augustus und eines goldenen Ehrenschildes an Octavian.
26	Selbstmord des Elegikers Cornelius Gallus (nach Verbannung und Vermögensentzug durch Augustus).
23	Tod des »Thronfolgers« Marcellus.
	Horaz' *Oden,* Buch I–III.
20	Vergil tritt eine Reise nach dem Osten an; in Athen bewegt Augustus ihn zur Heimkehr.
19	21. September: Vergil stirbt auf der Rückreise in Brundisium (Brindisi).
17	Säkularfeier des Augustus.
9	Die Ara pacis von Augustus eingeweiht.
8	Tod des Horaz und des Maecenas.
8 n. Chr.	Verbannung des Dichters Ovid durch Augustus.

ANMERKUNGEN

Die Ziffern bezeichnen die Verse

ERSTER GESANG

1 *Kampf:* Das lat. Wort arma bedeutet ebenso gut die Kampfhandlung wie die Waffen. Am entsprechendsten »Waffentaten«. – *Held:* vir, der Mann im betonten Sinn heldenhafter Tüchtigkeit.

2 Die Stadt *Lavinium* wurde erst später von Aeneas an der Küste von Latium erbaut und nach seiner zweiten Gemahlin benannt.

4 *Juno* (Hera), die Hauptfeindin der Troer, läßt Aeneas seine Herkunft auch nach Zerstörung seiner Heimat entgelten.

7 *Albanisch:* Die Stadt Alba longa am Hang der Albanerberge, südlich von Rom.

16 Die Insel *Samos* war neben Argos eine der Hauptkultstätten der Juno.

20 *Tyrische Burgen:* Gemeint ist Karthago, da es von Tyriern gegründet war; es beherrschte die Landschaft Libyen in Nordafrika.

23 *Saturnia:* Juno trägt oft diesen Beinamen als Tochter des Saturn.

27 *Paris' Spruch:* Anspielung auf die Übergehung der Hera, als der troische Königssohn den goldenen Apfel der Eris der Aphrodite als der schönsten Göttin zusprach.

28 *Verhaßtes Geschlecht:* Dardanus, der Ahnherr Trojas, war ein Sohn des Juppiter und der Elektra und darum Juno verhaßt. – *Ganymed,* schöner Knabe aus dem troischen Königsgeschlecht. Juppiter ließ ihn durch einen Adler auf den Olymp tragen und machte ihn dort zu seinem Mundschenken.

38 *Teukrisch:* Die Troer werden bei Vergil meist Teukrer genannt nach dem ersten König von Troja, Teukrus, dem Eidam des Dardanus. Aeneas als Fürst aus diesem Geschlecht wird hier König genannt.

41 *Ajax,* der Sohn des Oïleus, hatte sich bei der Zerstörung von Troja im Tempel der Athene an Kassandra vergriffen und verfiel für den Frevel auf der Rückfahrt der Rache der Göttin.

51 *Heimat der Stürme:* Die Alten versetzten Aeolien, das Reich des Windkönigs Aeolus, auf die liparischen Inseln, nördlich von Sizilien (vgl. Odyssee X).

68 *Penaten:* Die Hausgötter, die als schützende Geister auch nach der Zerstörung von Troja mitgeführt wurden, um eine neue Stätte zu hüten und zu weihen.

75 Hier ahmt Vergil Ilias XIV 267 nach.

97 *Tydide:* Diomedes, des Tydeus Sohn, war im Zweikampf vor Troja der besondere Gegner des Aeneas; dieser wurde nur dadurch gerettet, daß ihn seine Mutter Venus (Aphrodite) im Nebel vom Schlachtfeld entführte.

100 *Sarpedon:* Fürst der lykischen Hilfstruppen in Troja, von Patroklos erlegt. – *Simois:* Strom in der Ebene von Troja.

109 *Altäre:* Brosin verweist in den Anmerkungen zu seiner Schulausgabe (Gotha 1914) auf die ähnliche Naturerscheinung des »Altarsteins« bei Bacharach im Rhein.

132 *Göttliche Abkunft:* Nach Hesiod waren die Winde Söhne des Titanen Astraeus und der Aurora.

139 *Los:* Die drei Brüder Juppiter, Neptun und Pluto hatten durch das Los die Bezirke der Welt unter sich geteilt.

144 *Kymothoe* = die Wogenschnelle: Eine Meergöttin, Nereïde. – *Triton:* Ein Meergott, Sohn des Neptun.

146 *Syrten:* Hier sind nicht die zwei bekannten Meerbusen im besonderen, sondern Sandbänke ganz allgemein gemeint.

161 *Buchten:* Vor der Bucht streckt sich quer eine Insel, die die Wogen zwingt, links und rechts auszuweichen oder sich in die kleineren Buchten der Insel zu wühlen, die große Bucht aber zu verschonen.

166–168 *Grotte:* Vgl. Odyssee XIII 103 ff.

177 *Getreide:* Gabe der Ceres.

195 *Akestes,* der Gründer und Fürst von Segesta in Sizilien, Trinakrien, hatte Aeneas schon auf der Hinfahrt dort freundlich aufgenommen.

200 Die *Skylla* und Charybdis sind ja aus Odyssee XII bekannt, desgleichen die felsenschleudernden Kyklopen.

231 *Aeneas* ist der Sohn des Trojanerfürsten Anchises und der Göttin Venus.

235 *Teukrus,* der Urahn des troischen Fürstenhauses.

239 *Schicksal Trojas:* Venus meint, der Untergang ihres geliebten Troja könnte durch das spätere Schicksal des mächtigen Rom für sie aufgewogen werden.

242 *Antenor,* der Schwager des Priamus, der einzige Troerfürst, den die Achaeer wegen seiner edlen Gesinnung verschonten, hatte ein neues Reich in Illyrien, wo die Liburner hausten, errichten können. Auch gründete er weiter Patavium (Padua).

244 *Timavus,* ein Fluß im Venezianischen.

251 *Der Einen:* Der Juno.

257 *Kytherea* heißt Venus mit Beinamen nach der ihr heiligen Insel Kythere, wo sie aus dem Schaum des Meeres ans Land gespült wurde und einen hohen Kultus genoß.

258 *Lavinium* ist die Stadt, deren Gründung in Latium dem Aeneas verheißen ist und die nach seiner dort erkämpften zweiten Gemahlin genannt war.

266 *Rutuler:* Die alte Völkerschaft in Latium mit der Hauptstadt Ardea.

267 *Askanius* = Iulus, der Sohn des Aeneas von seiner ersten, troischen Gemahlin Krëusa.

274 *Ilia,* Beiname der Rhea Silvia, der Mutter des Romulus und Remus.

276 *Mavors* = Mars.

284 *Assarakus* war der Sohn des Tros, der Großvater des Anchises, also Aeneas' Urgroßvater.

284 *Mykenae und Phthia,* die Königssitze des Agamemnon und des Achilles.

286 *Trojanischer Caesar:* Gemeint ist Augustus, zu dessen Verherrlichung ja zumeist das Epos des Vergil geschrieben ist.

289 *Östliche Beute:* Augustus gewann die durch Crassus' Niederlage an die Parther verlorenen Legionsadler zurück.

292 *Fides,* die Göttin der Treue. *Vesta,* die heilige Stadtgöttin Roms, in deren Tempel das ewige Feuer brannte. – *Quirinus,* Beiname des Romulus nach seiner Vergöttlichung.

294 *Pforten des Krieges:* Der Janustempel wurde nur zu Zeiten des Friedens, also selten genug, geschlossen, um den Dämon des

Krieges gefangen zu halten. Unter Augustus geschah das dreimal.

297 *Maia:* Sohn der Maia = Merkur (Hermes), der Götterbote.

299 *Dido,* die Königin, die von Tyrus aus Karthago gegründet.

302 *Punier:* Die Karthager werden meist Poener, Punier (Phönizier) bei Vergil genannt.

314 *Mutter:* Die Göttin Venus.

316 *Harpalyke,* thrazische Königstochter, große Jägerin.

317 *Hebrus,* reißender Fluß in Thrazien, jetzt die Maritza.

327 *»O wie nenn' ich dich, Jungfrau . . .«:* Von den vielen »Imitationen« des Homer bei Vergil ist hier an die Nausikaaszene Odyssee VI zu denken.

338 *Agenor* ist der Urahn des phönizischen Königshauses.

367 *Byrsa:* Die Burg hieß Bosra, das an das griechische Byrsa (das Fell) anklingt, woraus sich dann die Sage bildete.

378 *Penaten:* Vgl. Anm. zu Vers 68.

380 *Juppiters Sippe:* Gemeint ist: der ehemalige Wohnsitz meines einst von Juppiter entstammten Geschlechtes, denn von Dardanus, dem Stifter von Troja, hieß es, er sei aus Italien gekommen.

415 *Paphus,* die der Venus geheiligte Stadt auf Cypern, nach der sie oft Paphia genannt wird.

417 *Saba,* eine Gegend in Arabien, die ihrer Spezereien wegen gepriesen wurde.

426 *Obern des Volkes:* Vergil sieht alles in Parallele zu Rom; eher noch ist der Vers später von unberufener Hand eingeschoben.

444 *Haupt eines Rosses:* Ein gezäumter Pferdekopf findet sich auch auf karthagischen Münzen.

446 *Sidonische Dido:* Tyrus und Sidon waren die Hauptstädte der phönizischen Heimat Didos.

466 *Pergamum:* Troja wird oft nach seiner Burg Pergamum genannt.

469 *Rhesus:* Thrazischer König, vgl. dazu Ilias X, die sogenannte Dolonie.

471 *Tydeus' Sohn:* Diomedes.

474 *Troilus:* Junger Sohn des Priamus, den Achilles frevelhaft tötete.

489 *Memnon:* Der Sohn der Aurora, Memnon, zog aus Aethiopien den Troern zu Hilfe, ebenso die Amazonenfürstin Penthesilea, die von Achilles getötet wurde.

498 *Eurotas,* Fluß in Lakedämon; *Kynthus,* der heilige Berg auf der Insel Delos, beides Lieblingsgebiete Dianas (Artemis).

500 *Oreaden,* Bergnymphen.

502 Leto, *Latona* ist Mutter der Diana und Apollos; man vgl. zu diesen Versen Odyssee VI 102 ff.

525 *Brand von den Schiffen:* Die karthagischen Strandwächter haben versucht, die gestrandeten Schiffe des Aeneas zu verbrennen.

530 *Hesperien,* das Land im Westen, von Griechenland aus gesehen.

532 Die *Oenotrier,* ein Stamm der Pelasger, der Ureinwohner von Hellas, sollen Italien kolonisiert haben.

534 *Das war unser Ziel . . .* Solche Kurzverse, von denen es in der Aeneïs 58 gibt, zeigen, daß das Epos noch unfertig und nicht überarbeitet war. Wollte es doch der sterbende Vergil aus diesem Grunde vernichtet wissen.

535 *Regen-Orion:* Dem Aufgang und Untergang des Orion zugleich mit der Sonne wurden Stürme und Unwetter zugeschrieben.

556 *Iulus:* Sohn des Aeneas, vgl. Anm. zu Vers 267.

557 *Sikanien,* anderer Name für Sizilien.

560 *Dardaner:* Vgl. Anm. zu Vers 534.

568 *Sol,* der Sonnengott. Sinn: Wir liegen nicht so außerhalb der zivilisierten Welt.

569 *saturnische Auen:* Italien soll in den ältesten Tagen, dem goldenen Zeitalter, von dem aus dem Olymp vertriebenen Saturn beherrscht worden sein; der *Eryx* ist der Berg an der Westspitze Siziliens, wo Akestes (vgl. Vers 195) sein Reich hat.

593 *Parischer Stein:* Der berühmte Marmor der Insel Paros.

619 *Teukrus:* Hier handelt es sich nicht um den Gründer und Urahn Trojas, sondern um Teukrus, den Sohn des Telamon von Salamis und Halbbruder des Ajax. Da seine Mutter Hesione aber eine Tochter des Laomedon und Schwester des Priamus war, so war auch er eng mit Troja verwandt und verknüpft. Als er nach dem troischen Kriege heimkam, ohne den Tod seines

Halbbruders Ajax gerächt zu haben, vertrieb ihn der Vater Telamon. Er floh zu Belus, dem König von Sidon, der ihm Cypern überließ, wo Teukrus nun das dortige Salamis gründete, das in der Diadochenzeit ebenfalls durch einen entscheidenden Seesieg berühmt wurde.

625 *Teukrer:* Hier sind nun mit Teukrer die Troer gemeint, die der Telamonsohn Teukrus bekämpfte.

653 *Ilione,* die älteste Tochter des Priamus, war einst Königin von Thrazien als Gemahlin des Polymestor.

657 *Kytherea:* Vgl. Anm. zu Vers 257.

658 *Cupido,* Amor, der Sohn der Venus, der Liebesgott.

665 *Typhon,* einer der schrecklichsten Giganten, den Juppiter mit dem Blitz tötete.

677 *Sidonische Stadt:* Karthago, als Gründung von Sidon aus.

680 *Kytherea:* Vgl. Anm. zu Vers 257.

681 *Idalium,* Vorgebirge und Stadt auf Cypern mit einem Tempel und Hain der Venus.

686 *Lyaeus,* Beiname des Bacchus, gleich »Sorgenlöser«.

716 *getäuschter Vater:* Getäuscht, weil Aeneas nicht durchschaut, daß Amor die Gestalt des Iulus angenommen.

720 *Akidalia* heißt Venus nach der Quelle Akidalia bei Orchomenos in Boeotien, wo sie mit den Grazien badete.

721 *Sychaeus,* der erste, ermordete Gemahl der Dido.

729 *Belus:* Der erste König von Phönizien, vgl. Vers 621.

738 *Bitias:* Einer der karthagischen Großen.

740 *Iopas,* als Parallele zum Demodokos der Odyssee, der Sänger bei der höfischen Festtafel.

744 *Arktur und Hyaden:* Die Sternbilder des Bootes mit dem großen Arktur, der Hyaden im Haupt des Stiers und der große und kleine Bär.

751 *Sohn der Aurora:* Gemeint ist Memnon, der Verbündete Trojas, vgl. Vers 489.

ZWEITER GESANG

1 Der zweite und der vierte Gesang gehören zu den Glanzstücken des Epos und wurden darum von Schiller übersetzt.

7 *Doloper:* Thessalische Völkerschaften unter dem Befehl des Achilles und dann seines Sohnes Neoptolemus, also Feinde der Troer.

8 *Ulixes,* der lateinische Name für Odysseus.

32 *Thymoetes,* ein Troerführer, wie auch Kapys, Vers 35. Letzterer Gefährte des Aeneas.

41 *Laokoon:* In der ältesten Sage war Laokoon ein Apollopriester, hier erscheint er vielleicht nur als troischer Fürst, dem aber Vers 201 widerspricht.

79 *Sinon,* der Sprecher, nennt sich hier selbst mit Namen.

82 *Palamedes,* ein großer Weiser, ein Sohn des Nauplius, des Königs von Euböa, selbst ein Urenkel des ägyptischen Königs Belus, war einer der trefflichsten Helden vor Troja. Er hatte sich aber den Haß des Ulixes (Odysseus) zugezogen, weil er diesen entlarvt hatte, als der Ithakerfürst sich durch geheuchelten Wahnsinn der Heeresfolge des Agamemnon entziehen wollte. Lange auf Gelegenheit zur Rache wartend, erdichtete nun Ulixes falsche Briefe, die Palamedes an Priamus geschrieben haben solle, und lud dadurch den Verdacht der Verräterei auf ihn. Zur Stützung der Anklage verbarg Ulixes Gold im Zelt des Palamedes, als ob dieser heimlich von Priamus bestochen wäre. Der Unschuldige wurde zum Tode verurteilt und gesteinigt. So berichten die nachhomerischen Dichter und auch Ovid, Metamorphosen XIII.

83 Die alte Bezeichnung *Pelasger* hier für Griechen.

100 *Kalchas,* der Seher und Oberpriester der Griechen.

104 *Der Ithaker:* Odysseus. – *Die Atriden:* Agamemnon und sein Bruder Menelaus, die Häupter der achäischen Fürsten.

114 *Eurypylos:* Sohn des Euaemon aus Thessalien.

115 *Phoebus' Orakel:* Hier ist schwerlich Delphi gemeint. Phoebus Apollo hatte auch in der Nähe, in Thymbra, einen Tempel.

116 *Geopferte Jungfrau:* Die Opferung der Iphigenie in Aulis vor der Ausfahrt nach Troja.

133 *Salz:* So wurden die Köpfe der Opfertiere bestreut und umwunden.

163 *Hilfe der Pallas:* Pallas Athene. Deren »Palladium«, eine vom Himmel gefallene Bildsäule, an deren Besitz Sicherheit und Unüberwindlichkeit Trojas hing, wurde von Diomedes, dem Sohn des Tydeus, und Ulixes heimlich entwendet.

171 *Tritonia,* Beiname der Athene.

194 *Gleiches Geschick:* Sinn: Troja wird dann den Peloponnes, vor allem Mykenae, angreifen und die späteren Griechen in die gleiche Lage versetzen, in der sich jetzt die Troer befinden.

197 *Larissaeer:* Nach der Stadt Larissa in Thessalien.

226 Vgl. Anm. zu Vers 171.

227 *Göttin:* Es muß also auf der Burg von Troja im Tempel außer dem geraubten Palladium noch ein Kolossalbild der Athene (Tritonis) gestanden haben.

246 *Kassandra,* die Tochter des Priamus, hatte von Apollo die Gabe der Weissagung erhalten; da sie aber seine Liebe verschmähte, strafte sie der Gott mit dem Unglauben, den alle ihre Weissagungen fanden.

252 *Myrmidonen* heißen die Mannen des Achilles. Hier steht das Wort im Sinne von griechisch.

254 *Tenedos:* Die kleine Insel vor der troischen Küste, wohin sich die Griechen nur zum Schein mit ihren Schiffen zurückgezogen hatten.

261–264 Hier werden nur einige der griechischen Helden genannt. *Neoptolemus* wird wie sein Vater Achilles der Pelide genannt, obgleich er nur der Enkel des Peleus ist. *Sthenelus,* der Sohn des Kapaneus, ist Nestors Diener, *Thessandrus* nur hier genannt, *Ulixes* gleich Odysseus, *Akamas,* Sohn des Theseus; *Thoas,* König von Aetolien, *Machaon,* Held und Arzt, Sohn des Asklepius und König von Thrikka und Ithome in Thessalien, *Menelaus,* der Bruder des Agamemnon, König von Sparta, *Epëus,* Sohn des Panopeus.

275 *Wehr des Achilles:* Hektor hatte den in die Wehr des Achilles gekleideten Patroklus erschlagen und der Rüstung beraubt und diese selbst angelegt.

276 *Phrygisch* hier für troisch.

296 *Vesta:* Hier überträgt Vergil den Kult der römischen Stadtgöttin Vesta auf Troja, wie schon Vers 293 und sonst vielfach die römischen Schutz- und Herdgötter, die Penaten, auch für die Troer angenommen werden.

309 *Danaer Treue:* Ironisch.

311 *Ukalegon:* Erwähnt Ilias III 148.

318 *Panthoos,* Sohn des Othrys, Vater des Patroklus-Töters Euphorbos und des Helden Poulydamas. Einer der Geronten und Priester Apollos, erst in Delphi, dann in Troja, mehrfach in der Ilias erwähnt.

337 *Erinys,* Göttin der Zwietracht, der Rache und des Kampfes, sonst meist im Plural.

371 *Androgeos:* Also ein Grieche.

455 *Andromache:* Hektors Gemahlin, *Astyanax* ihr kleiner Sohn.

470 *Pyrrhus:* Der Sohn des Achilles, sonst meist Neoptolemus genannt.

477 *Skyrische Jugend:* Auf der Insel Skyrus lebte Achilles verborgen vor dem Kriege und zeugte mit Deïdameia den Neoptolemus.

501 *Hekuba:* Die Gemahlin des Priamus.

562 *Kreusa* (sprich Kre-usa) ist die Gemahlin, *Anchises* der Vater des Aeneas, *Iulus* sein kleiner Sohn.

568 *Helena,* die Tochter des Fürsten Tyndareos von Argos, Gemahlin des Menelaus, geraubt von Paris, wodurch der ganze Krieg entstand.

615 *Tritonia Pallas:* Minerva (Athene).

616 *Gorgo:* Das auf dem Aigisschild angebrachte Haupt der Medusa.

625 *Neptunisch,* weil Neptun früher im Verein mit Apollo geholfen hatte, die Mauern Trojas zu errichten.

642 *Zerstörung:* Anchises war schon Zeuge gewesen, als Herkules Troja eroberte, weil ihm Laomedon nicht den für die Rettung der Hermione ausbedungenen Lohn zahlte.

649 *Blitz:* Juppiter hatte Anchises mit dem Blitz gelähmt zur Strafe, weil der Jüngling sich seiner Liebschaft mit Venus trotz deren Verbot gerühmt hatte.

762 *Phoenix,* der Sohn des Amyntor, Erzieher des Achilles, Herrscher der Doloper.

780 *Fremde:* Nämlich eine nach Hellas verschleppte Gefangene.

781 Der *Thybris* (Tiber) entspringt in Etrurien; von den Etruskern aber behauptet die Sage, sie seien lydischen Ursprungs aus Kleinasien. Unter *Hesperien* verstehen die Griechen jedes westliche, nur dunkel bekannte Land. Aeneas kann die Worte hier noch nicht auf Italien deuten.

787 *Dardaniden:* Auch Krëusa entstammte der königlichen Familie der Dardaniden, und als Gattin des Venussohnes Aeneas war sie Schwiegertochter der Göttin.

788 Mit der *Göttermutter* ist die besonders in Phrygien verehrte Kybele gemeint, die Krëusa zu einer ihrer Begleiterinnen verwandelt.

793 *Abbild:* Vgl. zu diesen Versen Odyssee XI 204 ff. und Ilias XXIII 99 ff.

801 *Lucifer:* Der Morgenstern, dessen Identität mit dem Abendstern und beider mit der Venus damals noch nicht erkannt war oder dichterisch nicht beachtet wurde. – *Ida:* Das Gebirge bei Troja.

DRITTER GESANG

3 *Neptunisches Troja:* Weil Neptun (Poseidon) mitgeholfen, die Mauern zu bauen.

6 *Antandros,* eine durch Schiffswerften bekannte Stadt südlich von Troja und dem nahen Idagebirge, erst später gegründet.

12 Die Hausgötter *(Penaten)* hier von den olympischen Göttern getrennt genannt.

13 *Kriegerisch:* Im Original mavortisch, nach dem Kriegsgott Mavors = Mars.

19 *Dionische Mutter:* Venus: Tochter der Dione, Mutter des Aeneas.

23 Die *Myrte* war der Venus geheiligt.

35 *Gradivus* = der Voranschreitende, Beiname des Mars. – Die *Geten* wohnten zwar jenseits der Donau, gemeint ist Thrazien.

45 *Polydorus:* Bei Homer erlegt Achilles diesen Priamussohn; bei Euripides wird der Tod ähnlich wie hier erzählt (Hekuba).

54 *Jener:* Der thrazische König.

74 *Neptun* als Meergott, auch Herr des Aegaeischen Meeres, in dem die hier genannte Insel Delos liegt. Diese erst schwimmende Insel band der dort geborene Gott dankbar an die Kykladen Gyarus und Mykonus. Die Mutter der Nereïden (Meernymphen) ist Doris.

85 Apollo wird hier *Thymbraeer* genannt, weil er in Thymbra bei Troja einen Tempel besaß.

108 *Rhoetëum,* ein Vorgebirge bei Troja.

111 *Kybele,* oft mit Juppiters Mutter Rhea gleichgestellt, und ihr Dienst sollen von Kreta nach Phrygien gekommen sein, wie sich ja auf der Insel ebenso wie bei Troja ein Idagebirge erhebt.

112 Die *Korybanten* oder *Kureten* machten mit ehernen Becken Lärm rings um den Juppiterknaben, um dessen Weinen, das ihn dem feindlichen Vater leicht verraten konnte, zu übertönen.

113 *Löwengespann:* In den Kult der Göttin, die in einem Löwenwagen dahinfuhr, mußte man durch besondere Riten eingeweiht sein.

115 *Gnosus* galt als Hauptstadt von Kreta.

121 *Idomeneus:* Der bekannte Held der Ilias, König von Kreta.

124 *Ortygia* (die Wachtelinsel), alter Name für Delos.

141 *Sirius:* Der erste Morgenaufgang des Siriussternes eröffnete die heißeste Jahreszeit, die »Hundstage«.

145 *Er* = Phoebus.

165 *Oenotrien,* ältere Bezeichnung für das südöstliche Italien.

168 *Iasius,* ein Bruder des Dardanus.

170 *Ausonien* = Italien, sehr oft von Vergil so genannt. Der Name soll von einem Sohn des Ulixes stammen.

171 *Korythus,* eine Stadt in Etrurien, von der Dardanus ursprünglich nach Kleinasien ausgewandert sein soll. – *Kreta:* Im Original steht hier: diktaeische Fluren, da Kreta oft nach dem Gebirge Dikte in Kreta genannt wird.

180 *Stamm der Ahnen*: Von Teukrus (108) und von Dardanus (167). Dardanus hatte die Tochter des Teukrus geheiratet.

187 *Kassandras Gesichte:* Ihr war die göttliche Strafe auferlegt, daß niemand ihr glauben würde.

201 *Palinurus:* Aeneas' Steuermann.

212 *Harpyien:* Vgl. hierzu Apollonios Rhodios, Argonauten II 178 ff. Die Harpyien (furienartige Vögel), die den blinden Phineus wegen Mißbrauch der Weissagekunst bedrängten und seine Mahlzeit vertilgten, waren durch die Boreassöhne Zethus und Kalais verjagt, bis diese auf Göttergeheiß bei den Inseln Plotae umkehren mußten. Die Eilande hießen seitdem die Strophaden = Umkehrinseln.

271 *Dulichium, Same:* Ionische Inseln.

274 *Leukate:* Vorgebirge der Insel Leukas.

280 *Aktischer Strand:* Stadt und Vorgebirge von Aktium, wo später Augustus den Antonius in der bekannten Seeschlacht schlug. Dieser Hinweis also soll dem Augustus schmeicheln, wie es ja Vergil an jeder irgendwie möglichen Stelle tut.

286 *Abas:* Wohl der Führer der Abanten von Euboea, den Aeneas erschlug.

291 Die *Phaeaken* werden auf Korkyra, dem jetzigen Korfu, lokalisiert, der chaonische Hafen ist Pelodes bei Buthrotum in Epirus, wo früher die Chaonier wohnten.

295 *Helenus,* Sohn des Priamus, gleich seiner Schwester Kassandra im Dienste Apollos mit der Gabe der Weissagung erfüllt, wurde nach dem Fall von Troja mit Hektors Gattin Andromache von Neoptolemus, dem Sohn des Achilles, verschleppt. Nach dessen Tode, er fiel von der Hand des Orestes, nahm Helenus Hektors Gattin, die inzwischen dem Neoptolemus gezwungen einen Sohn geboren, zum Weibe, wurde frei und gründete ein Königreich in Epirus mit einer Nachbildung des alten Troja. Auch die dortigen Flüsse benannte er nach seiner Heimat Simois und Xanthus.

296 Neoptolemus wird auch *Pyrrhus* genannt und ist der Urenkel des Aeakus.

321 *Priamustöchtern:* Gemeint ist Polyxena, die am Grabe des Achilles, als dessen frühere Braut, geopfert wurde.

335 *Chaonia:* Chaon war ein Bruder oder Freund des Helenus und hatte sich freiwillig für ihn geopfert.

360 *Klarisch:* Zu Klaros bei Kolophon befand sich ein Tempel und Orakel des Apollo.

384 *Trinakrisch* = sizilisch.

386 *Unterweltssee:* Der Avernus bei Cumae in Unteritalien, wo man den Eingang zur Unterwelt vermutete.

399 *Narykische Lokrer:* Die ozolischen Lokrer aus Naryx hatten in Bruttium die Stadt Lokris gegründet.

400 *Lyktus:* Lyktus war eine Stadt, die Idomeneus ursprünglich auf Kreta beherrschte.

401 *Sallentiner:* Die älteren Bewohner von Kalabrien hießen Sallentiner. – *Petelia:* Eine Stadt im Gebiet der Bruttier in Unteritalien.

402 *Philoktetes,* der Gefährte des Herkules und Erbe von dessen Bogen, ohne den Troja nicht erobert werden konnte, stammte aus Meliböa in Thessalien.

411 *Pelorus* ist das Vorgebirge an der östlichen Spitze von Sizilien gegenüber dem heutigen Reggio (Reginus).

420 *Skylla* und *Charybdis:* Vgl. hierzu Odyssee XII.

441 *Cumae,* die uralte Griechenkolonie nördlich von Neapel beim Avernus-See, wo sich ein Apollotempel befand. Noch heute zeigt man die Höhle der Sibylle, wo es in die Unterwelt hinabging.

466 *Dodonäisch:* Das alte Zeusorakel von Dodona gehörte zum Reich des Helenus in Epirus.

477 *Ausoniens Land:* Helenus deutet auf die gegenüberliegende Ostküste Italiens (Ausoniens), die zwar nahe war, aber nicht die von den Göttern dem Aeneas bestimmte ferne westliche Küste.

489 *Astyanax* war der kleine Sohn des Hektor und der Andromache, der beim Untergang Trojas getötet wurde; er war also ein Vetter des kleinen Askanius-Iulus.

500 *Thybris:* Vergil braucht für den Tiberstrom oft die alte Bezeichnung Thybris.

506 *Keraunische Berge:* Gebirge in Epirus, deutsch Donnerberge.

512 *Horen:* Hier sind nicht die griechischen vier Götter der Jahreszeiten gemeint, sondern die Göttinnen der Stunden.

531 *Tempel Minervas:* Gemeint ist der Portus Veneris in der Nähe der Arx oder Castra Minervae an der Südspitze von Kalabrien.

553 *Kaulons Höhn:* Auf dem Vorgebirge Lacinium im Bruttierlande stand ein Tempel der Juno; dort auch die Städte Kaulon und nördlich davon Scylaceum, heute Squillace.

565 *Zu den Toten:* Gemeint ist: in die tiefsten Tiefen.

578 *Enkeladus:* Einer der himmelstürmenden Giganten, die Juppiter mit dem Blitz bekämpfte. Auf Enkeladus wälzte er alsdann den Aetna.

617 *Kyklop:* Der aus der Odyssee bekannte Polyphemos.

637 *Phoebus:* Die Sonne.

687 *Pelorus,* vgl. Anm. zu Vers 411, *Boreas* ist der Nordwind, *Pantagias,* ein Fluß auf Sizilien bei Leontini, jetzt fiume di porcari. Der *megarische Meerbusen* mit der kleinen, sehr niedrigen Halbinsel *Thapsus.*

692 *Sikanisch* = sizilisch. Das Vorgebirge *Plemyrium* schließt den Hafen von Syrakus auf der Südseite; nördlich die Insel Nasos, im Altertum Ortygia geheißen. Von der Quelle *Arethusa,* einer Nymphe gleichen Namens heilig, erzählte man, sie sei identisch mit dem Fluß Alpheios in Elis, dessen Gott die Nymphe liebte und unter dem Meer durchfließend in Syrakus sein Wasser mit dem ihrigen vereinte.

698 Der Fluß *Helorus,* jetzt Atellaro, an der Südostküste Siziliens; er hat periodische Überschwemmungen gleich dem Nil.

700 *Kamerina,* eine Stadt an der Südwestseite Siziliens. Dort befand sich der Sage nach ein Sumpf, der die Gegend verseuchte. Die Kameriner wollten ihn austrocknen, wovor Apollo warnte. Als sie es doch taten, verlor die Stadt an dieser Stelle ihren natürlichen Schutz und wurde vom Feinde erobert. *Gela,* eine bekannte Stadt in gleicher Gegend.

703 *Akragas,* ein Berg, der die gleichnamige Stadt, jetzt Agrigent, trug. Die hier gezüchteten Rosse gewannen manchen Preis in Olympia.

705 *Selinus,* seiner Ruinen wegen noch heute hochberühmt, darüber erhebt sich das *lilybeïsche* Vorgebirge, wo das Meer seicht und klippenreich ist.

708 *Drepanum,* das jetzige Trapani.

VIERTER GESANG

36 *Iarbas,* ein afrikanischer König.

40 Die *Gaetuler* wohnten südlich von Mauretanien und Numidien, die ungefähr Algier, Fez und Marokko entsprechen.

41 *Fremdenfeindliche Syrten:* Hier ist wohl die kleine Syrte bei Tunis gemeint, wo die räuberischen Nasamonen wohnten.

42 *Barka,* eine Stadt bei der großen Syrte in der Nähe von Kyrene.

52 *Feuchter Orion:* Das Sternbild des Orion galt immer als Sturm und Regen bringend.

57 *Erlesene Schafe*: Im Lat. eigentlich zweizahnig, weil ausgewachsene Schafe im Unterkiefer zwei stark entwickelte, sehr sichtbare Schneidezähne besitzen.

58 *Ceres,* die Göttin des Ackerbaus. Phoebus (Apollo) und Lyaeus (Bacchus) wurden in Karthago besonders verehrt, vor allem aber Juno, die Hüterin der Ehe.

75 *Sidonische Pracht:* Karthago wurde von Tyrus, dieses aber von Sidon gegründet.

103 *Phrygisch* gleich troisch.

119 Mit dem *Titan* ist der Sonnengott gemeint, weil Helios (lat. Sol) der Sohn des Titanen Hyperion ist.

128 *Kytherea,* Venus, nach ihrer Insel Kythere genannt.

132 *Die Massylier* sind ein Stamm der Numider.

144 *Mutterland:* Die Alten glaubten, daß sich Apollo sechs Wintermonate zu Patara in Lykien bei seinem dortigen Orakel in der Nähe des Xanthusflusses aufhalte, dann aber zu der südlichen Insel, seiner Geburtsstätte, heimkehre, wo die Ankunft mit Opfern und Tänzen vieler zusammengeströmter Völker gefeiert wurde. Die *Dryoper* wohnten in der Landschaft Doris am Parnaß; die *Agathyrser* waren ein sarmatisches (skythisches) Volk, das sich wohl bemalte oder tätowierte. Der *Kynthus* ist der heilige Berg auf Delos.

166 *Tellus,* Erdgöttin, Vorsteherin der Ehe.

178 *Terra,* Mutter Erde.

179 Die Erde gebar den *Enkeladus* und den *Koeus,* und weil diese Giganten von den Göttern vernichtet wurden, brachte sie dann aus Rache noch die Fama zur Welt, um Schlimmes auch von den Göttern zu berichten.

196 *König Iarbas:* König von Numidien.

198 *Hammon:* Der ägyptische Gott Ammon (hier Hammon) galt als identisch mit Juppiter. – Die *Garamantiden* waren ein Völkerstamm im inneren Afrika südlich der großen Syrte.

206 *Maurusisch:* maurisch.

207 *Lenaeus* gleich Bacchus als Gott der Kelter.

215 *Paris:* Iarbas vergleicht Aeneas mit dem für weibisch gehaltenen troischen Königssohn Paris, wie die Troer (Phryger) alle im Ruf der Weichlichkeit und des Luxus standen; maeonisch gleich lydisch. Der den Phrygern benachbarte König von Lydien, *Midas,* soll eine Haube getragen haben.

236 *Ausonischer Stamm:* Die dem Aeneas vom Schicksal in Ausonien (Italien) bestimmten Fluren, wo er die Stadt Lavinium, so genannt nach seiner zweiten Gemahlin Lavinia, nach Eroberung des Landes gründen sollte.

246 *Belasteter Atlas:* Das Gebirge ist hier und im folgenden personifiziert.

252 *Kyllenier:* Mercur (Hermes) trägt diesen Beinamen nach dem Kyllene-Gebirge in Arkadien, wo er von der Nymphe Maia, der Tochter des Atlas, dem Juppiter geboren wurde.

302 *Bacchusrufen:* Alle drei Jahre wurden auf dem Kythaerongebirge bei Theben die Orgien der Bacchantinnen gefeiert.

335 *Elissa,* ein anderer Name der Dido.

345 *Gryneer:* Apollo besaß einen Tempel bei Grynium in Kleinasien wie auch in Patara in Lykien.

367 *Hyrkanisch: Hyrkania,* am Kaspischen Meer, ebenso bekannt durch die Wildheit der Natur wie der dortigen Völker und Tiere.

425 *Nie würd' ich die Troer vertilgen:* Hieraus geht hervor, daß Dido beim Auszug gegen Troja in Aulis von den Griechen zur Kriegsteilnahme aufgefordert wurde und diese verweigerte.

469 *Pentheus,* der König von Theben, der sich der Einführung des Bacchuskultes widersetzte, wurde von dem Gott mit Wahnsinn und Raserei bestraft und sah in diesem Zustand die Sonne und seine Stadt doppelt. Er wähnte sich ebenso von den Rachegeistern der Furien (Erinyen, Diren) verfolgt wie der Muttermörder Orestes. Die Stelle knüpft an die szenarischen Darstellungen dieses Stoffes an.

482 *Achse:* Atlas trägt das Himmelsgewölbe. Mit der Achse wird hier der Teil für das Ganze genannt.

484 Die *Hesperiden,* also die westlichen Gottheiten, die Töchter des Atlas, bewachten im äußersten Mauretanien die Gärten, wo die goldenen Äpfel der Götter reiften, behütet von einem furchtbaren Drachen, den später Herkules erschlug.

490 *Manen:* Die unterirdischen Toten- und Seelengeister.

510 *Erebus, Chaos:* Räume und Zustände der Unterwelt. *Hekate,* die Nacht- und Schicksalsgöttin und Zauberherrin, oft mit Artemis und Selene identifiziert, daher dreigestaltig, wie auch an Wegscheiden das Haupt der Göttin drei Gesichter aufwies und die Zahl drei hier als besonders magisch betont wird.

512 *Quell des Avernus:* Der See in Campanien in Unteritalien, wo es zur Unterwelt geht.

515 *Liebesgewächs:* Hippomanes genannt, nach dem Glauben der Alten ein fleischiger Wulst auf der Stirn eben geborener Füllen, den die Mutterstute sofort abriß und verzehrte, so daß er nur schwierig zu beschaffen sei.

542 *Laomedontisch:* Die Troer (Teukrer) als Nachkommen des Königs Laomedon.

585 *Tithonus,* ein Sohn des Troerfürsten Laomedon, wurde seiner Schönheit wegen von Aurora (Eos), der Göttin der Morgenröte, geraubt und geehelicht.

630 *Also rief sie . . .:* Der gesamte Fluch und die Prophezeiung der Dido gehen größtenteils in Erfüllung: der schwere Kampf des Aeneas (Gesang VII usw.), sein früher Tod im Flusse Numicus, der seinen Leichnam verschlingt, und zum Schluß der Hinweis auf den Rächer Hannibal.

638 *Stygisch:* Die Styx ist der Strom der Unterwelt.

694 *Iris,* die Göttin des Regenbogens und Botin der Götter.

698 *Proserpina:* Man glaubte, daß den Sterbenden von Proserpina, der Königin der Unterwelt, das Scheitelhaar wie bei den Opfertieren als Opfer für die stygischen Mächte der Tiefe abgeschnitten würde. Da hier aber kein natürlicher Tod vorliegt, zaudert Proserpina, und Juno kommt ihr durch Iris zuvor, um die Qual zu kürzen.

FÜNFTER GESANG

23 *Eryx,* der noch jetzt so genannte Berg im Westen von Sizilien (Sikanien) im dortigen Reich des Troers Akestes, wo Anchises bestattet liegt. Vgl. III 707 ff. »Brudergestade« (Vers 24) wird das Land genannt, weil einer der Argonauten, Butes, der von den Gefährten abgeirrt war, hier mit Venus den Eryx erzeugte, der also von der Mutter her ein Bruder des Aeneas war.

62 *Penaten,* die Hausgötter.

71 *Hütet alle die Zunge:* Gewöhnlich »favete linguis« (Horaz, Oden III 1, 2). Gemeint ist: andächtiges Schweigen bei der Feier.

72 Die *Myrte* ist der Venus geheiligt, aber auch den Toten, und daneben ein Schmuck der Wettkämpfer.

117 *Mnestheus:* Vergil hat hier absichtlich diese Namen gewählt, um einigen alten römischen Adelsgeschlechtern mit der Behauptung troischer Herkunft zu schmeicheln.

193 *Malea:* Das schon bei Homer durch Stürme berüchtigte Kap an der Südküste des griechischen Lakoniens.

239 *Führern:* Die Meergötter *Nereus* und *Phorkus* waren Brüder, Söhne des Pontus und der Gaea. *Panopea,* eine der Töchter des Nereus, der Nereïden. *Portumnus,* der später mit Palaemon identifizierte römische Hafengott.

251 *Doppelmäander:* Der Maeander ist der vielgeschlängelte Fluß zwischen Karien und Lydien in Kleinasien, nach dem das bekannte Bandmuster entstand. *Meliboeisch* gleich phönizisch.

252 *Königssohn:* Ganymedes.

260 *Demoleus,* ein griechischer Held in Troja.

288 *Zirkus:* Der zur Rennbahn bestimmte längliche Platz.

298 *Akarnanien,* eine mittelgriechische Landschaft bei Epirus; *Tegea,* eine Stadt im östlichen Arkadien im Peloponnes; *trinakrisch* gleich sizilisch.

306 *Gnosisch* hier so viel wie kretisch nach der bekannten Stadt auf der Insel.

370 *Paris,* der als weibisch geschmähte Bruder Hektors, war dennoch ein gewaltiger Kriegsheld von riesiger Stärke.

372 Zu *Butes* vgl. Anm. zu Vers 23. *Amykus* war der König der *Bebryker* in Bithynien, der auf der Argonautenfahrt von Pollux

im Faustkampf tödlich besiegt wurde (vgl. Apollonios Rhodios, Argonauten II).

414 *Alkide:* So hieß Herkules nach seinem Großvater Alkaeus.

448 Ein *Idagebirge* liegt auf Kreta und bei Troja, der *Erymanthus* ist ein Gebirgsstock in Arkadien.

496 *Pandarus,* ein Sohn des Lykaon, verwundete heimtückisch durch einen Pfeilschuß den Menelaus nach dessen Sieg über Paris, wodurch der Kampf um Troja neu entfesselt wurde. Vgl. Ilias IV.

506 *Schwingen:* Andere beziehen plausu auf den Flügelschlag des Vogels nach Vers 516 oder besser noch mit Hinweis auf Vers 215. Es würde dann heißen: und rings ertönte die Luft vom Klatschen der Flügel. Diese Deutung kommt mir aber hier, trotz der Analogiestellen, unangebracht vor.

509 *Vogel:* Genaue Nachahmung nach Ilias XXIII 865/69.

524 *Den die Unglücksseher zu später Erfüllung erkannten:* Die Stelle ist dunkel, und die verschiedenen versuchten Deutungen erscheinen gesucht und willkürlich.

536 *Kisseus,* König von Thrazien und Vater der Trojakönigin Hekuba.

547 *Epytus:* Nach Ilias XVI 326 ist Periphas der Sohn des Epytus.

548 *Festzug der Knaben:* Ein altitalisches Reiterfestspiel, Troiae ludicrum oder Troiae lusus genannt. Nach langer Vergessenheit erneuerten es Sulla, dann Caesar, besonders aber förderte es Augustus als Hinweis auf die göttliche Herkunft seines Geschlechts.

595 *Karpathische Wellen:* Bezieht sich auf die Insel Karpathus zwischen Kreta und Rhodus.

620 Im Text der *tmarische Doryklus,* der also vom Gebirge Tmarus in Epirus stammte. – *Rhoetëum:* Ein Vorgebirge in der Troas.

662 *Vulkanus:* Der wilde Brand wird hier personifiziert mit dem Namen des Feuergottes.

704 *Tritonische Pallas:* Endgültig ist dieser Beiname der Minerva (Athene) noch nicht geklärt; ein See in Libyen und ein Fluß in Griechenland tragen den Namen.

744 *Der Lar,* der Hausgott von Pergamum, als Vertreter der ganzen Penaten. *Vesta,* die greise Göttin des heiligen Herdes.

760 Nach *Idalium,* einer Stadt auf der von der Göttin besonders bevorzugten Insel Cypern.

797 *Laurentischer Thybris:* Der Tiber, der an der Stadt Laurentum vorbeifließt.

798 *Parzen:* Die Schicksalsgöttinnen, die auch die Zukunft wissen.

799 *Saturnisch:* Auch Neptun ist, gleich Juppiter, ein Sohn des Saturn (Kronos).

800 *Kytherea:* Sie wird nach dem Eiland ihrer Geburt, Kythere, genannt.

801 *Entstammst:* Venus wurde aus dem Schaum des Meeres geboren.

803 *Xanthus und Simois:* Die Flüsse in der troischen Ebene.

823 *Glaukos* war ein aus einem böotischen Fischer verwandelter Meergott. Ebenso *Palaemon,* der Sohn der Kadmostochter *Ino,* die sich auf der Flucht vor dem wahnsinnigen Gatten ins Meer stürzte, wo sie zur Nymphe Leukothea wurde (vgl. Odyssee V). Die *Tritonen* sind das Gefolge des Meergottes Triton, der dem Neptun und der Amphitrite entstammte. *Phorkus* (siehe Vers 240) war ein Bruder des Meergottes Nereus. Sieben der vielen Meertöchter des letzteren werden in den zwei folgenden Versen genannt, darunter *Thetis,* die Mutter des Achilles.

833 *Palinurus:* Der Hauptsteuermann des Aeneas, schon öfter genannt.

842 *Phorbas:* Dieser Troer wird Ilias XIV 239 genannt.

854 *Getränkt mit der Lethe Tau:* Schon einige Tropfen aus den Unterwelt- und Totenströmen Lethe und Styx genügen, um den damit Besprengten einzuschläfern.

864 *Sirenen:* Die Sirenen, halb Jungfrauen, halb Vögel, die mit ihrem Gesang vorbeifahrende Schiffer anlockten, betörten und dann töteten, sind ja aus Odyssee XII 39 ff. wohlbekannt. Der Mythos versetzt sie an die kampanische Küste bei Sorrent.

SECHSTER GESANG

1 Der sechste Gesang der Aeneis genießt besondere Berühmtheit sowohl als Nachahmung des XI. Gesanges der Odyssee (Nekyia), ferner wegen seiner vorausgenommenen Prophezeiung des römischen Geschichtsverlaufs bis in die Zeiten des Augustus und die damals gegenwärtigen Ereignisse. Schließlich beruht auf diesem Gesang die Stellung Dantes zu Vergil und dessen Führerrolle in der Divina comedia.

2 *Cumae,* die älteste griechische Kolonie in Großgriechenland, war von der Stadt Chalkis auf Euboea gegründet.

10 *Wo Phoebus thront:* Hier auf den Höhen hatte Apollo einen Tempel.

11 *Der Seher von Delos:* Apollo.

13 *Trivia,* die oft mit Diana verschmilzt, ist die dreigestaltete Göttin Hekate, Luna und Diana. Auch ihre Verehrung an Kreuzwegen führt zu diesem Namen.

14 *Daedalus:* Der berühmte Erbauer des Labyrinths, Vater des Ikarus.

Minos, der mythische König von Kreta, Sohn der Europa.

16 *Frostige Bären:* Das Doppelgestirn des großen und kleinen Bären wird frostig genannt, weil es am Nordpol des Himmels steht.

17 *Chalkidisch:* Vgl. Anm. zu Vers 2.

20 *Androgeos' Tod:* Androgeos, der Sohn des Königs Minos, war von den Athenern aus Neid über seinen Sieg in Sportspielen ermordet worden. Zur Buße mußten die Athener jährlich sieben Jünglinge und Jungfrauen nach Kreta senden, die dort dem Ungeheuer Minotauros als Sühnopfer in das Labyrinth bei der Stadt Gnosos überwiesen wurden. Schließlich erschlug der junge Theseus bei einer solchen Tributfahrt das Ungeheuer, das einer Buhlschaft zwischen der Gemahlin des Minos, Pasiphaë, und einem von Poseidon zur Strafe entsandten Stier entsprungen war. Für diesen greulichen Zwitter mußte Daedalus das Labyrinth erbauen, aber er war es, der dann der zu Theseus in Liebe entbrannten Königstochter Ariadne riet, Theseus den aus dem Gewirr der Gänge rettenden Faden zu geben. Um der Strafe hierfür zu entfliehen, fertigte Daedalus die Flügel für sich und

seinen Sohn Ikarus, der bei dem Fluge abstürzte. – All dies hatte der Künstler auf den Toren des von ihm bei Cumae erbauten Apollotempels abgebildet.

35 *Deïphobe:* Vgl. Anm. zu Vers 398. Hier wird der Name der Sibylle mit Deïphobe angegeben. Ihre Weissagekunst stammt von ihrem gleichfalls prophetischen Vater, dem Meergott Glaukos.

42 *Euböischer Fels:* Weil die Kolonie aus Euboea stammt, siehe Anm. zu Vers 2.

57 *Dardanerpfeil:* Paris erschoß den Enkel des Aeakus, Achilles, mit Hilfe des Apollo.

60 *Die Massylier,* ein Nomadenstamm bei Karthago und nahe den beiden Meerbusen der Syrten.

89 *Auch ein Achilles:* Gemeint ist der Rutulerfürst Turnus, der an Stärke und Tapferkeit hier dem Achilles gleichgesetzt wird.

107 *Acheron:* Den See oder Sumpf Avernus glaubte man durch den zurückgeflossenen Unterweltsstrom Acheron gebildet.

118 *Hekate:* Die mächtige Unterweltsgöttin.

119 *Orpheus,* der thrazische Sänger, versuchte seine verstorbene Gattin Eurydike in der Unterwelt loszubitten.

121 *Pollux,* der an sich unsterblich war, verzichtete auf ein ewiges Leben, um mit seinem getöteten Bruder Kastor in der Unterwelt zusammen zu sein. Beide durften dafür einen Tag um den anderen im Himmel weilen.

122 *Theseus* stieg mit Peirithoos in die Unterwelt, um die Totengöttin Proserpina zu rauben. Beide wurden in der Tiefe gefesselt, bis sie oder wenigstens Theseus von Herkules, dem Enkel des Alkaeus, befreit wurden, als dieser zum Tartarus schritt, um den Höllenhund Kerberus ans Licht zu befördern.

132 *Kokytus,* mythischer Fluß der Unterwelt.

138 *Unterweltsjuno:* In Gleichstellung zur Himmelskönigin Juno wird Proserpina, die Herrscherin des Totenreiches, hier Unterweltsjuno genannt.

164 *Misenus:* Begleiter des Aeneas, Sohn des Aeolos, nach dem noch jetzt das Kap in Campanien den Namen trägt.

173 *Eifersüchtiger Triton:* Der Meergott Triton wurde schon mehrfach erwähnt. Seine gewaltige Kraft, die Muscheltrompete zu blasen, womit er selbst den Göttern im Gigantenkampf bei-

stand, machte ihn eifersüchtig auf jeden Nebenbuhler in dieser Kunst.

205 Die *Mistel* ist eine Schmarotzerpflanze, die nur auf fremden Bäumen wächst. Ihre steifen und harten Blätter sind grünlich gelb. Schon im indogermanischen Volksglauben, ob in der Edda oder den Nimrodsagen, spielt sie eine seltsame Rolle voll Beziehungen zum Tode und dem Leben nach dem Tode.

242 *Aornos:* Ein wohl später eingeschobener Vers. Aornos heißt auf griechisch: vögellos.

265 *Phlegethon:* Der Flammenstrom der Unterwelt.

269 *Dis,* eine andere Bezeichnung für Pluto, den Gott der Unterwelt.

286 *Kentauren:* Doppeltgestaltige Ungeheuer wie ja auch die *Skylla,* die bei weiblichem Oberkörper unten als Seeungeheuer gebildet war; bei Homer hat sie Hundeköpfe. *Briareus,* der hundertarmige Riese, einer der Giganten. Die *Hydra von Lerna* ist bekannt durch ihre Bekämpfung durch Herkules; die *Chimaera,* die einen Löwenkopf, den Leib einer Ziege und einen Drachenschwanz besaß, wurde von Bellerophontes erschlagen; die *Gorgonen* sind die drei Schwestern mit Schlangenhaaren, Schweinshauern und Flügeln; sie waren unsterblich bis auf die jüngste, Medusa, der Perseus das Haupt abschlug. Die *Harpyien* werden in mehreren Sagen (besonders in denen um die Argonauten) genannt als Vögel mit ehernen Krallen und dem Oberleib einer Jungfrau; mit dem *dreileibigen Schatten* ist der Riese Geryones gemeint. Er hatte drei Köpfe und sechs Arme und wurde von Herkules erschlagen.

297 Nach Vergil mündet also der *Kokytus,* der Strom des Wehs, in den Acheron, den Klagefluß. Fährmann dieser Gewässer ist Charon, ein Sohn des Erebus (Gott der Finsternis, Sohn des Chaos) und der Nyx (Nacht).

324 *Meineid:* Die Strafe der Götter, wenn sie selbst bei der Styx einen Meineid geschworen, schildert Hesiod, Theogonie 793–806.

381 *Ort:* Küstenstadt in Lukanien, die erst im 6. Jh. v. Chr. gegründet wurde, was Vergil wenig kümmert. – *Palinurus:* Bei einer Pest, die Velia befiel, errichteten auf einen Orakelspruch zur Abhilfe die Bewohner dem Palinurus einen Hain und einen

seinen Manen geweihten Grabhügel und benannten das dortige Vorgebirge nach dem Verstorbenen.

392 *Herkules* war in die Unterwelt gestiegen, um auf Befehl des Eurystheus, des Königs von Mykenae, den Höllenhund Kerberus an die Oberwelt zu holen. Dafür, daß Charon sich durch Drohungen des Herkules bewegen ließ, ihn überzusetzen, soll Pluto den Fährmann ein Jahr lang in Ketten gelegt haben. Über Pirithous und Theseus, die nach einer Version als Söhne des Juppiter und Neptun betrachtet wurden, vgl. Anm. zu Vers 122 ff.

398 *Amphrysische Seherin:* In sehr gesuchter Weise wird die Seherin und Priesterin des Apollo hier genannt, weil der Gott einmal am Flusse Amphrysus in Thessalien die Herden des Admet geweidet hatte.

402 *Proserpina* war eine Tochter des Juppiter und der Demeter und hatte den Pluto, den Bruder Juppiters, also ihren Oheim, geehelicht.

432 *Minos,* der wegen seiner Gerechtigkeit gerühmte König von Kreta, ist der Sohn der Europa und des Juppiter und wurde nach seinem Tode in der Unterwelt als Richter der Toten bestellt. Als solchen kennt ihn schon Homer (Odyssee XI 569 ff.).

445 *Phaedra,* die Gemahlin des Theseus, eine Schwester der Ariadne, tötete sich aus unglücklicher Liebe zu ihrem Stiefsohn Hippolytos, dem ihre Verleumdung den Tod gebracht. *Prokris,* die Gattin des phokischen Königs Kephalus, wurde, als sie ihrem jagenden Gemahl aus Eifersucht auf eine Nymphe in den Wald folgte, versehentlich von dem König, der sie für ein Wild hielt, getötet. *Eriphyle* verriet um einen Halsschmuck ihren Gatten *Amphiaraos,* der aus prophetischer Ahnung seines Todes nicht an dem Kriegszug der Sieben gegen Theben teilnehmen wollte. Den Untergang des Vaters rächte auf dessen Befehl und sogar mit Billigung des delphischen Orakels sein Sohn *Alkmaeon,* indem er Eriphyle erschlug. *Euadne,* die Gemahlin des Kapaneus, der auch zu den sieben Helden vor Theben gehörte, ließ sich auf dem Scheiterhaufen des gefallenen Gatten mitverbrennen. Zu *Pasiphaë* vgl. Anm. zu Vers 20. *Laodamia* tötete aus Gram sich selbst, als Hektor ihren Gemahl Protesilaus erschlagen hatte.

448 *Kaeneus:* Der unverwundbare Thessalier Kaeneus war ursprünglich eine Jungfrau Kaenis, die Neptun, nachdem er ihre Liebe genossen, auf ihren Wunsch in einen Jüngling verwandelte; als solcher verrichtete er große Taten, besonders gegen die Kentauren, die ihn zwar nicht töten konnten, aber mit gehäuften Baumstämmen in die Erde drängten. Nach Ovid, Metamorphosen XII 459–530, wird er in einen Vogel verwandelt, und nur bei Vergil findet sich seine Rückverwandlung in ein Mädchen.

479 *Tydeus,* der waffenberühmte Vater des Diomedes, *Parthenopaeus* und *Adrastus* gehören zu den Sieben vor Theben und fielen vor der Stadt. Nach bekannterer Sagenform soll Adrastus durch sein Flügelroß Areion entkommen sein.

483 *Thersilochus* wurde von Achilles getötet, *Glaukus,* der Sohn des Hippolochus, und *Medon* fielen vor Troja.

484 *Drei von Antenors Geschlecht:* Nicht Apposition zu Vers 403, sondern die drei Söhne des weisen Antenor, der stets gegen den Krieg gesprochen, heißen nach Ilias XI 59: Polybus, Agenor und Akamas. *Polyphoetes* wird Ilias XI 768 erwähnt.

485 *Idaeus* war der Wagenlenker des Priamus, siehe Ilias V 9 ff. und XXIV 325.

494 *Deïphobus* war nach Hektor der stärkste und tapferste der Priamussöhne. Als Paris dem giftigen Pfeil des Philoktetes erlegen war, mußte Helena Gemahlin des Deïphobus werden.

505 *Rhoetëum,* ein Vorgebirge der Troas.

511 *Lakonerin:* Helena.

529 *Aeolus' Sohn:* Wiederum überspitzte Mythologie: Der Haß auf Odysseus ließ ihn zuweilen als Sohn des verbrecherischen Sisyphus bezeichnen, dessen Vater Aeolus war.

555 *Tisiphone,* d. h. die Mordrächerin, eine der Furien.

566 *Rhadamanthus,* der Bruder des schon erwähnten Kretakönigs Minos, war wie dieser ein Richter der Toten, wenn ihm auch Odyssee IV 564 noch nicht dieses Amt, sondern seligen Aufenthalt im Elysium zuweist. *Gnosus,* die Hauptstadt von Kreta.

580 *Titanen:* Die Mitherrscher des Saturn, die mit diesem den Uranus gestürzt hatten, dann aber von Saturns Sohn Zeus in den tiefsten Abgrund der Welt geschleudert wurden.

582 *Aloeus:* Neptuns Söhne, Otos und Ephialtes, nach ihrem Pflegevater Aloeus auch Aloïden genannt, waren schon mit neun Jahren riesenstark. Sie wollten die Berge Ossa, Pelion und Olymp aufeinandertürmen, um so die Götter im Himmel zu überfallen.

585 *Salmoneus,* der Sohn des Aeolus, also Bruder des Sisyphus, König in Elis.

595 *Tityos,* Sohn des Juppiter und der Nymphe Elara, wurde mit dieser in die Erde versteckt, wo die Mutter starb und den Tityos austrug. Später als furchtbarer Riese stellte er der Latona (Leto), der Mutter des Apollo und der Diana, nach und wurde von dieser erschossen.

601 *Pirithous,* der Freund des Theseus, der die Proserpina rauben wollte, wurde schon mehrfach erwähnt und erklärt (Anm. zu Vers 122 usw.). *Ixion,* Sohn des Phlegyas, war Herrscher des wilden thessalischen Bergvolkes der Lapithen (deren Kampf mit den Kentauren am Tempel von Olympia). Er stellte ebenso der Juno nach, wie Pirithous der Proserpina. Ixion wird auf einem Rade ewig umhergewirbelt.

618 *Phlegyas:* Der Vater des Ixion und selber Sohn des Mars, hatte den Tempel von Delphi verbrannt, wofür ihn Apollo erschoß.

638 *Gefilde der Wonne:* Elysium.

645 *Thraziens Priester:* Orpheus, der berühmte mythische Sänger, ein Sohn des thrazischen Stromgottes Oeagrus und der Muse Kalliope, hatte die Weihen und Mysterien des Dionysos priesterlich eingeführt.

650 *Ilus, Assarakus, Dardanus:* Die Stammväter der Troer.

657 *Paean,* Lob- und Siegesgesang, besonders zu Ehren des Apollo.

659 *Eridanus:* Der sagenhafte, im Westen lokalisierte, später oft mit dem Po gleichgesetzte Weltstrom.

667 *Musaeus:* Der berühmte Sänger aus dem attischen Mythos, ein Zeitgenosse des Orpheus.

683 *Bestimmung:* Hier, besonders ab Vers 756, beginnt nun Vergil in nachträglicher Prophetie und mit Übernahme pythagorisch-platonischer Seelenwanderungslehren durch den Mund des philosophierenden Anchises dem Aeneas ein Zukunftsbild römischer Geschichte bis zur Gegenwart des Dichters zu ent-

hüllen, wobei er es nicht an Devotion und Schmeichelei gegenüber Augustus und dessen Geschlecht fehlen läßt.

701 *Das Bild entfloh den tastenden Händen:* Genaue Nachahmung von Odyssee XI 204 ff. und auch Ilias XXIII 99 ff. Vergleiche außerdem die gleichen Verse Aeneïs II 792/94.

705 *Lethestrom:* Der Strom der Vergessenheit, vgl. die Verse 748 ff.

725 *Titanischer Stern:* Die Sonne, weil von dem Titanensohn Helios geleitet.

726 *Geist:* Hier greift Vergil zu den stoischen Lehren seiner eigenen Zeit.

751 *Sehnen:* Der Trank aus dem Strome nimmt den Schatten jede Erinnerung, auch an die Beschwernisse des Lebens, und so sehnen sie sich an die Oberwelt zurück.

760 *Ehrende Lanze:* Ein kostbarer Lanzenschaft mit einem Knopf statt einer Spitze wurde als »Ehrenlanze« verliehen.

763 *Silvius:* Zu den in den nächsten Versen bis 887 aufgeführten Persönlichkeiten der römischen Geschichte ist folgendes zu sagen: *Silvius* (Vers 763) ist der nachgeborene Sohn des Aeneas, aus seiner zweiten, in Latium geschlossenen Ehe mit der Königstochter Lavinia, während das julische Geschlecht der Caesaren seine Abstammung auf Iulus oder Askanius, den erstgeborenen Sohn des Aeneas, zurückführen wollte. Von Silvius dagegen stammten die Könige von Alba longa. *Procas, Capys, Numitor, Aeneas Silvius* nennt der Mythos als alte Herrscher und als Gründer von Städten, von denen in den folgenden Versen acht als Kolonien Alba longas genannt werden. Der fünfzehnte dieser Herrscher war Numitor, aber sein Bruder Amulius brachte ihn und seinen Neffen um und machte Numitors Tochter Rhea Silvia zur Vestalin, damit sie keine Nachkommenschaft habe. Sie aber gebar heimlich dem Kriegsgott Mars die Zwillinge Romulus und Remus, die Gründer Roms.

778 *Assarakus' Blut*: D. h. eine troische Mutter aus dem Blute des Assarakus, Aeneas' Ahnherrn; gemeint ist die oben genannte Rhea Silvia.

784 *Mutter der Götter:* Kybele, die berekyntische Göttermutter, die mit der Turmkrone auf dem Haupt durch die phrygischen Städte fährt.

792 *Caesar Augustus:* Augustus war der Adoptivsohn Caesars.

794 Die *Garamanten* waren ein aethiopisches Volk, das Augustus besiegte; die Inder schickten Gesandte.

799 *Die mäotische Steppe:* Am Asowschen Meer.

801 *Alkide:* Herkules als Enkel des Alkaeus.

803 *Erymanthus' Wälder:* Gebirge in Arkadien. – *Lerna,* ein ungeheuerer Sumpf im Peloponnes.

804 *Nysa:* Berg und Stadt Nysa verlegt der Bacchusmythus nach Indien oder Arabien.

807 *Ausonien:* Häufig gebrauchter anderer Name für Italien.

810 *Römischer König:* Numa Pompilius, Romulus' Nachfolger, wurde vom Senat erwählt. Er stammte aus der sabinischen Stadt Cures und gab dem Volk viel weise Gesetze.

812 Der dritte König von Rom, *Tullus Hostilius,* war ein streitbarer Eroberer. Der vierte war Ancus Martius.

817 *Tarquinierherrscher:* Auf Servius Tullius und Tarquinius Priscus folgte Tarquinius Superbus. Als dessen Sohn Sextus die edle Lucretia entehrt hatte, die sich darauf selbst tötete, wiegelte Brutus das Volk gegen den im Felde abwesenden König auf. Es kam zum Sturz des Königtums und zur Gründung der Republik, bei der die Lictorenbündel, Ruten, in denen ein Beil steckt, die Fasces, das Symbol der höchsten Gewalt waren. Brutus ließ die eigenen Söhne enthaupten, als sie gegen die Neuordnung revoltierten.

824 Die *Decier* opferten sich in drei Generationen für das Vaterland. Die *Druser* hießen so nach ihrem Ahn, der den feindlichen Heerführer Drausus erlegte. Livia, die Gemahlin des Augustus, sollte aus diesem Geschlechte stammen. *Manlius Torquatus* ließ seinen Sohn hinrichten, weil er gegen seinen Befehl einen Kampf, obwohl als Sieger, bestanden hatte. *Camillus* besiegte die Gallier, die Rom eingenommen hatten, und eroberte die verlorenen Standarten zurück.

830 Der *Schwäher* ist Caesar, der von Gallien seine Legionen über die Alpen führt bei Monoecus, dem heutigen Monaco. Sein Eidam war Pompejus.

836 *Eroberer Korinths:* Lucius Mummius Achaicus, der Korinth und dann Griechenland 146 v. Chr. unterwarf. Er wirkt wie ein Rächer der einst besiegten Troer gegenüber Hellas.

841 Der tugendstrenge vaterlandsliebende *Cato* der Ältere. *Aulus Cornelius Cossus* überwand den Vejenterkönig Tolumnius.

842 *Scipio-Sprossen: Das Geschlecht der Gracchen* wie das der *Scipionen* glänzt in Roms Staats- und Kriegsgeschichte. Der jüngere Scipio zerstörte Karthago.

843 *Fabricius,* der unbestechliche, uneigennützige Feldherr gegen Pyrrhus, beackerte, ebenso wie *Serranus,* sein kleines Landgut selbst.

845 *Quintus Fabius Maximus,* mit dem Beinamen Cunctator, wurde durch seine zögernde Zurückhaltung der Retter Roms vor Hannibal im zweiten punischen Krieg.

855 *M. Claudius Marcellus* besiegte in seiner ersten Schlacht 222 v. Chr. die gallischen Insubrer bei Clastidium und tötete ihren Anführer Viridomarus.

859 *Quirinus* heißt der zum Gott erhobene Romulus. Die erste und die zweite Waffenbeute beziehen sich auf Romulus und Cossus (Vers 841).

868 *Mein Sohn:* Die folgenden Verse beziehen sich auf *M. Claudius Marcellus,* den Sohn von Augustus' Schwester Octavia. Diesen ganz besonders hervorragenden und geliebten Jüngling hatte der Kaiser adoptiert und zu seinem Nachfolger bestimmt, doch starb er schon im Jahre 23 v. Chr., erst 19 Jahre alt, in Bajae. Er war vermählt mit Julia, der einzigen Tochter des Augustus. Das ganze Volk trauerte um den geliebten Toten, der im Grabmal des Augustus, dem Mausoleum am Tiberufer, beigesetzt wurde.

896 *Manen:* Fast wörtlich sind diese Verse denen der Odyssee XIX 562 ff. nachgebildet.

900 *Cajeta*: Hafenstadt in Latium. Der Ursprung ihres Namens wird aber erst zu Beginn des siebenten Buches angegeben.

901 *Vorn sinkt der Anker herab:* Der Schlußvers ist gleich III 277 und hier wohl erst später zugefügt.

SIEBENTER GESANG

1 *Cajeta:* Das heutige Gaëta.

10 *Circeïsch:* Die homerische Insel der Circe (Odyssee X 135) ist heute durch Schwemmland mit dem Festland verbunden und bildet das Vorgebirge Circeo bei den pontinischen Sümpfen zwischen Rom und Neapel.

11 *Des Helios mächtige Tochter:* Circe war eine Tochter des Helios, Schwester des Medea-Vaters Aiëtes.

43 *Tyrrhenisch:* Etruskisch.

47 *Faunus:* Hier genannt als mythischer König, dann aber vergöttlicht als guter Geist der Wälder und Berge, später mit dem griechischen Pan vermengt. *Laurentum,* Stadt in Latium; die Nymphe *Marica* hatte bei Minternum am Flusse Liris ein Heiligtum. *Picus* heißt der Specht, gilt als Weissagegott. *Saturn,* der Vater des Juppiter, flüchtete nach dem Sturz der brüderlichen Titanen nach Italien, machte sich zum König von Latium, unter dem das goldene Zeitalter in Glück und Frieden blühte. Vergil bringt hier Teile der altitalischen Mythenreligion.

83 *Albunea* war die weissagende Nymphe einer Schwefelquelle bei Tibur.

85 *Oenotria,* älterer Name des südöstlichen Teiles von Italien.

91 *Avernus:* Von dem Avernus-See bei Cumae als Zugang zu der vom Flusse Acheron durchströmten Unterwelt war schon die Rede.

113 *Ceres,* gleich der griechischen Demeter, Göttin des Ackerbaus.

123 *Als Schicksal verheißen:* Bei einer nochmaligen Durcharbeitung des Gedichts würde Vergil gemerkt haben, daß er diese Weissagung nicht Anchises, sondern III 245 der Harpyie Celaeno zugeschrieben hatte.

139 *Phrygische Mutter:* Kybele.

140 *Erebus:* Aeneas' Vater Anchises weilt in der Unterwelt (Erebus), seine Mutter Venus im Himmel.

150 Der *Numicus* ist ein kleiner Küstenfluß in Latium, der aus einem Sumpfe fließt.

154 *Zweige der Pallas:* Zweige der Olive, die, der Minerva heilig, als Friedenszeichen gelten.

171 *Picus:* Vgl. Anm. zu Vers 47.

174 *Der Könige Brauch*: Vgl. Anm. zu VI 817.

180 *Janus,* mit einem Doppelantlitz, das vorwärts in die Zukunft und rückwärts in die Vergangenheit schaut, war somit ein Gott der Zeit, des Jahres, des Eingangs und Ausgangs. Sein Tempel war im Frieden geschlossen, im Kriege geöffnet. Ihm ist der Monat Januar heilig.

187 *Quirinus-Stab:* Es ist der lituus, der Krummstab der Auguren, den schon Romulus (Quirinus) bei Beobachtung des Vogelfluges trug. – *Staatskleid:* Ein kurzes, scharlachrotes Reiterkleid, das der höchste Beamte Roms bei Kriegserklärungen über dem Panzer trug.

206 *Aurunkisch:* Gleich ausonisch, gleich italisch.

209 *Corythus,* der Sohn des Juppiter und Vater des Troerahns Dardanus, gründete die nach ihm benannte Stadt, das spätere Cortona.

282 *Circe,* die Tochter des Sonnengottes Helios, ließ heimlich irdische Stuten von den Rossen ihres Vater belegen, woraus besonders schöne Pferde entstanden.

286 *Argos:* Der Stromgott und mythische König Inachus, ein Sohn des Okeanus und der Tethys, Vater der Io, soll Argos, die der Juno besonders liebe und heilige Stadt, erbaut haben.

289 *Pachynum:* Südliches Vorgebirge Siziliens.

294 *Kap von Sigeum:* Vorgebirge und Küstenstadt in der Troas. Die Troer wurden in offener Feldschlacht nicht geschlagen.

304 *Lapithen*: Das Riesengeschlecht der Lapithen wurde im Kampf mit den Kentauren vernichtet, weil sie vergessen hatten, gleich den übrigen Göttern den Mars zur Hochzeitsfeier des Lapithenfürsten Pirithous einzuladen. – Oineus, der Beherrscher der aetolischen Stadt Kalydon, hatte den Dienst der Diana (Artemis) vernachlässigt, weshalb die Göttin ein ungeheures Wildschwein verwüstend in das Land einbrechen ließ, bis Meleagros es erlegte.

315 *Prächtige Dinge:* Ironisch gemeint.

319 *Bellona,* gleich der griechischen Enyo, Göttin des Krieges. – Als des Priamus Gemahlin *Hekuba* mit dem Paris schwanger ging, träumte sie, sie würde einen Feuerbrand gebären, der ganz Asien verzehren würde.

324 *Allecto:* Hier so genannt, weil sie Trauer und Elend bringt.

327 *Pluto* beherrscht die Unterwelt (Tartarus). *Allecto,* eine der drei Furien, hier Tartarusschwestern genannt.

341 *Gorgonische Gifte:* D. h. so giftig wie die Gorgonen, deren jüngste, Medusa, aus dem abgeschlagenen Haupt Giftblut auf die Erde tropfen ließ.

343 *Amata:* Die Gemahlin des Königs Latinus, die sich den Rutulerfürsten Turnus zum Schwiegersohn für ihre Tochter Lavinia und somit zum Reichserben zu erwählen gedachte.

363 *Der phrygische Hirt:* Gemeint ist der troische Königssohn Paris.

372 *Akrisius:* Vergil folgt der Sagenversion, nach der Danaë, die Tochter des von Inachus stammenden Akrisius, Königs von Argos, in Italien gelandet wäre und die Stadt Ardea, die Hauptstadt der Rutuler, gegründet hätte, nachdem sie den Rutulerkönig Pilumnus geheiratet (vgl. Vers 410 ff.).

479 Der *Kokytus,* ein Fluß der Unterwelt.

516 *Trivia-See:* Jetzt der Nemisee im Albanergebirge, der »Spiegel der Diana«. Etwas nördlich fließt der schwefelhaltige *Nar* nach Aufnahme des *Velinus* als Grenze zwischen Umbrien und dem Land der Sabiner in den Tiber.

571 *Erinys,* der griechische Name der Furien, mit dem hier Allecto belegt ist.

604 *Geten:* Hier werden entlegene Grenzvölker mit deutlicher Bezugnahme auf die ausgedehnten Kriege des Augustus genannt. Die *Geten* an der unteren Donau, die *Hyrkaner* am Kaspischen Meer, die *Inder gegen Aurora,* also im Lande der Morgenröte, im Osten, die *Parther,* eine fast unbesiegbare skythische Bevölkerung südlich vom Kaspischen Meer, die von den Römern sogar siegreich Feldzeichen erobert hatte.

610 *Wächter Janus:* Die Pforten des Janustempels stehen während eines Krieges offen. Zu *quirinischen Mantel* vgl. Anm. zu Vers 187/88. Die trabea in *gabinischer Gürtung* bestand darin, daß ein Zipfel der Toga, der sonst über die linke Schulter fiel, nun fest um den Leib gezogen wurde oder schützend über den Kopf.

641 *Helikon:* Die Musen besaßen auf dem boeotischen Helikongebirge einen Tempel, dessen Pforten nun geöffnet werden

sollen. Der Anruf entspricht Ilias II 484–93, wo die Verse ähnlich den sogenannten »Katalog« einleiten.

647 *Tyrrhenisch:* Tyrrhenisch gleich etruskisch. Mezentius ist der Fürst der Stadt Caere, die früher Agylla hieß. Er leitet hier die Reihe der vierzehn Verbündeten ein. Mezentius war seiner Grausamkeit wegen von seinen Untertanen vertrieben worden und floh zu Turnus, dem Rutulerfürsten.

653 *Herrschaft des Vaters:* Bezieht sich auf Lausus, der weit edler war als sein Vater.

657 Den *Aventinus* hatte Herkules mit der Priesterin Rhea erzeugt, als er von Spanien nach dem Kampf mit dem Riesen Geryon die erbeuteten Rinder durch Italien trieb. Der später vergötterte Herkules war zu Tiryns in der Argolis erzogen worden.

665 *Sabellisch:* Gleich sabinisch, ältere Bezeichnung.

672 *Catillus,* der Sohn des Amphiaraos, der unter den Sieben vor Theben seinen Tod fand, soll nach Italien geflüchtet sein und dort drei Söhne erzeugt haben: Tiburtus, Coras und Catillus, die gemeinschaftlich die Stadt Tiburtum bauten.

674 *Kentauren:* Die Roßmenschen und Wolkensöhne, Kentauren genannt, hausen auf den thessalischen Bergen, von denen hier der Othrys und der Homole genannt werden.

678 *Präneste:* Das jetzige noch mit teils kyklopischen Mauern umgürtete Palestrina.

682 *Gabii,* eine Stadt in Latium, zwischen Praeneste und Rom.

683 Der *Anio,* der bei Antemnae in den Tiber mündet, strömt mit seinen berühmten Fällen von den Sabinerbergen durch das heutige Tivoli.

684 Die *Herniker* bewohnten eine steinige Gegend in Latium, trotzdem war ihre Hauptstadt *Anagnia* ihres Reichtums wegen gepriesen.

685 Der Fluß *Amasenus* im Volskerlande wird besonders im XI. Buch eine Rolle spielen.

691 *Messapus* ist Herrscher in Südetrurien.

695 Die Stadt *Fescennia* liegt in Etrurien, ebenso *Falerii,* die Hauptstadt der Falisker. Der berühmte Berg *Soracte,* nördlich von Rom und von dort aus sichtbar. Von einer etrurischen

Stadt *Flavinia* aber wissen wir nichts Gewisses, dies gilt auch vom Berg und See *Ciminius* und *Capena.*

701 *Trift:* Die vom Kaystros durchflossene Trift in Lydien, die auch Homer wegen ihres Vogelreichtums erwähnt, Ilias III 2–7.

707 *Clausus:* Hier schafft Vergil dem altberühmten Geschlecht der Claudier, die schon im 5. Jh. nach Vertreibung der Könige nach Rom gezogen waren, einen sabinischen Ahnherrn.

710 *Amiterner:* Die alten Bewohner von Cures. Die folgenden Namen gehören alle dem Sabinerlande an.

717 An dem Flüßchen *Allia,* das nördlich von Rom in den Tiber fällt, wurden die Römer von den Galliern vernichtend geschlagen.

719 Das herbstliche Gestirn des *Orion* galt als Bringer von Sturm und Regen.

721 *Hermus:* Fluß in Lydien.

723 *Halaesus:* Halaesus herrscht über die *Aurunker* und *Osker.* Im folgenden werden nun die fruchtbaren, südlich von Rom gelegenen Gebiete gegen Campanien erwähnt, wo der *Massicus* und *Volturnus* fließen, wo auch die *Sidiciner* wohnen und der Weinort *Cales* liegt. Die *Saticuler* wohnten aber höher im campanischen Gebirge.

733 *Oebalus,* König der Insel *Caprea* (Capri), wo Teleboër hausten, die von der Insel Taphos bei Akarnanien eingewandert waren, war ein Sohn des *Telon* und der Flußnymphe *Sebethis.* *Sarrastum* in Campanien am Flusse *Sarnus.* Auch die Namen in den Versen 739/40 sind campanisch.

744 *Ufens,* ursprünglich der Name eines Flußgottes im Bergland von Latium, wo die *Aequer* (die gens Aequicula) an beiden Ufern des Anio wohnten. *Nersae* ist nur hier bekannt.

750 *Marruvium,* Hauptstadt der Marser in Latium. *Angitia* (Vers 759) soll eine Schwester der zauberkundigen Circe und der Medea gewesen sein und sich später nach Belehrung der Marsen am See *Fucinus* niedergelassen haben.

761 *Hippolytus,* der Sohn des Theseus und Liebling der Diana, war, nachdem er infolge der Ränke seiner Stiefmutter Phaedra von Poseidon getötet wurde, auf Bitten von Diana von Paeon (Asklepios) wieder zum Leben erweckt. Er floh dann nach

Italien, wo er sich *Virbius* nannte und mit Aricia (eine Stadt im Albanergebirge trägt jetzt noch ihren Namen) einen Sohn erzeugte, der, gleichfalls *Virbius* genannt, von der bekannten Nymphe Egeria, der späteren geheimnisvollen Beraterin des Römerkönigs Numa, erzogen wurde. Hier gehen griechische und altitalische Sagen durcheinander.

784 *Turnus,* der Oberfeldherr, der Fürst der Rutuler, dem die anderen gegen Aeneas Beistand leisten, war der Lavinia, der Tochter des Königs Latinus, zum Gatten zugesagt. Die *Chimära* auf seinem Helm stellt das dreigestaltige Ungeheuer dar, das Bellerophontes erschlug. *Io* (Vers 789), die Tochter des Flußgottes Inachus bei Argos, war als Geliebte des Juppiter von Juno zur Strafe in eine Kuh verwandelt worden, die der hundertäugige Argus hüten mußte, bis ihn der von Juppiter gesandte Hermes listig erschlug.

794 *Argivische Jugend*: Vgl., was in der Anm. zu Vers 372 über das Geschlecht und die Herkunft des Turnus gesagt ist.

795 *Aurunkische Mannschaft:* Die iberischen *Sikaner* waren ursprünglich aus Spanien an die Westküste Italiens eingewandert und zogen dann weiter nach Sizilien. Mit den *Sakranern* sind wohl Bewohner von Ardea gemeint. *Labicum* lag in der Nähe vom Tusculum auf den Vorhöhen der Albanerberge. Alsdann werden als Örtlichkeiten die Flüsse *Tiberinus* (Tiber) und der schon erwähnte *Numicus* (siehe Anm. zu Vers 150) genannt. Zum *Kap der Circe* siehe Anm. zu Vers 10. Mit dem *Juppiter Anxur* und seiner Gattin *Feronia* sind die Schutz- und Naturgottheiten der volskischen Stadt Anxur gemeint. Der sonst unbekannte *Satura*sumpf wird zu den pontinischen Sümpfen südlich von Rom zu rechnen sein, wo auch der in der Anm. zu Vers 744 genannte *Ufens* fließt.

803 Über Camilla und ihre Heldentaten wird das Nähere in Gesang XI berichtet.

ACHTER GESANG

7 Der ruchlose und grausame *Mezentius,* den seine Untertanen aus der etruskischen Stadt Caere vertrieben hatten, wurde schon im Gesang VII genannt und seine Mißachtung der Götter gekennzeichnet.

9 Der große Griechenheld von Troja, *Diomedes,* der sich dort besonders mit Aeneas gemessen, wurde nach dem troischen Krieg aus seiner Heimat Argos vertrieben, ging nach Apulien zum König Daunus und gründete neben dem hier genannten Argyripa (Arpi) auch Benevent, Brundisium, Salapia.

24 *durchflimmert:* Berühmtes Gleichnis, nach Apollonios Rhodios, Argonauten III 754–758.

42 *Nichtiges Traumbild:* Vgl. die nämliche Prophezeiung III 389ff.

52 Der noch mythische Held *Euandrus* führte nach der Sage pelasgische Arkader aus ihrer griechischen Heimat nach Latium und gründete eine Burg auf dem später römischen Palatinhügel, an dem der Tiber dicht vorbeifließt. *Pallas* galt als einer der Urväter der Arkader.

77 *Gehörnter Strom:* Alle Flußgötter wurden gehörnt gedacht.

90 *Also beeilen sie nun ...:* Diese Stelle hat textlich zwei Versionen. Ladewig in seiner kommentierten Ausgabe (Berlin ^{13}1912) wählt »rumore secundo«, dem die vorliegende Übersetzung folgt. Brosin bringt in seiner Schulausgabe (Gotha 1914) die andere Version »Rumone secundo«, also »im Geleit des Rumo«, wobei Rumo ein altertümlicher Name für den Tiber ist. Das Vergil-Speziallexikon von H. Merguet schließt sich der ersten Fassung an, indem es Rumo gar nicht bringt.

103 *Amphitryon* galt als der irdische Vater des Herkules, während diesen in Wahrheit Zeus mit Alkmene erzeugt hatte.

139 *Kyllene:* Gebirge in Arkadien.

146 *Daunisches Volk:* Die Rutuler und Latiner nach dem alten Urkönig Daunus genannt.

158 *Der Schwester Hesione*: Die Schwester des Priamus hatte Telamon, den Herrscher von Salamis, geheiratet.

165 *Pheneos* war die Hauptstadt Arkadiens, also des Euandrus ursprüngliche Residenz.

198 *Vulkan:* Gott des Feuers und der Erze (griech. Hephaistos).

202 *Drei Leiber Geryons:* Vgl. Anm. zu VI 286 und zu VII 244.

231 *Aventinus:* Der dem Palatinus gegenüberliegende Hügel von Rom.

269 *Potitius:* In den römischen Familien der Potitier und Pinarier war das Priestertum des Herkules erblich.

276 *Doppeltgefärbte Pappel:* Das grüne Pappelblatt ist auf der Rückseite silbergrau.

285 *Die Salier*-Priester, die hier dem Herkules dienen, wurden später durch König Numa dem Mars gradivus geweiht.

291 *Oechalia,* Stadt auf Euboea, die Herkules zerstörte, weil man ihm dort die als Kampfpreis gewonnene Jungfrau Iole, die Tochter des Königs Eurytos, verweigerte.

292 *Eurystheus:* Herkules, dem nach einem Schwur des Juppiter als Erstgeborenem höchste Heldenmacht und Herrschaft zufallen sollte, mußte seinem schwächlichen Vetter Eurystheus dienen, da die Ränke der eifersüchtigen Juno die Geburt so lange verzögert hatten, bis Eurystheus etwas früher das Licht der Welt erblickte.

293 *Zweileibige Wolkengeborene* sind die Kentauren (vgl. VII 674). Im weiteren werden bekanntere Taten des Herkules genannt.

341 *Ruhm des Pallanteums:* Auf dem Palatin lagen später die Kaiserpaläste. Zwischen diesem und dem capitolinischen Hügel erklärte später Romulus einen Hain als Schutzasyl und Freistatt für entronnene Überläufer. Das *Lupercal* war eine dem parrhasischen, d. h. *arkadischen Pan Lycaeus,* d. h. dem Wolfsschützer, geweihte Höhle; die Sitte solcher Höhlenweihung hatte Euandrus aus Arkadien mitgebracht.

345 Das Gehölz *Argiletum,* geweiht durch ein Grabmal des erschlagenen *Argus,* lag unterhalb des Capitols.

347 *Tarpejischer Sitz:* Der auch heute noch erhaltene Felsabsturz auf der Südseite des Capitols heißt so nach einer Tochter eines Burgvogts Tarpeius; von hier wurden Verbrecher hinabgestürzt. Das Capitol war in später Römerzeit besonders herrlich mit Bauten und Denkmälern geschmückt, vor allem mit einem prachtvollen Tempel des Juppiter.

354 *Aegis:* Der auch bei Homer so oft genannte Aigisschild des Zeus bedeutet wohl die blitzausstrahlende Wetterwolke.

358 *Janiculum und Saturnia:* Von einer verschollenen *Janusburg* hat der Janiculushügel in Rom seinen Namen. *Saturnius* hieß früher der capitolinische Hügel. Das römische Forum dehnt sich südlich zu Füßen des Capitol-Hügels neben dem Palatin. Die *Carinen* waren ein vornehmes Stadtviertel am Esquilin-Hügel; Cicero, Pompejus u. a. wohnten dort neben den Palästen anderer Großen. Heute ist gerade diese Gegend des alten Rom sehr verödet.

383 *Tochter des Nereus:* Thetis, die Tochter des Meergottes Nereus, hatte von Vulkan (Hephaistos) Waffen für ihren Sohn Achilles erbeten und erhalten (vgl. Ilias XVIII), ebenso Aurora (Eos), die Gattin des Tithonos, für ihren Sohn Memnon.

416 *Seitlich von Aeolus' Insel:* Vulkans Werkstatt wird also nicht, wie gewöhnlich, auf der Insel Lemnos gedacht, sondern auf einer der liparischen Inseln, die nördlich Sizilien (Sikanien) vorgelagert sind und sich infolgedessen, selber noch jetzt vulkanisch tätig, nicht weit von dem feuerspeienden Aetna befinden.

420 *Chalyber-Erze:* Verallgemeinert gedacht nach der berühmten Eisenerzgewinnung im Lande der Chalyber am Pontus (Schwarzen Meer).

425 *Brontes, Steropes, Pyrakmon:* Diese drei bekannten, weit älteren titanischen Kyklopen, von denen der dritte sonst meist Arges genannt wird, sind nicht zu verwechseln oder in Zusammenhang zu bringen mit dem Poseidonsohn Polyphem der Odyssee und seiner Sippe. Sie schmieden auch die Blitze des Juppiter.

435 *Entsetzliche Aegis:* Vgl. Anm. zu Vers 354. Juppiter leiht seinen Aegisschild oft an seine Tochter Minerva (Athene). Dann pflegt das Gorgonenhaupt der Medusa, das Perseus der Göttin für ihren Beistand geschenkt hatte, in der Mitte der Waffe befestigt zu sein.

458 *Tyrrhenisch* gleich etruskisch. Diese Art Sohlen waren vergoldet, wie später die der römischen Senatoren. Man muß sich hier volle Riemenschuhe denken.

459 *tegeisch:* Tegea, Stadt in Euandrus' ursprünglicher Heimat Arkadien.

479 *Agylla:* Vgl. Anm. zu VII 642.

499 *Mäonierjugend:* Maeonien ist der alte Name Lydiens.

505 *Tarchon:* Der nach der Vertreibung des Königs Mezentius zunächst stellvertretende Oberbefehlshaber des Stammes.

523 *Kytherea:* Venus, so nach ihrer Geburtsinsel Kythere genannt, verfügt hier seltsamerweise über den Blitz.

543 *Lare und Penaten:* Die am Tage vorher verehrten Herd- und Hausgötter.

561 *Praeneste:* Vgl. VII 682 und 800.

624 Unter *Elektrum* verstanden die Alten ein aus Gold und Silber gemischtes Metall. Elektrum heißt auch der Bernstein, und das Metall trug den gleichen Namen wegen der ähnlichen Farbe.

625 *Schild ein Wunder:* Vergil läßt es sich natürlich nicht entgehen, die berühmte Schildbeschreibung Homers (Ilias XVIII 482 bis 608) zu imitieren, wenn er auch hinter seinem Vorbild nicht nur stark zurückbleibt, sondern durch die Absicht, hier abermals, wie in Gesang VI, eine Vorprophezeiung der römischen Geschichte anzubringen, diesen Effekt künstlerisch abschwächt und in dem Bestreben, möglichst viel zu bringen, die bei Homer so starke, reinem Menschentum gewidmete Anschauung in eine Häufung von für solche Gelegenheit doch ganz unwahrscheinlichen Darbietungen von Daten und Ereignissen zerfließen läßt. Er selbst scheint zu merken, daß seine Absicht an der nicht zu bewältigenden Fülle des Stoffes in ihr Gegenteil umschlägt. Zu den einzelnen Angaben sei hier nur kurz Stellung genommen und besser auf einen Abriß der römischen Geschichte verwiesen.

632 *Zwillingsknaben:* Romulus und Remus.

638 *Tatius:* Der Sabinerkönig, mit dem Rom nach schlimmem Kampf ein versöhnendes und einigendes Bündnis schloß.

644 Der *Verräter* ist Mettus Fuffetius, der Albanerfeldherr, der, erst im Bunde mit dem römischen König Tullus Hostilius, dann die Vejenter gegen Rom aufhetzte, um verräterisch zu ihnen überzugehen. Aber der König siegte und übte an dem Albaner schreckliche Strafe.

646 *Porsenna:* Der Etruskerkönig, der den aus Rom vertriebenen Tarquinius zurückführen wollte.

650 *Horatius Cocles* hielt hierbei die Feinde an der Brücke am Janiculus heldenhaft auf. *Clölia* war eine der dem Porsenna überlieferten Geiseln, die der Haft entrann und kühn über den Strom zurückschwamm.

653 *Manlius* war der von den Gänsen geweckte Befehlshaber des von den Galliern belagerten Capitols.

663 *Salier und Luperker*: Siehe Anm. zu Vers 341 ff. Die *Salier* waren ein Priesterkollegium des Mars. Das Weitere kann aus der Geschichte als bekannt vorausgesetzt werden.

688 *Ägyptische Gattin*: Kleopatra.

696 *Sistrum:* Die Isisklapper, die beim Schütteln ihrer Metallteile bei religiösen Feiern und auch an Stelle einer kriegerischen Tuba ertönte.

697 *Schlangen:* Rückwärts von Kleopatra waren auf dem Schild die zwei Schlangen angedeutet, durch deren Biß sie sich später töten ließ.

698 *Beller:* Der ägyptische Gott *Anubis* trägt einen Hundskopf.

701 *Diren:* Rachegöttinnen.

703 *Bellona,* die Kriegsgöttin.

704 *Actischer Phoebus:* Apollon hatte auf dem Vorgebirge bei Actium, wo die entscheidende Seeschlacht stattfand, einen Tempel.

706 Die *Sabäer,* eine Völkerschaft Arabiens.

711 *Nilus:* Der göttlich personifizierte Nilstrom.

714 *Dreifach im Triumph . . .:* Man sieht, wie dem Vergil allmählich alle wirkliche Bildkraft vor lauter historischem Schilderungseifer zerrinnt.

724 *Afrer* gleich Afrikaner; *entgürtet* meint: mit langem Burnus. *Leleger und Karer,* kleinasiatische Völkerschaften. *Gelonen,* ein skythischer Stamm zwischen Don und Wolga. Flußgottheiten, wie hier der Rhein, wurden mit Hörnern gedacht. Die *Moriner,* mit denen schon Caesar kämpfte (Gallischer Krieg III 28 f.), wohnten in der Nähe des Rheins. Die *Daher* am Ostufer des Kaspischen Meeres. Der wilde armenische Bergstrom *Araxes* hatte bisher jeder Überbrückung getrotzt.

NEUNTER GESANG

5 *Thaumas,* Vater der Iris, der Göttin des Regenbogens und Botin der Götter.

10 *Corythus:* Die Städte des Corythus, des Gründers der nach ihm benannten Stadt in Etrurien, stehen hier für den Gesamtbegriff Etrurien.

27 *Messapus und Tyrrhus:* Vgl. VIII 6, zu Thyrrhus VII 424.

29 *Waffenschwingend . . .:* Dieser Vers ist aus VII 784 hier unrichtig eingeschoben.

82 *Berekyntia:* Beiname der Kybele, die in Phrygien auf dem Berge Berekynt, auf dem Ida, dem Dindymon und anderswo besonders verehrt wurde.

89 *Dardanischer Jüngling:* Gemeint ist Aeneas.

104 *Stygischer Bruder:* Pluto und die Pechströme der Unterwelt.

107 *Parzen:* Die Schicksalsgöttinnen.

108 *Die Mutter:* Die Göttin Kybele.

139 *Mykenae:* Bezieht sich auf den Raub der Helena, der Gemahlin des Atreussohnes Menelaus, der aus Mykenae stammte.

150 *Diebische Feigheit:* Bezieht sich auf den heimlichen Raub des Palladiums aus dem Tempel der Athene in Troja während der Eroberung, ferner wohl auch auf die Erschlagung des Rhesus durch Diomedes und Odysseus (Ilias X, die sog. Dolonie), ferner auf das listig mit Helden gefüllte Pferd, durch dessen Trug Troja zerstört wurde.

178 *Jägerin Ida:* Eine Nymphe des gleichnamigen Gebirges bei Troja.

179 *Euryalus:* Die Mutter des Euryalus war eine Verwandte des troischen Königshauses.

196 *Pallanteum:* Die Stadt des Fürsten Euandrus, wo *Nisus* den Aeneas zur Zeit vermuten muß.

223 *Prinzen:* Gemeint ist Iulus, lat. hier rex genannt, als Stellvertreter seines Vaters Aeneas.

259 *Assarakus,* dessen Hausgott hier angerufen wird, ist der Urgroßvater des Aeneas und Stifter dieser Nebenlinie des troischen Königshauses. Sowohl der Larenglaube wie der Kult der Vesta werden von Vergil aus italischem Glauben auf den der Teukrer übertragen.

263 *Arisba:* Bezieht sich wohl auf eine Heldentat des Aeneas vor dem troischen Krieg. Es gab ein Arisba in der Troas, das hier wohl gemeint ist, daneben eines auf Lesbos.

296 *Kreusa* hieß die erste Gattin des Aeneas, die Mutter des Iulus.

303 *Gnosus*, die Hauptstadt Kretas, war wegen seiner Waffenschmiede berühmt.

314 *Sich dem feindlichen Lager* ... Das Weitere ist eine starke »imitatio« der Dolonie in der Ilias (Gesang X).

439 *Die Seinen:* Gemeint ist die gens Julia.

448 Der *römische Vater* ist Juppiter, der auf dem Capitol seinen berühmten Tempel besaß.

459 *Tithonus:* Die Göttin der Morgenröte hatte den Tithonus, den Sohn des troischen Königs Laomedon, um seiner Schönheit willen zum Gatten genommen.

524 *Kalliope:* Der Anruf gilt den Musen insgesamt, doch nur Kalliope, die Göttin der epischen und lyrischen Dichtkunst, wird einzeln genannt.

545 *Maeonien*, allgemeiner Name für Lydien.

567 Der *Wolf* ist das Tier des Kriegsgottes Mars und somit auch das Wahrzeichen Roms.

583 *Symaethus*, ein Fluß in Sizilien. *Palicus* war der Dämon eines Krater-Sees des Aetna. Früher brachte man ihm Menschenopfer. Wenn Vergil auch nur *einen* Palicus nennt, so wird für gewöhnlich von dem Zwillingspaar der Palici berichtet, Söhnen des Juppiter und der Nymphe Aetna oder Thalia, Erddämonen, von denen in der Nähe die Stadt Palice bei Catania ihren Namen hat.

618 *berekyntisch:* Vgl. Anm. zu Vers 82.

667 Die *Böckchen* (haedi), zwei Sterne im Sternbild des Fuhrmanns, deren Auf- und Untergang Sturm verkündet.

671 *Pandarus, Bitias:* Vgl. hierzu Ilias XII 127–136.

679 *Athesis und Padus:* Etsch und Po.

704 *Phalarica-Spieß:* Die von Livius XXI 8 genauer beschriebene Phalarica war ein sonst mit dem Katapult geschleuderter, besonders schwerer Speer von drei Fuß Länge mit langer eiserner Spitze. Nur ein riesenstarker Mann konnte solche Waffe schwingen.

709 An der Bucht von *Bajae*, nördlich von Neapel, hier euboeisch genannt, wegen der Nachbarschaft des von Euboeern aus Chalkis gegründeten Cumae, bauten sich reiche Römer Villen oft molenartig in das Meer hinaus.

714 *Prochyta* und Inarime sind benachbarte Inseln, jetzt Procida und Ischia am Kap Misenum. Der Riese *Typhoeus* (vgl. VIII 298 f.) soll dort unter dem früher feuerspeienden Berge Epomeo liegen.

ZEHNTER GESANG

28 Das *ätolische Arpi* in Griechenland ist nicht zu verwechseln mit der von Diomedes in Unteritalien gegründeten Stadt gleichen Namens.

29 *Verwundung:* Anspielung auf die Verwundung der Venus durch Diomedes vor Troja (Ilias V 330/336).

51 Heiligtümer der Venus. *Paphos,* Stadt auf ihrer Insel Cypern, ebenso *Amathus.* Die Insel *Kythere* als Geburtsort der Venus wurde schon des öfteren erwähnt, ebenso *Idalium,* das auch auf Cypern liegt.

61 *Xanthus und Simois:* Die bekannten Flüsse in der Troas.

83 *Schiffe:* Juno in ihrem Zorn schiebt hier der Venus etwas zu, was nach Ilias V Apollo tat, wie auch die Verwandlung der Schiffe nicht durch diese Göttin, sondern durch Kybele veranlaßt wurde.

91 *Diebstahl:* Juno meint die Entführung der Helena.

136 Der *Terpentinbaum* (Terebinthe) mit seinem schwarzen, sehr geschätzten Holz wuchs besonders bei der Stadt Oricum in Epirus.

142 *Paktolos:* Ein goldführender Fluß in Lydien, der auf dem Berge Tmolos entspringt und in den Hermus mündet.

155 *Schicksalsledig:* Nachdem ein Schicksalsspruch den Etruskern, wie schon früher erwähnt, geboten, sich des Kampfes gegen Mezentius zu enthalten, ehe ihnen nicht ein Führer aus fremdem Land erstanden, waren sie jetzt von dieser Behinderung frei.

163 *Helikon:* Das boeotische Gebirge, auf dem die Musen beheimatet sind, trug ein ihnen geweihtes Heiligtum, dessen Öffnung der Dichter erbittet.

166 Der Schiffsname *Massicus* stammt von einem Berge in Campanien. Das Fahrzeug trägt einen Tiger als Abzeichen. Die im folgenden genannten Städte *Clusium, Cosa, Populonia* sind etruskisch.

174 *Ilva:* Das jetzige Elba. Auf die Chalyber am Pontus wurde schon des öfteren verwiesen.

179 *Pisa* soll von einer gleichnamigen, am Alpheus in Elis gelegenen Stadt gegründet sein.

183 *Caere* = *Agylla* wurde schon des öfteren genannt. Das Flüßchen *Minio,* jetzt Mignone, ist ebenso wie die Städte *Pyrgus* oder Pyrgi und *Graviscae* gleichfalls in Etrurien zu suchen.

188 *Amor* und seine Mutter Venus, die dem Kyknus diese unselige Liebe eingeflößt hatten. Vgl. Ovid, Metamorphosen II 340 bis 380.

190 *Pappeln:* Die um ihren vom Sonnenwagen gestürzten Bruder Phaëthon trauernden Schwestern wurden in Pappeln verwandelt.

199 *Manto,* soll dem heutigen Mantua entsprechen, das ja des Dichters Heimat war. *Ocnus* war ein Sohn der Nymphe Manto und des Thybris. – Diese vom eigentlichen Kriegsschauplatz recht entfernt wohnenden Völker greifen deshalb ein, weil sie schon vorher an der Nordgrenze Etruriens gegen Mezentius im Aufstand waren.

205 Der *Benacus* ist der Gardasee, aus dem der Mincius strömt.

215 *Phoebe:* Luna, die Mondgöttin, so genannt als Schwester des Phoebus Apollo.

265 Der *Strymon,* ein Fluß in Thrazien.

351 *Ismaros:* Diese thrazische Stadt am Hebrus, deren Namen auch ein Berg trägt, der hier wohl gemeint ist, wird schon in der Odyssee (IX 20) erwähnt als Hauptstadt der Kikonen.

389 Nach einer griechischen Sage verfolgte *Rhoetus,* der König der Marser, seinen Sohn *Anchemolus,* weil dieser ein Verhältnis mit seiner Stiefmutter Kasperia begann. Darauf entfloh Anchemolus zu Daunus, dem Vater des Turnus.

439 *Die göttliche Schwester des Turnus:* Turnus' göttliche Schwester ist die Nymphe Juturna.

460 Mit dem Fremdling ist Herkules, der Enkel des Alkaeus, gemeint, dessen Besuch bei Euandrus ja schon mehrfach erzählt wurde.

462 *Er:* Turnus.

497 *Schreckliche Brautnacht:* Die Greueltat der fünfzig Danaïden, die auf Rat ihres Vaters in der Brautnacht ihre Gatten ermordeten.

564 *Amyclae,* nicht zu verwechseln mit der gleichnamigen Stadt in Lakonien, lag bei Terracina am Tyrrhenischen Meer und war schon zu den Zeiten Vergils verschwunden. Das Beiwort still, schweigend könnte daher rühren, daß das griechische Amyklae den Dorern in die Hände fiel, weil die Bewohner durch ein Gesetz nicht von den Feinden sprechen sollten.

565 *Aegaeon:* Einer der hundertarmigen Urtitanen, sonst Briareus geheißen, den Vergil hier in einen der Giganten verkehrt.

609 *Durch Venus und nicht durch der Männer:* Ironisch gemeint.

618 Auch *Pilumnus,* der Ahn des Turnus, stammt gleich Juppiter und Juno von Saturn.

704 *Tochter des Kisseus:* Hekabe, die Gattin des Priamus, Tochter des thrazischen Königs Kisseus.

708 *Vesulus,* ein Alpengipfel, auf dem der Po entspringt.

732 *Ihm:* Dem Mezentius.

794 *Jener:* Mezentius.

ELFTER GESANG

31 *Parrhasisch* gleich arkadisch.

226 *Tydiden:* Diomedes, dessen Ansiedlung in Italien in Arpi schon erwähnt wurde, vgl. VIII 9–17.

246 *Argyripa* und Arpi sind die gleiche Stadt. Der Berg *Garganus* ein Vorgebirge in Apulien. Zu *japygisch* ist zu bemerken, daß Japyx, ein Sohn des Daedalus, sich in dieser Gegend angesiedelt hatte.

260 *Klippen Euboeas:* Welcher Unglücksstern bei Erwähnung dieser Klippen hier besonders gemeint ist, ist nicht ersichtlich. Jeden-

falls waren ja aber nach der Ansicht der Alten Auf- und Niedergang gewisser Gestirne folgenschwer und meist unheilvoll. *Kaphereus* ist ein klippenumgebenes Vorgebirge Euboeas, wo die heimkehrende griechische Flotte teils zerschellte, teils auseinandergetrieben wurde. Mit den *Säulen des Proteus*, einem östlichen Gegenstück zu den bekannten Säulen des Herkules im Westen (Gibraltar), ist die Insel Pharos bei Ägypten gemeint.

266 *Eheschändender Buhle:* Agamemnon wurde auf Anstiften seines Weibes Klytaemnestra von Aegisthus erschlagen.

267 *Pyrrhus*, gleich Neoptolemus, der Sohn des Achilleus, wurde von Orestes, dem Sohne Agamemnons, erschlagen. *Idomeneus*, der Herrscher von Kreta, wurde von der Insel vertrieben. Zu *»Lokrern«* vergleiche, was Gesang I über das Schicksal ihres Herrschers Ajax berichtet.

269 Der erste Zufluchtsort des Diomedes liegt in Aetolien. Diomedes glaubt, daß seine Gefährten in klagende Wasservögel verwandelt wären, ihm selbst zur Strafe, weil er im Kampf vor Troja Venus an der Hand verwundet hatte.

286 *Inachus' Burgen:* Das heißt vor die Städte in dem vom Inachus durchflossenen Lande Argos.

308 *Aetolische Waffen:* D. h. auf den von Aetolien kommenden Diomedes.

346 *Er:* Turnus.

359 *Er:* Turnus.

385 *Siegeszeichen in Menge:* Ironisch gemeint.

405 *Der Aufidus:* Ein Fluß in Apulien, der ins Adriatische Meer fließt; er wird erwähnt, weil über ihn die Gesandtschaft zu Diomedes zog.

457 *Strom Padusa:* Der südliche Mündungsarm des Po.

483 *Tritonische Jungfrau:* Für den Beinamen »tritonisch« der Minerva gibt es keine zweifelsfreie Erklärung.

532 *Opis* war eine thrazische Waldnymphe aus dem Gefolge der Diana (Artemis), der Tochter der Latona (Leto).

540 *Privernum*, jetzt das Dorf Piperno, war eine volskische Stadt, über die Metabus gebot.

547 *Amasenus:* Siehe Anm. zu VII 685.

566 *Trivia*, Beiname der Diana als Göttin der Kreuzwege.

659 Da der *Thermodon* in den Pontos fließt, ist das Wort thrazisch ganz allgemein für die nordöstlichen Gegenden am Schwarzen Meer aufzufassen.

661 *Hippolyte* und *Penthesilea,* mythische Fürstinnen der östlichen Amazonen, bekannt aus der Herkulessage und der Ilias.

678 *Japygisch:* Japygia wird die Landschaft am süditalischen Garganusberge genannt (vgl. Vers 247).

701 Die *Ligurer,* also aus der Gegend des heutigen Genua, galten (nach Cato) alle als besonders verschlagen.

721 *Habicht:* Man schrieb dem Habicht Weissagegabe zu.

773 *gortynisch:* Die Stadt Gortyn auf Kreta.

785 *Soracte:* Dieser von Rom aus nördlich sichtbare Berg an der Südgrenze Etruriens, nahe bei Falerii, war dem Apollo heilig und trug einen ihm geweihten Tempel.

836 *Trivia* gleich Diana.

913 *Im iberischen Meer:* Also westlich gen Spanien.

ZWÖLFTER GESANG

53 *Sich bergen in nichtigem Schatten:* Bezieht sich auf X 636 ff. und Ilias V 311 ff.

83 *Orithyia,* die Gattin des Boreas, des von den thrazischen Bergen brausenden Nordwinds, und Tochter des attischen Königs Erechtheus. Damit ist aber nicht erklärt, wieso Pilumnus diese Rosse erhielt.

161 *Latinus* war über seine Mutter ein Enkel des Sonnengottes Phoebus (Helios).

331 *Hebrus,* Fluß in Thrazien (die jetzige Maritza); das rauhe Thrazien steht immer in besonderer Beziehung zum Kriegsgott Mars.

350 *Gespann des Peliden:* Vgl. dazu Ilias X 322.

360 Durch Sieg erobertes Land wurde bald für Kolonisten vermessen.

366 *Edonisch* gleich thrazisch.

412 *Diktams:* Das Heilkraut Diktamus stammt von dem Dikte-Berge im kretischen Idagebirge.

456 *Rhoeteïsch:* Rhoeteum, ein Vorgebirge in der Troas am Hellespont.

518 *Lerna:* In derArgolis nahe der arkadischen Grenze.

547 *Lyrnessus,* eine Stadt in Mysien in der Nähe des Ida.

701 *Athos und Eryx:* Als hochragende Berge sind hier etwas willkürlich der Athos auf der Halbinsel Chalkidike, der Eryx in Westsizilien und der italische Apennin genannt.

715 Der *Silawald* tief im südlichen Italien auf der bruttischen Gebirgskette des Apennin. *Taburnus,* eine Bergkette in Campanien zwischen Neapel und Benevent.

724 *Daunus*, der Vater des Turnus.

734 *Waffenlos:* Bezieht sich auf das Folgende.

754 *Umbrerhund:* Die Hunde aus Umbrien waren, wie in Griechenland die aus Lakonien, besonders gerühmt und zur Jagd geeignet.

766 *Faunus:* Der zum Gott gewordene Vater des Königs Latinus.

784 *Die daunische Göttin:* Juturna, die als Nymphe vergöttlichte Schwester des Turnus und Tochter des Daunus.

BIBLIOGRAPHISCHE HINWEISE

Ausgaben der *Aeneis*

O. Ribbeck. Leipzig 1859–1862
R. Sabbadini. Rom 1930
J. Götte (mit deutscher Übersetzung). München [3]1971
R. A. B. Mynors. Oxford 1969
R. Sabbadini, A. Castiglioni, M. Geymonat. Turin 1973
Appendix Vergiliana. Edd. W. V. Clausen u. a. Oxford 1966

Kommentare

Servius. Edd. G. Thilo et H. Hagen, davon zur *Aeneis* Band I und II (ed. Thilo). Leipzig 1881–1884
Donatus. Ed. H. Georgii, davon zur *Aeneis* Band I und II. Leipzig 1905/1906
J. L. De la Cerda. 2 Bände. Lugduni 1612–1617
Ch. G. Heyne. 4 Bände (zur *Aeneis* Band III und IV). Leipzig [2]1787
J. Conington und H. Nettleship. 3 Bände (zur *Aeneis* Band II und III). London 1883–1898, Neudruck Hildesheim 1963

Einzelkommentare zur *Aeneis*

Buch I: R. G. Austin. Oxford 1971
Buch II: R. G. Austin. Oxford 1964
Buch III: R. D. Williams. Oxford 1962
Buch IV: A. S. Pease. Cambridge/Mass. 1935, Neudruck Darmstadt 1967. – R. G. Austin. Oxford 1955
Buch V: R. D. Williams, Oxford 1960
Buch VI: E. Norden. Leipzig [2]1915, [3]1927 (Neudruck Darmstadt 1957). – R. G. Austin. Oxford 1977
Buch VII und VIII: C. Fordyce. Edited by J. Christie, introduced by P. G. Walsh. Oxford 1978
Buch VIII: P. T. Eden. Leiden 1975. – K. W. Gransden. Cambridge 1976
Buch XII: W. S. Maguinness. London 1953

Indices und Lexika zu Vergil

N. N. Wetmore: Index verborum Vergilianus. New Haven (1911) ²1930. Neudruck Darmstadt 1961

H. Merguet: Lexikon zu Vergilius mit Angabe sämtlicher Stellen. Leipzig 1912. Neudruck Hildesheim 1960

Bibliographie

Die neueste Literatur erschließen die bibliographischen Beilagen der Zeitschrift *Gnomon* und die jährlich erscheinende *Année philologique* (herausgegeben von J. Marouzeau und J. Ernst).

Neuere Forschungsberichte von G. E. Duckworth und A. G. McKay sind zusammengefaßt in: The Classical World Bibliography of Vergil, with a new introduction by W. Donlan, New York and London 1978.

Forschungsbericht: V. Pöschl: Virgil. Anzeiger für die Altertumswissenschaft 21, 1968, 193–220; 22, 1969, 1–38.

Grundsätzlich wichtig: A. Wlosok: Vergil in der neueren Forschung. Gymnasium 1973, 129–151.

Sammelbände mit Beiträgen verschiedener Verfasser

Wege zu Vergil. Herausgegeben von H. Oppermann. Darmstadt 1963 (Wege der Forschung, Band 19)

Virgil. A collection of critical essays, edited and introduced by S. Commager. Eagle Wood Cliffs, N. J. 1966

Virgil. Edited by D. R. Dudley. London 1969

Vergiliana. Recherches sur Virgile, publiées par H. Bardon et R. Verdière. Leiden 1971 (Roma aeterna 3)

Studien zum antiken Epos. Herausgegeben von H. Görgemanns und E. A. Schmidt. Meisenheim 1976

Das römische Epos. Herausgegeben von Erich Burck. Darmstadt 1979

Weitere Sekundärliteratur (in Auswahl)

M. von Albrecht: Die Kunst der Spiegelung in Vergils Aeneis. Hermes 93, 1965, 54–65 (Aeneis 6, 450ff.)

M. von Albrecht: Vergils Geschichtsauffassung in der Heldenschau. Wiener Studien 80, 1967, 156–182

M. von Albrecht: Zu Vergils Erzähltechnik, Beobachtungen zum Tempusgebrauch in der Aeneis. Glotta 48, 1970, 219–229

M. von Albrecht: Die Kunst der Vorbereitung im Aeneis-Prooemium. Antidosis, Festschrift W. Kraus. Wien 1973, 7–20

L. Alfonsi: L'epicureismo nella storia spirituale di Virgilio. Epicurea in memoriam E. Bignone. 1959, 167–178

C. Bailey: Religion in Virgil. Oxford 1930

W. P. Basson: Pivotal catalogues in the Aeneid. Amsterdam 1975

E. Bernstein: Die erste deutsche Äneis. Untersuchungen zu Thomas Murners Äneis-Übersetzung aus dem Jahre 1515. Kronberg/Taunus 1974 (Deutsche Studien, Band 23)

G. Binder: Aeneas und Augustus. Interpretationen zum 8. Buch der Aeneis. Meisenheim 1971 (Beiträge zur klassischen Philologie 38)

I. Borzsák: Heroisches Epos – unheroische Gesellschaft. Homer und Vergil. Acta Antiqua Academiae Scientiarum Hungaricae 23, 1975, 141–152

C. M. Bowra: From Virgil to Milton. London 1945

P. Boyancé: La religion de Virgile. Paris 1963

A. Brill: Die Gestalt der Camilla bei Vergil. Diss. Heidelberg 1972

V. Buchheit: Vergil über die Sendung Roms. Untersuchungen zum Bellum Poenicum und zur Aeneis. Heidelberg 1963 (Gymnasium, Beiheft 3)

V. Buchheit: Vergilische Geschichtsdeutung. Grazer Beiträge 1, 1973, 23–50

K. Büchner: P. Vergilius Maro. Der Dichter der Römer. Paulys Realencyclopädie der klassischen Altertumswissenschaft. 2. Reihe, 15. und 16. Halbband. Stuttgart 1955 und 1958, 1021–1486

W. A. Camps: An introduction to Virgil's Aeneid. Oxford 1969

J. Carcopino: Virgile et les origines d'Ostie. Paris ^{2}1968

G. Carlson: Die Verwandlung der homerischen Gleichnisse in Vergils Aeneis. Diss. Heidelberg 1972

A. Cartault: L'art de Virgile dans l'Enéide. 2 Bände. Paris 1926

R. J. Clark: Catabasis. Vergil and the Wisdom-tradition. Amsterdam 1979

D. Comparetti: Virgilio nel Medio Evo. 2 Bände. Livorno 1872. Nuova edizione a cura di G. Pasquali. Florenz 1955

L. A. Constans: L'Enéide de Virgile. Paris 1930

J. Courcelle-Ladmirant: Les miniatures inédites d'un Virgile du XVe siècle conservés à la Bibliothèque Vaticane. Bulletin de l'Institut Historique Belge de Rome 25, 1949, 145–158

G. D'Anna: Il problema della composizione dell' Eneide. Rom 1957

F. Della Corte: La mappa dell' Eneide. Florenz 1972

J. De Wit: Die Miniaturen des Vergilius Vaticanus. Amsterdam 1959

M. A. Di Cesare: Vida's Christiad and Vergilian epic. New York und London 1964

M. A. Di Cesare: The altar and the city. A reading of Vergil's Aeneid. New York 1974

O. A. W. Dilke: Lucan and Virgil. Proceedings of the Virgil Society 8, 1968–1969, 1–12

A. B. Drachmann: Guderne hos Vergil. Bidrag til Belysning af Aeneidens Komposition. Kopenhagen 1887

G. E. Duckworth: The architecture of the Aeneid. American Journal of Philology 75, 1954, 1–15

G. E. Duckworth: Fate and free will in Vergil's Aeneid. Classical Journal 51, 1956, 357–364

G. E. Duckworth: Turnus and Duryodhana. Transactions and Proceedings of the American Philological Association 92, 1961, 81–127

G. E. Duckworth: Structural Patterns and Proportions in Vergil's Aeneid. Ann Arbor 1962

M. von Duhn: Die Gleichnisse in den ersten sechs Büchern von Vergils Aeneis. Diss. Hamburg 1952 (mschr.)

T. S. Eliot: What is a classic? London 1944, ^{4}1950. Deutsch: Was ist ein Klassiker? In: Wege zu Vergil. Herausgegeben von H. Oppermann. Darmstadt 1965, 1–28

W. W. Fowler: Aeneas at the site of Rome. Observations on the eighth book of the Aeneid. Oxford 1917

T. Frank: Vergil: A Biography. Oxford 1922

G. K. Galinsky: Aeneas, Sicily and Rome. Princeton 1969

G. K. Galinsky: »Troiae qui primus ab oris...« (Aeneis I, 1). Deutsch von G. B. Philipp. Gymnasium 81, 1974, 182–200

J. Gassner: Kataloge im römischen Epos. Vergil – Ovid – Lucan. Diss. München 1972

E. V. George: Aeneid VIII and the Aitia of Callimachus. Leiden 1974 (Mnemosyne, Supplement 27)

H. Georgii: Die antike Aeneiskritik aus den Scholien und anderen Quellen. Stuttgart 1891

A. Gercke: Die Entstehung der Aeneis. Berlin 1913

W. Görler: Aeneas' Ankunft in Latium. Beobachtungen zu Vergils eipischer Technik. Würzburger Jahrbücher für die Altertumswissenschaft. Neue Folge 2, 1974, 165–179

K. W. Gransden: Typology, symbolism and allegory in the Aeneid. Proceedings of the Virgil Society 13, 1973–1974, 14–27

B. Grassmann-Fischer: Die Prodigien in Vergils Aeneis. München 1966 (Studia et testimonia antiqua 3)

P. Grimal: Le livre 6 de l'Enéide et son actualité en 23 av. J. C. Revue des Etudes Anciennes 56, 1954, 40–60

A. M. Guillemin: Virgile poète, artiste, penseur. Paris 1951

R. Häußler: Das historische Epos der Griechen und Römer bis Vergil. Heidelberg 1976

Th. Halter: Form und Gehalt in Vergils Aeneis. Zur Funktion sprachlicher und metrischer Stilmittel. Diss. Zürich 1963

H. A. Harris: The games in Aeneid V. Proceedings of the Virgil Society 8, 1968–1969, 14–26

R. Heinze: Virgils epische Technik. Leipzig 1902, [3]1915. Nachdruck der 3. Auflage Darmstadt 1957

J. Henry: Aeneidea, or critical, exegetical and aesthetical remarks on the Aeneid. 5 Bände. Dublin, London und Meißen 1873–1892

G. Highet: The speeches in Vergil's Aeneid. Princeton 1972

R. A. Hornsby: Patterns of action in the Aeneid. An interpretation of Vergil's epic similes. Iowa City 1970

A. Hudson-Williams: Virgil and the Christian Latin poets. Proceedings of the Virgil Society 6, 1966–1967, 11–21

U. Hübner: Elegisches in der Aeneis. Diss. Gießen 1968

M. Hügi: Vergils Aeneis und die hellenistische Dichtung. Bern 1952 (Noctes Romanae 4)

J. W. Hunt: Forms of glory. Structure and sense in Virgil's Aeneid. Carbondale Southern Illinois University Press 1973

W. Iwanow: Vergils Historiosophie. In: Wege zu Vergil. Herausgegeben von H. Oppermann. Darmstadt 1965, 220–232

J. Jarislowsky: Schillers Übertragungen aus Vergil im Rahmen der deutschen Aeneis-Übersetzung des 18. Jahrhunderts. Jena 1928 (Jenaer germanistische Forschungen 12)

R. Jeanneret: Recherches sur l'hymne et la prière chez Virgile. Essai d'application de la méthode d'analyse tagmémique à des textes littéraires de l'antiquité. Paris 1973 (Collection d'etudes linguistiques 2)

F. Klingner: Römische Geisteswelt. München [5]1966

F. Klingner: Virgil. Bucolica, Georgica, Aeneis. Zürich und Stuttgart 1967

G. N. Knauer: Die Aeneis und Homer. Studien zur poetischen Technik Vergils mit Listen der Homerzitate in der Aeneis. Göttingen [2]1979 (Hypomnemata 7)

W. F. J. Knight: Roman Vergil. London 1944

U. Knoche: Heldengestalten der Aeneis. Aparchai 4, 1961 (Gedenkschrift G. Rohde), 114–132

A. Kosthorst: Die Frauen- und Jünglingsgestalten in Vergils Aeneis. Diss. Münster 1934

E. Kraggerud: Aeneisstudien. Symbolae Osloenses, Supplement 22. Oslo 1968

W. Kühn: Götterszenen bei Vergil. Diss. Freiburg 1959, erschienen Heidelberg 1971

A. La Penna: Sul cosiddetto stile soggettivo e sul cosiddetto simbolismo di Virgilio. Dialoghi di Archeologia 1, 1967, 220–244

A. La Penna: Spunti sociologici per l'interpretazione dell' Eneide. Vergiliana. Recherches sur Virgile, publiées par H. Bardon et R. Verdière. Leiden 1971, 283–293

F. W. Lenz: The incomplete verses in Vergil's Aeneid. A critical report. Vergiliana. Recherches sur Virgile, publiées par H. Bardon et R. Verdière. Leiden 1971, 158–174

R. F. Lesueur: L'Enéide de Virgile. Etude sur la composition rythmique d'une épopée. Publications de Toulouse – Le Mirail, Sér. A 26. Toulouse 1975

G. Lieberg: La dea Giunone nell'Eneide di Virgilio. Atene e Roma 11, 1966, 145–165

H. Liebing: Die Aeneasgestalt bei Vergil. Diss. Kiel 1953 (mschr.)

A. F. Lossev: Les mouvements affectifs exaltés dans l'Enéide, leurs sens philosophique et stylistique. Vergiliana. Recherches sur Virgile, publiées par H. Bardon et R. Verdière. Leiden 1971, 192–211

J. W. Mackail: The Aeneid of Vergil. Oxford 1930

S. Lundström: Acht Reden in der Aeneis. Acta Universitatis Upsaliensis. Studia Latina Upsaliensia 10. Uppsala 1977

S. Mack: Patterns of Time in Vergil. Hamden/Conn. 1978

J. W. Mackail: The Aeneid of Vergil. Oxford 1930

A. Mazzarino: Il racconto di Enea. Per una interpretazione dell'Iliuperside virgiliana. Turin 1955

F. Mehmel: Virgil und Apollonius Rhodius. Untersuchungen über die Zeitvorstellung in der antiken epischen Erzählung. Hamburg 1940 (Hamburger Arbeiten 1)

N. Moseley: Characters and Epithets. A Study in Vergil's Aeneid. New Haven und London 1926

E. Norden: Ennius und Vergilius. Berlin und Leipzig 1915

B. Otis: Virgil. A study in civilized poetry. Oxford 1963

W. Ott: Metrische Analysen zu Vergils Aeneis. Buch I, VI, XII. Tübingen 1973 (Materialien zu Metrik und Stilistik I, II, III)

J. Perret: Virgile, l'homme et l'œuvre. Paris 1952, 21965 (revu et augmenté) (Connaissance de lettres 33)

J. Perret: Superflua demere. L'Enéide dèvant ses premiers éditeurs. In: Varron, grammaire antique et stylistique latine, par/pour J. Collart. Paris 1978, 405–411

V. Pöschl: Die Dichtkunst Virgils. Bild und Symbol in der Aeneis. Berlin und New York 31977

W. Pötscher: Vergil und die göttlichen Mächte. Hildesheim 1977 (Spudasmata 35)

V. Poulsen: Vergil. Bremen 1959 (Opus nobile 12) [über Vergilporträts]

M. C. J. Putnam: The poetry of the Aeneid. Four studies in imaginative unity and design. Cambridge/Mass. 1965

K. Quinn: Virgil's Aeneid. A critical description. London 1968

H. Raabe: Plurima mortis imago. Vergleichende Interpretationen zur Bildersprache Vergils. München 1974 (Zetemata 59)

E. K. Rand: The magical art of Virgil. Hamden/Conn. 21966

H. D. Reeker: Die Landschaft in der Aeneis. Hildesheim 1971 (Spudasmata 27)

B. Rehm: Das geographische Bild des alten Italien in Vergils Aeneis. Philologus, Supplement 24, 2 (1932), 64ff.

F. Robertson: Allegorical interpretations of Virgil. Proceedings of the Virgil Society 6, 1966–1967, 34–45

G. S. Romaniello: Interpolazioni e contraddizioni nel testo dell' Eneide. Rom 1975 (Aretusa 40)

M. Ruch: Le destin dans l'Enéide, essence et réalité. Vergiliana. Recherches sur Virgile, publiées par H. Bardon et R. Verdière. Leiden 1971, 312–321

Ch. A. Sainte-Beuve: Etude sur Virgile. Paris ^{2}1870

W. Schadewaldt: Sinn und Werden der vergilischen Dichtung. In: Hellas und Hesperien. Gesammelte Schriften zur Antike und zur neueren Literatur. Zürich und Stuttgart 1960, 498–519

M. R. Scherer: The legends of Troy in art and literature. New York und London 1963

A. Schmitz: Infelix Dido. Etude esthétique et psychologique du livre IV de l'Enéide de Virgile. Gembloux 1960

P. H. Schrijvers: Inleiding in de theorie en de practijk van de verteltechniek (Vergilius Aeneis I en IV). Lampas 4, 1971, 189–209

H. J. Schweizer: Vergil und Italien. Interpretationen zu den italischen Gestalten der Aeneis. Diss. Zürich 1964, erschienen Aarau 1967

R. Seider: Beiträge zur Geschichte und Paläographie der antiken Vergilhandschriften. In: Studien zum antiken Epos. Herausgegeben von H. Görgemanns und E. A. Schmidt. Meisenheim 1976, 129–172

A Setaioli: Quisque suos patimur manes (Verg. Aen. 6, 743). Atene e Roma 12, 1967, 169–172

A. Setaioli: Un' influsso ciceroniano in Virgilio. Studi Italiani di Filologia Classica 47, 1975, 5–26

P. Sommella: Das Heroon des Aeneas und die Topographie des antiken Lavinium (mit Tafeln). Gymnasium 81, 1974, 273–297

S. Stabryla: Latin tragedy in Virgil's poetry. Translated by M. G. Abrahamowicz, M. Wiepolska. Krakau 1970

H. R. Steiner: Der Traum in der Aeneis. Bern 1952 (Noctes Romanae 5)

W. Suerbaum: Aeneas zwischen Troja und Rom. Zur Funktion der Genealogie und der Ethnographie in Vergils Aeneis. Poetica 1, 1967, 176–204

W. E. Sweet: Vergil's Aeneid. A structural approach. Books 1 and 2. With a Latin interpretation and selected notes from Servius. Ann Arbor 1960

A. Szantyr: Bemerkungen zum Aufbau der Vergilischen Ekphrasis. Museum Helveticum 27, 1970, 28–40

A. A. Tacho-Godi: Valeur stylistique des thèmes chthoniens dans l'Enéide de Virgile. Vergiliana. Recherches sur Virgile, publiées par H. Bardon et R. Verdière. Leiden 1971, 358–374

G. Thome: Gestalt und Funktion des Mezentius bei Vergil – mit einem Ausblick auf die Schlußszene der Aeneis. Frankfurt am Main, Bern und Las Vegas (Europäische Hochschulschriften XV 14)

A. Thornton: The Living Universe. Gods and Men in Virgil's Aeneid. Leiden 1976 (Mnemosyne, Supplement 46)

B. Tilly: Vergil's Latium. Oxford 1947

I. Trencsényi-Waldapfel: Das Bild der Zukunft in der Aeneis. Studii Clasice 3, 1961, 284–304

A. M. Tupet: Didon magicienne. Revue des Etudes Latines 48, 1970, 229–258

A. H. Weiss: The poem of the Cid and the Aeneid, two national epics. Classical Journal 69, 1974, 340–347

K. Wieser: Der Zusammenhang der Vergilviten. Diss. Erlangen 1926

M. Wigodsky: Vergil and early Latin poetry. Wiesbaden 1972 (Hermes, Einzelschriften 24)

L. P. Wilkinson: The Language of Virgil and Horace. Classical Quarterly 9, 1959, 181–192

R. D. Williams, Servius – Commentator and Guide. Proceedings of the Virgil Society 6, 1966–1967, 50–56

R. D. Williams: Virgil. In: Greece and Rome – New Surveys in the Classics I. Oxford 1967

W. Wimmel: Hirtenkrieg und arkadisches Rom. Reduktionsmedien in Vergils Aeneis. München 1972 (Abhandlungen der Marburger Gelehrten Gesellschaft 1972, 1)

A. Wlosok: Die Göttin Venus in Vergils Aeneis. Heidelberg 1967

F. J. Worstbrock: Elemente einer Poetik der Aeneis. Untersuchungen zum Gattungsstil vergilianischer Epik. Münster 1963 (Orbis antiquus 21)

V. Zabughin: Vergilio nel rinascimento italiano da Dante a Torquato Tasso. 2 Bände. Bologna 1921–1924

J. Zeidler: Die Schicksalsauffassung Vergils und ihre Beziehungen zur Stoa. Diss. Berlin 1954

T. Zieliński: Homer, Wergiljusz, Dante. Przeglad Warszawski 1925, 2, 36–45; 158–172

E. Zinn: Die Dichter des alten Rom und die Anfänge des Weltgedichts. Antike und Abendland 5, 1956, 7–26. Jetzt in: Römertum. Herausgegeben von H. Oppermann. Darmstadt 1962, 155–187

E. Zinn: Nachwort zu: Vergil, Aeneis, übersetzt von R. A. Schröder. Hamburg 1963, 312–324

E. Zinn: Vergil. In: Lexikon der Alten Welt. Zürich 1965, unter dem Stichwort »Vergil«

C. Zintzen: Die Laokoonepisode bei Vergil. Wiesbaden 1979 (Abhandlungen der geistes- und sozialwissenschaftlichen Klasse der Akademie der Wissenschaften und der Literatur, Mainz, 1979, 10)

Biographien

Michael de Ferdinandy
Karl V.
Biographie. Mit 16 Ab
bildungen
(11922)

Ian Grey
Katharina die Große
Eine Biographie
(11926)

Theodor Heuss
Deutsche Gestalten
(11130)

Lutz Koch
Rommel
Der Wüstenfuchs.
Eine Biographie.
(11925)

Walter Henry Nelson
Die Hohenzollern
Die Biographie eines
königlichen Hauses.
(11928)

Emil Ludwig
Bismarck
Eine Biographie
(11923)

Daria Olivier
Elisabeth von Russland
Eine Biographie
(11930)

Walter und Paula
Rehberg
Chopin
Eine Biographie
(11927)

Erich Schenk
Mozart
Sein Leben - Seine Welt.
Biographie. Mit zahlrei-
chen Abbildungen,
Literaturverzeichnis,
Zeit- und Stammtafel.
Sachbuch (11921)

Paula Rehberg
List
Eine Biographie
Goldmann Schott
(33005)

Goldmann Verlag

Das Goldmann Programm im Preußenjahr.

Sebastian Haffner legt die Geschichte des immer gefährdeten, etwas künstlichen, aber hochinteressanten Staatswesens dar, das nur 170 Jahre als eigenständige Macht existierte.

Zwei Goldmann Stern-Bücher.

Vollständige Ausgabe:
11511 / DM 19,80

Textausgabe:
11512 / DM 7,80

Leopold von Ranke ist der bedeutendste deutsche Historiker des 19. Jahrhunderts. Die 'Preußische Geschichte' ist eine Auswahl von Prof. Dr. Hans-Joachim Schoeps.
11296 / DM 9,80

Bernt Engelmann zeichnet ein Bild Preußens und seiner inneren Widersprüche: Freiheit und Sklaverei dicht nebeneinander wie das Schwarz und Weiß der Farben Preußens.
11300 / DM 9,80

GOLDMANN VERLAG
Neumarkterstraße 18 • 8000 München 80